KAMPENWAND
VERLAG

DIE AUTORIN

»Morgan's Hall – Herzensland« ist der erste Teil der Familiensaga aus der Feder von Emilia Flynn. Geboren wurde sie 1984 im Rheinland. Nach einer kaufmännischen Ausbildung und dem jahrelangen Beruf als Assistentin, beschloss Emilia, die facettenreiche Geschichte der Familie Morgan niederzuschreiben. Eine Story über mehrere Jahrzehnte und Generationen.

Emilia lebt mit ihrem Mann in ihrer Heimatstadt Monheim am Rhein.

Lesen Sie auch:
Morgan's Hall – Sehnsuchtsland (Die Morgan-Saga Band 2)
Morgan's Hall – Niemandsland (Die Morgan-Saga Band 3)

Mehr Informationen finden Sie unter
www.emiliaflynn.com.

EMILIA FLYNN

MORGAN'S
Hall

HERZENSLAND

(DIE MORGAN-SAGA BAND 1)

ISBN: 978-3-96698-476-8

© 2020 Kampenwand Verlag
Raiffeisenstr. 4 · D-83377 Vachendorf
www.kampenwand-verlag.de

Versand & Vertrieb durch Nova MD GmbH
www.novamd.de · bestellung@novamd.de · +49 (0) 861 166 17 27

Text: Emilia Flynn
Covergestaltung: Laura Newman – design.lauranewman.de
Bilder: © Trevillion Images © marti157900 / 123rf.com –
© AnnelyBlooms / canva.com
Druck: CUSTOM PRINTING
Wał Miedzeszyński 217, 04-987 Warszawa, Polen

»Der Mensch schuf nicht das Gewebe des Lebens,
er ist darin nur eine Faser.
Was immer ihr dem Gewebe antut,
das tut ihr euch selber an.«

Chief Noah Seattle

»Magst alles werfen in des Lebens Fluten,
nur eines halte fest:
Die Sehnsucht nach dem Guten.«

Otto von Leixner

TEIL I

Die Ballade von John, Isabelle und Dickie

Am Ende der Welt

John«, flüsterte Dickie, Johns bester Freund, und forderte ihn mit sanfter Stimme auf, aus seinen Gedanken aufzutauchen. »Du musst nichts sagen, wenn du nicht willst.«

Alle Trauergäste warteten auf die letzten Worte des Sohnes.

»Nein, nein ... schon gut«, erwiderte John leise, trat dann einen Schritt weiter vor. Dabei knirschte er mit den Zähnen. Das tat er ständig, wenn er unter Anspannung stand. Hatte er überhaupt schon einmal vor so vielen Menschen gesprochen? Auch wenn ihm speiübel war, führte kein Weg daran vorbei. Eisern hielt er die Augen auf den Sarg seines Vaters gerichtet. Er war müde, angeschlagen und mittlerweile waren alle Tränen geweint.

Dieses Begräbnis war nichts weiter als eine Notwendigkeit. Ein förmlicher Abschied für andere. Nicht für ihn.

Nein, nicht für ihn.

Letzte Woche, es war ein Donnerstag gewesen, hatte John die zitternde Hand seines Vaters gehalten. So fest er nur konnte. Er hatte ihm alles versprochen, was es zu versprechen gab. Hatte gesehen, wie das Leben dem schwachen Körper entglitt. Ein

9

Flüstern, ein Rauschen war durch den stillen Raum geflogen, bis Charles Morgan für immer die Augen geschlossen hatte. John hatte sich über ihn gebeugt, ihm die Stirn geküsst und war fast an der Trauer erstickt, die sich in seinem Brustkorb wie schwerer Zement ausgebreitet hatte. Dieser Augenblick war sein Abschied gewesen und nicht der heutige Tag.

Die Beisetzung fand draußen auf einem sanften Hügel statt, der noch zum Landgut der Familie, Morgan's Hall, gehörte. Von dort oben konnte man für gewöhnlich das malerische Umland von Woodwall überblicken, dessen Berge an diesem Tag mit schweren Nebelschwaden verhangen waren, die jegliche Aussicht verdeckten. Es war das erste Grab, das an dieser Stelle ausgehoben wurde – und todsicher nicht das letzte.

Johns Vorfahren stammten aus Seattle, doch seit der Jahrhundertwende war Woodwall zu ihrer Heimat geworden. John gefiel die Vorstellung, dass jeder Angehörige an diesem Ort die endgültige Ruhe finden würde. Umgeben von friedlicher Stille, unter dem Schatten eines ausladenden Apfelbaums, der seine Äste wie ein Wächter über die Toten ausstreckte.

In Johns linker Manteltasche steckte ein Zettel mit einem Bibelvers und in seiner rechten eine indianische Weisheit. Noch zögerte er, welche dieser Zeilen er vorlesen wollte. John wusste, welche Worte von ihm verlangt wurden, doch diese fühlten sich falsch an.

Ein Windstoß, der so überfallartig hart sein Gesicht traf, dass John für eine Sekunde die Augen zukniff und ihm der Atem stockte, offenbarte sich ihm als ein Zeichen.

Kurz entschlossen griff er in die rechte Tasche. Er schluckte und starrte auf den Zettel in seiner zitternden Hand, nachdem er ihn entfaltet hatte. Er konnte einfach nicht in die Gesichter der Menschen blicken; nicht jetzt.

»Steht nicht an meinem Grab und weint. Ich bin nicht da – nein, ich schlafe nicht. Ich bin eine der tausend wogenden Wellen des Sees. Ich bin das diamantene Glitzern des Schnees. Wenn ihr erwacht in der Stille des Morgens, dann bin ich für euch verborgen. Ich bin ein Vogel im Flug, leise wie ein Luftzug. Ich bin das sanfte Licht der Sterne in der Nacht. Steht nicht an meinem Grab und weint. Ich bin nicht da. Nein, ich schlafe nicht.«

John faltete das Papier wieder zusammen und steckte es zurück in seine Manteltasche. Wie ein reumütiger Dackel hob er jetzt den Blick und sah in die Gesichter der Trauergäste.

Prompt erntete er erstarrte Mienen.

Warum kein Vers aus der Bibel?, fragten sie sich vermutlich allesamt. Doch heute traf ihn das nicht, es war ihm egal. Es war schon anstrengend genug, immerzu die Fassade der gottesfürchtigen Familie aufrechtzuerhalten, obwohl niemand von ihnen an die biblischen Geschichten glaubte.

Gefügig trat er wieder zurück in die Reihe.

»Das war sehr schön. Deinem Vater hätten die Worte gefallen«, flüsterte ihm Josephine, seine Mutter, zu und hakte sich bei ihm unter.

»Danke, Mom.« Ihr Zuspruch war das Einzige, was zählte.

»Ich glaube, die Leute um uns herum sehen das anders«, murmelte Violett, seine kleine Schwester, die sich für einen Moment gefangen hatte, nachdem sie die ganze Beisetzung über bitterlich geweint hatte.

»Ich weiß, Vio. Ich weiß«, antwortete John diskret.

Zu Ehren des Vaters, der seit der Gründung der Stadt ihr Bürgermeister gewesen war, hatten die Bewohner eine schlichte Grabkapelle errichtet, unmittelbar neben seiner Ruhestätte. Tag und Nacht hatten sie daran gearbeitet. Eine Form des Dankes, da Charles so vielen Menschen ein neues Zuhause gegeben hatte. John war tief bewegt gewesen, als er die Kapelle nach der gestrigen Fertigstellung das erste Mal gesehen hatte, auch wenn dieser Bau ein Inbegriff des standhaft katholischen Glaubens der Bürger war. Für ihn stellte es eher ein Denkmal dar. Eine Art Respektbezeugung an einen großen und gütigen Mann.

Jetzt betrachtete er die Grabkapelle und begriff abermals, welch wundervolle Geste dies trotz allem war.

Pastor Hughes, der von Johns kurzer Ansprache ebenso geplättet war wie der Rest der Trauergäste, bedankte sich knapp bei ihm. Demonstrativ blätterte der Geistliche in Gottes Wort und hub an zu einem minutenlangen Monolog über die Schöpfungsgeschichte und den Werdegang der Menschheit.

Woher stammen wir? Was ist unsere Aufgabe? Wohin gehen wir?

Mürrisch verzog John den Mund. Zeit seines Lebens hatte sein Vater diese Interpretation allen Ursprungs für ein albernes Ammenmärchen gehalten. John folgte ihm darin.

»Die Gebrüder Grimm hätten diese Bibel-Leier weitaus aufregender erzählt«, hatte Charles wiederholt zu John gesagt. Verständlicherweise vermieden es die Morgans, solche heidnischen Scherze öffentlich auszusprechen. Die frommen Bürger von Woodwall, allesamt erzkatholisch, hätten den Vater auf der Stelle gesteinigt, wenn er seine Gedanken öffentlich geäußert hätte.

Für John bedeutete die Ansprache des Pastors nur, dass er die Ohren auf stumm schaltete, eine Flucht zurück in die eigene Gedankenwelt. Die belehrenden Worte verwandelten sich in ein bedeutungsloses Blabla. Der eisige Novemberwind drang durch Johns Hosenbeine und wehte das letzte Laub über seine Schuhe. John schüttelte die vertrockneten Blätter ab und klagte mit einem Knurren über das Zwicken und Zwacken des viel zu engen Anzugs, den er heute tragen musste. In den vergangenen Monaten hatte er mächtig zugelegt, da er für die Abschlussprüfung seines Studiums gebüffelt hatte. Kaum Bewegung, stattdessen war er keiner Süßspeise aus dem Weg gegangen. John hatte sich nach Charles' Tod einen neuen Anzug kaufen wollen, doch dafür war keine Zeit geblieben. Die Beerdigung musste vorbereitet werden. Ebenso war er mit der Auseinandersetzung um das Erbe konfrontiert gewesen und hatte mit dem Familienanwalt mehr Gespräche geführt als mit seiner eigenen Mutter.

Alles war zu schnell gegangen, viel zu schnell.

Jetzt blickte er zu Dickie, der wiederum auf seine gefalteten Hände starrte.

Dickie, eigentlich Richard, kam nicht wie die anderen aus Woodwall, sondern aus dem zweihundert Meilen entfernten Seattle. John hatte ihn an der Universität kennengelernt. Beide studierten Wirtschaft und waren seither unzertrennliche Freunde. Charles hatte Dickie ebenfalls sehr ins Herz geschlossen. Er hatte in dem jungen Burschen stets so etwas wie einen der verlorenen Jungen aus »Peter Pan« gesehen. Diese Zuneigung hatte dazu geführt, dass er ihn wie einen zweiten Sohn in die Familie aufgenommen hatte. Dickies Eltern hingegen hatten es nicht einmal für nötig gehalten, zur Abschlussfeier ihres

Jungen zu erscheinen, der das Studium als einer der Besten abgeschlossen hatte. Dickie war für sie eher ein Knecht, der ständig im Pub des Vaters auszuhelfen hatte. Vor Charles' Tod hatten die beiden stundenlange Gespräche über das Geschäft der Familie geführt. Unter Umständen war Dickie mehr über die Morgan's Company im Bilde als John selbst, der bald das Unternehmen des verstorbenen Vaters würde übernehmen müssen.

Johns Blicke wanderten weiter. An die sechzig Menschen hatten sich um den Sarg versammelt. Zustimmend nickte er sich selbst zu, von dem Willen getragen, seinen Vater nicht zu enttäuschen und in Charles' große Fußstapfen zu treten. Auch wenn es ein steiniger Weg werden würde.

Vater, wie soll ich das alles nur ohne dich schaffen?, stieg die bange Frage in seinem Inneren auf.

Nachdem der Pastor endlich seine Predigt mit einem »Amen« beendet hatte, trat die Trauergemeinde nacheinander in die Kapelle, um dort vor dem Altar Blumengestecke niederzulegen.

Ein Meer herbstlicher Farbtöne – von rotem Heidekraut und orangegelben Chrysanthemen dominiert – schmückte jetzt das Innere des sonst so kahlen Sakralraumes. Auf dem winzigen Altar hatte eine Holzstatue der Heiligen Barbara ihren Platz gefunden – ein weiteres Sinnbild für den unerschütterlichen Katholizismus der Einwohner. Möglicherweise auch ein kleiner Seitenhieb gegen Charles, da sich Barbara von Nikomedien gegen den Willen ihres Vaters dem Christentum zugewandt hatte. Dieser hatte daraufhin seine Tochter in einen Turm gesperrt und sie schließlich enthauptet, nachdem sie sich hatte taufen lassen.

John seufzte innerlich, als er darüber nachdachte. Auch wenn er nicht an Gott glaubte, so kannte er diese Geschichten sehr wohl.

Die detailliert bemalte Holzfigur war von dem Tischler Wilhelm Smith angefertigt worden. Jeder in der Stadt nannte ihn nur den »stummen Will«. Er war ein deutscher Immigrant, der absolut kein Interesse daran hatte, sich mit irgendjemand zu unterhalten. Als John noch ein Kind gewesen war, hatte er ziemlich große Angst vor ihm gehabt, da der stumme Will hoch wie ein Baum und sein Gesicht von entstellenden Narben gezeichnet war. Die hatte er sich im Ersten Weltkrieg, in der Schlacht an der Marne um 1918, zugezogen. Angeblich.

Doch wenn Will gebraucht wurde, war er stets zur Stelle. Er war ein Fels in der Brandung, auf den man sich jederzeit verlassen konnte. Diese unerschütterliche Loyalität traf auf schier jeden Bewohner von Woodwall zu. So unterschiedlich sie auch waren, die Liebe zur Gemeinschaft teilten sie alle. Sie verhielten sich wie eine große Familie und stritten oft wie die Kesselflicker, aber in den wichtigen Momenten des Lebens rückten sie stets zusammen, ganz gleich, ob bei Hochzeiten, Taufen oder Beerdigungen.

John nickte Will zu, um ihm seinen Dank auszudrücken. Dieser antwortete mit einem kurzen, ungewohnten Lächeln, offenkundig die einzige menschliche Reaktion, die John jemals an ihm gesehen hatte, was ihn selbst zu einem Grinsen verführte.

Heute war eben kein Tag wie jeder andere, denn Charles war tot.

Nie wieder würde John mit ihm durch die Wälder streifen und dabei seinen unzähligen Anekdoten lauschen. Charles hatte ihm beigebracht, die Natur zu schätzen, wie einst die Indianer, denen dieses Land zuvor gehört hatte. Er hatte seinem Sohn oft erzählt, hunderte Male, wie er als junger Pfadfinder in diese einsame Gegend gekommen war und sich sofort in dieses unberührte Naturreich verliebt hatte, das ihn nicht mehr loslassen wollte. Selbst heute nicht. Als hätten sich die Wurzeln der unzähligen Apfelbäume um seine Fesseln geschlungen, um ihn nie wieder fortgehen zu lassen.

Und wahrlich war es ein besonderes Fleckchen Erde, dieses Woodwall, das erkannte auch John.

Ein Ort jenseits der Zivilisation – wie die Entdeckung einer neuen Welt, eines unerforschten Planeten, der das Zuhause all dieser Menschen werden sollte, die gerade ihre Blumen vor dem Altar niederlegten, sich davor hinknieten und ein stilles Gebet sprachen. Sie waren allesamt europäische Immigranten, deren gefestigter Glaube sich niemals durch die Spiritualität der Indianer erschüttern ließe.

Leider, wie John sich eingestehen musste. Aber sein Vater hatte den Bürgern niemals seine eigene Ideologie aufzwingen wollen.

Eine Weile später versammelten sich die Trauergäste abermals am Grab. Der massive Sarg aus Eichenholz glitt mit einem Seilzug in die Erde hinunter. Hinab in das tiefe Dunkel und John vergrub die frierenden Hände in den Manteltaschen.

»Auf Wiedersehen, Vater«, flüsterte er zum Abschied. »Micante.«

Der letzte Gruß.

Asche zu Asche, Staub zu Staub.

Schließlich umarmte er Violett, die ihre Wange an seine Brust schmiegte und mit tränengefüllten Augen auf den herabfahrenden Sarg hinunterschaute. Seiner Mutter legte er den anderen Arm um die Taille.

Über dreißig Jahre waren seine Eltern unzertrennlich gewesen. Nicht eine Nacht hatten sie getrennt voneinander verbracht, Glück und Leid stets miteinander geteilt, ohne jemals an ihrer gegenseitigen Liebe zu zweifeln. Wie furchtbar musste sie sich erst fühlen, wenn schon er als Sohn voller Trauer war und Furcht vor der Zeit ohne den Vater hatte. Doch sie war stark. Mit ihrer aufrechten Haltung, dem tragischen Verlust zum Trotz, bewies sie von Neuem ihre adlige Herkunft. Sie war die Tochter eines englischen Aristokraten, der einst in familiäre Ungnade gefallen war, weil er das Hausmädchen, Johns Großmutter, geschwängert hatte und mit ihr nach Amerika ausgewandert war.

John sah mit einem sanften Lächeln zu seiner Mutter Josephine hinab und dachte darüber nach, wie tapfer sie war.

Nach dem Begräbnis folgte der Teil, vor dem es ihm am meisten graute: Beileidsbekundungen. Lieber wäre er sofort mit seiner Familie in den Wagen gestiegen und schnurstracks ins Rosie's Café gefahren. Dort sollte anschließend das Totenmahl stattfinden. Ihm war es unangenehm, jedem Einzelnen die Hand zu schütteln. Die Floskeln bestanden ohnehin stets aus denselben Worten.

»Herzliches Beileid.«

»Dein Vater war ein anständiger Mann.«

»Wir werden Charles schmerzlich vermissen.«

So ähnlich und so weiter. John hatte es schon zur Genüge gehört. Was vermochte man auch anderes zu sagen? »Wird schon wieder?« Oder: »Jeder muss eines Tages das Zeitliche segnen?« Eher nicht. Solche Sätze hätten ihm ebenso wenig gefallen.

Eine kurze Weile musste er sich dem noch stellen. Er straffte die Schultern, wuchs über sich hinaus und begegnete jedem einzelnen der anwesenden Bürger als neues Oberhaupt der Morgans.

Nachdem sechzig Hände geschüttelt und die üblichen Beileidsbekundungen ausgesprochen waren, durfte die Familie kurz durchatmen.

Ein letztes Mal waren sie mit Charles für sich. Josephine, Violett und John traten ans Grab und hielten sich die Hände. Der harsche Wind fegte um sie herum und untermalte den stillen Abschied der Familie mit klagendem Gesang.

Josephine legte ihre Hand auf Johns Arm und streichelte dabei zart über die Wolle seines Mantels.

»Wir sollten losfahren. Die Gäste erwarten uns«, sagte sie. Ihre Stimme klang völlig ruhig. Ohne das Zittern, das ihre Lippen in den vergangenen Tagen stets bewegt hatte.

»Sicher, Mom. Ich wünschte, ich könnte dir dieses Traueressen ersparen«, erwiderte er.

Sie hob den Blick und sah ihn mit starken Augen an, streichelte seine Wange. »Es geht mir gut. Wir werden das schaffen. Alles. Zusammen, als Familie.«

Gemeinsam wanderten sie den grünen Hügel hinunter.

In ein paar Wochen würde dieser Weg unpassierbar und meterhoch unter einer Schneedecke begraben sein. Die Winter in Woodwall waren durch den wochenlangen Schneefall, die eisige Kälte und die dunklen Tage eine sehr triste Zeit. Dann war die Stadt einzig und allein damit beschäftigt, die Zufahrten und

Dächer von der Last des Schnees zu befreien. Ansonsten hütete man die Wärme des Hauses.

Aber noch war November, der Monat, der sich von seiner üblichen regnerischen Seite zeigte. Der Vorbote jener entbehrlichen Jahreszeit.

Dickie wartete am Fuß des Hügels, an Charles' schwarzen Rolls-Royce gelehnt, den der Vater zu Lebzeiten für Geschäftstermine genutzt hatte, da der Wagen für landwirtschaftliche Zwecke untauglich war. Für gewöhnlich blieb der Schlitten in der Garage stehen. Dickie hatte sich jedoch bereit erklärt, die Familie damit ins Rosie's zu fahren.

Suzie, die Haushälterin der Morgans, stand neben ihm. Dabei schniefte sie unentwegt in ihr Stofftaschentuch.

»Das war ein so schönes Begräbnis für den Herrn. Er hätte es gemocht«, weinte sie, denn der Tod ihres Arbeitgebers hatte sie tief getroffen. »Ich bin so traurig, dass die Trauerfeier in diesem dürftigen Café stattfindet und nicht im Haus. Ich hätte doch das beste Essen zubereitet.«

Violett verdrehte die Augen. »Aber Suzie, wie oft denn noch? Vater wollte, dass wir so wenig Umstände haben wie nur möglich. Wir können froh sein, heute nicht den Gastgeber für so viele Menschen spielen zu müssen«, maulte sie, mittlerweile von dem ewigen Gejammere der Haushälterin ganz offensichtlich genervt.

John hörte es an ihrem Tonfall.

Suzie zuckte nur die Schultern und senkte den Kopf. »Nichts wird mehr so sein, wie es vorher war. Einfach nichts.«

Alle ignorierten Suzies Jammern und stiegen in den Wagen. Dickie nahm hinter dem Steuer Platz und zündete behutsam den Motor.

John erkannte ein leichtes Zucken in Dickies Händen, der sicherlich niemals zuvor einen solchen Wagen gefahren war. Der Rolls-Royce war vermutlich kostbarer als alles, was Dickie und seine Eltern besaßen. John nickte ihm ermutigend zu.

»Keine Sorge, mein Freund. Ist auch nur ein Fahrzeug wie jedes andere.«

»Das sagst du so einfach. Wenn ich den Rolls schrotte, bin ich für den Rest meines Lebens verschuldet«, lachte Dickie gequält.

Die kurvige Straße, in die er einbog, war durch die Serpentinen und den sich angrenzenden Abgrund besonders tückisch. Vorsicht war geboten. Keineswegs durfte man sich durch die himmlische Natur ablenken lassen, die selbst im tristen November noch märchenhaft vor ihnen lag.

»Manch einer sollte sich schämen, heute hier aufgekreuzt zu sein. Beinahe jeder Dritte hat Schulden bei unserem Vater. Die hoffen wohl darauf, dass wir ihnen die Kohle erlassen. Diese alten Geier«, gab Violett erbost von sich und unterbrach damit die Stille, die sich im Inneren des Wagens ausgebreitet hatte. Sie kräuselte grimmig die Nase.

»Violett Edith Morgan, so spricht man nicht«, mahnte Josephine, die ohnehin immer vom Guten im Menschen ausging.

Aber es stimmte. Im Stillen pflichtete John seiner Schwester bei.

Charles war großzügig gewesen und hatte einigen Einheimischen, ohne mit der Wimper zu zucken, beigestanden, als diese während des Börsencrashs von 1929 in finanzielle Not geraten waren. Weder John noch seine Mutter wussten, wie viel Geld sein Vater tatsächlich verliehen hatte.

»Ich sage euch, das Geld werden wir nie wiedersehen. Manchmal war unser Vater ganz schön gutgläubig. Habt ihr gesehen, dass Warren Harrington unter den Trauergästen war? So eine Unverschämtheit. Schleimt sich bei allen ein, weil er jetzt nach Vaters Tod der nächste Bürgermeister werden will. Den Schnösel wählt eh keiner«, maulte Violett weiter.

John riss die Augen auf.

Er hatte den Hotelier gar nicht wahrgenommen.

Sein Gesicht verfärbte sich in tiefe Zornesröte und die Stirnadern traten sichtbar hervor.

»Wie bitte? Dieser widerliche Bas...«

»John! Ich will nichts dergleichen hören! Halt dich mit solchen Äußerungen zurück! Jeder hatte das Recht, von deinem Vater Abschied zu nehmen. Egal aus welchen Beweggründen. Und jetzt hört mit dieser Hetzerei auf. Alle beide. So haben wir euch nicht erzogen.«

Violett sah ihre Mutter erstaunt an. Augenblicklich ließ sie die Schultern hängen.

»Verzeih, Mom. Vaters Tod macht mir ziemlich zu schaffen.«

Ihre Stimme brach, und Suzie, die mit den anderen beiden Frauen auf der Rückbank saß, schniefte wieder in ihr Taschentuch.

»Ist schon gut, mein Kind«, beruhigte die Mutter Violett. Danach wandte sie sich an Suzie, deren Jammerei kein Ende fand. »Jetzt reißen Sie sich mal zusammen! Seit Tagen ist mit Ihnen nichts anzufangen.« Sie schüttelte den Kopf. »Gott sei Dank haben wir die Trauerfeier nicht auf Morgan's Hall ausgerichtet. Das Essen wäre mit Ihren Tränen völlig versalzen.«

Dickie sah durch den Rückspiegel zu Josephine, auf seinen Lippen lag ein Schmunzeln, wie John mit einem kurzen Blick zu ihm erkannte. John ließ die Bemerkung der Mutter auf sich einwirken, seine Schwester schien es ihm gleichzutun, denn sie sagte nichts. Beide lachten einen Augenblick später. Suzie hingegen heulte nur noch mehr. John wandte sich wieder seiner Mutter zu und zuckte mit den Schultern. Diese rieb sich verzagt die Stirn und ergriff daraufhin die kräftige Hand der Haushälterin.

»Herrje, Suzie.«

»Ich kann einfach nicht aufhören.«

Seit über zwanzig Jahren stand Suzie im Dienste der Morgans und niemand wollte die stämmige Frau missen. Trotz ihrer angeborenen Schusseligkeit, dem ständigen Gemecker wegen wirklich allem, was ihr nicht in den Kram passte, war sie zu einem Familienmitglied geworden. Im Laufe der Zeit hatte sie Dutzende Schüsseln und zig Gläser zerschmettert. Der Küchenofen hatte Weihnachten 1931 lichterloh in Flammen gestanden, weil sie ein Geschirrtuch auf die Herdplatte gelegt und dort vergessen hatte. Charles und Josephine verziehen Suzie jegliches Missgeschick, denn sie kümmerte sich ansonsten rührend um die Morgans und achtete penibel darauf, dass es jedem im Haus an nichts fehlte.

Das Rosie's platzte aus allen Nähten, und die Familie setzte sich an den Tisch, der für sie vorgesehen war. Wiktor Swenson, der Besitzer, brachte ihnen Tee und Apfelkuchen, der inzwischen zum Grundnahrungsmittel der Bewohner von Woodwall gehörte und die Nähte von Johns Anzug sprengte, da er nahezu jeden Tag ein Stück davon aß. Oder auch zwei.

»Die sind alle nur hier, weil es etwas umsonst gibt«, flüsterte John Dickie zu, der sich ein Grinsen nicht verkneifen konnte, als er zu den gierigen Bürgern sah.

Einer nach dem anderen lud sich den Teller bis obenhin voll.

»Ich kann es sehen. Wie eine Meute ausgehungerter Raubkatzen«, erwiderte er.

Violett, die Dickie gegenübersaß, richtete ihre schwarzen Locken, die vom Wind zerzaust waren, und lächelte ihn an.

»Wie nett, dass du den weiten Weg von Seattle bis hierher auf dich genommen hast, um bei der Beerdigung dabei zu sein. Du bist uns eine große Stütze«, säuselte sie mit zuckersüßem Stimmchen. John erkannte an der Art, wie sie es sagte, sofort ihre Schwärmerei für seinen Freund, was ihn zu einem genervten inneren Seufzen verleitete.

»Das ist doch selbstverständlich, Vio«, antwortete Dickie mit seiner tiefen und zugleich sanften Stimme. »Dein Vater war ein wundervoller Mensch. Wie ihr alle.«

John beneidete Dickie. Nicht nur, dass dieser mehr über Politik und Geschichte wusste als jeder, den John kannte, er war auch ein Charmeur, wie er im Buche stand. Punktete bei den Frauen, ohne es wirklich darauf anzulegen. Gelegentlich hasste John ihn dafür. Überall, wo die zwei auftauchten, entstand bei den anwesenden Damen eine nicht zu übersehende Hibbeligkeit, sobald diese den schönen Dickie ins Visier nahmen. Er war einfach ein Mannsbild wie aus einem Kitschroman. Dichtes, welliges dunkelbraunes Haar, einen schlanken Körperbau mit breiten Schultern und schmalen Hüften. Gesegnet mit einem gut proportionierten Gesicht, das durch keinen Makel gestört wurde. Obendrein hatte er tiefgründige Augen, die den Mädels mit ihrem Türkisblau den Kopf verdrehten. Schnieke nannte man ein solches Auftreten.

John selbst war, abgesehen von seinen angefutterten Kilos, ein klassischer Durchschnittstyp. Weder hässlich noch attraktiv. Nicht klein, nicht groß. Leider waren ihm auch nicht die eisblauen Augen der Mutter vergönnt gewesen, die Farbe seiner Augen war ein fahles Grau mit braunen Sprenkeln. Aber neben Dickie sah einfach jeder Kamerad wie ein ausdrucksloses Subjekt aus, das von der strahlenden Erscheinung dieses Prachtkerls in den Schatten gestellt wurde. Nicht einmal der Frauenschwarm Gary Cooper hätte gegen seinen Namensvetter Dickie Cooper anstinken können. Mannsbilder irischer Abstammung galten ohnehin als die vom Universum am meisten begünstigte Form der Evolution. Und Dickie war ein solches Exemplar.

John war sicher, dass Dickie die Schwäche, die Violett für ihn hegte, nicht entgangen war. Dem blitzgescheiten Spund entging schließlich nichts. Nie. Erst recht nicht, wenn eine Frau ihm schöne Augen machte. Oder wenn sie wie seine Schwester, die stets Dickies Nähe suchte, ihre Stimme veränderte, sobald sie anregende Themen fand, um Dickie zu gefallen. Gewiss, Violett war nicht unattraktiv. Selbst als Bruder erkannte John ihren Liebreiz. Ihr volles Haar war pechschwarz wie das von Schneewittchen. Ebenso reizvoll waren die Ebenmäßigkeit ihrer Haut und ihre schönen Augen, die sie von der Mutter geerbt hatte. Das mädchenhafte Lächeln und die putzigen Grübchen waren zum Dahinschmelzen. Allerdings war Violett blutjung. Gerade einmal siebzehn. John wusste: Dickie bevorzugte die Gesellschaft geübterer Damen.

Josephine musste das verschämte Lächeln ihrer Tochter ebenfalls bemerkt haben –, so, wie sie jetzt in sich hineinlächelte. Mehrmals hatte sie John gegenüber den Verdacht geäußert, Violett sei verliebt.

Dickie war gewiss keine schlechte Partie, auch wenn er aus recht ärmlichen Verhältnissen stammte. Johns Mutter schätzte seine Höflichkeit und Hilfsbereitschaft sowie seine einnehmende Art, die vermutlich keiner Frau jemals entging. Sie wurde nicht müde, immer wieder von Dickie zu schwärmen, was John mittlerweile ein bisschen nervte.

»Sagen Sie, Richard, übernachten Sie heute auf Morgan's Hall?«

Josephine würde niemals einen Menschen mit seinem Spitznamen ansprechen. Dickie schien dieser Umstand sehr wohl zu gefallen, bemerkte John, weil die Augen des Freundes ständig aufblitzten, wenn Josephine ihn so ansprach. Sie war eben die Höflichkeit in Person, die sich jederzeit zu benehmen und zu beherrschen wusste.

»Nein, Mrs. Morgan. Leider nicht. Ich habe meinem Vater versprochen, ihm heute Abend im Pub auszuhelfen«, antwortete er.

»Oh, wie schade. Wir haben Sie immer gern zu Gast«, antwortete Johns Mutter. »Nicht wahr, Violett?«

John entging nicht, wie seine junge Schwester ertappt zur Mutter sah. Eine zarte Röte breitete sich über ihr Gesicht.

Doch ein plötzliches lautes Scheppern lenkte von ihrer Verlegenheit ab. Suzie, die am Kopfende des Tischs saß, hatte in ihrer Schusseligkeit eine Teetasse umgeworfen, die zu Boden fiel und zerbrach.

»Huch, das war ein Versehen!«, rief sie peinlich berührt.

Ein älterer Herr im gepflegtem Maßanzug eilte an den Tisch und kniete sich auf den Fußboden, um die Scherben aufzusammeln.

»Bitte, Miss Suzie, ich erledige das. Nicht, dass Sie sich verletzen.«

Suzie verzog den Mund. Anstatt Dankbarkeit auszudrücken, lugte sie erbost zu ihm hinunter.

John verschränkte sofort die Arme und ließ sich mürrisch in seinen Stuhl zurückfallen.

Es war Warren Harrington.

Dieser gierige Mistkerl, was will dieser Aasgeier jetzt schon wieder?, dachte er.

»Machen Sie sich bloß nicht die Hände schmutzig, Warren«, bemerkte John mit verärgertem Unterton.

Josephine wedelte leicht mit der Hand, damit ihr Sohn seine Wut zügelte. Es war unverkennbar, dass sie keine Lust auf das übliche Gezanke hatte, das unweigerlich entstand, sobald John und Warren aufeinandertrafen.

Warren ignorierte die Bemerkung und stellte die zerbrochene Teetasse zurück auf den Tisch. Mühsam zog er sich an Suzies Stuhllehne nach oben, denn seine Knie waren lädiert.

»Mrs. Morgan, ich kann Ihnen nicht sagen, wie sehr mir der Verlust Ihrer Familie leidtut. Charles war ein guter Bürger unserer schönen Stadt.«

»Mein Mann war nicht nur ein einfacher guter Bürger dieser Stadt. Das wissen Sie genau, Mr. Harrington«, konterte sie und Violett stupste ihre Mutter an.

»Mom, lass gut sein. Mr. Harrington will nur seine Anteilnahme ausdrücken.« Sie warf Warren einen barschen Blick zu. »Und er möchte sich gerade verabschieden. Nicht wahr?«

Warren schien erstaunt über Violetts kühle Aufforderung und räusperte sich. »Das ist korrekt, Miss Violett.« Er setzte seinen Hut auf, den er zuvor abgenommen hatte, und schaute in die Runde. Johns feindselige Blicke entgingen ihm sicherlich nicht. »Mrs. Morgan, wenn ich Ihnen irgendwie behilflich sein kann, besuchen Sie mich bitte im Great Mountain Hotel. Wir können über alles sprechen. Jetzt, da Charles nicht mehr unter uns weilt, stehe ich Ihnen gern mit Rat und Tat zur Seite. Und auch in anderen Dingen, wenn Sie verstehen.«

John platzte der Kragen. Er erhob sich von seinem Stuhl. Dickie stand ebenfalls auf. Vermutlich, um im Falle einer Handgreiflichkeit dazwischenzugehen.

»Verschwinden Sie, Warren! Wir sind auf Ihre scheinheilige Hilfe nicht angewiesen. Weder heute noch in Zukunft. Halten Sie sich von meiner Familie fern!«, kam es erbost von John.

Warren beabsichtigte offensichtlich nicht, seine Süffisanz zu verbergen, denn er lachte mit sarkastischem Tonfall in seiner Stimme.

»Ihr überheblichen Morgans. Ihr werdet schon noch früh genug bei mir angekrochen kommen und um Hilfe betteln. Die Luftblase, die euer Morgan's Hall umgibt, platzt eines schönen Tages. Das versichere ich euch.«

John verlor endgültig die Kontrolle.

Er beugte sich an Suzie vorbei vor und packte Warren schroff am Mantelkragen.

Die Haushälterin schrie vor Entsetzen auf und rückte mit dem Stuhl zurück. Die anwesenden Gäste des Cafés unterbrachen sofort ihre Unterhaltungen und sämtliche Blicke waren jetzt auf die beiden Streithähne gerichtet.

»Verschwinden Sie und unterstehen Sie sich, noch einmal meine Mutter zu belästigen. Sie werden niemals wieder auch nur einen Fuß auf Morgan's Hall setzen – jedenfalls nicht, solange ich lebe. Das schwöre ich.« Er zog Warren noch dichter zu sich heran. »Richten Sie das auch Ihrem missratenen Sohn Clark aus. Wortwörtlich!«

Dickie zog John am Ärmel zurück. »Lass gut sein, John. Meine Güte, der ist es doch gar nicht wert«, riet er seinem Freund, der einsichtig auf den Appell reagierte und von Warren abließ.

Dieser richtete den Kragen seines Mantels und stieß ein selbstgefälliges Johlen aus.

»John, du bist genauso hitzig und dämlich wie dein Vater. Und töricht obendrein. Du wirst schon sehen: In ein paar Jahren wird euer Land an deiner Unfähigkeit verdorren. Und spätestens dann werde ich vor eurer Tür stehen. Darauf kannst du dich verlassen.«

Warren wendete sich von ihnen ab und verließ erhobenen Hauptes das Rosie's, schlug die Tür hinter sich zu und das Bimmeln des kleinen Glöckchens über dem Türrahmen bildete das Ende dieser Streiterei.

Ein aufgeregtes Murmeln ging durch das Lokal, bis die Gäste sich wieder ihren Unterhaltungen widmeten.

John und Dickie setzten sich auf ihre Stühle zurück.

»Um Himmels willen, John, warum lässt du dich dauernd von diesem Drecksack provozieren? Noch dazu am Tag der Beisetzung deines Vaters. Auf eine solche Reaktion wartet er doch nur. Du weißt ganz genau, dass Warren dir und deiner Familie nichts anhaben kann«, redete Dickie ihm ins Gewissen. »Er legt es doch nur darauf an, dich aus der Reserve zu locken, damit du einen Fehler machst. Du musst einen kühlen Kopf bewahren. Dieser Schmierlappen kann euch doch überhaupt nichts.«

John schüttelte sich, sah in das verzagte Augenpaar seiner Mutter und seufzte ergeben.

»Mom, bitte entschuldige. Das hättest du nicht miterleben sollen. Aber ich konnte nicht anders. Selbst heute belagert uns dieser Teufel. Er wird keine Gelegenheit auslassen, mich zu Fehlern zu verführen, um sich Morgan's Hall unter den Nagel zu reißen. Das wollte er doch schon immer. Wir und unser Besitz sind ihm seit je her ein Dorn im Auge. Jetzt schleimt er sich bei dir ein, Mom. Am Tag von Vaters Beerdigung. Das ist unglaublich.«

Josephine blickte auf und lächelte ihren Sohn sanft an. »Im Grunde hast du ja recht, mein Sohn. Aber, wie Richard sagte, du darfst dich nicht dauernd von dieser Harrington-Sippe provozieren lassen.«

»Ich verstehe diese Familienfehde bis heute nicht«, äußerte Dickie.

»Tja, Richard, ganz einfach: Neid«, antwortete sie. »Mein Mann und ich waren einst die Ersten, die in diese Gegend kamen und aus ihr etwas machten. Wie Sie wissen, hatte Charles vor langer Zeit eine der mächtigsten Reedereien von Seattle geerbt. Doch er wollte nie woanders leben als hier in Woodwall. Als dreizehnjähriger Pfadfinder kam er hierher und verliebte sich sofort in den Ort. Er verkaufte das Familienunternehmen und erbaute unser Morgan's Hall.« Josephine lächelte, schwelgte in Erinnerungen an diese Zeit. »Er wollte für mich das schönste Haus der Welt erschaffen.«

»Das ist ihm gelungen, Mrs. Morgan. Ich habe niemals in meinem Leben ein schöneres Heim gesehen. Die Aussicht auf den Golden Lake und die Berge ist außergewöhnlich.«

»Ja, das ist es, Richard. Kurz bevor John geboren wurde, gründeten wir die Apfelbaumplantage. Wir hätten niemals gedacht, dass sich dieses Unternehmen später zu einem der erfolgreichsten im ganzen County entwickeln würde. Mittlerweile verkaufen wir das Obst weit über die Grenzen von Washington hinaus. Nach Oregon, Montana, ja sogar bis nach Kalifornien. Hier am Ende der Welt sind die Früchte von einzigartigem Geschmack.«

»Und Vater hat dann auch die Kelterei errichten lassen, in der wir noch heute unseren Apfelwein und die anderen Erzeugnisse produzieren«, bemerkte John mit einer gehörigen Portion Stolz in seiner Stimme. »So entstand schließlich die Morgan's Company. Letztendlich ist es der Wein, der uns bekannt gemacht hat. Im Laufe der Jahre siedelten sich immer mehr Menschen in Woodwall an, weil sie in der Kelterei Arbeit fanden.«

Dickie richtete sich mit einem Ruck in seinem Stuhl auf. »Und wie ist dieser Warren hierhergekommen?«

»Ach, keine Ahnung!«, fauchte John. »Der Typ ist der Sohn eines schwerreichen Baumoguls aus Seattle. Irgendwann in den Zwanzigerjahren kaufte Warren der Northern Pacific Railway, der Eigentümerin dieses Gebiets hier, ein bedeutendes Stück Land ab, um hier das Great Mountain Hotel zu erbauen. Eigentlich kein Wunder. Die Gegend hat ja einiges zu bieten. Bergwanderungen im Sommer, eine Erholungsstätte im Herbst und Skifahren im Winter. Mein Vater stand diesem Vorhaben machtlos gegenüber.«

Violett fuhr auf und kratzte sich an der Schläfe.

»Also, ich habe ja mal gehört, dass unser Vater anfangs Warrens Pläne befürwortet hat.«

John funkelte seine Schwester zornig an. »Was für ein Blödsinn, Vio. Bitte, glaub doch nicht immer jeden Mist, den man sich in dieser Stadt erzählt. Du solltest es besser wissen. Unser Vater wollte nicht, dass dieses Paradies von Touristen geschändet wird. Ich musste ihm hoch und heilig versprechen, niemals unser Land an die Harringtons zu veräußern, damit die Wälder erhalten bleiben. Das ist der Grund für diesen Streit. Warren benötigt für seine weiteren Vorhaben mehr Land. Unser Land. Und ihm sind alle Mittel recht, um es sich unter den Nagel zu reißen.«

»Aber es ist doch euer Grund und Boden. Was kann er euch schon anhaben, wenn ihr standhaft bleibt?«, wollte Dickie jetzt wissen.

»Unser Vermögen ist zwar beachtlich, aber nicht unendlich«, meinte Josephine. »Zwei oder drei Missernten und wir Morgans geraten in Schwierigkeiten. Das weiß Warren. Aber mein Charles hat trotzdem vorausschauend gewirtschaftet. Und John wird unser Land bis auf das letzte Tröpfchen Blut verteidigen. Da bin ich mir sicher.«

John lächelte. »Mom, niemals werde ich zulassen, dass Morgan's Hall in die Hände dieses Widerlings fällt. Das verspreche ich dir.«

»Das weiß ich doch, mein Sohn. Richard hat dennoch recht! Du musst deine Feindseligkeit endlich zügeln. Eventuell brauchst du mal ein bisschen Abstand von allem; mit Wut erreichst du gar nichts.«

»Wie meinst du das?«, fragte John verwirrt.

»Eigentlich wollte ich dir dieses Geschenk erst später machen, wenn sich alles etwas beruhigt hat, aber vielleicht ist jetzt der bessere Zeitpunkt.«

Aus ihrer Handtasche kramte sie einen Umschlag hervor, den sie John überreichte. Neugierig öffnete er das Kuvert und zum Vorschein kamen zwei Flugtickets von Seattle nach New York. Er runzelte augenblicklich die Stirn.

Josephine hingegen wartete gespannt auf die Reaktion ihres Sohnes. Ein zaghaftes Lächeln umspielte ihre Lippen, als er sie anblickte. Mit diesem Geschenk konnte er nichts anfangen.

Verdattert sah er sie an. »New York?«, fragte er baff und seine Mutter strahlte jetzt über das ganze Gesicht.

»Richtig. Von dort aus geht es mit einem Passagierschiff nach Southampton. Dein Vater und ich hatten vor seinem Tod beschlossen, dir diesen Traum zu erfüllen. Wir wussten doch, wie sehr du dir das wünschst. Charles wollte, dass du mal einen anderen Teil dieser Erde siehst, bevor du die Geschäfte der Morgan's Company übernimmst.« Sie lächelte. »Du sollst dir die Hörner abstoßen, hat er gesagt. Du bist noch so jung. Jetzt ist dafür Gelegenheit, auch wenn mir die derzeitige politische Entwicklung in Europa nicht sonderlich gefällt. Und jetzt, ohne deinen Vater hier ..., aber das soll nicht deine Sorge sein. Noch nicht. Geh, sammle Erfahrungen und lebe erst einmal. Dann komm gestärkt zu uns zurück.«

Allmählich begriff John. Schon immer hatte er den Traum gehegt, durch die Alte Welt zu reisen, um geschichtsträchtige Orte wie London oder Rom zu erkunden. Dieser lang gehegte Wunsch sollte endlich in Erfüllung gehen. Über der Trauer und den Veränderungen der letzten Tage hatte er ihn völlig verdrängt.

Unbehagen keimte in ihm auf. Der Zeitpunkt passte einfach nicht.

»Mom, ich kann doch jetzt nicht einfach verschwinden. Was ist mit der Produktion und mit dir? Und Violett? Ihr braucht mich doch«, sagte er in bestimmtem Ton.

»Papperlapapp. Auf die paar Wochen kommt es nicht an«, redete sie beruhigend auf ihn ein. »Ich will nicht, dass du diesen Traum jetzt aufgibst. In den nächsten Jahrzehnten wirst du sicherlich nie wieder die Zeit finden, Woodwall für ein paar Monate zu verlassen. Das weißt du. Ich finde, du hast etwas Abwechslung verdient, gerade jetzt, mein Junge ... nach allem, was passiert ist. Unser Mr Hastings hat die Geschäfte in deiner Abwesenheit ganz sicher fest im Griff. Er und dein Vater haben über zwanzig Jahre zusammengearbeitet. Ich will, dass du deinen Horizont erweiterst. Du liegst uns ja seit deiner Jugend mit einer solchen Reise in den Ohren! Warum also nicht jetzt? Dein Vater hat es so gewollt.«

Josephine lachte, trank genüsslich von ihrem Tee und zwinkerte John zu. Tränen der Rührung stiegen ihm in die Augen. Dankbar lehnte er sich zu ihr hinüber, um sie zu umarmen, dabei schwappte ein wenig Tee aus der Tasse seiner Mutter.

»Halt, halt – nicht so stürmisch, mein Junge«, lachte sie.

»Ich weiß gar nicht, was ich sagen soll, Mom. Damit habe ich nicht gerechnet.«

Violett grinste zufrieden. Dann runzelte sie die Stirn und beugte sich zu John hinüber, um den Inhalt des Kuverts genauer zu betrachten.

»Mom, weshalb hast du zwei Tickets gekauft?« Aufgeregt öffnete sie den Mund. »Darf ich etwa mit?«

Josephine setzte bedacht ihre Teetasse ab. Violetts sprießende Begeisterung war zu offensichtlich. Selbst John entging sie nicht. Gerade als er etwas sagen wollte, setzte seine Mutter bereits zu einer Antwort an.

»Aber nein, Violett! Für solch eine Reise bist du noch viel zu jung«, bremste sie Violetts Enthusiasmus. Der freudestrahlende Ausdruck in den Augen der Tochter wich einer nicht zu übersehenden Enttäuschung.

»Immer nur John. Ich werde hier niemals rauskommen«, gab sie prompt traurig von sich.

»Mach dir nichts draus, meine liebe Vio«, grinste John spitzbübisch. »Auf dich warten andere Herausforderungen.«

Sie zog die Stirn kraus. »So? Und welche?«

Wichtigtuerisch legte er seine Hand auf ihre und zog allwissend die Augenbrauen nach oben.

»Nun ja, endlich einen Gemahl finden, der dich zu seinem Weib macht. Ist allerhöchste Eisenbahn, Schwesterchen. Dann darfst du seine Hemden bügeln, ihm die Füße massieren …«

Violetts heftiger Tritt gegen sein Schienbein unterbrach seine ironisch gemeinte Aufzählung. Mit schmerzverzerrtem Gesicht entschuldigte er sich zwar bei ihr, vermochte aber nicht, sich ein weiteres spöttisches Lachen zu verkneifen.

»Das musst gerade du sagen. Du bist schon fast Mitte zwanzig und immer noch nicht verheiratet«, zischte sie, verschränkte trotzig die Arme vor der Brust und lehnte sich zurück.

»Schluss mit der Zankerei«, ging Josephine dazwischen. »Obwohl ich deiner Schwester zustimmen muss. Es wäre schön, wenn du uns mal eine nette Dame vorstellen würdest. Du bist so ein netter Bursche.«

John verdrehte die Augen. Immer dieselbe Leier. Seit Jahren. Er seufzte und sah wieder auf das zweite Flugticket. »Und für wen ist jetzt das andere Ticket?«

»Ich dachte mir, Richard würde dich begleiten können«, antwortete sie.

John und Dickie sahen sich erstaunt an. Damit hatte John nicht gerechnet. Dickie wohl auch nicht, so irritiert wie er die Kuchengabel auf seinen Teller zurücklegte und Josephine geplättet ansah.

»Ich fasse es nicht, Mom. Aber das ist ja großartig!«, rief John beschwingt.

Dickie schwieg eine Weile, er musste wohl nach den richtigen Worten suchen. »Mit Verlaub, Mrs. Morgan, ich denke nicht, dass ich mir solch eine Reise leisten kann«, sagte er daraufhin mit einem unüberhörbaren Dämpfer in der Stimme.

Josephine winkte ab. »Machen Sie sich darüber keine Gedanken, Richard Cooper. Das Unterhaltsgeld, das ich John mitgebe, reicht für euch beide. Ich würde meinen Sohn keinesfalls alleine nach Europa schicken, das wäre zu gefährlich.

Gerade jetzt. Ihnen vertraue ich, Richard, dass Sie mir meinen Jungen gesund wiederbringen.« Sie verzog den Mund, als sie John dabei beobachtete, wie er ein weiteres Stück Kuchen von der Servierplatte auf seinen Teller bugsierte, und hob mahnend den Zeigefinger. »Und bitte achten Sie darauf, dass er nicht das ganze Geld für Fressalien und oder anderen Firlefanz ausgibt! Etwas Bewegung auf der Reise würde ihm auch guttun!«

»Ich weiß nicht, was ich sagen soll, Mrs. Morgan. Vielen Dank. Mit einem so großzügigen Geschenk habe ich nicht gerechnet. Ich werde auf John achtgeben. Versprochen. Meinem alten Herren wird solch eine lange Reise jedoch nicht gefallen.«

»Also, Richard, um den brauchen Sie sich ausnahmsweise mal keine Gedanken zu machen. Ich werde jemanden von der Arbeitsvermittlung zu ihm schicken. Dann hat er während Ihrer Abwesenheit eine Aushilfe im Lokal. Daran soll diese Reise keineswegs scheitern.«

John klatschte heiter in die Hände. »Mom, du hast wirklich an alles gedacht.«

Dickie saß stumm neben ihm und wirkte ziemlich ergriffen.

»Mit einem solchen Geschenk habe ich nicht gerechnet. Sie sind der großzügigste Mensch, dem ich jemals begegnet bin, Mrs. Morgan«, flüsterte er verlegen.

Josephine nickte ihm mütterlich zu.

»Aber dann sind wir ja ganz alleine im Haus. Ohne einen Herrn«, protestierte Suzie nun hilflos, als sei dies der Untergang der Welt. »Herrje, das hat es ja noch nie gegeben.«

»Ach, Suzie!«, schimpfte Josephine und schüttelte den Kopf. »Sie sind unverbesserlich. Wir Frauen sind doch stark genug, um auf uns selbst aufzupassen. Unser guter Phil ist schließlich auch noch da. Einem kraftstrotzenden Indianer stellt sich so schnell niemand in den Weg.«

***

Am späten Nachmittag verabschiedete sich Dickie von der Familie. Er stieg in den alten, klapprigen Lieferwagen, den er sich von seinem Vater geborgt hatte. Bis nach Seattle brauchte er mindestens drei Stunden, und er hatte Bedenken, dass er dort nicht ohne eine Panne ankommen würde.

Aber er hatte nicht lange gezögert, als John ihn darum bat, ihm bei der Beerdigung von Charles beizustehen. Das war er ihm schuldig. Trotz seiner bescheidenen Herkunft hatte der Mann ihn fast wie einen Sohn behandelt. Für anstehende Prüfungen erhielt er von ihm stets ein aufrichtiges »Viel Glück«, von seinem eigenen Vater nicht einmal ein interessiertes »Wie ist es gelaufen?«

Erst als er die Morgans vor drei Jahren kennenlernte, begriff er, was das Wort Familie tatsächlich bedeutete. In seiner eigenen ging es weniger um wahre Gefühle als um Arbeit, Arbeit, Arbeit.

Jetzt musste er zurück in den Pub der Eltern.

Dickie hasste diesen Ort, der all das war, was er nie sein wollte. Gesellschaftlicher Abschaum. Sein Vater war ein cholerischer Trinker, der ohne Dickies Hilfe nichts zustande brachte. Seine Mutter war stoisch, beinahe lethargisch, weil sie sich etwas Besseres vom Leben erhofft hatte, als mit einem Barbesitzer zu versauern. Dickie konnte es ihr nicht verübeln. Schließlich kam er mit dem Lebensstil des Vaters ja auch nicht zurecht.

Stattdessen träumte Dickie von einer dauerhaften Anstellung in der Morgan's Company, wollte ein Teil dieser wohlhabenden Familie sein.

Ja, die Morgans waren reich, steinreich. Das wusste man sogar im entfernten Seattle. Zweifellos sollte ihm die Freundschaft zu John lukrativere Türen öffnen, als es der Pub seiner eigenen Familie je könnte. Fernab des tristen Daseins, das seine Eltern führten, die nicht einmal genügend Geld für Schulbücher hatten aufbringen können. Dickie hatte sich diese stets selbst verdienen müssen. Das meiste Geld wurde versoffen oder verspielt. Unter keinen Umständen wollte er so enden. Das hatte sich Dickie geschworen, noch bevor er wusste, was Reichtum tatsächlich bedeutete.

Doch an diesem Tag freute er sich, seinem Vater vor die Augen zu treten, um ihm auszurichten, dass er Anfang Januar für mehrere Monate nicht zu seiner Verfügung stehen würde.

Dickie ahnte, wie der Alte auf diese Neuigkeiten reagieren würde: mit einem harten Schlag ins Gesicht, begleitet von der höhnischen Frage, ob sich der Sohn für etwas Besseres hielt. Die lallende Stimme klang ihm bereits jetzt in den Ohren. Eine gewohnte Reaktion des Vaters, wenn in seinem alkoholverseuchten Hirn nichts Gescheites mehr aufblitzen wollte.

Dickie fieberte regelrecht dieser Backpfeife entgegen, da sie seine Freiheit bedeutete. Er würde sie ein letztes Mal willkommen heißen.

Und ja, er hielt sich tatsächlich für etwas Besseres.

Er war etwas Besseres.

Die Bürde des Erbens

Morgan's Hall, 1. Januar 1938

Das Jahr war erst wenige Stunden alt, lag irgendwie noch zwischen der Vergangenheit und dem Jetzt.

Der morgendliche Himmel war mit rosa Zuckerwatte-Wolken behangen, die das Land um Morgan's Hall in eine hinreißende Winterlandschaft verwandelten.

John stand bis zu den Knien im Schnee und schaute auf die zugefrorene Eisfläche des Sees, der sich vor ihm in endlosem Weiß erstreckte. Ein Lächeln glitt über seine Lippen, während er die klare Luft inhalierte, sie daraufhin bewusst ausatmete.

Als Kinder hatten Violett und er nicht den Moment abwarten können, bis der Golden Lake zugefroren war. Dann hatten sie stets ihre Schlittschuhe übergezogen und sich unbekümmert gegenseitig über den See gejagt.

Jetzt, da sie beide erwachsen waren, hatten sie den Spaß an solchen Aktivitäten irgendwie verloren, waren aus den Schlittschuhen herausgewachsen. Ebenso aus der kindlichen Unbeschwertheit. Damals war alles leichter gewesen, sorgenfreier.

Wie sehr er sich diese Zeit zurückwünschte.

Auf ihm lastete dieses neue Jahr wie ein überschwerer Ruck-sack, der seine Schultern ins Bodenlose hinunterdrückte.

Es war die Verantwortung, die ihn quälte. Dass er irgend-wann die Geschäfte, die Ländereien der Familie übernehmen musste, war ihm schon als kleiner Junge eingetrichtert worden. Doch dass sein Vater so unerwartet an einer Blutvergiftung ster-ben würde, damit hatte John nicht gerechnet.

Dass dieses Irgendwann so plötzlich eingetreten war, konnte er noch immer nicht glauben.

Wenn John ehrlich zu sich selbst war, hatte er eine Heiden-angst vor der Zukunft und davor, seine Familie zu enttäuschen. War es wirklich richtig, erst auf Reisen zu gehen? Was passierte, wenn er seinem Vater nicht gerecht werden würde? War er überhaupt schon bereit für die Leitung eines Unternehmens? Er musste die Verantwortung für beinahe jeden Bürger dieser Stadt tragen. Über siebzig Prozent der Bewohner von Woodwall arbeiteten in der Kelterei der Morgan's Company. Hinzu kam der Erhalt des familiären Grundbesitzes, auf den Warren Har-rington seit Jahren ein Auge geworfen hatte.

War es vernünftig, jetzt für drei Monate durch Europa zu reisen?

Er konnte die Überfahrt nach Southampton kaum erwar-ten, aber irgendetwas in seinem Inneren bereitete ihm große Sorge. Was es war, wusste er nicht. Da war ein unangenehmes Zucken in der Magengegend, ein nicht greifbares Unbehagen, das ihn erschaudern ließ. Wie eine seltsame Vorahnung, dass et-was Schreckliches eintreten würde. Sollte er wirklich fortgehen?

Ein letztes Mal genoss er die Ruhe, die ihn umgab, lauschte dem Wind. Er schüttelte die zweifelnden Gedanken ab, um sich auf das Hier und Jetzt zu konzentrieren.

Kurz darauf stiefelte er durch den hohen Schnee ins Haus zurück. Die behagliche Gluthitze des Kaminfeuers im Foyer wärmte auch sein Gemüt. Er fand Dickie und seine Mutter im Salon des Hauses sitzen. Suzie hatte den beiden gerade Tee und einen Apfelkuchen serviert. Der Duft von Zimt und warmer Butter lag in der Luft und verleitete John zu einem Lächeln. Josephine saß auf dem Sofa und bestickte ein weißes Tuch. Dickie saß ihr gegenüber auf dem Sessel und studierte eine Landkarte, die er aufgefaltet vor sein Gesicht hielt.

John und er hatten die letzten Wochen mit der Reiseplanung verbracht, dabei stundenlang über Landkarten gebrütet, um die beste Strecke auszumachen. Mit den Zeigefingern waren sie von einer Landesgrenze zur anderen gewandert. In ihren Gesprächen hatte es kein anderes Thema mehr gegeben als ihre Europareise. Die erste Woche würde für die Schifffahrt draufgehen. Nach zwei Wochen Aufenthalt in London standen Paris, Zürich, Wien sowie Mailand auf dem Reiseplan. Zu guter Letzt fand sich Rom auf der Route. Darauf freuten Dickie und er sich am meisten. Gab es auf der Welt überhaupt eine Stadt, die historischer war als Rom?

Die beiden Freunde schlenderten, wann immer sie sich sahen, schon gedanklich durch die prächtigen Städte, konnten es kaum erwarten, diese zu erkunden. Geschichte einatmen, um davon den Rest ihres Lebens zu zehren.

»Dickie, müsstest du nicht langsam jeden Winkel in Europa kennen?«, grinste John und setzte sich neben seine Mutter auf das Sofa.

Dickie faltete die Landkarte zusammen und seufzte laut auf. »Eine Schande, dass Deutschland von diesem Tyrannen verpestet wird. So viel Kultur, die wir nicht sehen werden.«

»Ihr werdet genug Kultur sehen. In den anderen Ländern!«, wandte Josephine ein. »Ihr müsst mir versprechen, keinen Fuß in dieses Land zu setzen. Es ist einfach zu gefährlich.« Sie sah Dickie mit ernsten Augen an.

»Natürlich nicht, Mrs. Morgan. Bitte verzeihen Sie. Ich habe nur laut nachgedacht.«

»Du musst das nicht permanent anbringen, Mom. Wir sind ja nicht verrückt.« John reagierte nur noch genervt auf ihre Bitte. Viel zu oft hatte er die Sorge der Mutter in letzter Zeit gehört. »Jetzt hör bitte endlich damit auf, dir darüber den Kopf zu zerbrechen. Wir machen einen großen Bogen um dieses Land. Obwohl ich Dickies Ansicht teile, denn es ist wirklich sehr schade. Ich habe gehört, in Deutschland gibt es wunderbare Museen und Schlösser – wie aus einem Märchen –, sofern diese nicht zu irgendwelchen Schaltzentralen Hitlers umfunktioniert wurden.«

»Museen und Schlösser gibt es auch in England«, wandte Dickie ein, um Josephine zu beruhigen. »Wir denken nicht im Traum daran, ein nationalsozialistisches Land wie Deutschland zu bereisen. Sie müssen sich keine Sorgen machen, Mrs. Morgan.«

Damit fand sich die Mutter ab, nickte und widmete sich wieder ihrer Handarbeit.

Leila Madlen

Wien, 10. März 1938

Wenn du weiter den ganzen Süßkram in dich hinein-
stopfst, wirst du irgendwann platzen!«, maulte Dickie
und wirkte dabei ein bisschen angewidert. John ließ sich von
diesem Spruch offenbar nicht beeindrucken, stattdessen goss er
zusätzliche Vanillesoße über seinen Kaiserschmarrn, was Dickie
zu einem ratlosen Kopfschütteln verleitete. »Auweia, John.
Was soll ich nur mit dir anstellen?«

»Ich liebe Wien. Ich habe noch niemals in meinem Leben
so vorzüglich gegessen wie hier«, schmatzte John genüsslich
und würdigte sein Gegenüber keines Blickes.

»Das sieht man! Unsere Reise entwickelt sich zu einer Expedition ins Schlaraffenland.«

John und Dickie saßen im Café Central, wie an jedem
Nachmittag, seit sie in der Stadt angekommen waren.

John fand ständig einen Weg in dieses Kaffeehaus. Ganz
gleich, in welchem Bezirk sie sich vorher aufgehalten hatten.
Das Lokal gehörte zu einem der traditionsreichsten Häuser in
Wien. Seit seiner Gründung im Jahr 1876 trafen sich hier die

größten Dichter und Denker. Franz Kafka oder auch Sigmund Freud gaben sich hier die Klinke in die Hand.

Wie jetzt auch John Morgan, der wie kein anderer Mensch in diesem Universum jene dargebotenen Speisen mit hingebungsvoller Fleischeslust zu würdigen wusste. Bei den Servicekräften war er mittlerweile ein gern gesehener Gast, der mit Trinkgeldern nicht zu geizen pflegte.

»Das Wichtigste an Expeditionen in ferne Länder, Dickie, ist die Entdeckung der jeweiligen Esskultur«, sinnierte John wie ein abgeklärter Professor.

Dickie hatte genug davon, seinem Freund dabei zuzusehen, wie dieser die Kalorien geradezu inhalierte, und schaute sich in dem gut besuchten Café um.

Neben ihm saß ein gepflegt gekleideter Herr, der mit seinem Gesicht tief in der englischen Times versunken war. Während der Mann eine Seite umschlug, bemerkte er Dickies aufmerksames Studieren der Titelseite: Am Sonntag Volksabstimmung in Österreich.

»Geduld, junger Mann. Ich habe sie gleich ausgelesen.«

»Entschuldigen Sie.« Dickie lehnte sich ertappt wieder zurück.

»Sind Sie Engländer?«, wollte der Mann wissen.

»Nein, Sir, wir sind Amerikaner. Aus dem Staat Washington. Wir sind auf der Durchreise.«

»Interessant! Das ist doch im Nordwesten, bei Kanada? Ganz schön weit gereist.«

»Richtig, Sir.«

Dickie erspähte einen braunen Lederkoffer, der neben den Füßen des Mannes stand. Womöglich ein Handelsreisender.

Dieser faltete die Zeitung zusammen und drückte sie Dickie in die Hand.

»Lesen Sie ruhig.« Der Mann schlürfte seinen Kaffee. »Und? Wie gefällt Ihnen Wien mit all den kaiserlichen Über-bleibseln?«

»Wunderbar«, antwortete Dickie. Irgendwie war er dank-bar, sich mit jemand anderem als John zu unterhalten. Seit Ja-nuar hockten die beiden Tag und Nacht aufeinander. Das zerrte an den Nerven, die Gesprächsthemen verebbten allmäh-lich. »Wir waren bereits in London, Paris und zuletzt in Zürich. Großartige Städte. Noch imposanter, als wir es uns vorgestellt hatten.«

»Tja, das gute alte Europa«, murmelte der Fremde melan-cholisch, als würde er den baldigen Zerfall dieses Kontinents befürchten. »Da haben Sie sich aber eine sehr waghalsige Zeit ausgesucht«, bemerkte er daraufhin. Dickie kam nicht umhin, einen provokanten Unterton in der Stimme des Mannes auszu-machen. »Wie lange bleiben Sie noch in Wien?«, fragte dieser als Nächstes.

»Bis Montag, Sir.« Dickie überlegte, ob er das Gespräch weiterführen oder lieber abbrechen sollte, aber irgendwie war er auf die Meinung des Engländers gespannt. Die politischen Unruhen zu dieser Zeit waren überall spürbar, eine merkwür-dige Anspannung war allgegenwärtig. Jeden Tag wurde man von neuen unheilvollen Meldungen von den Titelblättern der Zeitungen angesprungen. »Ich weiß, worauf Sie hinauswollen. Die Volksabstimmung am kommenden Sonntag. Die Stadt ist in ziemlicher Unruhe. Vielleicht reisen wir schon vorher ab.«

Der fremde Herr presste die Lippen zusammen.

»Das wäre klüger, junger Mann«, mahnte er. »Hitler und der österreichische Bundeskanzler Kurt Schuschnigg haben sich wohl vor ein paar Wochen auf dem Obersalzberg in Berchtesgaden getroffen. Hitler hat Schuschnigg ordentlich eingeschüchtert. Ich halte das alles für kein gutes Zeichen. Das österreichische Volk sehnt sich nach Hitlers Reichsidee. Nach Jahren der Wirtschaftskrise erhoffen sich die Bürger sozusagen einen Aufschwung unterm Hakenkreuz. Ein gefährlicher Wunsch. Die meisten glauben fest, sie seien unter Hitlers Führung in besseren Händen. Völlig verrückt, wenn Sie mich fragen.«

»Sie denken tatsächlich, dass sich die Österreicher für einen Anschluss an das Deutsche Reich entscheiden?«

Besorgt sah er zu John hinüber, der sich nach vorne lehnte und die Augen verengte.

Der Mann beugte sich zu Dickie hinüber. Seine rechte Augenbraue zuckte hoch und er begann zu flüstern. »Selbst, wenn nicht, denken Sie im Ernst, dass ein so kleines Land wie dieses dem Druck von Adolf Hitler standhält? Nie und nimmer! Österreich verfügt über kein nennenswertes Militär. Selbst wenn sich das Volk dagegen entscheidet, ist es nur noch eine Frage der Zeit, bis Hitlers Panzer über die Grenzen rollen.« Dickie sah mit ernstem Gesicht zu John hinüber, der mittlerweile erkennbar das Interesse an seinem Kaiserschmarrn verloren hatte.

»Ich habe heute einen Geschäftstermin bei einem Zwischenhändler. Ich verkaufe Krawatten. Echte Seide.« Der Fremde zog den Lederkoffer zu sich heran und öffnete ihn. Zum Vorschein kamen Dutzende von Seidenkrawatten in allen erdenklichen Farben. Die meisten davon waren potthässlich. »Interesse?«

»Nein danke.« John schüttelte den Kopf.

Dickie war ernüchtert, dass sich diese Unterhaltung zu einem Verkaufsgespräch entwickelte. Der Vertreter zuckte mit den Achseln und verschloss den Koffer rasch wieder. Bedächtig schlürfte er den letzten Schluck aus seiner Tasse. Anschließend wandte er sich ihnen nochmals zu.

»Morgen werde ich den ersten Zug nehmen. Unter keinen Umständen bleibe ich länger als nötig in Wien. Ich habe gehört, dass sich seit Jahren faschistische Gruppen im Untergrund bewegen, die nur auf eine Übernahme Hitlers warten. Dann ist hier die Hölle los, das sag ich Ihnen. Ich habe die letzten Tage schon einige Offiziere in dieser verdammten SA-Uniform gesehen, was das Schlimmste befürchten lässt. Führen sich in der Stadt auf, als gehöre ihnen bereits das Kanzleramt.« Er kramte ein paar Groschen aus seiner Manteltasche und legte sie auf den Tisch. »Sie sollten schleunigst das Land verlassen, meine Herren. Engländer sowie Amerikaner geraten leicht ins Visier der Nazis. Die Holzköpfe sehen doch in jedem Ausländer einen Spion, einen Feind ihrer verkorksten Ideologie. Denken Sie daran.« Damit setzte er seinen Hut auf und erhob sich, um sich zu verabschieden. Die beiden Freunde sahen ihm verwirrt hinterher, bis er aus dem Café verschwunden war.

»Der Vertreter hat recht, John! Wir sollten Österreich so schnell wie möglich verlassen. Nicht einmal der Teufel weiß, ob sich das Volk für oder gegen das Deutsche Reich ausspricht. Letztendlich will ich weder das eine noch das andere miterleben, denn in jedem Fall bedeutet es nichts Gutes.«

John nickte stumm über diesen Vorschlag. »Also gut.«

Trübsinnig schaute Dickie über Johns Kopf hinweg, um das Treiben auf der Herrengasse zu beobachten.

Marschierendes Volk, dazwischen unzählige Polizisten. Ein sich ständig abwechselndes Gebrüll von Heil-Schuschnigg- sowie Heil-Hitler-Grüßen. Zweifellos wäre es vernünftiger gewesen, direkt von Wien wieder nach Zürich aufzubrechen. Dort hätten sich die Freunde in Ruhe um die Heimreise kümmern können. Die Schweiz galt als sicher, als unparteiisch.

In diesen Zeiten gen Europa zu reisen, war einfach absurd gewesen. Im höchsten Maße einfältig. Das wurde Dickie jetzt bewusst. In den vergangenen zwei Tagen hatten auch die beiden Freunde vermehrt SA-Offiziere in der Stadt gesichtet. Ihr Hotel lag in der Bankgasse, unweit des Kanzleramts und der Hofburg, welche die Schaltzentrale des aufblühenden Nationalsozialismus war, obwohl diese noch nicht einmal an der Macht waren, aber wie die Geier auf ihre Chance warteten. Nach dem Gespräch mit dem Handelsreisenden erkundigten sich die beiden am Wiener Hauptbahnhof über eine Zugfahrt.

Der früheste Zug gen Zürich fuhr erst am kommenden Montag. Ansonsten bliebe ihnen nur die Möglichkeit über München zu reisen. Diese Alternative kam für John und Dickie jedoch nicht infrage. Auf keinen Fall beabsichtigten sie, auch nur einen Fuß auf deutsches Territorium zu setzen. Sie kauften die beiden Zugfahrscheine für Montag um acht Uhr.

Als sie zu ihrem Hotel zurückkehrten, versammelten sich immer mehr Menschen auf den Straßen. Eine Gruppe junger Burschen, die mit ihrer adretten Kleidung und den dünnen Brillengestellen nach Studenten aussahen, rief wiederholt Schuschnigg-Parolen.

Schon flogen einige Steine. Einer der mutmaßlichen Studenten wurde an der Schläfe getroffen und sank mit schmerzverzerrtem Gesicht zu Boden. Ein deutlicher Ruck ging durch die Menschenmenge. Die Lage erschien bedrohlicher als noch vor wenigen Augenblicken. Eine Rauferei entstand, die sich im Nu zu einem verbitterten Straßenkampf zwischen Schuschnigg- und Hitleranhängern entwickelte.

Dickie und John bogen eilig in eine unbelebte Gasse ein, um dem gewalttätigen Tumult zu entgehen.

»Verdammte Scheiße, John! Wie konnten wir nur so bescheuert sein? Die Auseinandersetzungen auf den Straßen gefallen mir gar nicht. Ich bin sicher, das ist erst der Anfang.«

»Aber was sollen wir tun? Es ist erst Donnerstag. Wir sitzen noch bis Montag hier fest.«

»Am besten, wir verhalten uns so unauffällig wie möglich. Diese Reise entwickelt sich zu einem Albtraum.«

***

Am Abend besuchten sie zusammen die Oper »Tiefland« von Eugen d'Albert in der Wiener Staatsoper, einem architektonischen Prachtbau, dessen Besichtigung Dickie und John unter keinen Umständen auslassen wollten. Die Karten hatten sie vor einigen Tagen erstanden.

Im Hotelzimmer entspann sich zwischen ihnen davor noch eine hitzige Diskussion, denn Dickie hätte das Zimmer am liebsten überhaupt nicht mehr verlassen. John hingegen wollte sich von den Unruhen in den Straßen nicht einschüchtern lassen. Ein Besuch in der Oper war vielmehr eine willkommene

Ablenkung und sollte daher nicht schaden. Dickie knurrte, willigte schließlich aber doch ein.

Die Oper war ausverkauft. Als sie dort ankamen, nahmen die Freunde im unteren mittleren Bereich ihre Plätze ein und versuchten, das Stück zu genießen. Zumindest John gelang es, aber Dickie war unruhig und rutschte in dem roten Samtsessel hin und her.

»Sieh mal, John.« Dickie tippte ihn an und zeigte zu den Logen hinauf. Hochdekorierte Nazi-Offiziere saßen über ihren Köpfen, was ihre gegenwärtige Anspannung noch steigerte.

»Ich habe das braune Gesindel schon gesehen, als wir gekommen sind. Ich wusste gar nicht, dass diese Schwachköpfe so kulturbegeistert sind.«

»Glaube mir, die frönen nur der Kunst des arischen Volkes. Kein Platz für avantgardistische Werke«, erklärte Dickie, der sich damit, auf das von Reichspropagandaminister Joseph Goebbels im Vorjahr erlassene Verbot moderner und entarteter Kunst berief.

Was der alles weiß, dachte John. Der Komponist Eugen d'Albert entsprach also nicht jenem entarteten Feindbild.

Dickie schaffte es fortlaufend, dass er sich wie ein Volltrottel vorkam. John musste sich einfach mit der Tatsache abfinden, dass er sich niemals mit dem Geist oder Aussehen des Freundes würde messen können. Ein Umstand, der an ihm nagte, sosehr er Dickie auch mochte.

Die Melancholie der Oper bewegte John. Das Drama handelte von einer Frau, die von Kindesbeinen an missbraucht wurde. Erst durch die Liebe eines bescheidenen Hirtenjungen befreite sie sich aus ihrer bis dato lebenslangen Abhängigkeit ihres Peinigers. Das Stück stellte eine verdorbene Stadt einer heilen Bergwelt gegenüber.

John grübelte unweigerlich über seine eigene Heimat: Woodwall. Offenbar reichte eine himmlische Landschaft nicht aus, um sich wie im Paradies zu fühlen, und ein seltsames Unbehagen keimte in ihm auf, das er sich nicht erklären konnte. Immer wieder bekam er eine Gänsehaut, während er der Musik lauschte. Der Grundtenor seiner Gefühle war allerdings Heimweh, das John bereits seit Tagen in sich trug.

Gerade jetzt.

Wie gern würde er in diesem Augenblick am Ufer des Golden Lake stehen, die hohen Tannen beobachten, die der Wind hin- und herwiegte. Im Hintergrund hörte er das Kichern seiner Schwester und das herzliche Lachen seiner Mutter.

Wenn Josephine wüsste, in welcher Lage er sich momentan befand – sie würde vor Sorge sicher auf der Stelle sterben.

»Heute habe ich das Bedürfnis, mich sinnlos zu betrinken«, flüsterte Dickie ihm zu.

»Du sprichst mir aus der Seele.«

Nachdem sich der Dirigent des Orchesters unter feierlichem Beifall der Operngäste vor dem Publikum verneigt hatte und der Vorhang gefallen war, huschten sie aus ihrer Sitzreihe.

Schnell weg, das war der einzige Wunsch der beiden.

Immerhin war Dickie bereit, nicht sofort ins Hotel zurückzukehren. Sie beschlossen, eine Bar aufzusuchen, die ihnen der junge Page ihrer Unterkunft am Morgen empfohlen hatte, das Edens. Der Nachtklub lag im 1. Wiener Bezirk und beheimatete vor dem Ersten Weltkrieg ein Militär-Kasino. Heutzutage war es ein Treffpunkt der besseren Wiener Gesellschaft und diverser gut betuchter Touristen. Die Räumlichkeiten erinnerten an den Glanz der Goldenen Zwanziger, aber auch an den Veranstaltungsraum im Great Mountain Hotel in Woodwall, denn dieser war ebenso nobel und mit einem Hauch gewollter Dekadenz dekoriert.

Die winzigen runden Tische, das schummrige Licht und die roten Samtvorhänge der Bühne, all das erzeugte eine eigenwillige Atmosphäre. Die Kellner trugen standesgemäß einen Frack. Im Hintergrund erklang die betörende Stimme von Zarah Leander.

Unweit der Bühne nahmen Dickie und John ihre Plätze ein. Beim Ober bestellten sie Whiskey Sour, der ihnen kurz darauf serviert wurde. Sie stießen an.

»Auf dass wir bald wieder in der Heimat sind.«

»Micante«, prostete John ihm zu. »Wie du sehen kannst, trägt niemand der Gäste eine Uniform.«

»Gott sei Dank«, antwortete Dickie.

Ein junges Pärchen setzte sich an den Nachbartisch. Beide nicht älter als Anfang zwanzig.

Frisch verheiratet, vermutete John. Nicht ausgeschlossen, dass das Paar die Flitterwochen in Wien verbrachte.

Dickie süffelte seinen Whiskey Sour und blinzelte der Dame verführerisch zu, wie John aus dem Augenwinkel bemerkte. Sie lächelte verlegen zurück und wandte ihren Blick nicht mehr von ihm ab. Der Herr an ihrer Seite war in die Barkarte vertieft, bekam also das Begehren seiner Angetrauten nicht mit. Seine weibliche Begleitung flirtete regelrecht mit Dickie, ohne für den eigenen Mann noch ein Fünkchen Aufmerksamkeit übrig zu haben. John verzog mürrisch den Mund, weil Dickie einfach Dickie war, der nie etwas dafür tun musste, um dem schönen Geschlecht zu gefallen. Ganz im Gegensatz zu ihm selber, der in London und Paris manch ein Freudenhaus hatte aufsuchen müssen, weil er vermutlich sonst vor angestauter Lust explodiert wäre.

Wie in den Bars von Seattle, in denen Dickie für seine Magnetwirkung auf Frauen berüchtigt gewesen war, verlief auch der heutige Abend in der Eden Bar.

Weshalb sollten europäische Frauen ein anderes Schönheitsempfinden haben als Nordamerikanerinnen? Gab es überhaupt einen Ort auf der Welt, an dem Dickie nicht als attraktiv galt?

Vermutlich nicht, überlegte John.

»Das ist unglaublich, Richard Cooper. Wie zur Hölle stellst du das an? Du hast dem Mädel doch nur zugezwinkert und sie würde am liebsten mit dir ins Bett hüpfen.«

»John, wie oft willst du dich noch über meine Anziehungskraft wundern?«, witzelte Dickie und biss sich auf die Unterlippe. »Du bist der Reiche, ich der Gutaussehende.«

»Stimmt wohl. Das Schicksal begünstigt die Menschen auf verschiedene Weise.«

»Mach kein Drama draus. Wenn du mal etwas abspecken würdest, lägen dir die Frauen ebenfalls zu Füßen, du Fettsack«, spöttelte er augenzwinkernd und klopfte John auf den Bauch.

»Du hörst dich schon an wie meine Mutter.«

Auf der Bühne spielte inzwischen eine Musikgruppe ausgelassenen Swing. Dickie beugte sich zu John hinüber, damit sich die beiden unterhalten konnten. Das Mädchen behielt er dabei fest im Visier. John beabsichtigte nicht, diesen Umstand zu kommentieren. Er wusste, worauf solch ein Flirt hinauslief.

Dickie blickte zur Seite, dann noch mal zu ihm. Mit den Fingerspitzen klopfte er sich mehrmals auf die Unterlippe.

»John, wie es aussieht, sind wir früher wieder zu Hause als erwartet.« Aus seinen blauen Augen schien Ernsthaftigkeit hervorzublitzen. Das machte John stutzig. Die vorangegangene Flirterei war mit einem Mal wie ausgeknipst. »Wie wird es dann mit uns weitergehen?«, fragte Dickie, dabei wedelte er mit erhobenem Zeigefinger zwischen John und sich hin und her.

John runzelte augenblicklich die Stirn und schnaubte wie ein Pferd.

»Du meinst, wann wir das Aufgebot für unsere Hochzeit bestellen?«, scherzte er, um Dickies Frage die Schwere zu nehmen.

»Gott bewahre.« Endlich lachte Dickie wieder.

»Dann hilf mir auf die Sprünge! Worauf willst du hinaus?«, bohrte John mit ernster Miene nach.

Dickie rang plötzlich nach Worten. »Ich weiß nicht, wie ich anfangen soll. Ehrlich gesagt, ich habe ein bisschen Bammel.« Er atmete tief durch, bevor er weitersprach. »John, du bist ein Mensch, der ganz genau weiß, wie sein weiteres Leben verlaufen wird. Du hattest eine ausgezeichnete Schulbildung, hast einen guten Universitätsabschluss in der Tasche und keine finanziellen Sorgen. Wenn wir wieder zurück sind, wirst du das Oberhaupt eines der erfolgreichsten landwirtschaftlichen Unternehmen im Nordwesten sein. Ich hingegen, aufgewachsen in einem schäbigen Loch, das mein nichtsnutziger Vater einen Pub nennt, bleibe ohne wirkliche Perspektive, und das trotz Abschluss. Jeder in meiner Familie hält meinen Universitätsabschluss für einen Witz, der zu nichts zu gebrauchen ist. Schließlich ist aus keinem Cooper bisher etwas Anständiges geworden.«

Angewidert schüttelte Dickie den Kopf.

John spürte die Verbitterung, die sein Freund in sich trug, denn er wusste genau, was Dickie meinte. Seine Eltern stammten aus dem irischen Enniscorthy. Nach dem Ersten Weltkrieg waren die Coopers in die Staaten ausgewandert. Seither bewirtschaftete Dickies Vater einen Pub, der schäbiger und versiffter nicht hätte sein können. Das Cooper's.

Das Lokal lag inmitten des Industriehafens von Georgetown, einem eher zwielichtigen und eintönigen Stadtteil von Seattle. Die Luft roch nach Motoröl und Fischkadavern. Obwohl die Bude heruntergekommen war, reihten sich an der Theke die Gäste, die keinerlei Wert auf Sauberkeit oder Behaglichkeit legten, da für sie nur eins zählte: das Saufen. Täglich fiel der Strom aus, da Mäuse die Leitungen durchnagten. Im Winter war der Vater genötigt, die Fenster mit Holzbrettern abzudichten, weil sie so lädiert waren, dass der eisige Wind sonst hineinblies. An eiskalten Januartagen sah man seinen eigenen frostigen Atem vor dem Gesicht. Die Kundschaft bestand aus proletenhaften Hafenarbeitern, die sich nach der Arbeit im Pub trafen und sich bis spät in die Nacht dort aufhielten, während sie irische Folklorelieder brüllten.

Dickies Vater war selbst ein versoffener Nichtsnutz, der zu einer gewissen Uhrzeit und nach etlichen Whiskeys, stets auf den Tischen herumtaumelte und dabei lautstark heimatliches Liedgut lallte, bis er besinnungslos umfiel.

Seine Mutter, eine fette Hässlichkeit, war dafür bekannt, in der Wohnung über dem Lokal diversen Herrenbesuch zu empfangen, um ihr Kleingeld aufzubessern.

Schwer vorstellbar, dass der Sohn dieser Zunft in all seinen Wesenszügen so daherkam, als sei er aristokratischer Herkunft.

Unbegreiflich! Als hätte Gott selbst bei seiner Geburt gesagt: du nicht! Für John ein Rätsel.

»Ich weiß, wie schwer du es in der Vergangenheit hattest.«

»John, ich kann nicht mehr zurück in dieses bedeutungslose Leben. Ich habe mir jahrelang den Rücken krumm geschuftet, um mir mein Studium zu finanzieren. Das alles darf nicht umsonst gewesen sein. Ich glaube, dass es Schicksal, nein … Fügung war, dass wir zwei uns begegnet sind. Nenne es, wie du willst.«

John sah ihn zerstreut an und zündete sich eine Zigarette an. Ihm schwante, was sein Freund wirklich beabsichtigte. »Du willst doch nicht etwa in unser Unternehmen einsteigen?«

»Ich würde mir wünschen, Bill Hastings' Posten zu übernehmen.«

Offenbar war Dickie selbst über seine vorlaute Zunge erschrocken, denn er presste besorgt die Lippen aufeinander, damit ihm nicht noch ein weiterer Anspruch herausplatzte. John glaubte sogar, seinen polternden Herzschlag zu hören. Er hustete, da er sich am Rauch seiner Zigarette verschluckt hatte.

Wirklich, Dickie? Bill entlassen? Einen loyalen und fleißigen Angestellten auf die Straße setzen?, rauschte es durch Johns Gedanken. Bill war seinem Vater eine große Stütze gewesen und kümmerte sich sogar nach dessen Tod noch um alle geschäftlichen Belange der Familie. Er hatte John überhaupt erst diese Reise ermöglicht. Dieser tüchtige Mann war der Grund, weshalb Johns Mutter in der Nacht friedlich schlief, da sie sich nicht mit Sorgen herumquälen musste. Nie und nimmer hätte John eine Entlassung übers Herz gebracht. Das wäre mehr als undankbar und unmenschlich gegenüber dem alten Familienfreund.

»Ich bin etwas überrascht«, antwortete er schließlich. »Ich nahm an, du würdest versuchen, an der Ostküste Fuß zu fassen? Du hast doch schon immer von einem Posten an der Wall Street geträumt.«

»Das stimmt! Aber wieso sollte ich in eine ungewisse Zukunft aufbrechen, wenn alles, was ich anstrebe, direkt vor meiner Nase liegt? Schau! Hastings war zweifelsohne ein loyaler Mitarbeiter deines Vaters. Doch er wird dir nie denselben Respekt entgegenbringen wie Charles, auch wenn du das nicht glauben magst. Du bleibst immer nur der Sohn. Ein Lehrling, der in das Erbe gerutscht ist. Außerdem werden schwere Zeiten auf uns zukommen. Wir beide sind uns doch einig, dass es Krieg geben wird. Hitler rüstet auf, um ganz Europa im Sinne des Deutschen Reiches zusammenzufügen. Die Auswirkungen werden sämtliche Ressourcen betreffen, auch jene, die ihr aus dem Ausland bezieht. Vor allem das Exportgeschäft der Morgan's Company. Dafür müssen andere Strategien her. Hastings ist darauf sicherlich nicht vorbereitet. Ich habe mir alles genau überlegt und weiß, wie die Geschäfte bei euch laufen. Außerdem müssen wir uns vor der Hinterlistigkeit der Harringtons schützen. Warren hat einige einflussreiche Freunde, die schon wissen, wie man euch um das Land bringen kann. Wenn der Kerl tatsächlich zum Bürgermeister gewählt wird, kommen neue Hürden auf euch zu. Das garantiere ich dir.«

Dickie versuchte anscheinend, jede einzelne Regung in Johns Mimik zu ergründen, so aufmerksam, wie er ihn gerade musterte.

Es dauerte einen Moment, bis John reagierte, denn er war einfach zu überrascht.

Nun lächelte er und faltete seine Hände zusammen wie ein allwissender Priester.

»Ich würde mich glücklich schätzen, dich an meiner Seite zu wissen, Dickie Cooper. Du bist der bessere Geschäftsmann von uns beiden. Du Streber. Ich habe selbst darüber nachgedacht, wie ich dich in das Unternehmen einbinden könnte. Aber ich habe nicht damit gerechnet, dass dich unsere Firma tatsächlich reizt.« Er seufzte. »Ungeachtet dessen werde ich Hastings nicht entlassen.«

Er zündete sich noch einmal die Zigarette an, da diese im Verlauf des Gesprächs erloschen war. John sah seinen Kumpel mit souveräner Miene an.

Dickie konnte die Enttäuschung in seinen Augen kaum verbergen. »Ja, ich verstehe«, seufzte er.

John trug ein zuversichtliches Lächeln auf den Lippen. »Zumindest noch nicht«, fügte er hinzu. »Hastings wird mich das Jahr über einweisen, mir die Prozesse genauestens erläutern, sowie Schwächen und Stärken aufdecken. Danach werde ich ihm eine vortreffliche Abfindung anbieten. Ich bin mir sicher, dass er diese nicht ausschlagen wird. Es sein denn, er ist verrückt geworden.« Innerlich verarbeitete Dickie den Vorschlag. John erkannte es an der gerunzelten Stirn des Freundes. Einen Moment lang herrschte Stille zwischen ihnen, dann schlug John ihm mit einem breiten Grinsen auf den Oberschenkel. »Hattest du ernsthaft angenommen, ich hätte nie darüber nachgedacht? Ich kenne keinen Menschen, wirklich niemanden, dem ich mehr vertraue als dir, Richard Cooper.«

Dickies Anspannung ließ nach und ein erleichtertes Lächeln glitt über sein Gesicht. »Danke, mein Freund. Auf dich und deine Familie ist Verlass.«

»Aber«, mahnte John, »wir können nicht direkt mit der Tür ins Haus fallen. Wir sollten das Jahr distanziert angehen. Dann hole ich dich in die Firma.«

»In Ordnung. Irgendwie werde ich das Jahr durchstehen. In der Zwischenzeit werde ich meinem Vater weiterhin im Pub aushelfen.« Er grinste. »Ein zeitlich begrenztes Übel.«

»Das wird schon.«

Sichtlich gut gelaunt begegnete Dickie wieder den schmachtenden Blicken des Mädchens vom Nachbartisch. Sie erhob sich von ihrem Platz, ließ ihn dabei aber nicht aus den Augen. Schließlich verschwand sie in Richtung Damentoilette. Wie ein Luchs belauerte Dickie ihren Weg dorthin.

»Entschuldige mich kurz, John«, grinste er und trank einen Schluck seines Whiskeys, um ihr anschließend zu folgen.

John sah ihm bewundernd nach, verdrehte dann aber die Augen.

Nach etwa zehn Minuten kehrte die Dame an ihren Platz zurück und hatte ein verschämtes Grinsen auf den Lippen. Eine ziemlich lange Zeit für einen üblichen Toilettengang, was ihren eigentlichen Begleiter hätte stutzig machen müssen. Dieser Ansicht war zumindest John.

Armer Teufel, überlegte er. Kann mir allerdings egal sein. Ist ja nicht meine Frau.

Dickie kam, beschwingt wie ein Tänzer, an den Tisch zurück, und knöpfte dabei den obersten Knopf seines Hemdes zu. Kleine Schweißperlen flimmerten über seinen Lippen und auf der Stirn.

»Ungarin. Ziemlich feurig. Wie Peperoni«, raunte er schmunzelnd und zwinkerte John verschwörerisch zu.

»Du bist ein Ferkel«, zischte John amüsiert. »Irgendwann wird eine deiner Liebschaften mit einem dicken Babybauch vor deiner Tür stehen. Ganz bestimmt. Aus dieser Klemme hole ich dich nicht.«

»Dafür müsste sie erst einmal wissen, woher ich komme«, lachte Dickie.

Sie genossen den weiteren Abend mit einigen Drinks. Die Jazzmusik beschwingte ihre Gemüter und ließ die Anspannung des Tages etwas abklingen.

Zu späterer Stunde kündigte der vornehme Klubbesitzer eine Sängerin an. Eine zierliche Dame trat in den Lichtkegel des Scheinwerfers. Sie trug einen goldenen Zylinder und ein schwarzes Kleid – wie Marlene Dietrich in dem Film »Der blaue Engel«. Die Klänge des Klaviers setzten ein. Das Lied »Ich bin von Kopf bis Fuß auf Liebe« eingestellt ertönte in der Bar. Sogar John als Amerikaner kannte es.

Die Stimme der Sängerin war lieblicher als die der Dietrich. Beinahe melancholisch, mit einem Hauch des typischen Wiener Schmähs. Die roten Lippen öffneten sich dezent und ihre grünen Augen schimmerten unter dem Schatten ihres Zylinders hervor.

John nippte an seinem Whiskey und sah zur Bühne.

Wie hypnotisiert stellte er das Glas auf die Tischplatte zurück, als er das schmale Persönchen im Scheinwerferlicht genauer betrachtete. Sie faszinierte ihn sofort. Die wohlgeformten Lippen, das rötliche, fast goldene Haar. Ja, ihre ganze Erscheinung ließ ihn wie vom Blitz getroffen fassungslos dasitzen. Seine Finger verkrampften sich. Sein ganzer Körper war wie betäubt. Er verstand zwar kein Wort von dem, was sie auf der Bühne sang, doch traf ihre Stimme unmittelbar in sein Herz.

Dickie blätterte indes gelangweilt und gähnend in der Getränkekarte, konnte dem Auftritt offensichtlich wenig abgewinnen. Ein paar Sekunden später zündete er sich eine Zigarette an. John nahm das alles nur aus dem Augenwinkel wahr und starrte unaufhörlich weiter zur Bühne, als seien seine Augen dort festgefroren.

»Lebst du noch?«, hörte er Dickie, der offensichtlich von seiner Regungslosigkeit Notiz genommen hatte, wie von weither fragen, antwortete aber nicht.

Als die Sängerin die letzte Strophe sang, dabei wie ein zerbrechliches, piepsendes Vögelchen klang, öffnete sie ihre Augen wieder. John war sich sicher, dass sie ihn angeschaut hatte. Es war lediglich der Bruchteil einer Sekunde gewesen, doch kam ihm dieser Augenblick wie eine Ewigkeit vor. Ein Augenblick, in dem er für immer zu verweilen wünschte, den er niemals in seinem Leben würde vergessen können. Dieser eine magische Moment, von dem so viele Schriftsteller schrieben und worüber John zeit seines Lebens gelächelt hatte, da er nicht darauf vertraute: an die Liebe auf den ersten Blick. Doch nun traf sie ihn.

Das Scheinwerferlicht erlosch.

John brach in jubelnden Beifall aus, erhob sich von seinem Stuhl. Eifrig rief er wiederholt »Bravo!«, bis er bemerkte, dass er der Einzige war, der applaudierte. Die anderen Gäste sahen ihn mit skeptischen Mienen an. Offensichtlich teilte niemand seine frenetische Begeisterung. Sein Klatschen geriet bescheidener.

»War doch toll«, flüsterte er kleinlaut und setzte sich verunsichert auf seinen Stuhl zurück.

»Was ist denn mit dir los?«, fragte Dickie belustigt und ließ dabei ein Grunzen ertönen.

Doch John war wie in einer Art Trance, als stünde er zwischen den Welten. Fassungslos wandte er sich Dickie zu.

»Ich ... ich bin verliebt.«

Dickies Gesicht verzog sich zu einer Grimasse. »Du bist doch verrückt.«

***

Am nächsten Vormittag schlich ein lustlos anmutender John durch die Gärten des Schlosses Schönbrunn. Dickie entging Johns Interesselosigkeit nicht, denn in der Regel ließ sich sein Freund sonst rasch von der Erkundung imposanter Kulturbauten begeistern. Der eigentliche Grund für diese Europareise – neben dem Essen. Die bunte Blumenpracht, die sie umgab, die majestätische Gloriette hoch über ihnen, all das hätte ihn üblicherweise in Begeisterung versetzt.

Heute nicht.

Es war ein friedlicher Ort, der ganz im Gegensatz zu den Unruhen in der Stadt stand, die weiter andauerten und von Stunde zu Stunde dramatischer wurden. Sie waren beherrscht von Schlägereien, unflätigen Beschimpfungen sowie gellenden Parolen der gespaltenen Bevölkerung, wobei sich eine deutliche Mehrheit für die Hitler-Sympathisanten herauskristallisierte.

Brüderlich klopfte Dickie John auf die Schulter und hoffte auf eine Reaktion.

»Ach, ich kann einfach nicht aufhören an sie zu denken. Ihr Gesicht. Ihre Stimme. Als hätte sich diese Frau in mein Gehirn eingebrannt.«

»Die Sängerin von gestern Abend? Vermutlich hast du zu viel Whiskey Sour getrunken«, erwiderte Dickie lachend.

»Ich meine es ernst. Die Frau hat mich in ihren Bann gezogen. Es fühlt sich so an, als sei mein Herz aus einem ewigen Tiefschlaf erwacht.«

»Du kennst ja nicht einmal ihren Namen.«

»Leila Madlen«, antwortete John mit einer schwelgerischen Melodie in seiner Stimme.

Wohl eher ein Künstlername, vermutete Dickie.

»Lass mich raten, John: Gedanklich hast du dir schon dein weiteres Leben mit dieser Dame ausgemalt. Eine mittellose Sängerin, die in einem heruntergekommenen Apartment lebt und von Hunger geplagt ist. Doch dann kommt John Morgan, der reiche Amerikaner, der sie von all dem Leid erlöst. Ich kenne dich doch«, tönte er. »Genau wie bei dieser Furie aus Tacoma. Wie hieß die noch mal?«

»Caroline«, brummte John und Dickie verdrehte prompt die Augen.

»Richtig! Das Weib war furchtbar. Ständig hat sie an dir herumgenörgelt. Du konntest keinen Schritt tun, ohne dass sie dir eine Eifersuchtsszene machte. Gott sei Dank haben wir die überstanden. Mensch, John, du hast mit dieser Sängerin nicht ein Wort gewechselt und läufst hier wie ein liebestoller Pudel durch Wien. Manchmal bist du echt eigenartig.« Er lachte.

»Das ist überhaupt nicht witzig. Das Miststück war nur auf mein Geld aus.«

Dickie seufzte und überlegte mit grüblerischer Miene. »In Ordnung, mein Freund. Wir haben noch drei Abende in dieser verfluchten Stadt.« Er steckte die Hände in die Hosentaschen. »Wir haben also nicht mehr viel Zeit. Heute Abend gehen wir erneut in diese Bar, sie tritt bestimmt noch mal auf. Aber nur unter der Bedingung, dass du diese Dame tatsächlich ansprichst«, mahnte er unmissverständlich. »Und glaube mir, ich könnte mir weitaus Besseres vorstellen, als wieder dorthin zu gehen. Ein Abend in unserem Hotel wäre mir zurzeit wirklich lieber. Doch das tue ich für dich, mein Freund. Also enttäusche mich nicht.«

»Das schaffe ich nicht. Ich habe noch nie den Mut aufgebracht, eine Frau anzusprechen. Das weißt du genau. Ich bin nicht so selbstbewusst und leichtfüßig wie du. Wenn eine Frau Interesse an mir zeigt, dann nur, weil sie von meinem Vermögen weiß.«

Dickie schüttelte resolut den Kopf. »Und ob du sie ansprichst! Glaubst du, ich habe Lust, mir bis ans Ende unseres Lebens dein Gejammere anzuhören? Wegen verpasster Chancen und so weiter? Nur weil du Schiss hattest, deinen Mann zu stehen und sie anzusprechen? Versuch wenigstens einmal, kein Feigling zu sein! Wie wäre es mit: ›Hallo, mein Name ist John Morgan und ich würde Sie gern auf einen Drink einladen.‹ So schwer ist das doch nicht.«

»Vielleicht hast du recht.«

***

John hatte einen flauen Magen, als sie gegen neun Uhr abends tatsächlich wieder in die Bar traten.

Die zwei setzten sich auf dieselben Plätze wie am Vorabend. Die Eden Bar war an jenem Freitag wie leergefegt.

Das Musikquintett absolvierte seine Show. Allerdings dauerte der Auftritt der Musiker keine halbe Stunde, dann packten sie ihre Instrumente ein und verschwanden wieder von der Spielfläche.

John runzelte skeptisch die Stirn, verschwendete aber keinen tieferen Gedanken daran.

Der Kellner brachte ihnen weitere Martinis, heute war dies ihr bevorzugter Drink. »Bitte, die Herren«, sagte der junge Mann in gutem Englisch.

»Heute nicht viel los, was?«, erkundigte sich Dickie.

»Haben Sie es noch nicht gehört?«

Dickie riss die Augen auf. »Nein, was denn?«

»Keine Volksabstimmung am kommenden Sonntag, meine Herren. Schuschnigg hat kapituliert. Er weicht der Gewalt. Nun ja, war zu befürchten. Einer der Musiker hat gerade erzählt, dass hunderte SA- und SS-Einheiten vor dem Kanzleramt aufmarschiert sind. Tja, meine Herren, willkommen im nationalsozialistischen Österreich. Gehen Sie lieber zurück in Ihr Hotel«, empfahl der Kellner mit sorgenvoller Stimme. Er konnte seine Unruhe nicht verbergen und blinzelte ständig Richtung Haupteingang. Schließlich drehte er sich um und schlich mit gesenktem Kopf zur Bar zurück.

»Verdammte Scheiße, John. Los! Lass uns abhauen«, rief Dickie und sprang auf.

»Nein!«, antwortete John energisch. »Auf keinen Fall. Ich will sie jetzt sehen.«

»Du spinnst doch. Begreifst du denn nicht, was geschehen ist?«

John straffte die Schultern. »Ja, Richard, ich bin ja nicht taub. Aber unter keinen Umständen werde ich diese Bar verlassen, ohne mit ihr gesprochen zu haben. Du kannst ja verschwinden.«

Dickie ließ sich resigniert auf seinen Stuhl zurückfallen.

»John, das ist doch wahnsinnig.« Kopfschüttelnd verschränkte er die Arme vor der Brust. Nur einen Augenblick später erhob er sich wieder und sah auf seinen Freund herab. »Ich muss mal pinkeln.« John reagierte nicht.

Dickie verdrehte die Augen und marschierte Richtung Toilette.

Gleichgültig richtete John sein Augenmerk wieder auf die Bühne. Endlich trat die Sängerin hinter dem Vorhang hervor.

Ein Lächeln glitt über sein Gesicht. Obwohl er Leila Madlen nicht kannte, fiel ihm ihre angespannte Körperhaltung auf.

Ihre Augen schweiften über das nicht vorhandene Publikum durch den Saal und sie presste verkrampft die Lippen zusammen. Sie nickte sich selbst zu, als hätte sie mit der menschenleeren Bar gerechnet. An jenem Abend trug sie ein knielanges schwarzes Kleid. Ein roter Lackgürtel betonte die schmale Taille. Ihr makelloses Gesicht wurde heute nicht vom Schatten eines Zylinders verdunkelt. John erkannte nun die vollkommene Schönheit dieser jungen Frau. Ihre hohen Wangenknochen. Die sinnlich geformten Lippen trugen dasselbe leuchtende Rot wie am Vorabend. Sie wirkte genauso in sich gekehrt wie am Tag zuvor, wenngleich ihre Darbietung des Liedes »Ich bin die fesche Lola« frohsinniger daherkam.

Auf dem Naschmarkt hatten John und Dickie Pralinen sowie einen Blumenstrauß für Leila gekauft. Mit leeren Händen vor ihr aufzukreuzen, kam für ihn nicht infrage.

»Wenn du einer Frau gefallen willst, schenke ihr Schokolade«, hatte sein Vater oft gesagt. »Aber nicht zu viel.«

Nach nur diesem einen Song sah Leila zum Barmann hinüber. John folgte ihrem Blick. Der Mann hinter dem Tresen deutete mit einer saloppen Handbewegung an, dass sie aufhören konnte. Sie nickte ihm zu und verschwand schnellen Schrittes hinter der Bühne.

In diesem Moment kam Dickie von der Toilette.

»Was, schon vorbei?«, fragte er.

»Ja, ich denke, der Laden macht gleich dicht.«

Versöhnlich legte Dickie die Hand auf Johns Schulter. »Na los, John. Lauf ihr hinterher, damit der Aufenthalt hier nicht umsonst gewesen ist. Du machst das schon. Lass deinen verborgenen Charme spielen. Und zieh den Bauch ein«, riet er mit einem Augenzwinkern.

»In Ordnung«, erwiderte John, stemmte sich mit ausgestreckten Armen vom Stuhl hoch und sagte: »Wünsch mir Glück.«

John schlich durch eine Tür, die zum hinteren Segment der Bühne führte. Nochmals sah er sich um. Vergewisserte sich, dass ihn kein Angestellter der Bar dabei erwischte.

Kurz darauf stand er in einem dämmrigen, engen Korridor. Ein flackerndes Licht an der Wand verhinderte, dass er über seine eigenen Füße stolperte. Er sah sich mit drei verschlossenen Türen konfrontiert. Eine davon war aus Stahl. Sie führte vermutlich nach draußen. Er hoffte, dass Leila die Eden Bar nicht bereits verlassen hatte. Gespannt wartete er, dass sich eine der Holztüren öffnete und Leila hinaustrat. Ununterbrochen linste er auf die Pralinen und die Blumen, die er in den zittrigen Händen hielt. Unterdessen kam er sich wie ein auflauernder Spanner vor.

Je länger er ausharrte, desto mehr verließ ihn der Mut.

Er stöhnte.

Ach, das hat doch keinen Sinn, fluchte er stumm.

Plötzlich öffnete sich die letzte Tür am Ende des Ganges und Leila trat hastig in den Korridor. Sichtlich erschrocken starrte sie John entgegen, musterte ihn mit skeptischen Blicken. John wechselte von einem Fuß auf den anderen und wäre am liebsten in einem tiefen Loch versunken.

»Kann ich Ihnen helfen?«, fragte sie mit beklommener Stimme.

Er verstand nicht eine Silbe, denn dass sie auf Deutsch sprach, passte nicht zu seiner Fantasie. Er hatte zuvor nicht darüber nachgedacht, dass Leila Madlen ihn womöglich nicht verstand.

Du Kretin, kläffte sein Inneres.

»Excuse me«, stotterte er daraufhin.

Leila begutachtete die Blumen, die John in seiner Hand hielt und verkrampft gegen den ausladenden Brustkorb presste.

»Sind die für mich?«, fragte sie, und zwar in einem außergewöhnlich akzentfreien Englisch, was ihn stark beeindruckte. Erleichtert lächelte er.

»Oh, Gott sei Dank, Sie sprechen meine Sprache. Perfekt sogar.«

Leila blieb zugeknöpft. Fast so, als grübelte sie, ob sie ihm eine ehrliche Auskunft erteilen sollte. »Ja, ich habe ein Internat in London besucht.«

John staunte nicht schlecht. Der Besuch eines englischen Internats – womöglich sogar einer Privatschule für höhere Töchter – passte nicht in Johns erdachtes Bild der bettelarmen Sängerin. Er presste die Lippen zusammen und überreichte ihr die Blumen ebenso wie die Pralinen. Leila reagierte zunächst nicht, und es dauerte eine Weile, bis sie die Aufmerksamkeiten entgegennahm.

»Ich bitte um Entschuldigung, dass ich Ihnen hier auflauere. Das ist sonst nicht meine Art. Ich habe Sie gestern und heute singen gehört und ... und ...« In seinem Kopf herrschte eine unüberbrückbare Leere. Dabei hatte er diese Begegnung mehrmals in Gedanken durchgespielt.

»Und?«, fragte sie gespannt, zog währenddessen ihren Mantel über, ohne ihn aus den Augen zu lassen, aus ihrer Miene sprach Misstrauen. John fühlte sich unwohl.

»Und ... ich fand Sie bezaubernd«, brach es schließlich doch aus ihm heraus.

Erstmals deutete sich ein winziges Lächeln auf ihren Lippen an.

»Das ist nett von Ihnen. Sie sind Amerikaner, oder?«

Er versuchte, sich am Riemen zu reißen, und stellte sich pfeilgerade auf.

Bauch einziehen!, hallten Dickies Worte in ihm nach.

»Ja, Miss. Ich bin seit letzter Woche mit einem Kommilitonen hier in Wien. Allerdings nur noch bis Montagmorgen. Ich habe mich gefragt, ob Sie möglicherweise Lust hätten, mit mir auszugehen. Auf ein Essen, meine ich.«

Sie runzelte die Stirn.

»Bitte entschuldigen Sie«, sagte sie, »aber so eine bin ich nicht. Sie wissen, was zurzeit in Wien los ist, oder? Nicht die beste Zeit, um überhaupt auszugehen.«

»Sicherlich, Miss. Ich habe Sie auch nicht für so eine gehalten, wenn Sie damit eine leichte Dame meinen. Wirklich nicht.« Sie musterte ihn noch immer voller Argwohn. Wie sollte er sie überzeugen? Ihm fiel nur eine Möglichkeit ein, auch wenn ihm diese durchaus nicht passte. »Ich verstehe Ihre Zurückhaltung, Miss. Ein fremder Herr lauert Ihnen hinter der

Bühne auf, um Ihnen Avancen zu machen. Ich würde wahrscheinlich auch ablehnen«, unterbrach er sich kurz und senkte den Kopf. »Wir müssten uns ja nicht alleine treffen. Vielleicht möchten Sie in Begleitung einer Freundin kommen? Ich könnte meinen Kommilitonen Dickie mitbringen. Er ist ein anständiger Bursche.«

Genau das hatte er eigentlich verhindern wollen: Leila mit Dickie bekannt zu machen. Dem Weiberhelden. Aber er wusste nicht, wie er sie sonst überreden sollte.

»Ich weiß nicht. Ich denke, eher nein.«

»Schon in Ordnung«, knickte er ein. »Dennoch bin ich froh, dass ich Sie auf der Bühne sehen durfte, Miss Madleen. Wenigstens etwas, was mir von Wien als positive Erinnerung bleibt. Ich wünsche Ihnen einen guten Heimweg. Auf Wiedersehen.«

Er atmete schwer, presste die Lippen aufeinander, setzte zum Gehen an. Er wollte ihr noch einmal zum Abschied zunicken, da bemerkte er, dass sie auf der Stelle verharrte und die Blumen, die er ihr geschenkt hatte, mit einem entrückten Lächeln betrachtete. Dann setzte er seinen Weg fort.

»Warten Sie.« Überrascht wandte er sich wieder zu ihr um.

»Ja, Miss?«

»O Gott.« Sie strich sich mit den Fingerspitzen über die linke Augenbraue, lächelte dabei nervös. »Also schön. Ich werde meine Cousine Helene bitten, mich zu begleiten. Holen Sie uns morgen um 17 Uhr in der Plankengasse Nummer 19 ab. Das Eckhaus. In der Nähe gibt es ein kleines Café. Sofern es nicht schon geschlossen ist, könnten wir da ein wenig plaudern. Allerdings werde ich nicht lange bleiben können.« Sie verstummte, als würde sie ihre Zusage nochmals überdenken.

Dann sah sie wieder auf die Geschenke, die sie von ihm erhalten hatte. »Vielen Dank. Das sind meine Lieblingspralinen«, sagte sie sanftmütig lächelnd und ein zarter Schimmer war in ihren Augen. »Ich gehe aber mit niemandem aus, der mir nicht zuvor seinen Namen verrät.«

»Pardon, John Morgan, habe die Ehre«, antwortete er. Sein Herz klopfte bis zum Hals.

»Freut mich. Ich muss jetzt gehen«, erwiderte sie und huschte flink an ihm vorbei. Erschrocken drehte er sich zu ihr um.

»Soll ich Sie nicht lieber nach Hause begleiten?«

Sie blieb an der Stahltür stehen und öffnete sie. »Nein, das ist wirklich nicht nötig. Es ist nicht weit.«

»Geben Sie bitte dennoch auf sich Acht, Leila.«

Noch einmal schenkte sie ihm ein Lächeln. »Mein Name ist übrigens Isabelle. Isabelle Waldburg. Leila bin ich nur hier.«

Anschließend verschwand sie durch die Tür in die Nacht.

Freund oder Feind?

Wien, 12. März 1938

Dickie war genervt, als sie am Nachmittag das Hotel verließen, um sich mit dieser Isabelle zu treffen.

Das trübe Wetter der vergangenen Tage hatte sich verzogen. Die frische Frühlingsluft wehte durch die Gassen Wiens. Das warme Sonnenlicht ließ die prunkvollen Palais erstrahlen und zeigte die wahre Schönheit der Stadt, die seit der vergangenen Nacht in die Hände der Nationalsozialisten gefallen war – wie auch das gesamte Land. Eine Resignation zugunsten der Wiedervereinigung Österreichs mit dem Deutschen Reich, wie es zu dieser Zeit gern propagiert wurde.

Das furchtbarste Szenario war tatsächlich eingetreten und verwandelte das bedächtige, weltoffene Wien in eine SS- und SA-Hochburg. Trotz des herrlich milden Frühlingswetters lag drohendes Unheil in der Luft. Überall stolzierten Offiziere umher, fuhren Paraden in Militärautos und auf Motorrädern.

Trotz der beklemmenden Atmosphäre in der Stadt hatte Dickies Freund nur eines im Sinn: Isabelle.

»Ich kann nicht fassen, dass du mich mitschleppst«, kam es wütend von Dickie.

»Stell dich nicht so an. Ich lasse mich von einem verrückten Despoten wie Hitler nicht einschüchtern.«

»Du bist geisteskrank, John. Wir wissen nichts über diese Isabelle. Ich kann es einfach nicht fassen. Wir hatten ausgemacht, uns bedeckt zu halten«, protestierte er, als sie sich auf den Weg zur Plankengasse machten.

»Sie hätte dieser Verabredung keinesfalls zugestimmt, wenn ich mich mit ihr alleine hätte treffen wollen. Mir gefällt das auch nicht. Glaub mir. Vielleicht hat sie ja eine hübsche Freundin für dich.«

»Ja, John. Das ist genau das, was wir jetzt brauchen. Ein Tête-à-Tête, während um uns herum die Welt zusammenbricht. Ach, wäre ich doch im Hotel geblieben.«

John blieb stehen.

»Wovor hast du eigentlich solche Angst? Was soll schon passieren? Dass man uns in diesem Café verhaftet, nur weil wir uns mit zwei Damen auf ein Getränk treffen? Oder glaubst du, dass die Deutschen hübsche Sängerinnen in Bars einschleusen, damit sie amerikanischen Agenten den Kopf verdrehen und dem Feind auf diese Weise geheime Informationen entlocken können? Komm mal wieder runter.«

»Natürlich nicht. Trotzdem habe ich ein mieses Gefühl bei der Sache.«

»Du siehst Gespenster. Mehr nicht.«

Kurz vor 17 Uhr gelangten die Männer in die Plankengasse. Sie hatten ewig gebraucht, da die Straßen mit jubelnden Wienern vollgestopft waren, die das deutsche Regime begeistert begrüßten.

»Unfassbar«, murmelte Dickie, als er den Tumult in der Innenstadt sah. Es schnürte ihm die Kehle zu.

John hingegen ließ das Szenario offenbar kalt, zumindest erschien es Dickie so. Ihn plagte wahrscheinlich nur die Befürchtung, dass diese Isabelle ihn angelogen hatte und bei der angegebenen Adresse nie auftauchen würde.

Dickie beobachtete John und sah dessen von Zweifel geplagte Miene.

Die Plankengasse lag im südlichen Teil des 1. Wiener Bezirks. Eine vornehme Gegend. Das Haus Nummer 19, tatsächlich ein Eckhaus, entsprach den typischen Jugendstilbauten: cremefarbene Fassade, hohe Sprossenfenster und ein prunkvoll gestaltetes Entree. Ob diese Isabelle hier tatsächlich wohnte? In dieser exquisiten Gegend hätte Dickie eine Barsängerin nicht vermutet, was ihn noch skeptischer machte, als er es ohnehin schon war.

Jetzt war es zehn nach fünf und der Verdacht, dass sie John versetzte, erhärtete sich von Minute zu Minute.

Dickie blickte grimmig drein und drehte sich ständig um, weil er sich in Gefahr fühlte. Auch wenn nichts diesen Anschein erweckte, es war einfach so ein seltsames Gefühl.

»John, mir reicht es. Das ist nicht der richtige Zeitpunkt, um auf eine Dame zu warten. Es müsste doch mit dem Teufel zugehen, hier der Liebe des Lebens zu begegnen, auch wenn ich mir das für dich wünsche. Aber begreifst du überhaupt, was passiert ist? In was für einem Land wir uns befinden? Wir sollten wieder zurück ins Hotel. Schnellstmöglich.«

»Sie wird kommen«, erwiderte John mit störrischem Unterton. »Ja, ich weiß, was momentan vor sich geht. Es ist mir egal. Zum ersten Mal begegne ich der wahren Liebe und jetzt soll ich sie einfach gehen lassen. Nein, Dickie, das kannst du nicht von mir verlangen. Auch wenn die Hoffnung klein ist, sie ist da.«

Mit knirschenden Zähnen gab Dickie nach. John trug dasselbe enttäuschte Gesicht wie damals im Speisesaal der Uni, wenn sein Lieblingstörtchen vergriffen war. Dickie musste unwillkürlich schmunzeln, da dieser Vergleich in ihrer jetzigen Situation ziemlich dämlich war. Aber diese Isabelle schien tatsächlich nicht zu kommen.

Langsam wandte sich John von dem Gebäude ab, Dickie konnte es ihm nicht verdenken. Die Enttäuschung musste groß sein.

Doch da ... ein Geräusch.

Mit einem Mal öffnete sich die Eingangstür und Isabelle trat vor die verwunderten Freunde.

Ein erleichterter Seufzer entrang sich Johns Kehle, wie Dickie deutlich hören konnte.

Sie öffnete ihren rubinroten Mantel und zog ihn flink aus, weil es an diesem Abend doch recht mild war. Ihre Augen waren leicht geschwollen, als hätte sie noch kurz zuvor geweint. Dickie fiel es sofort auf, und er fragte sich, was geschehen war.

Betreten, fast so, als wäre kürzlich etwas Verstörendes geschehen, reichte sie John die Hand. Dabei atmete sie hörbar tief durch und zwang dann ein Lächeln auf ihr Gesicht.

Anschließend blickte sie an John vorbei, sah jetzt Dickie.

Dieser stand wie ein brettsteifer Soldat vor ihr, schaute in ihr malerisches Gesicht und kräuselte für eine Sekunde die Stirn.

Der ewig leichtfüßige Richard Cooper, der in der Gegenwart einer Dame nie so etwas wie Unsicherheit ausstrahlte, trat mechanisch von einem Fuß auf den anderen. Für sein Alter hatte er bereits viele Frauen geliebt, aber niemals zuvor hatte er solch ein bildhübsches Mädchen gesehen. Jetzt aus der Nähe erkannte er, warum John so von ihr angetan war.

Ihr zartroter Mund war leicht geöffnet und ihr rötlich-goldenes Haar glänzte in den letzten Sonnenstrahlen des Tages. Er überlegte, wie alt sie sein mochte. Nicht einmal zwanzig. Ihr Teint war makellos.

Isabelles Blick haftete an seinen Augen und ein kurzes Lächeln huschte über ihre Lippen. Jetzt fiel Dickie selbst auf, wie er sie anstarrte, und prompt wandte er sich John zu.

Dieser hob den Mundwinkel zu einem gequälten Lächeln. Seine Miene sprach Bände. Gewiss hatte er das Knistern zwischen den beiden genau gespürt. Es tat Dickie leid, doch er konnte nichts dagegen tun.

Schließlich drehte sich Isabelle wieder zu John.

»Bitte, entschuldigen Sie meine Verspätung«. Sie biss sich auf die Lippe. »Ich habe Ihren Namen vergessen«, sagte sie mit zaudernder Stimme und schaute noch einmal flüchtig zur ersten Etage des Hauses hinauf.

»John Morgan«, wiederholte er.

Dickie bemerkte die ausladende Tragetasche aus dunkelgrünem Samt, die sie bei sich trug und die schwer zu sein schien.

Er hielt es für unfreundlich, ihrem Accessoire zu viel Aufmerksamkeit zu widmen, sonst hätte er sie ihr abgenommen. Vielleicht trugen alle Wienerinnen solch ein üppiges Teil.

Seltsam erschien ihm die Tasche dennoch. Zu groß, zu mächtig für diese zierliche Person. Und vor allem ziemlich unangebracht für eine Verabredung in einem Café.

Nur für einen Moment hatte Isabelle John ihre Aufmerksamkeit geschenkt, dann wanderte ihr Blick abermals zu Dickie. Es wirkte auffordernd, sie wartete offenbar darauf, dass John sie miteinander bekannt machte. Dickie sah es ihr an und er selbst konnte es kaum erwarten. Rasch blickte er zu John. Dieser schluckte.

»Isabelle, das ist mein Studienfreund Richard Cooper. Auch Dickie genannt.«

Sie reichten sich die Hände. Nochmals lächelte sie so scheu wie ein kleines Mädchen, was Dickie verzückte.

»Schön, Sie kennenzulernen«, wisperte sie leise und klang dabei irgendwie verlegen.

»Wollten Sie nicht auch in Begleitung kommen, Isabelle?«, fragte John.

»Schon, aber meine Cousine Helene ist heute Morgen bereits abgereist.« Ihre Stimme wurde brüchig. »Wie die meisten.«

Dickie wusste, dass John sich nun noch mehr darüber ärgerte, ihn mitgenommen zu haben, so feindselig wie er ihn jetzt anstarrte. Aber es war nicht seine Schuld, das musste John doch einsehen, hoffte Dickie.

Nach einem zehnminütigen Fußmarsch bogen sie in die Karolinengasse ein, nahe des Schloss Belvedere. Dort betraten sie das winzige Café France, fernab des gruseligen Treibens im Zentrum der Stadt.

Das Lokal war verlassen, denn an solch einem Tag hatte sich kein anderer Gast hierher verirrt.

Isabelle schien den Besitzer zu kennen, denn dieser trat, etwas überrascht von ihrem Besuch, auf sie zu, um sie in die Arme zu schließen. Dabei raunte er ihr etwas ins Ohr. Mit skeptischem Blick betrachtete er ihre männlichen Begleiter.

»Ist in Ordnung, Karl«, sie beugte sich vor, »das sind Amerikaner«, flüsterte sie ihm zu. Offensichtlich erleichtert nickte der Wirt den Herren zu.

Dickie hatte ihre Bemerkung verstanden. Was sollte das heißen? War er nun Feind oder Freund für sie? Isabelle huschte an ihm vorbei, sah ihm kurz in die Augen, und er nahm ihren pudrigen Duft wahr, der ihn für eine Sekunde hypnotisierte.

Daraufhin setzten sie sich an einen runden Tisch in eine Nische. Die Männer bestellten Kaffee, Isabelle einen Weißwein.

Anfänglich vermochte der Knoten zwischen den dreien nicht zu platzen.

Der schweigsamste Teilnehmer der ungewohnten Runde war Dickie selbst. Abgesehen davon, dass er sich mitten im Nazi-Wien aufhielt, das er schnellstmöglich verlassen wollte, versuchte er, jeden Blickkontakt mit Isabelle zu meiden.

Naserümpfend schien sie seine Reserviertheit zu wittern. Unsicher sah sie kurz zu John hinüber, der ihr nett zulächelte, was sie ihrerseits erwiderte, wie Dickie mit einem unguten Gefühl in der Magengegend bemerkte.

Sie ließ die Hände in den Schoß sinken. »Ist es in Ordnung, wenn wir uns duzen?« Beide Männer bejahten ihren Vorschlag. »Seit wann seid ihr in Wien?«, fragte sie daraufhin.

Dickie schaute dauernd auf seine gefalteten Hände und traute sich nicht, ihr zu antworten, denn er wollte John den

Vortritt lassen. Wieder stieg ihm ihr Duft in die Nase, der ihn fast verrückt machte. Er hatte einmal gelesen, Liebe gehe durch die Nase, und der Duft des anderen spiele eine entscheidende Rolle dabei, ob man sich sympathisch war. Ja, sogar, ob man sich mit seinem Gegenüber fortpflanzen wollte.

Dieser Gedanke führte unwillkürlich zum nächsten: mit dieser Frau Sex zu haben. Dickie verbannte die Vorstellung aus seinem Kopf. Doch immer wieder kam es ihm in den Sinn. Eine ungewohnte Hitze stieg in ihm auf, derer er kaum Herr wurde. Er blickte rasch zu seinem Freund, in der Hoffnung, dieser würde antworten.

John trank von seinem Kaffee. Sichtlich nervös richtete er anschließend seine dunkelblaue Krawatte, Dickie kannte diese Anzeichen. Dennoch blieb er stumm, denn wenn John mit dieser Dame weiter bekannt werden wollte, musste er es nun alleine schaffen.

»Wir sind letzten Sonntag mit dem Zug aus Zürich eingetroffen. Zuvor waren wir in London und Paris.«

»Oh, in Paris? Die Stadt soll wunderschön sein. Ich wollte schon immer einmal dorthin. Wie gefällt es euch hier in Österreich bisher?«, fragte sie weiter. »Ich meine, zurzeit ist es hier etwas ... nun ja ... ereignisreich.«

»Das kann man wohl sagen«, bejahte John.

Gern hätte Dickie sie gefragt, wie sie zu der politischen Lage stand, aber er war sich nicht sicher, ob ihr zu trauen war. Bei seinem Glück gehörte sie vielleicht gar zu Hitlers engstem Kreis. Er wusste einfach noch zu wenig über diese Fremde, die ihm allein mit ihrer Anwesenheit den Verstand vernebelte.

Etwas, was er sich nicht leisten konnte. Er versuchte, vorsichtig zu bleiben.

»Anfang der Woche haben wir noch ein anderes Wien kennengelernt«, fuhr John fort. »Von jetzt auf gleich ist alles ziemlich ... ziemlich befremdlich geworden. Wir wussten, dass in den nächsten Monaten etwas geschehen würde, dass ein Ruck durch die Politik des Landes gehen würde. Aber so schnell? Das hat uns doch überrascht.«

»Das stimmt. Wer hätte das gedacht?« Ihre Miene verdüsterte sich, wie Dickie mit einem heimlichen Blick in ihre Richtung erkannte.

Wiederholt sah sie zu Karl, dem Wirt, hinüber, der sichtlich angespannt damit beschäftigt war, die Straße im Visier zu behalten. Als bangte er, dass jeden Moment Unheil über ihn und sein Café hereinbrechen würde. Dieser unentwegte Blickkontakt mit dem Wirt löste weiteres Unbehagen in Dickie aus.

Isabelle hingegen räusperte sich und wandte sich wieder ihren Begleitern zu. »Erzählt mir ein bisschen von euch. Zwei junge Amerikaner, die zu dieser Zeit nach Europa reisen? Das erscheint mir doch etwas gewagt. Ihr seid doch keine Spitzel?«, fragte sie mit ironischen Unterton.

»Gott bewahre! Dickie und ich haben im Herbst die Universität abgeschlossen. Meine Mutter hat uns diese Reise geschenkt, als Entspannung sozusagen, bevor wir uns endgültig dem Ernst des Lebens stellen müssen. Wir wussten nicht, dass sich die Lage hier derart rapide ändern würde. Wir brechen unseren Urlaub vorzeitig ab. Am Montag. Um ehrlich zu sein, ängstigt uns die derzeitige Entwicklung sehr.«

John geriet ins Stocken, sah dabei in Dickies sorgenvolle Augen.

Hatte John das gerade tatsächlich geäußert?

Dieser Narr, dachte Dickie aufgebracht. John hatte die beiden soeben unbeabsichtigt als Nicht-Sympathisanten Hitlers entlarvt. Wenn diese Isabelle nun doch auf der falschen Seite stand, waren sie nun womöglich in Gefahr.

»Bist du Studentin oder hauptberufliche Sängerin?«, lenkte er schließlich ab.

Isabelle lachte. Dickie blickte zu ihr auf, er war sofort von diesem hellen Klang ihres Lachens verzaubert.

»Nein, nein! Ich meine, ich wäre gern Schauspielerin geworden. Hin und wieder singe ich in der Bar, um wenigstens etwas Bühnenluft zu schnuppern. Aber das ist eher ein Vergnügen. Geld verdiene ich damit nicht. Ich wollte diesen Sommer auf die Schauspielschule gehen. Na ja, nun ist es ohnehin keine Option mehr.« Sie nippte an ihrem Weinglas. »Meinem Vater gehört eine Privatbank in der Ferdinandstraße. Er war nie sonderlich von meinen Schauspielplänen begeistert. Tagsüber helfe ich in seinem Vorzimmer aus. Zumindest noch.«

John, der direkt neben ihr saß, zeigte sich absolut hingerissen von Isabelle, er hing an ihren Lippen und schmachtete sie voller Bewunderung an. Dickie konnte darüber nur die Augen verdrehen, las er doch wiederum zwischen den Zeilen. Er hörte ihre Worte, die verzagt klangen, beinahe hoffnungslos erschienen, und es machte ihm eine Gänsehaut. John war zu verliebt, um Isabelles Gefühle herauszuhören, ihre Antworten richtig einzuordnen oder zu hinterfragen.

»Ich nehme an, dass du alleinstehend bist?«

Klar, dass John genau das fragen muss. *Mehr interessiert ihn wohl nicht*, dachte Dickie und sein Herz pochte schneller.

Fassungslos rieb er sich die Stirn. Solch eine furchtbar dämliche Frage konnte nur John stellen. Natürlich war Isabelle alleinstehend, sonst hätte sie nie im Leben diesem Treffen zuge-stimmt. Zumindest ging Dickie davon aus. Genau konnte er es nicht sagen.

»Ja. Ich lebe alleine ... ähm, mit meinem Vater zusammen. Meine Mutter ist schon vor langer Zeit gestorben. Seither küm-mere ich mich um ihn.«

»Oh, der frühe Verlust deiner Mutter tut mir sehr leid.«

»Vielen Dank«, antwortete sie leise.

Johns Augen blitzten auf einmal fröhlich auf. Dickie ahnte, was nun folgen sollte.

»In meiner Heimat ist es der sehnlichste Wunsch eines Va-ters, seine Tochter bestmöglich zu verheiraten«, bemerkte John grinsend. »Es wundert mich, dass du noch nicht jemandem versprochen bist – so hübsch, wie du bist. Bei deinem Aussehen wird sich dein Vater vor Heiratsangeboten doch kaum retten können.« John lachte laut, doch seine vorlaute Rede erzielte bei ihr keinerlei belustigende Wirkung.

Im Gegenteil, sie schien gekränkt, verärgert.

Dickie atmete schwer, er konnte das forsche Benehmen sei-nes Freundes kaum fassen.

Ungehobelter Klotz, dachte er aufgebracht.

»Mein Vater wünscht sich gerade anderes für mich«, erwi-derte Isabelle bedrückt und lehnte sich zurück. »Es gibt Wich-tigeres als eine passable Eheschließung. Glaub mir.«

Endlich schien jetzt auch John die Banalität seiner Worte zu erkennen. Mit hilfesuchender Miene sah er zu Dickie hinüber.

»Entschuldige, ich wollte dich nicht verärgern. Selbstver-ständlich gibt es Wichtigeres im Leben als eine gute Verheira-tung. Vor allem in diesen Zeiten.«

Sie schenkte ihm einen düsteren Blick, der John noch unbeholfener dastehen ließ. Es war offensichtlich, dass sie ihm nicht traute. Ihn vielleicht sogar nicht ausstehen konnte. Dickie konnte es ihr nicht verdenken, grübelte aber weiterhin über Isabelles Verhalten.

»Ich bin nicht verärgert.« Rasch sah sie zu Dickie. Auf ihn wirkte es, als fragten ihre Augen, ob er ähnlich dachte. Sie senkte die Lider, strich sich dabei mit den Händen über den Rock ihres Kleides. »Es ist nur so …«, druckste sie herum, als habe sie Bedenken, auch nur ein Wort mehr zu sagen. »Ach, nicht so wichtig.«

Jetzt wurde Dickie ungeduldig. Er ahnte bereits, was los war.

»Du kannst uns vertrauen! Das Verhalten meines Freundes tut mir leid. Sonst ist er nicht so. Bitte sprich. Wir sehen doch, dass etwas in dir vorgeht. Vielleicht können wir dir helfen?«

Sie trank abermals von ihrem Wein und schaute an den beiden vorbei, durch das Fenster auf die Straße hinaus.

»Man kann niemandem trauen, Dickie Cooper. Schon gar keinem, den man nicht kennt.«

»Hilft es dir, wenn wir dir sagen, ja dir hoch und heilig versichern, dass wir Hitlers Regime verachten?«

Dickie war überzeugt, dass sie von ihr keinen Verrat zu befürchten hatten.

Es war offensichtlich, dass die junge Frau Angst hatte. Große Angst.

»Das haben bis gestern noch viele behauptet. Und dennoch … irgendwann knicken sie alle ein, um ihre Haut zu retten.«

»Du bist Jüdin, nicht wahr?«, platzte es aus Dickie heraus.

Erschrocken fuhr sie hoch. John zog die Augenbrauen zusammen, als er das hörte, während Karl sich besorgt über die Theke lehnte. Dickie hatte seine Vermutung ziemlich laut geäußert.

Zu laut? Waren die Fenster dicht genug, um nichts nach draußen dringen zu lassen?

Sie zögerte. Mit zitternden Fingern strich sie sich eine Haarsträhne hinters Ohr.

»Halbjüdin«, raunte sie schließlich, als würde dies einen wesentlichen Unterschied machen, ihr vielleicht sogar das Leben retten. »Bevor ich mich mit euch getroffen habe, musste ich mich von meinem Vater verabschieden.« Ihre Augen schimmerten feucht. »Ich weiß nicht, ob ich ihn jemals wiedersehe. Ach, es war falsch, zu gehen und ihn zurückzulassen. Vielleicht hätte ich mich nicht mit euch treffen sollen.«

Dickie seufzte. John brachte kein Wort heraus, mit so etwas hatte er wohl eher nicht gerechnet. Mit der Hand fuhr er sich über die bebenden Lippen. Es sah aus, als würde er von unzähligen Gedanken und Gefühlen überwältigt. Dickie konnte nachempfinden, wie es ihm ging.

»Er will, dass du die Stadt verlässt, damit du in Sicherheit bist«, schlussfolgerte Dickie.

»Ja. Mein Vater gehört zu einer der ältesten jüdischen Familien hier in Wien. Meine Mutter hingegen war Katholikin. In unserem Leben spielte die Religion keine große Rolle. Niemals in meinem Leben habe ich den Gottesdienst in einer Synagoge besucht. Dennoch ist es nur noch eine Frage der Zeit, bis … ach, ihr wisst schon.«

Dickie erkannte die Bedeutung ihrer Herkunft mit gemischten Gefühlen.

Einerseits tat sie ihm leid, andererseits würde er am liebsten das Weite suchen, um nicht mit ihr in Verbindung gebracht zu werden. Am Ende des Tages musste sich jeder um sein eigenes Leben sorgen. Oder? Wahrscheinlich saßen sie gerade in einem jüdischen Café, das jeden Moment von der Gestapo gestürmt werden konnte. Alle seine Sinne waren geschärft. Aus dem Augenwinkel heraus sah er sich um. Noch konnte er nichts Gefährliches ausmachen.

»Ich wünschte, du müsstest es nicht. Das ist sicher furchtbar«, äußerte sich John nun weitaus feinfühliger als noch vor ein paar Minuten.

»Das kannst du dir gar nicht vorstellen, John.«

»Und was hast du jetzt vor, Isabelle? Wohin willst du gehen?«, fragte Dickie heiser und sah sie mit klarem Blick an, was sie offensichtlich aus der Fassung brachte, weil sie von seinen Augen nahezu betört war. Dickie erkannte dies mit einer kleinen Portion Genugtuung, tat es ihr gleich und verlor sich seinerseits im tiefen Grün ihrer Augen. Mit einem gekränkten Räuspern unterbrach John diese Stille. Dickie trank einen großen Schluck seines Kaffees, um möglichst unbeeindruckt zu wirken, und unterdrückte dabei seine hochkochenden Gefühle. So etwas war ihm noch nie zuvor passiert.

Isabelle wühlte in ihrer großen Tasche und zog ein Zigarettenetui hervor, aus dem sie einen Glimmstängel entnahm. John zückte sofort ein Feuerzeug aus der Innentasche seines Jacketts und hielt ihr die Flamme entgegen.

»Vielen Dank, sehr aufmerksam.« Sie zog an ihrer Zigarette. Ihre Augen blickten beklommen in den blassen Dunst. »Ich habe meinem Vater versprochen, nach Döbling zu fahren. Zu Greta. Sie ist seine Sekretärin, schon seit ich denken kann. Greta hat sich viel um mich gekümmert, als meine Mutter starb. Sie ist keine Jüdin, was bedeutet, dass ich bei ihr erst einmal sicher bin. Mein Vater besteht darauf, dass ich die nächsten Tage dort verbringe. Bis sich die Lage entspannt hat. Als würde das geschehen …«

John öffnete tief betroffen sein Jackett, um sich Luft zu verschaffen. Dickie nickte stumm. Das erklärte die riesige Tasche, die sie bei sich trug. Schlagartig drang in sein Bewusstsein, in welch gefährlicher Lage sie sich befand.

»Wieso begleitet dich dein Vater nicht?«, fragte John.

»Er würde Wien niemals verlassen. Hier ist sein Zuhause. Nie und nimmer wird er sich daraus vertreiben lassen. Lieber stirbt er für seine Freiheit und seine Überzeugung, als sich dem Willen einer grausamen Übermacht zu beugen. Aber für mich wünscht er sich etwas anderes. Dass ich in Sicherheit bin und lebe.«

»Vielleicht wäre es klüger gewesen, direkt zu ihr zu fahren, als dich mit uns zu treffen. Dass du jetzt hier bist, kann ich nicht ganz verstehen«, mahnte Dickie. Sie senkte den Blick.

»Ich weiß auch nicht, warum ich es getan habe. Vielleicht wollte ich so lange wie möglich in der Stadt bleiben. Ich bin nicht wirklich dazu bereit, zu gehen. Außerdem ist er sehr krank. Ich habe Angst, nicht in der Nähe meines Vaters zu sein. Außerdem möchte ich warten, bis sich die Lage draußen etwas entspannt hat. Entspannt ist das falsche Wort, aber bis etwas Normalität zurückgekehrt ist. Noch ist einfach zu viel los auf den Straßen, wie ihr sicherlich gesehen habt.«

Der Wirt kam an ihren Tisch und brachte ihr noch ein Glas Weißwein, das sie sich wenige Augenblicke zuvor durch ein Handzeichen bestellt hatte.

»Bitte, können wir das Thema wechseln? Der Abschied hat mir stark zugesetzt. Ich will nicht mehr darüber sprechen. Über nichts, was noch kommt. Erzähl mir von dir, Dickie. Du warst bislang ziemlich still, wenn es nicht gerade darum ging, meine Person zu ergründen. Wir Wiener nennen jemanden wie dich gschamiger Bua«, witzelte sie. Und ihr Lachen lockerte prompt die Atmosphäre im Café. Für einen Augenblick war die deutsche Bedrohung vergessen.

John lachte aus voller Kehle. Sein massiger Oberkörper wurde von seinem Gefühlsausbruch geschüttelt. Er fand kein Halten mehr. Dickie hätte ihm am liebsten ans Schienbein getreten, weil sein Kamerad viel zu dick auftrug. Vermutlich war dieses blöde Gelächter Johns Nervosität geschuldet.

»Und, Dickie?«, fragte Isabelle erneut und ignorierte John dabei völlig.

Unbeholfen linste Dickie zu seinem Freund, wartete auf dessen Segen, um sich mit ihr bekannter zu machen. Er wollte John unter keinen Umständen verstimmen. Dafür stand zu viel auf dem Spiel. Nichts auf der Welt war bedeutsamer als seine Zukunft bei den Morgans. Für keine Frau auf der Welt würde er seine Ambitionen opfern, auch wenn er sich eingestehen musste, dass er sich zu der Fremden mehr als nur hingezogen fühlte. Aber letztendlich war es ohnehin nur eine Bekanntschaft auf Zeit.

Nein, John hatte den Vortritt. Er war derjenige, dem Isabelle als Erstes aufgefallen war, der über seinen eigenen Schatten gesprungen war, um sie anzusprechen. Dickie mochte ihn zu sehr, und niemals würde er zulassen, dass eine Frau diese Freundschaft zerstörte. Egal, wie schön und begehrenswert sie war. Egal, wie sehr sie ihn reizte.

John zog eine Augenbraue hoch, weil Dickie nicht antwortete. »Cooper, die Dame hat dich etwas gefragt.«

Er räusperte sich, setzte sich aufrecht und mit geradem Rücken auf seinen Stuhl.

»Da gibt es nicht viel zu sagen, nichts zu erzählen.« Er zuckte mit den Schultern. »Ich stamme aus einfachen Verhältnissen. Habe keine teuren Privatschulen besucht – wie du oder John. Meinen Eltern gehört ein irischer Pub und sie halten lauwarmes Pale Ale für die bedeutendste menschliche Errungenschaft. Wie gesagt, nichts Erwähnenswertes.« Das sollte genügen, um sie abzuschrecken. Wer wollte schon mit solch einem mittellosen Lump wie ihm zusammen sein? »John ist derjenige mit einem weitaus unterhaltsameren Familienleben.«

»Weshalb? Gehört deiner Familie ein Wanderzirkus, John?«, fragte sie mit einem Hauch von Sarkasmus. Dickie war ebenfalls ein wenig erschrocken, wusste er doch, dass John es nicht ausstehen konnte, wenn man sich über ihn lustig machte. Erst recht nicht, wenn es um seine Familie ging. Sie legte den Kopf zur Seite und grinste John verlockend an. »Lass mich raten: Du kommst aus einem reichen, aber strengen Elternhaus außerhalb der Stadt. Dein Vater, ein autoritärer Tyrann, zwingt dich, in das familiäre Unternehmen einzusteigen. Du jedoch willst lieber die große, weite Welt entdecken«, lachte sie, legte ihre Hand aber dabei auf sein Knie. »Entschuldige, ich wollte mich nicht über dich lustig machen. Du ahnst nicht, wie oft ich diese Story in meinem Leben bereits gehört habe. Ich stamme aus solchen Kreisen.«

John schüttelte nachdrücklich den Kopf und blickte ihr ins Gesicht. »Du hast haargenau die Geschichte meines Vaters wiedergegeben, aber nicht meine. Er war der Sohn eines machtbesessenen Tyrannen. Mein Dad war jemand, der sein Leben so lebte, wie er es wollte. Er verstarb im letzten November. Ich habe ihn sehr geliebt«, kam es kühl von John.

Peinlich berührt ließ sie von ihm ab.

»Das tut mir leid, John. Ich wollte nicht ...«

»Schon gut«, winkte er ab. »Er war ein großartiger Mensch, der mit sich und der Natur im Einklang lebte. Ich habe viel von ihm gelernt. Ich lebe gern in meiner Heimat und freue mich auf meine baldige Aufgabe. Das Familienunternehmen zu führen, ist für mich eine große Ehre, musst du wissen. Ich kann es kaum erwarten und fange an, sobald wir endlich von hier wegkommen.« Er schluckte hörbar. »Verzeih mir. Ich schwafle davon, schnellstens hier wegzukommen, während du Wien nicht verlassen willst, aber gehen musst. Ich bin etwas aufgeregt.«

Dickie lächelte sanft, denn endlich erkannte er seinen Freund wieder. Eben den John, den jeder mochte, weil er ein einfühlsames Gemüt hatte.

»Nicht schlimm«, antwortete Isabelle in verzeihendem Ton.

Karl trat auf sie zu. Beklommen trocknete er seine Hände am Geschirrtuch.

»Ich werde jetzt die Tür schließen und die Vorhänge zuziehen, Isabelle. Das ist sicherer.« Sie nickte. »Du solltest aber bald nach Hause gehen. Bitte, versprich mir, dass du nicht ohne Begleitung durch die Gassen wanderst«, bat er mit mahnendem Blick.

Anschließend zog er die Gardinen zu und verriegelte die Tür. Draußen war es bereits dunkel geworden.

»Karl ist ein Freund meines Vaters. Ich denke, er hat recht, wir sollten hier nicht mehr länger bleiben. Wie spät ist es inzwischen?«, fragte sie. »Ich werde mir ein Taxi nehmen müssen.«

Dickie lugte auf seine Armbanduhr. »Kurz vor sieben.«

»Wir begleiten dich natürlich zum Taxi, damit du sicher nach Döbling kommst. Du wirst auf keinen Fall alleine durch die Straßen ziehen. Nicht wahr, Dickie?«, fragte John.

»Selbstverständlich. Hoffentlich fährt heute Abend noch eines.«

***

Bereits als sie das Lokal verließen, hörten sie ein seltsames Gelärme, das durch die Gassen drang.

Als sie wenige Minuten später über die Kärntner Straße zur Ringstraße gingen, bot sich ihnen ein unfassbares Spektakel.

Mit einem gespenstischen Fackelzug marschierten hunderte SS-Offiziere durch die Finsternis. Keine Straßenlaterne war entzündet.

Marschierende Schritte dröhnten durch die ganze Stadt. Der beißende Geruch von Motoröl und Petroleum lag in der Luft.

Für einen Moment blieb John stehen, um das unheimliche Bild auf sich wirken zu lassen. Hunderte Menschen standen feierlich am Straßenrand und ihr Heil-Hitler-Geschrei schuf eine furchterregende Kulisse. Noch nie hatte ihn ein solches Unwohlsein erfasst, wie in diesem Augenblick, und er sehnte sich mehr denn je nach seiner friedlichen Heimat.

Was passierte bloß gerade mit diesen Menschen? Wie konnte ein einziger Mann in solch kurzer Zeit die ganze Welt aus den Angeln heben? Und gleichzeitig stand eine bildschöne junge Frau neben ihm, die um ihr weiteres Leben bangte. Nur weil ihr Vater jüdischer Abstammung war, wobei er diesen Glauben noch nicht einmal praktizierte.

Damit sie nicht auffielen, blieben sie ein paarmal am Straßenrand stehen und zeigten den Uniformierten den Hitler-Gruß.

Es fiel ihnen schwer, aber es war sicherer so.

Obwohl Isabelle versuchte, gut gelaunt zu salutieren, hätte jeder aufmerksame Beobachter die Furcht in ihren Augen erkennen müssen. Und auch die beiden Freunde sahen sich verstört an, als sie den rechten Arm in die Luft streckten, um ihre amerikanische Identität zu verleugnen.

Der Handelsvertreter hatte sie gewarnt und er hatte recht behalten.

John überlegte, ob er Isabelles Hand halten sollte, aber er war zu schüchtern. Außerdem ahnte er, dass sie seine Nähe ablehnte. Er hatte das verräterische Glänzen in ihren Augen wahrgenommen, als sie Dickie das erste Mal gesehen hatte. Möglicherweise hatte er sich dieses Knistern zwischen den beiden nur eingebildet, weil er sich zuvor Gedanken darüber gemacht hatte, dass in der Regel alle Frauen von Dickie bezaubert waren. Als würde sein Freund ein Pendel vor ihre Augen halten und sie in Hypnose versetzen.

Seine eigene törichte Vorgehensweise erzürnte John. Denn schon jetzt suchte sie Dickies Nähe, stand dicht neben ihm. Dichter als bei John, was ihn verärgerte, weil er sich für einen Idioten hielt. Er fragte sich, was in ihn gefahren war, diesen Romeo überhaupt zu dem Treffen mitzunehmen. Er musste auf Isabelle ja wie ein Schwächling wirken.

Dickie, der Schönling, hatte ihn wieder in den Schatten gestellt, und er war in der Gegenwart des Freundes wie unsichtbar. Jedes Mal dasselbe Spiel. Wie leid John es doch war.

Er stellte sich dennoch dicht neben Isabelle, um sie besser schützen zu können. Zwar entsprach sie nicht dem üblichen Erscheinungsbild einer Jüdin. Zumindest nicht dem Klischeebild des Deutschen Reiches von einer Jüdin, und sie hätte durchaus als Johns oder auch Dickies Ehefrau durchgehen können, hätte irgendjemand sie in diesem Moment darauf angesprochen.

John ging davon aus, dass Isabelle sich in der Gegenwart zweier Amerikaner in Sicherheit wog. Sie wirkte dankbar, dass sie von Dickie und ihm in die Mitte genommen wurde, um sie zu schützen.

»Isabelle, wir sollten dich jetzt schleunigst nach Hause bringen, ich habe kein gutes Gefühl. Ein Taxi kannst du vergessen. Die Straßenbahnen fahren vermutlich auch nicht«, kam es von Dickie.

»Auf keinen Fall. Ich habe meinem Vater gesagt, dass ich sofort nach Döbling fahren werde. Er bringt mich um, wenn ich jetzt wieder vor seiner Tür stehe. Ich habe es ihm versprochen.« Ratlos sah sie sich um. »Wäre ich doch direkt zu Greta gefahren.«

John beugte sich zu ihr hinunter.

»Heute Nacht wird es unmöglich sein, Wien zu verlassen, ohne aufzufallen«, flüsterte er und sah sich ständig um, weil er urplötzlich jedem Passanten misstraute, der sich auch nur in ihrer Nähe befand.

Etwas Unheilvolles lag in der Luft.

»Ich weiß nicht, was ich machen soll«, erwiderte sie hoffnungslos und ließ den Kopf auf Dickies Schulter sinken.

Dickie sah John hilflos an, hielt dabei eine Hand in die Höhe, um ihm zu signalisieren, dass diese Innigkeit nicht von ihm ausging.

Der Anblick, wie Isabelle so nah bei seinem Freund stand, versetzte John in Eifersucht. Trotzdem wollte er ihr helfen, und er wusste auch, wie er es anstellen konnte. »Du wirst heute Nacht bei uns im Hotel übernachten. Da ist es sicher.«

Ungeduldig wartete er auf ihre Erwiderung. Sie wandte sich endlich von Dickie ab und blickte nervös von einem zum anderen. John konnte ihr Unbehagen regelrecht spüren.

»Isabelle, du willst doch nicht tatsächlich in der Nacht durch das naziverseuchte Wien irren?«, flüsterte Dickie. »Du wirst in unserem Bett schlafen. John und ich schlafen auf dem Fußboden. Das macht uns nichts aus.«

John hoffte, dass Dickie sie damit von ihrer deutlich erkennbaren Unsicherheit befreien konnte. Er musterte sie eingehend.

Verloren blickte Isabelle auf die Menschenmenge.

»Also gut«, sagte sie schließlich.

***

Als sie im Hotel anlangten, konnten sich die drei an der Rezeption vorbeimogeln, da diese zum Glück für eine kurze Weile unbesetzt war. Mittlerweile kannte man die beiden Amerikaner, und der Nachtportier wäre vermutlich misstrauisch geworden, wenn er sie in Begleitung einer Dame gesehen hätte. Bevor Dickie die Tür zu ihrem Zimmer aufschloss, drehte er sich zu Isabelle um, die auf den Teppichboden des Flurs starrte.

Vielleicht hat sie noch nie in ihrem Leben mit einem Mann das Zimmer geteilt, dachte er. Und jetzt waren es gleich zwei. John ging als Erster hinein.

»Alles in Ordnung«, flüsterte er ihr zu, doch Dickie verstand ihn. »Du brauchst keine Angst zu haben. Wir stehen nicht auf der Fahndungsliste.«

Dickie hörte ihr leises Aufatmen und schenkte ihr, um Johns Worte zu unterstreichen, ein vertrauensvolles Zunicken, das von ihrem schüchternen Lächeln erwidert wurde. Das schönste Lächeln, das Dickie jemals gesehen hatte. Schließlich folgte sie den beiden ins Zimmer und sah sich um. Hastig befreite John das Bett von der Schmutzwäsche. Warf die Hemden und Hosen in den kleinen Holzschrank, der sich neben der Tür befand.

»Mit Damenbesuch haben wir nicht gerechnet.«

»Bitte, keine Umstände«, antwortete sie mit zarter Stimme.

»Du bist sicherlich erschöpft«, meinte Dickie. »Wie gesagt, du schläfst im Bett. John und ich legen uns dort vorne unter das Fenster.«

»Mir ist es sehr unangenehm, dass ich euch das Bett nehme.«

»Ach was«, beschwichtigte John sie. »Dickie und ich haben meinen Vater oft mehrere Tage lang auf der Jagd begleitet. Da haben wir auf weitaus unbequemerem Boden genächtigt.«

»Das stimmt«, bestätigte Dickie und sah ihr wieder in die Augen. Wie ein verängstigtes kleines Mädchen stand sie vor ihnen. Irgendetwas Geheimnisvolles umgab sie. Ihr intensiver Blick haftete stets auf ihm. Isabelle hatte diese unerreichbare, ungreifbare Aura. Tief in seinem Inneren wusste er jedoch, dass sein Kamerad keine Chance bei der jungen Frau hatte. Sie war nicht die Art Frau, die sich auf jemand so Unbeholfenes, Uncharmantes wie John einließ. Vielleicht war sogar er selbst ihrer nicht würdig.

In der Nacht wälzte sich Dickie von einer Seite auf die andere. Ihm machte es nichts aus, auf dem Boden zu schlafen. Aber das lärmende Treiben auf der Straße, welches ohne Unterlass durch das Hotelfenster drang, ließ ihn nicht zur Ruhe kommen. Wie Handgranaten prasselten die lautstarken Hitler-Parolen gegen die verschlossene Fensterscheibe. Mit aller Kraft presste er sich die Hände auf die Ohren.

John hatte ebenfalls eine Weile gebraucht, bis er eingeschlafen war. Jetzt lag er schnarchend neben ihm. Ob Isabelle wach war, konnte er nicht feststellen. Sie hatte sich seit Stunden nicht bewegt. Dickie griff nach seiner Armbanduhr, die dicht neben ihm auf dem Fußboden lag. Nachts zog er sie immer aus, weil es so bequemer war.

Es war erst kurz vor drei, die Nacht also noch lange nicht vorbei.

Die Parolen verstummten für eine Weile. Und auf einmal hörte man von draußen hastige Schritte. Ein Klacken auf den Pflastersteinen, wie von Stöckelschuhen verursacht. Aus der Ferne vernahm man das Brüllen mehrerer Männerstimmen. Dickie drehte sich um. Er würde sich am liebsten sein Jackett, das als Decke herhalten musste, über die Ohren ziehen. *Hör weg, befahl er sich still. Hör einfach nicht hin!*

Doch seine Neugierde siegte.

Leise stand er auf und blickte aus dem Fenster. Zunächst sah er nichts, doch dann erkannte er unter dem Schein einer

Laterne eine Frau, die mit weißer Farbe irgendetwas an die gegenüberliegende Hauswand schmierte. Ständig schaute sie sich um. Das Männergebrüll näherte sich bedrohlich. Polternde Laufschritte lärmten durch die Gasse. Die Frau ließ den kleinen Farbeimer fallen und rannte davon, blieb aber plötzlich aus unerklärlichen Gründen mitten auf der Gasse stehen. Daraufhin drehte sie sich langsam zu der herannahenden Meute um. Die Horde von sechs oder acht uniformierten Mannsbilder blieb wenige Meter vor ihr stehen und wartete augenscheinlich darauf, was sie nun tun würde.

»Freiheit für Österreich!«, schrie die Frau ihnen zu. Dickie hörte es durch die Fensterscheibe. Daraufhin folgte einen Moment lang eine gespenstische Stille.

Ihr Aufschrei war wie aus dem Nichts gekommen, doch dann wandte sie sich um und setzte zum Spurt an. Die Männer holten sie allerdings im Nu ein und stürzten sich wie ein Rudel Hyänen auf sie.

Ununterbrochen schrie sie weiter: »Freiheit für Österreich!«

Dickie beobachtete fassungslos, wie die Kerle mit Schlagstöcken auf sie einschlugen. Als sei sie kein Mensch, sondern wertloses Vieh. Vor lauter Schreck krallte er sich an der Fensterbank fest. Ihre Rufe verstummten abrupt. Kurz darauf stürzte sie leblos zu Boden und rührte sich nicht mehr. Dickie hielt den Atem an. Sie schien das Bewusstsein verloren zu haben. Oder Schlimmeres. Zu Dickies Entsetzen hielt dies einen der Rohlinge nicht davon ab, weiter auf sie einzudreschen.

Hört doch auf!, schrie es in Dickies Innerem, während er die Augen zukniff, weil er diese Grausamkeit nicht mehr ertrug. Doch nur einen Augenblick später zwang er sich dazu, wieder hinzusehen. Er musste mit eigenen Augen sehen, was für Monster in diesen Zeiten unterwegs waren.

Ein Riese in Uniform riss dem brutalen Schläger endlich den massiven Stock aus der Hand. Zwei weitere packten die Frau an den Handgelenken und schleiften sie über das Pflaster fort, bis Dickie sie nicht mehr sehen konnte.

Er schämte sich für seine Feigheit, aber wie hätte er der Frau helfen können? Wie ein Held aus dem Fenster springen? Ein Mann allein gegen acht bewaffnete Schlägertypen?

Grauen erfasste ihn und ihm wurde übel. Bisher hatte er immer gedacht, die unbarmherzigen Schläge seines Vaters wären das Schlimmste, was ihm jemals widerfahren war. Er musste sich korrigieren. Die Misshandlung einer hilflosen Frau mitanzusehen, war grausamer, obwohl es ihn körperlich nicht selbst betraf. Doch das Bild brannte sich in seine Seele ein und würde für immer darin bleiben. Ein unauslöschbarer Schrecken. Mit klopfendem Herz erkannte er, dass die eigene Angst der größte Feind des Menschen war.

Das Bett, in dem Isabelle schlief, knarrte und er drehte sich um.

Sie stützte sich auf ihre Unterarme, und im Schein der Straßenlaterne sah er ihre glänzenden Augen, mit denen sie ihn in abgrundtiefer Verzweiflung anblickte.

»Versuch, noch ein bisschen zu schlafen. Es ist erst früher Morgen«, flüsterte er.

John drehte sich im Halbschlaf um. Wortlos legte sich Isabelle wieder aufs Bett zurück. Dickie kroch ebenfalls wieder unter sein dünnes Jackett. Er zitterte.

Lange lag er wach. Sein Herzschlag wollte sich nicht beruhigen.

Als er endlich bei Anbruch des Tages in leichten Dämmerschlaf gesunken war, hörte er ein Rascheln. John erwachte ebenfalls. Verschlafen richteten sie sich auf. Dickie stützte sich seitlich auf den Ellbogen. Isabelle war aus dem Bett geschlichen, stand jetzt an der Zimmertür und zog ihren Mantel über.

»Was zum Teufel hast du vor?«, fragte John mit einem Gähnen.

»Na, wonach sieht es denn aus? Ich fahre nach Döbling. Zu Greta«, antwortete sie. »Ich blöde Kuh hab viel zu viel Zeit vergeudet. Ich muss verrückt geworden sein, mit euch mitzukommen.«

»Ja, aber meinst du allen Ernstes, dass du dort sicher bist? Döbling ist doch nur ein paar Kilometer vom Zentrum entfernt. Ich halte diesen Ort für keine gute Wahl. Man wird dich dort finden.«

Sie griff nach ihrer Tasche und sah ihn fahrig an.

»Dort bin ich sicherer als hier. Ich kann jedenfalls nicht bei euch bleiben. Ich habe meinem Vater versprochen, zu Greta zu gehen.«

John musterte sie mit einem kühlen Blick, wie Dickie erkannte, und nickte ihr anschließend zu. Dickie erwartete, dass John noch etwas sagen würde, dem Freund fiel jedoch anscheinend kein Argument ein, das sie umstimmen könnte. Er selbst schwieg.

»Warte, lass mich dich wenigstens bis zu einem Taxi begleiten«, sagte John schließlich.

Isabelle blinzelte zu Dickie hinüber, der sich die müden Augen rieb und vom Fußboden aufstand.

»Soll ich mitgehen?«, fragte er, aber John winkte ab.

In dem Wissen, dass sie sich nie wiedersehen würden, reichte Isabelle Dickie die Hand. »Vielen Dank, dass ich die Nacht hier verbringen durfte. Das werde ich euch nie vergessen. Ihr seid wahre Gentlemen.«

»Das war selbstverständlich«, antwortete Dickie, bewegt von diesem Abschied. »Ich hoffe, du bist bei dieser Greta gut aufgehoben.«

Isabelle nickte und blickte ihn mit wehmütig glänzenden Augen an. Dann folgte sie John schweigend und Dickie sah ihnen besorgt hinterher.

***

Kurz darauf verließen die beiden das Hotel. John ergriff Isabelles Hand. Vorsichtig schauten sie sich um und erblickten auf der anderen Seite der Gasse einen kleinen Farbeimer, der in einer weißen Pfütze auf dem Boden lag. Sie blieben stehen. Isabelle starrte entgeistert auf die blutüberströmten Pflastersteine, doch John packte sie am Arm, damit sie weiterlief.

»Komm! Wir sollten uns beeilen. Wer weiß, was hier geschehen ist.«

In gemäßigtem Tempo gingen sie die Gasse hinunter. Eine seltsame Stille herrschte zwischen ihnen. Eine Weile lang sagten beide nichts, als wären Worte unpassend für diesen Weg. Es war keine Ruhe, die sich behaglich, sondern eher unheimlich anfühlte. Der Morgen, ein Sonntag, war noch früh, und wahrscheinlich ruhten sich die Wiener nach der langen Nacht aus. In der Ferne ertönten die Glocken des Stephansdomes. Einmal, zweimal, dreimal ... es war sieben Uhr.

Isabelle und John waren noch nicht weit gekommen, da vernahmen sie plötzlich die lärmenden Schritte schwerer Stiefel hinter sich. Das Geräusch mutete an wie ein heraufziehendes Unwetter und versetzte die beiden sofort in Panik.

Aus heiterem Himmel wurden an den gegenüberliegenden Hausfassaden des Bankenviertels große Hakenkreuzfahnen hinuntergelassen – wie in der Inszenierung eines Theaterstückes, beinahe synchron.

Isabelle schaute fassungslos auf das rot-weiße Fahnenmeer und blieb dabei wie angewurzelt stehen. John sah sie erschrocken an. Ihr Gesicht war gezeichnet von der größten Furcht, die er je bei einem Menschen gesehen hatte. Bis jetzt hatte sie wohl die Zuversicht gehegt, dass sich das Übel in Grenzen halten würde, doch nun wurde ihr das volle Ausmaß der bitteren Realität bewusst.

Sie war verloren – er erkannte es, sie erkannte es.

Wenn nicht heute, dann ganz bald.

»Ich kann das alles nicht fassen«, sagte John tief erschüttert. Er packte Isabelles Hand und riss sie zu sich. Erschrocken sah sie ihn an. »Wir müssen zurück!«

Micante

Wien, 13. März 1938

Der Abend war hereingebrochen. Nachdem John mit Isabelle ins Hotelzimmer zurückgekehrt war, berieten sie sich. Isabelle bestand unter Tränen darauf, sie müsse sofort zurück zu ihrem Vater. Was sollten sie mit ihr anstellen?

Der Tenor blieb gleich: Sie konnten Isabelle nicht ihrem Schicksal überlassen.

Nein, ausgeschlossen, dachte John. Der Mann war Jude und ein einflussreicher Wiener Bankier.

»Bestimmt wurde ihr Vater längst von der SA abgeholt«, flüsterte Dickie ihm zu, sodass Isabelle es nicht hören konnte.

John stimmte ihm zu. Jeder war darüber im Bilde, zumindest die politisch Aufgeklärten, dass Juden zu Hitlers Feindbild Nummer eins gehörten. Vermutlich befand sich der Vater schon lange in Gewahrsam. Oder Grauenvolleres.

Im Hotel waren sie vorläufig sicher. In jedem Fall sicherer als auf den Straßen, die auch jetzt wieder von hochgestimmten Hitleranhängern und SS-Truppen beherrscht waren. Die gegnerischen Proteste waren mittlerweile längst verstummt.

John hatte beim Portier ein schlichtes Abendessen für zwei Personen bestellt, um nicht aufzufallen. Seit Stunden hatten sie nichts mehr gegessen. Doch vor allem nutzte er die Gelegenheit, um zu telefonieren. Er musste in Erfahrung bringen, wann das nächste Flugzeug nach England flog. Er und Dickie hielten es inzwischen für zu riskant, mit dem Zug quer durchs Land zu reisen.

Eine nette Dame der englischen Fluggesellschaft teilte ihm mit, dass alle Flüge in Richtung London ausgebucht waren. Wenn er auf schnellstem Wege Österreich verlassen müsse, ginge das nur über Paris – und zwar erst am kommenden Mittwoch.

Heute war Sonntag.

John grübelte den ganzen Tag über die hilflose Frau, mit der Dickie und er das Zimmer teilten. Er kannte Isabelle erst wenige Stunden, doch seine Gefühle für sie wurden von Minute zu Minute stärker, selbst wenn sie diese nie erwidern würde. Und warum?

Natürlich wegen Dickie.

Trotzdem war John eisern entschlossen, Isabelle aus Wien herauszubringen. Nach Woodwall. Zum ersten Mal in seinem Leben wollte er seiner Familie eine Frau vorstellen. John war sich sicher, Isabelle war die Richtige. Die Frau, die man nicht mehr loslassen wollte. Auch sie würde das noch begreifen. Isabelle würde die Mutter seiner Kinder sein. Es war ihm egal, dass sie jüdischer Herkunft war. Religion spielte bei den Morgans ohnehin keine große Rolle und antisemitische Ressentiments waren ihnen völlig fremd.

Wie gern hätte er seinen Vater jetzt um Rat gefragt.

Hätte er Isabelle als potenzielle Schwiegertochter willkommen geheißen? Hätte er sie gemocht? Sicherlich hätte er ihm jetzt die Hand auf seine Schulter gelegt und ihm gesagt, es sei bestimmt Schicksal gewesen, dass er Isabelle in Wien begegnet war.

Das Problem mit Dickie würde er auch noch lösen. Mit der Zeit würde Isabelle schon erkennen, dass er, John Morgan, der Richtige für sie war. Liebe konnte wachsen.

Aber wie sollte er ihr helfen?

Dickie hatte er in seine Überlegungen nicht miteinbezogen. Er war sich bewusst, dass dieser versuchen würde, ihn von seinem Vorhaben abzubringen.

Einer Jüdin zur Flucht zu verhelfen, da musste man lebensmüde sein!

John beabsichtigte jedoch, dieses Wagnis einzugehen. Nie und nimmer würde er es sich verzeihen können, wenn er Isabelle zurückließe.

***

Die drei aßen gemeinsam zu Abend. Würstchen und Kartoffelsalat. Sie hatten sich dazu auf dem Boden niedergelassen.

Isabelle rümpfte die Nase, es war nicht gerade ihr Lieblingsessen. Doch sie durfte nicht wählerisch sein, das wusste sie. Die Zimmertür war fest verriegelt, und ständig hatten sie Sorge, dass irgendwer klopfen könnte.

»Also noch mal: Wir nehmen den Flug nach Paris am kommenden Mittwoch. Vorher bringen wir Isabelle nach Döbling zu dieser Greta. Richtig?«

John spitzte die Lippen. »Richtig.«

»Wann bringen wir Isabelle nach Döbling?«

»Am Mittwoch in der Früh, danach geht es gleich weiter für uns. Oder willst du dieses Hotelzimmer öfter als nötig verlassen, Dickie?«

Dickie schüttelte den Kopf.

»Ob es nicht doch schlauer wäre, morgen den Zug nach Zürich zu nehmen? Wir haben die Tickets doch schon gekauft.«

»Nein! Hast du Lust, an jedem verdammten Bahnhof kontrolliert zu werden? Wir haben keine Ahnung, wie wir jetzt als Amerikaner in diesem Land behandelt werden. Wir wissen überhaupt nichts.«

»John hat recht, Dickie. Am Flugplatz müsst ihr nur durch eine Kontrolle. Danach ist es vorbei«, ergriff nun erstmals Isabelle in dieser Debatte das Wort. Dabei begutachtete sie ihre Beschützer und musterte zunächst John genauer.

Ein netter junger Herr, überlegte sie. Seine vertrauenerweckenden Augen, die wie die eines ewigen Jungen wirkten, ließen das zumindest vermuten. Leider war er nicht sonderlich attraktiv, wie Isabelle wiederholt feststellte. Im Vergleich zu Dickie hatte er nicht viel zu bieten. Die Knöpfe seines Hemdes schienen jeden Moment aus den Nähten zu platzen. Seine schmalen Lippen über dem breiten Kinn lächelten stets, was ihn ein wenig dümmlich wirken ließ. Ansonsten war er adrett und trug ein unaufdringliches Aftershave, das nach Kiefer sowie einer Prise Zedernholz roch. Isabelle schnupperte unbewusst. War das sogar ein Hauch von Lavendel, den sie wahrnahm?

Dann sah sie zu Dickie hinüber, der gedankenverloren in seinem Kartoffelsalat herumstocherte. Sie überlegte, ob er sie nicht mochte, weil er andauernd auf Distanz ging. Sie wurde aus ihm einfach nicht schlau. Trotzdem spürte sie eine seltsame Verbindung zu ihm, die bereits von Anfang an da gewesen war. Als sie ihn das erste Mal auf der Plankengasse gesehen hatte und dieses merkwürdige Flattern im Bauch verspürte, war es ihr schon bewusst gewesen. Isabelle fühlte sich auf eigenartige Weise zu ihm hingezogen. Sein seltsames Auftreten reizte sie. Eine solche Gefühlsaufwallung wie jene, die sie gerade verspürte, hatte sie noch nie zuvor erlebt. Verstohlen blickte sie ihn an, betrachtete eingehender seine Gesichtszüge, seine sinnlichen Lippen. Er war der schönste Mann, den sie je im Leben gesehen hatte. Eine unbegreifliche Erregtheit packte sie, nur vom bloßen Anschauen, vom weichen Klang seiner tiefen Stimme. Er sagte gerade irgendetwas, was sie nicht verstand. Sie ließ nur den wohligen Tenor seiner Stimme auf sich wirken. Dieser erregte sie mehr als jede Berührung. So etwas war ihr bisher fremd gewesen. Den meisten Männern war sie stets mit Schüchternheit begegnet, ohne erotische Sehnsucht zu verspüren wie so viele andere Mädchen in ihrem Alter, die in wildes Schwärmen verfielen, wann immer ein Bursche ihnen schöne Augen machte.

So war Isabelle nie gewesen. Das hätte eine menschliche Schwäche offenbart, die sie sich nicht leisten konnte. Schwärmen führte zu Liebe. Und Liebe war eine Gefahr, sie machte einen verletzlich.

Sie presste die Lippen aufeinander. Selbst wenn es ihr sehnlichster Wunsch war, zu ihrem Vater zurückzukehren, war sie den beiden Amerikanern dankbar für den gewährten Unterschlupf und ihre bisherige Hilfe. Schließlich war sie eine Fremde, und trotzdem handelten die beiden äußerst selbstlos und brachten sich für sie in Gefahr.

Unentwegt kam ihr in den Sinn, was für wundervolle Männer sie in Zeiten dieses Grauens vor sich sitzen hatte. Verstohlen blickte sie wieder zu Dickie hinüber.

Vielleicht bemerkte er, dass sie ihn – in dem Versuch, ihn zu durchleuchten – inspizierte. Als er ihr versehentlich einen Blick zuwarf, lächelte sie und es kribbelte in ihrem Innern. Und er erwiderte ihr Lächeln. Damit löste er irgendetwas Unbegreifliches in ihr aus. Wann immer er sie ansah, erbebte sie innerlich und ihr wurde heiß. Sie hoffte inständig, dass auch er sie mochte, sie begehrte. Sich nach ihr verzehrte.

»Gott, habe ich einen Durst«, klagte John und rieb sich die Kehle, unterbrach damit den elektrisierenden Augenblick. Isabelle seufzte.

»Die Minibar ist doch gefüllt«, erwiderte Dickie und blickte zu dem Sekretär an der Wand, in dem sich Getränke befanden. Isabelle folgte seinem Blick.

John stand auf und öffnete die schmale Holztür.

»Will noch jemand? Einen Drink können wir wohl alle gebrauchen.«

Isabelle und Dickie nickten. John holte drei Fläschchen heraus und reichte den beiden jeweils eine. Anschließend setzte er sich in den kleinen Kreis zurück, den sie auf dem Fußboden gebildet hatten, und prostete den anderen mit seinem Schnaps zu.

»Ich weiß, in Anbetracht unserer Lage gibt es keinen Grund, anzustoßen. Dennoch bin ich froh, dass es uns gut geht, auch wenn wir seit einer gefühlten Ewigkeit in diesem Hotelzimmer eingesperrt sind.«

Isabelle erhob ebenfalls ihr Fläschchen.

»Ich habe mich noch gar nicht bei euch bedankt. Ohne euch hätte ich nicht gewusst, wohin. Auf meine mutigen

Retter ...« Gedankenverloren hielt sie kurz inne. »... und auf das gute, alte Wien. Möge es erhalten bleiben.«

Eine bedrückte Stimmung erfasste das Trio. John schluckte vernehmlich.

»Micante«, prostete er den anderen zu. Isabelle runzelte die Stirn und grinste.

»Was soll das bedeuten? Micante?«

Dickie und John lächelten sich an – wie Brüder im Geiste, kam es Isabelle vor.

»Micante bedeutet Heimat«, antwortete John. »Stimmt allerdings nicht so ganz. Eigentlich heißt es mein Herz, aber mein Vater assoziierte dieses Wort stets mit Heimat. Mit Woodwall, dem Ort, aus dem ich stamme. Er hat uns Kindern oftmals die abenteuerlichsten Geschichten erzählt. Von verzauberten Wäldern, in denen gute und böse Geister lebten, die sich gegenseitig bekämpften. Angeblich kann man in der Nacht ihre Lichter sehen. Von jedem ging ein eigenes Farbspiel aus – eines in Gold, das andere in Blau. Die Indianer glauben, dass unser Woodwall ein ganz besonderer Ort ist. Ein Ort des Schicksals, der zugleich paradiesisch, aber auch teuflisch ist. Schwarz und weiß.«

»Das hört sich unglaublich spannend an. Hast du diese besagten Lichter schon einmal gesehen? Also das Licht von Gut und Böse?«, fragte sie mit einem sanften Lächeln.

»Nein, leider nicht. Aber mein Vater. Zumindest hat er das immer behauptet.« Er schien in Erinnerungen zu schwelgen. »Doch es ist egal, ob diese mystischen Geschichten der Wahrheit entsprechen oder nicht. Meine Schwester und ich liebten es, unserem Vater zuzuhören.«

»Das kann ich bestätigen«, sagte Dickie schmunzelnd. »Charles war einzigartig. Auch ich habe ihm immer sehr gern zugehört, weil er seine Anekdoten so bildlich schilderte. Als wäre man mit dabei gewesen. Ich betrachte die Dinge gern nüchtern, aber er schaffte es am laufenden Band, dass ich an meinem gesunden Menschenverstand zweifelte. John! Erzähl Isabelle, wie Charles nach Woodwall gekommen ist.« Isabelle blickte zwischen den beiden Männern hin und her, ein neugieriges Funkeln in den Augen.

John schmunzelte, dann schüttelte er den Kopf. »Nein, nein. Isabelle wird mir kein einziges Wort glauben.«

»Doch, bitte erzähl«, bat sie aufgeweckt. Sie war so dankbar, einmal nicht an ihre derzeitige Situation denken zu müssen. Und sie liebte solche Geschichten. Sie hatte bislang hunderte Bücher verschlungen, um ihren Geist in andere Welten entschwinden zu lassen. Ihr Vater nannte sie immer seine kleine Lesemaus. »Für mich können solche Geschichten nicht fantastisch und märchenhaft genug sein.«

»Na schön. Aber lach mich nicht aus.«

»Großes Indianer-Ehrenwort«, versprach sie augenzwinkernd und streckte zwei Finger in die Höhe. John lachte.

»Wie ich dir bereits erklärt habe, war mein Vater der Sohn eines schwerreichen Geschäftsmannes aus Seattle. Zu keinem Zeitpunkt stand außer Frage, dass mein Dad eines Tages dieses Imperium weiterführen würde.«

»So wie jetzt bei dir?«, hakte Isabelle nach.

»Ja, mit dem Unterschied, dass mein Vater sein Unternehmen an dem wohl schönsten Ort der Welt gegründet hat. Schon als Kind interessierte er sich für die Lebensart der Indianer. Er bewunderte ihre Verbundenheit mit der Natur und ihr friedliches Zusammenleben. Am liebsten hätte er so gelebt wie sie. Mit einem Kanu den Chester Morse Lake überqueren, Lachse fischen und am Tiger Mountain auf Bärenjagd gehen. Befreit von der gesellschaftlichen Etikette, in die ihn sein eigener Vater hatte hineinzwängen wollen.«

»Das kann ich gut verstehen. Meinem Vater gefallen meine Schauspielpläne auch nicht ... aber erzähl bitte weiter.«

»Eines Tages las mein Dad einen Bericht über eine Horde Goldsucher, die unweit von Seattle auf ein indianisches Volk gestoßen waren. Dieser friedvolle Stamm der Yakez verehrte das Land, das sie seit Jahrhunderten besiedelt hatten. Die US-Regierung behauptete jedoch, die Rechte an diesem Tal zu besitzen, und sandte daher eine Truppeneinheit von tausend Männern aus, um den Stamm in ein Reservat umzusiedeln. Die indianische Gemeinschaft, über fünfhundert Männer, Frauen und Kinder, war der gewaltsamen Vertreibung durch die Kavallerie hilflos ausgesetzt. Wer den Befehlen nicht gehorchte, wurde brutal abgeschlachtet. In einer regnerischen Nacht allerdings gelang über der Hälfte des Stammes die Flucht. Augenzeugen berichteten damals, man habe das Volk in die Region des Chimney Rock pilgern sehen. Groß angelegte Suchmaßnahmen der Regierung blieben jedoch ohne Erfolg. Kein Mensch hat jemals wieder einen dieser Indianer zu Gesicht bekommen. Als hätte sich der Erdboden aufgetan und sie für immer verschluckt.«

Isabelle hörte ihm aufmerksam zu, nippte an ihrem Schnaps und grinste.

»Ein ganzes Volk verschwunden? Über Nacht?«

»Angeblich«, fügte John mit einem Augenzwinkern hinzu. »Mein Vater gehörte als Jugendlicher den Pfadfindern an. Er liebte die Wanderungen und Sommerzeltlager in den endlosen Wäldern im Hinterland. Im August 1889 marschierten er und seine Kameraden stundenlang durch das Gehölz. Dabei sichteten die Burschen tagelang nichts anderes als Douglastannen und Biber. Abends am Lagerfeuer erzählte Dad den anderen Gefährten von dem verschwundenen Volk der Yakez und spann daraus die gruseligsten Geschichten.«

Dickie lachte.

»Typisch für deinen Vater.«

Während sie Johns Erzählung lauschte, wuchs Isabelles Begeisterung immer mehr.

»Mein Vater hatte stets das Talent, diese Geschichten zu etwas Besonderem auszuschmücken. Er mochte es, wenn seine Zuhörer grübelten, weil sie nicht wussten, ob sie ihm glauben sollten oder nicht. Auf jeden Fall erfand er die Sage von den gierigen Goldgräbern, die während ihrer Suche nach Reichtum spurlos in den Wäldern verschwanden, da sie dem mittlerweile rachsüchtigen Yakez-Volk zum Opfer gefallen waren. Bis dahin hatte er einige Bücher über die verschiedenen Stämme der Gegend, wie die Nez Percé oder die Snoqualmies, verschlungen, um seine Erzählungen weiter anzureichern. An einem Nachmittag erreichte die Gruppe einen Abgrund, der die Wälder durch eine kilometerlange Felswand vom Tal trennte. An diesem Felsen wuchsen gewaltige Tannen empor, die bis in die Wolken ragten. Ihre Baumspitzen verschwanden im hohen Nebeldunst. Die Wand trennte das Land von allem, was man bisher kannte, daher heißt der dort gegründete Ort heute Woodwall. Am Ufer des nahe gelegenen Sees schlug die Gruppe ihre Zelte auf, während der Leiter die Landkarte studierte. Dabei stellte er fest, dass sie sich in der Gegend des Summit Chief und des Chimney Rock aufhielten. Dad wurde natürlich sofort hellhörig, weil er gelesen hatte, dass einst die Yakez angeblich dorthin geflohen waren. Die ganze Zeit über war er aufgeregt, regelrecht angespannt. Irgendwann in der Nacht weckte ihn ein Rascheln. Er kletterte aus seinem Zelt. Am Ufer des Sees erkannte er die Umrisse einer riesigen Gestalt, die auf einem Pferd saß. Sie war so groß, dass das Haupt dieses Schemens in den Sternenhimmel ragte.«

»O Gott, ich wäre vor Angst gestorben«, rief Isabelle mit weit aufgerissenen Augen. Es fröstelte sie allein schon vom Zuhören.

»Ich vermutlich auch«, grinste John. »Aber nicht mein Dad. Sein Forschermut siegte. Er wanderte zum Ufer hinunter und offenbarte sich dem Unbekannten. Das Mondlicht beschien die fremdartige Gestalt. Vor ihm stand ein echter Indianer. In der von Mond und Sternen erhellten Dunkelheit erkannte er seinen prunkvollen Kopfschmuck aus Adlerfedern, der Hals war mit prächtigen Ketten versehen. Der Fremde sagte kein Wort. Urplötzlich zeigte der Indianer zum Himmel hinauf. Konzentriert folgte Dad dem ausgestreckten Zeigefinger des Mannes. Es war, als würde er einige Zeichen in den Himmel schreiben, als würde er die einzelnen Himmelskörper miteinander verbinden, und sie erschienen in diesem Moment heller als zuvor. Der Indianer sprach daraufhin nur ein einziges Wort: Micante! Anschließend nickte er meinem Vater zu, als habe er ihm gerade die Welt erklärt. Sein Pferd setzte sich daraufhin in Bewegung und er ritt am Ufer des Sees entlang. Mein Dad blieb verwundert zurück und sah dem Indianer nach, wie er in der Dunkelheit des Waldes verschwand.«

Dickie vergrub vor Lachen sein Gesicht in den Händen.

»Jetzt verstehst du, was wir meinen, Isabelle.«

John bestätigte Dickies zweifelnde Bemerkung. »Nun ja, danach hat Vater noch mit einem Braunbären gekämpft und die anderen Kameraden vor dem sicheren Tod gerettet.« Er konnte sich das Lachen nicht verkneifen, seufzte dann aber traurig auf. »Wer weiß, wie viel davon wirklich geschehen ist – ihr seht, er war ein großer, wenn nicht sogar der beste Geschichtenerzähler! Und der beste Dad, den sich ein Kind vorstellen kann.«

Wie herzerwärmend John erzählt, überlegte Isabelle, und zum ersten Mal, seit sie ihn kannte, fühlte sie sich auch zu ihm hingezogen. Auf eine ganz andere Art als zu Dickie und dennoch unverkennbar hingezogen.

»Dein Dad ist bestimmt sehr stolz auf dich. Auch du wirst bestimmt einmal ein großartiger Vater, John«, meinte sie in aller Ehrlichkeit.

»Ich hoffe es sehr. Ich möchte einmal ein Dutzend Kinder, mindestens!«

»Ich wünsche es mir für dich«, hauchte sie mit weicher Stimme. »Und wegen dieser angeblichen Begegnung mit dem Indianer prostet ihr euch mit Micante zu?«

»Ja. Später fand Vater heraus, was dieses Wort für ihn selbst bedeutete: Heimat.« John wurde wieder sehr nachdenklich, Isabelle erkannte es an seiner krausgezogenen Stirn. »Ganz gleich, ob diese Indianer-Geschichte der Wahrheit entspricht oder nicht, es löste etwas in meinem Vater aus: eine tiefe Sehnsucht, seine eigene Heimat zu finden. An keinem anderen Ort auf dieser Erde wollte er leben. Als meine Großeltern starben, verkaufte er das Unternehmen in Seattle und zog mit meiner Mutter nach Woodwall. An der Stelle, an der er den Yakez-

Indianer traf, baute er unser Haus: Morgan's Hall. Tja, so war er eben, mein Dad.«

»Beeindruckend. Weitaus spannender als ein Wanderzirkus«, staunte sie. »Über das Wort Heimat habe ich mir bislang nie Gedanken gemacht. Nun weiß ich, wie wichtig es ist, eine zu haben.« Isabelle senkte den Blick und fühlte sich plötzlich sehr verloren. Heimatlos.

»Wien wird in deinem Herzen immer deine Heimat bleiben«, sagte Dickie. Auch er hatte wohl ihre Wehmut gespürt. Sie blinzelte ihm verlegen zu. Dann schluckte sie vernehmlich und sah sich in dem stillen Zimmer um.

»Wie schade, dass wir keine Musik haben. Wie gern würde ich jetzt tanzen. Tanzen macht alles leichter.«

Sie stand vom Boden auf, schloss die Augen und sang »Ich tanze mit dir in den Himmel hinein« von Lilian Harvey und Willy Fritsch. Ihr Lieblingslied und eines der letzten Lieder, das sie unbeschwert gehört hatte. Auf der Hochzeitsfeier ihrer Cousine Helene. Zu einer Zeit, in der niemand daran geglaubt hatte, dass sich das Leben so dramatisch ändern würde. Zumindest nicht so schnell. Von jetzt auf gleich. Sie öffnete ihre Augen und sah die zwei an.

John und Dickie schauten ihr wie zwei hypnotisierte Kater zu und lauschten dem beruhigenden Gesang. Dabei tänzelte sie seelenruhig durch den Raum. Um ihren langsamen Bewegungen nicht ins Gehege zu kommen, ließ sich John im Sessel nieder, der in einer Ecke neben dem Sekretär stand. Isabelle nahm zumindest an, dass das der Grund war. So hatte er sie zudem gut im Blick. Dickie positionierte sich auf der Bettkante.

Sie spürte, wie die beiden sie wie zwei hungrige Tiger beobachteten, während sie wie eine hauchzarte Feder barfuß über den Fußboden schwebte.

Wie viel Zeit würde ihr noch bleiben? Wann würde sie den Nationalsozialisten in die Hände fallen? Einem Regime, von dem man hörte, es sei erbarmungslos und grausam. Ihr war bewusst, dass dieser Abend womöglich der letzte war, den sie in Freiheit verbringen würde. Auch wenn sie bei Greta in Döbling erst einmal sicher war, so wusste sie, dass dies nicht von Dauer sein konnte. Zudem musste sie erst einmal dorthin gelangen. Jetzt fühlte sie sich geborgen. Beschützt von zwei Männern, die sie beide begehrten – das war offensichtlich und sie genoss es. Sie fühlte sich sogar zu John hingezogen, weil er ihr diese wundervolle Geschichte von seiner geliebten Heimat erzählt hatte. So herzerwärmend, so traurig, weil ihm der Vater fehlte.

Ein erstes und letztes Mal wollte sie all das fühlen, was einem die Liebe versprach. Sie atmete tief durch. Ein letztes Abenteuer.

»John? Woran hast du gedacht, als du mich das erste Mal gesehen hast? Ich meine, als du Leila Madlen gesehen hast?«

Er hatte offensichtlich keine Ahnung, was er antworten sollte und schwieg verdutzt. Isabelle grinste. Langsam tänzelte sie auf ihn zu und kniete sich vor seinen Füßen auf den Boden. Elfengleich hob sie ihre Hand und strich ihm zärtlich über die Wange. »Du wolltest mich lieben. Ich meine so richtig, nicht wahr?«

John wurde sichtlich angespannt, seine Schultern versteiften sich. Er blinzelte unentwegt und war unsicher, was er mit seinen Händen anstellen sollte. Dann erhob sie sich wieder und wandte ihren Blick Dickie zu, der mindestens ebenso verwirrt dreinblickte wie sein Freund.

»Und du, Richard Cooper?«

Er blieb ihr ebenfalls eine Antwort schuldig. Sie kicherte mädchenhaft, aber sofort wurde ihre Miene wieder ernsthaft, ja traurig.

»Ihr könnt euch nicht vorstellen, was für ein Gefühl es ist, vielleicht nie wieder einen solchen Moment zu erleben.« Sie zögerte. »Ich war noch nie mit einem Mann zusammen, wenn ihr versteht, was ich meine. Ich will in dieser Nacht etwas Außergewöhnliches erleben – mit euch beiden!« Ihre Zehenspitzen trugen sie wieder in die Mitte des Raums. »Ich weiß, um eure Liebe zu bitten, schickt sich nicht für eine Dame. Doch was ist heutzutage schon normal?«

Ihre Frage verebbte in dem stillen Zimmer.

Isabelle wartete auf eine Reaktion von John und Dickie. Keiner von ihnen wagte es, einen Grund vorzubringen, ihr diesen Wunsch auszuschlagen.

Noch einmal atmete sie tief durch. Dann knöpfte sie ihr weinrotes Kleid auf, und als sie die Ärmel abstreifte, fiel es an ihrem Körper zu Boden. Johns verstohlener Blick entging Isabelle nicht, erfasste er doch ihre Brüste, deren aufgestellte Knospen sich unter dem zarten Stoff ihres Unterkleids abzeichneten.

John sah überfordert aus. Möglicherweise erwog er sogar die Flucht. Trotzdem blieb er, konnte seine Augen nicht von ihr abwenden, betrachtete ihre Gestalt im trüben Lichtschein.

Dickie fand gar nicht erst nicht den Mut, sie anzuschauen, aber auch er musste die elektrisierende Erregtheit, die das Zimmer durchflutete, verspürt haben. Da war Isabelle sich sicher.

Sieh mich an Dickie, wünschte sie sich. *Sieh mich endlich an. Und liebe mich.*

Doch er blieb verhalten und rieb sich die Stirn. Isabelle sah wieder zu John. Innerlich seufzte sie. Schließlich beugte sie sich zu John herunter und küsste seine Schläfe. Sie legte ihre zarten Finger um seinen Nacken, ließ sie über sein Hemd nach unten gleiten und öffnete langsam die Knöpfe. Sachte umfassten seine Hände ihre Taille und Isabelles anfängliche Unsicherheit verschwand, nachdem er ihre Zärtlichkeiten erwiderte und ihren Hals küsste. Ihre Lippen trafen aufeinander und sie zog behutsam an seiner Unterlippe, wovon sie in ihrer Unerfahrenheit mutmaßte, dass es ihm gefallen könnte. Und wie es das tat! John packte sie, damit sie sich auf ihn setzte. Dabei bemerkte Isabelle sein hartes Glied. Es erschreckte sie, dass er derart schnell auf sie reagierte.

Wollte sie das wirklich? Unsicherheit machte sich wieder in ihr breit, doch ein Rückzieher kam nicht infrage. Instinktiv bewegte sie sich auf seinem Schoß hin und her, langsam gefiel auch ihr, was sie unter sich spürte. Beherzt umfasste er ihren Nacken und zog sie dichter zu sich heran. Während sich ihre Zungen trafen und heftig umschlangen, stöhnte er leise auf.

»Ich lass euch allein!«, tönte es durch das Zimmer.

Dickie erhob sich von der Bettkante. Isabelle hörte sofort auf, Johns Küsse zu erwidern, denn sie wollte unter keinen Umständen, dass Dickie verschwand. Sie brauchte sie beide, jetzt. Letztendlich galt ihre größte Lust ihm.

Sie löste sich aus Johns Armen, denn sein Liebesspiel war nur ein kleiner Vorgeschmack auf das gewesen, was sie sich von Dickie erhoffte.

»Bitte bleib«, bat sie aufgeregt.

Beschämt sah er zu John hinüber, der ebenfalls nicht in der Lage war, eine Entscheidung zu treffen.

Isabelle nahm Dickies Hand, die vor Aufregung eiskalt war, und legte sie auf ihre Brust, um ihn zu überzeugen. Behutsam wanderten seine Hände unter ihr Unterkleid. Mit sanften Fingerspitzen umkreiste er ihren Busen. Das erste Mal, dass ein Mann diese Stelle ihres Körpers berührte.

Eigentlich hätte sie sich dieser Erotik niemals aussetzen dürfen. Unverheiratet, gerade erst zur Frau herangereift.

In diesem Moment tat sie all das, was sie nicht hätte tun dürfen. Und obwohl ihr Verstand mit erhobenem Zeigefinger warnte, befahl ihr Herz, dass sie sich in die Arme dieser Männer fallen lassen sollte.

Ein letztes Abenteuer, dachte sie immer wieder.

Sie bot Dickie ihre Lippen an, damit er sie küsste. Er zögerte, doch sie konnte sehen, wie heiße Begierde in ihm hochkochte.

Liebe mich, Dickie.

Mit einem intensiven Kuss bewies er ihr, dass er der Mann war, nach dem sie sich tatsächlich sehnte.

Dennoch war John anwesend und hatte sich ihr gegenüber bisher äußerst liebenswürdig gezeigt. Wie könnte sie ihn bitten, dass Zimmer zu verlassen? Sie wollte ihn nicht verletzen.

Ein wenig zermürbt schaute sie zu ihm hinüber.

»Komm zu uns«, forderte sie ihn auf.

»Ich weiß nicht, ob das richtig ist«, antwortete John zurückhaltend.

»Ihr wollt mich doch. Und ich gebe euch, was ihr wollt.«

Zögernd erhob er sich aus dem Sessel und kam zu ihnen.

Die beiden Männer vermieden jeglichen Blickkontakt, versuchten, sich nur auf Isabelle zu konzentrieren, die sich nun vollends von ihrem Unterkleid befreite und kurz darauf nackt zwischen ihnen stand.

Isabelle wandte sich wieder John zu, um ihn zu küssen, während Dickie ihren nackten Rücken streichelte und sie ihm zärtlich in den Schoß fasste. Dabei umschlangen ihre Finger sein pulsierendes Glied. Er streichelte ihre Jungfräulichkeit und drang behutsam mit den Fingern in sie ein.

Überrascht von dem bittersüßen Schmerz, den Isabelle nie zuvor gespürt hatte, stöhnte sie lustvoll auf. Ein betörendes Gefühl stieg in ihr auf.

Sie gab sich Dickie mit Haut und Haaren hin, während John eine empfindliche Stelle an ihrem Hals küsste, was sie noch mehr in Ekstase versetzte.

***

In der Nacht erwachte Dickie schweißgebadet. Seine Muskeln waren schlaff, ausgelaugt von dem, was vor wenigen Stunden in diesem Bett geschehen war.

Irritiert sah er zur Seite.

Neben ihm schliefen Isabelle und John – aneinandergeschmiegt. Endlos hatten sie Isabelle geliebt. Sie hatte Dickie mit einer ungeahnten Gier verblüfft, nachdem sie anscheinend den Schmerz des ersten Mals überwunden hatte. Er war diesem lasziven Tun hilflos ausgesetzt gewesen. Vielleicht wäre er besser verschwunden. Doch er hatte erkannt, dass sie ihn begehrte. Und offensichtlich auch John. Sie verlangte von beiden Männern, sie in sexuelles Neuland zu begleiten.

Isabelle hatte diese Nacht nicht geplant, ganz gewiss nicht. Und doch war sie geschehen.

Unruhig wälzte er sich herum, schloss die Augen. Eine Minute später gestand er sich ein, nicht mehr in den Schlaf finden zu können. Leise stieg er aus dem Bett, versuchte dabei, jegliches Quietschen des Lattenrosts zu vermeiden. Lautlos schlich er auf Zehenspitzen über den Fußbodenteppich in das angrenzende Badezimmer und zog behutsam die Tür hinter sich zu. Er schaltete das Licht ein und betrachtete sich im Spiegel.

So eine verdammter Mist!

Er legte den Kopf in den Nacken, kniff die Augen zusammen und wünschte sich an einen anderen Ort. Übermorgen würden sie Isabelle nach Döbling fahren, um danach für immer aus ihrem Leben zu verschwinden. Ihm war es egal, welche Hindernisse sich ihnen dabei in den Weg stellen würden. Er wollte nur nach Hause, schnellstmöglich. Selbst wenn er seine Seele an den Teufel verkaufen müsste, damit es gelang. Er musste weg von hier. Einfach nur diese gottverdammte Stadt verlassen.

Langsam öffnete sich die Badezimmertür und Isabelle trat hinein. Sie schloss die Tür hinter sich und drehte den Schlüssel um. Ihr Blick glitt über seinen muskulösen Körper, ehe sie ihre nackte Haut, ihren kühlen Busen an seinen Rücken presste. Dabei umschlang sie seinen Brustkorb und legte ihre Stirn zwischen seine Schulterblätter. Er atmete tief ein und befreite sich aus ihrer körperlichen Zuneigung, indem er nach ihren Händen griff und sie im nächsten Moment hart von sich stieß.

»Bitte, lass das!«, knurrte er.

Durch den Spiegel sah er in ihre grünen Augen, die durch das Schwarz der verlaufenen Wimperntusche noch markanter und aufreizender wirkten. Ihre schulterlangen Locken waren durch das exzessive Liebesspiel zerzaust, dennoch wirkte sie erotisch auf ihn und war hübsch anzusehen.

Sie strich ihm durch das dunkelbraune Haar.

»Ich bin auch verwirrt«, flüsterte sie. »Ich weiß nicht, ob ich mich schämen oder mich glücklich schätzen soll, von zwei Männern gleichermaßen begehrt worden zu sein. Als wir uns das erste Mal vor meinem Elternhaus gesehen haben, wusste ich, dass auch du mich willst. Ich habe es in deinen Augen gesehen. Ein Blick, der mitten in mein Herz getroffen hat.«

Zerstreut drehte er sich zu ihr um.

»Mag sein. Aber warum auch John? Das verstehe ich einfach nicht.« Sie presste die Lippen zusammen.

»Glaube mir, ich wollte dich mehr als ihn. Allerdings konnten wir ihn schlecht aus dem Zimmer verbannen, oder?«

Gedankenverloren legte sie ihre Hand auf seine nackte Brust. »Ich weiß, John hat sich in mich verliebt. Und er war gut zu mir. Ich dachte, es wäre … ich kann es nicht erklären …, um dich lieben zu dürfen, musste ich auch ihn lieben. Es war meine Form von Dankbarkeit. Sicher würde es ihm das Herzbrechen, wenn er wüsste, dass ich nur dich will.«

Dickie verstand ihre Erklärung, auch wenn leiser Zorn in ihm erwachte.

»Er ist mein Freund, Isabelle! Wie soll ich ihm nach dieser Nacht jemals wieder in die Augen schauen?«

Zärtlich strich sie ihm über die Wange.

»Bitte entschuldige«, wisperte sie und ihre Augen füllten sich mit Tränen. »Bald werdet ihr mich nie wiedersehen, dann verblasse ich zu einer fernen Erinnerung und ihr könnt wieder Freunde sein.« Isabelle wirkte dabei so unendlich verloren.

Ihre Hilflosigkeit zerriss Dickie das Herz. Rasch beugte er sich zu ihr, küsste sie, wie er noch keine Frau geküsst hatte – mit einer unkontrollierten Hingabe. Er konnte nicht anders. Jede

Stelle ihres weichen Körpers verlangte nach ihm, lockte ihn. Er küsste jeden Flecken nackter Haut, der sich ihm bot. Seine Arme schlangen sich unterhalb ihrer Taille um ihren Körper, die Hände umfassten ihr Hinterteil. Dann hob er sie auf den Rand des Waschbeckens und drang zärtlich in sie ein. Sie war so bereit für ihn, dass er sich regelrecht beherrschen musste, seine Lust etwas zu zügeln.

Sie mussten leise sein.

Verhalten stöhnte sie, vergrub das Gesicht in seinem Nacken. Seine Stöße wurden heftiger, kühner und unerbittlicher.

Er wusste, es war falsch. Er tat es dennoch.

Das Sterben der Vernunft

Einen weiteren langen Tag verbrachten die drei in dem Hotelzimmer, isoliert wie Gefangene. Beschämt durch das nächtliche Ereignis zwischen ihnen, sprachen sie nur das Nötigste und blieben jeder für sich in seiner eigenen Gedankenwelt versunken, die sie nicht miteinander teilten. Doch was sie alle verband, war die Angst vor dem, was sich außerhalb dieser Wände abspielte. Seit Samstag hatten sie weder eine Zeitung gelesen noch den Rundfunk gehört.

Am Dienstagmorgen steckte Isabelle John eine Telefonnummer zu.

»Ferdinand Haiger. Er ist der Chauffeur meines Vaters. Ich kenne ihn aus Kindertagen. Ihm können wir vertrauen.«

Skeptisch betrachte er den Zettel mit der Nummer. War nicht Isabelle diejenige gewesen, die noch vor wenigen Tagen gesagt hatte, man könne niemandem trauen?

»Ich weiß nicht, Isabelle.«

»John, ich halte es für sicherer, mit diesem Alten zu fahren als mit einem öffentlichen Verkehrsmittel«, äußerte Dickie. John dachte kurz nach und nickte dann einsichtig.

»Könnte sein. Möglicherweise kann er uns auch die Flugtickets besorgen. Dann müssen wir das Hotel nicht vorzeitig verlassen.«

Rasch machte sich John daran, ein Telefon zu finden, und stiefelte zur Rezeption hinunter.

Das Telefonat mit Herrn Haiger war anstrengend. Der ältere Mann verfügte zwar über Englischkenntnisse, John hatte allerdings das Gefühl, dass sein Gesprächspartner nur einen Bruchteil dessen verstand, was er von ihm wollte. Außerdem musste er mit leiser Stimme telefonieren, da sich der Apparat nur wenige Meter neben der Rezeption befand. Der Empfangschef, ein klapperdürrer Greis, horchte ständig auf und schielte zu ihm hinüber. John traute ihm nicht. Er traute niemandem mehr über den Weg.

Eine endlose halbe Stunde wartete er in der Lobby auf Haigers Rückruf. Dann klingelte schließlich das Telefon. Der Chauffeur hatte gute Nachrichten für ihn. Die Tickets waren tatsächlich geordert. Das Flugzeug nach Paris startete um acht Uhr in der Früh. Am nächsten Morgen. Endlich ein Lichtblick für die Truppe.

Dickie und John beabsichtigten, vor Tagesanbruch aufzubrechen. Bevor sie in den Flieger steigen würden, hatten sie sich verpflichtet, Isabelle in Döbling abzuliefern.

Als John später ins Hotelzimmer zurückkehrte, lag Isabelle müde im Bett und brachte kaum ein Wort über die Lippen. Er mutmaßte, dass sie sich für ihre Freizügigkeit, ihre entflammte Leidenschaft der gemeinsamen Nacht schämte. Bislang hatte

123

niemand von ihnen den Mut aufgebracht, über die Nacht vor zwei Tagen zu sprechen. Auch Dickie nicht, der jeglichen Augenkontakt mit seinem langjährigen Freund vermied. Vielleicht war es vernünftiger, nie wieder ein Wort darüber zu verlieren. John tat es ihm gleich. Ihm war das zwischen ihnen Geschehene zutiefst peinlich. Sie hatten einander nicht nur nackt gesehen, sondern zusammen dieselbe Frau geliebt. Das gehörte sich nicht. Und mit Dickies gut gebautem Körper konnte er selbst einfach nicht mithalten. Dass Isabelle ihn überhaupt rangelassen hatte, grenzte schon an ein Wunder. Nie wieder wollte er darüber sprechen oder nachdenken. Jetzt war er heilfroh, dass Dickie zunächst zu seinem Vater zurückkehren würde, sobald sie wieder in der Heimat waren.

Aber zunächst mussten sie das Land verlassen.

»Herr Haiger wird uns morgen um fünf Uhr abholen. Er hat die Flugtickets geordert. Das bedeutet, wir müssen noch fünfzehn Stunden in diesem Zimmer aushalten. Dann ist es vorbei«, informierte John die anderen und setzte sich auf die Bettkante. Er lächelte Isabelle zu, die ihn mit leerem Blick ansah.

»Dann seid ihr endlich in Sicherheit«, flüsterte sie ihm zu.

Wie gern hätte John ihr jetzt die Angst vor der Zukunft genommen und Hoffnung auf ein Leben ohne Verfolgung, ohne Hitler gemacht.

»Danke, John. Ich bekomme hier langsam einen Lagerkoller«, antwortete Dickie, der in einer Ecke auf dem Teppichboden saß.

In seinen Händen hielt er sein Lieblingsbuch »Gullivers Reisen«. Es war sein ständiger Begleiter, daher war es nicht verwunderlich, dass er es auch auf dieser Reise bei sich hatte.

John hörte ein Rascheln. Isabelle setzte sich auf und schaute zu ihm hinüber.

»Das habe ich auch gern gelesen«, sagte sie und ihre grünen Augen lächelten zärtlich. Ihre Bemerkung dröhnte John in den Ohren wie ein Fanfaren-Appell. Verträumt wanderte ihr Blick zu Dickie. Solch einen verliebten Blick hatte sie John noch nie geschenkt. Als könnte sie es kaum erwarten, Dickies Hände erneut auf ihrer Haut zu spüren, sobald John am Abend im Land der Träume versank.

In ihm keimte etwas auf, das er noch nie für seinen Freund verspürt hatte: Hass. Und mit diesem Gefühl starb auch seine Vernunft.

Wenige Momente später schreckte sie eine Abfolge mehrerer Kanonenschüsse auf.

Isabelle saß mit einem Mal kerzengerade im Bett. John eilte zum Fenster und öffnete es einen Spaltbreit.

Auf der Straße bot sich ihm ein Bild, das er nie wieder aus seinem Gedächtnis verbannen könnte. Jubelnde Menschenmassen hatten sich am Straßenrand versammelt. Aus der Ferne ertönte Militärmusik. Dickie und Isabelle stürmten ebenfalls zum Fenster. Verstört beobachteten sie das finstere Spektakel, das sich nur wenige Meter unter ihnen abspielte. Das Volk wedelte vergnügt mit kleinen Hakenkreuzfähnchen und richtete den Blick gespannt auf die Straße. Eine graue Raupe hunderter SS-Offiziere zog durch die breite Gasse und bildete eine düstere Parade, deren Gleichschritt ein ohrenbetäubendes, rhythmisches Stakkato erzeugte. John schluckte, als sein Blick auf den Urheber all dieses Unheil fiel: Umgeben von einer martialisch bewaffneten Eskorte saß Adolf Hitler in einem schweren

Wagen. Durch das offene Verdeck nickte er den jubelnden Wienern zu.

Neben sich hörte er einen unterdrückten Schreckensruf und er wandte sich Isabelle zu. Ihr war jegliche Gesichtsfarbe entwichen und im nächsten Moment verlor sie das Bewusstsein. Dickie reagierte sofort und fing sie in seinen Armen auf. Langsam kam sie wieder zur Besinnung. John wusste nicht, wie ihm geschah. Dickie trug sie zum Bett hinüber, während er erneut fassungslos aus dem Fenster blickte.

Gott schütze Österreich, war alles, was er denken konnte.

Während die Dunkelheit über die Stadt hereinbrach, packten John und Dickie ihre Taschen. Dabei trieb beide nur der eine Wunsch um: schnellstens aus Wien zu verschwinden.

John ging noch einmal zur Rezeption hinunter, um die Rechnung des Hotelzimmers zu begleichen und ein Abendessen zu bestellen. Skeptisch nahm der Portier seine erneute Essensbestellung entgegen.

»In der Stadt gibt es vorzügliche Restaurants, gnädiger Herr. Immerzu essen Sie nur auf dem Zimmer.«

»Danke. Ich weiß. Meinen Mitreisenden hat vor wenigen Tagen die Grippe erwischt.«

Das musste als Erklärung genügen.

John hatte den Verdacht, in diesem Hotel nicht mehr lange sicher zu sein. Und dass ihn der Greis jetzt so misstrauisch taxierte, heizte seine Befürchtung weiter an.

»Dann waren Sie heute nicht am Heldenplatz?«

»Nein.«

»Da haben Sie aber etwas Großartiges verpasst, gnädiger Herr. Reichskanzler Hitler ist endlich nach Wien gekommen und hat vom Balkon der Hofburg zu uns gesprochen. Noch nie habe ich einen Politiker gesehen, der so enthusiastisch zu seinem Volk gesprochen hat wie er. Er wird Großes verrichten.«

Auf dem Gesicht des Mannes erschien ein eigentümlicher Ausdruck von Stolz.

John legte ein falsches Lächeln auf.

»Ganz gewiss. Ich wünsche Ihnen noch einen schönen Abend.«

Als er ins Zimmer zurückkam, hatte sich die Lage dort nicht verändert. Isabelle lag weiterhin im Bett und hing ihren Gedanken nach. Ihre Wangen waren fiebrig rot. Hoffentlich wurde sie nicht krank. John legte seine Hand auf ihre Stirn.

»Mein Gott, du glühst ja. Bald haben wir es geschafft, meine Liebe.«

Dickie saß auf dem Sessel, den er zuvor unter das Fenster geschoben hatte, um bei sonderbaren Geräuschen auf die Straße hinunterschauen zu können. Seit Stunden hatte er sich nicht von diesem Platz wegbewegt, dabei war kaum eine Menschenseele mehr in den Gassen unterwegs.

»Können wir kurz unter vier Augen sprechen, Dickie?«

»Sicher.«

Dickie erhob sich aus dem Sessel und folgte John ins Bad.

»Der Portier macht keinen vertrauenswürdigen Eindruck. Vielleicht ahnt er, dass bei uns etwas nicht stimmt, dass wir jemanden versteckt halten.«

»Verdammte Scheiße. O John, lass uns beten, dass diese Nacht bald vorbei ist.«

Niemand fand in dieser Nacht in den Schlaf. John linste fast minütlich auf seine Armbanduhr. Um kurz vor fünf Uhr brachen sie auf, um das Hotelzimmer endlich zu verlassen. Noch einmal lugten John und Dickie aus dem Fenster, um sich zu vergewissern, dass die Luft rein war.

Isabelle wurde plötzlich hektisch und stürmte zur Tür. Es geschah so schnell, dass die beiden Männer zunächst nicht reagieren konnten.

»Isabelle, warte!«, rief John ihr besorgt hinterher.

Sie hörte nicht auf seine Aufforderung. Rasch eilte er ihr hinterher in Richtung Zimmertür.

»Ich will zu Ferdinand. So schnell es geht«, antwortete sie. »Sicherlich weiß er, wie es meinem Vater geht.«

Hastig lief sie den Korridor entlang. John drehte sich zu Dickie um, der noch seine Jacke überzog.

»Jetzt beeile dich!«, forderte John ihn auf und blickte zu Isabelle, die schon am Aufzug stand und immer wieder auf den Knopf drückte, als würde der Lift an Fahrt gewinnen, wenn sie den Schalter nur oft genug betätigte.

Die Aufzugtüren öffneten sich. Ein hochgewachsener Klotz stand vor ihr. In Uniform. SA-Offiziersuniform, wenn John es richtig erkannte.

Der Fremde stiefelte aus dem Aufzug und trat auf sie zu. »Na, na, junges Fräulein, wo willst 'n so früh hin? Und so ganz allein, du willst doch nicht etwa abhauen? Hast was zu verbergen?«

John war weiter aus der Tür getreten, um besser sehen zu können, was sich am Aufzug abspielte. Doch die Worte ließen ihn innehalten. War es Isabelles Miene so leicht anzusehen, dass sie eine Jüdin war? Verstört blieb er im Türrahmen stehen und gab Dickie, der hinter ihm stand, ein Handzeichen, hielt ihn damit zurück. Wie ein Baum baute sich der Offizier vor Isabelle auf.

»Ich habe dich was gefragt!«, herrschte er sie an.

John stockte der Atem.

Bleib ruhig, befahl er sich selbst. Bleib ganz ruhig.

Er setzte eine gefällige Miene auf und spazierte auf Isabelle zu, die er schließlich am Arm fasste. Er sah, dass sie kreideweiß vor Angst in das kantige Gesicht des Mannes starrte. John wandte sich dem Offizier zu und roch sofort seine Alkoholfahne. Der Koloss hatte wahrscheinlich die ganze Nacht lang die angeblichen Heldentaten seines Führers begossen.

»Honey, come on, we're going to miss our plane«, schaltete John geistesgegenwärtig und drückte sich mit ihr an dem Offizier vorbei. Geduldig warteten sie am Aufzug, der zwischenzeitlich wieder nach unten gefahren war. Johns Atmung ging stoßweise.

Mach schon! Mach schon! Mach schon, befahl er dem stählernen Ding.

Der Aufzug bewegte sich erneut mit einem Ruckeln nach oben, hielt an und die Türen schlugen auf. Der Offizier richtete sich kerzengerade auf.

»Halt! Stopp!«

John blieb das Herz stehen. Zaghaft drehten sich die beiden zu dem Mann um, der ihnen inzwischen bedrohlich nahekam.

»Was haben wir denn da? Amerikanisches Schweinepack? Geheimdienst, was? Ihr glaubt ehrlich, ihr könntet hier klammheimlich verschwinden? Ich werde euch dreckigen ...«

Der Offizier hatte keine Gelegenheit, sein Brüllen fortzusetzen oder irgendetwas anderes zu tun. Dickie war aus dem

Zimmer gestürmt und schlug ihm mit dem Sockel einer Nachttischlampe auf den Hinterkopf.

Der SA-Mann taumelte, drehte sich benebelt zu Dickie um, der ihm noch im selben Moment einen zusätzlichen Schlag mitten ins Gesicht verpasste. Bewusstlos stürzte der Mann zu Boden und rührte sich nicht mehr.

John reagierte schnell und half Dickie, den ohnmächtigen Offizier in ihr Hotelzimmer zu tragen. Sie schmissen ihn auf den Teppichboden, rannten wieder aus dem Zimmer und John verschloss mit bebender Hand die Tür.

»Zeit, endlich zu verschwinden!«, rief er atemlos. »Wenn der Mistkerl aufwacht, dauert es nicht lange und er meldet den Vorfall.«

Nur noch drei Stunden, dachte er. Nur noch drei Stunden und sie wären in Sicherheit.

In Panik verließen sie das Hotel, schauten sich ständig um. Der Nachtportier hatte das eilige Verschwinden seiner Gäste nicht mitbekommen, da er gerade mit dem Schlüsselkasten beschäftigt war.

Draußen war es noch stockfinster. Einige Meter vor dem Hotel stand unter einer Straßenlaterne ein schwarzer Mercedes. Ein älterer Herr mit leuchtend weißen Haaren stand an den Wagen gelehnt und winkte ihnen zu.

»Das ist Haiger«, rief Isabelle erleichtert. Sie eilte zu ihm, fiel ihm in die Arme. »Ferdi, wie geht es Vater?«

»Sie sollten jetzt erst einmal einsteigen, Fräulein Waldburg!«

Dickie und Isabelle setzten sich zügig auf die Rückbank des Wagens. Als Haiger gerade selbst einsteigen wollte, hielt John ihn zurück.

»Verriegeln Sie die Hintertür«, befahl er dem Fahrer, der verwundert über diese harsche Anweisung zögerte. »Nun machen Sie schon!«

Schließlich gehorchte er und verschloss die Türen, während Isabelle ihn dabei verdutzt beobachtete. Dann stiegen Haiger und John ebenfalls ein und fuhren los.

Die Straßen waren verwaist und allmählich wich die Dunkelheit dem anbrechenden Tageslicht. John knirschte mit den Zähnen und starrte aus dem Fenster. Die vorbeiziehenden Häuser verschwammen vor seinen Augen. Er versuchte, seinen rasenden Herzschlag zu beruhigen, doch er wusste, dass gleich alles noch viel schlimmer werden würde.

»Nun erzählen Sie schon, Ferdinand«, drängelte Isabelle von hinten.

Haiger schielte in den Rückspiegel. John tat es ihm nach und sah ihren angstvollen Blick.

»Die letzten Tage waren ziemlich ereignisreich, Fräulein.«

»Herr Haiger, würden Sie bitte englisch mit uns sprechen. Ich will verstehen, was Sie ihr erzählen«, wandte John ein.

»Ja, Mr Morgan. Ich versuche es. Fräulein Waldburg, die Bank Ihres Vaters ist geschlossen. Niemand ist mehr zur Arbeit erschienen. Auch Ihr Vater nicht. Juden sind in Wien nicht mehr erwünscht.« Er atmete schwer. »Ich habe gesehen, dass viele jüdische Geschäfte von der Gestapo aufgesucht wurden. Gestern habe ich auf dem Kohlmarkt Herrn Weiß, den Apotheker, und seine Frau dabei beobachtet, wie sie mit anderen Juden gezwungen wurden, den Gehweg von Schuschnigg-Parolen zu säubern. Wie die Tiere schrubbten sie auf allen vieren. Um sie herum Menschenscharen. Die Leute lachten und zeigten mit dem Finger auf sie. Ein junger Bursche spuckte Frau

Weiß sogar ins Haar. Es war entwürdigend und sie musste sich diese Demütigung stumm gefallen lassen. Ein Albtraum. Die ganze Stadt ist verrückt geworden.« Fassungslos lauschten alle seinen Schilderungen. »Fräulein Waldburg, Sie müssen Österreich schleunigst verlassen. Ihr Va...«

»Bitte, fahren Sie direkt zum Flugplatz«, unterbrach John ihn im Befehlston. Der Fahrer nickte. Dann drehte er sich zur Rückbank um und sah, wie Dickie die Stirn runzelte.

»Aber erst fahren wir nach Döbling, Ferdinand, zu Greta Wagner«, ordnete Isabelle an.

»Nein!«, brüllte John. »Sofort zum Flugplatz. Isabelle, du wirst nicht nach Döbling fahren, sondern mit uns in dieses Flugzeug steigen. Herr Haiger hat drei Flugtickets besorgt – auf mein Bitten hin«, machte er deutlich. Rasch wandte er seinen Blick wieder nach vorn, weil er Angst vor ihrer Reaktion hatte.

»Bist du wahnsinnig, John?«, fragte Dickie. »Das geht nicht. Was ist, wenn Isabelle erwischt wird? John, dann sind wir alle dran. Es geht hier nicht nur um sie. Wie kannst du solch eine Entscheidung treffen, ohne mich vorher einzuweihen?«

»Weil du es mir ausgeredet hättest.«

»Und ob ich das getan hätte. Du bist wirklich ein ... ein ... ein elender Vollidiot.«

»Ich werde auf keinen Fall mitkommen!«, rief Isabelle dazwischen. »Ferdinand, halten Sie auf der Stelle an.«

Die flehenden Worte schienen Haiger zu verunsichern und er fuhr etwas langsamer. John bemerkte sofort, dass der Wagen an Geschwindigkeit verlor, und packte den Mann neben sich heftig am Arm.

»Fahren Sie gefälligst weiter«, donnerte er, »oder wollen Sie dafür verantwortlich sein, dass man Isabelle ebenfalls abtransportiert?«

»Was?« Isabelle rüttelte wie von Sinnen am Griff der verschlossenen Autotür, doch das stellte sich als zwecklos heraus. »Ich werde nicht ohne Vater gehen. Fahren Sie zur Plankengasse.«

»Los, Haiger, erzählen Sie es ihr.« John ertrug Isabelles Gezeter nicht mehr.

»Fräulein Waldburg, ich weiß nicht, wie ich es Ihnen sagen soll. Ihr Vater hatte mich am Sonntag gebeten, ihn nach Döbling zu fahren, da er Sie bereits dort vermutete. Wie vereinbart, wartete ich in der Plankengasse, als plötzlich die Haustür aufgerissen wurde, mehrere SA-Offiziere aus dem Haus traten und Ihren Vater abführten. In der Stadt wird gemunkelt, dass man die Gefangenen in ein Lager bringt. Irgendwo in der Nähe von Linz. Seit gestern herrscht ein Ausreiseverbot für alle österreichischen Staatsbürger. Weshalb muss ich Ihnen sicher nicht erklären. Es tut mir schrecklich leid, Ihnen das berichten zu müssen.«

Isabelle schluchzte verzweifelt auf. »Nein, nein. Das kann nicht sein«, schrie sie. Es zerriss John fast das Herz.

»Großer Gott«, seufzte Dickie. »Ich habe es befürchtet.«

John hatte sich ihr wieder zugewandt und sah, dass sein Freund mitfühlend ihre Hand hielt.

Isabelle blinzelte zu John, der sie mit gespielt ausdrucksloser Miene ansah und sich entschlossen die Hand vor den Mund hielt. Er durfte ihr gegenüber jetzt nicht einknicken.

»Du hast es gewusst.« Jähzornig trat Isabelle hart gegen Johns Sitz, sodass er kurz zusammenzuckte. »Du Unmensch, du hast es gewusst und mir nichts gesagt. Ferdinand hat es dir also gestern schon erzählt, doch du sagst mir nicht, dass mein armer Vater abtransportiert wurde? Wie kann man nur so kalt sein?«

»Isabelle, beruhige dich«, bat Dickie und packte sie am Handgelenk. Er zog sie zu sich, damit sie nicht weiter nach John trat.

»Wäre ich euch doch nie begegnet. Dickie, wie konnte er mir das nicht erzählen?«, heulte sie. John konnte sich das nicht weiter anhören und drehte sich wieder um.

In diesem Moment zog Haiger die drei Flugtickets aus der Innentasche seines Mantels und reichte sie John, der ihm dafür ein Bündel Geldscheine gab. Die Tickets waren dreimal so teuer wie üblich gewesen und hatten ihn sein letztes Bargeld gekostet.

»Wenn Sie in Paris angekommen sind, fahren Sie zum Bahnhof, Mr. Morgan. Am Mittag geht dort ein Zug nach Amsterdam. Das Passagierschiff in Richtung New York legt am Abend ab. Das müssten Sie zeitlich schaffen, wenn Sie sich beeilen«, erklärte Haiger.

»Vielen Dank, dass Sie sich darum gekümmert haben, Herr Haiger. Hatten Sie auch mit der anderen Sache Erfolg?«

Der Chauffeur nickte und griff nun abermals in die Innentasche seines Mantels. Er zog etwas hervor, das er John überreichte.

»War gar nicht so einfach. Doch nachdem Herr Waldburg fortgebracht worden war, konnte ich in die Wohnung gelangen und ein Foto von Isabelle finden. Mein Neffe hat zurzeit allerhand zu tun, aber das Dokument wirkt ausgesprochen echt«, flüsterte er, und John war ihm dankbar dafür, denn so wurde

Isabelle nicht noch deutlicher an das Schicksal ihres Vaters erinnert.

Dickie sah John über die Schulter. »Was ist das?«, fragte er.

John zögerte, reichte ihm daraufhin aber das Dokument. Mit fassungsloser Miene erkannte Dickie, was er in Händen hielt. John zuckte nur kurz mit den Schultern.

Er hatte Dickie einen amerikanischen Pass gereicht. Mit Isabelles Foto. Weiter stand darauf: Name: Isabelle Morgan, geb. Smith. Geboren am 11.05.1917 in Seattle. Diese Fälschung hatte ihn ein kleines Vermögen gekostet.

»Allmächtiger. Das kann nicht wahr sein. Du hast doch völlig den Verstand verloren, Morgan.«

Isabelle riss Dickie das gefälschte Dokument aus der Hand. Nachdem sie begriffen hatte, dass dieser Ausweis für sie bestimmt war, warf sie ihn John entgegen und schlug ihm mit der flachen Hand an der Lehne vorbei auf den Hinterkopf.

»Niemals, John. Niemals werde ich in dieses Flugzeug steigen! Eher sterbe ich.«

Dickie hielt sich die Hand vor den Mund und musste ständig hörbar schlucken.

»John! Was hast du dir nur dabei gedacht? Nicht nur, dass wir das Wagnis auf uns nehmen, mit einer Jüdin durch die Straßen zu kurven. Jetzt riskieren wir mit gefälschten Papieren auch noch unser Leben.« Fassungslos ließ Dickie sich in den Sitz zurückfallen und verzog die Miene zu einem verzerrten Lächeln, wie John zu seinem Erstaunen feststellte. »Und zu allem Überfluss hast du Isabelle zu deiner Frau gemacht. Zu Mrs. Morgan. Wie kannst du nur so hinterhältig sein?«

»Das kannst du vergessen!«, brüllte sie.

Nun war es schon langsam genug.

»Hör auf«, entgegnete John. »Das ist das einzig Richtige. Ich will dir das Leben retten, Isabelle. In Döbling wärst du doch nicht lange sicher gewesen. Und wer weiß schon, ob dieser Greta überhaupt zu trauen ist. Du hast es selbst gesagt: Niemandem ist zu trauen. Mir schon, das beweise ich dir hiermit.« Wieder holte sie hysterisch aus, aber dieses Mal packte er grob ihre Hand und riss sie dicht an seine Lehne. »Schlägst du mich noch mal, schlage ich zurück.«

»John«, versuchte Dickie ihn zu beruhigen, und rüttelte an dessen Handgelenk. »Jetzt lass sie endlich los.«

John gehorchte und ließ von der schockiert dreinblickenden Isabelle ab. Er wandte sich nach vorn und starrte wieder ins Nichts.

Er hörte, wie Dickie versuchte, die verstörte Isabelle zu beruhigen, indem er sie dichter zu sich heranzog. Ihre Kleidung kratzte dabei auf der Rückbank. Sie mussten sich jetzt ziemlich nahe sein, nahm John an, denn der Freund atmete hörbar tief durch.

»Isabelle, die Gestapo findet dich auch in Döbling. Und bei Gott, sie werden dich töten.« Isabelle wimmerte über Dickies Worte. »Begreif doch! Für deinen Vater ist es zu spät. Aber nicht für dich. Wir müssen diese Gelegenheit nutzen. Du kannst ihm nicht mehr helfen, falls er überhaupt noch ... Isabelle, er würde nicht wollen, dass du dich weiter in Gefahr begibst. Davon bin ich überzeugt.«

Sie weinte wieder bitterlich und fiel ihm resignierend in die Arme, was John argwöhnisch im Rückspiegel beobachtete. Trost suchend schmiegte sie sich an Dickies Schulter.

Es versetzte John einen Stich, Zeuge davon zu sein, dass Isabelle lieber Dickies als seine Hilfe annahm.

Als sie den Wiener Flugplatz erreichten, trocknete Isabelle die feuchten Wangen mit einem Taschentuch, das sie von Haiger erhielt. In Dickies Armen hatte sie sich etwas beruhigt. Seine ruhige, beschützende Art hatte sie zur Vernunft gebracht, und sie begriff, dass es unumgänglich war, Österreich zu verlassen. Hier hatte sie keine Zukunft. Ihre Gedanken gehörten ihrem armen Vater, der immer so herzensgut zu ihr gewesen war und nun an irgendeinem entsetzlichen Ort das Schlimmste durchleiden musste. Doch er hätte darauf bestanden, dass sie mit John und Dickie in das Flugzeug stieg. Das sah sie ein. Sein Opfer sollte nicht umsonst gewesen sein, sie würde für ihn leben.

Mit Tränen in den Augen verabschiedete sich Isabelle von Ferdinand. Eine düstere Ahnung bohrte sich wie ein Dolch in ihr Herz. Vermutlich würde Haiger das letzte bekannte Gesicht ihrer Heimat sein.

»Ich wünsche Ihnen alles Gute, Fräulein Waldburg. Vielleicht sehen wir uns eines Tages wieder, wenn dieser Albtraum vorbei ist«, verabschiedete er sich. »Irgendwann.«

Seine mutlosen Augen drückten Zweifel aus. Isabelle wusste: Es war ein Abschied für immer.

»Auf Wiedersehen, Ferdi«, flüsterte sie mit erstickter Stimme, fiel ihm in die Arme und drückte ihn, so fest sie nur konnte.

»Isabelle«, unterbrach John den Abschied, »es wird Zeit. Bitte hake dich bei mir unter.«

John traute seinen Augen nicht. Obwohl es erst früh am Morgen war, betraten sie eine überfüllte Wartehalle.

Überall schwirrten uniformierte Gestalten herum, und das Flugpersonal versuchte, mit wegweisenden Instruktionen das herrschende Chaos in den Griff zu bekommen. Der Ort glich einer Militärbasis, was die Nervosität des Trios zusätzlich erhöhte. Raschen Schrittes gingen sie aus der Halle und gelangten auf das Flugfeld. Vor der französischen Maschine reihten sie sich im leichten Schneeregen vor einem Schalter ein, dabei versuchten sie, so unauffällig wie nur irgendwie möglich zu wirken.

John atmete erleichtert aus. Diese Hürde war geschafft, doch das Schwierigste stand ihnen noch bevor: die Passkontrolle.

Auch wenn die Arbeit von Haigers Neffen ausgesprochen echt anmutete, hatte John die Befürchtung, trotzdem aufzufliegen. Er kannte sich mit Personaldokumenten nicht aus und hatte keinen blassen Schimmer, worauf geachtet wurde. Doch im Vergleich zu seinem eigenen Ausweis konnte er keinerlei Unterschied feststellen. Er sah Isabelle an, die wie versteinert auf den Boden zu ihren Füßen blickte. Er fürchtete, sie könnte jeden Moment zusammenbrechen. In diesem Fall würden sie alle Aufmerksamkeit auf sich ziehen. Das wollte er unbedingt vermeiden, daher stützte er sie.

»Wir sind gleich an der Reihe. Bleib ruhig, Isabelle.«

Vor ihnen stand ein älteres Ehepaar, das sich wie in Zeitlupe vorwärtsbewegte.

Fahrig trat John von einem Bein auf das andere. Das alles dauerte ihm zu lange. Mit jeder Sekunde, die verstrich, wuchs die Gefahr. Am liebsten hätte er das Pärchen zur Seite gestoßen oder um Tempo gebeten, aber diese Aufforderung hätte nach verräterischer Eile ausgesehen. Sie waren schon so weit gekommen und er wollte nicht auf den letzten Metern unüberlegt handeln.

»Das wird niemals gut gehen«, murmelte Dickie.

»Halt jetzt den Mund. Du machst mich ganz verrückt«, zischte ihn John an.

Plötzlich rief eine schrille Stimme Isabelles Namen.

Alle drei zuckten zusammen. Reflexartig ließ John Isabelle los. Sogar der in SA-Uniform gekleidete Mitarbeiter des Schalters spähte kurz die Menschenreihe entlang. Eine hochgewachsene, schlanke Dame kam freudestrahlend auf sie zugelaufen. Isabelle riss die Augen auf und griff sofort nach Dickies Hand, der dicht hinter ihr stand. John beobachtete die Szene vor ihm mit ungläubigem Entsetzen.

»Aber was machst du denn hier, Liebes?«, fragte die Frau mit gellender Stimme und strich sich eine wasserstoffblonde Strähne aus der Stirn. Argwöhnisch musterte die junge Frau Isabelles männliches Gefolge.

Isabelle drückte Dickies Hand noch fester und rang sichtlich nach Worten, um sich zu erklären. »Ich ... ich ... ich werde in New York eine Schauspielschule besuchen. Die beiden Herren sind Amerikaner und Freunde von Vater. Sie sollen mich begleiten.« Sie quetschte ein Lächeln hervor. »Du weißt doch, wie besorgt Vater immer ist, wenn ich alleine verreise.«

Die Frau runzelte die Stirn.

»Jetzt, wo der große Führer endlich da ist, verlässt du das Land?«, fragte sie im selben exzellenten Englisch, wie Isabelle es sprach.

Zaghaft bejahte Isabelle.

»Seltsam, seltsam. Seit gestern herrscht doch Ausreiseverbot.«

Die Frau blickte Dickie forschend an, dessen Hand noch immer fest von Isabelles umschlungen war, was sie zu einem Schmunzeln bewegte. John setzte alles daran, jeglichen Augenkontakt mit der Unbekannten zu vermeiden. Das alte Ehepaar schien von dem merkwürdigen Bild, das die vier boten, keine Notiz zu nehmen, und war weiter damit beschäftigt, seelenruhig in den Taschen nach den Papieren zu wühlen. Johns Nerven waren zum Zerreißen gespannt. Wie lange konnte das denn noch dauern?

»Verdammt noch mal, kommt in die Gänge«, murmelte er in sich hinein.

»Mein Name ist Mina von Stetten. Isabelle und ich waren zusammen im Internat«, stellte sich die Dame vor. Verhalten nickten ihr die Männer zu. Anschließend wandte sie sich erneut Isabelle zu und ihre Augen blitzten unheilvoll. »Ist es nicht wunderbar, dass der Führer endlich da ist, Isabelle? Mein Vater ist ganz aus dem Häuschen. Ich habe den ersten freien Flug von London nach Wien gebucht. Schade, dass ich Hitlers Rede verpasst habe. So ein Ärger.«

»Ja, wie schade«, antworte Isabelle mit gesenkten Lidern.

John sah, wie sie nun endgültig jede gesunde Gesichtsfarbe verlor und fürchtete, sie würde gleich in Ohnmacht fallen.

Mina packte Isabelle fast überfallartig am Arm und ihr Mienenspiel verfinsterte sich.

»Du lügst doch. Great acting, Miss Waldburg«, trällerte sie mit einer Stimme, die vor Sarkasmus triefte. »Die Schauspielschule hast du doch gar nicht nötig.«

Dickie stand die Furcht ins Gesicht geschrieben, John ebenso. Ja, es war Todesangst, was aus ihren Mienen sprach. John schloss entmutigt die Augen.

Das wars, dachte er.

Dieses Weibsbild, eine verkorkste Sympathisantin von Hitlers Ideologie, würde auf den letzten Metern ihr Todesurteil sprechen. Verzweifelt ließ er den Blick um sich schweifen, um einen Fluchtweg auszumachen, sobald diese Mina zur akuten Gefahr würde.

»Mina, ich bitte dich«, flehte Isabelle um ihr Leben und versuchte, sich aus dem festen Griff der Dame zu lösen. Wieder erhielt sie ein bissiges Lächeln als Antwort, das selbst John erzittern ließ.

»Mensch, Isabelle, du kannst dich ja kaum noch auf den Beinen halten. Aber du weißt, ich bin kein Unmensch. Ich wünsche dir viel Glück. Du als Jüdin solltest hier schleunigst verschwinden. Der Führer hat nicht viel für euch übrig«, flüsterte sie. Mina ließ endlich von ihr ab und lächelte John und Dickie höhnisch an. »Geben Sie auf Isabelle acht. Ihr Vater hat meiner Familie in größter finanzieller Not geholfen.«

Wie zwei Luftballons, aus denen langsam die Luft entwich, sackten die beiden Männer kurz zusammen und mussten diese plötzliche Wendung erst verarbeiten.

»Das werden wir, Miss von Stetten«, sagte John erleichtert, aber seine Lippen zitterten unkontrolliert.

Mina gab ihrer ehemaligen Schulkameradin einen Kuss auf die Wange.

»Ihr seid ja nicht alle dreckiges Pack«, grinste sie und verschwand schließlich in Richtung ihrer braunen Zukunft.

Isabelle konnte sich nicht mehr auf den Beinen halten.

Dickie fing sie auf und barg ihren kleinen Körper in seinem Mantel, damit ihre Schwäche niemandem auffiel. Und auch wenn es John übel nahm, dass sie nun wieder Dickie nahe war und nicht ihm, musste er seinem Freund doch für die schnelle Reaktion danken.

»Wir haben es beinahe geschafft. Los, Isabelle, reiß dich zusammen!«

Sie richtete sich wieder auf und versuchte, die Kraftlosigkeit mit einem gequälten Lächeln zu überwinden.

Um ein Haar wären sie aufgeflogen. John atmete erleichtert aus. Endlich hatte das trödelnde Ehepaar die Kontrolle passiert.

Jetzt waren er und Isabelle an der Reihe. Mit unsicheren Schritten rückten sie auf.

»Flugscheine und Pässe!«, forderte der Beamte am Schalter mit monotoner Stimme.

Zuerst legte John seinen Ausweis vor, der von dem Beamten akribisch inspiziert wurde. Kurz darauf erhielt er ihn wieder zurück. Der Uniformierte beäugte anschließend Isabelle, die ihm mit bebender Hand ihren Pass überreichte.

»My loving wife! We just finished our honeymoon.« John lächelte.

Auch Isabelle presste ein Lächeln hervor. Der Beamte verzog keine Miene. Lange starrte er ausdruckslos in Isabelles Gesicht. John lief es dabei eiskalt über den Rücken. Dieser Augenblick dauerte eine Ewigkeit, und er hoffte inständig, dass Isabelle sich zusammenriss und nicht durch falsche Gesten verriet. Der Mann machte sie ganz deutlich nervös, denn sie blinzelte unentwegt.

John vergrub die Hände in seiner Manteltasche, um die zitternden Finger zu verbergen. Daraufhin schaute der Bürokrat wieder auf Isabelles Pass. Nach weiteren bangen Sekunden erhielt sie die Papiere schließlich zurück.

»Gehen Sie durch! Heil Hitler!«

Sie starrte ihn wie betäubt an, offenbar wartete er auf eine Erwiderung seines Grußes. John stieß ihr leicht mit dem Ellbogen in die Rippen.

»Heil Hitler«, wisperte sie mit fipsiger Stimme. John zog sie rasch aus dem Blickfeld des Beamten.

Nachdem auch Dickie problemlos durch die Kontrolle gekommen war, eilten sie gemeinsam die Fluggastbrücke hinauf und stiegen in den Flieger.

Isabelle sah noch einmal zurück. John erkannte die Trauer in ihren Augen, denn es war vorerst das letzte Mal, dass sie Wiener Luft einatmete. Trotz der Gefahr ließ er ihr diesen kurzen Moment des Abschieds, bis sie selbst ihrer Heimat den Rücken kehrte und in das Flugzeug einstieg.

Von Nervosität gepackt, nahmen sie ihre Plätze ein und warteten bange Minuten, bis die Motoren anliefen. Solange sie nicht in der Luft waren, konnte noch viel passieren.

Was, wenn der SA-Offizier im Hotelzimmer mittlerweile zur Besinnung gekommen war und sich an der Rezeption nach Johns und Dickies Namen erkundigte? Unentwegt starrte John aus dem Flugzeugfenster. Konnte man auf dem Flugplatz eine plötzliche Hektik erkennen? SA-Leute, die auf ihre Maschine zueilten, um den Abflug aufzuhalten?

Aber nichts erschien ungewöhnlich.

Mit einem Mal überkam John die Übelkeit, die er seit Stunden unterdrückt hatte. Er setzte alles daran, seinen Magen in Zaum zu halten, doch es gelang ihm nicht, sodass er mehrmals würgen musste.

Isabelle, die steif neben ihm saß, sah ihn erschrocken an und reichte ihm in Windeseile ihre Tasche, in die er sich prompt übergab.

Die Stewardess wanderte den Mittelgang entlang, um weitere Gäste zu ihren Plätzen zu führen. Kurz blickte sie zu John hinüber, wurde aber durch eine Frage eines anderen Passagiers abgelenkt.

In der Sitzreihe neben John und Isabelle saß Dickie, der besorgt zu ihnen hinüberäugte.

»Halte durch, John!«, flüsterte er. »Sieh doch! Der Flieger rollt. Wir haben es geschafft.«

Tatsächlich setzte das Flugzeug zum Start an. Eine Minute später hob die Maschine ab. Sie waren in Sicherheit und die ganze Anspannung fiel von John ab.

Seit dem frühen Morgen hatte er seine Furcht und Nervosität unterdrücken müssen, innerlich hatte ihn das zermürbt. Was hätte nicht alles schieflaufen können?

Wieder musste er sich übergeben, versuchte aber, die Würgegeräusche so gut wie möglich zu unterdrücken.

***

Mit Sorge, aber auch einer Portion Ekel, betrachtete Isabelle ihre Tasche, in die er wiederholt sein Gesicht vergrub.

Nachdem sie eine gute halbe Stunde in der Luft waren und vermutlich schon die letzten österreichischen Landstriche hinter sich gelassen hatten, griff Isabelle nach ihrer Tasche und eilte damit auf die Toilette, um sie im Waschbecken notdürftig zu säubern. Von dem beißenden Geruch des Erbrochenen wurde ihr ebenfalls übel, sodass sie sich ins Klo übergeben musste.

Bevor sie die Plankengasse verlassen hatte, hatte sie nur das Nötigste eingepackt. Ein Bild ihrer Eltern, drei Hauskleider, ein wenig Unterwäsche sowie ein Amulett ihrer verstorbenen Mutter.

Nun waren diese wenigen Habseligkeiten von Johns Mageninhalt durchtränkt. Doch sie war in Sicherheit. Ja, das war ihr bewusst. Dennoch hatte sie alles verloren. Sogar das Bild ihrer Eltern war durch die Nässe und Magensäure wie zerfressen. Die Gesichter der Eltern waren unkenntlich, glichen jetzt boshaften Fratzen. John hatte ihr nicht nur die Festnahme ihres Vaters verheimlicht, sie ungefragt zu seiner Ehefrau gemacht, nein, nun hatte er auch noch die letzte Erinnerung an ihre Eltern zerstört.

Sie schwor sich, John in Seattle eine gehörige Abfuhr zu erteilen. Wenn sie schon in ein fremdes Land verschleppt wurde, dann nur mit Dickie an ihrer Seite, auch wenn John derjenige war, der sie gerettet und alles in die Wege geleitet hatte. Diese Hinterhältigkeit würde sie ihm niemals verzeihen. Ihr ganzes Leben nicht.

TEIL II

Dunkle Tage, schwarze Nächte

Das Haus am See

Atlantischer Ozean, eine Woche später

Nachdem John, Dickie und Isabelle in Paris gelandet waren, fuhren sie mit dem nächsten Zug nach Amsterdam und am frühen Abend legte das Schiff ab.

Die turbulente See verwandelte den vollgestopften Dampfer in ein Lazarett. Beinahe alle Passagiere litten unter Brechreiz. Der saure Geruch von Erbrochenem vermischte sich mit dem penetranten des Maschinenöls und wehte durch die einzelnen Decks.

Dickie und John ereilte nur an den ersten beiden Tagen auf See die Übelkeit, wohingegen Isabelle ihre Kabine seit Beginn der Reise nicht mehr verlassen hatte. Nur John bekam sie zu Gesicht, da er ihr das Essen brachte.

Die Stimmung zwischen den Freunden war angespannt. Seit Wien hatten beide keine richtige Unterhaltung mehr geführt, obwohl sie sich eine Kabine teilten. Die meiste Zeit gingen sie sich aus dem Weg. Beim Abendessen saßen sie an getrennten Tischen.

Trotzdem wussten beide, dass eine Aussprache unumgänglich war. Gerade Dickie konnte es sich nicht leisten, lange mit John in Clinch zu liegen, immerhin wollte er irgendwann in der Morgan's Company arbeiten.

Am letzten Abend war Dickie schließlich derjenige, der einen Schritt auf John zuging und sich an dessen Tisch setzte. Aufgrund des starken Seegangs hatten sich kaum Passagiere im Restaurant eingefunden. Somit waren die beiden fast die einzigen Gäste und konnten in Ruhe miteinander reden.

»Ich wünschte, unsere gemeinsame Reise hätte ein anderes Ende genommen«, sagte Dickie müde. Er nippte an seinem Bier, das er zuvor beim Kellner bestellt hatte.

»Ich auch.« John hielt kurz inne und presste die Lippen zusammen. »Die Sache im Hotelzimmer hätte nicht geschehen dürfen. Das hat unsere Freundschaft für immer zerstört, Dickie.«

Dickie ließ verzagt die Schultern hängen. Er hatte mit ähnlich harten Worten gerechnet, doch als John diese tatsächlich aussprach, fiel seine so sehnlichst gewünschte Zukunft wie ein Kartenhaus zusammen. Er hatte gehofft, John würde der Freundschaft zuliebe einlenken. In Wien hatten sie noch gemeinsam Pläne geschmiedet. Eine Zukunft als starke Partner, treue Gefährten.

Jetzt war alles dahin.

Nie wieder würde Dickie die Gelegenheit haben, in Johns Unternehmen einzusteigen. Zu allem Übel hatte er auch noch einen lieb gewonnenen Freund verloren, den besten. Nur wegen einer Frau, die beide überhaupt nicht richtig kannten und für die sie trotzdem ihr Leben aufs Spiel gesetzt hatten.

»In Paris habe ich mit Mom telefoniert. Wenn wir morgen im Hafen angekommen sind, fliegt eine Maschine am Mittag nach Seattle. Ich bin froh, dass wir nicht noch eine Nacht in New York verbringen müssen. Mom war heilfroh, als sie hörte, dass wir Wien verlassen konnten. Über den Weltempfänger hat sie von Hitlers Anschluss gehört und sich seither die größten Sorgen gemacht. Na ja, du weißt ja, wie sie ist.«

»Weiß Josephine, dass du nicht alleine zurückkehren wirst?«

John bedachte ihn mit einem grimmigen Blick, als würde Dickie dies nichts angehen. Er faltete seine Hände zusammen und beugte sich über den Tisch zu ihm vor.

»Das hat dich nicht zu interessieren. Ich habe mich zuerst in Isabelle verliebt. Du mit deinem Weiberverschleiß funkst mir nicht dazwischen. Jede kannst du haben, nur sie nicht. Ich habe diese ganze Gefahr nicht auf mich genommen, um sie schließlich an dich zu verlieren. Ich werde das unter keinen Umständen zulassen. Deshalb möchte ich dich bitten, nie wieder einen Fuß nach Morgan's Hall zu setzten. Mir ist bewusst, dass wir zwei andere Pläne hatten. Glaube mir, mein Entschluss tut mir wirklich leid. Aber ich kann nicht zulassen, dass du weiterhin in unserer, nein, in ihrer Nähe bist. Oder glaubst du im Ernst, mir wäre nicht aufgefallen, wie du sie ansiehst?«

Dickie schüttelte erbost und entsetzt den Kopf.

»Diese Blicke beruhen auf Gegenseitigkeit. Isabelle liebt dich nicht, John. Das weißt du genau. So blind kannst du nicht sein. Du willst sie doch nicht wirklich auf Morgan's Hall wie eine Sklavin halten? Glaubst du ernsthaft, du kannst sie zwingen, dich zu lieben? So funktioniert das nicht, John. Was willst du deiner Familie erzählen? Dass du einfach irgendeine Frau geheiratet hast, die dir wenige Tagen davor zufällig über den Weg gelaufen ist?«

»Natürlich nicht. Niemand muss wissen, wie es zu all dem gekommen ist. Meiner Mutter würde es bestimmt nicht gefallen, wenn sie wüsste, ich hätte heimlich geheiratet. Das würde ihr das Herz brechen. Deshalb stelle ich ihr Isabelle als meine Verlobte vor und heirate sie dann in einigen Wochen auf Morgan's Hall offiziell.«

Dickie presste die Hände zwischen seine Knie, er konnte nicht fassen, was John da von sich gab. »Ein Lügner bist du jetzt also auch.«

»Das reicht jetzt! Ich will, dass du aus unserem Leben verschwindest. Bill Hastings hätte eine Abfindung von fünfzigtausend Dollar von mir erhalten, das hatte ich mir überlegt. Diese Summe erhältst nun du, obwohl du sie gar nicht verdienst. Doch du bekommst sie nur unter der Bedingung, dass du dich ab jetzt von meiner Verlobten fernhältst! Niemals wirst du irgendjemandem erzählen, wer sie ist und was sie ist. Heute wirst du Isabelle klipp und klar sagen, dass du keinerlei Gefühle für sie hast und sie für dich nichts weiter als ein kurzer Spaß gewesen ist. So wie all deine anderen Liebschaften auch. Genau wie diese Ungarin in der Eden Bar, die du Egoist auf der Toilette gevögelt hast, obwohl sie in Begleitung war. Das, mein lieber Freund, ist nämlich der Dickie, den ich kenne. Mit dem Geld kannst du dir etwas Eigenes aufbauen. Schlage es nicht aus, wir wissen beide, dass du auf finanziellen Aufstieg aus bist. Das war schon immer so und großzügiger werde ich nicht.«

John trank sein Bierglas leer und setzte es kraftvoll und wie zur Untermalung seiner Worte auf der Tischplatte ab. Dickie war entsetzt von seinem ehemaligen Freund.

»Isabelle wird dich nie lieben«, kam es leise und entrüstet von ihm, ehe er empört von seinem Stuhl aufsprang.

»Das hat dich nicht mehr zu kümmern.«

»Ich erkenne dich nicht wieder. Was ist nur aus meinem besten Freund geworden?« Er räusperte sich und blickte in Johns eisiges Gesicht. »Ich verachte dich, John.« Kopfschüttelnd und mit diesen Worten verschwand Dickie aus dem Restaurant.

Dickie eilte zur Kabine zurück, ließ sich in seiner Koje nieder und zerbrach sich über Johns Angebot den Kopf. Sein einziger Traum war stets gewesen, erfolgreich zu sein. Nie wieder Alkohol an schmieriges, stinkendes Hafenpack auszuschenken und dem schwachköpfigen Vater stattdessen beweisen, dass er, Richard Cooper, ein besseres Leben anpeilte als seine nichtsnutzigen Vorfahren. Lange hatte er die Strategie verfolgt, diesen Erfolg über John zu erlangen. Fünfzigtausend Dollar waren eine beachtliche Summe. Er könnte in Seattle seinen eigenen Betrieb gründen. Vielleicht die Vermarktung von Immobilien oder in ein bestehendes Unternehmen als Partner einsteigen.

Wenn er das Geld zugunsten Isabelles ausschlagen würde, hätte er gar nichts. Einfach nichts und alles wäre umsonst gewesen. Dennoch hatte er in den vergangenen Tagen darüber nachgedacht, wie er Isabelle helfen könnte.

Egoistisch und hinterhältig hatte er sich in Wien tatsächlich verhalten, schließlich hatte er Isabelle mehr als einmal geliebt. Sie hatten jede Minute genutzt, in der John das Hotelzimmer verließ oder im Tiefschlaf lag, um sich heimlich und leise zu

lieben. Dickie hätte es ihm am liebsten gerade vor den Latz ge-
knallt, doch er wollte Isabelle nicht noch mehr Schwierigkeiten
bereiten. Er versuchte, seine Gefühle für sie einzuordnen. War
es vielleicht nur körperliche Lust gewesen? Ging die Zuneigung
bei John nicht viel, viel tiefer? Und liebte er selbst diese Frau
überhaupt? Oder spielte ihm sein Gehirn einen Streich, weil die
vergangenen Tage so ereignisreich und furchterregend gewesen
waren und die Intimität mit Isabelle wiederum eine atemberau-
bende Flucht aus der schrecklichen Realität geboten hatte? Das
war gut möglich.

Mit gesenktem Haupt erhob er sich und wanderte auf und
ab, während die hohen Wellen gegen das Bullauge schlugen und
den Boden unter seinen Füßen schwanken ließen. Dann traf
Dickie eine Entscheidung.

Kurze Zeit später klopfte er an Isabelles Kabine und trat ein,
ohne abzuwarten. Sie lag in ihrer Koje und richtete sich auf, als
sie Dickie sah. Ihre Augen strahlten. Seit Tagen hatte er sie nicht
zu Gesicht bekommen. Verschämt band sie ihr zerzaustes Haar
zusammen. Es war offensichtlich, dass sie sich unansehnlich
fühlte. Das Fieber und die Übelkeit hatten ihre Spuren hinterlassen, dennoch war sie so schön wie eh und je. Dickie lehnte
sich gegen die Kabinenwand und verschränkte die Arme vor der
Brust.

Isabelle musterte ihn mit schüchternem Blick. Sie sah aus
wie ein unschuldiges kleines Mädchen, das ihn erwartungsvoll
ansah, weil sie auf die romantischsten Worte wartete, die nur
ein Mann sprechen konnte. Aber Dickie schwieg. Langsam
nahmen ihre Augen einen besorgten Ausdruck an.

»Es ist schön, dich wiederzusehen. Endlich«, hauchte sie.

»Ja«, antwortete er kurz und knapp. »Wahrscheinlich wird es eine lange Zeit brauchen, bis wir die Geschehnisse verdaut haben. Ich kann mir vorstellen, dass du große Angst vor der Zukunft hast«, äußerte er nach einigen Sekunden der Stille.

Einen Augenblick verstummte sie, doch jetzt füllten sich ihre Augen wieder mit Hoffnung.

»Mit dir an meiner Seite werde ich die Kraft finden, über all das hinwegzukommen. Ganz bestimmt. Über meinen Vater, Wien. Ja, irgendwie.«

Dickies Mund war wie ausgetrocknet, als er das hörte, und das Schlucken fiel ihm schwer.

»Morgan's Hall wird dir sehr gefallen, Isabelle.«

»Morgan's Hall?« Sie senkte den Blick und schüttelte ungläubig den Kopf, bis sich an ihrer Miene ablesen ließ, dass ihr klar geworden war, was er meinte. »Nein, ich werde auf keinen Fall mit John gehen.« Resigniert stieg sie aus dem Bett und klammerte sich an ihm fest. »Du kannst mich doch nicht im Stich lassen und mich einfach diesem Mann ausliefern? Er ist ein Schuft, der mich durch einen gefälschten Pass zu seiner Frau gemacht und mir verschwiegen hat, dass man meinen Vater verhaftet hat.«

»John ist kein Schuft. Er wird dir ein guter Ehemann sein.« Dickies Ton war unbarmherzig und bestimmend. Er stieß sie von sich und ging zur Kabinentür.

Sie flehte ihn an, sie nicht aufzugeben, und wollte ihn zurückhalten. »Ich verstehe dich nicht, Dickie. Wie kannst du mich ihm einfach überlassen?« Verzweifelt rieb sie sich die Stirn, suchte offenbar nach etwas, was ihn überzeugen sollte. »Als John im Hotel an der Rezeption unten war, wegen des Telefonats mit Ferdinand, haben wir beide uns geküsst. Du hast mir in die Augen geschaut und mir gesagt, dass du dich in mich verliebt hast. Du hast mich in deinen Armen gehalten und mir immer wieder versichert, wie sehr du mich begehrst und wie sehr du dir wünschen würdest, ich könnte deine Frau sein. Das war doch nicht gelogen!«

»Doch, das war es. Ich habe gelogen. Es war alles nicht von Bedeutung«, antwortete er mit zitternder Stimme, und es tat ihm leid, ihr so wehtun zu müssen.

»Nein! So leicht lasse ich mich nicht von dir abfertigen. Ich weiß, dass du mich liebst.«

Ziemlich grob befreite er sich aus ihrem verzweifelten Griff und stieß sie hart von sich, was ihm innerlich sehr leidtat. Dennoch musste er ihr begreiflich machen, dass es für sie und ihn keine gemeinsame Zukunft gab.

»Du irrst dich. Ich liebe dich nicht, Isabelle. Ich wollte nur meine Lust an dir befriedigen und du hast es mir so leicht gemacht.«

Es schmerzte ihn selbst, diese Worte auszusprechen. Schockiert trat sie mehrere Schritte von ihm zurück und ließ sich fassungslos auf die Koje zurückfallen.

Dickie öffnete die Tür, schaute sich aber trotzdem noch einmal zu ihr um. Sie begann zu schluchzen, hob aber den Kopf und sah ihn an.

»Es tut mir leid, Isabelle. Ich kann nicht. Wir beide haben keine Zukunft.«

»Du lügst doch. Ich sehe es in deinem Gesicht. Du lügst!«, schrie sie.

Dickie trat aus der Kabine und knallte die Tür hinter sich zu. Seine Eingeweide zogen sich zusammen, die Luft blieb ihm weg. Durch die Tür hörte er ihr bitterliches Weinen. Er bückte sich, stützte die Handflächen auf den Oberschenkeln ab und schloss die Augen. Sie so schroff zurückzuweisen war das Schlimmste, was er je getan hatte. Er schämte sich, weil er sie für Geld aufgegeben hatte.

Und immer wieder quälte ihn dieselbe Frage: Liebte er sie vielleicht doch?

***

Am Flugplatz in Seattle verabschiedete sich John wohlwollend, aber auch distanziert von Dickie. Dieses Lebwohl fiel ihm schwerer als gedacht. Seit drei Jahren waren sie beide unzertrennlich gewesen. Sie hatten sich gegenseitig geholfen, durch das schwierige Wirtschaftsstudium zu kommen, und hatten zusammen die Semesterferien in Morgan's Hall verbracht. Dickie war auch an Johns Seite gewesen, als sein Vater beerdigt wurde.

Hätte Charles die Entscheidung seines Sohnes gebilligt? Nein, mit absoluter Sicherheit nicht. Er hätte solch ein egoistisches Handeln verabscheut und wäre von John tief enttäuscht gewesen.

Dieser Gedanke nagte an seinem Gewissen.

Bevor Dickie den Flugplatz verließ, hielt John ihn zurück und wanderte mit ihm in eine ruhige Ecke der Ankunftshalle.

»Was denn noch, John?«

»Ich werde dir den Scheck ausstellen, sobald ich auf Morgan's Hall bin. Unser Phil wird ihn dir persönlich überbringen, wenn er in der kommenden Woche in der Stadt ist.«

Dickie sagte kein Wort.

»Ich weiß, dass du mich für einen furchtbaren Menschen hältst, Dickie. Doch zum ersten Mal habe ich eine Frau getroffen, die ich wirklich aus ganzem Herzen liebe. Ich weiß nicht einmal, warum ich es tue. Bisher habe ich nicht an die Liebe geglaubt. Aber ich bin mir sicher, dass es Schicksal ist. Irgendwann lernt auch sie, mich zu lieben.«

Dickie lachte zynisch und verbittert auf. »Wenn das alles vom Schicksal herbeigeführt wurde, dann hat es sich einen bösen Streich erlaubt. Du wirst dein Unglück noch erkennen. Liebe kann man sich nicht erkaufen. Ich wünsche dir viel Glück, John. Du kannst es gebrauchen.«

Er nahm seinen Koffer auf und wollte gerade zu Isabelle eilen, die stumm im Wartebereich saß, um sich von ihr zu verabschieden, da hielt John ihn noch einmal zurück.

»In meinem Herzen wirst du immer mein bester Freund bleiben. Melde dich, solltest du jemals in Schwierigkeiten geraten. Ich schwöre dir, für dich da zu sein. Egal, was es ist! Ich wollte nicht, dass es so kommt. Dass du nicht mehr auf Morgan's Hall willkommen sein wirst, heißt nicht, dass ich dich nicht im Herzen trage, mein Freund.«

John rechnete nicht damit, dass Dickie ihn je um Hilfe bitten würde, trotzdem wollte er ihm diese Worte zum Abschied schenken.

Dickie lächelte ungläubig und schüttelte Johns Arm, damit dieser von ihm abließ.

»Spar dir das! Wir sind fertig miteinander. Ich werde mich dann mal von deiner Verlobten verabschieden. Das wirst du mir nach allem ja noch zugestehen, oder?«

»Natürlich«, antwortete John und gewährte Dickie diese Bitte.

***

Isabelle umklammerte ihre lädierte Tasche, in der sich die letzten Habseligkeiten ihrer einstigen Identität befanden. Jetzt war sie gestrandet in einer Welt, die sie nicht kannte. Gefesselt an einen Mann, den sie nicht liebte. Noch immer drang ihr der furchtbare Gestank von Johns Erbrochenem aus der Tasche in die Nase, aber sie hatte sich inzwischen an diesen leidigen Geruch gewöhnt, den auch ihre Kleider angenommen hatten, obwohl sie notdürftig gewaschen waren. John hatte ihr angeboten, nach ihrer Ankunft in Seattle ein paar neue Kleider zu kaufen, aber sie antwortete ihm nicht. Nun saß sie in der Ankunftshalle und starrte mit tiefen Augenrändern ins Nichts.

Sobald John einmal unaufmerksam wäre, würde sie davonlaufen. Sie blickte auf. Dickie kam auf sie zu und streckte ihr die Hand entgegen. Sie weigerte sich, den Abschiedsgruß zu erwidern.

»Nun reich mir die Hand«, forderte er sie auf.

Isabelle nahm einen seltsamen Unterton in seiner Stimme wahr. Als wollte er ihr noch etwas anderes mitteilen. Sie legte ihre Hand in seine. Heimlich fasste sie nach dem winzigen Stück Papier, das sich auf Dickies Handfläche befand. Sie sah ihn mit beschwörendem Blick an. Ein flüchtiges Zwinkern war seine Antwort, bevor er ihre Hand losließ und sich umdrehte. Sie sah ihm lange nach, bis er durch die gläserne Tür verschwand.

Dann war Dickie fort.

Isabelle wollte weinen, aber ihre Tränen waren versiegt.

»Meine Mutter hat unseren Landarbeiter Phil geschickt, um uns abzuholen«, sagte John, der jetzt neben ihr stand und zum Ausgang starrte. »Ah, da ist er ja. Komm, steh auf.«

Er zeigte auf einen Hünen von einem Mann. Sein Kopf ragte weit über die der anderen Passanten hinweg. Er hätte ihnen allen von oben herab auf den Kopf spucken können.

Langsam erhob sie sich von der Sitzreihe und trat auf diesen Riesen zu, der sein Erstaunen nicht verbergen konnte, als John mit ihr zu ihm kam. Mit forschenden dunkelbraunen Augen begutachtete er Isabelle.

John fiel ihm mit einem breiten Grinsen in die Arme und klopfte ihm mehrmals auf den Rücken. Selbst er sah neben diesem Phil wie ein Zwerg aus, stellte Isabelle zu ihrer Genugtuung fest.

»Phil, du kannst dir nicht vorstellen, wie dankbar ich bin, dich zu sehen.« John drehte sich zu Isabelle um und nahm sie an die Hand. »Darf ich dir vorstellen? Das ist Isabelle. Wir haben uns in Wien verlobt.«

Isabelle kochte innerlich vor Wut und fragte sich, weshalb John seinem Anhang nicht sofort erzählte, dass sie laut ihrem Pass bereits seine Frau war. Wahrscheinlich wollte er seine Familie nicht erzürnen, weil er heimlich geheiratet hatte.

Dieser Lügner, dachte sie voller Hass auf den Mann an ihrer Seite.

Phil zuckte seltsamerweise zusammen und blickte John mit deutlichem Entsetzen an, was dieser wohl ebenfalls bemerkte, da er leicht die Stirn runzelte. Dann starrte Phil Isabelle lange, ewig lange ins Gesicht, als habe sie etwas an der Nase hängen.

Was ist das bloß für ein seltsamer Titan, dachte sie. Groß wie ein Riese, mit sonnengegerbter, runzeliger Haut.

»Willkommen in Amerika, Miss Isabelle«, sagte der Hüne schließlich und nickte ihr zu.

Sie antwortete ihm nicht. Wie selbstverständlich legte John seinen Arm um ihre Taille, dabei wich sie einen Schritt zur Seite.

»Keine Sorge, Phil. Auch wenn sie Österreicherin ist, spricht sie unsere Sprache perfekt. Sie ist nur etwas müde von der langen Reise.« Er wandte sich ihr zu. »Isabelle, Phil hat schon für meinen Vater gearbeitet. Er ist ein Nachfahre der Nez-Percé-Indianer, wie man sicherlich unschwer erkennen kann.«

Isabelle riss die Augen auf. Das erste Mal in ihrem Leben stand sie vor einem waschechten Indianer. Jedoch entsprach seine Erscheinung nicht ihren kindlichen Vorstellungen. Er trug ein rotblau kariertes Hemd und die langen schwarzen Haare waren im Nacken zu einem Pferdeschwanz gebunden. Nur die Kette um seinen Hals, an der so etwas wie ein kleiner Knochen pendelte, ließ auf seine Herkunft schließen. Keine Spur von einer prächtigen Kopfbedeckung aus Federn, wie sie es aus Büchern kannte. Hätte er nicht diese Körpergröße gehabt, wäre er ihr kaum aufgefallen.

Auch wenn Phil ihr zulächelte, bereitete er ihr irgendwie Unbehagen. Sie hatte das Gefühl, als würden seine Augen tief in ihre Seele schauen. Als hätte er die Gabe, ihre Gedanken zu lesen. Das war so gruselig, dass sie eine Gänsehaut verspürte.

Phil nahm Isabelle die Tasche ab und führte die beiden Reisenden aus dem Flughafen. Am Straßenrand parkte sein Wagen, in den sie nun einstiegen. John setzte sich auf den Beifahrersitz, während Isabelle auf der Rückbank Platz nahm.

»Phil, ich hatte schon Angst, du würdest mich mit dem Pferd abholen«, sagte John lachend und drehte sich zu Isabelle um. »Phil bedeutet Pferdefreund, musst du wissen. Er bändigt die wildesten Gäule und hat auch sonst einige sehr spezielle Talente.«

Isabelle schwieg weiterhin.

Die Fahrt nach Woodwall dauerte eine Ewigkeit. Nach und nach wurde die Gegend, die sie durchfuhren, immer einsamer. Mehrere Male versuchte John, ein Gespräch mit ihr zu führen, doch sie strafte ihn weiter mit Nichtbeachtung. Allerdings ließ er sich davon nicht beirren. Er redete und redete. Sie seufzte.

»Möchtest du wissen, woran wir Morgans glauben?«

»Nicht wirklich«, antwortete sie mit hörbarem Desinteresse. Sie war von Johns ewigem Gebrabbel genervt. Er musste wohl vergessen haben, dass er ihr das bereits erzählt hatte. Seine Sippe glaubte an diesen Indianer-Hokuspokus.

»Ich erzähle es dir trotzdem. Meine Familie ist katholisch und selbstverständlich besuchen wir sonntags die Messe. Das wird von uns erwartet, und wir müssen diesen Schein aufrechterhalten, da die meisten Bürger sehr gläubig sind. Wir vertrauen aber auf andere spirituelle Einflüsse. Die Indianer sagen, Gott habe zwei Mächte – Gut und Böse – zur Erde gesandt. Die Wälder von Woodwall beherbergen sie und diese Mächte erhalten das Gleichgewicht der Welt. Sie sagen auch, dass jegliche Existenz, jeder Mensch, jedes Tier, jeder Baum dieses Planeten in dieser Gegend seinen Ursprung fand.«

»So ein Unsinn!«, höhnte Isabelle und schüttelte dabei den Kopf. »Dann entstammen die Nazis wohl auch deinem Woodwall? Sehr beruhigend.«

Phil blickte verstohlen zu John hinüber, der wiederum versuchte, sich nichts anmerken zu lassen. Beides entging Isabelle nicht.

»Man muss ja nicht daran glauben«, brummte John mit ernüchtertem Unterton weiter. »Nichtsdestotrotz werden dir Woodwall und mein Zuhause gefallen. Ganz bestimmt. Meine Mutter ist ein herzensguter Mensch und du wirst Violett, meine Schwester, bestimmt schnell ins Herz schließen. Und sie dich ebenso. Jeder mag Violett, nicht wahr, Phil?«

»Ja, Sir, jeder.«

John schwärmte von dem herrschaftlichen Haus, in dem Isabelle fortan leben würde. Er sprach von den bezaubernden Sonnenuntergängen und dem eigentümlichen Licht, das die Landschaft in das schönste Farbspiel tauchte.

»In den nächsten Wochen werden wir sicherlich nur über unsere Hochzeit sprechen. Mutter wird sich bestimmt eine große Feier wünschen. Das wird die allererste Trauung auf Morgan's Hall. Die ganze Stadt wird kommen.«

Isabelle ignorierte ihn weiter und seine unzähligen Sätze plätscherten belanglos dahin. Während der Fahrt ergründete sie die Gebirgslandschaft, die sie ein wenig an die Steiermark erinnerte. Dort hatte sie mit ihrem Vater die Ferien verbracht. Die Erinnerung an diese unbekümmerte Zeit ließ ihr das Herz schwer werden. John hatte sie aus Wien gerettet, aber dennoch konnte sie ihn nicht vergöttern, wie er es sich wünschte. Sie fand ihn mittlerweile mehr als abstoßend, weil er alles gegen ihren Willen arrangiert hatte. Nicht einmal hatte er sie gefragt, sondern einfach über sie entschieden. Als wäre sie ein kleines Kind. Was sie zu Beginn an ihm gemocht hatte, war in dem Moment nichtig geworden, als er ihr keine Wahl gelassen hatte. Er hatte sie gerettet, um sie für sich gefangen zu nehmen. Das Leben mit ihm würde kein Leben in Freiheit sein.

Daher würde es eine Hochzeit nicht geben. Isabelle würde John klipp und klar sagen, dass sie ihn nicht liebte, sondern Dickie. Niemals dürfte er mit ihrer Liebe rechnen.

Am Nachmittag erreichten sie ein verschlafenes Städtchen, das sie rasch durchquerten. Woodwall. Die meisten Häuser waren aus massiven Holzstämmen gebaut, nur wenige aus Backstein. An den Fenstern hingen Blumenkästen, die prächtig bepflanzt waren und in den schönsten Farben leuchteten. Isabelle war entzückt von dem, was sie sah. Alles wirkte äußerst europäisch.

John hatte in seinem stundenlangen Monolog erwähnt, dass die meisten Einwohner irischer, schwedischer oder deutscher Herkunft waren, die nach dem Ersten Weltkrieg in die Staaten ausgewandert waren. Ihre Wurzeln hatten sie geprägt und somit auch das Stadtbild. Alles wirkte nahezu edel und war wunderschön anzusehen. Isabelle hatte nicht mit solch einer gepflegten Ortschaft gerechnet.

Sie verließen Woodwall wieder und steuerten nun in ein dichtes Waldstück.

Isabelle erschrak, als sie aus ihrem Fenster spähte und sich neben ihr ein entsetzlich tiefer Abgrund auftat. Besorgt beobachtete sie Phils Fahrkünste. Nur ein Moment der Unaufmerksamkeit, und der Wagen würde dreißig, vielleicht vierzig Meter in die Tiefe stürzen. Doch dieser Phil machte den Eindruck, als wüsste er, was er tat, denn er ließ sich keinerlei Unsicherheit anmerken.

Durch den Rückspiegel hatte John wohl den panischen Ausdruck in Isabelles Augen gesehen, denn jetzt sagte er:

»Keine Sorge, Darling, jeder, der hier wohnt, kennt diese Straße wie seine Westentasche. Phil könnte sie im Schlaf fahren und uns wohlbehalten an unser Ziel bringen. Diese mächtige Felswand hat dem Ort übrigens den Namen Woodwall gegeben. Ich hatte dir davon erzählt, erinnerst du dich?«

Isabelle blieb stumm und nickte nur. Sie ließ ihren Blick weiter durch die Landschaft schweifen. Noch nie hatte sie solch hohe Tannen gesehen und zwischen den Bäumen konnte man die glitzernde Oberfläche eines Sees ausmachen. Unterhalb der Straße erstreckte sich dann ein gigantisches Gebäude, das auf einem Felsvorsprung erbaut war. Es lag hoch über dem seitlichen Ufer des Sees. Sie fragte sich, ob das Morgan's Hall war, aber Johns vorangegangene Schilderungen passten irgendwie nicht zu dem Anwesen. Dieser riesige Bunker war mit dunklen Holzbalken verkleidet, wie es vermutlich in dieser Gegend üblich war.

John drehte sich wieder zu ihr um und erkannte offenbar ihren aufmerksamen Blick.

»Das ist das Great Mountain Hotel. Das Grundstück grenzt an Morgan's Hall.«

Sie schnaubte hämisch. »Ein Hotel? In dieser gottverlassenen Gegend? Was für ein Hohn. Wer verirrt sich denn hierher?«

»Du wirst dich wundern. Dieses Hotel ist ganzjährig ausgebucht.« Er wandte sich Phil zu. »Unglaublich, dass ich einmal eine Lanze für die Harringtons brechen muss«, murmelte er.

Kurz darauf lichtete sich das Waldstück und offenbarte einen grandiosen Blick auf den smaragdgrünen See, der in Isabelle eine geradezu elysische Stimmung erzeugte, die sie jedoch sogleich unterdrückte, da ihr nichts gefallen sollte, was mit John in Verbindung stand. Sie verzog keine Miene, rechnete aber mit einer ausführlichen Erklärung zu dem Gewässer, die John prompt lieferte.

»Das ist unser Golden Lake. Im Grunde müsste er Green Lake heißen, so grün, wie er jetzt schimmert. Doch wenn die Sonne am Summit Chief und dem Chimney Rock untergeht, verwandelt sich die Wasseroberfläche in glitzerndes Gold. Er ist über sechs Meilen lang. Niemand weiß, wie tief er tatsächlich ist. Viele Maler besuchen Woodwall und lassen sich von dieser atemberaubenden Kulisse zu wahren Meisterwerken inspirieren. Der See wirkt von jedem Blickwinkel aus anders«, erklärte er mit stolzer Stimme.

»Die Bilder sind wahrscheinlich keinen Penny wert«, spottete sie sogleich. *Wann war sie eigentlich zu solch einer Zicke mutiert?*, überlegte sie. Ihr Vater hatte sie zu einer höflichen, stets freundlichen Dame erzogen, die niemals ein böses Wort über andere Menschen verlor oder gar beleidigend wurde. Diese tugendhaften Wesenszüge waren ihr verloren gegangen. Irgendwie.

»Isabelle, Herzchen«, sagte er mit einem verzerrten Lächeln, »du wirst die Schönheit dieses Landes eines Tages zu schätzen wissen. Du wirst ihr ebenso unwiderruflich verfallen wie jeder andere, der einen Fuß auf diese Erde setzt.«

»Eher gefriert die verdammte Hölle.«

Phil räusperte sich und griff stark ums Lenkrad. Den Blick hielt er starr auf die kurvige Straße gerichtet.

Nach weiteren endlosen Minuten erblickte sie ein weißes Haus, das idyllisch am Fuße des Sees lag. Isabelle bemerkte, wie John aufgekratzt in seinem Beifahrersitz herumrutschte.

»Da, Isabelle, sieh nur! Das ist Morgan's Hall.«

Wie ein kleiner Junge klatschte er in die Hände. Begeistert zeigte er zu dem weißen Haus hinüber, und Isabelles Puls stieg, da sie nun zum ersten Mal den Ort sah, an dem sie für lange Zeit gefangen sein würde. Gefangen in ihrer vermeintlichen Freiheit.

Bis Dickie sie abholen würde. Bis er es schaffte, sie zu befreien.

Geh mit John. Ich werde dich holen, sobald ich einige Vorkehrungen getroffen habe. Du hattest recht, ich liebe dich. Sehr sogar stand auf dem Zettel, den er ihr am Flughafen zugesteckt hatte und den sie in den Tiefen ihrer Tasche verborgen hielt. Es war ihr Anker, ihre Hoffnung, an die sie sich fortan klammern würde, um alles durchzustehen, was sie hier erwartete.

Phils Wagen passierte jetzt die Straße, die zum Herrenhaus der Morgans führte. Isabelle beobachtete die vielen Pferde, die auf den unteren Koppeln grasten. Für das Reiten hatte sie nichts übrig. Die Tiere nutzten ihrer Meinung nach nur dem Ziehen einer Kutsche.

»Wie sehr ich mich nach diesem Moment gesehnt habe. Noch vor wenigen Tagen hatte ich Angst, dass ich nie wieder nach Hause zurückkehren würde. Ich werde Woodwall nie wieder verlassen. Phil, das schwöre ich.«

Die Straße wurde holpriger und Isabelles federleichter Körper hüpfte auf und ab, sodass sie sich am Türgriff festkrallen musste.

Kurze Zeit später erreichten sie das Landgut durch ein weißes Gatter. Phil stieg aus, um das Tor zu öffnen. Anschließend setzte er sich wieder in den Wagen und fuhr über einen breiten, kiesbestreuten Fahrweg, der zum Herrenhaus führte. Und ja, es wirkte tatsächlich hochherrschaftlich. Auch wenn Isabelle versuchte, keinerlei Bewunderung zu zeigen, war sie von dem Anblick von Morgan's Hall beeindruckt. Das Haus war imposanter und geschmackvoller, als sie es vermutet hatte. Versehen mit einer blütenweißen Holzfassade sowie einem taubenblauen Dach umfasste es drei Stockwerke. Es hatte hohe Sprossenfenster und eine ausladende Veranda mit weißen Holzsäulen, die das ganze Erdgeschoss umgaben. Auf der linken Seite erstreckte sich aus dem Vorbau eine Art Pavillon mit einem Spitzdach. Ringsherum blühten Rosensträucher, die in den verschiedensten Farben leuchteten und überall an der Außenfassade nach oben wuchsen. Um das Gebäude erstreckte sich eine gepflegte Rasenfläche mit einer Gruppe von vier schattigen Eichen.

Etwas weiter entfernt wuchsen unzählige Apfelbäume, eine Plantage, die sich über die gesamte hügelige Landschaft erstreckte. Soweit das Auge reichte, war Isabelle umgeben von malerischer Natur und einzigartiger Schönheit. Die dunkeln Wälder in der Nähe hatten etwas Mystisches und Märchenhaftes – als würden jeden Moment Hänsel und Gretel aus ihnen heraustreten.

Mit einer solchen Gegend hatte Isabelle nicht gerechnet. Obwohl sie beeindruckt war, ließ sie sich nicht von ihrem Vorsatz abbringen, hier niemals glücklich zu werden. Eher würde sie sich vom obersten Dachgiebel stürzen und sich von den unzähligen Dornen der Rosensträucher durchbohren lassen, als jemals ein ehrliches Lächeln über ihr Gefängnis zu verlieren.

Aus der Eingangstür eilten vier Frauen. Eine ältere Dame im gepflegten Hauskleid, ein junges Mädchen mit schönem dunklem Haar sowie zwei andere, die Dienstbotenkleider trugen. Das dunkelhaarige Mädchen stürmte aufgeregt die Stufen der Veranda hinab und rannte auf den heranfahrenden Wagen zu.

Noch bevor der Wagen zum Stehen kam, riss John die Beifahrertür auf und sprang heraus, um ihr entgegenzueilen. Beide fielen sich in die Arme und John schwang das Mädchen vergnügt durch die Luft, was ein heimeliges Bild bot, das Isabelle aber kalt ließ.

Vermutlich seine Schwester, überlegte sie und beobachtete regungslos das Begrüßungsspektakel. John schien ein Familienmensch zu sein. Aber das hier war nicht Isabelles Familie, würde es nie sein. Gegen die Sehnsüchte des Herzens konnte man nichts ausrichten – und ihre verlangten nach Dickie.

Phil lachte und parkte den Wagen vor dem Haus. Immer wieder drückte das Mädchen seinen Bruder fest an sich. Jetzt beobachtete Isabelle, wie John die Veranda hinaufeilte und der älteren Dame in die Arme fiel. Nach einer langen Umarmung erinnerte sich John offenbar wieder an Isabelle, die im Wagen geblieben war. Er rannte zum Fahrzeug hinüber, öffnete die Tür und streckte ihr die Hand entgegen. Langsam stieg sie aus. Sie hatte solche Angst vor der Begegnung mit den Morgans, dass es ihr die Kehle zuschnürte und sie am ganzen Leib zitterte. Einen Moment später stand sie vor seiner Familie, die sie verwirrt anblickte. John hakte sich bei ihr ein und führte sie die Veranda hinauf.

»Mutter, Violett, das ist Isabelle. Meine Verlobte. Sie ist Wienerin, spricht aber unsere Sprache.«

Verlegen sah Isabelle in das Gesicht ihrer zukünftigen Schwiegermutter. Ihre Knie zitterten, ihr Herz pochte. Eine betretene Stille trat ein, war fast mit den Händen zu greifen. Alle schienen diese unglaubliche Neuigkeit erst einmal verdauen zu müssen.

Vor allem die ältere Dame – Johns Mutter – machte einen sichtlich irritierten Eindruck.

»Was?«, fragte sie überrascht und runzelte sofort die Stirn. »Wie ist das möglich?«

»Wir wollen noch in diesem Frühjahr heiraten«, fügte John rasch hinzu.

»Äh ... bitte was?«, stieß auch seine Schwester, Violett, verwundert aus, »du machst wohl Witze.«

»Das ist aber ein dickes Ding«, entfuhr es nur einen Augenblick später dem Mund der einen Haushälterin. »Wenn das der alte Herr jetzt wüsste.«

»Na, das kannst du laut sagen, Suzie«, empörte sich auch Violett.

Isabelle blieb still.

Johns Mutter trat einen Schritt auf Isabelle zu und brachte ein Lächeln zustande. Vielleicht erkannte sie Isabelles Beklemmung. Ihre Augen blieben jedoch skeptisch.

»John wird uns sicherlich alles in Ruhe erzählen.« Sie ergriff Isabelles von der Aufregung feuchtes Händchen und zog sie sanft zu sich heran, um ihr die Stirn zu küssen. »Willkommen auf Morgan's Hall, mein Kind. Ich bin Josephine.« Isabelle war von der offensichtlichen Herzlichkeit dieser Frau überfordert und brachte kein einziges Wort heraus. Ihre Augen huschten zu Violett, deren argwöhnischer Blick auf ihr haftete. »Na komm, meine Liebe. Gehen wir doch ins Haus. Du bist sicherlich sehr erschöpft von der langen Reise.«

Gemeinsam betraten sie das Foyer.

Violett hüpfte neben ihrem Bruder her.

»Ist sie etwa schwanger?«, flüsterte sie aufgeregt. Allerdings laut genug, dass die Mutter und Isabelle es hören konnten. Entsetzt blieb Josephine stehen.

»Also, Violett. Wo ist dein Anstand?«

John fuhr sichtlich zusammen, erschrocken über die unverblümte Bemerkung seiner Schwester.

»Wie zum Teufel kommst du darauf?«, fragte er verärgert. Isabelle erschreckte Johns lauter Ton, sodass sie mehrere Schritte Abstand hielt und zu Boden starrte.

»Nur so«, antwortete Violett. John schüttelte den Kopf.

»Halt deine unverbesserliche Neugier in Schach.« Er wechselte abrupt das Thema und fragte: »Wie ist es euch ergangen?«

»O John, diese Frage sollten wir dir stellen«, antwortete Josephine und klang dabei leidvoll. »Wir haben gehört, was in Österreich passiert ist. Schrecklich, dass du das miterleben musstest. Aber lasst uns bei einer Tasse Tee darüber sprechen.«

Isabelle sah sich in dem riesigen Foyer um. Von der hohen Decke hing ein schmucker Kronleuchter. Eine imposante Treppe mit Messinggeländer führte zum oberen Stockwerk. Jeder ihrer Schritte hallte, so groß und leer wirkte der Raum. Rechts führte eine zweiflügelige Tür in einen Salon, und auf der gegenüberliegenden Seite gelangte man ins Speisezimmer, wie sie durch die offenen Türen erkennen konnte. Das Mobiliar war durchaus nobel und stilvoll, schien mit Bedacht ausgewählt. Isabelle blickte zu den Gemälden an den hohen Wänden, die unübersehbar die Landschaft der umliegenden Berge zeigten. Aus der Küche drang ein wohliger Duft von warmem Rum und Rosinen zu ihnen.

Gemeinsam betrat die Familie den Salon, dessen Tapete mit hübschen goldenen Blüten bemalt war. Das knisternde Feuer des Kamins spendete eine heimelige Wärme. In der Mitte des Raumes befand sich ein ausladendes Sofa, das mit altrosafarbenem Samt bezogen war, und in einer Ecke stand ein schwarzer Flügel, der den ganzen Erker einnahm. Das Instrument erfreute Isabelles Herz, denn sie liebte das Klavierspiel.

John und seine Familie ließen sich auf dem Sofa nieder.

»Isabelle, nimm doch gern auf dem Sessel Platz. Dann musst du dich nicht zwischen uns quetschen«, sagte Josephine und zeigte auf den gegenüberliegenden Sitzplatz. Nachdem sie der Aufforderung nachgekommen war, bemerkte Isabelle die kritischen Blicke von Violett, die jede Mimik und Geste zu ergründen versuchte. Wie ein Luchs.

»Vielen Dank, Coleen«, sagte Josephine, als diese ihnen den Tee servierte.

Das Dienstmädchen wirkte noch recht jung, hatte ein sommersprossiges Gesicht und rötliche Locken. Irischer oder schottischer Herkunft, vermutete Isabelle. Dabei entging ihr nicht, wie das Mädchen John einen zugetan wirkenden Blick zuwarf, während sie den Tee eingoss. Er ignorierte diesen.

»Nun sag schon, Mutter, wie laufen die Geschäfte?«

»Ausgezeichnet«, antwortete Josephine, doch ihre Stimme war gedämpft. »Du weißt ja, Bill erstattet mir jeden Freitag Bericht. Er hat in Sacramento einen neuen Abnehmer gefunden. Wir mussten für die Saft- und Weinproduktion weitere fünf Arbeiter anheuern«, fuhr Johns Mutter fort. »Aber zurück zu dir und deiner Reise. Ist es nicht schrecklich, was derzeit in Europa geschieht?«

John lugte zu Isabelle hinüber, die erschöpft den Kopf senkte.

»Ja, Mutter«, pflichtete er ihr bei. »Wir haben es selbst erlebt und können es immer noch nicht fassen.« Der beste Beweis für die Gräuel der Nationalsozialisten saß direkt vor ihm. Isabelle, vom Vater getrennt und der eigenen Heimat entrissen.

Violett legte die Hand auf den Oberschenkel der Mutter. »Andrew sagt, dass es Krieg geben wird«, bemerkte sie besorgt. »Er meint, dass es nur eine Frage der Zeit ist, bis auch wir Amerikaner die Auswirkungen zu spüren bekommen.« John runzelte die Stirn.

»Andrew?«, fragte er baff. »Wer zur Hölle ist das?« Josephine lachte.

»Andrew Larson. Er und seine Eltern haben vor ein paar Wochen den Lebensmittelladen übernommen. Der alte Jonas ist im Februar leider von uns gegangen.«

»O nein, Mom. Wie furchtbar.«

»Ja, das stimmt. Wir waren alle sehr traurig. Nun ja, die Larsons kommen aus Redmond. Andrew will sich nächstes Jahr bei der US-Army verpflichten und macht seit Neuestem unserer Vio den Hof.« Sie trank vergnügt von ihrem Tee. »Und offenbar gefallen ihr seine Avancen«, flüsterte Josephine ihm zu. Dabei entrang sich ihr ein niedliches Kichern, das die Stimmung im Raum erwärmte.

»Aber, Mom!«, rief Violett erbost. »So ist das doch überhaupt nicht.« Mit verblüfftem Gesicht klopfte John seiner Schwester auf die Schenkel.

»Ja, sag mal, Vio, ich dachte, du wärst in Dickie verschossen?« Er sah sofort zu Isabelle und biss sich auf die Lippe, wie diese mit einem scharfen Blick bemerkte.

Isabelle schlug die Beine übereinander und sah Violett an. Sie wunderte sich nicht darüber. Jede Frau, die Dickie begegnete, musste sich in ihn verlieben. Das wusste sie selbst am besten seit ihrer allerersten Begegnung. Dennoch verspürte sie Eifersucht. Dickie gehörte ihr. Nur ihr, nicht dieser Göre.

»Erzähl du uns lieber, wie du an diese Frau gekommen bist«, lenkte Violett vom Thema ab.

»Mein Name ist Isabelle!«, fauchte diese prompt.

»Sie spricht ja tatsächlich unsere Sprache«, trällerte Violett mit einem spöttischen Grinsen. Peinlich berührt rutschte John auf dem Sofa hin und her.

»Nun ja«, räusperte er sich. »Ich spazierte durch eine Kunstausstellung im Belvedere. Das ist ein berühmtes Museum in Wien.«

»Danke, John. Ich weiß, was das Belvedere ist«, konterte seine Schwester.

»Nun hör damit auf, deinem Bruder ins Wort zu fallen, und lass ihn endlich erzählen«, wies Josephine die Tochter streng zurecht.

»Danke«, sagte er genervt. »Also, ich bewunderte gerade ein Gemälde, da stand Isabelle plötzlich neben mir. Wir kamen ins Gespräch ... und na ja, was soll ich sagen? Wir haben uns auf der Stelle ineinander verliebt.« Isabelle zog die linke Augenbraue hoch. Wieso erzählte er das? Was war mit der Wahrheit? Dass sie Halbjüdin war und er sie mit einem gefälschten Pass in dieses Land verschleppt hatte? Doch mehr hatte John offensichtlich nicht zu sagen.

»Wie schön, mein Junge. Das wundert mich nicht. Deine Verlobte ist entzückend anzuschauen. Ja, wirklich.« Josephine lächelte ihr zärtlich zu. »Isabelle, meine Liebe, ich hoffe, Wien wird dir nicht zu sehr fehlen und du wirst dich hier in Morgan's Hall pudelwohl fühlen.«

»Ja, Mrs Morgan«, antwortete Isabelle mit kleinlauter Stimme. Wie nett diese Frau zu ihr war. Ihre Gutmütigkeit berührte Isabelle.

»O nein, mein Kind. Nenn mich bitte Josephine. Schließlich gehörst du jetzt zur Familie.« Isabelle nickte verhalten. Sie schämte sich, dass sie der Frau nicht dieselbe Wärme entgegenbringen konnte, durfte. Schließlich würde sie nicht lange in diesem Haus und bei diesen Menschen bleiben. Sobald Dickie sie hier rausholte, würde Isabelle die Morgans nie wiedersehen. Also beschloss sie, niemanden in ihr Herz zu schließen. Es war ein Selbstschutz, damit es ihr später nicht leidtäte, wenn sie wieder verschwand.

»Wo ist eigentlich Dickie?«, fragte Violett.

»Er ist zurück zu seinem Vater«, antwortete John ruhig und schenkte sich etwas Tee nach. Mehr sagte er nicht dazu. Phil betrat den Salon, zog seinen Hut vom Kopf und hielt ihn sich vor die Brust.

»Phil?«, fragte Violett. »Was sagst du dazu, dass John in Begleitung dieser Dame zurückgekehrt ist? Das ist doch eine ziemliche Überraschung, nicht wahr?«

»Das Schicksal führt die Menschen auf unterschiedlichste Weisen zusammen, Miss Violett.« Er blickte zu Josephine. »Mrs Morgan, ich werde in den Wald reiten. Hinauf zur Lichtung. Nach Greystoke Grove.«

»Natürlich, Phil. Was wollen Sie denn dort oben?«

Er sah in die fragenden Blicke der Morgans und daraufhin zu Isabelle, starrte ihr wieder in die Seele. Es wirkte auf Isabelle irgendwie kritisch, besorgt zugleich und sie bekam eine Gänsehaut. Als würde er ihretwegen dorthin reiten wollen, doch das ergab für sie keinen Sinn. Er kannte sie doch gar nicht. Dennoch, das komische Gefühl blieb.

Phil druckste herum. »Ach, nichts weiter, Mrs Morgan. Ich habe dort letzte Nacht Rauch aufsteigen sehen. Sicherlich nur ein paar Dorfjungen, die dort ihr Unwesen getrieben haben.«

»Die spinnen wohl!«, empörte sich John. »Die Lichtung gehört noch zu unserem Land. Niemand hat dort etwas verloren. Ich schwöre, ich werde irgendwann meterhohe Zäune errichten lassen, die das gesamte Gebiet absperren.«

»Beruhige dich, John«, sagte seine Mutter. »Machen Sie sich ruhig auf den Weg, Phil.«

»Danke, Mrs Morgan.« Wieder fixierte er Isabelle, verließ aber schließlich mit hallenden Schritten den Salon. Sie sah ihm hinterher. Noch einmal drehte er sich zu ihr um und nickte ihr zu.

Was für ein eigenartiger Zeitgenosse, dachte sie noch.

Bis dass der Hass
uns scheidet

Morgan's Hall, 26. März 1938

D as machst du ausgezeichnet, meine Liebe«, sagte John mit gut gelaunter Stimme und einem breiten Grinsen im Gesicht.

Isabelle ließ sich von Phil an den Zügeln einer braunen Stute über die Koppel führen, die wie auch der Reitstall nur wenige Meter vom Haupthaus entfernt lag. »In ein paar Wochen wirst du das Reiten beherrschen. Ganz sicher. Phil? Ist sie nicht ein Naturtalent?«

»Ja.«

»Ich mache weiter.« Stolz übernahm John die Zügel und führte Isabelle jetzt selbst. Ihre Hände zitterten, die Finger krampften sich um das Leder der Zügel.

»Ich glaube, ich möchte absteigen. Die Tiere sind mir nicht geheuer.«

»Na schön«, antwortete er und half ihr von der Stute hinunter. Verträumt sah er in Isabelles Augen, als er sie vor sich auf dem Lehmboden absetzte. »Phil, bitte bring das Pferd in den Stall zurück.« Phil gehorchte, übernahm wieder die Zügel und führte die Stute zum angrenzenden Stall.

John ergriff Isabelles Hand und führte sie zu seinen Lippen, um sie zu küssen. »Lass uns doch einen Spaziergang machen, Liebste.« Sie atmete tief ein, begleitete John aber über die Koppel. Er öffnete das weiße Gatter und wollte wieder ihre Hand nehmen, aber sie entzog sich ihm.

Seit Tagen versuchte er, eine Unterhaltung mit ihr zu führen. Oder ihr näherzukommen. Erfolglos. Sie sprach nur das Nötigste und verbarrikadierte sich im Gästezimmer, das sie bis zur Hochzeit bezogen hatte. John hatte innerlich schmunzeln müssen, als seine Mutter Isabelle in dieses Zimmer einquartierte, weil es sich so gehörte, keinesfalls unverheiratet in ein und demselben Bett zu nächtigen. Hätte seine Mutter gewusst, was in Wien geschehen war ...

John wollte gar nicht darüber nachdenken. Er vermisste Isabelles körperliche Nähe.

»Gehen wir zum See hinunter«, schlug er vor. Immer wenn er sie ansprach, versuchte er, freundliche, ja beinahe zärtliche Töne anzustimmen. »Ich habe eine gute Nachricht. Heute Morgen war ich bei Miss Tilly im Gemeindebüro. Die ist so blind, hat nicht einmal gesehen, dass du bereits meinen Namen trägst. Gott sei Dank. So musste ich ihr keine Lügengeschichten auftischen. Wir heiraten am 12. Juni. Ich hätte gern einen früheren Termin vereinbart, aber unser Pastor erholt sich zurzeit an der Küste von einem Zeckenbiss. Hatte wahrscheinlich sein Morgengebet vergessen, als sich das Teufelsvieh unter seine Haut gefressen hat«, sagte er mit spöttischem Grinsen. Isabelle blieb regungslos. An dem gemeinsamen Humor musste wohl noch gearbeitet werden. »Mutter ist schon ganz aufgeregt. Ich habe mir überlegt, dass wir uns hier am Ufer des Sees trauen lassen. Vielleicht verlegen wir die ganze Feierlichkeit hierher und …«

Isabelle blieb abrupt stehen.

»John, ich werde dich nicht heiraten. Niemals.« Wie erstarrt hielt auch er inne. Was hatte sie da gerade gesagt? Das musste doch ein Scherz sein. Ihre Worte bohrten sich wie ein Eisen in sein Herz.

»Aber natürlich wirst du mich heiraten. Genau genommen sind wir bereits verheiratet.«

Isabelle trat noch einen Schritt zurück und Zornesröte stieg ihr ins Gesicht. John verstand sie einfach nicht. Sie müsste doch glücklich an seiner Seite sein, er hatte sie schließlich gerettet.

»Nein«, sagte sie nachdrücklich. »John, ich liebe dich nicht und das weißt du genau. Du kannst noch so nett sein, aber ich liebe Dickie. Das wird sich niemals ändern. Irgendwann wird er mich aus dieser Hölle herausholen.«

Hölle? Ihre Worte trafen ihn wie ein Donnerschlag. Natürlich hatte er geahnt, dass sie sich in Dickie verliebt hatte, aber jetzt hatte sie ihre Liebe zu seinem einstigen Freund tatsächlich eingestanden. John hatte stets gehofft, ihre Schwärmerei für Dickie würde mit der Zeit vergehen. Er betrachtete sie traurig, schüttelte anschließend den Kopf.

»Das wird er nicht, Isabelle. Er wird nicht hierherkommen, um dich zu retten, wie du es dir einredest. Ich habe dich gerettet. Nicht er. Dickie ist ein Egoist. Wenn ich nicht gewesen wäre, würdest du wahrscheinlich schon tot in einem Graben liegen und verrotten.«

»Lieber bin ich tot als deine Frau.« Ihre Augen füllten sich mit Tränen des Zorns, und es verletzte John zutiefst, das zu sehen. Gerade wollte sie davonlaufen, da hielt er sie am Arm zurück. So hart, dass sie vor Schmerz aufschrie. Doch er ließ nicht los, denn sie musste endlich begreifen, dass er ihre Zukunft war.

»Isabelle«, sagte er flehend, »Dickie liebt dich nicht. Er liebt nur sich selbst. Aber ich, ich liebe dich. Aufrichtig. Wenn ich in meine Zukunft sehe, dann bist du die Frau an meiner Seite.«

»Geh zum Teufel, John!«, fauchte sie boshaft und versuchte erneut, sich mit aller Kraft aus seinen Fängen zu befreien. Er packte noch fester zu, weil sie ihn so wütend machte.

»Du wirst meine Frau. Hast du mich verstanden? Es ist mir egal, ob du diesen Weiberhelden liebst. Das, meine Liebe, haben schon viele vor dir getan. Dein Dickie vögelt wahrscheinlich gerade eine andere, während du in deiner Naivität hier auf ihn wartest. So war er schon immer. Ganz gleich, was er dir vermutlich versprochen hat. Er wird nicht kommen. Niemals. Er ist ein Lebemann, der nur seinen eigenen Vorteil sucht. Du warst nichts als eine billige Ablenkung für ihn.« John zog sie zu sich, legte seine Hände um ihre Wangen und küsste sie hart und eindringlich. Zwängte sich ihr auf, doch das war ihm gerade egal.

»Hör auf!«, brüllte sie und stieß ihn von sich. »Du widerst mich an.«

»Am 12. Juni wirst du hier stehen und mir vor den Augen meiner Familie das Jawort geben und deine ewige Liebe zu mir schwören. Du gehörst mir. Hast du verstanden?« Wann war er selbst so böse geworden?

Sie lachte höhnisch. »Und wenn nicht?«

»Dann breche ich dir das Genick, Isabelle.« Seine Zunge presste sich gegen seinen Gaumen. Er schluckte und konnte nicht fassen, was er gerade gesagt hatte. Als hätte jemand anderes ihm diese Worte in den Mund gelegt, die er nie und nimmer so meinte. Isabelle wischte sich die Tränen aus dem Gesicht und sah ihn verschreckt an. Seine furchtbare Drohung schien gesessen zu haben. Kein Wort mehr der Widerrede. Offenbar hatte er so etwas Grässliches äußern müssen, um sie zur Vernunft zu bringen. Er schämte sich dennoch. »Ich werde dich glücklich machen. Auch wenn du es jetzt noch nicht siehst, mich vielleicht verabscheust, aber eines Tages wirst du mich lieben.« Er drehte sich um, denn er konnte sie nicht mehr ansehen.

»Liebe kann man nicht erzwingen, John!«, rief sie ihm verzweifelt hinterher. »Mein Herz wird immer nur Dickie gehören. Auch wenn ich dich vor dieser ganzen verfluchten Stadt heiraten werde. Eines Tages wirst du es bereuen, dass du mich dazu gezwungen hast. Eines Tages werde ich mich wehren können.«

John blieb kurz stehen, unterdrückte ein Schluchzen und marschierte anschließend mit gesenktem Kopf und hängenden Schultern zum Haus hinauf.

Er wischte sich eine Träne aus dem Augenwinkel. Was hatte er nur getan?

***

Violett kicherte, als Isabelle in ihrem gewählten Brautkleid aus der Umkleidekabine trat. Dabei vernahm sie Josephines unüberhörbares Seufzen, die auf einem Stuhl neben ihrer Tochter saß.

»Was zur Hölle soll das denn sein?«, spottete Violett.

Die drei Frauen waren extra in die nächste Stadt nach North Bend gefahren, damit Isabelle sich dort ein Brautkleid aussuchen konnte. Josephine hatte ihrer künftigen Schwiegertochter ihr altes Hochzeitskleid angeboten, wollte sie damit wohl in der Familie willkommen heißen. Isabelle musste zugeben, dass es ein ausgesprochen exquisites Kleid aus feinster Spitze war. Als Josephine in dem Brautkleid einst Charles geheiratet hatte, wurde sie in Seattle angeblich die schönste Braut genannt.

Isabelle lehnte das Kleid jedoch ab, was Josephine sichtlich wehtat. Stattdessen stand sie jetzt in einem profanen und schnörkellosen Kostüm vor den beiden Frauen, das nicht einmal weiß war, sondern dunkelgrün. Kein schönes, leuchtendes Grün, eher hatte es die Farbe von Algenschlamm.

»Was ist das für ein scheußliches Kostüm?«, fragte Violett. »Ich wusste gar nicht, dass die Farbe Froschkotze modern ist.«

Josephine setzte ihre Brille auf. »Aber, mein Kind, das ist doch kein Brautkleid«, jammerte sie.

»Ich finde es passend«, antwortete Isabelle mit fester Stimme. Alle anderen Kleidungsstücke, die sie aussuchte, waren ausgesprochen mondän. Bedeutend schöner als das Kleid, das für ihre Trauung bestimmt war.

»Ich kann immer noch nicht glauben, dass du mit nur einer Tasche angereist bist«, sagte Violett verständnislos. Dabei warf sie einen Blick auf den Berg von Isabelles neu erstandener Kleidung.

»Meine Güte, Violett«, tadelte Josephine, »John hat uns doch erklärt, dass der eigentliche Koffer während der anstrengenden Reise verlorengegangen ist. Dass du aber auch ständig darauf herumreiten musst.«

Isabelle betrachtete sich im Spiegel. Sie wusste: Violett traute ihr nicht über den Weg. Sie zeigte es ihr mit all ihren skeptischen Blicken und ständigen Sticheleien. Aber das war Isabelle egal. Sollte das Mädchen denken, was es wollte.

Isabelle nickte sich selbst zu. »Ich nehme es«, sagte sie und drehte sich zu den beiden Frauen um.

»Na schön«, seufzte Josephine, zog die Brille wieder von der Nase und ließ enttäuscht die Hände in den Schoß fallen.

Isabelle huschte in die Umkleidekabine und zog den Vorhang zu. Wehmütig blickte sie an sich hinunter.

»Bist du sicher, Liebes, dass wirklich niemand aus Österreich anreisen wird? Du hast uns so wenig über deine Familie erzählt!«, kam es von Josephine.

Sollte Isabelle jetzt die Wahrheit sagen? Bislang hatte sie den beiden Frauen verschwiegen, dass sie zu einer der einflussreichsten Familien in Österreich gehörte und zudem jüdischer Abstammung war. In manchen Momenten war es ihr zwar beinahe versehentlich herausgeplatzt, doch sie hatte sich im letzten Augenblick immer noch bremsen können. Sie brachte es nicht übers Herz, der gütigen Josephine die Wahrheit an den Kopf zu werfen. Dafür war Johns Mutter zu sehr bemüht, dass es ihr an nichts fehlte. Und selbst wenn Isabelle sie nicht mögen wollte, unnötig verletzen musste sie sie auch nicht. Würde sie die Wahrheit sagen und damit ihren heiß geliebten Sohn als Lügner brandmarken, würde das Josephine wahrscheinlich umbringen.

»Nein, Josephine. Ich habe niemanden mehr!«, rief sie entschlossen durch den Vorhang. Als sie das aussprach, verdüsterten sich ihre Gedanken. Sie war tatsächlich allein. Für immer gefangen im Nirgendwo, denn Dickie war bisher nicht gekommen. Sollte John doch recht behalten? Sie schüttelte sich vor Kummer und spürte, wie sich alles in ihrer Brust zusammenkrampfte, aber sie fand nicht die Stimme, um sich Luft zu verschaffen und ihren Schmerz in die Welt hinauszuschreien.

Die Wochen vergingen. Jede Nacht kauerte Isabelle auf der Fensterbank ihres Zimmers und starrte in die Dunkelheit hinaus. Manchmal glaubte sie, ein seltsames Flüstern zu hören. Diese Stimme war leise, unterbrach ihre Sehnsüchte und machte ihr irgendwie Angst. Es war eine Sprache, die sie nicht verstand und nicht verstehen wollte.

Morgen früh würde sie John heiraten müssen. Die Stunden verstrichen unaufhaltsam und Dickie kam und kam nicht. So oft hatte sie sich vorgestellt, dass er plötzlich unten vor der Veranda stand, zu ihr hinaufschaute und die Hand nach ihr ausstreckte. Wie in einem kitschigen Roman, einem Märchen mit Happy End.

Sie hatte Dickie einen Brief geschrieben, ihn darin angefleht, sich zu beeilen. Ihn gefragt, ob er sie womöglich vergessen hatte.

Ich warte auf dich. Jeden verdammten Tag, jede verdammte Nacht. Meine Sehnsucht nach dir frisst mich auf, lässt mich nicht atmen. Nur du bist meine Freiheit, Richard. Hol mich hier raus. Bitte.

Noch immer lagen diese Zeilen in der Schublade ihres Nachtschränkchens, denn sie wusste nicht, wohin sie den Brief schicken sollte. Seit sie in Morgan's Hall war, hatte sie kaum eine Nacht geschlafen. Auch jetzt saß sie wieder auf der hölzernen Fensterbank und wartete auf das glückliche Ende ihrer Geschichte.

»Dickie, bitte beeil dich«, flüsterte sie verzweifelt und presste ihre Stirn gegen die Fensterscheibe.

Doch auch in dieser Nacht kam er nicht, um sie zu holen.

Schwere Regentropfen prasselten gegen das Fenster und weckten Isabelle, die auf der Fensterbank eingeschlafen war. Mit schmerzverzerrter Miene richtete sie sich auf, da ihr Nacken von der unbequemen Schlafposition ganz steif war.

Noch immer war sie in Morgan's Hall und heute würde sie mit John vermählt werden. Rechtskräftig. Vor Gott. Vor Zeugen. Das Wetter könnte nicht besser passen.

Es klopfte an ihre Zimmertür, und eine freudestrahlende Suzie trat ein, die Isabelles grünes Kostüm unterm Arm trug.

»Guten Morgen, Miss Isabelle. Sind Sie gerade erst aufgewacht? Es ist schon nach neun. Ihr Verlobter hat entschieden, die Eheschließung ins Foyer zu verlegen. Draußen geht die Welt unter. Herrje, was für ein Jammer. Phil und Coleen richten gerade alles für die Zeremonie her.« Suzie eilte aufgeregt in Isabelles Zimmer umher. »Die Straße zu uns wurde überschwemmt. Die meisten Gäste werden wohl nicht rechtzeitig eintreffen.«

Isabelle rutschte von der Fensterbank. Hoffnung machte sich in ihr breit, dass dieses Unwetter womöglich die Hochzeit platzen ließ. Das war ein Zeichen. Sie war sich ganz sicher.

»Dann müssen wir das Spektakel wohl verschieben.«

Suzie spitzte die Lippen. »Aber nein, mein Herz. Pastor Hughes ist bereits eingetroffen. Mr. Morgan wird die Vermählung unter keinen Umständen verschieben. Das hat er eben noch zu seiner Schwester gesagt. Dann kommt die Gesellschaft eben erst zum Empfang.«

Dieser Schurke, dachte Isabelle. John wollte scheinbar keine Zeit verlieren.

Sorgfältig legte Suzie das Kostüm auf das Bett. Isabelle ließ den Kopf hängen.

»Danke, Suzie. Ich wäre jetzt gern allein.«

»Kind, Sie machen ein Gesicht wie drei Tage Regenwetter. Ich bringe Ihnen gleich das Frühstück. Das wird Ihnen guttun. Coleen wird später zu Ihnen hinaufkommen, um Ihr Haar zu frisieren.«

»Nein«, sagte Isabelle mit grantiger Stimme. »Das werde ich selbst machen. Gehen Sie jetzt«, befahl sie der kräftigen Haushälterin. Suzie sah sie verstört an.

»In Ordnung.« Verunsichert verließ die Haushälterin schließlich das Zimmer und schloss die Tür hinter sich zu.

Isabelle rang nach Luft und ihr Puls raste. Verstört sah sie auf das Kostüm, ihr Brautkleid. Am liebsten hätte sie es in tausend Stücke zerrissen. Dickie war nicht gekommen. Er hatte es ihr versprochen. Und er hatte offenbar gelogen. So, wie John es prophezeit hatte. Sie sah in den Spiegel ihres Wandschranks, fühlte sich hässlich, hilflos und verlassen. Ihre eigenen Augen starrten ihr entgegen wie die einer leblosen Puppe. Und genau das würde sie für John sein, leblos.

Unbändiger Hass, der tief in ihrem Inneren wohnte, sprach jetzt aus ihrem Gesicht im Spiegel. Eine verzerrte, finstere Grimasse. Wutentbrannt griff sie nach der Puderdose, die neben ihr auf dem Frisiertisch lag, und warf sie in den Spiegel. Ein verzweifelter Schrei entrang sich ihrer Kehle, als das kleine Döschen gegen ihr Spiegelbild prallte. Das Glas blieb trotz des harten Gegenstandes unversehrt. Zur gleichen Zeit entlud sich am Himmel ein gewaltiger Donnerschlag, der ihren markerschütternden Schrei übertönte. Weinend fiel sie auf ihre Knie und vergrub das tränenüberströmte Gesicht in ihren Händen.

Sie war verloren.

***

Die Wanduhr im Foyer schlug elf Uhr. John wartete am Fuß der Treppe auf seine Braut. Nervös zog er an seiner schwarzen Fliege, die er viel zu eng angelegt hatte. Kurz drehte er sich um. Beinahe alle Stühle, die man für die Zeremonie aufgestellt hatte, blieben unbesetzt. In der vordersten Reihe saßen Josephine und Violett. Dahinter das Ehepaar Cornish.

Landon Cornish war Anfang des Jahres von der Gemeinde Woodwall zum neuen Bürgermeister gewählt worden. Warren Harrington, der sich ebenfalls zur Wahl aufgestellt hatte, war kläglich gescheitert und hatte nur eine einzige Stimme erhalten, die seines Sohnes Clark, der ebenso abgebrüht war wie sein alter Herr.

John hatte die Harringtons auf Anraten der Mutter zur Hochzeit eingeladen, auch wenn ihm dies zuwider war. Allerdings wollte er in Clarks verdutzte Visage schauen, sobald dieser Isabelle das erste Mal zu Gesicht bekam. Bislang hatte seine Verlobte den Kontakt mit den Bewohnern der Stadt gemieden. Johns Herz hüpfte vor Freude, weil er nun jedem Bürger seine wunderschöne Braut präsentieren durfte.

Leider hatte ihm das Unwetter, das draußen weiterhin tobte, einen Strich durch die Rechnung gemacht, worüber er sich in diesem Moment sehr ärgerte. Die Cornishs lebten in einer Waldlodge nahe von Morgan's Hall. Landon war Jäger und betrieb zudem eine kleine Fischerei. Somit waren sie von den Schäden an der Serpentinenstraße nicht betroffen. Jetzt waren sie vorerst die einzigen Gäste.

Eigentlich hätte John die Trauung um ein paar Stunden verschieben müssen, aber er wollte nicht mehr warten. Isabelle sollte endlich seine Frau werden. Die Wochen bis zu diesem Tag hatten eine gefühlte Ewigkeit gedauert und ihn fast wahnsinnig gemacht.

Pastor Hughes trat aus dem Salon, wo er sich die schwarze Pastorenrobe übergezogen hatte. Er stellte sich hinter den Altartisch, den er mitgebracht und neben der Treppe aufgebaut hatte. John starrte auf die kalkweißen Hände des Geistlichen, die winzig unter den Ärmeln der Robe hervorlugten und überhaupt nicht zum Rest seines wuchtigen Körperbaus passten.

Hughes schlug die Bibel auf und blätterte darin nach der richtigen Seite.

»Können wir beginnen?«, fragte der Pastor und John sah zur Empore der Treppe hinauf. Bislang war Isabelle nicht aus ihrem Zimmer gekommen. Er wurde unruhig.

»Violett, würdest du bitte nach ihr sehen?« Genervt verdrehte seine Schwester die Augen.

»Wenn es sein muss.« Mit einem Seufzen erhob sie sich von ihrem Stuhl und stapfte die Treppe hinauf.

Was wäre, wenn Isabelle nicht herunterkäme? John befürchtete schon das Schlimmste. Würde sie ihn bloßstellen? Er traute sich selbst nicht mehr über den Weg, vielleicht wäre er dann sogar imstande, seine frühere Drohung in die Tat umzusetzen. Isabelle entfachte in ihm Liebe und Zorn zugleich, ein

Feuer, das lichterloh brannte. Und sie gebärdete sich wie ein wildes Tier, das er für sich zähmen musste.

Jetzt fiel ihm auf, dass Miss Tilly, die eigentlich die Zeremonie am Flügel begleiten sollte, ebenfalls nicht anwesend war. Der Klimperkasten war ohnehin verstimmt.

Gut, dann eben der Einzug der Braut ohne Musik, dachte er trotzig.

Doch nicht nur ohne Musik, es war auch eine Hochzeit ohne seinen Freund Dickie. Noch vor wenigen Monaten wäre so etwas undenkbar gewesen. John musste zugeben, dass er ihm doch mehr fehlte, als er sich eingestehen wollte. Vor allem heute – am Tag seiner Hochzeit. Wäre doch nur alles anders gekommen.

Wenig später stampfte Violett wieder die Treppe hinunter.

»Deine Angebetete kommt. Sie sieht übrigens furchtbar aus. Hat sich nicht einmal die Haare gemacht. Da hast du dir ja eine angelacht, mein Lieber.«

John drückte leicht ihr Handgelenk. »Violett, bitte, tu mir den Gefallen und sei wenigstens heute nicht so ein Biest. Ich bitte dich. Mir zuliebe«, sagte er mit einem Hauch von Traurigkeit in der Stimme.

Geknickt sah Violett ihren Bruder an. »Verzeih mir. Ich mache mir nur Sorgen um dich.«

»Das brauchst du nicht. Mir, uns geht es gut.« Violett nickte verhalten und ließ sich wieder auf ihren Stuhl sinken.

Endlich wurde die Tür von Isabelles Zimmer lautstark aufgestoßen. Einen Moment später schritt sie am Treppengeländer entlang hinunter ins Foyer. In den Händen hielt sie einen Blumenstrauß aus weißen und gelben Dahlien, die John im Garten hinter dem Haus für sie gepflückt hatte. Zunächst füllten sich seine Augen mit Freudentränen, bis sie unten am Treppenabsatz angelangt war und er ihren versteinerten Gesichtsausdruck sah.

Ihr desolater Anblick ließ ihn erschaudern. Das fehlende Brautkleid schmerzte ihn so sehr, dass er am liebsten wie ein kleiner Junge losgeheult hätte. Isabelles grünes Kostüm hing an ihr herunter wie ein nasser Sack, da sie in den vergangenen Wochen enorm an Gewicht verloren hatte. Dabei war sie ohnehin von zierlicher Statur. Das goldrote Haar hing lieblos unfrisiert an ihren Schultern herunter und bedeckte einen großen Teil ihres hübschen Gesichts. Während sie die Stufen nach unten schlich, starrten ihre Augen nur stumm auf die Eingangstür. Für John hatte sie keinen Blick übrig, was ihn noch trauriger stimmte. Wahrscheinlich hatte sie immer noch nicht die Hoffnung aufgegeben, dass Dickie sie aus dieser Situation erlöste. Im allerletzten Moment. Wie ein Prinz, der seine Prinzessin aus dem Turm der bösen Hexe befreite. Nach der Hochzeit würde John ihr dieses Wunschdenken ein für alle Mal austreiben.

Als Isabelle unten angekommen war, trat John auf sie zu und führte sie zu dem Altartisch. Einen Moment später eröffnete der Pastor mit einem zynischen Räuspern seine Predigt.

Die ganze Zeremonie hatte etwas Beklemmendes an sich. Auch Pastor Hughes machte einen unzufriedenen Eindruck. Ihm war, als sollte er hier nur seiner kirchlichen Pflicht nachkommen, dieses Paar zu trauen, eben weil man es von ihm als Pastor verlangte und weil die Bürger von Woodwall eine geistliche Trauung von der Familie Morgan erwarteten.

John war sich jetzt darüber völlig im Klaren. Er blickte in die traurigen Augen seiner künftigen Frau, die noch nicht ein einziges Mal zu ihm aufgeschaut hatte. Sie wirkte wie betäubt, als wandelte sie auf einem anderen Planeten. Weit, weit weg von ihm. Könnte er sie jemals wirklich erreichen? Zu ihr durchdringen?

»John? Bitte sprechen Sie jetzt Ihr Ehegelübde«, bat der Pastor nach seiner Ansprache, der John kaum hatte folgen können, so schreckensstarr fühlte er sich inzwischen.

Nachdenklich hielt er Isabelles Hand.

In der Innentasche seines Jacketts befand sich sein Gelübde, an dem er tagelang gefeilt hatte. Er hatte die schönsten, liebevollsten Worte zusammengesucht, hatte sich vorgestellt, Isabelle diese vorzutragen, während sie ihn mit leuchtenden Augen ansah.

Er entschied sich dagegen, diesen Treueschwur zu verwenden. Stattdessen wollte er sein bedrücktes Herz sprechen lassen. Er trat einen Schritt auf sie zu und flüsterte ihr etwas ins Ohr, seine Worte blieben für die anderen unhörbar.

»Isabelle, egal was zwischen uns geschehen ist, ich möchte mich aufrichtig bei dir entschuldigen. Ich weiß, dir fällt es schwer, mich zu lieben. Und ich verstehe das.« Kurz sah sie zu ihm auf. »Ich bin mir sicher, dass es kein Zufall war, dass wir uns in Wien, in dieser furchtbaren Zeit begegnet sind. Bitte glaube mir, ich werde alles, wirklich alles dafür tun, damit du glücklich bist. Ein Mann, der für dich sorgt, dir jeden Wunsch von den Lippen abliest, und dich bis ans Ende unserer Tage lieben wird. Das verspreche ich dir hiermit hoch und heilig.«

John trat wieder einen Schritt zurück.

Mit seinem privaten Versprechen hatte John Pastor Hughes aus dem Konzept gebracht. Er rupfte betreten am Kollar seiner Robe. »Ähm ... ja ... Isabelle? Ihr Gelübde bitte.«

John rechnete nicht mit ihrem Schwur und wollte den Pastor daher gerade bitten, einfach fortzufahren, da sah Isabelle ihn an. Ihr leerer offenbarte ihm eine Härte, die er noch nie zuvor an ihr gesehen hatte.

»John«, sagte sie mit starker Stimme und mit einem Mal sprach sie auf Deutsch. »Du verkörperst für mich den furchtbarsten und hinterhältigsten Menschen, dem ich jemals begegnet bin.« Er presste ihre Hand zusammen und sie stöhnte auf.

»Isabelle, bitte in Englisch oder lass es bleiben. Ich bitte dich«, flehte er im Flüsterton und spürte hinter sich das Kopfschütteln und bittere Lächeln seiner Mutter.

Doch Isabelles Blick verlor nichts von seiner Schonungslosigkeit und sie sprach mit tonloser Stimme und auf Deutsch: »Vor Gott nehme ich dich zu meinem Mann, ich will dich verachten und verabscheuen – alle Tage meines Lebens, in Gesundheit und in Krankheit. Bis dass der Hass uns scheidet.«

Johns Lippen zitterten. Obwohl er ihre Sprache nicht verstand, so wusste er, welche Bedeutung ihre Worte hatten. Es war ihr kalter Ton, dieser hasserfüllte Klang in ihrer sonst so melodischen Stimme.

Nach weiteren quälenden Minuten des Unbehagens war die Zeremonie vorbei.

Endlich, dachte John. Der Albtraum war vorüber. Oder fing er gerade erst an?

Hilflos sah er zu Phil hinüber, der während der gesamten Zeremonie in der hintersten Ecke des Foyers gestanden hatte und ihn jetzt mit besorgter Miene betrachtete.

Die restlichen Hochzeitsgäste trudelten erst am Nachmittag ein. Jeder beglückwünschte das junge Ehepaar und John ließ alles über sich ergehen. Sanft hatte er seinen Arm um Isabelles

Taille gelegt. Er versuchte, sie nicht wirklich zu berühren. Sie war wie erstarrt, als stünde sie unter einem Narkosemittel.

Warren sowie Clark Harrington traten auf die Frischvermählten zu. Johns Vorfreude, den beiden Rivalen seine attraktive Frau vorzustellen, war indes verflogen.

Warren reichte ihm seine stark zitternde Hand, und John zuckte erschrocken zusammen, als er ihm ins Gesicht schaute. Der Mann war in den letzten Monaten zu einem Fossil gealtert. Durch seine dünne, fahle Haut konnte John jede Ader seines greisen Körpers ausmachen, und die Augen waren trüb wie schmutziges Gewässer. Warren konnte sich kaum noch auf den Beinen halten und krallte sich an seinem Gehstock fest, der durch das starke Zittern des Körpers zu vibrieren schien.

Irritiert sah John zu Clark und nahm ihn sich sofort zur Seite. »Clark? Was in aller Welt ist mit deinem Vater geschehen?«

Clark und er waren nie die besten Freunde gewesen, und sicherlich würden sie es auch niemals werden, denn eine lange Fehde herrschte zwischen beiden Familien. Dennoch machte Warrens Erscheinung John wirklich betroffen.

»Interessiert dich das wirklich?«

»Natürlich, Clark. Dein Vater sieht furchtbar aus.«

»Ihm geht es auch schlecht. Wundert mich, dass sein Schlaganfall noch nicht bis nach Morgan's Hall durchgedrungen ist. Ihr wisst doch sonst immer alles.«

»Ich hatte keine Ahnung. Wirklich.«

»Irgendwann im März fand ich ihn. Zusammengebrochen in seinem Arbeitszimmer. Er zitterte am ganzen Leib und hatte einen völlig verwirrten Gesichtsausdruck. Dauernd erzählte er irgendetwas von einem Licht und zeigte dabei ständig zum

191

Fenster. Ich habe keinen blassen Schimmer, was er damit gemeint hat. Es war auf jeden Fall ziemlich seltsam.« Clark sah John direkt in die Augen und schüttelte ungläubig den Kopf. »Aber das Bizarrste war, dass er laufend nach deinem Vater fragte, John. Immer wieder und immer wieder.«

»Was? Warum sollte er das tun? Die beiden haben sich gehasst.«

»Was weiß ich? Heute kann er sich an nichts mehr erinnern. Die Ärzte sagen, dass er den nächsten Winter vermutlich nicht überleben wird, weil sein Körper zu sehr geschwächt ist.« John gefror das Blut in den Adern, als er das hörte. Den Tod wünschte er niemandem.

»Clark, das tut mir sehr leid«, sagte er bekümmert. »Ich weiß, was es bedeutet, den Vater zu verlieren.«

»Ach, Morgan, spar dir dein falsches Mitgefühl. Wir sind nur aus Höflichkeit hergekommen. Aus keinem anderen Grund. Du kannst es doch kaum erwarten, bis mein Vater unter der Erde liegt.«

»Das stimmt nicht«, widersprach John mit wütender Stimme.

Clark verzog argwöhnisch den Mund, drehte sich um und küsste Isabelle die Hand. Ihr Gesicht blieb versteinert, beinahe wie das des alten Harringtons, als John ihm zur Begrüßung die Hand gegeben hatte.

John grübelte über Clarks Worte nach. Warum hatte Warren ausgerechnet nach Charles, seinem Erzfeind, gefragt? Das erschien John doch ziemlich grotesk. Irgendwie unheimlich. Er kam aus dem Schaudern gar nicht mehr heraus. Die erstarrte Miene seiner Frau, der halb tote Greis, die Erwähnung seines Vaters durch Warren. Es war einfach alles verstörend und höchst merkwürdig. Dann sah er Phil, der das Spektakel weiterhin aus dem Hintergrund beobachtete. John schlich auf ihn zu.

»Sag mal, wusstest du das mit Warren?«

»Ja, Sir. Ich wusste davon.«

»Zur Hölle, Phil, warum hast du mir nichts davon erzählt? Das Scheusal hat was von einem Licht gefaselt. Das Licht? Das ist doch Unsinn. Kannst du dir erklären, warum er ausgerechnet nach meinem Vater gefragt hat?«

»Nein, Sir. Aber die Sache passierte eine Nacht, bevor Sie mit Miss Isabelle aus Europa zurückkehrten, und ich hielt es nicht für angebracht, Sie damit zu behelligen.«

In John machte sich Wut breit. »Phil«, mahnte er, »mag sein, dass ich in den vergangenen Wochen und Monaten zu sehr auf die Geschäfte und auf meine Frau fokussiert war, aber ich verlange, so etwas zu erfahren. Verschweige mir also nie wieder etwas.«

»Bitte entschuldigen Sie, Sir«, antwortete Phil.

John hob den Kopf und atmete tief durch. »Schon gut. Mir tut es leid. Ich wollte dich nicht so schroff angehen. Es ist nur so ...«, er zog die Mundwinkel runter und blickte zu Isabelle hinüber, »... heute ist der schlimmste Tag meines Lebens.«

Freundschaftlich legte Phil seine Hand auf Johns hängende Schulter. »Sir, bleiben Sie stark und vergessen Sie niemals Ihre Gutmütigkeit. Die haben Sie von Ihren Eltern. Und sie ist noch da. Alles kommt, wie es kommen muss.«

»Danke, mein Guter. Ich wünschte nur, alles wäre besser gekommen, als es jetzt der Fall ist.«

***

193

In der Nacht betrat Isabelle Johns Zimmer, das sie von nun an mit ihm teilen musste. Der heutige Tag war wie eine Halluzination an ihr vorbeigezogen. Vieles hatte sie verdrängt, Gesichter, die ihr freudig gratuliert hatten, vergessen, als wären sie nie da gewesen. Ihr graute so sehr vor der Hochzeitsnacht, dass ihr Kopf schmerzte und der Magen rebellierte.

Als sie auf das gemeinsame Ehebett sah, schüttelte sie sich vor Ekel. Sie befreite sich von ihrem Kostüm und legte sich sofort auf die linke Betthälfte. Dabei zog sie die Bettdecke bis zum Kinn herauf.

John trat ein und zog seinen Hochzeitsfrack aus, den er ordentlich in den Kleiderschrank hängte. Sie beobachtete jede seiner Bewegungen und seine Erscheinung widerte sie an.

Nein, nichts war so wie seinerzeit in dem Wiener Hotelzimmer, wo er ihr als liebenswürdiger Bursche gefallen, und sie ihn und Dickie verführt hatte, weil sie auf der Suche nach einem letzten Abenteuer gewesen war. Wieder ging ihr Dickie durch den Sinn. Wie sehr sich doch ihr Herz nach ihm verzehrte.

Allerdings wirkte auch John etwas verunsichert. Sie sah es an seinen flüchtigen Blicken, die er ihr zuwarf. Und dennoch, das wusste sie, würde er in dieser Nacht das einfordern, was ihm seiner Meinung nach als Ehegatte zustand. Ihren Körper und ihre Lust.

Bedächtig legte er sich neben sie und hielt einen Moment inne, um ihr schließlich seine Aufmerksamkeit zu schenken. Sie wartete auf seine Frage. Es musste ihn doch brennend interessieren, was sie heute auf Deutsch zu ihm gesagt hatte.

Er stellte sie nicht. Stattdessen streichelte er ihr Haar.

»Es war ein sehr verwirrender Tag. Auch für mich. Trotzdem hat sich nichts an meiner Liebe zu dir geändert«, hauchte er.

Isabelle überkam ein Schaudern, als sie seinen feuchten Atem auf ihrer Haut spürte. Während sie stocksteif auf dem Rücken lag und zur kahlen Decke starrte, küsste er ihren Hals und wanderte anschließend zu ihren Brüsten hinunter, umkreiste mit der Zunge ihre Brustwarzen, nachdem er die Zudecke zur Seite geschoben hatte. Jetzt schien er entschlossen. Schon konnte sie seine Erregung spüren. Haut an Haut, da war ihm der lästige Stoff eben doch nur im Weg gewesen.

Hätte ich es doch bloß schon hinter mir, dachte Isabelle verbittert.

»Ich habe mich schon viel zu lange nach dir gesehnt«, wisperte er.

Mit sanftem Kreisen seiner Zunge versuchte er, sie zu erregen, damit auch sie Gefallen an der gemeinsamen Nähe empfand. Nein, sie konnte es einfach nicht. Nicht einmal seine zärtlichen Küsse wollte sie erwidern, obwohl er sich Mühe gab, wie sie zugeben musste. Lethargisch hatte sie ihr Gesicht von ihm abgewandt und starrte zur Nachttischlampe.

John wurde langsam ungehalten. Er wollte mit ihr schlafen, unbedingt. Das spürte sie. Und es war ihre Pflicht, ihm diesen Wunsch zu erfüllen.

»Bitte, lass das«, flüsterte sie mit ängstlichem Stimmchen.

»Nein, ich will dich spüren. Ich will meine Ehefrau lieben.« Stattdessen lag sie vor ihm wie ein Gebilde aus Meißner Porzellan. Glatt, kühl und unnahbar. Kurz sah sie ihn an und seine Miene verdunkelte sich. »Ich ertrage das nicht mehr.« Verdrossen spuckte er auf seine Finger und befeuchtete grob ihre

Scheide. »Dann muss ich mir eben gewaltsam nehmen, was mir zusteht.« Er spreizte ihre Beine und legte sich mit seinem gesamten Körper auf sie. Isabelle wurde von Panik ergriffen. Es bedurfte mehrerer Versuche, um in sie einzudringen, da Isabelle sich immer mehr verkrampfte. »Verdammt, ich will dir doch nicht wehtun. In Wien hat es dir doch auch gefallen.«

Seiner Worte zum Trotz führte er sein erregtes Glied mit brachialem Ruck in sie ein. Die Sprungfedern der Matratze quietschten unter der Last der zwei Körper, und Isabelle wimmerte vor Schmerz, doch John war es offenbar egal geworden, denn er stieß unerbittlich in sie hinein. Zog sich zurück, um sie dann wieder und wieder zu nehmen. Sein Atem ging bereits nach wenigen Sekunden stoßweise.

Während er sich auf ihren Körper presste und sich seine behaarte Brust wie Schmirgelpapier an ihren Brüsten rieb, flüchtete sie sich in eine andere Gedankenwelt. Ihr Geist entfloh diesem Moment, um das körperliche Grauen nicht allzu sehr zu fühlen. Sie sah sich als junges Mädchen, das mit dem Vater durch Wien spazierte, während er ihr dabei von der glanzvollen Geschichte der Stadt erzählte. Von der großen Kaiserin Maria Theresia mit ihren vielen Kindern, und auch vom späteren Kaiser Franz Joseph, der sich in die blutjunge Elisabeth verliebte und sie zu seiner Gemahlin machte. Isabelle sah das Bildnis der wunderschönen Kaiserin mit den knielangen Haaren im Geiste vor sich. Bereits als Kind hatte sie gefunden, dass diese Frau immer betrübt wirkte.

Ob sie sich einst auch vor dem Monarchen geekelt hatte, wie Isabelle es gerade vor John tat?

Nach dieser Flucht in die Fantasie konnte sie sich kaum an den weiteren Akt erinnern. Sie bemerkte nur, dass John sich seinem Höhepunkt rasch näherte. Wie ein Stier brüllte er auf und holte Isabelle mit einem weiteren kräftigen Stoß wieder in das Hier und Jetzt zurück. Es war so widerlich und grauenvoll, dass sie schreien wollte, doch sie blieb stumm, da sie den Mann über sich nun fürchtete. John musste jeden Höhepunkt erreichen und das ließ den Knoten in ihr platzen. Niemals wieder wollte sie seinen Saft in sich spüren. Nun wehrte sie sich doch gegen ihn – endlich –, und stieß ihn mit voller Kraft von sich. Sie ertrug ihn einfach nicht mehr in sich, auf sich. Verblüfft sah er kurz zu ihr hinunter, doch sein Orgasmus packte ihn offenbar wie ein Orkan und er ejakulierte schließlich auf ihre Schenkel. Keuchend ließ er sich auf den Rücken fallen.

Zum Glück hatte sie rechtzeitig reagiert, denn sie hatte nicht die Absicht, diesem Widerling auch nur ein einziges Kind zu schenken. Sie würde es unter keinen Umständen zulassen, dass er seinen Samen in ihr hinterließ. Diesen Wunsch wollte sie ihm auf ewig verweigern.

Sollte dieser Morgan-Clan doch aussterben. Was bedeutete es ihr? Das hatte er selbst zu verantworten.

Jetzt wusste Isabelle, wie sie sich an ihm und seinen Grausamkeiten rächen konnte: Es würde keine Erben für John Morgan geben. Glücklicherweise hatte der gemeinsame Sex in Wien keine bitteren Folgen für sie gehabt. Zumindest nicht solcher Art.

Mit diesen Gedanken rollte sie sich zur Seite und schloss die Augen.

***

Am nächsten Morgen erwachte John aus einem tiefen Schlaf. Als er die müden Lider öffnete, blendete ihn ein greller grauer Himmel. Das Licht schmerzte in seinen Augen. Auf der Fensterbank saß Isabelle, die Beine dicht an den Leib gezogen, und taxierte ihn missbilligend. Er setzte sich auf und gähnte.

»Wie spät ist es, Liebling?« Noch war er ganz verschlafen. Als sie ihm eine Antwort schuldig blieb, streckte er die Hand nach seiner Armbanduhr aus, die neben ihm auf dem Nachttisch lag. Es war erst sechs Uhr. »Na komm, Isabelle. Legt dich zu mir und schlaf noch ein bisschen. Kuschel dich an mich.«

Sie rutschte von dem Fensterbrett hinunter und trat zum Bett. Erhobenen Hauptes blieb sie davor stehen. Wieder hatte sie diesen verzerrten Gesichtsausdruck, vor dem John sich tatsächlich etwas fürchtete.

»Wenn du mich noch einmal anfasst, John Morgan, wird deine Familie erfahren, was du mir angetan hast. Erfahren, dass du mich zu dieser Hochzeit gezwungen hast. Diese ganze gottverlassene Stadt wird es erfahren. Und ich bin mir sicher, dass es eine Straftat war, einen Pass zu fälschen, um mich in dieses Land zu schleppen. Nie wieder, John.«

Er setzte sich kerzengerade auf.

»Was soll das? Du bist meine Frau. Das ist doch lächerlich, außerdem würde dir keiner glauben. Natürlich werden wir weiterhin miteinander schlafen. Morgan's Hall braucht einen Erben.«

»Nein, John, ich bin nicht deine Frau. Ich werde diejenige sein, die dir das Leben zur Hölle macht. Und deine Apfelfarm interessiert mich einen Dreck. Soll dieses verfluchte Land doch veröden. Rühr mich also nie wieder an oder du wirst es bereuen. Das schwöre ich dir.«

Und so sah die Welt nach dem ersten Erwachen mit seiner Ehefrau aus. Kalt, hoffnungslos und vor allem – und das war das Niederschmetterndste für John – lieblos.

Heimweh

Morgan's Hall, August 1938

Isabelle wanderte teilnahmslos durch die Mauern von Morgan's Hall, von einem Raum in den anderen. Sie litt unter so starkem Heimweh, dass sie manchmal kaum atmen konnte. Sie war voller Liebeskummer, da Dickie weiterhin auf sich warten ließ. Langsam gab selbst sie die Hoffnung auf, und es nahm ihr allmählich die Kraft, am Leben zu bleiben.

Seit vier Monaten lebte sie bereits bei John, verabscheute jeden Quadratmeter ihrer neuen Heimat. Nachts überlegte sie, einfach davonzulaufen. Aber was, wenn Dickie doch aufkreuzte und sie war nicht mehr da? Das war der einzige Grund, der sie von einer Flucht abhielt. Sie musste hier in Woodwall bleiben.

Oft dachte sie an ihren Vater zurück. Erinnerte sich an seine sanfte, beruhigende Stimme und an die letzten Worte, die er ihr auf den Weg mitgegeben hatte, als sie damals das Haus in der Plankengasse verließ. »Das Gute besiegt immer das Böse.«

Sie spürte noch immer seinen letzten Kuss, den er ihr auf die Stirn gab, bevor sie aus der Tür trat und diese hinter sich schloss. Für alle Zeiten.

Im Foyer traf sie auf John, der gerade aus seinem Arbeitszimmer kam. Er trug Badeshorts und hielt einen Brief in der Hand. Inzwischen war Hochsommer und der Rest der Familie hielt sich am Ufer des Bergsees auf und verschaffte sich Abkühlung.

»Liebling, ist dir nicht zu warm in diesem Kleid? Komm doch mit an den See. Ein bisschen frische Luft würde dir bestimmt guttun. Du bist so blass.«

»Ich möchte nicht«, antwortete sie.

John stöhnte. »Wie du meinst.« Dann blickte er auf den Brief in seiner Hand. »Der ist an dich adressiert. Aus der Schweiz. Luzern. Kennst du dort jemanden?«

Isabelle riss die Augen auf und schüttelte hastig den Kopf. Mit ausgestreckter Hand wartete sie darauf, dass er ihr den Brief überreichte, aber John zögerte.

»Würdest du ihn mir bitte geben?« Es machte sie wütend, dass er ihr nicht einmal einen an sie gerichteten Brief ohne Zögern übergab. »John!«

Mürrisch reichte er ihr schließlich das Schreiben. Hastig öffnete sie das Kuvert und entnahm ihm die handschriftlich beschriebene Seite. Sie erkannte die Schrift sofort.

»Und?«, fragte er ungeduldig. Isabelle lächelte aufgeregt.

»Er ist von Greta.«

»Ich wusste gar nicht, dass du mit ihr in Kontakt stehst.«

»Du musst ja auch nicht alles wissen. Ich hatte ihr vor ein paar Wochen geschrieben, dass ich hier bin, damit sie sich keine Sorgen macht.« Sie las die ersten Zeilen, aber John blieb neugierig vor ihr stehen und sie verzog den Mund. »Darf ich nicht in Ruhe einen Brief aus meiner Heimat lesen, ohne dass du mich belagerst?« Er zuckte leicht zusammen.

»Natürlich. Bitte verzeih.« Dann trat er auf sie zu und küsste ihr die Stirn. »Ich würde mich freuen, wenn du gleich zu uns an den See kommst.«

Sie beachtete ihn nicht weiter, sondern las aufmerksam den Brief, und er verließ mürrisch das Haus. Mit dem Papier in der Hand wanderte sie in den Salon.

Meine liebe Isabelle,

du ahnst nicht, wie dankbar und froh ich bin, dass du in Sicherheit bist. Gott sei Dank, mein liebes Kind. Ich habe mir die allergrößten Sorgen gemacht.

Wie du weißt, lebt meine Schwester in Luzern. Bei ihrem letzten Besuch hatte ich sie gebeten, das Schreiben an dich von dort aus zu versenden. Es wäre zu gefährlich gewesen, meinen Brief von Österreich aus an dich weiterzuleiten. Bitte, schreibe nur meiner Schwester!

Die Gestapo war in meinem Haus. Die suchen dich. Dachten wohl, ich würde dich versteckt halten.

Natürlich habe ich versucht, Informationen über den Verbleib deines Vaters herauszufinden. Leider ohne Erfolg. Ich vermute, er ist, wie auch viele andere Juden, in ein Arbeitslager nach Linz deportiert worden.

Isabelle, ich weiß, wie sehr du deinen Vater geliebt hast, ihn immer noch liebst, aber wir müssen vom Schlimmsten ausgehen. In der Stadt wird gemunkelt, dass in dem Lager furchtbare Zustände herrschen. Hunger und Zwangsarbeit, ja Folter. Dein Vater war schon vor dem Anschluss herz-krank.

Mir tut es schrecklich leid, dir das schreiben zu müssen.

Aber, meine Kleine, ich möchte nicht, dass du dich mit der Ungewissheit quälst. Er wird seinen Frieden längst gefunden haben.

Wien wurde innerhalb von wenigen Tagen von den meisten Juden gesäubert – so, wie diese Bestien es gern propagieren. Wie du sicherlich auch in der Ferne gehört hast, gelten seit einiger Zeit auch in Österreich die Nürnberger Gesetze. Juden wurden systematisch ihrer Rechte beraubt. Ärzte haben ihre Approbation verloren, Anwälte ihre Zulassung. Den Kindern ist der Besuch einer Schule verboten. Viele unserer jüdischen Mitbürger wurden auf den Straßen ganz entsetzlich erniedrigt.

Schlimm, meine Isabelle, schlimm.

In eurem Haus in der Plankengasse lebt seit Neuestem ein hochrangiges Mitglied der NSDAP mit seiner Mischpoke. Ja, Mischpoke nenne ich sie.

Es ist so furchtbar. Nichts ist mehr, wie es einmal war. Wir leben in einem Land, das dem Untergang geweiht ist.

Trotzdem danke ich Gott, dass du diese Qualen nicht durchleiden musst. Ich wünsche mir inständig, dass du dir in Amerika ein friedliches, neues Leben aufbaust. Fernab dieser abscheulichen Welt. Lebe – für deinen Vater und für mich, mein Kind.

Auch wenn dich das Heimweh plagt, versprich mir, glücklich zu werden. Gründe mit diesem Mann, der dich gerettet hat, eine Familie und lebe nicht in der Vergangenheit. Weine uns nicht nach.

Versprich es mir.

In Liebe, deine Greta.

Mit Tränen in den Augen faltete Isabelle den Brief zusammen und vergrub ihn in der Tasche ihres Rockes. Ihr Vater war tot. Sie hatte es schon die ganze Zeit geahnt, aber Gretas Worte verschafften ihr Gewissheit. Weinend ließ sie sich auf dem Sofa nieder und versuchte krampfhaft, sich an die vielen schönen Momente mit ihrem Vater zu erinnern, doch nur der schmerzvolle Abschied von ihm tauchte vor ihrem inneren Auge auf. Hätte sie damals gewusst, dass sie ihn da tatsächlich zum letzten Mal sehen würde, hätte sie ihm noch so viel gesagt. Wie dankbar sie ihm war für ihre wundervolle Kindheit, obwohl der Tod ihre Mutter so früh von ihnen gerissen hatte. Wie gern sie ihm zugehört hatte, wenn er ihr aus Märchenbüchern vorlas, und wie rührend er an ihrem Bett gesessen hatte, wenn sie krank war.

Jetzt war es zu spät.

Isabelle würde nie wieder die Gelegenheit haben, ihm zu sagen, dass er der beste Vater gewesen war, den sich ein kleines Mädchen vorstellen konnte.

Sie hatte sich bestimmt eine ganze Stunde nicht vom Sofa gerührt. Nachdem sie sich wenigstens ein bisschen gefangen hatte, wanderte sie zum Fenster hinüber und schaute zum See.

Sie beobachtete John, der mit Andrew Larson am flachen Ufer im Wasser herumtollte. Dass diese Tunichtgute so unbeschwert Spaß hatten, während sie hier voller Trauer im Haus war, machte sie zornig. Die beiden versuchten jetzt, sich gegenseitig unter Wasser zu tunken. Möglicherweise musste Andrew jetzt als Ersatz für Dickie herhalten. Dickie wurde einfach ausgetauscht, als hätte es diese Freundschaft niemals gegeben, was sie noch wütender machte. Warum John seinen damaligen besten Freund nicht vermisste, verstand sie nicht. Schließlich ging es dem Rest der Familie ähnlich, denn sie fragten ständig nach ihm. John, der Lügenbaron, tischte ihnen einen Schwindel nach dem anderen auf. Er und Dickie hätten sich auf der gemeinsamen Reise auseinandergelebt. Dickie würde jetzt versuchen, sein Glück an der Ostküste zu finden. So, wie er es immer geplant hatte.

Isabelle biss sich auf die Unterlippe, als sie daran dachte, und beobachtete weiter das ausgelassene Treiben der Familie Morgan. Josephine und Violett saßen mit ausladenden Strohhüten auf einem Badetuch am Ufer. Sie wirkten auf Isabelle ausgelassen und tranken Limonade, die Suzie ihnen gerade serviert hatte.

Isabelle beobachtete Andrew. Ständig faselte er in ihrer Nähe vom Militär und dass er im Falle eines Kriegs für sein Land kämpfen wolle, geblendet von falschem Patriotismus. Er war ein Dummkopf. Ein Esel, der naiv in sein Verderben aufbrechen würde – und alles nur für die amerikanische Flagge.

Allerdings war er ein äußerst attraktiver Bursche, das musste sie zugeben, aber auch ziemlich ungebildet. Wusste nicht einmal, wo sich das verhasste Deutschland auf der Landkarte befand. Seine Eltern waren schwedische Einwanderer, was sein nordisches Aussehen erklärte, er selbst sah sich aber durch und durch als Amerikaner. Seine muskulöse Statur erinnerte sie an Dickies wohlgeformten Körper. Doch das war auch das Einzige, was die beiden gemein hatten. Andrews strohblondes Haar war stets ordentlich zur Seite gekämmt, und seine Haut, von der Sonne gebräunt, schimmerte wie Gold. Isabelle wunderte sich nicht, dass Violett in ihn verknallt war. So ging es möglicherweise den meisten Mädchen im Ort, zumindest glaubte sie das. Freundschaften mit anderen Frauen hatte sie bislang nicht geschlossen; sie wollte es auch nicht. Dennoch war sie sich sicher, dass Andrew womöglich der beste Fang in Woodwall war. Jedenfalls äußerlich. Allerdings war Violett ein Mädchen von der Sorte Rührmichnichtan, das zwar von der großen Liebe träumte, aber verklemmt bis in die Haarspitzen war.

Isabelle entgingen Andrews verstohlene Blicke nicht, die er ihr immer wieder heimlich zuwarf, wenn er glaubte, dass niemand hinsah. Sie genoss die Gewissheit, dass seine wollüstigen Gedanken nun ihr galten und nicht mehr Johns Schwester. Interesse hatte sie nicht an dem Schönling, ihr Herz gehörte nun einmal ausschließlich Dickie. Trotzdem fand sie daran Gefallen, von einem anderen Mann als John begehrt zu werden. Es amüsierte sie, weil es für sie ein Leichtes wäre, ihrer nervigen Schwägerin die Tour zu vermasseln. Wer zu lange auf schüchtern machte, kam im Leben einfach nicht weit. Das hatte Isabelle schnell gelernt. Aber die Vorstellung, Violett den Mann zu stehlen, und die damit verbundene Genugtuung, erhellte ihr Gemüt nur für einen Augenblick. Es war John, dem ihr Hass galt, nicht dem dummen jungen Ding. Isabelle fühlte sich einsam, machtlos und eingesperrt. Wieder grübelte sie über Gretas Worte nach, sie hätte Glück gehabt, dass sie Wien rechtzeitig verlassen konnte.

Nein, das war kein Glück gewesen. Für sie bedeutete es nur einen weiteren Untergang.

Isabelle atmete schwer. In diesem Moment, als sie wie ein Geist am Fenster des Salons stand und das heitere Treiben der anderen am Seeufer betrachtete, liefen ihr wieder Tränen über die Wange. Wie viele davon hatte sie in den letzten Monaten heimlich geweint? Sie konnte sie nicht zählen.

Neben ihr stand der schöne schwarze Flügel, auf dem sie bisher nicht ein einziges Mal gespielt hatte, da er so verstimmt war. John hatte großspurig versprochen, jemanden aus Tacoma kommen zu lassen, der sich des Problems annehmen sollte. Bislang war jedoch niemand erschienen. Und in ihrem Elternhaus, in der Plankengasse in Wien, saß vermutlich gerade eine fette, hässliche Berlinerin, die auf Isabelles altem Klavier herumklimperte.

Isabelle ließ sich auf dem kleinen Hocker, der vor dem Flügel stand, nieder. Gedankenverloren klimperte sie auf den Tasten herum und besah sich die vielen Familienbilder, die auf dem Klavier standen. Das war die einzige Nutzung des Instruments, es diente als Ablage für die Zeitzeugnisse der Familie Morgan.

Es war lächerlich.

Bisher hatte sie sich nicht die Mühe gemacht, die Fotografien genauer zu betrachten. Nun holte sie es nach. Es waren unzählige Aufnahmen von John und Violett. Darauf wirkten die beiden viel zu ernst, was nicht der Realität entsprach. Sicherlich hatte es ewig gedauert, die lebhaften Kinder so gesittet abzulichten, denn gewiss waren sie ständig energiegeladen durch die Gegend gejagt oder hatten ständig drauflosgelacht. Diesen Eindruck vermittelten ihr die beiden noch heute, wann immer sie sie zusammen sah.

Weiter erkannte Isabelle ein Hochzeitsbild von Charles und Josephine. Es war mittlerweile vergilbt und angelaufen, als wäre es hundert Jahre alt.

Ein wenig verdeckt von den sonstigen Porträts entdeckte sie schließlich noch ein Bild, das nicht älter als ein oder zwei Jahre sein konnte. Es wirkte auf den ersten Blick moderner und nicht so steif wie die anderen. Darauf waren John und Dickie in ihrer Abschlussrobe zu sehen. Unbekümmert grinsten beide in die Kamera, während John stolz seinen Ellbogen auf Dickies Schulter abstützte.

Als sie Dickies schönes Lächeln sah, schossen ihr weitere Tränen in die Augen. Der Schmerz überkam sie wie aus heiterem Himmel, sie begann hemmungslos zu schluchzen und streichelte liebevoll mit dem Zeigefinger über Dickies Gesicht.

»Ich wusste es«, platzte Violett plötzlich hinter ihr heraus, »irgendetwas stimmt nicht mit dir.« Ihren triumphierenden Unterton konnte sie dabei nicht verbergen. Isabelle drehte sich erschrocken um. Sie hatte nicht bemerkt, dass die Kleine den Salon betreten hatte. Nun stand sie dicht hinter ihrem Rücken und beobachtete argwöhnisch die Szene, die sich vor ihren Augen abspielte. Als habe sie einen Dieb bei seinen dunklen Machenschaften auf frischer Tat ertappt. »Da steht sie, unsere Frischvermählte, und schmachtet den besten Freund ihres Ehemannes an. Oh, warte. Ich werde es John erzählen. Und Mutter.« Violett wollte gerade hinauseilen, da hielt Isabelle sie erbost zurück.

»Das wirst du schön lassen, du kleine Göre, sonst …«

»Sonst was?«, höhnte Violett. Isabelle zog sie energisch zu sich heran und ihr Blick war dabei so finster und kalt, dass ihre Schwägerin sie erschrocken anstarrte.

»Ein Wort und ich mache dich fertig. Ich werde dafür sorgen, dass Andrew dich nie und nimmer heiratet. Glaube mir, du dumme Gans, ich habe die Mittel dazu.«

»Was bildest du dir ein?«

Isabelle packte härter zu. »Hast du denn nie mitbekommen, wie er mich ansieht und mir in seinen Gedanken die Kleider vom Leib reißt? So blind kannst selbst du vor Liebe nicht sein. Oder gefällt es dir, wie er mich begehrt statt dich? Wohl kaum. Solltest du irgendjemandem hiervon erzählen, werde ich Andrews Fantasien zum Leben erwecken und mich ihm hingeben, wie er es sich in seinen sinnlichsten Träumen nicht vorgestellt hat. Und niemand außer dir wird davon erfahren. Ich schwöre dir, wenn ich mit ihm fertig bin, dann wird er nie wieder einen Gedanken an dich prüdes Mauerblümchen verschwenden.«

Zur Hölle! Woher kommen diese widerlichen Worte? Isabelle konnte es selbst nicht fassen. Aber sie musste Violett ein für alle Male in ihre Schranken weisen. Verstört befreite sich Violett aus Isabelles Griff.

»Wie sehr muss sich John in dir nur täuschen, Isabelle! Du verdienst seine Liebe nicht.«

»Was weißt du schon von Liebe, du ignorantes Gör!«, spottete Isabelle und ließ Violett schließlich gehen.

Die Monate plätscherten dahin. Im September kam die Erntezeit, die die ganze Familie beschäftigte. Isabelle hatte sich sogar angeboten, zu helfen, um der furchtbaren Langeweile im Haus zu entgehen. Eigentlich machte ihr das Pflücken der Äpfel sogar sogar Spaß und lenkte sie wenigstens für ein paar Tage von ihrer Sehnsucht nach Dickie ab. Auch wenn es keine Anzeichen dafür gab, wartete sie täglich auf sein Erscheinen.

Danach folgten Thanksgiving, Weihnachten und ein langer, eiskalter Winter, der die Familie im Haus gefangen hielt. Vier furchtbare Monate.

Die kräftezehrende Arbeit in der Kelterei ließ John kaum Gelegenheit, Zeit mit seiner Frau zu verbringen. Isabelle kam dieser Umstand sehr gelegen. Es war schon schlimm genug, dass er jede Nacht neben ihr lag. Manchmal beobachtete sie ihn im Schlaf und hätte ihm am liebsten das Kopfkissen ins Gesicht gedrückt.

Sie hasste sich für solche Gedanken, denn sie erkannte sich nicht wieder.

Dann kam Ostern und der meterhohe Schnee zerschmolz in der Wärme der ersten Sonnenstrahlen. Die Tage wurden heller und die aufblühende Natur verströmte einen wunderbaren Duft nach Narzissen und taunassen Gräsern.

In der Nacht auf Ostermontag erwachte Isabelle mitten in der Nacht. Sie wusste nicht, wie spät es war, vielleicht zwei Uhr. Sie drehte sich zu John um, doch er lag nicht neben ihr. Neugierde trieb sie an und sie schlich aus dem Schlafzimmer. Im stillen Flur vernahm sie ein rhythmisches, dumpfes Poltern. Das seltsame Geräusch kam vom Dachboden. Sie stieg die hintere Flurtreppe hinauf und das monotone Ruckeln nahm an Stärke zu.

Langsam öffnete sie die Tür zum angrenzenden Boden und erblickte im Schein einer flackernden Kerze auf dem Fußboden zwei nackte Körper, wie ineinander verkeilt. Prompt erkannte sie John und unter ihm stöhnte die liebestolle Coleen – das Dienstmädchen. Beide waren so sehr in ihren triebhaften Akt versunken, dass sie Isabelles Anwesenheit nicht bemerkten.

Anfänglich verstörte sie dieser Anblick, doch kurz darauf war sie erleichtert, dass John sich seine Befriedigung bei diesem billigen Ding holte. Jetzt musste ihr Körper nicht weiter für seine Bedürfnisse herhalten. Sie hatte sich ohnehin schon gewundert, dass er sie tatsächlich seit der Hochzeitsnacht nicht mehr angerührt hatte. Offenbar hatte der Schwindler viel zu große Angst, sie könnte ihre damalige Drohung doch wahr machen.

Jetzt konnte sie endlich die Furcht vor seiner Lust ablegen, war diese doch zu lange ihr stummer Begleiter gewesen. Ständig hatte sie die Angst mit sich herumgetragen, John würde sich ihr eines Nachts wieder nähern, um seine ehelichen Rechte einzufordern.

Irgendwann, ja irgendwann würde die Zeit kommen, ihm diese Affäre unter die Nase zu reiben. Vielleicht war seine Untreue sogar ein triftiger Scheidungsgrund.

Einen Tag nach Ostermontag begleitete Isabelle ihre Schwiegermutter Josephine nach Woodwall. Das tat sie manchmal, wenn kleinere Besorgungen anstanden, um etwas Abwechslung zu bekommen. Größere Einkäufe tätigte man in North Bend und das kam allenfalls zweimal im Monat vor. Die Fahrt dorthin dauerte fast zwei Stunden. Hinzu kam, dass ausschließlich Phil und John einen Führerschein besaßen. Isabelle hatte noch nie hinter dem Steuer gesessen und war daher auf die Männer von Morgan's Hall angewiesen.

In Woodwall gab es nur einen winzigen Lebensmittelladen, eine Apotheke sowie Rosie's Café, das die Morgans gern besuchten.

»Phil, halten Sie doch bitte erst einmal vorm Rosie's. Ich würde gern einen Tee trinken.«

Josephine und Isabelle saßen auf der Rückbank des Pickups. Phil nickte und lugte durch den Rückspiegel. Seine dunklen Augen trafen sich mit auf Isabelles.

Der Gigant machte ihr Angst. Warum sah er sie andauernd mit diesem lauernden Blick an? Bislang hatte er kaum ein Wort mit ihr gewechselt. Allerdings war der Koloss auch sonst nicht sonderlich gesprächig, und Isabelle fragte sich, ob alle Indianer so geheimnisvoll und wortkarg waren.

Phil parkte am Straßenrand vor dem Rosie's, stieg aus und öffnete den Damen die Tür, die nacheinander aus dem Wagen kletterten.

»Sie könnten ja schon einmal in den Lebensmittelladen gehen und Suzies Einkaufswünsche erledigen«, sagte Josephine und drückte ihm einen Zettel in die Hand.

»Wird erledigt, Mrs. Morgan.« Er steckte das Papier in seine Hosentasche und bog um die Ecke.

Josephine nahm Isabelle an die Hand und schlenderte mit ihr in Richtung des Cafés.

Isabelle blieb an einer Laterne stehen. Daran war ein Plakat befestigt. Aufgeregt las sie: Frühlingserwachen am kommenden Sonnabend im Great Mountain.

Über Isabelles Lippen glitt ein Lächeln. Sie wusste, dass das Hotel solche Tanzabende veranstaltete. Wie gern wäre sie nur einmal dort erschienen. Sie liebte das Tanzen, die Musik.

»Meine Liebe«, drängelte Josephine, musterte ihre Schwiegertochter und runzelte daraufhin mürrisch die Stirn. »Jetzt komm endlich!«

Isabelle seufzte und folgte ihr schließlich.

Die beiden betraten das Lokal. Die wenigen Gäste sahen zu ihnen hinüber und begrüßten vor allem Isabelle mit einem skeptischen Zunicken.

Anfangs waren die Bürger der Stadt, somit auch Johns hundert Freunde, nett zu ihr gewesen. Da sie aber keinerlei Interesse an dem Leben der schlichten Bewohner zeigte, verebbte diese Freundlichkeit recht schnell und schlug in dieselbe Skepsis um, die eindeutig auch Violett umtrieb.

Isabelle fand nicht, dass das Rosie's die Bezeichnung eines Cafés verdient hatte, glich es doch nicht im Geringsten den noblen Kaffeehäusern, die sie aus Wien kannte. Kein Stuhl passte zum anderen und die Dekoration war ein skurriles Gemisch aus Geschmacklosigkeiten. Wenigstens waren die Besitzer, das Ehepaar Swenson, darum bemüht, weiße Tischdecken auszulegen. Letzten Endes diente den Morgans das Rosie's als Reklame für ihr Unternehmen. In einem Regal, das sich hinter dem Tresen befand, präsentierte man sämtliche Produkte der Morgan's Company. Apfelwein, Apfelsaft, Apfelmus sowie Marmelade. Alle Flaschen und Gläser waren mit dem Firmenetikett versehen. Darauf prangte ein Apfelbaum und dahinter konnte man die Umrisse von Morgan's Hall ausmachen.

Es war kein dummer Schachzug der Familie, denn oft verirrten sich die Gäste des Great Mountain Hotel in das Café und kauften die Ware – sei es als Mitbringsel für die Lieben daheim oder als Erinnerung für sich selbst. Die Produkte dienten dabei nicht nur als Souvenir, sondern auch als Werbeträger, denn die Marke war überregional bekannt. Das Anbieten der Morgan-Produkte war ein lohnendes Geschäft für die Swensons, da sie den Touristen gleichzeitig zu einem Kaffee ihren Apfelkuchen anboten. Der Kuchen enthielt selbstredend Äpfel von Johns Plantage.

Die beiden Damen der hochherrschaftlichen Familiendynastie setzten sich also an einen freien Tisch und bestellten Tee. Isabelle legte ihre Hände auf den Schoß und überlegte einen Moment.

»Josephine? Warst du schon einmal Gast im Great Mountain?«

»Großer Gott, natürlich nicht«, hüstelte die Schwiegermutter. Isabelle hatte mit einer solchen Antwort gerechnet. »Warum fragst du das? Du weißt doch, dass die Harringtons und wir im Streit liegen.«

»Ja, schon. Aber ich verstehe nicht so ganz, warum das so ist. Erklärst du es mir?«

»Kind, das ist eine lange Geschichte. Die Harringtons setzen alles daran, aus Woodwall einen überkandidelten Touristenort zu machen. Das wollen wir verhindern.«

»Ja, aber warum denn?« Isabelle blickte wieder zum Verkaufstresen mit all den Produkten der Morgans. »Mir kommt es so vor, als würdet ihr den Harringtons keinen Erfolg gönnen. Die Gäste des Hotels kaufen doch auch euer Zeug. Bitte entschuldige, aber ich empfinde diese Sturheit als etwas heuchlerisch.«

Ihr Herz klopfte und sie biss sich sofort auf die Zunge.

Josephine starrte sie entgeistert an und stellte langsam die Teetasse, aus der sie gerade getrunken hatte, auf die Untertasse zurück.

»Mädchen, du hast keine Ahnung. Und frech bist du auch. Du solltest für dein komfortables Leben auf Morgan's Hall dankbar sein, anstatt dich über unsere Einstellung zu beschweren. Heuchlerisch? Das ist eine bodenlose Frechheit, meine Liebe.«

Zorn machte sich in Isabelles Brust breit. Sie wusste, dass sie recht hatte.

»Ihr Morgans spielt doch allen nur etwas vor. Macht einen auf religiös, dabei pfeift ihr auf die katholische Kirche, glaubt stattdessen an irgendeinen Indianer-Humbug. Was gibt euch denn das Recht, dieser Stadt den Fortschritt zu verweigern? Ich verstehe es einfach nicht.«

»Mein Mann hat diese Stadt aufgebaut!«, widersprach Josephine erbost und hielt Isabelle den Zeigefinger vor die Nase. »Du hast absolut kein Recht, uns infrage zu stellen. Wir haben entschieden, so zu leben und zu glauben, wie wir es für richtig halten. Wir brauchen keine kleine Wienerin, die uns verurteilt oder vorschreibt, was wir zu tun oder zu lassen haben. Merk dir das! Und komme bloß nicht auf die Idee, meinen Sohn zu bitten, mit dir einen dieser Tanzabende zu besuchen. Eher schmeißt er sich vom Gipfel des Chimney Rock, als nur einen Fuß auf Harrington-Territorium zu setzen.«

Mürrisch ließ sich Isabelle in den Stuhl zurückfallen, war tief enttäuscht von dieser Frau. So herrisch hatte sie ihre Schwiegermutter noch nie erlebt.

»Du könntest ohnehin mal ein bisschen netter zu John sein«, fuhr Josephine fort. »Ich habe durchaus bemerkt, wie du ihn mit Ignoranz strafst. Du bist seine Frau. Und werde endlich einmal schwanger. Oder stimmt etwas nicht mit dir? Wir waren alle so gut zu dir, es ist an der Zeit, dass du dich mal erkenntlich zeigst.«

Jetzt war wieder einer dieser Momente, in denen Isabelle gern die Wahrheit ausgesprochen hätte, um dieser verbohrten

Alten aufzuzeigen, dass ihr Sohn nicht der war, für den ihn seine Mutter hielt. Trotzdem brachte sie es nicht übers Herz. Josephine war ohnehin seit einiger Zeit kränklich und klagte ständig über Kurzatmigkeit.

»Ja, Josephine«, gab sie schließlich auf, aber eines konnte sie sich dennoch nicht verkneifen. »Das Einzige, worauf ihr wartet, ist ein Erbe, damit ihr eure Borniertheit an die nächste Generation weitergeben könnt.«

»Du hast einfach keine Ahnung, worum es hier in Woodwall tatsächlich geht. Du wirst es wahrscheinlich auch niemals begreifen und nicht einsehen, wie wichtig es ist, dieses Land zu beschützen. Mein Mann wusste es und er übertrug diese Verantwortung auf John.« Josephine packte mit unheilvollem Blick Isabelles Hand und drückte so fest zu, dass sich ihre Fingernägel in das Fleisch der Schwiegertochter bohrten. »Nur leider hat mein Sohn dich kennengelernt. Ein übler Streich des Schicksals, um unsere Familie auf eine harte Probe zu stellen. Ich weiß es, Phil weiß es. Nur John ist blind vor Liebe.«

Isabelle zuckte zusammen. Plötzlich hatte sie eine Heidenangst vor Josephine, aus deren Augen der pure Hass sprach. Sie wirkte völlig verändert.

Ja, Isabelle liebte John nicht, aber die Frau ihr gegenüber tat so, als wäre sie die Pest, dabei hatte sie versucht, sich anzupassen.

Nur ein Wort der Kritik hatte den wahren Groll offenbart, den diese Frau ihr gegenüber hegte, etwas, das sie in den vergangenen Monaten exzellent überspielt hatte. Eigentlich hatte Isabelle gedacht, Josephine sei ihr wohlgesonnen, so nett, wie sie immer tat. Welch bitterer Trugschluss.

Nein, dachte Isabelle. Das habe ich nicht verdient. Wütend befreite sie sich aus Josephines Krallen.

»So siehst du mich also«, sagte Isabelle und ihre Stimme bebte. »Dann müssen wir uns von nun an nichts mehr vorspielen.«

Josephine nickte kalt.

Isabelle stand auf und verließ mit schweren Schritten das Rosie's. Tränen ließen ihren Blick verschwimmen. Kopflos rannte sie los, direkt Phil in die Arme, und prallte gegen seinen harten Brustkorb. Erschrocken sah sie zu ihm auf. Eigentlich wollte sie davonlaufen, aber er sah sie aus seelenvollen Augen an. Sie fühlte sich wie in einem Bann und konnte ihre Füße nicht mehr bewegen. Sie schluchzte laut auf, konnte ihre Tränen nicht mehr zurückhalten. Phil drückte sie fest an sich und legte seine Arme wie ein Beschützer um ihren Körper. Sie wusste selbst nicht, warum sie jetzt so bitterlich weinte und weshalb er so mitfühlend auf sie einging.

»Ich weiß, Isabelle. Ich weiß«, antwortete er mit ruhiger, sanfter Stimme. »Der Kummer nagt an Ihrem Herzen. Sie müssen dagegen ankämpfen, sonst wird er Ihre Seele zerfressen.«

Der Kummer hatte in ihr schon sein zerstörerisches Werk verrichtet. Die Dunkelheit ließ sich nicht mehr erhellen. Das Flüstern war allgegenwärtig, zermürbte ihren Geist. Immer mehr.

»Ich will nach Hause, Phil.«

Das Werk der Isabelle

Morgan's Hall, Ende April 1939

Am darauffolgenden Wochenende reiste John nach Seattle, um sich dort mit ein paar seiner ehemaligen Studienkollegen zu treffen.

Als er mit seiner Reisetasche die Treppe hinuntereilte, wartete Isabelle am Treppengeländer auf ihn.

»Darf ich mit?«, fragte sie.

Überrascht sah er sie an, setzte dann aber ein zynisches Lächeln auf. Er hatte ihre Absicht offensichtlich durchschaut.

»Mach dir keine Hoffnung, liebste Isabelle. Ich habe den Abend selbst organisiert und deinen Dickie nicht dazu eingeladen. Halt mich nicht für naiv.« Nach dieser Auskunft sah Isabelle keinen Grund mehr, die Reise mit den beiden Männern gemeinsam anzutreten, was John sichtlich erzürnte. »Wann wirst du es endlich begreifen?«, fragte er sie zum Abschied.

»Nie, John. Nie.«

Mit finsterer Miene stieg er in seinen Rolls-Royce und fuhr mit quietschenden Reifen davon.

Am späten Sonnabend saß Isabelle auf der vorderen Veranda und lauschte der Musik aus dem Hotel, die vom leichten Frühjahrswind über den See nach Morgan's Hall getragen wurde. Die Melodien von Glenn Miller passten zu ihren sehnsüchtigen Gedanken an heiterere Zeiten in Wien. Isabelle schloss die Augen und tanzte gedanklich auf dem Parkett, während sich ihre Füße sich zum Takt der Musik bewegten. Sie lehnte sich mit der Schulter gegen den Balken der Veranda, drehte sich dann kurz zur Haustür um und überlegte.

John war in Seattle. Josephine und Violett lagen längst in ihren Betten und schliefen sicher. Sollte sie es vielleicht doch wagen, sich ins Hotel hinüberzustehlen? Nur für einen Abend frei sein?

Kurzerhand eilte sie ins Haus hinein, tappte auf Zehenspitzen in Johns Arbeitszimmer und stibitzte aus einer Schublade seines Sekretärs zwanzig Dollar. Daraufhin sauste sie aus der Haustür, eilte lautlos die Stufen der Veranda hinunter und schlich zur Garage, die sich neben dem Haus befand. Leise schob sie Violetts Fahrrad hinaus und fuhr los.

Das Hotel lag hoch auf einem Felsvorsprung auf der rechten Seite des Seeufers. Isabelle ließ die Apfelplantage hinter sich und überquerte nun eine gepflegte Rasenfläche, die bereits zum Anwesen der Harringtons gehörte. Erst jetzt fiel ihr auf, wie nah die beiden Grundstücke aneinandergrenzten. Feind an Feind. Und sie war diejenige, die diese Grenze jetzt überschritt.

Der Weg wurde steiler und sie musste ziemlich kräftig in die Pedale treten.

Der holprige Lehmweg, der zum Hotel hinaufführte, rüttelte ihren Körper durch, und sie hatte Angst, vom Rad zu stürzen, wenn sie nicht aufpasste.

Aber sie fühlte sich frei, so frei – endlich einmal wieder.

Sie genoss das Gefühl der Unabhängigkeit, radelte aber nicht allzu schnell. Mit aufgeschlagenen Knien wollte sie nicht in der Hotelbar erscheinen. Doch auch wenn der Weg beschwerlich war, fühlte sie sich gelöst wie lange nicht. Sie kam raus aus dem Haus und würde seit langer Zeit wieder einmal in Gesellschaft sein. Isabelle war sicher, dass an einem solchen Tanzabend kaum ein Bewohner von Woodwall anwesend war. Diese blieben dem vornehmen Treiben der Hotelgäste lieber fern.

Sie dachte an die wenigen Abende, die sie mit Johns hinterwäldlerischen Freunden verbracht hatte, die ihr ständig auf den Hintern oder auf die Brüste starrten. Das taten sie auch andauernd, wenn Isabelle ihnen mal begegnete. Unter Spaß verstand sie etwas anderes. Isabelle war auch in Wien für viele Männer ein Anlass für wollüstige Gedanken gewesen, denn sie war nicht nur schön, sondern wirkte auch unzugänglich und somit geheimnisvoll. Das übte sicher auch hier auf viele einen besonderen Reiz aus. Ihr eigener Ehemann war zu naiv, um dies zu erkennen, da er bei den Bewohnern von Woodwall keinerlei derartige Begierden vermutete. Doch Isabelle hatte diese mehr als einmal gespürt. Für sie war es allerdings eher widerwärtige Fleischeslust.

»Gute Leute, allesamt«, hatte John immer wieder behauptet, wenn sie es doch mal gewagt hatte, einen seiner Leute zu kritisieren. Sie konnte es nicht mehr hören. Doch solche Rüpel verbrachten ihre Abende nicht im Hotel, die Vergnügungen dort wären ihnen zu dekadent. Aus diesem Grund hatte Isabelle auch keine Angst davor, dass irgendjemand ihre Anwesenheit ausplaudern könnte.

Nur Clark wäre womöglich ein Problem, aber sie würde schon dafür sorgen, dass er den Mund hielt. Außerdem hatte der Halunke zurzeit andere Probleme.

Warren war im letzten November verstorben. Am selben Tag wie einst Johns Vater Charles, was im Hause Morgan für große Verwunderung gesorgt hatte.

Auch Isabelle hatte es ziemlich gruselig gefunden, dass die beiden Streithähne an ein und demselben Tag, nur in unterschiedlichen Jahren, das Zeitliche gesegnet hatten.

Wie abgesprochen.

Als Isabelle oben auf dem Felsvorsprung angekommen war, stieg sie vom Rad und strich mit den Händen über ihr gelb geblümtes Kleid. Sie war barfuß auf dem Fahrrad gefahren und befreite ihre Füße rasch vom Schmutz, ehe sie ihre Schuhe anzog, die sie auf dem Gepäckträger befestigt hatte. Kurz darauf lehnte sie das Rad an eine Steinmauer. Sie richtete ihr Haar, das vom Fahrtwind ein wenig zerzaust war. Ein paar Stufen führten zur Terrasse des Hotels hinauf. Durch die hohen Glasfenster beobachtete sie die Gäste, die ausgelassen zur Musik tanzten oder sich lautstark unterhielten und lachten. Sie strahlten allesamt Freude und Leichtigkeit aus.

Das war Isabelles Welt – oder zumindest die Welt, die sie sich wünschte.

Bevor sie durch die Terrassentür den Tanzsaal betrat, schaute sie sich noch einmal um. In weiter Ferne lag Morgan's Hall in tiefer Stille. Einen Moment zögerte sie. Was, wenn doch jemand ihren Besuch im Great Mountain Hotel verriet? John würde stinkwütend reagieren. Eine Ehefrau, die ohne ihren Mann auf eine Party ging, gehörte sich nicht. Violett würde sich ins Fäustchen lachen und John in seiner Wut bestärken. Und Josephine würde sie wieder mit hasserfüllten Blicken strafen.

Egal, sprach sich Isabelle in Gedanken Mut zu. Was hatte sie schon zu verlieren? Nichts.

Sie öffnete die Tür und trat ein. Mehrere Herren bemerkten sogleich ihre Anwesenheit und beobachteten sie auf ihrem Weg zur Hotelbar. Im Gegensatz zu sonst genoss sie die Blicke der Männer. Sie schienen allesamt aus kultivierten Verhältnissen zu stammen, das hatte Isabelle sofort erkannt. Ihre gepflegten Anzüge und ihr zivilisiertes Benehmen sprachen dafür. Auch wie sie bedacht ihre Champagnerflöten zum Mund führten, zeugte von ihrer noblen Herkunft. Sie hatten Stil und kippten sich nicht bäuerlich ihr Bier in die Kehle, wie es Johns Kumpels gern taten. Wohltuender Zigarrenduft und Eau de Cologne schmeichelte ihren Sinnen.

Am Tresen angelangt, setzte sie sich auf einen mit Samt bezogenen Barhocker, um beim Barkeeper ein Glas Champagner zu bestellen. Sie drehte sich zur Tanzfläche um und begutachtete mit einem Lächeln die tanzenden Gäste. Unter ihnen fand sich doch tatsächlich der feine Andrew, wie sie mit einem kurzen Blick feststellte. Er tanzte mit einem hinreißenden dunkelhaarigen Mädchen. Isabelle war von diesem Anblick verblüfft, jubelte daraufhin innerlich wie eine Siegerin. Violett stand sich und ihrer Verklemmtheit selbst im Weg. Der Bursche hätte schon längst um ihre Hand angehalten, wenn sie nur etwas mehr von sich zeigen würde oder gar selbst mit ihm hier erschienen wäre. Jetzt tobte er sich eben mit einer anderen jungen Dame aus und hatte deutlich Spaß dabei. Wenn das die Familie Morgan wüsste, hoffte diese doch noch immer darauf, dass er der Tochter irgendwann den Hof machte.

Vergnügt nippte Isabelle an ihrem Champagner und seufzte leicht. Es dauerte nicht lange, da entdeckte Andrew sie an der Bar. Schlagartig blieb er stehen, sodass seine bis dahin gut gelaunte Tanzpartnerin gegen ihn stolperte und verdattert zu ihm aufsah. Doch sein Blick galt nur der hübschen Isabelle. Diese wiederum zwinkerte ihm kokett zu und gab ihm mit einer saloppen Handbewegung ein Zeichen, doch noch ein wenig weiterzutanzen. Ein bisschen eingeschüchtert folgte er ihrer Aufforderung und nahm wieder seine Tanzhaltung ein. Allerdings nicht mehr ganz so entspannt wie zuvor.

Isabelle drehte sich auf dem Barhocker wieder zurück zum Tresen und erschrak, da Clark mit munterer Miene neben ihr stand.

»Was für eine Überraschung, Mrs Morgan. Wie haben Sie es geschafft, John zu einem Tanzabend zu überreden?« Sie dachte blitzschnell darüber nach, was sie antworten sollte, während Clark nach John Ausschau hielt.

»Ich bin alleine hier. Mein Mann wollte, dass ich mich amüsiere. Er hatte leider anderweitig zu tun.« Clarks Augen blickten nun skeptisch drein und er taxierte sie von oben bis unten.

»So, so, das kann ich kaum glauben. John verachtet dieses Hotel, da lässt er Sie doch nicht alleine hierherkommen.« Er trank von seinem Whiskey und grinste schelmisch.

»Unsinn.«

»Ach, kommen Sie, Isabelle. John weiß doch überhaupt nicht, dass Sie hier sind. Ich kenne diesen Sturkopf seit unserer Kindheit. Nie im Leben würde er zulassen, dass sein Frauchen alleine eine Tanzveranstaltung im Great Mountain Hotel besucht.« Er trat einen Schritt näher, schob dafür den Hocker neben ihr zur Seite, um ihr ins Ohr zu flüstern: »Und wenn ich

das so sagen darf, seinem äußerst verführerischen Frauchen.«
Dann leckte er sich die Lippen, ganz dicht an ihrem Ohr, sodass
sie es spürte. Isabelle entzog sich seiner Nähe, denn sie war von
seinem zweifelhaften Kompliment regelrecht angewidert.

»Möglicherweise haben Sie ein falsches Bild von John.«
Clark sah sie amüsiert an, und sie begriff, dass er sie entlarvt
hatte. »Na schön. John weiß nicht, dass ich heute Abend hier
bin. Und das soll auch so bleiben. Verstehen Sie? Würden Sie
bitte meinen Besuch ...«, setzte sie mit ihrem verführerischsten
Augenaufschlag an, doch Clark unterbrach sie sogleich.

»In Ordnung, Isabelle«, meinte er lachend, »irgendwie ge-
fällt mir der Gedanke, dass Sie sich über die Engstirnigkeit Ihres
Mannes hinwegsetzen.« Wieder kam er ihr aufdringlich nahe.
»Vielleicht sollten wir uns später auf einen Drink treffen? Nur
Sie und ich, wenn Sie verstehen, was ich meine. Damit Sie mich
überzeugen können, wirklich den Mund zu halten.«

In Isabelle stieg Übelkeit auf. Sie betrachtete ihn und fragte
sich, woher diese Arroganz kam, mit der er sie für sich bean-
spruchen wollte. Ein Gnom, der mit Ende zwanzig eine Halb-
glatze und zudem einen wenig ansprechenden Körperbau
hatte, da er zwergenhaft und wuchtig zugleich war, konnte unmöglich so selbstbewusst sein. Aber die Mannsbilder aus
Woodwall definierten sich ohnehin nur über ihren Besitz. Genau wie John.

»Mr Harrington, wie ich hörte, sind Sie seit Kurzem verlobt? Ich treffe Ihre Miriam öfters in der Stadt. Was würde sie
von Ihrem Vorschlag halten?« Clark trat baff einen Schritt zurück. »Hören Sie, ich finde Sie noch unattraktiver als meinen
eigenen Ehemann. Und das muss schon was heißen. Ich werde
mich zu keiner Sekunde mit Ihnen auf ein Schäferstündchen

einlassen. Eher stürze ich mich die Klippen hinunter. Also verbleiben wir so: Sie erzählen meinem Mann kein Sterbenswörtchen darüber, dass ich heute hier war, und ich werde der holden Miriam nicht von Ihrem unmoralischen Angebot berichten.«

Clark räusperte sich. Ihre Direktheit hatte ihm wohl die Sprache verschlagen. Peinlich berührt von dem, was sie ihm soeben an den Kopf geworfen hatte, brach er in ein wieherndes Gelächter aus. Es hörte sich animalisch und geradezu grauenhaft an.

»Ich glaube, Sie sind ein richtig durchtriebenes Biest, Isabelle Morgan. Das macht Sie noch interessanter. Schade, fürs Erste. Ich bezweifle, dass John ihrer Durchtriebenheit gewachsen ist. Aber gut, wir haben einen Deal. Er erfährt von mir nichts.«

»Vielen Dank, Mr. Harrington«, betonte sie noch einmal.

»Nennen Sie mich Clark.« Er bestellte ihr noch ein Glas Champagner. »Der geht aufs Haus. Amüsieren Sie sich, bevor Sie wieder in Ihren goldenen Käfig zurückmüssen, Sie armes Ding.«

Isabelle war dankbar, dass Clark auf dem Absatz kehrtmachte und im Getümmel seiner Gäste verschwand.

Was für ein Widerling er doch ist, war alles, was Isabelle in dem Moment denken konnte. Seltsamerweise schien dieser Harrington jedoch der einzige Mensch zu sein, der wusste, dass sie sich wie eine Gefangene fühlte.

Kurz darauf stand Andrew neben ihr, reichte ihr die Hand und forderte sie mit zaghafter Stimme zum Tanz auf. Sie überlegte nicht lange und begleitete ihn auf die Tanzfläche. Schließlich war sie genau aus diesem Grund hergekommen.

Zum Tanzen.

Aus Höflichkeit nahm Andrew eine distanzierte Körperhaltung ein. Als dürfte er ihr nicht zu nahe kommen, weil sie verheiratet war. Es machte den Eindruck, als würde er sich selbst befehlen, seine Hand auf ihrem Rücken weit oben zu halten. Seine Aufgeregtheit stand ihm auf die Stirn geschrieben.

Andrews Zurückhaltung nervte Isabelle, witterte sie doch sein Begehren. So wie bei jedem Abendessen, wenn er auf Morgan's Hall zu Gast war und sie seine wollüstigen Blicke bemerkte, die er ihr ständig zuwarf, um dann wieder geniert wegzuschauen, sobald Isabelle ihn dabei ertappte. Sie selbst mochte es, ihn zu berühren. Verlangen keimte in ihr auf, körperliche Lust, die sie seit der Begegnung mit Dickie unterdrückt hatte.

»Du musst nicht so scheinheilig tun, Andrew«, flüsterte sie und trat im selben Augenblick einen Schritt näher, presste ihren Körper eng an seinen. Sogleich spürte sie, wie Erregung in ihm aufwallte. Das machte sie zwar etwas nervös, trotzdem fühlte sie sich von ihm angezogen.

»Ich weiß nicht, was du meinst«, antwortete Andrew mit heiserer Stimme und sah sich beklommen um.

»Keine Sorge, Andrew. Außer Clark Harrington ist niemand hier, der uns kennt. Und selbst wenn, es spricht doch nichts dagegen, mit seiner zukünftigen Schwägerin das Tanzbein zu schwingen. Oder?«

»Natürlich nicht«, bejahte er und wurde wieder lockerer. »Sicher. Es ist nur ungewohnt, das ist alles.«

Violett kam ihr in den Sinn, die sie täglich mit ihren Sticheleien nervte. Irgendwie verschaffte es Isabelle eine innere Genugtuung, dass Andrew sie spürbar begehrte und mit sehnsüchtigen braunen Augen zu ihr hinunterschaute.

Ihr Herz klopfte.

»Wann wirst du Violett einen Antrag machen? Ich habe das Gefühl, sie wartet jeden Tag darauf.«

»Bald«, sagte er zögerlich. »Schon bald.« Er räusperte sich.

Plötzlich dachte Isabelle daran, was passieren würde, wenn Andrew dem jungen Ding einen Korb erteilen würde. Violett wäre am Boden zerstört und würde womöglich endlich von ihrem hohen moralischen Ross herunterkommen. Allein schon der Gedanke an ein solches Szenario befriedigte Isabelle auf seltsame Art und Weise. Warum sollte sie die Einzige sein, die litt?

»Irgendwie glaube ich dir nicht«, flüsterte sie ihm zu, drückte sich noch näher an ihn und hob ihr Gesicht, um ihm ins Ohr zu hauchen. Dabei streifte sie mit ihren Lippen absichtlich seine Haut. »In der Nacht denkst du nicht an sie, stimmt's?« Sie presste ihr Bein leicht in seinen Schritt.

Ja, sie wusste, es war falsch, doch sie wollte nicht aufhören.

Wie vom Donner gerührt, hörte er auf zu tanzen. Er öffnete den Mund, brachte jedoch nur unverständliches Gebrabbel heraus. Dieses Herumdrucksen war Isabelle Antwort genug. Lasziv lächelte sie ihn an.

»Ich weiß, dass du mich willst. Vom ersten Tag an, als wir uns begegneten.«

Isabelle vergewisserte sich, dass sie niemand beobachtete, und griff Andrew vorn an die Hose, ertastete seinen steifen Penis. Ihr Atem wurde stürmischer. Tat sie das gerade wirklich? Andrew stand die Verlegenheit ins Gesicht geschrieben. Sie ließ wieder von ihm ab, senkte die Augenlider und presste ihre Lippen zusammen. Wenn doch ohnehin jeder nur das Schlechteste von ihr dachte, dann konnte sie auch tun, was sie wollte. Violett sollte die Erste sein, die dies zu spüren bekam. Vom ersten Tag an war sie gemein zu Isabelle gewesen. Nun reichte es ihr. »Ich gehe davon aus, dass du mit deinem Wagen hier bist?«

»Steht vor der Tür«, bejahte Andrew aufgeregt und schluckte hart. Isabelle konnte förmlich hören, welch großer Kloß ihm in der Kehle saß.

»Wir treffen uns unten an der Straße. In einer halben Stunde.«

Isabelle brach den Tanz ab und ließ den verdutzten Andrew allein zurück, während sie wieder zur Bar wanderte. Sie trank von ihrem Champagner, um gleich den Nächsten zu bestellen. Je betrunkener sie war, desto besser würde es sein. Sie brauchte etwas Mut für ihren Plan und kippte noch zwei weitere Gläser wie Wasser hinunter.

Vielleicht sollte sie es doch nicht tun.

Andrew war längst verschwunden, als sie sich wieder umblickte. Und irgendetwas in ihr ermutigte Isabelle nun doch, die Hotelbar durch die Terrassentür zu verlassen. Sie setzte sich auf das Fahrrad, das sie zuvor an der Steinmauer angelehnt hatte, schlenkerte einen Moment hin und her und raste den Berg dann hinunter. Bereits von Weitem sah sie die hellen Scheinwerfer von Andrews Pick-up, mit dem er für gewöhnlich Lebensmittel auslieferte. Wie ausgemacht, hatte er auf sie gewartet und das Licht eingeschaltet, damit sie ihn gleich fand. Unten angekommen lehnte sie das Rad an einen Baumstamm in der Nähe und stieg zu ihm in den Wagen.

»Wir sollten irgendwo hinfahren, wo wir unentdeckt bleiben.«

Andrew nickte und verlor kein Wort. Er betätigte die Zündung, drehte das Lenkrad herum und fuhr in das angrenzende Waldstück hinein.

An einer Lichtung brachte er den Wagen zum Stehen, löschte das Licht und schaute angespannt in die Dunkelheit.

Isabelle zögerte zunächst, legte dann aber ihre Hand auf seinen Oberschenkel, beugte sich zu ihm und küsste ihn leidenschaftlich. Seine Lippen schmiegten sich wunderbar an ihre und seine Zunge drängte sich in ihren Mund. Sie ließ es zu und staunte selbst über ihre Erregtheit, die wie eine heiße Welle über ihren Körper hinwegbrandete. Allerdings stellte sie sich vor, Dickie säße an Andrews Stelle neben ihr. Hastig knöpfte Andrew die obere Partie ihres Kleides auf und seine kühlen Finger verschwanden in ihrem Bustier, umspielten ihre aufgerichteten Knospen. Er lehnte sich in seinen Sitz zurück, zog sie zu sich, bis sie sich auf ihn setzte. Als seine Küsse heftiger wurden, riss sie sich von ihm los und hielt ihn auf Abstand.

»Was ist denn los?«, pustete Andrew fahrig.

»Schick Violett in die Wüste. Das musst du mir versprechen. Wir könnten uns heimlich treffen«, antwortete sie eisig, lockte ihn aber zugleich. Er presste stumm die Lippen zusammen und wollte gerade protestieren, doch Isabelle knöpfte weiter ihr Kleid auf, zog das Rockteil ein Stück nach oben und öffnete einladend ihr Bustier und ihre Schenkel. Ihre pralle Brust sprang ihm entgegen und sein Blick blieb daran haften. Das Mondlicht strahlte auf ihren blanken Busen, den Andrew auch Sekunden später noch irritiert anstarrte, dennoch trat ein lüsterner Glanz in seine Augen. »Entweder sie oder ich«, bekräftigte Isabelle noch einmal.

Am nächsten Abend kam John aus Seattle zurück. »Ich bin wieder zu Hause!«, hallte es durch das Foyer.

Josephine stand beschwingt von ihrem Sessel auf, um John zu begrüßen. Isabelle blieb weiter sitzen, in die Seiten ihres Buchs versunken. John betrat den Salon, begrüßte kurz seine Mutter und eilte danach zu seiner Frau. Er presste ihr einen Kuss auf die Wange, den sie wie üblich nicht erwiderte.

Resigniert von ihrer Abweisung warf er einen Holzscheit in die lodernden Flammen des Kamins. Dann ließ er sich erschöpft aufs Sofa plumpsen. Josephine reichte ihm ein Glas Bourbon. Er nahm es an und trank einen Schluck.

»Wo ist denn Violett?«, fragte er verwundert, nachdem er das Glas wieder abgesetzt hatte.

Seine Mutter setzte sich neben ihn und kicherte.

»Andrew hat sie heute Abend ins Rosie's ausgeführt. Ich denke, er wird ihr endlich einen Antrag machen. Violett meinte, dass er sehr geheimnisvoll klang, als er sie eingeladen hat.«

Isabelle schnaubte höhnisch und schaute über den Rand ihres Buches zu den anderen. »Von Ausführen kann ja wohl nicht die Rede sein. Wer bitte macht einem Mädchen denn einen Heiratsantrag in solch einem schäbigen Lokal?«

»Sei still, Isabelle«, ermahnte Josephine sie. »Ich bin es leid, dass du so abfällig von allem hier sprichst. Mag ja sein, dass du Nobleres gewohnt bist, aber du lebst jetzt hier in Woodwall. Ich dulde dein ständiges verächtliches Gehabe nicht mehr.«

Isabelle legte ihr Buch auf den Schoß. Da war wieder dieser Hass in Josephines Augen.

John blickte seine Frau streng an, weil er scheinbar die Meinung seiner Mutter teilte. Isabelle warf ihm einen zornigen Blick zu, um ihm zu signalisieren, wie gefährlich nahe sie davorstand, die Bombe platzen zu lassen.

»Isabelle hat das sicherlich nicht so gemeint«, ruderte er plötzlich zurück. »Sie kennt nun einmal nur ...«

Er konnte seinen Satz nicht beenden, denn die Haustüre wurde just in diesem Moment dröhnend zugeknallt, und eine heulende Violett kam in den Salon gestürmt. Aufgelöst fiel sie Josephine in die Arme.

»Aber mein Mädchen, was ist denn geschehen?«, fragte Josephine bestürzt und streichelte über das dunkle Haar ihrer Tochter, die ihr Gesicht im Schoß der Mutter vergraben hatte.

»Nun beruhige dich, Violett, und sag doch was«, forderte John sie auf und blickte verstört und mit fragender Miene zu seiner Frau, die keine Miene verzog. Violetts Schmerz ließ sie völlig kalt, sie zuckte nur mit den Achseln, als ginge sie das alles nichts an.

»Andrew wird mich nicht heiraten«, kam es schluchzend von Violett.

Auf diesen Satz hatte Isabelle gewartet und sie genoss insgeheim ihren Triumph. Andrew hatte der kleinen Göre tatsächlich den Laufpass gegeben. Wer hätte das gedacht? Und das alles nur, um Isabelle nahe zu sein. Die Saat ihrer Rache begann Früchte zu tragen.

»Aber das ist doch nicht möglich«, äußerte Josephine bestürzt.

»Er sagt, er hätte sich nicht in mich verliebt und das würde auch nie passieren. Ich möchte sterben«, weinte Violett und ließ sich in Josephines Arme fallen.

Isabelle bemühte sich, ihr Lächeln zu unterdrücken, und schlug die Beine übereinander. Dabei spürte sie jeden Muskel ihres geschundenen Körpers, da Andrew sie in der vergangenen Nacht im Auto heftig genommen hatte. Immer und immer wieder hatte er ihr dabei versprochen, er werde die kleine Violett in die Wüste schicken, da sie ihm nicht das bieten konnte, was Isabelle in Liebesdingen vorzuweisen hatte. Noch jetzt spürte sie seine Lippen auf ihrer Haut.

»So ein mieser Schuft. Ich werde zu ihm fahren und ihm eine verpassen. Was bildet er sich ein? Erst scharwenzelt er um dich herum und dann lässt er dich einfach fallen! Das kann doch gar nicht sein. Eine bessere Frau als Violett findet der Idiot niemals.«

»Hör auf, John. Vielleicht hat der Junge kalte Füße bekommen und wird in ein paar Tagen erkennen, dass er einen Fehler gemacht hat«, beruhigte ihn Josephine und versuchte damit ihrer Tochter ebenfalls Mut zuzusprechen. Aber Violett heulte nur noch kläglicher.

»Ich verstehe es einfach nicht. Alles war perfekt. Wir hatten schon Pläne für die Zukunft geschmiedet. Im Sommer wollte Andrew nach Texas. Zur Militärschule nach Wichita Falls. Ich wäre mit ihm gegangen. Für ihn hätte ich Morgan's Hall verlassen.«

Hatte sich Isabelle gerade verhört? Ihr blieb die Spucke weg. Was hatte sie bloß getan? Sie wäre diese dumme Pute endlich los gewesen. Vor Wut ballte sie ihre Hand zur Faust. Der Triumph über Violetts Schmerz war nichtig, wenn sie die Göre dafür für den Rest ihres Lebens ertragen müsste. Isabelle hatte sich selbst ein Bein gestellt. Doch das Allerschlimmste daran war, dass sie sich plötzlich für die vergangene Nacht schämte und erschüttert war, zu welchen Mitteln sie gegriffen hatte.

Für nichts und wieder nichts.

Eine Woche später war John mit seinem Jagd-Club in den Wäldern unterwegs.

Gott sei Dank, jubelte Isabelle innerlich. Nicht nur war sie froh, John nicht sehen zu müssen, seine Abwesenheit bot auch eine Gelegenheit, um Andrew aufzusuchen. Wenn ihr Ehemann in Morgan's Hall war, konnte sie sich nicht aus dem Haus schleichen, um mit dem Fahrrad in die Stadt zu fahren.

Am Abend lauschte sie an ihrer Zimmertür.

Josephine und Violett wünschten sich gerade eine gute Nacht und verschwanden in ihren Schlafzimmern. Kurz darauf schlich Isabelle auf Zehenspitzen die Treppe hinunter und verließ klammheimlich das Haus. Der Himmel über den Bergen war bereits blauschwarz gefärbt und Blitze erhellten die Dunkelheit. Sie musste sich beeilen, damit sie noch vor dem sich ankündigenden Gewitter die Stadt erreichte. Sie wusste, dass Andrew in einem winzigen Apartment über dem Lebensmittelladen wohnte. Auf halber Strecke ergoss sich ein Wolkenbruch über Isabelle und durchnässte sie bis auf die Haut. Sie dachte daran, umzukehren, doch sie hatte keine Wahl, wenn sie Violetts Glück doch noch retten und sich selbst viel Leid ersparen wollte. Mühsam kämpfte sie sich durch Wind und Regen und erreichte nach einer schier endlos erscheinenden Weile den Lebensmittelladen. Licht drang durch das Fenster der obersten Etage, und sie war heilfroh, dass Andrew zu Hause war. Energisch hämmerte sie gegen die Tür.

Es dauerte, bis er die Lampe im Hausflur angeknipste und ihr öffnete. Verwundert stand er vor ihr.

»Du? Was machst du hier?«

»Wir müssen reden. Darf ich reinkommen?«

»Natürlich«, antwortete er.

Beide stiegen die Treppe hinauf und betraten das winzige Apartment unter dem Dach, das nur aus einem Wohnraum und einem dürftigen Bad bestand. Andrews Eltern bewohnten das Stockwerk unter ihm.

Isabelle zitterte vor Kälte, und Andrew eilte zu seinem Kleiderschrank, um ihr ein frisches Handtuch zu reichen. Sie trocknete ihr Gesicht ab und rubbelte über ihr Haar. Als sie zu ihm aufsah, stand er freudestrahlend vor ihr. Glotzte auf ihr Kleid. Durch die Nässe zeichneten sich ihre Brüste ab. Verunsichert von seinem Blick legte sie das Handtuch über die Schultern und verdeckte damit ihren Busen. Er ließ sich davon aber nicht beirren, sondern zog sie entflammt an sich.

»Du kannst dir nicht vorstellen, wie sehr ich mich nach dir gesehnt habe«, hauchte er ihr in den Nacken und küsste ihren Hals. »Ich will dich sofort.«

Von hinten packte er ihr beherzt an den Po und drückte ihren Körper gegen seinen.

Grob stieß sie ihn von sich.

»Lass das! Deswegen bin ich nicht hier.«

Es war offensichtlich, dass Andrew ihr das nicht abkaufte. Er sah sie nur belustigt an. Wenn sie spielen wollte, würde er spielen. Er stellte sich bestimmt die Frage, warum sie ihn sonst, wenn nicht aus Lust, in dieser regnerischen Nacht aufsuchte. Als er seinen nächsten Annäherungsversuch unternahm, erteilte sie ihm eine ordentliche Backpfeife, dabei war sie selbst erstaunt über ihr Handeln.

»Ich sagte doch, du sollst es sein lassen.«

»Verdammt, Isabelle!«, rief Andrew erbost und setzte sich mit verständnislosem Blick auf sein Bett. »Was ist nur los mit dir?«

»Morgen Abend wirst du uns auf Morgan's Hall besuchen und um Violetts Hand anhalten.« Andrew lachte.

»Soll das ein Scherz sein? Noch vor wenigen Tage wolltest du, dass ich ihr den Laufpass gebe. Für dich, für uns.«

»Es gibt kein uns. Das habe ich nicht ernst gemeint. Außerdem war ich betrunken.«

Kopfschüttelnd stand er von seinem Bett auf und vergrub die Hände in seinen Hosentaschen.

»Das glaube ich dir nicht, Isabelle. Du wolltest Violett loswerden, weil du mit mir zusammensein willst. Und ich will es auch. Noch nie habe ich eine Frau so sehr begehrt wie dich. Wir sind füreinander bestimmt. Unsere Leidenschaft hat mir das gezeigt. Der Sex wäre nicht so berauschend gewesen, wenn du und ich nicht dasselbe gewollt hätten.«

Isabelle brach in boshaftes Gelächter aus, und Andrews Miene verdunkelte sich, als sie ihn abfällig anstarrte.

»Du Narr! Du denkst doch nicht im Ernst, dass ich mich in dich verliebt habe? Nur weil ich dir einmal erlaubt habe, über mich zu nehmen?« Wieder lachte sie spöttisch. »Andrew, du bist ein naiver Dummkopf. Glaube mir, ich liebe dich genauso wenig, wie ich meinen eigenen Ehemann liebe. Was hast du dir denn in deinem kleinen Köpfchen ausgemalt? Dass ich John verlasse, um die Frau eines mittellosen Clowns, wie du einer bist, zu werden?«

»Ja, das dachte ich«, erwiderte er fuchsteufelswild.

»Schlag dir das aus dem Kopf. Du wirst morgen Violett aufsuchen, sie schnellstens zu deiner Ehefrau machen und mit ihr nach Wichita Falls abhauen.«

Andrew schlug mit der Faust gegen die Zimmerwand und sein Gesicht wurde tiefrot.

»Ich liebe dich, Isabelle. Ich werde Violett auf keinen Fall heiraten.«

Isabelle trat einen Schritt zurück, sie wusste sich nicht mehr zu helfen. Wie sollte sie nur wieder aus dieser Nummer herauskommen? Nein, sie hatte sich nicht in Andrew verliebt. Nie wieder würde sie einen anderen Mann lieben als Dickie. Und Andrew war nun einmal nicht Dickie. Ihr blieb nur eine Wahl.

»Du wirst sie heiraten, Andrew. Das mit uns war ein Fehler. Solltest du morgen Abend nicht bei uns aufschlagen, werde ich meinem Mann unter Tränen sagen, dass du letzten Sonnabend in unser Haus eingebrochen bist und mich vergewaltigt hast. Und dass du deshalb Violett verschmäht hast, weil du mich begehrst!«, herrschte sie ihn an. Ihre Lippen zitterten dabei, was sie zu unterbinden versuchte. »John wird dich umbringen.« Wie vom Blitz getroffen, ließ Andrew die Schultern hängen und atmete keuchend aus.

»Und wenn er dir nicht glaubt?«

»Das wird er. Habe ich dir eigentlich jemals erzählt, dass ich Schauspielerin werden wollte? In Wien hatte man mir ein großes Talent nachgesagt. Außerdem haben wir es so hemmungslos getrieben, Andrew, dass ich als Beweis noch immer überall blaue Flecke habe.« Das war Isabelles Ass im Ärmel. Mit diesem Argument hatte sie Andrew die nötige Furcht eingejagt; das erkannte sie in seinen angsterfüllten Augen. »Ich erwarte dich. Kauf ein paar Blumen und fasle Violett irgendetwas vor, du hättest plötzlich kalte Füße bekommen, dich nun aber wieder besonnen. Sie wird dich zurücknehmen, naiv, wie sie nun einmal ist.«

Andrew starrte sie verdutzt an, lachte daraufhin laut auf und beugte sich zu ihrem Gesicht hinunter. Er küsste ihre bebenden Lippen, quetschte seinen Oberschenkel in ihren Schritt und drückte sie mit starken Händen an sich.

»Verzettle dich mal nicht, Isabelle Morgan. Ich nehme mir, was ich will. Und ich will dich, nicht Violett!« Seine Worte klangen gefährlich. »Und selbst wenn ich dieses Mauerblümchen heirate, wirst du mir gehören.«

Isabelle stieß ihn wieder von sich weg und schmiss wütend das Handtuch aufs Bett. Dann drehte sie sich um und stürmte zur Tür, wollte diese gerade öffnen, als Andrew sie mit heftiger Wucht gegen das Holz presste. Er küsste ihren Nacken und öffnete seine Jeans. Hastig zog er Isabelles Kleid bis zu den Hüften hinauf, schob ihre Beine auseinander und quetschte daraufhin sein Ding in sie hinein. Mit der einen Hand drückte er ihren Kopf gegen die Tür und keuchte heftig in ihr Ohr. Sie schloss die Augen, ließ die Brutalität seiner erbarmungslosen Penetration über sich ergehen. Schweißperlen bildeten sich auf seiner gerunzelten Stirn. Sie wollte schreien, die Kraft aufbringen, sich gegen ihn zu wehren. Aber ihr Körper war wie zerschlagen, hilflos. Sie verfiel in Schockstarre und ertrug seine eiskalte Gier stumm. Doch der körperliche Schmerz war leichter zu ertragen als jener, der in ihrem Inneren brannte.

Wenigstens war Andrew klug genug, nicht in ihr zu kommen. Isabelle zog den Rock ihres Kleides hinunter, sah ihn nicht an und öffnete die Tür.

»Sieh das als Abschied. Morgen wirst du auf Morgan's Hall erscheinen ... du Dreckskerl.« Sie rannte die Treppen hinunter, traf dabei nicht jede Stufe, und hätte sie sich nicht am Geländer festgekrallt, wäre sie gestürzt.

Draußen angelangt, setzte sie sich auf das Fahrrad und fuhr so schnell, wie sie nur konnte. Sie schaffte es nicht zu atmen, musste immer wieder nach Luft schnappen und hielt mitten auf der Straße an. Die Regentropfen schlugen hart auf ihren Körper. Ihr Unterleib schmerzte von Andrews Grobheit. Doch viel schlimmer war ihre abgrundtiefe Verzweiflung. Sie schrie und weinte. Sie weinte so überlaut, dass jeder in der Stadt es hätte hören müssen, wäre da nicht das laute Prasseln des Unwetterregens gewesen.

Am Abend darauf fixierte Isabelle beharrlich die Wanduhr im Speisezimmer. Mittlerweile war es kurz nach acht. Andrew hatte sich immer noch nicht auf Morgan's Hall blicken lassen. John war vor wenigen Augenblicken von seinem Jagdausflug zurückgekehrt und setzte sich hungrig an den Esstisch. Von Minute zu Minute wurde Isabelle angespannter und knabberte an den Fingernägeln. Was, wenn er nicht kam? Und schlimmer noch: Was passierte, wenn er sich von ihr nicht eingeschüchtert fühlte und Violett alles erzählte? Würde man Isabelle in diesem Haus glauben?

John würde sie umbringen. Das wusste sie.

Suzie brachte eine monströse Schüssel Kanincheneintopf in den Speiseraum und stellte diesen in die Mitte des Tisches. Isabelle hasste den Eintopf, sie bekam ihn mindestens alle zwei Wochen vorgesetzt.

Aber auch Violett schien an diesem Abend keinen Appetit zu haben und stocherte nur lustlos in dem suppigen Fleischgericht herum. John erzählte seiner Mutter von der Jagd, was Isabelle wie stets zutiefst langweilte.

»Mom, wärst du mir böse, wenn ich mich auf mein Zimmer begebe?«, unterbrach Violett das Gespräch der Älteren. Ihr

Gesicht war kreidebleich. Die eisblauen Augen waren von der ununterbrochenen Heulerei verschwollen und gerötet.

»Aber Violett, du hast doch noch überhaupt nichts gegessen«, stellte Josephine mit trostloser Stimme fest.

»Ich bekomme nichts herunter. Außerdem habe ich Kopfschmerzen und würde mich gern hinlegen«, wisperte das Mädchen.

»Aber so kann das doch nicht weitergehen.« Entrüstet ließ Josephine die Hände in den Schoß fallen und stieß einen besorgten Seufzer aus. Isabelle betrachtete sie aufmerksam.

»Lass sie, Mutter«, befahl John und sah zu Isabelle, als erwarte er Rückendeckung von ihr. Ihr fiel nichts ein, was sie dazu sagen konnte, dabei musste sie irgendwie Zeit schinden. Wo blieb Andrew nur? Wenn er nicht bald auftauchte, dann ... Sie kam nicht dazu, den Gedanken zu Ende zu denken, da Josephine wieder das Wort erhob.

»Na gut. Dann leg dich ins Bett. Ich werde später nach dir schauen.« Nach dem Einverständnis der Mutter erhob sich Violett von ihrem Stuhl und schlurfte aus dem Speisezimmer. »Das arme Mädchen. John, wir müssen irgendetwas unternehmen.«

»Sie wird Andrews Korb verwinden. Vielleicht nehme ich sie das nächste Mal mit nach Seattle. Ich habe einige attraktive Studienkollegen dort und ...«

Jemand klopfte an die Haustür, was John in seinem Vorschlag unterbrach. Mit einer Serviette wischte er sich den Mund ab und warf sie anschließend auf seinen Teller. »Wer besucht uns noch um diese Zeit?«

John erhob sich schwerfällig und stakste zum Eingang.

Isabelle ließ sich erleichtert in ihren Stuhl zurückfallen. Am liebsten hätte sie ein lautstarkes *Na endlich!* gerufen, doch sie blieb still.

***

Wie sagte Vater immer?, erinnerte sich John: *Ein Besuch am späten Abend bringt Sorgen statt Gaben.*

Violett war auf halber Strecke auf der Treppe stehen geblieben und blickte verwundert zu John, der ihr mit einem Handzeichen zu verstehen gab, dass er sich um den Gast kümmern würde und sie nach oben gehen konnte. Dafür war sie allerdings zu neugierig, das wusste er und seufzte.

John öffnete die Tür und sah erstaunt in Andrews Gesicht, der plötzlich zwanzig Zentimeter kleiner wirkte als sonst.

Josephine und Isabelle kamen aus dem Speisezimmer, standen im Türrahmen, und Violett stieg verunsichert ein paar Stufen die Treppe hinunter. John blickte sich kurz zu ihnen um, eher er wieder den späten Gast begutachtete. In Händen hielt Andrew einen dürftigen Blumenstrauß, der lieblos zusammengebunden wirkte.

»Was kann ich für dich tun, Andrew?«, fragte John mit schroffer Stimme und demonstrierte sogleich seine abweisende Haltung, indem er sich wie ein Bär auftürmte.

»Ich ... ich würde gern mit Violett sprechen – allein, mich entschuldigen«, antwortete Andrew.

»Andrew, ich denke nicht ...«

»Ist schon in Ordnung, John«, wandte Violett ein.

John blieb nichts anderes übrig, als sich dem Wunsch seiner Schwester zu beugen, auch wenn er nicht überzeugt war.

Dennoch bat er Andrew herein. Am liebsten hätte er dem Simpel eine verpasst.

»Hallo, Violett«, begrüßte Andrew sie kleinlaut und blieb am Fuß der Treppe stehen. »Könnten wir einen Moment alleine sprechen?«, fragte er und schaute zu den anderen, um deren Einverständnis einzuholen.

»Ich denke, uns alle interessiert, was du meiner Schwester zu sagen hast«, warf John ein und verschränkte die Arme vor der Brust. Bedrohlich baute er sich neben Andrew auf.

Andrew nickte aufgekratzt, und sein Blick traf sich mit Isabelles, was John irritiert bemerkte. Isabelle entging Johns Aufmerksamkeit nicht, er runzelte fragend die Stirn, doch sie zuckte nur mit den Schultern.

»Ich bin gekommen, um mich bei dir zu entschuldigen, Violett. In den vergangenen Monaten haben wir viel Zeit miteinander verbracht und ich ... ich ...« Er schluckte, die Anwesenheit der anderen machte ihm offenbar ziemlich zu schaffen, doch das war John egal. Der Junge musste lernen, seinen Mann zu stehen, wenn er Violett wirklich für sich haben wollte. »Ich weiß auch nicht. Wahrscheinlich habe ich Angst bekommen. Schließlich bin ich nur ein einfacher Kerl, der dir nicht viel bieten kann. Ich wollte nicht, dass du meinetwegen dein Zuhause verlassen musst.«

Violetts Augen füllten sich mit Tränen, wie John mit einem raschen Blick zu seiner Schwester erkannte.

»Ich habe dir doch gesagt, dass mir all das hier nichts bedeutet«, sagte sie mit gebrochener Stimme. »Wenn ich nur bei dir sein kann.«

»Das weiß ich. Deshalb bin ich hier. Ich möchte dich um Verzeihung bitten und dich fragen, ob du noch immer noch oder überhaupt meine Frau werden willst?«

Überwältigt legte Violett die Hände vor den Mund und brach in Tränen aus. Dieses Mal vor Glück. Freudestrahlend stieß sie ein überglückliches »Ja, ich will!« aus und rannte den Rest der Treppe zu ihm hinunter, um ihm in die Arme zu fallen.

Zurückhaltend erwiderte Andrew ihre Umarmung. Statt ihr einen Kuss zu geben, drückte er ihr verlegen den Blumenstrauß in die Hände, den sie voller Rührung betrachtete. John freute sich für seine Schwester, auch wenn er in Bezug auf Andrew ein komisches Gefühl hatte. Dieser reagierte nämlich so gar nicht verliebt. Zudem hatte der Knabe während seiner Entschuldigung viel zu oft zu Isabelle geblickt. Das war John nicht entgangen, und er fragte sich, was hier wirklich vor sich ging.

Am späten Abend betrat John das Schlafzimmer. Isabelle lag auf ihrer Seite des Betts. Mit dem Zeigefinger zwirbelte sie eine Haarsträhne und blätterte mit der anderen Hand in ihrem Roman. Wie jeden Abend. Sie hatte seit ihrer Ankunft auf Morgan's Hall bestimmt hundert Bücher verschlungen. John war sich dessen bewusst, dass sie sich damit in andere Welten träumte.

Wie üblich schenkte sie seiner Anwesenheit keinerlei Beachtung. Als sei er Luft für sie. Er betrachtete sie im Schein der Nachttischlampe und sehnte sich nach ihrer Zuneigung. Anschließend knöpfte er sein Hemd auf und wanderte zum

Fenster. Verstohlen lugte sie über ihr Buch hinweg zu ihm hinüber. Er nahm ihren Blick aus dem Augenwinkel wahr, spürte, dass sie ihn beobachtete. Als er sich umdrehte, richteten sich ihre Augen wieder auf die Zeilen ihres Romans. Er lehnte sich gegen die Fensterbank und verschränkte die Arme vor der Brust.

»Ich freue mich für Violett. Du nicht auch?«

»Sicher«, antwortete sie desinteressiert und schlug die Seite um.

John inspizierte sie mit neugierigem Blick und wurde von einem nicht greifbaren Unbehagen erfüllt. »Ich frage mich, was du mit Andrews plötzlichem Sinneswandel zu tun hast. Und verkauf mich nicht für dumm. Ich habe deinen Blick bemerkt, als sei das alles nichts als billiges Schmierentheater gewesen.«

»Ich habe keine Ahnung, was du meinst.«

Unbeirrt las sie weiter. Er wusste, dass sie log. Und wie sie das tat.

John richtete sich drohend auf und marschierte zum Bett hinüber. Wutentbrannt riss er Isabelle das Buch aus der Hand und schleuderte es gegen die Wand. Erschrocken sah sie zu ihm auf.

»Verkauf mich nicht für dumm, habe ich gesagt! Ich habe genau gesehen, wie Andrew dich die ganze Zeit so seltsam angestarrt hat.« John beugte sich über sie und packte ihre Handgelenke. »Ich will wissen, was genau zwischen euch vorgeht?«

»Du bist doch verrückt!«, schrie sie ihn an und versuchte, sich aus seinem festen Griff zu befreien. Doch John ließ nicht locker und verstärkte seine Kraft.

»Mag sein, dass du mich für den größten Schwachkopf aller Zeiten hältst, aber du verschlagenes Biest kannst mir nichts vormachen. Ihr beide habt doch was zu verbergen. Sag es mir! Auch wenn es Violetts Glück dient, mir gefällt es nicht, wenn du etwas hinter meinem Rücken tust.« Er zog sie zu sich hinauf, und seine Aggressivität machte ihm selbst Angst, aber er konnte sich nicht zügeln. Diese Frau machte ihn wahnsinnig.

Mit aller Kraft, die sie aufwenden konnte, befreite sie sich schließlich von ihm, doch er stieß sie mit voller Wucht von sich und sie schlug mit dem Kopf gegen die Bettkante.

»Liebes, entschuldige«, sagte er erschrocken. Sie brauchte eine Weile, bis sie wieder zur Besinnung kam, dann fasste sie sich an den Hinterkopf. Sicher hatte sich bereits eine Beule gebildet, die sie jetzt ertastete. Sein Ausbruch tat John wirklich leid. Er streichelte ihr über die Stirn, aber sie schlug seine Hand weg. Frustriert presste er die Lippen zusammen.

»Hast du eine Affäre mit ihm?« Er fürchtete sich vor der Antwort, trotzdem musste er es wissen. Isabelle verfiel in ein höhnisches Lachen. Sie kniete sich auf die Matratze und schaute ihn finster an.

»Spiel dich nicht als Moralapostel auf, John. Nicht du! Glaubst du ernsthaft, ich wüsste nicht, was du jede Nacht mit Coleen treibst, wenn du dich aus unserem Bett schleichst? Gott, wie sehr ich dich verabscheue.«

John trat verstört einen Schritt zurück.

Selbstgefällig grinste sie. »Ich frage mich, was mir zusteht, wenn man dich verhaftet. Wenn ich erzähle, dass du mich illegal in dieses Land verschleppt hast, gegen meinen Willen, dann bist du dran, John Morgan.« Ihre Worte waren gnadenlos und voller Hohn.

Ihm rutschte die Hand aus.

Isabelles zierlicher Körper hielt der Wucht des Schlags nicht stand und sie stürzte auf das Bett zurück. Wie vom Donner gerührt blickte er auf seine bebende Hand. Er konnte es nicht fassen, dass er sie gerade geschlagen hatte. Regungslos blieb sie liegen.

John wollte sich entschuldigen, aber seine Kehle war wie zugeschnürt. Zu erschrocken war er über sich selbst. Er blickte zu ihr hinunter und sah ihre hastige Atmung.

Nie hatte John ein solcher Ehemann sein wollen. Ein verbitterter Mann, der seine körperlich unterlegene Frau schlug. Doch ihre Respektlosigkeit hatte einen unbändigen Zorn in ihm ausgelöst. Aufgewühlt über sein eigenes Handeln rannte er aus dem Schlafzimmer und knallte die Tür zu. Der Lärm hallte durchs ganze Haus. Außer Atem blieb er im Flur stehen. Wut kochte erneut in ihm hoch, als er an ihre Drohung dachte, und sein ganzer Körper erstarrte.

»Nein, so nicht, meine Liebe«, flüsterte er sich selbst zu. Er würde sie Respekt lehren, beschloss er. Hätte sie ihre ehelichen Pflichten erfüllt, dann wären ja die nächtlichen Stelldicheins mit Coleen gar nicht erst nötig geworden. Er fasste einen Entschluss, denn nun war alles auch schon egal.

Also stapfte er wieder ins Schlafzimmer und baute sich über ihr auf. »Ich lasse mir dieses Verhalten nicht mehr bieten.« Er presste mit der einen Hand ihren Oberkörper auf die Matratze, damit sie sich nicht wehren konnte, mit der anderen Hand knöpfte er seine Hose auf und zerrte mit wütender Heftigkeit an ihrem Slip, sodass dieser auseinanderriss.

»Nein, John, tu das nicht!«, flehte sie und schrie dabei gellend auf.

»Halt den Mund, Weib!«, brüllte er ihr ins Gesicht. »Na, hat Andrew es dir auch so besorgt? Das ist es doch, was du mit ihm getan hast, oder? Andere Männer lässt du ran, nur mich nicht, du undankbares Stück. Dabei habe ich dich vor den Nazis gerettet. Nicht Dickie, der dich für Geld hat liegen lassen wie gebrauchtes Gut. Und schon gar nicht dieser Schwächling Andrew. Nein, das war ich. Und du wirst das nun endlich anerkennen und dich einer liebevollen Ehefrau entsprechend benehmen. Sonst ziehe ich ganz andere Saiten auf.«

Isabelle schluchzte vor Schmerz auf.

Sie weinte so laut, dass es ihn erschütterte und ihn wie aus einem Albtraum erwachen ließ. Ihr ganzer Körper bebte. John ließ sie los. Er blickte kurz zu ihr herunter und vergrub anschließend unglücklich sein Gesicht in den Händen. Langsam konnte er wieder klar denken, und ihm wurde bewusst, was er beinahe getan hätte. Was war nur mit ihm los, dass er sich zu so etwas Schrecklichem verführen ließ? Das sah ihm doch gar nicht ähnlich. Aber sie hatte ihn so wütend gemacht.

»Ich wollte dir nicht wehtun«, sagte er schluchzend. »Verzeih mir.«

Langsam und vorsichtig rutschte sie vom Bett. Auf wackeligen Beinen taumelte sie in das angrenzende Badezimmer und verschloss die Tür hinter sich. John sah ihr nach, ließ sich auf die Bettkante fallen und wusste nicht mehr ein noch aus. Tränen des Entsetzens strömten ihm die Wangen hinunter. Fast hatte er Isabelle das Schlimmste angetan, was ein Ehemann seiner geliebten Frau antun konnte. Er hatte sie geschlagen. Wie hatte er sich nur so vergessen können? Wenn es jemals auch nur den Hauch einer Chance für ihre Liebe gegeben hatte, so war diese nun verspielt. Auf alle Zeit, das war ihm klar. Alles schien ihm über den Kopf zu wachsen.

Doch das Furchtbarste war, dass er seine eigene Ehefrau nicht glücklich machen konnte. Egal, was er anstellte. Er versuchte, charmant zu sein, schenkte ihr die schönsten Kleider, war ihrer Bitte nachgekommen, nicht mit ihr zu schlafen. Und dennoch schlug ihm nichts als Hass entgegen.

Dickies letzte Worte tauchten auf einmal in seiner Erinnerung auf und er musste seinem alten Freund unweigerlich recht geben: Sie wird dich nie lieben.

Oft erinnerte John sich an das Musikdrama zurück, das er in der Wiener Staatsoper gesehen hatte und das von einem misshandelten Mädchen in einem kleinen Dorf handelte. Schlagartig wurde ihm klar, dass seine eigene Ehefrau in ihrer beider Drama das gleiche Schicksal erlitt wie die damalige Titelfigur.

Er stand von der Bettkante auf. Sorge machte sich in ihm breit, dass Isabelle sich im Bad etwas angetan haben könnte. Ihm fiel auf, dass man nichts hören konnte, und sein Herz begann zu rasen. Er liebte sie doch, auch wenn er etwas Furchtbares getan hatte.

Trieb ihn seine nicht erwiderte Liebe zu solchen Schandtaten an? Das durfte er nicht mehr zulassen. Er klopfte an die Tür, um sich zu vergewissern, dass es Isabelle gut ging.

»Ich bitte dich, sag etwas.« Er drückte seine Stirn gegen das kühle Holz, als er noch immer nichts hören konnte. Dann schluchzte er laut auf. »Es tut mir schrecklich leid, Isabelle. Alles. Ich wollte das nicht. Bitte, sag etwas.«

»Verschwinde! Ich hasse dich so sehr«, rief sie mit gebrochener Stimme und versetzte ihm damit einen Stich ins Herz, den er verdiente.

Kopf und Herz

Morgan's Hall, Mai 1939

Ich würde Dickie gern zur Hochzeit einladen«, sagte Violett, die am Esstisch über einem Berg von Einladungskarten saß und diese signierte. Josephine war damit beschäftigt, die Einladungen einzutüten und die Rückseite mit dem Morgan-Siegel zu versehen.

»Das ist eine sehr gute Idee, Violett. Wir haben ihn schon so lange nicht mehr gesehen«, erwiderte die Mutter entzückt.

Der Vorschlag seiner Schwester riss John aus seinen Gedanken. Er hatte die ganze Zeit aus dem Fenster gestarrt und Isabelle am Seeufer beobachtet. Mit gesenktem Kopf spazierte sie über den Kiesstrand.

»Das kommt überhaupt nicht infrage. Dickie hat auf Morgan's Hall nichts mehr zu suchen«, erwiderte er angespannt. Ständig diese Fragerei nach ihm.

Violett legte den Füller zur Seite, wie er aus dem Augenwinkel bemerkte.

»Ich kann das immer noch nicht verstehen. Ihr wart einmal die besten Freunde. Und plötzlich, nach eurer Reise, seid ihr euch spinnefeind. Es würde mich nicht wundern, wenn deine Isabelle hinter allem steckt. Mit ihr hat das doch angefangen.«

Josephine legte die Hand auf Violetts Arm, um ihr zu signalisieren, den Mund zu halten. John kommentierte dieses Thema nicht weiter und lugte vorsichtig zu ihr.

Seine Mutter versuchte, von Dickie abzulenken, indem sie ihren Ringfinger betrachtete. »Mein Schatz, würde es dich freuen, wenn du meinen Ehering tragen würdest?«

Violett lächelte und streichelte über den Ring ihrer Mom. Er war kostbar und mit vielen hübschen Diamanten versehen. Als Kind hatte sie den Ring andauernd bewundert, wie John sich nun erinnerte. Auch in seine Augen trat ein entrücktes Lächeln.

Violett seufzte und setzte eine traurige Miene auf. »Du weißt, ich habe mir immer gewünscht, deinen Ring zu tragen. Aber Andrew hat von seinem Ersparten bereits einen gekauft. Er ist dafür extra nach Seattle gefahren, das kann ich doch nicht ausschlagen.«

»Wenigstens etwas, was der Heuchler zu dieser Hochzeit beisteuert«, kam es gehässig von John. Er traute dem Burschen einfach nicht.

Violett fuhr ihm wütend über den Mund. »John, du weißt, dass seine Eltern nicht wohlhabend sind und nur den kleinen Lebensmittelladen betreiben. Wenn er bald beim Militär ist, dann wird er eine Menge Geld verdienen, ganz bestimmt. Unsere Familie kann sich eine solche Hochzeit durchaus leisten. Was hast du plötzlich gegen Andrew? Du mochtest ihn doch bisher.« John schaute wieder aus dem Fenster. Isabelle kam soeben den Hügel herauf, und er drehte sich rasch weg, damit sie nicht sah, dass er sie beobachtete.

»Nichts, Vio. Manchmal bin ich mir nur nicht sicher, ob Andrew der Richtige für dich ist.«

Diese Aussage prallte deutlich an ihr ab. Mit einem Kopfschütteln schrieb sie weiter ihre Hochzeitseinladungen. Josephine linste einmal mehr wehmütig auf ihren Ehering und stöhnte.

John runzelte nur die Stirn.

»Nun ja, vielleicht wird eines meiner Enkelkinder diesen Ring zu seiner Hochzeit tragen. Es wäre zu schade, wenn er eines Tages in einer Schmuckschatulle verendet.« Violett kicherte.

»Da musst du schon auf meine Kinder warten, Mom. John und Isabelle teilen ja nicht einmal mehr das Ehebett miteinander. Seit zwei Wochen schläft sie im Gästezimmer, hast du das nicht mitbekommen? Wie sollen da Enkelkinder entstehen?«

Dass sie diese Tatsache so unverblümt aussprach, machte John rasend. Nach der verheerenden Nacht hatte Isabelle kein Wort mehr mit ihm gewechselt und hatte sich seither im Gästezimmer einquartiert. Das nagte ohnehin an ihm und nun bohrte Violett auch noch in dieser Wunde herum. Gern hätte er die Einladungen ins Kaminfeuer geworfen und seiner Schwester von dem Verdacht erzählt, dass ihr heiß geliebter Andrew eine Affäre mit Isabelle hatte. Er konnte sich gerade noch beherrschen. Der Hausfrieden, der die meiste Zeit sowieso schon schief hing, würde nur noch weiter darunter leiden. Damit wäre keinem geholfen. Es würde Violett erneut das Herz brechen und die ohnehin schlechte Beziehung zu seiner Frau noch unerträglicher machen. Wenn er seiner Schwester seinen Verdacht nun an den Kopf warf, wäre das nur ein weiteres Zeugnis für sein Versagen als Ehemann und Bruder. John war heilfroh, wenn Violett und Andrew nach Wichita Falls zogen. Dann würde endlich wieder ein bisschen Ruhe in Morgan's Hall einkehren.

»Jetzt ist es aber genug. In jeder Ehe kriselt es einmal, das haben dein Vater und ich auch durchlebt, Kind«, tadelte Josephine. »Das wirst du schon noch früh genug bemerken. Los, entschuldige dich bei deinem Bruder. Siehst du nicht, dass es um ihn schon schlecht genug geht, da musst du nicht auch noch darauf herumreiten.«

Die Haustür sprang auf und Isabelle trat ins Foyer. Sie ging eilig am Speisezimmer vorbei und ignorierte die Familie, die dort am Tisch saß.

»Isabelle, willst du dich nicht zu uns gesellen?«, rief John ihr nach.

»Nein danke!«, rief Isabelle in scharfem Ton zurück.

Josephine runzelte besorgt die Stirn.

»Wie lange soll das noch so weitergehen? Was auch immer hier los ist, bring es wieder in Ordnung, Junge. Isabelle muss lernen, sich wie deine Ehefrau zu verhalten.«

Wütend stieß John einen Stuhl gegen den Tisch, und Violett schrie erschrocken auf, da sie sich durch den plötzlichen Ruck des Tisches verschrieben hatte.

»Wir sollten sie einfach in Frieden lassen. Mehr nicht. Und mischt euch nicht ständig in meine Ehe ein. Die geht nur Isabelle und mich was an. Ihr seid kein Teil davon. Hat man in dieser Familie denn nie seine Ruhe?« Wutentbrannt stürmte er aus dem Zimmer.

***

Der Juli brachte eine unerträgliche Hitze mit sich. Eine derart drückende Schwüle hatten die Bewohner von Morgan's Hall bisher nicht erlebt. Das Thermometer zeigte stolze einundvierzig Grad an. In wenigen Tagen sollte die Hochzeit von Violett und Andrew stattfinden. Es herrschte ein heilloses Tohuwabohu im Haus, das vor allem Violett in größte Aufregung versetzte, da alles perfekt sein musste.

In Violetts Zimmer wedelte sich Josephine mit einem Fächer Luft zu. Isabelle, die auf dem Bett saß, beobachtete ihre blasse Schwiegermutter. Sie wusste, dass es Josephine nicht besonders gut ging, da sie sich ständig an die Brust fasste. Violett, die vor ihr stand, hatte dafür keinen Blick, sondern raufte sich andauernd die Haare.

Die Kleine hatte es sich in den Kopf gesetzt, das kostbare Hochzeitskleid ihrer Mutter zu tragen. Vor einigen Wochen hatte Violett noch perfekt in die schmale Robe gepasst. Seither schien sie allerdings ziemlich an Gewicht zugelegt zu haben, denn das Kleid zwickte und zwackte an vielen Stellen. Isabelle schmunzelte.

Geschieht dir nur recht, du dummes Ding, dachte sie.

»Mein Liebes, wie konnte das nur passieren?«, klagte Josephine.

Coleen und Suzie versuchten gerade mit aller Kraft, Violett in das Brautkleid zu zwängen, doch der zarte Seidenstoff platzte immerzu an den Nähten auf.

»Mrs. Morgan«, rief Suzie verzweifelt, »das Flicken nach der gestrigen Anprobe hat das Kleid jetzt noch enger gemacht!«

Isabelle grinste über das Spektakel aus ständigem Ziehen, Zerren und reißendem Stoff.

»Oh, das bringt doch alles nichts«, jammerte Violett und ließ sich samt Kleid auf den Fußboden fallen. Jetzt platzte auch noch das Rückenteil auf. Isabelle musste aufpassen, dass sie nicht laut herauslachte.

Josephine sah entsetzt auf den zerfetzten Stoff.

»Das schöne Kleid. Jetzt ist es wirklich hin. Violett hättest du nicht ein bisschen auf deine Figur achten können?« Violetts Heulen glich dem eines trotzigen Kindes. Josephine schüttelte den Kopf und tippte Suzie an. »Bitte sagen Sie Phil Bescheid, dass er uns noch heute nach North Bend fahren soll. Wir müssen Violett ein neues Kleid kaufen.«

Isabelle wusste genau, warum ihre Schwägerin aus allen Nähten platzte. Innerlich wunderte sie sich einmal mehr über die Blauäugigkeit dieser Familie.

»Zieh dir etwas anderes an! Wir fahren gleich los.« Violett stöhnte. »Ein halber Tagesausflug hat mir gerade noch gefehlt.«

Mühsamen Schrittes verließ Josephine das Zimmer und Isabelle sah ihr nach. Dann rutschte sie vom Bett und stand nun hinter Violett. Sie legte sich die Hände in die Taille und blickte durch einen Standspiegel auf ihre Schwägerin hinab. Violett schluchzte und sah Isabelle im Spiegelbild.

»Was grinst du denn so, du fieses Miststück?«

»Herrje, Violett, Violett, Violett. Konntest wohl die Beine nicht zusammenhalten, was?« Zornig setzte sich Violett kerzengerade auf.

»Ich habe keine Ahnung, wovon du sprichst.«

»Treffer, versenkt, was? Mmh, was würde nur deine tugendhafte Mutter davon halten, wenn sie wüsste, dass du einen Braten in der Röhre hast?« Isabelle grinste. Violett verzog zornig den Mund. »Und ich habe dich immer für eine prüde Göre gehalten. Hattest wohl Schiss, dass dir Andrew noch mal durch die Lappen geht, nicht wahr?«

»Halt die Klappe! Deine Gehässigkeiten treffen mich nicht.«

Isabelle beugte sich zu ihr hinunter.

»Mag sein. Aber spiel mir nie wieder das unschuldige Gänseblümchen vor. Wir beide sind quitt, meinst du nicht auch?«

»Verschwinde aus meinem Zimmer!« Isabelle erhob sich wieder und setzte gerade an, den Raum zu verlassen, da hielt Violett sie verzweifelt am Arm zurück.

»Bitte, erzähle es niemandem. Auch nicht John.« Isabelle antwortete nicht und stolzierte hinaus.

Ein Gutes hatte Violetts Schwangerschaft. Dieser Umstand lenkte schon bald von ihr selbst ab. Allein wegen Josephine, die ihren Sohn ständig mit dem Wunsch nach Enkelkindern unter Druck setzte.

Am 15. Juli 1939 heirateten Violett und Andrew am Ufer des Golden Lake, wie sie es sich immer erträumt hatte. Die ganze Familie kannte ihre Hochzeitsträume aus der Kindheit. Der Himmel strahlte in tiefstem Postkartenblau. Am aufgestellten Altar empfing Andrew seine selige Violett mit einem aufgesetzten Lächeln.

John war mit weniger schauspielerischem Talent gesegnet, wie Isabelle erkannte. Mürrisch schritt er mit seiner Schwester unter den freudigen Blicken der ganzen Stadt zum Altar und übergab sie dem Mann, den er verdächtigte, mit Isabelle eine Affäre zu haben.

Isabelle saß in der ersten Reihe neben ihrer Schwiegermutter. Während der Ansprache von Pastor Hughes zuckte Josephine plötzlich zusammen.

Isabelles Puls stieg in die Höhe, denn sie wusste, was ihre Schwiegermutter gesehen hatte: Andrews ständige Blicke, die er ihr zuwarf. Diese waren nicht flüchtig oder gleichgültig. In Andrews Augen lag ein Feuer der Leidenschaft, gekrönt von einem gefährlichen Zuzwinkern, das nicht Violett galt, sondern ihr.

Verstohlen blickte Isabelle zu Josephine. Das Entsetzen, das sich im Gesicht ihrer Schwiegermutter widerspiegelte, war so unverkennbar, dass es Isabelle eine heftige Gänsehaut verursachte. In diesem Augenblick wäre sie am liebsten gestorben.

Josephine hob die Schultern. Mit hartem Griff legten sich ihre Hände um die Armlehnen des Stuhls, auf dem sie saß. Isabelle hielt den Atem an und starrte auf die violetten Adern auf Josephines Handrücken. Dann schien sich die eigentümliche Verkrampfung wieder zu lösen.

»Der Teufel hat dich geschickt«, flüsterte sie Isabelle zu. »Du hinterhältiges Luder.«

Nach der Trauung war die Hochzeitsgesellschaft gezwungen, die anschließende Feier ins Hausinnere zu verlegen, da ein Gewitter aufzog. Das führte Violett wieder in ein tiefes Tal der Tränen, da nichts an diesem Tag ihren Vorstellungen entsprach, wie sie mehrfach lautstark kundtat. Der festlich geschmückte Garten, der für die Party hatte herhalten sollen, würde im Regen untergehen. Isabelle selbst störte dieser Umstand nicht. Sie war nicht in Feierlaune, auch wenn Violett bald Morgan's Hall verlassen würde.

Aufgelöst ließ sich Violett im Salon von ihren Schulfreundinnen trösten, während die Herren wie ein Rudel dehydrierter Wölfe um die Bar schlichen, die provisorisch im Foyer aufgebaut worden war.

Isabelle konnte nur mit dem Kopf schütteln, als sie die feinen Damen unter die Lupe nahm, die sich wie ein beschützender Kreis um Violett versammelt hatten. Keine von ihnen war älter als zwanzig und beinahe jede trug einen schwangeren Bauch vor sich her. Und als hätte sie es beschrien, brach Violett just in diesem Moment in hysterisches Gekreische aus. Isabelle gingen Violetts ständige Gefühlsausbrüche auf die Nerven, daher wandte sie sich rasch ab und eilte ins Foyer hinaus.

An der Bar ließ sie sich gleich zwei Gläser Bourbon eingießen. Sie kippte ihren Frust in einem Zug hinunter, was von den artigen Freundinnen Violetts durch die offene Tür mit Naserümpfen und Gekicher gestraft wurde. Isabelle sah es, da sie sich mit ihrem Drink den Damen zugewandt hatte.

»Diese dummen Schnepfen«, murmelte sie und kehrte in den Salon zurück. Alle glotzten sie mit einer Engstirnigkeit an, die Isabelle rasend machte. »Was?«, fragte sie abwertend in die Runde und drückte Violett das andere Glas in die Hand. »Los, trink, damit du endlich erträglicher wirst.« Violett sah sie fassungslos an. »Jetzt trink oder willst du weiterhin deine eigene Hochzeit mit deinem Gejammere ruinieren?«

»Ich will nicht«, antwortete ihre Schwägerin verhalten und legte sich die Hand auf den Bauch. Eine unbewusste Geste, die Isabelle hämisch lächeln ließ.

»Warum denn nicht, kleine Violett? Zier dich doch nicht so.«

Das weißt du ganz genau, sprach Violetts Blick und ihre zusammengekniffenen Augen funkelten Isabelle wie aus Schlitzen an.

Im Raum war es still geworden. Alle Blicke waren jetzt auf Violett und den Bourbon gerichtet, den sie weiterhin stumm umklammert hielt, weil sie offenbar keine Ausrede fand, weshalb sie nicht davon trinken konnte. Isabelle war sich sicher, dass Violett ihr keinesfalls die Genugtuung geben wollte, sich vor den anderen bloßstellen zu lassen. Und sie sollte recht behalten, denn nun trank Violett. Ein selbstgefälliges Lächeln stahl sich in Isabelles Züge, als sie das leere Glas entgegennahm, das ihr Violett mit verzerrter Miene wieder in die Hand drückte.

»Oh, kleine Violett«, säuselte sie vernichtend und zwinkerte ihrer Schwägerin verschwörerisch zu. »Keine Sorge, ein Drink schadet bestimmt nicht. Ihr Klatschweiber könnt mir dankbar sein. Eure Violett hat sich jetzt beruhigt und heult euch nicht mehr die Ohren voll.«

Dann drehte sie sich auf dem Absatz um, grinste und trippelte ins Foyer zurück. Sie spürte die skeptischen, ja hasserfüllten Blicke in ihrem Rücken, blieb kurz stehen und linste über die Schulter, um den sofort einsetzenden Klatsch der jungen Frauen zu belauschen.

»Die Frau deines Bruders hat irgendetwas Perfides an sich. Was sagtest du noch gleich? Woher kommt sie?«, erkundigte sich eine der Freundinnen bei Violett.

»Wenn du mich fragst, dann geradewegs aus der Hölle«, antwortete die Braut und ballte ihre Hände zu Fäusten.

Genau eine solche Antwort hatte Isabelle erwartet. Schließlich dachte jeder nur Schlechtes über sie, aber jetzt hatte sie

Violett tatsächlich einen Grund dazu gegeben. Isabelle straffte die Schultern und schlenderte weiter, an den Herren vorbei, zur Bar. Dass ihr dabei jeder respektvoll aus dem Weg ging, war zu einer Selbstverständlichkeit für sie geworden. Wie immer konnte sie in den Gesichtern der Männer Verlegenheit ausmachen. Sich mit Mrs Morgan zu unterhalten, kam für die Herren nicht infrage, denn ihre eifersüchtigen Gattinnen waren sofort zur Stelle, sobald sich der Ehemann nur in Isabelles Nähe aufhielt. Sie wusste, dass sie die Ursache vieler feuchter Träume war. Keine andere Frau konnte ihrer Schönheit das Wasser reichen. Vor allem nicht die konservativen Mütterchen dieser weltfremden Kleinstadt, die nur ein Sonntagskleid besaßen und dieses bei jedem feierlichen Ereignis trugen. Demonstrativ richtete sie ihr opulentes Abendkleid, das vermutlich teurer gewesen war als alles, was sich diese Damen jemals in ihrem Leben gegönnt hatten. Wie sagte man doch gleich? Ist der Ruf erst ruiniert …

Das musste man John lassen: Geizig war er nicht. Um ihr seine Liebe auszudrücken, kaufte er Isabelle alles, was schön war. Er überhäufte sie mit wertvollem Schmuck, teuren Roben und Unmengen an Büchern, da sie so gern las.

Sie brauchte den Champagner gar nicht erst bestellen, denn ein Kellner war sofort zur Stelle und bot ihr ein Glas von seinem Tablett an. Sie wurde von den männlichen Hochzeitsgästen angegafft wie eine Außerirdische. Während ihr die lüsternen Blicke geradezu das Kleid vom Leib rissen, hielt sie einen Moment inne.

Das war also ihr Leben.

Gerade in solchen Augenblicken ertappte sie sich dabei, wie sie zur Eingangstür starrte. In ihrem Tagtraum ging die Tür auf und Dickie stürmte auf sie zu. Er nahm sie an der Hand und führte sie aus dem Haus, um mit ihr davonzufahren. Irgendwohin, es war ihr egal. Vielleicht eines Tages nach Wien, sollte dieser verdammte Krieg einmal zu Ende sein. Zurück in die Heimat, weg aus Woodwall.

Aber er kam nicht.

Allmählich hatte Isabelle den Verdacht, dass auch er nur ihren Körper gewollt hatte. Eine bittere Ahnung.

John stand am Fuß der Treppe. Er unterhielt sich mit einem seiner Jagdkumpane und sah ihr direkt in die Augen.

Es war ein seltsamer Moment, denn zum ersten Mal schien er ihren tiefen Seelenschmerz wirklich wahrzunehmen. Sie fühlte sich ihm auf ungewohnte Weise nahe.

Isabelle bemerkte, wie er dann zu den Männern blickte, die sie umzingelten und heimlich begafften. Ein drohendes Funkeln trat dabei in seine Augen. Doch obwohl er die Schamlosigkeit hinter der aufgesetzten Fassade der Gäste, seiner Freunde, sicher erkannte, drehte er sich wieder weg. Als habe er Isabelle endgültig aufgegeben und sie somit der gierigen Meute zum Fraß ausgesetzt. Ihr schauderte.

Sie erlebte ein nicht bisher gekanntes Gefühl: den Schmerz, von John im Stich gelassen zu werden. Wieso hatte er sie nicht an die Hand genommen und so aus dieser unschönen Situation befreit? Er war trotz allem ihr Ehemann. Es konnte ihm doch nicht gefallen, dass man seine Frau vor seinen Augen gedanklich auszog.

Andrew stand plötzlich neben ihr und berührte sie sachte am Arm. Sie war so in Gedanken versunken, dass sie nicht mitbekommen hatte, wie er sich ihr näherte, daher erschrak sie. Er wollte ihr etwas ins Ohr flüstern, wurde jedoch von Glückwünschenden unterbrochen. Isabelle versuchte, sich schnellstmöglich seiner Nähe zu entziehen, doch geschickt hielt er sie am Ellbogen zurück, sodass sie nicht wegkonnte, es aber auch niemand sah.

»Du schuldest mir noch was«, raunte er ihr schließlich zu, grinste dabei unablässig in die Menge der Gäste, um von der indiskreten Unterhaltung abzulenken.

»Ich schulde dir rein gar nichts, Andrew«, erwiderte sie kühl. Sie sah Josephine, die an der Flügeltür des Salons vorbeihuschte und zu den beiden hinüberschaute. Ihr kritischer Ausdruck signalisierte Isabelle, dass sie unter Beobachtung stand. »Lass mich los oder ich schreie um Hilfe.«

Andrew schnaubte verächtlich.

»Der Hure von Morgan's Hall wird keiner glauben. Weißt du, was die Leute über dich erzählen, was sie von dir halten? Alle glauben, du seist eine Wiener Straßendirne, die John aufgegabelt hat. Was denkst du denn, warum die Männer dich immer so begierig anstarren und sich dabei die Lippen lecken? Ja, mir ist es nicht entgangen, und vielen anderen auch nicht. Jedem hier ist klar, was für ein Weibsbild du bist. Nur den armen Morgans nicht, aber das kann sich schnell ändern. Der Ruf der Familie bröckelt durch dich. Ich habe dieses langweilige Heimchen nur deinetwegen geheiratet, damit ich dir wieder nahe sein kann. Ich erwarte dich in zehn Minuten unten im Weinkeller. Allein und in Stimmung.« Gefährlich offenherzig legte er seine Hand auf Isabelles Wange. »Solltest du nicht erscheinen, werde ich Violett davon überzeugen, nicht mit mir nach Wichita Falls zu gehen, um das Baby hier auf Morgan's Hall zur Welt zu bringen. Sie kann es doch unmöglich der Großmutter entziehen. Und nur darum geht es dir doch, dass Violett verschwindet«, grinste er. »Schau nicht so überrascht, Isabelle. Ich bin nicht dumm. Ich merke, was mit meiner Frau los ist. Du hast dich mit dem Falschen angelegt, meine Schöne.«

Seine perfide Drohung hatte übel gesessen. Endlich verschwand Andrew aus ihrem Dunstkreis.

Nein, sie wollte sich nicht wieder von ihm schänden lassen. Nie wieder sollte sich dieser Kerl an ihr vergehen. Sie fand nur einen Ausweg: John. Sie trank aus ihrem Glas, sammelte ihren ganzen Mut und schlich zu ihm hinüber.

»Können wir reden?«, fragte sie ihren Mann und riss ihn damit aus einem Gespräch über Braunbären – oder was auch immer.

»Was ist denn?« Seine Frage klang genervt. »Du siehst doch, dass ich mich unterhalte.«

Das war ihr egal. Sie musste ihm beichten, dass Andrew sie erpresste. John wusste ohnehin längst von ihrem Fehltritt.

»Ich bitte dich. Lass uns in dein Arbeitszimmer gehen.«

Mit mürrischen Augen sah er sie an.

»Meine Liebe, was auch immer du mir zu erzählen hast, kann warten. Wie sähe das denn aus, wenn wir mitten auf der Party in mein Arbeitszimmer flüchten? Später. Dringend kann es bei dir ja nicht sein, jetzt lass mich in Ruhe.«

Er drehte sich wieder zu seinen Jagdkumpanen um und zeigte Isabelle die kalte Schulter. Seine Ignoranz schmerzte sie mehr als jeder Schlag ins Gesicht. Sie wusste keinen Ausweg, sich aus dieser Situation zu befreien.

Unbeobachtet von den anderen Gästen öffnete sie die Kellertür neben der Treppe. Mit Füßen aus Blei schlurfte sie die steile Treppe hinunter. Eine Lampe flackerte unruhig. Von Furcht getrieben schlich sie durch die dicht gereihten Weinregale. Ihr Herz klopfte bis zum Hals. Vielleicht würde Andrew barmherzig sein, wenn sie ihn anflehte, weinte.

Die Gewölbedecke war nur einen Meter über ihr, und ein modriger Geruch stieg ihr in die Nase, sodass ihr schlecht wurde. An den Mauern hingen Spinnweben und die vielen Weinflaschen waren mit einer dicken Staubschicht bedeckt. Sie drehte sich zur Treppe um, wollte in diesem Augenblick wieder nach oben flüchten. Aber Andrews Hand packte nach ihr und zog sie zu sich. Ohne ein Wort zu verlieren, küsste er ihren Hals, drückte seine Erregung gegen ihren Beckenknochen. Seine Finger umspielten ihre Brüste, die vom festen Stoff ihres Kleides verhüllt waren. Zermürbt seufzte er und unterbrach seine Liebkosungen.

»Zieh das Zeug aus!« Isabelle reagierte nicht, starrte auf den Steinboden und wimmerte leise auf. »Jetzt zieh das verdammte Kleid aus! Ich wollte hier keine Stunden verbringen. Da oben findet gerade meine Hochzeit statt.« Andrew zerrte an dem Stoff des Trägers.

»Ich will das nicht«, flüsterte sie mit banger Stimme.

»Ist mir egal, was du willst.«

Er legte seine Hände um ihren Hals, drückte ihr die Kehle zu und seine Küsse auf ihren Lippen waren kalt wie Eis. Verzweifelt rang sie nach Luft, griff nach seinen harten Klauen, um sich von ihnen zu befreien. Ein stiller Schrei trat aus ihrer Kehle.

Dann sah sie eine riesige dunkle Pranke, die sich auf Andrews Schultern legte, zupackte und ihn mit Wucht von Isabelle wegriss. Die Hand ballte sich zu einer Faust und schlug Andrew unbarmherzig in die Eingeweide. Mit einem Schmerzensschrei sackte ihr Peiniger zusammen und griff sich augenblicklich an die Stelle seines Körpers, die den Schlag kassiert hatte. Isabelle zuckte erschrocken zusammen und blickte verstört zu der Schattengestalt.

Es war Phil.

Andrew raffte sich auf und erkannte ihn ebenfalls.

»Du dreckige Indianer-Haut!«, brüllte er dem Hünen entgegen, bäumte sich vor ihm auf und setzte gerade zu einem Gegenschlag an. Rasch packte Phil die Faust, die ihm entgegenschoss, und quetschte sie mit seinen Pranken zusammen. Isabelle hörte das Knacken von Andrews Fingerknochen und hielt sich die zitternden Fingerspitzen vor den Mund. Jämmerlich schrie er auf und knickte wieder ein.

»Nie wieder wirst du Mrs Morgan zu nahe treten«, sagte Phil mit trockener, aber auch eindringlicher Stimme, verlor dabei nicht die Heftigkeit seines Griffs. Andrew japste vor Schmerz und kniff die Augen zu. »Haben wir uns verstanden, Andrew?«

Ein wehleidiges »Ja« entrang sich seinem Mund und Phil ließ schließlich von ihm ab. Andrew schnappte nach Luft, konnte sich aus seiner gebeugten Körperhaltung nicht aufrichten.

»Los, verschwinde, sonst hängt dein Kopf bald auf dem Gipfel des Chimney Rock.«

Langsam stellte sich Andrew auf, blickte von einem zum anderen und verlor ein höhnisches Lächeln.

»In diesem Haus sind ja nur Verrückte. Ja, verrückt seid ihr alle.« Phil trat wieder einen Schritt auf ihn zu und sah ihn mit gefährlich funkelnden Augen an. Andrew hob demütig die Hände in die Höhe.

»Schon gut.« Noch einmal blickte er zu Isabelle hinüber, die weiterhin verstört an der Wand stand und sich keinen Millimeter bewegt hatte. Daraufhin marschierte Andrew fluchend die steile Kellertreppe hinauf und verschwand.

Sie konnte ihren Blick nicht von Phil abwenden. Der Mann hatte wie ein Riese gewirkt, dabei war er ohnehin schon ein Baum von einem Mann. Sein Kopf ragte bis an die höchste Stelle des Gewölbes. Woher hatte er gewusst, dass sie Hilfe benötigte? Sie hatte ihn den ganzen Tag nicht gesehen, und jetzt tauchte er hier einfach auf und rettete sie? Das war alles einfach rätselhaft.

Phil nickte ihr ermutigend zu.

Mit schleppendem Gang setzte er gerade zum Gehen an, da schlang Isabelle ihre Finger um sein Handgelenk, um ihn zurückzuhalten.

Wie eine Zwergin stand sie vor ihm, legte den Kopf in den Nacken, um mit verweinten Augen zu ihm aufzuschauen.

»Danke«, schluchzte sie. »Oh, ich danke dir, Phil.«

Sie legte ihre feuchte Wange auf seine Brust und klammerte sich hilflos an ihm fest. Er packte sie an den Schultern und schüttelte sie leicht.

»Isabelle, jetzt konnte ich Ihnen noch helfen.« Mit dem Zeigefinger tippte er sachte auf ihre Stirn und danach oberhalb ihres Brustkorbs. Kopf und Herz. »Dabei nicht, meine Liebe.«

Wieder seufzte sie nur und hielt ihn fest.

***

Als der letzte Gast verschwunden war, stürmte Violett mit einem Koffer die Treppe hinunter. Zwei Wochen Küstenurlaub auf Vancouver Island standen bevor. Andrew folgte ihr mit

muffeligem Gesicht. Die Hand hatte er mit einem Verband um-
wickelt.

»John!«, rief Violett aufgeregt. »Andrew ist im Bad ausge-
rutscht und hat sich die Hand gebrochen. Phil muss uns zum
Bahnhof nach North Bend fahren.«

John hatte sich gerade einen Whiskey in ein Glas eingegos-
sen und nippte daran.

»Vio, Phil hat sich vor einer halben Stunde von mir verabschiedet. Er ist nach Greystoke Grove hinauf und übernachtet
dort oben.« Violett rümpfte die Nase.

»So spät noch? Zur Hölle, was will er denn da?«

»Ich habe keine Ahnung. Du kennst ihn doch.«

»Aber wie sollen Andrew und ich nach North Bend kommen? Er kann unmöglich fahren«, sagte sie untröstlich. »Der
ganze Tag ist wie verhext. Jetzt fällt auch noch unsere Hochzeitsreise ins Wasser.« John überlegte, wie viel er über den Tag
verteilt getrunken hatte. Zwei Gläser Wein zum Essen und einen Whiskey.

»Ich fahre euch«, erklärte er sich bereit. Unter keinen
Umständen sollte die Hochzeitsreise ausfallen, da er Andrews
Anwesenheit nicht länger ertrug. Er brauchte eine Pause von
diesem Zeitgenossen.

***

Nachdem die Frischvermählten mit John aufgebrochen waren,
wanderte Isabelle in den Salon. Es war kurz vor Mitternacht.
Suzie huschte durch den Raum und sammelte leere Gläser ein.
Josephine, die aus dem Fenster in die Nacht blickte, sah sich
kurz zu Isabelle um, dann wieder hinaus.

Noch immer hatte Isabelle weiche Knie. Sie war heilfroh, als John mit Violett und Andrew davonfuhr. Erschöpft trank sie den Rest eines Whiskeys, von dem sie nicht einmal wusste, wessen Glas es ursprünglich gewesen war. Doch es war ihr gleichgültig. Hauptsache, irgendetwas betäubte sie, damit sie später in den Schlaf finden konnte. Seit das Sommergewitter vorüber war, lastete eine unerträgliche Schwüle auf der Gegend und drang ins Innere des Hauses, sodass Suzie sich mit der Hand Luft zufächeln musste.

»Ich würde sagen, das restliche Chaos beseitigen wir morgen, Suzie. Sie sollten zu Bett gehen«, schlug Josephine vor. Die Haushälterin gähnte, während sie die herumstehenden Gläser und Flaschen einsammelte.

»Na schön, Mrs Morgan. Sie sollten auch nicht mehr so lange wach bleiben. Ich habe genau gesehen, wie erschöpft Sie sind. Das war alles sehr aufregend heute.«

»Das stimmt, meine Liebe. Ich warte aber noch, bis John wieder da ist«, antwortete Josephine.

Suzie verschwand mit einem Gähnen aus dem Salon. Isabelle nahm keinerlei Notiz von ihrer Schwiegermutter und suchte an der Hausbar nach weiteren Sorgenbrechern.

Alles war leer getrunken.

»Großartig!«, stöhnte sie genervt.

»Wenn du Alkohol suchst, im Keller sind Unmengen von Morgan's Apple Wine. Das weißt du ja.« Isabelle schüttelte den Kopf und fand hinter der Bar noch einen Rest Champagner, den sie sich zu Gemüte führte. Sie konnte die Anwesenheit dieser Frau nicht ertragen, wollte sich ihrer Feindseligkeit nicht länger aussetzen. Nicht heute. Sie hatte keine Kraft mehr.

»Nein danke. Davon bekomme ich Sodbrennen«, antwortete sie mit einem Hauch von Häme in der Stimme. Zwar hatte sie keine so harsche Antwort geben wollen, aber sie war ihr einfach so entschlüpft.

Josephine schritt durch den Raum und nahm Isabelle voller Argwohn ins Visier.

»Das war eine wundervolle Hochzeit, findest du nicht auch?«

Isabelle zuckte mit den Achseln. »Wenn du das sagst.«

»Spar dir deine Patzigkeit.« Josephine atmete tief durch. Daraufhin legte sie ihren Kopf in den Nacken und schloss für eine Weile die Augen. »John hätte sich solch eine Trauung auch gewünscht.«

Isabelle drehte sich genervt zu ihr um. Dieses ständige In-Schutz-Nehmen von John ödete sie allmählich an. »John hat genau die Hochzeit bekommen, die er verdient hat.«

Josephines Miene wurde grimmiger. Sie schluckte hart. »Am Anfang dachte ich, du seist nur ein verschüchtertes, blutjunges Ding, in das sich mein seelenguter Junge verliebt hat. Zugegeben, du bist sehr hübsch und offenbar auch clever genug, um einen der reichsten Junggesellen des Landes von dir zu überzeugen.«

Isabelle lachte verbittert. »Josephine, euer Geld interessiert mich nicht.«

»Was willst du dann von meinem Sohn?«, fragte Josephine in schrillem Ton, augenscheinlich konnte sie die offenbar lang gehegte Frage, nicht mehr zurückhalten. »Seit Monaten muss ich mitansehen, wie du John mit Verachtung strafst. Nicht einmal das Bett teilst du mehr mit ihm. Mein Gott, er ist doch dein Ehemann. Er hat es verdient, Vater zu werden.«

»Wer weiß, vielleicht will ich überhaupt keine Kinder.«

»Das ist doch absurd. Es ist deine eheliche Pflicht, ihm Nachkommen zu schenken. Willst du denn wirklich nicht eines Tages Mutter sein und das schönste Glück der Welt empfinden? Das kann doch nicht dein Ernst sein, Isabelle.« Erbost wanderte sie auf Isabelle zu.

Diese pfefferte wutschäumend das leere Whiskeyglas gegen die Wand. »Einen Teufel werde ich tun! Vielleicht macht er ja dem Hausmädchen ein Kind. Coleen lässt sich doch gern von deinem ehrenwerten Sohn auf dem Dachboden vögeln, während du alte Schachtel friedlich in deinem Bettchen liegst und von deiner heilen Welt träumst.«

»Und du lässt dich von Violetts Ehemann besteigen. Glaub ja nicht, ich wüsste nicht, was sich in diesem Haus abspielt. Ich habe genau gesehen, wie ihr vorhin kurz nacheinander im Keller verschwunden seid. Und das an ihrem Hochzeitstag, dass du dich nicht schämst.«

Isabelles Augen blitzten vor Wut. »Du hast doch keine Ahnung.«

Nein, das hatte ihre Schwiegermutter tatsächlich nicht. Isabelle hatte den Drang, ihr wehzutun, sie wollte nicht mehr das schwarze Schaf sein. »Deine schwangere Tochter schlägt doch jeden Mann vor Langeweile in die Flucht.«

Josephine rutschte die Hand aus. Der klatschende Schlag auf Isabelles Wange hallte durch den Salon. Erschrocken starrte sie ihre Schwiegermutter an, der diese Backpfeife wohl nicht im Geringsten leidtat. Daraufhin schubste sie Josephine hart von sich. Tränen der Wut stiegen in ihr auf. Sie konnte es nicht mehr ertragen, von allen Menschen in ihrer Umgebung seelisch und körperlich misshandelt zu werden.

»Ich pfeif auf euer Geld. Und ich pfeif auf euch. Ich verabscheue jeden Einzelnen in diesem Haus so sehr, dass ich nachts nicht in den Schlaf finde. Ihr widert mich alle an.«

»Halt den Mund, du verwöhntes Biest. Du hast meinen Sohn nicht verdient. Wenn du ihn doch so sehr hasst, warum hast du ihn dann überhaupt geheiratet? Er ist so ein guter Junge und du zerstörst ihn.«

»Du glaubst also, dass John ein aufrichtiger Ehrenmann ist, was? Soll ich dir mal was sagen, Josephine? Er ist ein verachtenswertes Scheusal, das mich gezwungen hat, seine Frau zu werden, damit ich aus meiner besetzten Heimat fliehen konnte. Gegen meinen Willen. Er hat meine größte Not ausgenutzt, mich eingeschüchtert, mir meine wahre Liebe – Dickie – versagt und mich hier an diesen gottverdammten Ort deportiert. Geschlagen hat er mich. Beinahe vergewaltigt. Dein Sohn ist Abschaum. Schlimmer als jeder Nazi, dem ich sonst in die Hände gefallen wäre. Und bei Gott, ich wünschte, John hätte mich ihnen überlassen.«

»Was zum Teufel redest du da?« In Josephines Zügen machte sich blankes Entsetzen breit.

»Ja, das erstaunt dich, nicht wahr? Das passt nicht in dein verqueres Weltbild. Dein Sohn hat eine Jüdin geheiratet und euch allen verschwiegen, mit welch intriganten Mitteln er das alles eingefädelt hatte. Dickie hat es erkannt und sich von ihm abgewandt. Er wollte mich retten kommen, aber wer weiß schon, was John da wieder angestellt hat, um es zu verhindern.«

Josephine wurde kreidebleich im Gesicht und fasste sich erschüttert an den Brustkorb.

»Du willst Enkelkinder?«, fauchte Isabelle weiter. »Schön. Ich lasse mich von jedem Idioten eures ach so geliebten

Woodwall bumsen und setze euch einen Bastard nach dem anderen in dieses Haus. Ist dir das lieber?« Sie packte Josephine an der Schulter und riss die ältere Frau zu sich. »Ist dir das lieber, habe ich gefragt? Du weltfremde Alte.«

Josephine griff sich abermals mit schmerzverzerrtem Gesicht an die rechte Brust und keuchte.

»Du lügst«, röchelte sie.

Isabelle konnte diese Situation nicht mehr ertragen. »Geh mir aus dem Weg!«, schrie sie ihrer Schwiegermutter ins Gesicht und eilte hastig aus dem Salon. Ein letztes Mal blickte sie über die Schulter und sah, wie sich Josephine, kreidebleich vor Schreck, an der Hausbar abstützte und ihre Atmung hektischer wurde.

»Isabelle, hilf mir!«, japste Josephine, doch Isabelle hatte sich bereits wieder abgewandt, und verschwand nach oben. Auf dieses Theater hatte sie keine Lust.

In ihrem Zimmer angekommen, schlug Isabelle die Tür hinter sich zu und kämpfte mit aufkommender Panik.

Jetzt war alles raus. Sie wusste, John würde toben, wenn er zurückkehrte und Josephine ihm von dem Streit erzählte. Nun musste sie verschwinden. Sofort. Viel Zeit hatte sie nicht. Hastig öffnete sie ihren Kleiderschrank und zerrte einen kleinen Koffer von der Hutablage, den sie anschließend auf ihr Bett schleuderte. Mit einem beherzten Griff riss sie ihre Kleider aus dem Schrank und schmiss sie in den Koffer. Während sie packte, schmiedete sie in Gedanken einen Fluchtplan. Er war verrückt, aber es ging nicht anders.

Mit dem Fahrrad würde sie zunächst ins Great Mountain Hotel fahren, damit sie dort die Nacht verbringen konnte. Clark würde ihr schon ein Zimmer anbieten. Auch wenn sie dafür mit ihm schlafen musste, damit er sie nicht ihrem Ehemann auslieferte. Morgen war Sonntag. Isabelle wusste, dass am späten Nachmittag ein Bus in die Stadt fuhr, um die älteren Kinder nach North Bend zu bringen, damit sie unter der Woche in einem Internat eine High-School besuchen konnten. In diesen Bus würde sie einsteigen.

Von North Bend wollte sie den Zug Richtung Seattle nehmen. Zu Dickie. Er würde ihr Zuflucht gewähren, wenn sie ihm von dem furchtbaren Leben mit John erzählte. Dann wäre sie endlich mit ihm zusammen. Sie musste wissen, weshalb er nicht gekommen war, um sie zu holen. Wie er es doch versprochen hatte. Und wenn sie an jeder Haustür klopfen musste, um herauszufinden, wo er sich aufhielt. Vielleicht in diesem Pub am Hafen. Das konnte sie sich allerdings beim besten Willen nicht vorstellen. Sie wusste, dass Dickie schnellstmöglich von dort hatte verschwinden wollen.

Aus der Schublade ihres Nachttischs kramte sie etwas Geld hervor, das sie John hin und wieder aus der Geldbörse gestohlen hatte. Das Geld war genau für diese Gelegenheit gedacht. Hundertzwanzig Doller zählte sie. Das sollte bis nach Seattle reichen. Hoffte sie.

Anschließend schlug sie den Koffer zu und zog ihn von ihrem Bett herunter. Bevor sie das Zimmer verließ, sah sie sich im Spiegel noch einmal an. Sie trug noch das enge Abendkleid. Darin auf ein Fahrrad zu steigen, war unmöglich. Isabelle stellte den Koffer auf dem Boden ab und riss sich das Kleid vom Leib, um ein bequemeres anzuziehen. Um nicht noch einmal den Koffer aufmachen zu müssen, wühlte sie in der untersten Schublade ihres Kleiderschrankes. Unter einem Haufen Bettlaken lag das alte Kleid, das sie in Wien und auf ihrer Flucht

271

getragen hatte. Aus irgendeinem Grund hatte sie es nie wegge-
worfen. Seltsam passend, dass sie es jetzt anzog. Kostbare Zeit
ging indes dabei verloren. Sie hatte das Gefühl, sich nur in Zeitlupe zu bewegen, als versuchte irgendetwas Unergründliches,
sie von ihrem Plan abzubringen.

Schneller, Isabelle ... schneller, befahl sie sich selbst.

John musste jeden Moment eintrudeln. Nachdem sie endlich soweit war, schaute sie sich noch einmal in ihrem Zimmer
um. Hatte sie etwas vergessen?

Völlig egal, entschied sie, öffnete die Tür und stiefelte über
den Flur.

Erschüttert blieb sie stehen, als sie das Aufschließen der
Haustür vernahm. John war zurück.

Verdammt!

Auf Zehenspitzen schlich sie zum Treppengeländer, um ihn
zu beobachten. Josephine würde ihn sicherlich sofort abfangen,
damit sie ihm alles erzählen konnte. Diese Chance wollte Isabelle nutzen, um sich aus dem Haus zu mogeln.

John wanderte durch das Foyer und seufzte, als er die Hin-
terlassenschaften der Hochzeitsgäste betrachtete. Isabelle wartete, dass er endlich im Salon verschwand.

Nun mach schon, betete sie im Stillen. Doch nichts geschah.

Plötzlich blieb John mit verzerrter Miene mitten im Foyer
stehen. Sie runzelte die Stirn.

Was war mit ihm los?

»Mom!«, schrie er panisch und rannte in den Salon.

Isabelle blieb das Herz stehen und sie bewegte sich nicht von
der Stelle. Geistesgegenwärtig schmiss sie ihren Koffer in eine
Abstellkammer auf dem Flur. Dann huschte sie in ihr Zimmer

zurück und warf sich einen Morgenmantel über, damit John nicht misstrauisch wurde, weil sie sich umgezogen hatte. Anschließend tappte sie leise die Treppe hinunter. Dabei hörte sie Johns verzweifeltes Weinen. Nachdem sie die letzten Stufen genommen hatte, spähte sie in den Salon. John kniete auf dem Boden und wiegte seine Mutter in den Armen. Josephine rührte sich nicht. Die Hausbar war umgerissen und die Scherben, der zerbrochenen Flaschen, lagen über dem Fußboden verteilt. Fassungslos setzte sich Isabelle auf die unterste Treppenstufe. Ihr ganzer Körper war starr vor Schreck und ihr Blut gefror zu Eis.

Josephine war tot.

John hielt den leblosen Leib seiner Mutter in den Armen.

Isabelle schluckte die aufkeimende Übelkeit hinunter, konnte nicht fassen, was sie da sah. Ihre Hände zitterten so stark, als gehörten sie nicht mehr zu ihrem Körper. Im Haus war es still, nur das leise, rhythmische Ticken der Wanduhr unterbrach diese Totenstille. Von draußen hörte sie das Rauschen der Wälder, das von Sekunde zu Sekunde lauter wurde, als würde sie mittendrin stehen. Sie hielt sich die Ohren zu, weil sie dieses Tosen nicht mehr aushielt.

Endlich war es wieder ruhig, der Wind war verstummt.

Doch eines blieb: Der furchtbare Gedanke, dass sie Josephine auf dem Gewissen hatte.

Die Blumen der Hochzeit waren noch nicht verwelkt, da folgte das nächste Ereignis in Morgan's Hall: die Trauerfeier für Josephine.

Die Beisetzung des Leichnams musste alsbald vonstattenge-
hen, da die Hitze den toten Körper noch zügiger zur Verwesung
antrieb, als es normalerweise der Fall sein würde.

Johns Mutter wurde in dem kühlen Gewölbekeller aufge-
bahrt, dennoch war der Geruch des Todes allgegenwärtig.

Violett und Andrew hatten sofort ihre Hochzeitsreise abge-
brochen und waren nach Woodwall zurückgeeilt. Wie von Sinnen hastete die Frischvermählte von einem Zimmer zum nächsten und weinte ohne Unterbrechung.

John trottete ihr wie ein begossener Pudel hinterher.
Andrew hielt sich zurück.

»Ich bin schuld an ihrem Tod«, schluchzte Violett.

»Das ist doch Unsinn, Vio«, versuchte ihr Bruder, sie zu
trösten.

Isabelle lehnte sich an den Türrahmen des Speisezimmers
und beobachtete heimlich das Geschwisterpaar. Beide waren zu
sehr mit sich und ihrem Schmerz beschäftigt, um von ihr Notiz
zu nehmen.

Violett blieb stehen und vergrub das Gesicht in ihren Händen.

»Doch, John! Ich habe Mutter mit meiner Hochzeit viel zu
sehr angestrengt. Sie hat doch schon seit Tagen über ihr Herz
geklagt. Ich habe das ignoriert, weil ich nur an meine perfekte
Hochzeit gedacht habe. Jetzt ist sie tot und ich konnte mich
noch nicht einmal von ihr verabschieden.«

Liebevoll schloss er sie in seine Arme. »Ich doch auch nicht.
Aber dich trifft keine Schuld. Mutter hatte sich auf den Tag genauso gefreut wie du.«

Sie nickte und schluchzte. »Wie kann ich jetzt noch mit Andrew weggehen? Ich kann dich doch nicht alleine hier lassen, mit dieser ... dieser Hexe.«

Isabelle presste frustriert die Lippen zusammen.

John lachte, wurde aber sofort wieder ernst.

»Du wirst Andrew auf jeden Fall nach Wichita Falls begleiten. Mach dir um mich keine Sorgen. Isabelle ist seit Mutters Tod auch sehr aufgewühlt.« Violett wischte sich die Tränen aus dem Gesicht.

»Ich verstehe es einfach nicht. Sie hätte doch das laute Poltern hören müssen, als Mutter zu Boden stürzte und die Hausbar umfiel. Sie war doch noch wach. Warum ist sie nicht direkt nach unten gelaufen?«

»Sie schwört, dass sie in ihrem Zimmer nichts gehört hat. Ich glaube ihr. Bitte, verrenne dich nicht in den Glauben, dass irgendjemand unserer Mom hätte helfen können. Selbst wenn Isabelle sofort zur Stelle gewesen wäre, hätte sie Mutter nicht mehr retten können. Suzie und Coleen haben schließlich auch nichts mitbekommen.«

Isabelle fiel ein Stein vom Herzen, weil John keinen Verdacht schöpfte.

Violett sah allem Anschein nach ein, dass ihr Bruder recht hatte, und drückte sich fest an ihn.

»John, wir haben keine Eltern mehr«, weinte sie bitterlich.

Diese Worte zerrissen Isabelle das Herz. Eigenartigerweise fühlte sich das erste Mal zu den Geschwistern hingezogen, weil sie so sehr unter dem plötzlichen Tod der Mutter litten. Isabelle wusste, was es hieß, elternlos zu sein.

»Ich kann es auch nicht glauben.« John umarmte seine Schwester innig. »Aber du musst jetzt an dich denken. Es wird auch nicht besser, wenn du hierbleibst. Du musst dein eigenes Leben leben, das hätte Mutter so gewollt. Ich komme schon zurecht.«

»Vielleicht, ja.« Sie löste sich aus seiner Umarmung. »Ich werde Suzie in der Küche helfen. Morgen früh ist schon die Trauerfeier und sie hat allerhand zu tun. Sie ist ohnehin ganz aufgelöst. Aber du weißt ja, wie sie ist.«

»Ja, mach das«, sagte John und Violett schlurfte in die Küche. Er wanderte indes in den Salon und blieb an der Stelle stehen, wo er seine Mutter gefunden hatte.

Isabelle folgte ihm. Er stand mit dem Rücken zu ihr und sie erkannte seine Gemütsverfassung an den bebenden Schultern. Leise tappte sie ebenfalls in den Salon und schloss die Flügeltür hinter sich. Er drehte sich erschrocken zu ihr um und Tränen flossen ihm das Gesicht hinunter. Sein Kummer ging ihr näher, als sie es erwartet hatte. Sogleich wischte er sich die Wangen trocken und setzte sich resigniert auf das Sofa. Für einen kurzen Augenblick überlegte sie, ob sie sich neben ihn setzen sollte, doch sie traute sich nicht.

John atmete schwer. »Mein Vater ist noch keine zwei Jahre tot, und ich hätte nicht gedacht, dass Mutter ihm so schnell folgen würde. Sie war ein so feiner Mensch. Ich vermisse sie schrecklich.«

Wieder bebte sein Körper vor Trauer und Schmerz.

Isabelle fand keine Worte und stand stumm vor ihm. Er schaute zu ihr empor und verzog gramvoll das Gesicht. »Ich bin einfach nicht der, der ich sein will. Isabelle, was ich dir angetan habe, bereue ich zutiefst. Bitte, vergib mir. Vielleicht kannst du das irgendwann. Ich verspreche dir, dass ich dich nie wieder anrühren werde. Aber verlass mich nicht. Ich liebe dich, auch wenn ich nicht weiß, warum ich das tue.«

Sie dachte an den gepackten Koffer, der noch immer in der Abstellkammer stand.

Nein, sie konnte jetzt nicht weg. Sie würde noch ein paar Wochen bleiben. So lange, bis ihr schlechtes Gewissen über Josephines Tod nachgelassen hatte. Dann würde sie John verlassen und zu Dickie gehen.

Ganz sicher.

Mein bester Freund

Dickie saß im Schein der Nachttischlampe vor einem leeren Blatt Papier. Seine Hand zögerte, es mit Worten zu füllen. Wie sollte er anfangen?

Er sah auf seine Armbanduhr. Es war inzwischen kurz vor fünf Uhr in der Früh.

Vor wenigen Minuten hatte er noch im Bett gelegen und nicht in den Schlaf gefunden. Wie so oft, wenn er spät nachts von der Arbeit nach Hause kam. In der Regel war er zu aufgekratzt, um einzuschlafen. Sobald alles um ihn herum verstummt war, spukten traurige Erinnerungen in seinem Kopf umher. Gedanken an John und Isabelle. Bilder, Augenblicke …

Isabelle.

Vor über drei Jahren hatte er versprochen, sie aus Johns Fängen zu befreien. Doch niemals war er nach Morgan's Hall gefahren, um sie zu holen.

Im Laufe der Zeit verblassten die Gefühle für sie, bis sein Herz sie vollends vergessen hatte.

Was blieb, war John – sein bester Freund, den er schrecklich vermisste.

Dickie fasste all seinen Mut zusammen und schrieb:

Lieber John,

ich gestehe, es fällt mir nicht gerade leicht, dir diese Zeilen zu schreiben.

Nach mittlerweile über drei Jahren trauriger Funkstille zwischen uns beiden, bin ich mir nicht einmal mehr sicher, ob du diesen Brief überhaupt öffnest, wenn du ihn in Händen hältst. Von tiefstem Herzen wünsche ich mir, dass du ihn liest. Klingt es unmännlich, wenn ich sage, dass ich dich vermisse? All die guten Gespräche und die Arbeit auf der Plantage während unserer Semesterferien. Ja, und das kühle Rainier-Bier, das wir uns nach jedem Feierabend gönnten.

Oder Unmengen eures Apfelweins.

Vor allem möchte ich dir mein Beileid zum Tod deiner Mutter aussprechen. Ich las euren Nachruf in der Seattle-Post, und ich weiß, meine Beileidsbekundung kommt spät. Ich kann mir vorstellen, dass dieser große Verlust nicht leicht für dich war, es noch immer nicht ist. Josephine war der warmherzigste Mensch, dem ich jemals begegnet bin, und ich empfinde tiefe Dankbarkeit für alles, was sie für mich getan hat.

Wie furchtbar, dass sie am Tag von Violetts Hochzeit verstarb, und dann auch noch so plötzlich. Ich weiß, wie sehr ihr eure Mutter geliebt habt.

Selbst nach dieser langen Zeit denke ich gern an dich und deine Familie zurück, die mich überaus herzlich in ihrer Mitte aufnahm. Obwohl ich nur der einfache Sohn eines

Wirts war, es noch immer bin. Ihr habt nie einen Unterschied gemacht. Mein Herz tanzt, wenn ich an Morgan's Hall zurückdenke. Die weiten Wälder, der ungetrübte See, die Stille bei Nacht und dieser sagenhafte Sternenhimmel – einmalig und nur bei euch so zu sehen.

Lange habe ich überlegt, dir zu schreiben. Ob es überhaupt richtig ist. Schon einige Male habe ich Zeilen an dich verfasst, die dann doch im Papierkorb gelandet sind, weil mich der Mut verlassen hat, sie dir zu schicken.

Oft erinnere ich mich an unsere letzte Zeit zusammen. Nach den schrecklichen Tagen in Wien, die unser weiteres Leben maßgebend verändert haben. Ich versuche, das Geschehene in einen sinnstiftenden Kontext einzuordnen. Manchmal gelingt es mir – oft aber auch nicht. Wie hat ein Weibsbild uns entzweien können? Verzeih, natürlich hoffe ich, dass du glücklich mit Isabelle geworden bist. Ich hätte mir vieles vorstellen können, wie sich unsere Wege trennen könnten, doch ich hatte nicht erwartet, dass eine Frau der Grund dafür sein würde. Vor der Reise waren uns andere Dinge wichtiger, nicht wahr?

Ich gebe es zu, ich hatte mich damals in Isabelle verliebt. Bei der ersten Begegnung in der Plankengasse war es ganz plötzlich um mich geschehen. Ich hatte versucht, diese Gefühle zu unterdrücken, doch fehlte mir der ehrliche Wille dazu. Das tut mir leid. Glaub mir das, mein Freund.

Aber wir können das Geschehene nicht rückgängig machen. Ich hasse mich dafür. Noch mehr hasse ich mich allerdings dafür, die fünfzigtausend Dollar angenommen zu haben, damit ich von euch fernbleibe. Dabei hattest du mit dieser Entscheidung recht: Es hätte nicht funktioniert.

Ab und an bringt mir ein Kurier die Wochenzeitung aus North Bend und ich freue mich, wenigstens über diesen Weg noch von euch beziehungsweise eurem Unternehmen zu hören. Als ich im Juni 1938 die Anzeige zu eurer Hochzeit las, blutete mein Herz.

Nicht weil ich um Isabelle trauerte, sondern um dich, mein treuer und teurer Freund. Wie gern hätte ich dir meine allerbesten Wünsche ausgesprochen.

Ich hoffe, dass sich alles zum Guten gewendet hat und du die Frau geheiratet hast, die dich inständig liebt. So liebt, wie auch du für sie fühlst. Das wünsche ich dir wahrlich von Herzen. Ich empfinde dergleichen nicht mehr für sie. Aus den Augen, aus dem Sinn.

Du warst es, der ihr das Leben gerettet hat. Nur du allein, und ich hoffe, Isabelle wird dir dies immer danken. Was seither in Deutschland, Österreich, Polen und jetzt zuletzt in Frankreich geschehen ist und noch immer passiert, übersteigt meinen Verstand. Was wird dieser Welt noch alles Schreckliches widerfahren? Wie ich vermutet hatte, bedeuten diese Nazis nichts als Krieg und Verderben. Ich kann kaum glauben, dass wir das Böse leibhaftig gesehen und erlebt, ja überlebt haben. Jagen dir die Schreckensbilder auch noch durch den Kopf? Manchmal verfolgen sie mich.

Ich habe gehört, die Morgan's Company ist weiterhin sehr erfolgreich, was darauf schließen lässt, dass du die Geschäfte exzellent führst. Nichts anderes hatte ich erwartet. Mir ist inzwischen klar geworden, dass du mich wahrscheinlich nie gebraucht hast. Du warst immer zielstrebig und eigenständig, voller Ideen.

Wie hältst du eigentlich Clark Harrington im Zaum? Diesen widerlichen kleinen Mistkerl. Er ist sicher nicht besser als Warren. Habe gehört, der Alte hat das Zeitliche gesegnet. Will sein Nachfolger auch an deinen Grund und Boden? Warrens Tod hat mich sehr überrascht, muss ich zugeben. Er starb am selben Tag wie dein Vater. Da ist es mir eiskalt den Rücken runtergelaufen. Aber genug davon.

Gern will ich dir berichten, wie es mir in den letzten drei Jahren ergangen ist, sofern es dich interessiert. Ansonsten, falls du überhaupt bis hierhin gelesen hast, leg den Brief zur Seite.

Als sich unsere Wege am Flugplatz in Seattle trennten, bin ich zurück zu meiner Familie gegangen. Ich hatte die Absicht, mir ein paar Tage Auszeit zu gönnen nach diesen schlimmen Tagen in Wien. Meine Mutter hatte sich während meiner Abwesenheit mit irgendeinem Penner aus dem Staub gemacht. Ab und an erhalte ich einen Brief von ihr. Ich rechne nicht mit ihrer Rückkehr.

Auch wenn mein alter Herr es nicht zugab, denn er war zu stolz, traf ihn Mutters Fortgehen schwer. Mich wunderte ihr Verschwinden nicht im Geringsten. Vater verbrachte die ganze Zeit im Cooper's und scherte sich einen Dreck um sie oder mich. Deshalb hatte ich nicht die Muße, ihm in dieser Zeit beizustehen. Selbst schuld. Aber ich konnte die Schmach in seinen Augen erkennen.

Lange habe ich vergeblich nach einer Anstellung gesucht, doch wie du sicherlich weißt, herrscht bis heute enorme Arbeitslosigkeit, nicht nur in Seattle.

Wenige Wochen nach meiner Rückkehr verstarb mein Vater.

Ganz plötzlich. Leberzirrhose stellten die Ärzte fest. Das überraschte mich nicht, da er selbst sein bester Kunde im Pub gewesen ist. Wenn du verstehst, was ich meine. Wie oft ist er hinter dem Tresen eingeschlafen und hat stundenlang gepennt, während irgendwelche Gauner ihn beraubt haben. Dieser Idiot! Solche Eltern zu haben, erfüllt einen Sohn wahrlich mit Stolz.

Nun ja, und da es für mich keine Arbeit gab und ich begriff, dass Pubs wirtschaftlich gesehen wohl dauernd ihre Daseinsberechtigung finden – machen wir uns nichts vor: Gesoffen wird immer! –, investierte ich mein Erspartes in die Modernisierung des elterlichen Betriebs. Es war nicht viel, aber es reichte aus.

Ob du es glaubst oder nicht: Ich führe den Pub weiter.

Nein, das ist nicht meine Erfüllung. Aber der Laden floriert ausgesprochen gut, jetzt da es nicht mehr wie Hechtsuppe durch die Räume zieht, ich einen vernünftigen Lieferantenvertrag abgeschlossen habe und sogar Anzeigen in der Zeitung schalte.

Kurz nachdem ich den Pub im Oktober 1938 wiedereröffnete, stellte ich eine Bardame ein, da die Bewirtung für mich alleine nicht mehr zu stemmen war.

Grace O'Neill. Eine wahre irische Schönheit, das sag ich dir. Ihrem Vater gehört ein bedeutungsloses Import- und Exportgeschäft drüben am Hafen – kaum rentabel.

Trotz ihrer einfachen Herkunft war sie äußerst gebildet. Sie spielte ausgezeichnet Klavier und verzauberte jeden Abend den Pub mit irischer Folklore. Nachdem sich die ausgelassene Stimmung im Pub in der ganzen Stadt herumgesprochen hatte, platzte dieser am Abend aus allen Nähten.

Du wunderst dich sicher, warum ich in der Vergangenheits-form von ihr schreibe. Dazu komme ich gleich.

Nur zwei Monate nach ihrer Anstellung habe ich Grace geheiratet. Sie hat mich einfach verführt. Ich muss sagen, dass ich, obwohl ich sie gern mochte, nicht in sie verliebt war. Nach einem lukrativen Abend, den wir gemeinsam begossen haben, verbrachten wir die Nacht miteinander und waren lei-der unvorsichtig.

Nun ja, du wirst sicherlich gerade schmunzeln. Das hast du immer kommen sehen. Du hattest schon während unseres Studiums geahnt, dass eines Tages eine Frau mit dickem Bauch vor meiner Tür steht und meine Zukunft bestimmt. Ich kann nicht behaupten, dass ich mich sonderlich auf die-ses Kind gefreut habe, doch in Anbetracht meiner guten fi-nanziellen Lage konnten wir uns ein Baby durchaus leisten. Aber ich muss ja nicht erwähnen, dass das Cooper's nur eine vorübergehende Lösung für mich sein sollte.

Und in der Folgezeit?

Am 16. Juli 1939 erblickte unser Sohn James das Licht der Welt. Ein seltsames Spiel des Schicksals, dass mein Junge in der Nacht geboren wurde, als deine Mutter, Josephine, ver-starb. Als würden wir uns in einem ständigen Kreis mit dem-selben Mittelpunkt bewegen. Der gute Phil würde dies jetzt wahrscheinlich in all seiner Weisheit bejahen.

Nun, leider passierte kurz nach James Geburt Schreckli-ches. Grace hatte plötzlich heftige Kopfschmerzen und Krämpfe. Sie schrie minutenlang auf, sodass ich den Doktor zurückholen musste. Als er eintraf, hatte sie bereits das Be-wusstsein verloren. Die ganze Nacht verbrachte ich an ihrem Bett und gestand mir ein, wie sehr sie mir doch am Herzen lag. Grace hatte sich in der Zeit mehrmals übergeben und redete wirres Zeug, wann immer sie aufwachte. Dann fiel sie wieder in die Kissen zurück. Irgendwann öffnete sie ihre Augen und weinte hysterisch los, da sie nichts mehr sah.

John, sie war schlagartig blind geworden! Als hätte sie zu lange in ein grelles Licht geschaut.

Nach all den schockierenden Tagen in Wien hatte ich nie wieder eine solche Angst verspürt, bis zu dieser Nacht. Am frühen Morgen verließen sie all ihre Kräfte und sie starb in meinen Armen. Der Arzt erklärte mir, dass sie eine tödliche Eklampsie erlitten habe.

Ich schreibe dir nicht, um dein Mitleid zu erregen. Bestimmt nicht. Die letzten Jahre waren nur sehr hart, und ich habe mir oft gewünscht, dich, um Rat fragen zu können.

Wir haben jetzt 5.31 Uhr. Der letzte Gast hat sich vor etwas über einer Stunde verabschiedet, nicht ganz freiwillig – ich musste ihn rauskehren. Da ich aber nicht müde bin, habe ich diesen Brief an dich aufgesetzt. Dieses Mal werde ich ihn absenden, das bin ich unserer früheren Freundschaft einfach schuldig. Viel zu lange war ich feige.

Was ich mit meinem Schreiben erreichen will?

Nichts – außer, dass du weißt, dass ich oft an dich und deine Familie denke. Gerade in stillen Momenten wie diesem. Wie ist es dir ergangen, alter Freund?

In tiefer Freundschaft, Dickie

PS: Neben dem Brief findest du einen Bankscheck über die fünfzigtausend Dollar, die ich damals von dir erhalten habe. Ich habe das Geld nie angerührt.

Dickie steckte sein Schreiben sowie den Scheck in ein Kuvert und verschloss es. Dieses Mal würde er ihn abschicken. Das hatte er sich fest vorgenommen. Direkt am nächsten Tag. Jetzt hatte er endlich den Seelenfrieden, um in den Schlaf zu finden.

***

»Du bist ein Idiot, John Morgan!«, fluchte Clark, der in Johns Büro in der Kelterei auf und ab marschierte. »Idiot ist überhaupt kein Ausdruck. Ich brauche doch nur das winzige Stück Land oben in der Nähe von Greystoke Grove. Verdammte Scheiße, du hast keinerlei Verwendung dafür.« John saß an seinem Schreibtisch und hörte Clark gar nicht zu. Stattdessen starrte er auf den obersten Brief seines ungeöffneten Poststapels und las unentwegt Dickies Handschrift. Rauf und runter.

»John!«, brüllte Clark abermals und schlug mit der flachen Hand auf die Holzplatte des Schreibtischs. Der laute Knall riss John aus seinen Gedanken. Der Gnom ging ihm dermaßen auf die Nerven, dass er sich wütend von seinem Stuhl erhob und sich zu dem schmächtigen Clark hinüberbeugte.

»Wie oft muss ich es dir noch sagen, bis du es endlich begreifst, Harrington? Nicht einen Grashalm werde ich dir überlassen. Solange ich lebe nicht. Und jetzt mach, dass du hier wegkommst.«

Einen Augenblick war Clark sprachlos. Auf seiner Oberlippe standen winzige Schweißtröpfchen, die er sich mit dem Ärmel seines Mantels wegwischte. Aus den Augen in seinem bleichen Gesicht sprach Ratlosigkeit, die sich im nächsten Moment in Zorn verwandelte.

»Wie lange sind Isabelle und du nun verheiratet? Drei Jahre?«

»Ja, was soll die Fragerei?« John wusste genau, worauf der Giftzwerg hinauswollte.

»Und immer noch kein Erbe für dein geliebtes Morgan's Hall. Ziemlich bitter, was? Auch wenn es möglicherweise noch Jahre dauern wird, aber spätestens dann, wenn du in einem klapprigen Rollstuhl vor dich hin sabberst, gehört dein Land meiner Familie. So wahr ich hier stehe, John.«

Kaum waren die Worte heraus, packte John ihn am Kragen und zog Clark dicht zu sich heran.

»Verschwinde, du miese kleine Ratte.« Mit einem heftigen Stoß beförderte er ihn in Richtung seiner Bürotür. Clark richtete seinen Mantelkragen und öffnete die Bürotür, sah dann noch einmal in Johns finsteres Gesicht.

»Irgendwann wirst auch du sturer Bock zur Besinnung kommen. Und wenn es so weit ist, die Türen des Great Mountain Hotel stehen dir weiterhin offen. Im Gegensatz zu dir bin ich kein verbohrter Narr.«

Mit einem Türenknallen verließ Clark das Büro.

Zermürbt ließ sich John in seinen Stuhl zurückfallen. Nachdenklich faltete er die Hände im Schoß. Sollte er Clark das ungenutzte Land nicht doch verkaufen? Vielleicht würde er dann Ruhe geben.

»Auf keinen Fall«, sprach er zu sich selbst und holte sich das Versprechen, das er seinem Vater gegeben hatte, ins Gedächtnis zurück. Dieses Stück Land musste unberührt bleiben. John hatte dafür Sorge zu tragen, auch wenn er nicht genau wusste, weshalb. Charles hatte aber seine Gründe gehabt, dessen war sich John sicher.

Dann fiel sein Blick wieder auf Dickies Brief. Er schaltete die Schreibtischlampe ein, weil draußen bereits die Dämmerung einbrach. Seine Finger zitterten, als er das Schreiben dem Umschlag entnahm.

Wenig später faltete John gedankenverloren die Seiten zusammen, nachdem er Dickies Zeilen gelesen hatte. Die Worte hatten ihn zutiefst berührt, waren in sein Herz gedrungen.

Sein alter Freund hatte Bedauerliches durchgemacht, und John wurde bewusst, dass Dickie ihn in so manch schwerer Stunde wirklich gebraucht hätte. Doch das Schicksal hatte sich vor langer Zeit gegen diese Freundschaft entschieden. Er hatte sich gegen Dickie entschieden und für seine Liebe zu Isabelle, die sie bis zum heutigen Tag nicht erwiderte. Hatte er einen Fehler begangen?

John hatte alles Erdenkliche versucht, um seine Frau glücklich zu machen. Sie war für sämtliche Aufmerksamkeiten oder Geschenke unempfänglich. Zärtlichkeiten gab es ohnehin keine zwischen ihnen. Sie verweigerte ihm jegliche Intimität, was ihn so sehr frustrierte, dass er ihr in seinen dunkelsten Gedanken am liebsten das Genick gebrochen hätte. Vor allem dann, wenn sie seinen Berührungsversuchen angeekelt auswich.

Dennoch suchte er ihre Nähe immer wieder. Das konnte doch nicht alles in seinem Leben gewesen sein, oder? Die Nächte waren trostlos und er haderte mit sich selbst. Ihm war bewusst, dass er Isabelle vor langer Zeit überrumpelt hatte, doch damals hatte er auch zu ihrem Schutz gehandelt. Es war keine Zeit für lange Überlegungen geblieben. Er hatte ihr mit der Flucht und Heirat wirklich und aufrichtig helfen wollen. Nur war ihm nie in den Sinn gekommen, sie nach ihren

Wünschen und Gefühlen zu fragen, das war ihm inzwischen klar

geworden. Dafür rächte sie sich nun mit ständiger Nichtbeachtung. Nach Wien hatte er sich eingebildet, ihr Herz in wenigen Monaten erobern zu können.

Welch ein Trugschluss.

Bei diesen Gedanken presste er den Brief fest gegen seinen Brustkorb, sodass das Papier in seiner Hand zerknüllte. Sein Blick wanderte zu den wenigen Bilderrahmen, die seinen Schreibtisch zierten. Das Lächeln seiner gutmütigen Mutter strahlte ihn an. Daneben sah er sein Hochzeitsbild mit einer ausdruckslosen Isabelle an seiner Seite.

Etwas weiter hinten stand ein Familienbild von Violett, Andrew und dem kleinen, properen Tristan, den seine Schwester glücklich im Arm hielt. Im Hintergrund die amerikanische Flagge. Andrew, in Offizierskleidung, blickte John mit einem falschen Grinsen an. Tristan trug den Namen von Johns und Violetts Urgroßvater, der während des Sezessionskriegs General in Charleston gewesen war. Nach dem Sieg der Union über die Konföderation der Südstaaten war er mit seiner Familie in den Nordwesten geflohen und schließlich in Seattle gelandet. Dort hatte er die Reederei gegründet, die den Morgans ihren heutigen Wohlstand bescherte.

Einige Male hatten Violett und Andrew Morgan's Hall besucht. John beneidete seine Schwester für den Kindersegen, wann immer er ihren kleinen Sohn sah. Tristan war ein kräftiger blonder Junge, der vermutlich irgendwann in die militärischen Fußstapfen seines Vaters treten würde.

John seufzte.

Die einzigen intimen Momente, die zur Zeugung eines Babys führen könnten, verbrachte er mit Coleen – dem Hausmädchen. Sie gab ihm die körperliche Zuneigung, die ihm seine Frau verweigerte. Er liebte Coleen nicht, und egal wie distanziert und bisweilen gar boshaft Isabelle auch war, sein Herz gehörte nur ihr. Das würde sich auch nicht ändern. Ganz gleich, was sie anstellte. Aber er brauchte einen Nachkommen, die Leute redeten eh schon zu viel. In seiner Verzweiflung hatte John sogar bereits den Gedanken gehegt, Coleen zu schwängern. Das wäre allerdings ein ziemlicher Skandal gewesen, daher benutzte er Pariser, wann immer er mit ihr schlief. Die Kondome hatte er einem schmierigen Apotheker in North Bend abgekauft, da diese schwer zu beschaffen waren. Mit Geld konnte man eben doch vieles lösen.

Wieder ertappte sich John bei dem sehnlichen Wunsch nach einem eigenen Kind, einem Sohn wie Tristan, der das Fortbestehen von Morgan's Hall und den dazugehörigen Ländereien sichern würde. Für ihn war es unvorstellbar, dass eines Tages eine Tochter die Geschäfte führte. Für solche emanzipierten Gedanken war er schlichtweg zu konservativ eingestellt. Nicht dass es von Bedeutung war, bisher hatte er ja kein Kind, und er zweifelte, dass sich das mit Isabelle jemals ändern würde. Dennoch: Ein Erbe konnte nur ein männlicher Nachkomme sein. Diese Bedingung stand seit Generationen außer Frage. Auch Charles hatte Morgan's Hall ausschließlich John vermacht. Violett hatte nur eine lebenslange Apanage erhalten sowie ein ständiges Wohnrecht im Herrenhaus, sofern sie dies beanspruchte. Doch wie es nun aussah, würde Tristan eines Tages die Ländereien erben. Andrew Larsons Sohn. Dieser Gedanke war für John kaum auszuhalten.

Und nun grinste ihn dieser Widerling von einem Familienfoto an. Der Penner, der seine Frau gebumst hatte, um kurz danach Violett zu schwängern. Von seinem Hass übermannt, schmiss John Dickies Brief auf den Schreibtisch zurück, griff nach dem Familienbild der Larsons und warf es gegen die Wand, sodass das Glas zerbrach, als es am Mauerwerk abprallte und klirrend zu Boden fiel.

Der nächste Morgen war ein Samstag. In Reitstiefeln stapfte John über den Flur in Richtung Isabelles Zimmer, in dem diese sich die meiste Zeit verbarrikadierte. Er klopfte an die Tür; ihre Stimme ertönte und sie ließ ihn eintreten. Dass er überhaupt anklopfen musste, war ihm zuwider.

Sie lag noch in ihrem Bett und tat das, was sie andauernd tat: lesen. John stellte sich vor ihrem Bett auf und musterte sie. Er mochte diesen Anblick. Das zerzauste Haar, das ungeschminkte Gesicht, damit sah sie aus wie ein kleines Mädchen.

»Was liest du da?«

Kurz sah sie zu ihm auf, daraufhin vergrub sie sich wieder in die Seiten ihres Buches.

»Anna Karenina«, antwortete sie ihm beiläufig.

»Wie passend«, murmelte er.

Welcher Roman konnte es auch sonst sein? Die Geschichte über eine Frau, unglücklich verheiratet mit einem hochrangigen Staatsdiener, die sich in einen gut aussehenden Oberst verliebte und eines Tages an Wahnvorstellungen litt, um sich dann vor einen Zug zu werfen.

»Gott sei Dank gibt es keinen Bahnhof in Woodwall.« Es sollte ein Witz sein, den seine Frau aber nicht als solchen empfand und ihn nur mit einem finsteren Blick bedachte. Sie ließ das Buch sinken und verschränkte die Arme vor der Brust. Seinen Humor hatte sie noch nie geteilt.

»Gibt es irgendetwas Wichtiges oder willst du mir mit weiteren dämlichen Kommentaren auf den Wecker gehen?«

Er steckte die Hände in die Hosentaschen, überlegte, ob er ihr das Buch wegreißen sollte, um mit Isabelle das zu tun, was Eheleute für gewöhnlich in einem Bett taten. John unterdrückte diesen lustvollen Gedanken sogleich wieder. Nie mehr wollte er etwas gegen ihren Willen tun.

Jetzt blickte er zum Fenster hinaus. Für einen Tag im November war das Wetter recht mild und die Sonne schien wunderbar über den Bergen.

»Ich wollte fragen, ob du mit mir ausreitest. Vielleicht ist es der letzte schöne Tag, bevor der Schnee kommt. Du hast noch nie unser wunderschönes Land außerhalb dieser Mauern gesehen. Ich wollte in Richtung Greystoke Grove hinaufreiten, um mir dort die Weiden anzuschauen.«

»Warum?«

»Ich überlege, einige Hochlandrinder zu kaufen. Im Sommer könnten die Viecher dort oben grasen. Die Ställe lasse ich neben der Kelterei errichten. Was hältst du davon?«

Sie überlegte kurz und zeigte ein wissendes Grinsen.

»Herrje, John. Lass mich raten: Clark war wieder bei dir und will das Land?«

Dumm ist sie nicht, meine Isabelle, musste er zugeben.

»Und wenn schon.«

»Mach, was du willst. Euer Bill Hastings ist mittlerweile im Ruhestand. Wenn du meinst, du müsstest Phil und dir noch mehr Arbeit aufhalsen, dann tu, was du nicht lassen kannst. Hauptsache, Morgan's Hall bleibt das, was es ist, nicht wahr?«

»Aus deiner schnippischen Antwort schließe ich, dass du nicht mitkommst.«

Sie wiegte den Kopf hin und her, als würde sie es sich noch einmal überlegen. »Richtig.«

Phil und John ritten am linken Seeufer entlang, um anschließend auf einem Lehmweg in die Wälder hinaufzureiten. Über einen steilen Hang folgten sie einem ausgetretenen Pfad, der sich in den dichten Wald hineinschlängelte. Angeblich handelte es sich hierbei um einen alten Indianerpfad, wie ihm sein Vater vor langer Zeit einmal erzählt hatte. In dieser Gegend gab es Dutzende solcher Geheimwege. Wohin diese führten, wusste er nicht.

John atmete den Duft der Tannen ein, in deren Spitzen noch vereinzelte Nebelschwaden hingen, sich an ihnen festzukrallen schienen.

Wenig später erreichten sie die Lichtung von Greystoke Grove.

Anfang des 19. Jahrhunderts war diese Gegend im Auftrag der Regierung unter Präsident Jefferson von diversen Pioniertrupps erforscht worden. Ziel der sogenannten Lewis-und-Clark-Expedition war die Ausweitung der Siedlungsgebiete für die amerikanische Nation sowie die Ergründung der indianischen Stämme, aber auch der Natur und Topografie dieser Region. Angeblich versahen die Forschungstrupps einige Orte, die ihnen aus irgendeinem Grund bedeutsam erschienen, mit besonderen Namen.

Muss wohl ein Engländer gewesen sein, der hier sein Unwesen trieb, überlegte John, als er mit seiner Stute bis zur Mitte der grasbewachsenen Lichtung ritt und stehen blieb. Phil war stets an seiner Seite.

Beide sahen sich um. Es war ein stiller Ort. Schon als Kind hatte es John immerzu hierhergezogen, aber sein Vater hatte ihm verboten, diese Gegend zu erkunden. Letztendlich gab es auch nichts, was interessant gewesen wäre, wie er auch an diesem Vormittag feststellte. Nichts als eine weitflächige Wiese, auf der im Sommer Klatschmohn und Gänseblümchen wuchsen. John fand es seltsam, dass diese unspektakuläre Lichtung damals besondere Erwähnung in den Landkarten der Expedition gefunden hatte. Das Einzige, was ihm unerklärbar erschien, war der ständige Schwefelgeruch, der ihm hier immer in die Nase kroch.

»Sag mal, Phil? Was treibt dich eigentlich andauernd hierher?«

»Ich warte.« Das hörte sich für John äußerst skurril an.

»Aber worauf denn?«

»Auf ein gutes Zeichen«, antwortete der Indianer mit nüchterner Stimme.

John wusste, dass es keinen Sinn hatte, Phil weiter auszuquetschen. Der Mann würde nur noch mehr Schleierhaftes von sich geben.

»Du bist wirklich der rätselhafteste Mensch, dem ich je begegnet bin«, lachte er, verfiel aber sofort in ein Grübeln. »Tja, dann wollen wir mal hoffen, dass sich dieses gute Zeichen bald mal blicken lässt. Könnten wir es gut gebrauchen.«

»Ich weiß, Mr Morgan.« John sah in Phils altes Gesicht. Seine Augen waren wie Spiegel, in denen man sich selbst sah. Trotzdem verbargen sie dem Gegenüber, was hinter ihnen in

Phils Kopf vorging. John linste auf seine Armbanduhr und schüttelte dann verstört das Handgelenk.

»Merkwürdig«, murmelte er. »Was ist denn mit meiner Uhr? Die Zeiger drehen sich wie verrückt im Kreis.« Phil sah kurz zu ihm, schenkte dieser Kuriosität allerdings keinerlei Beachtung, wie John feststellte. »Vielleicht ein magnetisches Störfeld«, antwortete John sich selbst.

Plötzlich fröstelte ihn, und er hatte das Gefühl, als sei die Temperatur von jetzt auf gleich um mindestens fünf Grad gesunken.

»Wir sollten weiterreiten«, sagte Phil. Er flüsterte die Worte fast.

Schließlich gab John seinem Pferd die Sporen, denn ihm wurde dieser Ort unheimlich. Als sei man hier einer verschleierten Gefahr ausgesetzt.

Beide Männer ritten durch ein sich angrenzendes Waldstück und gelangten an einen sanften Hügel, der bis zum Ufer des Golden Lake abfiel. Zu ihrer Rechten lag Morgan's Hall und auf der gegenüberliegenden Seite das Great Mountain Hotel, das John mürrisch betrachtete. Sein Blick wanderte über die Weide, die sich davor erstreckte.

»Was meinst du, Phil? Wir könnten die Rinder im Frühjahr durch den Wald hertreiben. Solche Hochlandrinder sind ein guter Nebenerwerb zur Plantage und zu unserer Pferdezucht. Oder meinst du, wir übernehmen uns?«

Phil wirkte ruhig und gelassen. Wie immer.

»Nein, Sir. Das kriegen wir schon hin.«

»Du hältst es also für klüger, eine Herde Rinder anzuschaffen, als dieses Stück Land an die Harringtons zu verkaufen? Irgendwie muss ich den Besitz ja begründen.«

»Sir, Sie entscheiden genau richtig«, antwortete Phil, ohne mit der Wimper zu zucken. »Ihr Vater wäre sehr stolz auf Sie.« Nach einigen Sekunden des Schweigens kam Johns Widerrede.

»Nein, Phil. Das wäre er nicht. Ich habe einiges falsch gemacht.« Wehmütig schaute er zu seinem Haus hinüber, in dem seine geliebte Frau nichts weiter tat, als sich in ferne Romanwelten zu flüchten und ihn zu hassen. »Wofür mache ich das hier eigentlich alles, guter Phil?«, fragte er schließlich und starrte weiter auf seinen Besitz hinab. »Ich meine die harte Arbeit, damit Morgan's Hall weiter besteht. Wozu opfere ich mich dafür auf, wenn ich es doch niemandem vermachen kann. Nur um das Versprechen an meinen Vater zu halten? Nein, das ist kaum noch ein Antrieb für mich.«

»Nichts ist verloren. Ihre Frau ist noch jung.«

»Du weißt ganz genau, dass Isabelle keine Kinder will. Die ganze verdammte Stadt weiß das«, widersprach John finster. »Clark Harrington, dieser Wicht, reibt sich schon die Hände.«

»Haben Sie einfach Geduld mit ihr. Sie braucht Zeit. Es muss einen guten Grund dafür geben, dass Sie sich ausgerechnet in diese Frau verliebt haben. Das Schicksal führt zwei Menschen nicht grundlos zusammen.«

»Ach, Phil«, sagte John gereizt, »du andauernd mit deinem Schicksal, deinem Glauben daran, dass nichts aus Zufall geschieht. Ich kann das wirklich nicht mehr hören. Isabelle ist seit über drei Jahren mit mir verheiratet und genauso lange hasst sie mich.« Er schluckte und legte den Kopf in den Nacken, sah dann entschuldigend zu seinem Begleiter hinüber. »Bitte entschuldige, Phil. Ich habe es nicht so gemeint. Ich bin einfach genervt und traurig. Isabelle wirkt von Tag zu Tag trostloser, irgendwie gemütskrank. Ich überlege schon, ob ihr vielleicht eine Kur oder Ähnliches guttäte.« Phil räusperte sich.

»Sie meinen wohl eher eine Nervenklinik? Das halte ich für keine gute Idee.«

Der Blick, mit dem er John bedachte, war sehr direkt und irgendwie voller Verachtung über die Erwägung, Isabelle in eine solche Klinik einzuweisen.

»Ich weiß nicht, was ich sonst noch machen soll.« Aber wahrscheinlich hatte sein treuer Gefährte recht. Zudem sorgte sich John vor dem, was seine Frau einem Psychologen anvertrauen würde. Was, wenn Isabelle dem Arzt alles erzählte? Er hatte sie illegal ins Land geschafft. Gewiss würde man ihn verhaften. Noch abscheulicher war die Angst vor einer Diagnose, die ihn zum Schuldigen ihrer so offensichtlichen Depression machte.

Aber ich habe dich doch gerettet, schrie sein Herz. Unentwegt.

Weiterhin tobte der Krieg in Europa und es war kein Ende in Sicht. Ohne John wäre Isabelle dort verloren gewesen.

Warum sah sie das nicht ein? Länder wie Polen, Belgien und die Niederlande hatten bereits kapituliert. Nun bedrohte die Westoffensive der deutschen Wehrmacht Frankreich. Die Sowjetunion mit einer geschwächten Roten Armee würde dem gewaltigen deutschen Heer ebenfalls kaum lange standhalten können. Da war er sich sicher. Seine Frau wäre doch längst in eines dieser Lager verschleppt worden, hätte John sie nicht aus Europa rausgeholt.

Gerüchten zufolge verließ niemand solche Orte lebend. In den Zeitungen war von der Vernichtung tausender Menschen zu lesen, die nicht in Hitlers Ideologie passten. Rassische Säuberung, so nannten sie es.

Wäre Isabelle dieses Schicksal wirklich lieber gewesen?

Der grausame Tod?

Manchmal hatte er das Gefühl, das sei so. Wut stieg in ihm auf.

Dieses undankbare Stück, donnerte es jetzt durch seinen Kopf.

»Sie ist wie eine Maschine, die alle Gefühle mit nur einem Knopfdruck ausgeschaltet hat. Morgen fahre ich nach Seattle. Dort gibt es ein Sanatorium. Vielleicht kann mir ein Arzt den einen oder anderen Ratschlag geben, wenn ich ihm Isabelles Zustand schildere. Den Versuch ist es allemal wert.«

Woodwall für ein paar Tage den Rücken zu kehren, erleichterte Johns Gemüt. Raus aus dem lieblosen Haus und der freudlosen Arbeit in der Kelterei.

Das Geschäft lief trotz der ungewissen Wirtschaftslage besser denn je. Oder wie Dickie es in seinem Brief so treffend geäußert hatte: Gesoffen wird immer. Vor allem in Krisenzeiten.

Da Johns Zuhause kein Zuhause mehr für ihn war, kam ihm das enorme Arbeitsaufkommen gelegen. Doch er brauchte eine Auszeit. Sein Körper fühlte sich wie erschlagen an und er war abgekämpft von der vielen Arbeit.

In Seattle beabsichtigte er, den renommierten Nervenarzt Doktor Torrance aufzusuchen, um mit ihm über Isabelle zu sprechen. Den Termin hatte er am kommenden Tag. Eventuell könnte der Arzt Medikamente verschreiben, die ihren Gemütszustand aufhellten.

Irgendetwas musste John unternehmen, denn wie es jetzt war, konnte es nicht weitergehen. Das sah er inzwischen schmerzlich ein, er hatte viel zu lange gewartet.

Am Nachmittag erreichte John Seattle und rauschte mit seinem Wagen durch die Straßen. Er lächelte, weil er an seine unvergessliche Studentenzeit zurückdachte. Was hatten Dickie und er nicht alles in dieser Stadt erlebt? Es kam ihm so vor, als wäre es erst gestern gewesen, dass sie bei einer Mutprobe der Studentenverbindung nackt durch den Volunteer Park gerannt waren. Dabei hatten sie lautstark »Cheek to Cheek« von Fred Astaire gesungen, während ein fetter Police Officer versucht hatte, sie aufzuhalten, aber von seiner Kondition her nicht mit ihnen Schritt halten konnte. »Heaven, I'm in heaven!«, hatten die Freunde wiederholt gebrüllt, und er hatte diese Worte damals verinnerlicht. Es war eine sorgenfreie Zeit gewesen. Das ganze Leben lag damals noch vor ihnen.

Doch John war nicht nach Seattle gekommen, um in Erinnerungen zu schwelgen. Er seufzte auf und besann sich wieder auf seine Vorhaben. Neben dem Besuch bei Doktor Torrance hatte er noch ein anderes und dabei weitaus schwierigeres Anliegen.

**

Dickie hörte das polternde Toben seines Sohnes. Das Getrampel aus dem ersten Stock ließ die Gläser in der Vitrine klirren. Dabei vernahm er James' euphorisches Triumphgeschrei.

Sicherlich rannte der Junge mit dem Papierflieger durchs Wohnzimmer und brachte die alte Mrs Harris zur Weißglut. Der Lausbub strapazierte immer stärker ihre Nerven.

Dickie polierte gerade die Biergläser und überlegte, dem munteren Treiben ein Ende zu bereiten. Nicht, dass auch noch die robuste Mrs Harris ihre Stelle als Kindermädchen hinschmiss. Genau wie die hektische Mrs Thompson, die es nur eine Woche mit dem quirligen James ausgehalten hatte.

Plötzlich herrschte eine überraschende Stille, wie Dickie bemerkte. Scheinbar hatte Mrs Harris seinen Sohn besser im Griff, als er es ihr zugetraut hatte.

»Gott sei Dank«, atmete er durch.

Er wollte den Jungen nicht wieder tagelang mit in den Pub schleppen, damit er nicht unbeaufsichtigt war. Das war kein geeigneter Ort für einen Zweijährigen. Durch die endlose Qualmerei der Kunden brannten die Augen des Kindes unablässig. Ständig rannte James zwischen den Gästen herum, weil Dickie ihn nicht die ganze Zeit festhalten konnte. Manche Männer hatten sich bei ihm beschwert, da sie in Ruhe ihr Feierabendbier genießen und kein Balg bespaßen wollten. »Das Geschrei der Bälger haben wir daheim zur Genüge! Sorg dafür, dass es aufhört, oder wir suchen uns 'ne andere Kneipe!«, drohten sie ihm immer wieder verärgert.

James war an sich ein herzlicher Junge, der sich jedoch schwertat, seine überschüssige Energie zu kanalisieren. Woher sollte ein so junger Bub das auch können? Er forderte Beschäftigung ein. Das Spielen in der winzigen Wohnung über dem Pub war ihm zu langweilig. Und in der Gegend des Industriehafens gab es keinen Park, in dem er sich hätte austoben können.

Das Einzige, was ihn zur Ruhe brachte, war Musik. Dickie hatte vor ein paar Wochen die Schallplatte »Peter und der Wolf« in einem Geschäft in Downtown entdeckt und seinem Sohn gekauft. Der Kleine war ganz vernarrt in das musikalische Märchen. Die Kinderaugen glänzten, wann immer Dickie die Platte auflegte. Die Melodien versetzten James in eine andere, ja wunderbare Welt. Mit seinem ganzen Körper sog er die Klänge wie mit einem Trinkhalm in sich auf, und seine Arme und Beine bewegten sich zu Klarinette oder Oboe. Oft stand er fasziniert vor dem Klavier, das einst seiner Mutter gehörte, und ab und an erlaubte ihm Dickie, auf den Tasten zu spielen, wenn er selbst gerade dabei war, im Pub klar Schiff zu machen. Das Geklimper war nervtötend. Doch zeitweilig erkannte Dickie harmonisch klingende Tonfolgen, die darauf schließen ließen, dass James nicht untalentiert war.

Mrs Harris kam jeden Tag um 14 Uhr. Sie tischte dem Jungen ein warmes Mittagessen auf und beschäftigte ihn bis circa sieben Uhr am Abend. Nachdem sie ihn zum Schlafen gelegt hatte, verließ sie die Wohnung, sobald James im Tiefschlaf war.

Anschließend besuchte sie Dickie täglich am Tresen und schimpfte über die Schandtaten des Bengels, wie sie ihn nannte.

»Der Lümmel braucht eine Mutter«, lamentierte sie wieder und wieder.

»Ja, Mrs Harris«, war seine ständige Antwort.

Sie hatte recht. Doch Dickie würde nicht irgendeine dahergelaufene Dame ehelichen, nur damit das Kind ganztägig umsorgt war. Nein, nach Grace beabsichtigte er nicht, wieder zu heiraten. Den Bund der heiligen Ehe fand er nach wie vor überflüssig.

Ein Liebesleben hatte er nicht. Selten verirrten sich nette Frauen ins Cooper's, und ansonsten fehlte ihm die Zeit, jemanden kennenzulernen. Natürlich sehnte er sich nach der Zuneigung einer Frau. Er verabscheute sein eisiges und vor allem einsames Bett. Als gut aussehender Mann mit einem ausgezeichneten Universitätsabschluss war er inzwischen zu stolz, ein Freudenhaus aufzusuchen. Da nahm er lieber mit seiner Hand und einem Schmuddelheft vorlieb.

Dickie öffnete den Pub stets um 17 Uhr. Meistens war er eine Stunde früher da, um den Dreck des Vorabends zu beseitigen, Gläser zu spülen und den brutalen Tabakgeruch durch ausgiebiges Lüften zu vertreiben.

Er polierte gerade ein weiteres Bierglas und verlor sich über dieser stumpfen Aufgabe in seinen Gedanken.

Die winzige Türglocke läutete und jemand trat ein.

»Ich öffne erst um fünf«, brummelte er, ohne sich umzudrehen. Wieder hatte er vergessen, die Tür zu verschließen, nachdem er zuvor einen Eimer dreckiges Wasser in den Gully gekippt hatte.

Nicht selten standen die Typen vor der Öffnung in seinem Pub, da sie es nicht abwarten konnten, ihren niemals endenden Durst zu stillen. Bloß keine Zeit bei Frau und Kind verbringen.

»Ich hätte gern zwei Rainier.«

Dickie seufzte genervt.

»Ich sagte doch ...«, setzte er an, drehte sich um und die Worte blieben ihm im Hals stecken, als er sah, wer da vor ihm stand.

Es war John.

Fast wäre Dickie vor Schreck das Glas aus der Hand gefallen. Johns Erscheinung war wie eine Fata Morgana, und er blinzelte mehrmals, um aus diesem Traumzustand zu erwachen.

Lange schwiegen sich die beiden an. Zumindest kam es Dickie wie eine Ewigkeit vor, und er spürte die Stille, die sich drückend in der Bar ausbreitete.

Seine Stimmbänder waren wie gelähmt, dennoch brachte er schließlich ein gebrochenes »Hallo« hervor. John lächelte und die Geste wirkte so zuversichtlich und ehrlich wie früher. Dickie seufzte erleichtert und überrascht zugleich.

»Bekomme ich nun ein Bier oder nicht?«

Dickie grinste über beide Ohren und konnte es noch immer nicht fassen, dass John tatsächlich vor ihm stand.

»Sicher doch«, erwiderte er schließlich. Er schenkte ein Bier ein und reichte es John über die Theke. Anschließend trat er zur Eingangstür und verschloss sie, dann zog er die Fenstervorhänge zu.

Solange John da war, blieb der Pub geschlossen. Die beiden hatten sich viel zu erzählen.

»Hier hat sich ja einiges getan«, bemerkte John anerkennend und schaute sich um. Der Thekenbereich war vom einstigen Siff gesäubert, die kupfernen Zapfhähne glänzten wie neu und auf den Tischen lagen grün-weiß karierte Tischdecken, dazu gab es die passenden Vorhänge an den Fenstern.

»Na ja, es ist kein Nobelschuppen, aber ich komme über die Runden. Wenigstens habe ich eine neue Zapfanlage gekauft. Die Fenster wurden auch instand gesetzt. Jetzt friert die Hand nicht mehr am Bierglas fest«, lachte er.

John nickte sichtlich beeindruckt und trank einen großen Schluck von seinem Bier.

»Aber das Cooper's ist nicht das, was du dir vorgestellt hast, oder?«

Ständig versuchten Gäste von draußen vergeblich die Tür zu öffnen und hämmerten erfolglos gegen das Holz. Dickie verdrehte die Augen. Der morgige Tag würde heiter werden. Eine geschlossene Tür verzieh man ihm nicht so schnell.

»Nein. Aber das weißt du ja. Manchmal kommt eben alles anders, als man es erwartet oder sich gewünscht hat.«

Grübelnd sah John in sein inzwischen halb leeres Glas.

»Das ist wohl richtig«, bemerkte er wehmütig.

Dickie stutzte. Was bedrückte ihn so? Ohne nachzuhaken, zapfte er ihm ein weiteres frisches Bier und stellte fest, wie ergraut sein einstiger Freund mittlerweile war.

John war noch keine dreißig, trotzdem erschien er sichtlich gealtert. Gewicht hatte er ebenfalls verloren und die sonst so gesunde Gesichtsfarbe war einem fahlen Grau gewichen. Was setzte ihm so zu? Einem Patron, der doch eigentlich alles hatte. Ein erfolgreiches Unternehmen, eigenes Land und eine schöne Ehefrau. Eigentlich hätte Dickie in dieser Verfassung sein müssen. Zumindest war er derjenige, der hart in einem Pub schuftete, Witwer war und sich zu allem Überfluss um ein kleines Kind kümmern musste.

»Was ist los?« Dickie wunderte sich selbst, dass er seine Frage so unverhohlen an John richtete. Offenbar aus Gewohnheit. »Natürlich nur, wenn du darüber sprechen willst.«

John zuckte erkennbar zusammen.

Wahrscheinlich hatte auch er nicht mit dieser Direktheit gerechnet. Er nahm das frische Bier und setzte sich auf einen der Barhocker.

»Dickie, ich bin nicht gekommen, um dir mein Leid zu klagen. Du hast selbst genügend um die Ohren. Außerdem weiß ich nicht, ob es richtig wäre, ausgerechnet mit dir über mein Seelenleid zu sprechen.«

Dickie verneinte dies vehement.

»Nun vergiss doch mal das, was zwischen uns passiert ist. Ich bin immer noch dein Freund. Sonst hätte ich dir nicht geschrieben. Ja, es stimmt, die letzten Jahre waren schwer. Offensichtlich für uns beide. Aber ich habe mich mit meinem Schicksal arrangiert. Alles kommt so, wie es kommen muss. Das weiß ich jetzt.«

»Wahre Worte!«

»Ich war ein ehrgeiziger Vollidiot. Ich wollte schnell das große Geld machen. Du solltest mein Werkzeug dazu sein. Ich dachte, wenn ich mich an deine Fersen hefte, würde auch ich ein Stück vom großen Kuchen abbekommen. Ich will ehrlich zu dir sein: Anfangs war unsere Freundschaft für mich nur ein Mittel zum Zweck. Ich wollte mich für dich unentbehrlich machen. Als sich nach Wien unsere Wege trennten, war ich frustriert, dass alle meine beruflichen Pläne gescheitert waren. Doch mit der Zeit begriff ich, wie sehr mir deine Freundschaft am Herzen, wirklich am Herzen liegt. Nicht das Geld. Wenn es also irgendetwas gibt, was ich für dich tun kann, scheu dich nicht, mich zu fragen.«

John schüttelte resigniert mit dem Kopf und rieb sich die Stirn.

»Nach Wien war mir nichts wichtiger als Isabelle. Für sie wäre ich über Leichen gegangen. Bin ich ja auch. Irgendwie. An unserem Streit bin ich schuld. Ich stellte sie über alles, ohne über die Konsequenzen nachzudenken. Ja, ich habe nicht einmal einen Gedanken daran verschwendet, dass sie mich vielleicht nicht so lieben würde wie ich sie. Ich war ziemlich egoistisch.«

Dickie nickte verständnisvoll. Er hatte es prophezeit, dass Isabelle und John nicht glücklich würden. Johns Hauruckaktion war nicht durchdacht gewesen und das rächte sich nun. Was er eben gehört hatte, erklärte zumindest Johns gedrückte und trostlose Erscheinung.

»Ich denke, wir alle waren mit dem Durcheinander damals überfordert«, antwortete er tröstlich.

»Nein! Ich war ein Dummkopf. Das hatte nichts mit der Situation zu tun. Ich war bis über beide Ohren verliebt. Jegliche Gehirnaktivität war ausgeschaltet. Ich wusste, dass Isabelle nicht mit mir gehen wollte. Ich wusste, dass sie Gefühle für dich hatte. Aber ich wollte es nicht wahrhaben. Genauso wenig wie die Tatsache, dass du ebenfalls etwas für sie empfunden hast. Ich dachte nur: Nein, jetzt bin ich an der Reihe! Diese rücksichtslose Entscheidung war der Anfang vom Ende. Wie du schon sagtest: Das Schicksal geht seine eigenen Wege. Alles kommt, wie es kommen muss. Und ich wurde dazu verdonnert, in einer lieblosen Ehe zu leiden. Keine Freude. Kein Sex. Keine Kinder. Die Rache für meine Selbstsucht.« Verdrossen schlug John mit der flachen Hand auf die Theke. Über ihren Köpfen rannte James hin und her und wieder klirrten die Gläser in der Vitrine. Verwundert schaute John zur Decke hinauf.

»James. Mein Sohn«, sagte Dickie.

John runzelte die Stirn. Sein finsterer Blick wich einem sanftmütigen Lächeln.

»Bitte entschuldige, Dickie! Das sprudelte gerade so aus mir heraus. Ich grüble die ganze Zeit über Banalitäten nach, dabei hat es dich viel schwerer getroffen als mich. Ist er ein guter Junge?«

Dickie nickte mit zuversichtlicher Miene.

»Willst du ihn kennenlernen?«

John trank sein Bier aus und erhob sich von seinem Hocker.

»Darf ich denn? Ich würde mich sehr freuen.«

Mrs Harris war völlig überrascht, als Dickie sie vorzeitig nach Hause schickte. »Also, so was hat es ja noch nie gegeben«, meckerte sie. »Und wer macht dem Jungen etwas zu essen? Gebadet werden muss der Lümmel auch noch.«

Dickie musste die ältere Dame regelrecht aus der Wohnung schieben.

»Mrs Harris, ich bin durchaus in der Lage, meinem Sohn etwas zu essen zu machen. Und auch wenn es Sie verwundern wird, ich weiß, wie man die Wanne mit Wasser füllt. Ich wünsche Ihnen einen schönen Abend.« Schleunigst schloss er die Wohnungstür hinter ihr und hörte, wie Mrs Harris mit schweren Schritten das Haus verließ.

***

John betrat derweil den Wohnraum. Er seufzte tief auf, als er das Zimmer mit den beiden Dachschrägen inspizierte. Wohnzimmer, Essecke und Küche – alles in einem klitzekleinen Raum vereint. Kaum Platz, um sich vernünftig darin zu bewegen. Hinter einem alten Balken, der sich vom Dach zum Boden erstreckte, stand Dickies Bett. Dort hatte er schon sein ganzes Leben geschlafen. In dem ehemaligen Elternschlafzimmer hatte James sein Kinderzimmer. John erkannte durch einen Türspalt ein Feuerwehrauto und einen Teddybären. Wie nobel von Dickie, dass er dem Jungen ein eigenes Zimmer ermöglichte und sich selbst keinerlei Privatsphäre zusprach.

Der Kleine lümmelte auf einer Ecke des Sofas und hielt ein schmales Kinderbuch in seinen Händen. John ging vorsichtig zu ihm und begrüßte ihn. Er erhielt keine Antwort.

»Was liest du denn da, James?«

Das Kind drehte das Buch um, da es sich selbst noch vergewissern musste, welche Geschichte es gerade »las« oder vielmehr durchblätterte. Fürs Lesen war der Junge noch zu klein.

»Raggedy Ann«, antwortete James.

»Das ist bestimmt ein spannendes Buch.«

Energisch schüttelte er den Kopf. »Ich mag Pu der Bär lieber.«

Dickie gesellte sich zu ihnen und lächelte, als er die beiden beobachtete.

»Ihr habt euch also schon angefreundet?«

John hatte den Jungen sofort ins Herz geschlossen. Er mochte die tiefblauen Augen des Kleinen, die Dickies sehr ähnelten.

Nach einer Weile taute James auf. Er erzählte John von Peter und der Wolf und dass ihm der böse Wolf manchmal Angst einjagte.

Und wieder kam der sehnliche Wunsch nach einem eigenen Kind in John auf. Ihm wurde schmerzlich bewusst, wie sehr Dickie trotz aller Umstände doch vom Glück gesegnet war.

Später aßen sie gemeinsam eine Suppe, die Mrs Harris am Mittag zubereitet hatte. Nachdem Dickie den Jungen gebadet und dabei das ganze Badezimmer unter Wasser gesetzt hatte, legte er ihn zu Bett. Den restlichen Abend verbrachten die beiden Männer im geschlossenen Pub. Sie tranken ein Bier nach dem anderen und schwelgten in Erinnerungen an vergangene Zeiten.

»Ich bin schon ganz schön betrunken«, lallte John und lachte, da er sich kaum mehr auf dem Hocker halten konnte. Im Hintergrund dudelte irische Musik.

»Die Musik geht mir auf den Keks«, sagte Dickie und legte eine andere Platte auf. »Aber meine Gäste wollen nie etwas anderes hören. Diese Primitivlinge.«

John grinste, als Dickie »Cheek to Cheek« auflegte. Er hielt ihm sein Bierglas entgegen, um anzustoßen.

»Auf dass nichts und niemand mehr unsere Freundschaft zerstört. Ich weiß, dass es nicht wie früher sein kann, trotzdem hoffe ich, wir stehen füreinander ein. Egal, was das Leben für uns bereithält.«

»Micante«, antworte Dickie mit einem dankbaren Lächeln.

Wieder driftete John in seine triste Gedankenwelt ab.

»Isabelle geht es ziemlich schlecht. Ich habe morgen einen Termin mit einem Nervenarzt. Ich will ihn fragen, was ich tun kann. Möglicherweise ist es das Beste, wenn sie für einige Zeit in ein Sanatorium geht. Ich weiß es nicht.«

Dickie setzte sein Bierglas ab und stützte sich mit dem Ellbogen auf der Theke ab.

»Das halte ich für keine gute Idee. Was sollen die Leute sagen?«

»Ach, die sind mir ziemlich egal. Jeder hält meine Ehe ohnehin für eine Farce. ›John Morgan und sein arrogantes, österreichisches Weibsbild‹, das sagen alle«, äffte John die Leute um sich herum nach. »Erst letztens erzählte unsere Suzie, in der

Stadt würde man denken, Isabelle sei in Wien eine Prostituierte gewesen, die ich irgendeinem Zuhälter abgekauft hätte. Vielleicht, weil sie zu schön ist für jemanden wie mich. Ach, keine Ahnung. Diese Vollidioten.«

Dickie lachte.

»Lass die Leute doch denken, was sie wollen. Sag mal, was weißt du überhaupt von den Behandlungsmethoden in solchen Anstalten?«

»Nichts. Deswegen will ich auch mit diesem Doktor Torrance sprechen.«

Dickie legte seine Hand auf Johns Oberarm und rieb sich mit der anderen das Kinn.

»Ich habe einen Gast, der beinahe jeden Abend an dieser Theke sitzt. Im Ersten Weltkrieg hat er für England an der französischen Front gekämpft und Schreckliches erlebt, das er nicht verarbeiten konnte. Er hatte Wahnvorstellungen und seine Familie steckte ihn in eine Nervenklinik. In genau so eine, wie du sie eben als Sanatorium bezeichnet hast. Der Typ erzählte mir von barbarischen Behandlungsmethoden wie Elektrokrampftherapien und menschlicher Isolation. Seitdem ist er halbseitig gelähmt und hat extreme Gedächtnislücken. John, es muss einen anderen Weg für Isabelle geben. Das darfst du ihr nicht antun. Wie äußert sich denn ihr Leiden?«

»Freudlos. Zu nichts zu begeistern. Liegt den ganzen Tag im Bett. Wenn sie mal nicht irgendwelche tieftraurigen Romane liest, starrt sie die Decke an.«

»Hört sich in der Tat nicht gut an«, antwortete Dickie besorgt.

»Aber was kann ich tun?«

»Du musst sie zur Vernunft bringen. Sie sollte dankbar für das Leben sein, das sie mit dir führt. Und das ist, weiß Gott, kein schlechtes. Sprich mit einem Arzt, den du kennst. Zahl ihm Geld für Medikamente, die ihre Stimmung etwas aufhellen. Aber unterdrücke sie vor allem nicht, suche nach Erlebnissen, Dingen, die sie positiv stimmen. Wahrscheinlich ist sie einfach nie wirklich hier angekommen. Ändere das.«

Dickies Schilderungen erschreckten John. Wenn sie der Wahrheit entsprachen, konnte er Isabelle nicht in eine Heilanstalt einweisen lassen. Das würde ihr noch mehr Grund geben, ihn zu hassen. Er war es ihr irgendwie schuldig, für ihr Wohlergehen zu kämpfen.

»Vielleicht würde sie ein Kind aufbauen. Dann hätte sie eine Aufgabe. Ein kleines Wesen, das auf sie angewiesen ist. Aber sie verweigert sich mir stets. Deshalb wird ein Baby immer ein Traum bleiben.«

»Geschlossen!«, brüllte Dickie, als wieder ein Gast vor dem verschlossenen Lokal stand und wütend gegen die Tür hämmerte. Nachdem der Störer endlich verschwunden war, wandte Dickie sich wieder John zu.

»Oder du drohst deiner Ehefrau, sie in den nächsten Flieger zurück nach Österreich zu setzen. In ihr geliebtes Wien. Die Nazis werden sich die Hände reiben, endlich Fräulein Waldburg festzunehmen«, schlug er vor und lachte. »Das war natürlich ein Scherz.«

Erst war John von Dickies vermeintlichem Witz schockiert, musste daraufhin aber doch lachen. »Wenn sie so weitermacht, bleibt mir nichts anderes übrig«, sagte er mit bitterem Unterton.

Dickie legte seine Hand auf Johns Schulter, und sein Gesicht hatte dabei genau diesen vertrauten hoffnungsvollen Ausdruck, den John so lange vermisst hatte. Er genoss es wirklich, mit ihm diesen Abend zu verbringen.

Guter, alter Dickie, dachte er, als er in die mitfühlenden Augen des Freundes sah.

»James ist bislang noch nicht getauft«, sagte er schließlich. »Ich weiß, du bist nicht unbedingt gläubig, aber ich könnte mir einfach niemand Besseren als dich vorstellen. Sollte mir mal etwas zustoßen, will ich, dass mein Junge gut aufgehoben ist. Natürlich nur, wenn du sein Pate sein willst.«

John musste sich zurückhalten, vor Rührung nicht loszuheulen.

»Du ahnst nicht, wie sehr mich deine Bitte mit Stolz erfüllt. Nichts anderes würde ich lieber tun, als James' Patenonkel zu sein. Du kannst dich auf mich verlassen.«

Den Termin bei Doktor Torrance hatte John nicht wahrgenommen. Ihm kam eine andere Art von Heilung in den Sinn. Eine Genesungsmethode, die Isabelle sicherlich erst wehtäte, sich dann aber, so hoffte John, in eine Erlösung verwandeln sollte. Eine Befreiung von ihrem ständigen Warten auf Dickie, den Traumprinzen ihrer wahren Liebe.

Beim gemeinsamen Abendessen saß seine Frau am anderen Ende der Tafel. Ein langer Tisch, der Platz für zehn Personen bot und lediglich von Isabelle und ihm besetzt war.

»Isabelle? Würdest du dich bitte neben mich setzen?« Er erhielt keine Antwort auf seine Frage. Isabelle stocherte weiterhin freudlos in ihren Kartoffeln herum. »Na schön, dann komme ich eben zu dir«, entschied er, nahm sein Weinglas und setzte sich neben sie. Wie sollte er beginnen? Schonend? Rücksichtsvoll?

Nein, knurrte sein Innerstes.

»Ich habe Dickie getroffen.« Isabelle regte sich nicht. Nur ihr rechtes Augenlid zuckte kurz. »Er hat tatsächlich den Pub seiner Eltern übernommen. Es wird dich sicherlich interessieren, dass er ein paar Monate nach unserer Rückkehr aus Wien geheiratet hat.« John musste zugeben, dass es ihm ein Fest war, ihr das mitzuteilen. Sie versuchte, sich nach wie vor nichts anmerken zu lassen, aber er hatte deutlich ihr hartes Schlucken gesehen. Er fuhr fort. »Er hat einen Sohn. James. Ein ziemlich niedliches Kerlchen.«

»Wie schön für Dickie«, antwortete sie. Eiskalt.

John wartete auf eine Reaktion. Ein Aufheulen oder einen hysterischen Anfall. Nichts.

»Auch wenn du es nicht hören willst, Isabelle, aber ich hatte dir immer gesagt, dass Dickie nie kommen würde, um dich zu holen. Du hast umsonst jahrelang auf ihn gewartet. Gott sei Dank ist damit jetzt Schluss. Ich hoffe, du erkennst endlich, dass ich derjenige bin, der stets an deiner Seite ist und dich zu keiner Zeit wie eine heiße Kartoffel fallen lässt.« Er erfasste ihre eiskalte Hand. »Allerdings solltest du wissen, dass seine Frau Grace kurz nach der Geburt des Jungen gestorben ist. Du hast jetzt die Wahl, Isabelle Morgan. Verlass mich und gehe zu dem Mann, der in den vergangenen Jahren nicht einen Gedanken an dich verschwendet hat, oder ... oder bleib bei mir und verhalte dich wie eine liebende Ehefrau.«

Er starrte Isabelle in die fremdartig hellgrünen Augen, die ihn jetzt betrachteten.

Lieber wäre es ihm gewesen, wenn sie sich in eine Furie verwandelt hätte, die ihm Gemeinheiten an den Kopf warf, aber ihr Schweigen machte ihm Angst.

Stattdessen offenbarte sich ihm die furchtbarste Einsamkeit in ihrem Blick, die er jemals bei einem Menschen gesehen hatte.

»Ich bleibe, John. Was bleibt mir anderes übrig?«, sagte sie überraschend. »Ich würde jetzt gern auf mein Zimmer gehen.«

John nickte und sie stand von ihrem Stuhl auf.

Schweigend verließ sie das Esszimmer und ging wortlos die Treppe hinauf. Er sah ihr mit mulmiger Besorgnis hinterher.

***

In ihrem Schlafzimmer verriegelte Isabelle die Tür hinter sich. Ihr Herz war gebrochen. Teilnahmslos steuerte sie ihren Frisiertisch an und setzte sich auf den Stuhl davor. Sie betrachtete ihr Gesicht im Spiegel. Keine Träne. Keine Regung.

Sie sah zu ihrem Nachttischchen, auf dem noch immer das Buch »Anna Karenina« lag.

In ihrem Nacken vernahm sie wieder dieses merkwürdige Flüstern, das in letzter Zeit immer öfter ihr Begleiter gewesen war, sodass ihr die Haare zu Berge standen. Vielleicht war es sogar Josephines Stimme, sie konnte es nicht sagen. Isabelle fühlte sich umgeben von Dunkelheit. Ihre Gedanken kreisten um Dickie, der sie verraten und verkauft hatte. Ein seltsames Zittern befiel ihre Hände, das erst aufhörte, als sie diese zwischen ihren fest zusammengepressten Oberschenkel vergrub.

Sollte sie aus dem Fenster springen? Endlich allem ein Ende setzen? Dann wäre sie wieder bei ihrem Vater.

Plötzlich erhellten sich ihre Gedanken. Es war wie ein blauvioletter Blitz, der durch ihr Gehirn leuchtete.

Nein, sie wollte weiterleben. Eines Tages würde sie sich rächen. An Dickie, an John und dem Rest dieser grässlichen Welt. Ein Antrieb, der sie von einem Freitod abhielt. Und sobald dieser entsetzliche Krieg vorbei war, würde sie endlich in die Heimat zurückkehren. Egal wie. Das war ihr einziger Halt, ihr einziges Ziel vor Augen. Zurück nach Hause, denn das konnte nicht alles vom Leben gewesen sein. Für irgendetwas musste doch all dieses Leid gut gewesen sein.

Der Duft grüner Äpfel

Morgan's Hall, 31. Dezember 1941

Ach, es ist wie verhext«, murmelte John, nachdem der freche Kater Freddie wieder eine Weihnachtskugel vom Baum gerissen hatte. Er hatte Isabelle das Tier am vergangenen Thanksgiving geschenkt. Sie hatte sogar ein kleines Lächeln verloren, als er ihr Freddie in die Arme legte.

Die winzigen Scherben lagen bis zum Fuß der Treppe verstreut und das Vieh versteckte sich clevererweise vor dem Zorn seines Herrchens. Im Foyer herrschte eine zermürbende Stille. Nur das Ticken der Wanduhr war zu vernehmen und hin und wieder Johns Fluchen.

Es war später Vormittag. Isabelle lag noch im Bett, wie üblich zu dieser Zeit. Suzie und Coleen hatten über Silvester und Neujahr ein paar Tage Urlaub. Phil war ... wo auch immer.

Tanzt wahrscheinlich mit den Bären, der Gute, sinnierte John. Somit musste er selbst in den sauren Apfel beißen und die Scherben aufsammeln.

Wenn er doch nur wüsste, wo sich in diesem Haus ein Besen befand.

Isabelle wäre ihm keine Hilfe gewesen. Man durfte von Glück sprechen, wenn sie überhaupt wusste, wo die Küche ihren Platz hatte.

Vage erinnerte er sich, dass die Putzutensilien in der Kammer neben dem Treppenabgang zum Keller untergebracht waren. Erst vor ein paar Wochen hatte er sich dort mit Coleen vergnügt und war dabei mit dem Fuß in einen Eimer getreten.

Er lag richtig mit seiner Vermutung. In dem Kämmerlein fand er Besen und Kehrblech. Zurück im Foyer stand er vor dem hohen Tannenbaum und blickte zu dessen Spitze hinauf. Dort oben war der Weihnachtsstern befestigt, den Violett als kleines Mädchen mit der Mutter gebastelt hatte. Der Stern war wirklich abscheulich und Isabelle hatte das Gesicht verzogen, als seine Schwester das Ungetüm mit kindlicher Freude aus der Weihnachtsschmuckkiste hervorgekramt hatte. Aber es war eben Tradition und eine schöne Erinnerung an Josephine.

An Heiligabend hatte Isabelle einmal nicht die verstimmte Zicke gegeben, die keinen Penny auf das gab, was die Morgans veranstalteten. Sie war sogar bemüht gewesen, wenigstens an diesem Tag ein Teil der Familie zu sein. Woher dieser plötzliche Sinneswandel gekommen war, war ihm auch heute ein Rätsel. Nachdem sie von Dickie erfahren hatte, war eine Veränderung in ihrem Wesen eingetreten. John erklärte es sich damit, dass sie die Liebe zu ihm endgültig aufgegeben hatte. Zumindest hoffte er das. Vielleicht waren es aber auch die kleinen gelben Pillen, die ihr Mr Bingley – der hiesige Apotheker – verordnet hatte. John hatte ihn vor einigen Wochen, nach seinem Besuch bei Dickie, um diese Stimmungsaufheller gebeten. Selbstverständlich gegen ein stolzes Sümmchen. Letztendlich war jeder käuflich. Auch ein Apotheker.

Ohne nachzuhaken, schluckte Isabelle die Tabletten täglich. Möglicherweise war es ihr egal, was sie zu sich nahm.

Manchmal fragte sich John, wie sie Weihnachten in Wien verbracht hatte. Ihr Vater war zwar jüdischer Abstammung, doch die Mutter Katholikin gewesen. Er war überzeugt, dass die Waldburgs ebenfalls einen Christbaum aufgestellt und diesen zusammen geschmückt hatten. Gefragt hatte er sie nie danach. Ob sich die Familie ebenso vor dem Lichtermeer eines Weihnachtsbaumes versammelt hatte, um gemeinsam Weihnachtslieder anzustimmen? Vielleicht hatte Isabelle den Gesang ihrer Eltern am Klavier begleitet und später zusammen mit ihnen ein traditionell-österreichisches Weihnachtsessen verspeist? John wurde warm ums Herz, als er sich dieses friedvolle Szenario vorstellte.

Warum machte sie es ihm nur so schwer? Ihm gegenüber blieb sie weiterhin kühl, auch wenn sie sich, weshalb auch immer, dazu entschlossen hatte, bei ihm auf Morgan's Hall zu bleiben.

Die Weihnachtstage waren harmonisch verlaufen. Während alle miteinander – also John, Violett, der kleine, dicke Tristan und Andrew – den Baum geschmückt hatten, hatte er sogar ein leichtes Glänzen in den Augen seiner Frau ausmachen können. Die Gewissheit, nie wieder ein Weihnachtsfest mit ihrer Familie zu verbringen, hatte sie bestimmt tieftraurig gestimmt, dennoch war sie über die Feiertage um eine friedvolle Stimmung bemüht gewesen. Möglicherweise suchte sie deshalb die ungewohnte Nähe zu ihrer neuen Verwandtschaft, die sie sonst so hartnäckig ablehnte. Oder ihr wurde allmählich bewusst, dass sie sich mit John und Morgan's Hall arrangieren musste.

Isabelle hatte an allen Traditionen der Familie teilgenommen, Violetts hässlichen, verblichenen Weihnachtsstern akzeptiert, dass üppige Truthahnessen genossen und sogar den Besuch in der heiligen Messe mitgemacht, was ihn außerordentlich verblüffte. Auch die Bewohner von Woodwall hatten nicht schlecht gestaunt, als Mr und Mrs Morgan gemeinsam die

St.-Barbara-Kirche betraten und in der vordersten Bank Platz nahmen. Auf der anderen Seite saßen die Harringtons und John hatte die neugierigen Blicke von Clark und dessen Ehefrau Miriam genossen. Wohlwollend hatte er das Ehepaar nach der Messe begrüßt. Auch wenn er Clark nicht über den Weg traute, versuchte er doch, höflich zu bleiben.

John hatte gewiss andere Sorgen als die Harringtons. Bedauerlich genug, dass alle Bewohner der Stadt über sein tristes Eheleben im Bilde waren. Er war sicher, dass das Stadtgeschwafel auch nicht vor den Türen des Great Mountain Hotel haltmachte.

Vor einigen Monaten hatte Miriam einen Knaben zur Welt gebracht – Cole, dessen wenige Haare schon jetzt das irische Rot der Mutter trugen. John gestand sich ein, neidisch auf dieses Familienglück zu sein. Ein Erbe. Ein Sohn, der eines Tages die Geschäfte im Hotel übernehmen würde. Das Fortbestehen dieser Familie war gesichert. Das seiner eigenen hingegen nicht, ganz egal, wie sehr er es sich wünschte.

Schritte rissen ihn aus seiner Gedankenwelt. Isabelle kam die Treppe herunter, sie trug noch den Morgenmantel. Ein gewohntes Bild für John. Es gab Tage, da kam sie überhaupt nicht aus ihren Nachtkleidern. Was er jedoch registrierte, war ihre nackte Haut, die unter dem offenen Morgenmantel hervorlugte. Für einen Moment hielt er inne mit Kehren und schielte zu ihr.

Isabelle beobachtete, wie er die Scherben der Weihnachtskugel zusammenfegte. Der Anblick schien sie zu amüsieren.

»John Morgan – der Held, der Frauenarbeit verrichtet«, spottete sie. »Wieder der Kater?«

Sie knotete ihren Morgenmantel zu. Er nickte und schüttete die Scherben vom Kehrblech in einen Eimer, den er ebenfalls zuvor geholt hatte. Irgendwie wirkte sie verändert. Ihr Ausdruck war nicht mehr so düster und trostlos wie sonst. Eventuell täuschte er sich allerdings in ihrer Erscheinung. Wie so oft.

Dennoch ... er spürte, dass etwas anders war. Er konnte es nur nicht benennen. War es ihr Spott, der nicht ganz so verletzend gewesen war wie sonst? War es der Umstand, dass sie ihm kurz, vielleicht unbewusst, einen Blick auf ihre nackte Schönheit – denn schön war sie noch immer für ihn – gewährt hatte?

Während er darüber nachgrübelte, wanderte Isabelle durch das Foyer und entdeckte einen verschlossenen Brief, der auf dem Tischchen neben der Haustür lag. Dieser war an John und sie persönlich adressiert. Sie sah ihn fragend an und wedelte mit dem Schreiben.

»Ach, nur die Einladung zum Silvesterball im Great Mountain Hotel. Glaube ich. Ich wollte sie schon längst entsorgen.« Isabelle öffnete den Brief und las die Einladung.

»Warum gehen wir nicht hin?« John schaute verdutzt zu ihr hinüber. Es war eine absurde Frage und das wusste sie.

»Du weißt genau, dass wir das Great Mountain nicht besuchen. Die Einladung ist reine Provokation, mehr nicht. Deshalb landet sie wie jedes Jahr im Papierkorb.«

Grimmig legte sie ihre freie Hand in die Taille.

»Ihr Morgans seid allesamt Hinterwäldler! Stur und selbstgefällig. Ist nur eure Lebensweise die richtige? Ich verstehe das Problem nicht. Worin unterscheidet sich denn eure Familie von den Harringtons? Außer dass Clark keinen Hehl aus seinem Reichtum macht. Ihr Morgans seid scheinheilig.« Sie packte den Brief wieder in das Kuvert und legte dieses zurück. Empört schmiss John das Kehrblech in den Eimer. Ihr offener Angriff traf ihn tief. Was bildete sie sich ein?

»Wir haben es eben nicht nötig, mit unserem Reichtum zu prahlen«, antwortete er erbost und richtete sich kerzengerade auf. Sie lachte spöttisch.

»O John. Wie reizbar du bist, wenn jemand Kritik an deiner Sippe äußert.«

»Ja, weil diese Kritik unberechtigt ist. Und nur nebenbei, mein Herzchen: Das ist auch deine Familie.«

Selbstgefällig stolzierte sie auf ihn zu.

»Die Harringtons treffen den Nagel auf den Kopf. Ihr habt so viel ungenutzten Besitz. So viel Land, das brachliegt. Das ändert auch deine verrückte Anschaffung dieser Rindviecher nicht. Clark will aus diesem primitiven Dorf eine moderne Stadt machen. Ihr sturen Böcke habt in eurem Leben nie etwas anderes getan, als solch einen Fortschritt zu verhindern. Und warum? Weil ihr euch wie die Ratten an eurem Eigentum festnagt. John, ihr seid nicht anders als die Harringtons ... nur heuchlerischer.«

Grob griff er nach ihrem Handgelenk.

»Du solltest deine bissige Zunge in Zaum halten, bevor ich mich vergesse.«

Empört befreite sie sich aus seiner Klaue.

»Was dann, John? Schlägst du mich wieder? Glaubst du wirklich, du kannst mich noch mehr verletzen, als du es schon getan hast? Siehst du nicht, dass ich innerlich längst tot bin, was mein Gefühl für dich angeht?«

»Das ist nur ein einziges Mal passiert und ich habe mich hunderte Male dafür entschuldigt.«

»Du weißt, dass ich im Recht bin. Du glaubst, ich sei nur ein Gespenst, das durch diese gottverfluchten Mauern wandert. Doch da irrst du dich. Innerlich platze ich, wenn ich Violetts und deinem selbstgerechten Geschwafel zuhören muss. Ihr seid so töricht. Niemand von euch hat einen wahren Geschäftssinn. Ihr könnt Weinflaschen befüllen und diese mit einem Lastwagen verschicken. Da gehört nicht viel dazu, und ihr bildet euch ein, das erhebe eure Familie über alles und jeden.«

Tief atmete John durch. Hätte er das nicht getan, wäre Isabelle quer durch das Foyer geflogen, so fuchsteufelswild machte sie ihn. Wie viele Kränkungen musste er noch über sich ergehen lassen?

Wütend packte er den Eimer und stürmte aus dem Haus. Er brauchte frische Luft und knallte die Tür hinter sich zu. Die eisige Kälte traf ihn wie eine Lawine und die dünne Luft reizte seine Lunge. Doch das war ihm gleich. Eher fror er hier bei Schnee und Frost, als mit dieser Eisprinzessin in einem Raum zu sein. Resigniert ließ er sich auf den Schaukelstuhl fallen, auf dem seine Mutter zeit ihres Lebens stets gesessen hatte, um von dort aus auf das weite Land zu schauen. Das Polster war klamm. Ein Schauer jagte ihm über den Rücken. Nein, er wollte Isabelle nicht hassen. Den Gefallen tat er ihr nicht. Doch wie lange sollte er diesen Groll bezähmen, der wie ein unbeherrschter Gast in seinem Geist hämmerte und Eintritt forderte? Violett hatte ihn in der Vergangenheit nicht nur einmal vor Isabelle gewarnt. Sie sei boshaft und frustriert. Sie sei nicht gut für ihn, für die Familie und er hätte solch eine kaltherzige Ehefrau nicht verdient.

Aber es geschah ihm ganz recht, redete er sich immerzu selbst ein. So auch jetzt. Sie rächte sich für das, was er ihr angetan hatte, und mittlerweile verübelte er ihr diese Bitterkeit nicht mehr. Sie hatte ihre Herzenswärme während der Flucht nach Morgan's Hall eingebüßt. Vielleicht sogar schon, als er mit Dickie und ihr zusammen das Bett geteilt hatte.

Traurig wanderte sein Blick über die verschneiten Felder. Die Winter in Woodwall waren hart und dauerten von Ende November bis in den April. Er erinnerte sich gern an diese Monate zurück, an denen es nie wirklich Tag wurde. Eine Zeit, in der die Familie das Haus hütete und stärker zusammenhielt als sonst. Ein behagliches und kuscheliges Heim, das war Morgan's Hall einst für ihn gewesen. Ständig roch es dann nach Kaminfeuer und gebackenen Äpfeln. Seit Josephines Tod und Violetts Umzug nach Wichita Falls breitete sich jedoch eine Kälte im Haus aus, die schlimmer war als jeder Winter. Selbst wenn die gutherzige Suzie ihr berühmtes Zimtbrot backte, war es nicht mehr wie früher. Der heimelige Duft verdrängte nicht den anhaltenden Frost, sondern paarte sich mit der Sehnsucht nach der heiteren Vergangenheit.

So viel ungenutztes Land. Isabelles Worte spukten ihm im Kopf herum. Stimmte es, was sie sagte? Waren sich die Morgans und die Harringtons ähnlicher, als es ihm lieb war? Unterschieden sich die beiden Sippen wirklich nur darin, dass der eine keinen Hehl aus seiner Machtbesessenheit machte? Und war seine Familie tatsächlich so arrogant, dass sie sich gegen jeglichen

Fortschritt wehrte? Um das eigene Land zu sichern? Was nützte ihm all der Grundbesitz, wenn er doch allein damit blieb?

Irgendwann würde sein Neffe Tristan Morgan's Hall erben, da er selbst niemals Kinder haben würde. Nicht dass er Violett und Tristan den Besitz nicht gönnte. Er würde alles für seine Schwester tun. Doch die Tatsache, dass er für ein Land kämpfte, das er nie an eigene Nachkommen vermachen könnte, schmerzte ihn zutiefst.

Die Haustür wurde aufgestoßen und Isabelle betrat die Veranda. Sie setzte sich auf die Fensterbank neben dem Schaukelstuhl. Wie er betrachtete sie nun das Land und schaute auf die verschneiten Berggipfel, die in nicht allzu weiter Ferne lagen. Sie blinzelte, da die weiße Pracht ihre Augen blendete.

John fehlte die Energie, sich weiter gegen sie aufzulehnen. Isabelle zu erklären, welche Bedeutung Morgan's Hall für die Familie hatte und wie sehr er das friedliche Leben hier schätzte. Fernab des Großstadttrubels. Er war der ständigen Darlegung seiner Gründe müde, ja überdrüssig geworden. Sie würde es nie verstehen.

Isabelle hingegen schien zu wittern, dass er über den Streit von eben und ihre Worte sinnierte, denn sie wandte sich ihm nun zu und sprach ihn direkt an.

»Ich werde wohl nie begreifen, warum du dieses Land so liebst. Wir beide kommen nun einmal aus völlig verschiedenen Welten. In Wien musste ich nur die Haustür aufmachen und stand schon mitten im Leben; am Puls der Zeit. Um mich herum hörte ich die verschiedensten Sprachen und Dialekte, die unterschiedlichsten Menschen. Hier in Woodwall muss ich mit Phil zwei Stunden nach North Bend fahren, um wenigstens ein bisschen Zivilisation und Abwechslung zu begegnen. Dir genügt es, mit einem rostigen Pick-up über die Felder zu jagen, um anschließend im Rosie's einen Apfelkuchen aus euren Äpfeln zu essen. Hier ist es so sterbenslangweilig und immer gleich. Kein Filmpalast. Kein Restaurant. Einfach nichts! Die einzigen Menschen, die ein wenig Spaß und Vergnügen nach Woodwall bringen, sind in diesem Haus verhasst. Ich habe so viele ungetragene Kleider im Schrank, da wir nie etwas unternehmen. Wie gern würde ich nur einmal mit dir einem Fest außerhalb dieser Mauern beiwohnen oder wie normale Eheleute schick ausgehen.« John lehnte sich lustlos zurück und starrte zu seiner schwärmerischen Frau hinauf. Ihre Worte überraschten ihn. Sie hatte ihn in ihre Überlegungen miteinbezogen. Dennoch konnte er nicht aus seiner Haut.

»Und es wäre schön«, fuhr sie fort, »wenn auch du ab und an deine karierten Hemden gegen einen Anzug eintauschen würdest. Seit Violetts Hochzeit habe ich dich nicht mehr in vernünftigen Sachen gesehen. Es würde dir guttun, glaube mir. Lass uns doch heute Abend einen Versuch wagen.«

Er verzog das Gesicht.

»Du verlangst also wirklich von mir, den Silvesterabend bei den Harringtons zu verbringen? Ich soll all meine Prinzipien über Bord werfen, damit du eines deiner sündhaft teuren Kleider ausführen kannst?«

Zum ersten Mal seit ihrer Ankunft in Woodwall strahlten ihre Augen.

»Ja, das verlange ich. Darüber hinaus hätte ich auch gern mal ein bisschen Spaß – mit dir zusammen. Es ist Zeit für etwas Neues. Warum nicht das alte Jahr damit enden lassen?«

Die Morgans betraten gemeinsam die Hotelbar. John hoffte, dass Clark an seiner Verwunderung über ihr Erscheinen erstickte.

Isabelle trug ein bodenlanges, schulterfreies schwarzes Satinkleid, das an der Hüfte etwas gerafft war. Dazu hatte sie die passenden Handschuhe gewählt, die oberhalb ihrer Ellbogen endeten und einen schönen Blick auf ihre zarte Haut erlaubten. Das Kleid betonte ihre schmale Taille, die immer noch gertenschlank war, da sie keine Kinder geboren hatte. Ihr kunstvoll hochgestecktes Haar brachte das graziöse Gesicht mit den hohen Wangenknochen bestens zur Geltung. Sie war atemberaubend schön, glich wieder der Leila Madlen, in die er sich damals Hals über Kopf verliebt hatte.

Mit Isabelle an seinem Arm trat er selbstbewusst auf den Gastgeber zu. Clark brauchte scheinbar einen Moment, um sich zu vergewissern, dass er nicht träumte, denn er legte die Stirn in Falten.

»Aber wen haben wir denn da? Welch ungeahnten Gäste in meinem Hotel. Mr und Mrs Morgan«, johlte er sarkastisch.

»Nun ja«, erwiderte John mit verzerrtem Mund, »wir wurden ja auch eingeladen.«

Clark zwinkerte ihm zu. »Richtig.« Er war wie üblich sehr darauf bedacht, den Schein des wohlwollenden Gönners aufrechtzuerhalten. Niemand sollte denken, er sei blasiert oder verbohrt, vor allem dann nicht, wenn es um das Verhältnis zu den Morgans ging. Hin und wieder gelang es Clark, aber oftmals scheiterte er. Meist dann, wie John sehr wohl wusste, wenn er bemerkte, dass er mit seinem Vorhaben nicht weiterkam, und wutschnaubend die Morgans für sein Scheitern verantwortlich machte. Vor allen Leuten. Das kam bei den Bürgern der Stadt nicht sonderlich gut an. In Bürgerversammlungen entschieden die Einwohner stets gegen Clarks Zukunftsvisionen, was er zu keinem Zeitpunkt begriff, hielt er doch immer weiter daran fest. Schließlich würden doch alle seine Neuerungen die Stadtkasse füllen, wie er niemals müde wurde, zu erwähnen.

John konnte dieser Gnom aber nichts vormachen. Bereits während des höflichen Händeschüttelns bemerkte er Clarks Feindseligkeit. Eine Verachtung, die ihn wie ein Feuerwerk aus den zu Schlitzen zusammengezogenen Augen ansprang. Innerlich dankte John seiner Frau für die Genugtuung, die ihm dieses Aufeinandertreffen bot, denn Clark hatte nie und nimmer mit ihrem Erscheinen gerechnet. Darüber hinaus stahl Isabelle mit ihrer geheimnisumwitterten, erotischen Ausstrahlung allen anderen weiblichen Gästen die Show. Welch ein Fest für seine Gedanken. Fast war er ein bisschen stolz auf seine Frau.

Die Hotelbar war festlich mit bunten Girlanden und Luftballons in Gold und Silber geschmückt. An der Wand hing ein riesengroßes Plakat mit der Aufschrift 1942 in enorm großen Ziffern, die John wie ein Mahnmal an die vergangene Zeit erinnerten. Isabelle hatte recht: Sie mussten etwas Neues beginnen.

Nebliger Zigarrenqualm erfüllte den Saal. Der Bar gegenüber spielte eine Band, die aus elf Musikern bestand und jeden Zentimeter der viel zu klein errichteten Bühne mit ihren Instrumenten beanspruchte.

Unter den Gästen waren nur wenige vertraute Gesichter aus dem Ort. John entdeckte Doktor Horne, der vor einigen Jahren seine Praxis in der Stadt eröffnet hatte. Selbstredend ein guter Bekannter von Clark. Und dann waren dort noch die Larsons, Andrews Eltern, die den Lebensmittelladen betrieben. Ansonsten tummelten sich ausschließlich Gäste des Hotels in der Bar.

Die erlesene Gesellschaft aus Seattle und Umgebung, die über die Feiertage in Woodwall Skiurlaub machte.

John hatte Isabelle zuliebe diesem Abend zugestimmt und er gestand sich ein, dass er lange Zeit keine Tanzveranstaltung mehr besucht hatte. Vielleicht würde es gar nicht so schlimm werden. Mit Isabelle an seiner Hand konnte er beweisen, dass die Morgans eben doch ein wahrhaftiges Paar waren. Und seine Frau war es gewesen, die sich heute mit ihm in der Öffentlichkeit zeigen wollte.

Die Glenn-Miller-Musik ließ seine Füße sachte im Takt tänzeln. Er versuchte, seinen Spaß zu verbergen, doch Isabelle ertappte ihn. Sie konnte sich dabei ein Grinsen nicht verkneifen.

John überlegte, warum sie nicht immer so ... so gelöst war, wie sie jetzt gerade wirkte.

Einer der Hotelgäste, ein geschniegelter junger Beau im Frack, forderte Isabelle zum Tanz auf. John wollte schon Einspruch erheben, doch sie hielt ihn mit einer dezenten Handbewegung davon ab. Mürrisch blieb er zurück, doch ein öffentlicher Disput mit ihr kam nicht infrage.

Muffig orderte er einen Whiskey Sour, und als er den ersten Schluck trank, fiel ihm ein, wie lange er nicht mehr getrunken hatte. Mal vom Treffen mit Dickie abgesehen. Der Sprit glitt ihm sanft die Kehle hinab. Er drehte sich zur Tanzfläche um und beobachtete Isabelle, die nun ausgelassen wie noch nie zu einer Melodie von Benny Goodman tanzte. Die Musik hatte gewechselt und die Band verstand wahrlich etwas von ihrer Aufgabe. Obwohl John nicht derjenige war, mit dem sie das Tanzbein schwang, erleichterte ihn ihre gute Laune. Vielleicht war doch nicht alles vergebene Liebesmüh. Eventuell musste

John sich einfach nur mehr bemühen, diese kleine Dame zu vergnügen. Selbst wenn ihm der ganze überhebliche Haufen des Great Mountain Hotel zuwider war. Sie brauchte anscheinend ein solches Umfeld. Und eigentlich konnte er ihr geben, was sie offenbar verlangte. Sollte es so einfach sein? Hatte er sich in den letzten Jahren nur selbst im Weg gestanden?

Seine Gedanken wurden von Clark unterbrochen, der sich gerade neben ihn gesellte und sein prahlendes Grinsen nicht verbergen konnte. So, als habe er einen langen Krieg gewonnen, nur weil John sich dazu herabgelassen hatte, seiner Einladung zu folgen. Um jetzt mitanzusehen, wie seine Isabelle mit einem anderen Mann tanzte.

»Verrat mir mal eine Sache: Wie um alles in der Welt ist solch ein ungehobelter Klotz, wie du es bist, an diese Frau gekommen?«, fragte er süffisant. John würdigte ihn keines Blickes. »Komm schon, Morgan! Entweder ist sie hinter deinem Vermögen her, oder du hältst sie als Liebessklavin auf eurem Anwesen gefangen.« Clarks boshaftes Lachen ließ ihn innerlich platzen. Beinahe wäre ihm das Whiskeyglas in der Hand zersprungen. Clark klopfte ihm heiter auf die Schulter. »Aber gut. Jetzt, da du scheinbar zur Vernunft gekommen bist, sollten wir endlich das alte Kriegsbeil begraben. Meinst du nicht auch?«

Er erhob seine Champagnerflöte und führte sie zu Johns Glas, um mit ihm anzustoßen. John zögerte, doch überwand er seine übliche Sturheit und erwiderte den Toast.

»Vielleicht.«

»Morgan, jetzt komm schon. Wir beide könnten vieles zusammen erreichen. Stell dir nur mal vor, Woodwall wäre der prachtvollste und luxuriöseste Urlaubsort in ganz Washington.

Ein Treff für alles, was Rang und Namen hat. Politiker und Schauspieler. Im Sommer ein Ort für Familien mit Barbecues und Tanz am See und ein Skiresort im Winter. Wir könnten Meisterschaften ausrichten, Banken und Theater erbauen. All das könnten wir zustande bringen. Zusammen!« Ruhig hörte John ihm zu und zog dann die Augenbrauen hoch.

»Und was habe ich davon?« Mit einem Stirnrunzeln trank Clark von seinem Champagner.

»Was dabei für dich rausspringt? Ist das dein Ernst? John, ich bitte dich. So dämlich bist du nicht. Du verkaufst mir einen Teil deiner Ländereien und ich beauftrage den Bau der Anlagen. Du wirst natürlich beteiligt und daran so viel Geld verdienen, dass du die Morgan's Company nur noch als Hobby führen musst oder einen dauerhaften Verwalter einstellen kannst. Selbstredend werden deine Produkte in jegliche Sortimente aufgenommen. Deine Urenkel werden noch von dem Geldsegen zehren, der auf dich und deine Familie niederprasseln wird.«

Natürlich klangen Clarks Zukunftsvisionen verführerisch, doch keinesfalls würde John solch einer Allianz mit den Harringtons zustimmen. Charles hatte es verboten, und John würde sich niemals über diesen Wunsch, diesen letzten Willen hinwegsetzen. Allerdings ertappte er sich dabei, dieses Verbot zu hinterfragen. Letztendlich würde doch ein jeder davon profitieren, oder?

Dennoch wollte John seiner Linie treu bleiben, auch wenn er selbst nicht wusste, warum. Charles musste aber einen guten Grund gehabt haben, diesem Bündnis nicht zuzustimmen. Sogar Phil, der friedvollste Mensch auf der Welt, riet ihm stets, sich niemals von den Harringtons reinbuttern zu lassen. Seltsam war das schon.

»Das hört sich doch wunderbar an«, unterbrach Isabelle, deren Tanzpartner sie zu John zurückgeführt hatte, weswegen sie einen Bruchteil des Gesprächs gehört hatte.

Clark lachte polternd und küsste ihr die Hand.

»Isabelle, Sie scheinen einen guten Einfluss auf Ihren Mann zu haben. Zumindest sehe ich Sie beide zum ersten Mal in unserer Bar.«

Warum betont der Wicht das so seltsam?, fragte sich John und wurde prompt misstrauisch.

»Wenn ich Einfluss auf ihn hätte, Mr. Harrington, wären wir viel früher Gäste Ihres wundervollen Hotels gewesen.«

Beim Barkeeper bestellte Clark für Isabelle ebenfalls ein Glas Champagner. Er zwinkerte ihr zu. Verdrossen senkte John den Blick. Er hatte das Tor zur Hölle geöffnet. In diesem Moment drehten sich seine Eltern wahrscheinlich im Grabe um. Isabelle trank in einem Zug ihren Champagner aus und Clark orderte sofort nach. Sie kicherte.

»Seit Ewigkeiten habe ich nicht mehr so viel Spaß gehabt wie heute Abend«, bemerkte sie ausgelassen und nahm das neue Champagnerglas entgegen.

Die Band spielte »Cheek to Cheek« und riss John damit aus seiner Trübsal. Ein Song, den er über alles liebte. Clark forderte Isabelle zum Tanz auf, doch zu Johns Verwunderung reichte sie ihm statt Harrington die Hand.

»Bitte entschuldigen Sie, aber das ist Johns Lieblingslied. Vielleicht beim nächsten Tanz.« Sie führte ihren verdatterten Ehemann zur Tanzfläche.

»Woher weißt du, dass das mein Lieblingslied ist?« Sie rollte mit den Augen und lachte beschwipst.

»John, ich habe dir heute schon einmal gesagt, dass ich kein Geist bin. Davon abgesehen, du summst dieses Lied von früh bis spät. Ist dir das selbst noch nie aufgefallen?«

Er lächelte, schmiegte daraufhin seine Hand an die Stelle unterhalb ihrer Schulterblätter und zog sie dicht zu sich heran. So nah war sie ihm schon lange nicht mehr gewesen. Zwei, drei Sekunden genoss er zutiefst ihre seltene Verbundenheit.

»Danke, Isabelle.«

Mit der Zunge glitt sie über das satte Rot ihrer Lippen und löste damit leichte Erregung in ihm aus. Die Geste wirkte so verführerisch. Ob ihr das bewusst war?

»Wofür, John?« Er beugte sich zu ihr hinunter, um ihr ins Ohr zu flüstern.

»Dass du trotz allem bei mir geblieben bist.«

Sie sah zu ihm auf.

Hatte sie gerade tatsächlich gelächelt? Sein Herz klopfte so schnell gegen seinen Brustkorb, dass sie es bemerken musste. Sanft legte sie ihre Wange auf seine Brust. Vielleicht, um ihn zu beruhigen. Seine Augen wurden feucht und die vielen kleinen Lichterketten, die im Saal hingen, vereinten sich zu einem Lichterzug, der an ihm vorbeizog. Er schloss die Lider und schmiegte seine Wange an Isabelles Haar, das so wundervoll nach ... duftete es tatsächlich nach grünem Apfel? Als hätte sich ihr Körper bereits mit seiner Heimat vereinigt. Nur ihre Seele war noch nicht angekommen.

Ein unüberhörbares Seufzen entrang sich seiner Kehle und wieder schaute Isabelle auf. Seine Augen wurden noch glasiger, obwohl er mit aller Macht dagegen ankämpfte, seine Tränen unterdrücken wollte.

»John?«, fragte sie leise. Er drückte sie noch fester an sich.

»Ich wünschte, du könntest mich so lieben, wie ich dich liebe, Isabelle.«

Isabelle geriet aus dem Takt und blieb auf der Stelle stehen. Ein wehmütiger Blick traf seinen. Wie ein erschöpftes Kind ließ sie sich wieder in seine Arme fallen.

»Ich weiß«, hauchte sie. »Ich weiß.«

Sie tanzten den ganzen Abend und ließen sich nicht einmal vom Konfettiregen, der um Mitternacht auf sie herabrieselte, aus ihrer Zweisamkeit trennen. Das erste Mal waren sie Mann und Frau. Seite an Seite.

Vielleicht würde das neue Jahr ein besseres werden als die dunklen Jahre zuvor. John hoffte es sehr.

Es war früh am Morgen, als sich John und Isabelle auf den Nachhauseweg machten. In den vergangenen Stunden hatte es so stark geschneit, dass der Rolls-Royce, mit dem sie zum Great Mountain Hotel hinaufgefahren waren, unter einem weißen Schneeberg verschwunden war. Ihnen blieb nichts anderes übrig, als zu Fuß den steilen Weg hinabzusteigen, der nach Morgan's Hall führte. John fragte an der Rezeption nach einem Zimmer, aber das Hotel war ausgebucht.

Der Fußmarsch dauerte eine Ewigkeit, da Isabelle angetrunken war, ständig lachend in den Schnee fiel und John ihr jedes Mal aufhelfen musste. Das enge Abendkleid, das sie trug, tat sein Übriges.

»Was ein wunderbarer Abend«, lallte sie.

»Das fand ich auch«, antwortete er, während er ihr erneut auf die Beine half.

»Danke, dass du über deinen Schatten gesprungen bist. Für mich«, flüsterte sie.

»Ich würde alles für dich tun, mein Engel.«

Im Haus angekommen entledigte sie sich sofort ihrer hohen Pumps und stand schwankend vor der Treppe nach oben. Es schien eine für sie nicht zu überwindende Herausforderung darzustellen, diesen Berg an Stufen zu erklimmen.

»Ich trage dich«, sagte John fürsorglich. Sie kicherte angeheitert, während er sie hinauftrug. In Isabelles Schlafzimmer legte er sie behutsam auf dem Bett ab. Er half ihr, sich aus dem engen Abendkleid zu befreien. Sorgfältig platzierte er die Robe auf einem Stuhl.

»Gute Nacht, Isabelle«, flüsterte er und begab sich zur Tür, um in sein Zimmer zu gehen. Sie richtete sich auf.

»Du musst nicht gehen, bleib noch«, erwiderte sie leise. Verstört drehte er sich zu ihr um. Was hatte sie da gerade gesagt? Hatte er sich verhört? Es musste der Alkohol sein, der da aus ihr sprach. Auch wenn sie einen wundervollen Abend zusammen verbracht hatten, konnte das nicht ihr Ernst sein. Und doch rührte ihre Bitte etwas in ihm an. Er versuchte, Vernunft walten zu lassen.

»Ich denke, es ist besser, wenn ich gehe.«

Sie kletterte aus dem Bett, musste sich jedoch kurz auf der Matratze abstützen, da sie wieder schwankte. Torkelnd trippelte sie einen Moment später auf ihn zu und sah ihn lange und intensiv an. Die Hochsteckfrisur hing zerzaust in ihrem Nacken herunter und er nahm ihr süßliches Parfum wahr. Langsam knöpfte sie sein Hemd auf. Er sollte das besser unterbinden, doch er konnte es nicht. Viel zu verlockend war ihre Nähe.

»Ich weiß, dass du nicht gehen willst … und ich will es ebenfalls nicht.« Ihre Worte klangen unnatürlich klar. Wollte sie ihn wirklich? Nach all der Zeit? Blut schoss ihm in die Mitte.

Sie küsste seine nackte Brust und John versuchte, sich zusammenzureißen, doch fiel ihm dies von Kuss zu Kuss schwerer, und allmählich verlor er die Kontrolle über seine Gefühle. Viel zu lange hatte sie sich ihm verweigert. In diesem Moment war sie wieder die sinnliche Leila Madlen, die er in dem Wiener Hotelzimmer geliebt hatte. Ohne dass er sie mit Dickie teilen musste. Jetzt gehörte sie ihm – nur ihm. Er verfiel seiner Lust und zerriss vor Verlangen ihr schwarzes Bustier. Küsste ihren blanken Busen und ihre schmale Taille. Seine Liebkosungen drückten Dankbarkeit aus und sie ließ all die Berührungen zu, wehrte sich nicht dagegen. Offensichtlich wollte sie berührt, begehrt, geliebt werden. Von ihm. Und bei allen freien Geistern, er würde ihr diesen Wunsch erfüllen.

John trug sie zum Bett hinüber und streifte ihr das Höschen über die schlanken Beine. Seine Zunge glitt über die zarte Haut ihres linken Oberschenkels und gelangte schließlich zu ihrer heißen Mitte, die kaum behaart, dafür bereits feucht war, was ihn zusätzlich erregte. So lange hatte er auf sie warten müssen, und wieder wurde ihm bewusst, wie betörend schön sie war. Niemand zuvor hatte jemals solch eine Erotik und Fleischeslust in ihm ausgelöst. Nicht einmal Coleen, die ebenfalls recht hübsch war. Isabelle war die einzige Frau, die er je geliebt hatte. Und Liebe machte Sex umso berauschender. Egal wie schlecht sie ihn behandelte.

Sie stöhnte auf, während er mit der Zunge ihren Schoß zärtlich umkreiste. Seine Küsse wanderten über ihre Leisten und die Taille, bis er ihre Brüste erreichte. Begierig sog er mit feuchten Lippen an ihren Brustwarzen, um dann wieder hingebungsvoll die Zungenspitze über sie kreisen zu lassen. Sie führte sein Gesicht zu ihrem hinauf, um ihn leidenschaftlich zu küssen. Und was für ein Kuss das war; er ließ John fast explodieren vor Begierde. Sie öffnete seine Hose und umklammerte mit ihrer Hand seinen steifen Penis, dem sie schließlich erlaubte, sich in ihrem Körper zu verlieren. Er versuchte, seinen Höhepunkt so lange wie möglich zurückzuhalten, um diese vielleicht einmalige Nähe zu Isabelle bis zur letzten Sekunde auskosten zu können. Doch als sie sich ihm mit einem Mal entzog, um sich im nächsten Moment auf ihm zu rekeln, und er sich nicht erinnern konnte, jemals so tief in einer Frau gewesen zu sein, war nicht fähig seinen Orgasmus zurückzuhalten.

John nahm das überraschende Geschenk ihrer Leidenschaft an und gab ihr all seine Liebe. Und er vergaß die Freudlosigkeit der letzten Jahre. Vielleicht erging es ihr nicht anders. Später, als sie nackt in seinen Armen lag, liefen ihm unentwegt Tränen über die heißen Wangen, die sie ihm zärtlich mit der Hand wegwischte. Es war die Traurigkeit der letzten Jahre.

Teil III

Die Kinder von

Morgan's Hall

Das Gift der Eifersucht

Morgan's Hall, 1. Januar 1942

Isabelles waches ich war wieder da. Was hatte sie bloß getan? John schlief friedlich neben ihr. Mit regungslosen Augen starrte sie zum Fenster hinüber. Der Tag brach allmählich an. Auf der Fensterscheibe landeten immer wieder winzige Schneeflocken, die irgendwann schmolzen und an dem dünnen Glas hinunterflossen. Es wirkte hypnotisierend auf sie und erlöste sie von den wirren Gedanken, die sie soeben noch erfasst hatten.

Hatte sie das Liebesspiel tatsächlich genossen? Warum nur?

In den ganzen Jahren hatte sie sich geweigert, sich ihm verweigert. Aber da hatte noch die unerschütterliche Hoffnung bestanden, eines Tages nicht mehr hier in diesem Haus leben zu müssen. Da war auch ihr Versprechen an Dickie, das sie sich selbst immer wieder eingehämmert hatte, den Mann, der nun seelenruhig neben ihr lag, niemals zu lieben. Und doch empfand sie plötzlich etwas für John. Alles glich einem Verrat an sich selbst. Schlaflos lag sie jetzt neben ihm, war verwirrt, bis auch sie in der Morgendämmerung einnickte.

Nachdem sie an jenem Neujahrsmorgen neben John aufgewacht war, kam die verschwommene Erinnerung an die zusammen verbrachte Nacht zurück. Sie verließ das Bett und schlich auf Zehenspitzen in das angrenzende Badezimmer. Er schlief weiterhin tief und fest. Vorsichtig schloss sie die Tür und fasste sich zwischen die Beine, bemerkte das inzwischen getrocknete Sperma, das teilweise aus ihrem Unterleib geflossen war. Kopflos vor Schreck hielt sie einen Waschlappen unter den Wasserstrahl des Waschbeckens.

»Nein, nein, nein«, flüsterte sie verzweifelt und wusch die Überreste der vergangenen Nacht aus sich heraus. Sie rieb so heftig mit dem rauen Lappen, dass es schmerzte. Egal, was sie in der letzten Nacht empfunden hatte: Ein Baby wollte sie nicht. Auf keinen Fall. Ein Kind wäre ein Zeugnis ihres Scheiterns, das sie für alle Zeit an John und Morgan's Hall fesseln würde.

Eine warme Welle, es war wie Elektrizität, strömte durch ihren Körper. Ein seltsam wohliges Gefühl, das sie noch nie in sich gespürt hatte. Auf ihren Armen breitete sich eine Gänsehaut aus. Isabelle hörte auf, sich mit dem Waschlappen zu quälen, und ließ ihn auf die Bodenfliesen fallen. Alles drehte sich. Benommen krallte sie sich am Waschbecken fest und blickte in den Spiegel. Hatte sie soeben das Glück verspürt? Etwas, worauf sie so lange gewartet hatte, dass sie schon gar nicht mehr glaubte, dass es existierte?

In den ersten drei Wochen nach der Vereinigung mit John hoffte sie, nicht schwanger geworden zu sein. Es müsste doch mit dem Teufel zugegangen sein, wenn sie in einer einzigen Nacht ein Kind empfangen hätte.

Isabelles Brüste schwollen an und die morgendliche Übelkeit setzte ein. Manchmal hielt diese bis in den frühen Abend an. Sie brauchte keine ärztliche Diagnose, um ihr das zu bestätigen, was sie selbst bereits ahnte. Eine Untersuchung war somit nicht nötig. Schon gar nicht von diesem Doktor Horne, diesem neunmalklugen Schwätzer. John hatte ihn einmal nach Morgan's Hall gerufen, als Isabelle im vergangenen Winter an einer Lungenentzündung erkrankt war. Der Doktor hatte sie wie eine Sechsjährige behandelt. Dass sie von ihm nicht noch ein Bonbon zum Trost erhalten hatte, war schon alles gewesen.

Ja, ein Baby war unterwegs.

Der langersehnte Erbe von Morgan's Hall. John würde vor Freude jauchzen.

Wieso war sie nicht davongelaufen, als sie noch die Gelegenheit dazu gehabt hatte? Direkt nach Josephines Tod. Einige Male hatte sie in den vergangenen Jahren mit einem gepackten Koffer auf der Veranda gestanden. Den Weg zur Flucht unmittelbar vor Augen. Und doch hatte sie nie den nötigen Mut aufgebracht, wirklich zu gehen. Jetzt würde sie nie wieder gehen können.

Morgan's Hall war das Einzige, was sie kannte. Die Außenwelt bereitete ihr Angst. Das war die Tücke der Einöde, an die sich das Innere mit der Zeit gewöhnte und damit den Rest der Welt verbannte. Jetzt war es zu spät.

Wann immer Isabelle über der Kloschüssel hing und nur noch Magensäure herauswürgte, ertappte sie sich ständig bei dem düsteren Wunsch, das Kind zu verlieren. John, der ihr mit seiner besorgten Miene ständig auf den Geist ging, erzählte sie das Märchen von einer schweren Magendarmgrippe. Sie wollte nicht, dass er es erfuhr, da diese Schwangerschaft ein Eingeständnis ihrer Liebe war. Irgendwie.

In einem Ratgeber, den Violett während ihrer Schwangerschaft gelesen und nach dem Umzug nach Texas in ihrem Zimmer vergessen hatte, las Isabelle, dass die ersten zwölf Schwangerschaftswochen entscheidend für die Entwicklung des Babys seien. Erst ab der sechsten bis achten Woche hatte der Fötus einen Herzschlag und die Größe eines Reiskorns. Bis dahin hatte das Baby weder Organe noch Gliedmaßen. In dieser Zeit musste das Kind abgehen.

Doch nichts geschah und ihre Leibesfrucht entzog Isabelle die letzte Energie, als würde sie sie aussaugen.

Den Nachmittag, es war Anfang Februar, hatte Isabelle im Bad verbracht. Inzwischen wusste sie, wann die Übelkeit ihr Ende fand.

Zum Mittagessen hatte es Suzies widerlichen Kanincheneintopf gegeben, den sie tatsächlich gegessen hatte. Alles. Sogar das Herz und die Nieren, die sie in der Vergangenheit immer ausgespart und meistens nur die Brühe geschlürft hatte. Jetzt lag wieder alles Gegessene in der Kloschüssel. Kraftlos zog sie sich am Rand der Toilette hoch und wusch sich am Waschbecken das Gesicht. Als sie ihre ausgehungerte Erscheinung im Spiegel betrachtete, hatte sie das Gefühl, ihr Körper würde sich langsam auflösen. Sie brachte keine fünfzig Kilo auf die Waage. Dieses Baby beanspruchte ihre ganze Kraft.

Daraufhin öffnete sie die Tür und Coleen stand mit einem Wischmopp in Isabelles Schlafzimmer. Stand einfach so da, ohne ihre Arbeit zu erledigen, als habe sie auf die Hausherrin gewartet. Isabelle zog die Stirn kraus und Coleen inspizierte sie mit forschenden braunen Augen. War da auch Feindseligkeit im Blick des Dienstmädchens?

»Was gucken Sie denn so, Coleen?«

»Nichts, Mrs Morgan.« Mit diesen Worten tauchte sie den Wischmopp in den Eimer und ging ihrer Arbeit nach. Trotzdem verlor sie noch einen weiteren boshaften Blick an Isabelle.

»Solche Arbeiten könnten Sie ruhig früher erledigen«, konnte Isabelle sich nicht verkneifen.

»Wie denn, Mrs Morgan, wo Sie doch bis mittags im Bett liegen?«

Sie konnte Coleens freche Antwort nicht fassen.

»Was erlauben Sie sich?«

»Wann ist es denn soweit?«

Isabelle erstarrte über diese unverblümte Frage.

»Was meinen Sie damit?«

Coleen grinste schamlos und stoppte ihre Arbeit.

»Keine Sorge. Ihr Geheimnis ist bei mir sicher.«

Isabelle fehlten die Worte. Eine Mitwisserin, dann auch noch Johns Liebschaft, konnte sie nicht gebrauchen. Sie hatte dem Hausmädchen nie über den Weg getraut. Vielleicht, weil es die Frechheit besaß, mit ihrem Ehemann zu schlafen. Früher war es ihr egal gewesen, aber jetzt keimte so etwas wie ... ja, so etwas wie Eifersucht in ihr auf. Sie konnte es selbst kaum fassen. John wirkte seit der Neujahrsnacht gelöst, scharwenzelte wie ein seliger Kater um Isabelle herum.

Eigenartigerweise ließ sie es zu.

»Machen Sie Ihre Arbeit!«, sagte Isabelle erhobenen Hauptes und verließ ihr Schlafzimmer.

Als Isabelle über den Flur wanderte, hörte sie das Telefon klingeln. Sie blieb an der Empore stehen und beobachtete Suzie, die zum Apparat ins Foyer eilte und den Hörer abnahm. Sofort rief sie nach John, der bereits aus seinem Arbeitszimmer geschlendert kam.

»Oh, Mr Morgan, es ist ihre Schwester. Sie ist ganz aufgebracht.«

Er nahm den Hörer entgegen. Isabelle verdrehte die Augen. Violett war immer aufgebracht. Ungerührt ging sie die Treppe hinunter, hörte schon auf halber Strecke die lauten Schreie, die John entgegenschallten, sodass er mehrmals die Hörmuschel von seinem Ohr weghielt.

»Vio, jetzt bleib doch mal ruhig«, versuchte er, sie zu beruhigen.

Schließlich wurde es stiller. Isabelle setzte sich auf eine der Treppenstufen und erforschte Johns Gesichtsausdruck, der sich von ursprünglicher Ungeduld in eine Schockstarre verwandelte. Fassungslos hielt er sich die Hand vor den Mund. »Großer Gott. Vio, Liebes, ich werde sofort einen Flug nach Dallas buchen. Ich bin bei dir, so schnell es geht.« Daraufhin legte er den Hörer auf.

»Was ist geschehen?«, fragte Isabelle. Er seufzte schwer und rieb sich ungläubig die Augen.

»Andrew ist tot.« Seine Worte drangen wie durch Watte zu ihr hindurch, wirkten unwahr. Es konnte nicht anders sein. »Er ist bei einem Testflug über New Mexico mit einem anderen Kampfjet zusammengestoßen. Die Maschine ist wohl noch in der Luft explodiert. Ich kann das gar nicht fassen.«

Isabelle krallte sich am Messing des Treppenlaufs fest. Auch wenn sie Andrew verabscheute, traf sie die Nachricht, und sie brauchte einen Moment, um sie zu verdauen.

Mit einem gallebitteren Geschmack im Mund stieg erneute Übelkeit in ihr auf, die sie mit einem Schlucken unterdrückte.

»Ich werde gleich einen Flug nach Dallas buchen«, wiederholte John, was er eben noch seiner Schwester gesagt hatte. Isabelle nickte nur, und John trat auf sie zu, streichelte ihre Wange. »Ich wünschte, du könntest mich begleiten, aber nicht in deinem Zustand. Wenn ich in ein paar Tagen wieder zurück bin und es dir weiterhin so schlecht geht, werde ich Doktor Horne kommen lassen.«

»Das ist nicht nötig, John.«

»Keine Widerrede.« Er klang ernst, als dulde er keinerlei Widerworte, und Isabelle wusste, dass Schweigen jetzt besser für sie war.

Unmittelbar nach dem Telefonat buchte John ein Flugticket nach Dallas, um seiner Schwester beizustehen.

Zwei Tage später saß Isabelle am frühen Morgen in ihrem Zimmer auf dem Fensterbrett und sah hinaus. Nichts als Schnee. Allmählich konnte sie das Weiß der Landschaft nicht mehr sehen. Sie sehnte sich nach den Farben des Frühlings. Ihr Blick wanderte zum Wald. Einerseits wirkten die unendliche Weite schneeüberzogener Tannenspitzen wie aus einem Märchen, aber irgendwie stieg immerzu Unbehagen in Isabelle auf, wenn sie die Wälder betrachtete. Manchmal hatte sie das Gefühl, dieses undeutliche Flüstern, das sie lange Zeit begleitet hatte, stammte von dort. Wobei es – Gott sei Dank – seit einigen

Wochen verstummt war. Ob vielleicht doch etwas an diesen Geistergeschichten dran war, die Phil andauernd erzählte? Sie verfiel in ein Schmunzeln und schüttelte ungläubig den Kopf.

Unsinn, sagte sie in Gedanken zu sich selbst.

Auch wenn es böse Geister gab, dann waren diese in ihrer geliebten Heimat, um dort ihr Unwesen zu treiben.

Wann hörte dieser verdammte Krieg endlich auf? Immer wieder drangen schreckliche Nachrichten zu ihnen durch. Entsetzliche Bilder jagten Isabelle durch den Kopf. Welch grausames Leid herrschte in ihrer alten Heimat. Ganz Europa war nur noch ein blutüberströmter Kontinent. Weit, weit weg von hier. Ein Erdteil des Sterbens, des Hungers und der Angst. Eine Schlachterei unter den Menschen. Eine Welt des Hasses, geprägt von Diktatur und Tyrannei. Die Erkenntnis, dass Barmherzigkeit nur noch einem Geist der Vergangenheit glich, fuhr Isabelle durch die Glieder.

In diesem Moment dachte sie an ihren armen Vater. Sie erinnerte sich an die letzte Begegnung mit ihm. Bevor sie das Elternhaus verließ, hatte er Isabelle in seine Arme geschlossen und ihr die Stirn geküsst. Sie hatte seine Sanftheit gespürt. Wie gern hätte sie jetzt seinen Gesichtsausdruck gesehen, wenn sie ihm erzählt hätte, dass sie bald ein Kind bekommen werde. Sie konnte seine Freude über dieses Enkelkind nahezu spüren, es erwärmte ihr beklommenes Herz. Es war, als sähe sie ein goldenes Licht, das sie aus der Dunkelheit führte. Unbewusst legte sie sich die Hand auf den Bauch und streichelte ihn. Erstaunt über diese instinktive Handlung, sah sie auf die leichte Wölbung ihres Unterleibs. Eine große innere Ruhe überkam sie und zauberte ein sanftes Lächeln auf ihr müdes Gesicht.

Jemand klopfte an ihre Zimmertür und riss sie aus diesem wundervollen Gefühl der Mutterliebe. Es war Coleen, die ein Tablett vor sich hertrug und es auf Isabelles Bett abstellte.

»Wo ist Suzie?«, fragte Isabelle mürrisch. Eigentlich brachte sie ihr immer das Frühstück.

»Suzie ist mit Phil zum Einkaufen in die Stadt gefahren. Sie hat mir aufgetragen, Ihnen das Frühstück zu bringen.« Isabelle nickte und stieg vom Fensterbrett hinunter. Der Holzboden war eiskalt und sie hüpfte zu ihrem Bett. Sie hatte tatsächlich Hunger und freute sich über die Pfannkuchen, die auf einem Teller lagen. Seit Wochen hatte Suzie ihr Haferschleim vorgesetzt, der ihr allmählich aus den Ohren kam. Sie setzte sich auf ihr Bett und schlürfte den Kräutertee. Coleen stand noch immer neben ihr und Isabelle blickte skeptisch zu dem Mädchen auf.

»Vielen Dank, Coleen. Sie können jetzt gehen.« Das Dienstmädchen legte den Kopf zur Seite und lächelte.

»Ich wünsche Ihnen einen guten Appetit«, sagte sie und ging rückwärts zur Tür.

Isabelle wartete, bis die Trine aus dem Zimmer verschwand, widmete sich danach mit großem Appetit den Pfannkuchen. Zwischendurch vergaß sie, zu kauen, verschlang die Mehlspeise regelrecht und ließ sich anschließend heiter in ihr Kissen zurückfallen.

Kurz nachdem der Teller leer gegessen war, schlief sie ein.

Ein krampfender Magen rüttelte sie wieder wach. Der Schmerz zog sich durch ihren ganzen Unterleib. Ihre Haut war schweißbedeckt, der Rücken durchnässt. Mit der Faust drückte sie gegen den Bauch, krümmte sich.

Draußen war es stockfinster. Sie musste den ganzen Tag verschlafen haben. Die Krämpfe wurden so unbarmherzig, dass es ihr den Atem verschlug. Plötzlich wurde sie von einer Übelkeit befallen, die sie wie eine Welle überschwemmte. Isabelle rollte sich zur Seite, konnte ihre Arme und Beine nicht mehr spüren und übergab sich auf das Kopfkissen. Mit verschwommenem Blick fixierte sie ihr Erbrochenes und sah das Blut, das darin schwamm. Panik kochte in ihr auf. Sie wollte nach Hilfe rufen, aber ihre Stimmbänder waren ebenfalls wie gelähmt. Mit allerletzter Kraft rutschte sie zur Bettkante und stürzte sich auf den Holzboden. Dabei riss sie am Kabel ihrer Nachttischlampe, die mit einem lauten Scheppern zu Boden krachte.

Dann, kurze Zeit später, hörte sie die beruhigende Stimme von Suzie, die ihr über das Haar streichelte. Phils starke Arme griffen unter ihren Nacken und ihre Knie und legten Isabelle in ihr Bett zurück. Mit schwacher Hand packte sie seinen Unterarm.

»Das Baby«, wimmerte sie. Die schattigen Gestalten, die sich über sie beugten, verdunkelten sich, verfärbten sich in ein tiefes Schwarz. An das, was folgte, erinnerte sie sich nicht.

Mühsam öffnete Isabelle die Augen und betrachtete die gluckernde Flüssigkeit am Tropfständer neben ihrem Bett. Ihr war mit einem Mal bitterkalt, die Hitze des Fiebers der Nacht war vergangen. Mehrfach war sie erwacht und hatte sich in Fieberkrämpfen geschüttelt.

Kraftlos zerrte sie die Bettdecke bis zur Nasenspitze hinauf, zog die Knie an, da der stechende Schmerz in ihrem Unterleib unerträglich war, und fasste leidend auf ihren schwangeren

Bauch. Unaufhörlich verspürte sie diese wellenartig wiederkehrenden Qualen wie ein Messer im Bauch. Es war nicht auszuhalten und sie sank wieder in dumpfe Dunkelheit zurück.

Als sie am nächsten Tag wieder zu Besinnung kam, saß Suzie neben ihrem Bett. Mit besorgter Miene legte die Haushälterin ihr einen feuchten Waschlappen auf die Stirn. Isabelle fragte sich, was nur geschehen war. Sie kramte verzweifelt in ihrem Gedächtnis und allmählich kam die Erinnerung zurück. Unkontrolliert zog sich ihr Körper krampfartig zusammen, sie stemmte sich mit den Armen und Beinen dagegen und Panik stieg in ihr auf. Suzie versuchte mit aller Kraft, sie zu beruhigen.

»Mrs Morgan, es ist alles in Ordnung. Bleiben Sie ruhig«, wiederholte sie mehrfach. »Dem Baby geht es anscheinend gut. Der Doktor konnte keine Fehlgeburt feststellen. Er hat Ihnen ein Medikament verabreicht, das Ihren Magen beruhigt. Er wird heute Nachmittag noch einmal nach Ihnen sehen.

Er meinte, es sei völlig normal, ein wenig Blut zu spucken. Schließlich haben Sie sich in den letzten Wochen so oft übergeben, dass die Säure Ihre Verdauungsorgane ziemlich angefressen hat. In ein paar Tagen wird es Ihnen wieder besser gehen.«

Suzie streichelte Isabelles Hand. Im nächsten Moment beugte sie sich zu ihr und flüsterte: »Ich kann Ihnen gar nicht sagen, wie sehr es mich freut, dass Sie ein Kind erwarten. Vielleicht hilft Ihnen das Baby dabei, endlich glücklich zu werden. Der gnädige Herr ist informiert. Er wird sofort nach Mr Larsons Beerdigung zurückkehren. Trotz der Trauer war Mr Morgan außer sich vor Freude, als der Doktor ihm von der Schwangerschaft erzählte.« Isabelle war zu erschöpft, um auf die Nachrichten zu reagieren. Suzie wollte gerade gehen, da hielt Isabelle sie mit zitternder Hand zurück.

»Bitte, Suzie, verschließen Sie meine Zimmertür«, flüsterte sie flehend.

Verdutzt runzelte Suzie die Stirn. »Aber warum denn?«

»Ich flehe Sie an. Verriegeln Sie die Tür und behalten Sie den Schlüssel bei sich. Ich will, dass nur Doktor Horne und Sie Zutritt zu meinem Schlafzimmer haben.«

»In Ordnung. Ich werde dafür sorgen, Mrs Morgan. Alles, was Sie wünschen.«

Isabelle schlief bis zum nächsten Morgen durch. Nicht einmal Doktor Hornes Untersuchung hatte sie geweckt. Sie wachte allein in ihrem Schlafzimmer auf und beobachtete wieder den Tropf neben ihrem Bett.

Sie war sich ganz sicher: Coleen hatte versucht, sie und das Baby zu vergiften. Vermutlich hatte sie Rattengift in die Pfannkuchen gemischt. Aus Eifersucht, weil John das Hausmädchen seit der gemeinsamen Nacht mit Isabelle nicht mehr angerührt hatte. John hatte ihr erzählt, dass er Coleen entsagt habe. Erst jetzt kam ihr in den Sinn, wie barsch und abweisend er Coleen in den letzten Wochen gegenübergetreten war.

John trat ins Zimmer. Er setzte sich auf einen Stuhl, nahm ihre Hand und drückte sie behutsam. Zu ihrer Überraschung äußerte er keine überschwängliche Freude über das Baby. Es war der langersehnte Erbe, den sie ihm endlich schenkte, und dennoch hielt er sich zurück.

Eine Zeitlang schwieg er nur und betrachtete sie besorgt.

»Ich wünschte, ich wäre hier gewesen«, sagte er mit sanfter Stimme. »Gott sei Dank ist mit dir und dem Baby alles in Ordnung.« Tränen füllten seine Augen. Er beugte sich zu ihrer

Hand hinunter, um sie zu küssen. »Du ahnst nicht, wie glücklich du mich machst.«

Jaja, dachte sie verbittert, *endlich ein Erbe für das gelobte Land.* Dieser Spruch lag ihr auf den Lippen, aber seine Freude über das Kind rührte sie, sodass sie die Worte stumm hinunterschluckte. Stattdessen legte sie ihre andere Hand auf seinen Arm.

»Kündige Coleen«, sagte sie mit trockener Stimme. John lachte auf, weil er mit dieser Forderung offensichtlich nicht gerechnet hatte.

»Warum? Aber Liebling, Coleen arbeitet schon seit Jahren hier.«

»Ja, und seit Jahren hast du eine Affäre mit ihr. Ich will, dass das ein Ende hat«, forderte sie. »Dem Baby und mir zuliebe.« Er zuckte zusammen, runzelte die Stirn, als würde er über ihren Wunsch nachgrübeln.

Sie hätte ihm von dem Verdacht gegen Coleen erzählen ‚können, hatte aber die Befürchtung, er würde sie für verrückt halten. Also versuchte sie es auf diese Art und Weise, schenkte John damit einen Funken Hoffnung. Vielleicht würde sie ihren Mann tatsächlich einmal lieben, akzeptieren. Bislang war dem nicht so, obwohl sie schon milder gestimmt war. Dennoch ertappte sie sich ständig bei dem Wunsch, Dickie wäre der Vater ihres ungeborenen Kindes. Sie konnte diesen Mann nicht vergessen und würde es wahrscheinlich auch nie.

»Also gut, Isabelle. Coleen verschwindet.«

***

Am Abend spazierte John in den Salon. In einer Hand hielt er eine Zigarre, die er wie einen Schatz bewunderte. Phil stand am hohen Sprossenfenster und starrte in die Nacht hinaus. Es wunderte John, ihm noch so spät im Haus zu begegnen. Meistens verschwand Phil nach dem Abendessen in das winzige Nebenhaus hinter der Garage, in dem er lebte.

»Wie schön, dich noch anzutreffen«, sagte John mit heiterer Stimme.

Er schlenderte zur Hausbar und goss zwei Gläser Bourbon ein. Er reichte Phil eines davon, das dieser dankend annahm. Unmittelbar danach blickte Phil wieder hinaus. John stellte sich neugierig neben ihn und schaute ebenfalls in die Nacht, zog jedoch die Augenbrauen hoch, weil wirklich nichts Interessantes zu sehen war.

»Die Sterne ruhen.«

John lachte laut auf.

»Mensch, Phil, du hast aber auch ein Talent, mit geheimnisvollen Worten riesengroße Fragezeichen zu erzeugen. Natürlich ruhen sie. Sind ja auch von dicken Schneewolken verdeckt.« Johns Blick wanderte wieder zu seiner Zigarre, die er noch immer in der Hand hielt. Er seufzte. »Die stammt noch von meinem Vater.« Phil schenkte ihm jetzt seine ungeteilte Aufmerksamkeit und lächelte milde. »Ich hatte die Zigarre für einen besonderen Anlass aufgehoben. An meinem Hochzeitstag steckte sie in der Innentasche meines Jacketts. Allerdings war dieser Tag alles andere als wundervoll. Aber nun will ich sie endlich rauchen.« Er steckte sich die Zigarre zwischen die Lippen und zündete sie an. Mit einem beseelten Gesichtsausdruck inhalierte er den angenehmen Tabak. »Heute ist ein guter Tag.« John bot Phil an, ebenfalls einen Zug zu nehmen, aber dieser winkte dankend ab. Kein Wunder. Rauchte er doch immer nur dieses seltsame grün-bräunliche Kraut. Wahrscheinlich irgendein Opiat, so mutmaßte John. »Unsere Gebete wurden tatsächlich erhört, mein Guter. Endlich werde ich Vater. Ich kann es noch gar nicht richtig fassen.«

»Ja, Sir. Ein wahrer Hoffnungsschimmer für Sie und den Rest der Familie.« John nickte und verfiel in Schwärmerei.

»Wenn ich mir vorstelle, dass bald winzige Füßchen durch das Haus tippeln ... ich kann es kaum erwarten. Eines Tages wird er in meine Fußstapfen treten. Er wird ein ausgezeichneter Reiter. Du wirst es ihm beibringen.«

»Er?«, fragte Phil mit belustigter Miene.

»Natürlich er. Du wirst schon sehen. Und auch dieser gierige Geier Clark wird vor Wut explodieren. Ich ...«

Ein dumpfer Schlag unterbrach Johns Jubel. Erschrocken starrte er zu Phil hinüber. Er fragte sich, woher dieser Krach stammte. Nicht aus der oberen Etage, so viel war sicher, was ihn sofort beruhigte.

»Verdammt, Phil, was war das?«

»Ich glaube, es kam von der vorderen Veranda.«

Beide Männer eilten zur Haustür, die John sogleich schwungvoll öffnete. Ein Windstoß fegte ihm ins Gesicht. Es herrschten eisige Temperaturen, zu kalt für Woodwall. Er trat auf die Veranda und blickte durch die Nacht. Nichts Auffälliges. Als er nach links schaute, erkannte er ein Stück Holz, das vom Vordach der Veranda pendelte, bis es ganz abbrach und in den Schnee fiel. Erst jetzt erkannte er dort das gebrochene Geländer. Langsam schritt er über die knarzenden Holzdielen. Je näher er der Stelle kam, desto unruhiger wurde er. Ihn überfiel eine böse Vorahnung, dass er jeden Augenblick etwas

Furchtbares entdecken würde. Behutsam beugte er sich über die Brüstung. Unter ihm ragten die Zweige der Rosenstämme empor, auf denen kleine Schneehäufchen saßen. Dazwischen erblickte er die Umrisse einer Gestalt und sein Herz setzte prompt einen Schlag aus vor Schreck. Seine Augen hatten sich mittlerweile an die Dunkelheit gewöhnt. Er traute sich nicht, über das Geländer zu springen, denn er wusste nicht, was dort im Schnee auf ihn wartete. Für einen Waschbären war es jedenfalls viel zu groß. Ein tiefes Rot verfärbte den Schnee.

Phil war die Stufen der Veranda hinuntergestiegen und stand John jetzt direkt gegenüber, hielt seinen Hausherren mit einem Handzeichen davon ab, sich dem regungslosen Körper zu nähern. Phils Stiefel versanken in den Tiefen des Pulverschnees.

Isabelle und Violett traten jetzt ebenfalls aus dem Haus und sahen irritiert zu John hinüber.

»Bleibt da stehen!«, befahl er den Frauen.

Indes näherte sich Phil der Gestalt und bahnte sich den Weg durch die Rosenstämme. Mit der Stiefelspitze trat er leicht dagegen, und nachdem sich keine Regung gezeigt hatte, kniete er nieder. John beobachtete seinen alten Freund stumm, bis er ein leises Aufseufzen hörte.

»Phil, was ist es? Ein Bär?«

Phil blickte verzagt zu ihm hinauf.

»Es ist Coleen, Mr Morgan.«

»Was?«, raunte John mit gebrochener Stimme, denn eine eisige Klaue umklammerte sein Herz.

Im nächsten Moment sprang er über das Geländer und kniete sich neben Phil. Coleens Schädel war voller Blut, ihre Augen waren weit aufgerissen. Das Gesicht glich einer unheimlichen Fratze, als hätte sie kurz vor ihrem Tod etwas Dämonisches gesehen. Sie musste mit dem Genick auf das Vordach gekracht sein. Wie erschlagen legte John seine Hand auf ihr blasses Gesicht.

»Das ist meine Schuld. Verflucht, es ist meine Schuld«, weinte er verzweifelt. »Ich habe sie vorhin gefeuert. Sie hat nicht einmal dagegen protestiert. Verschwand wortlos. Hätte ich das gewusst ... das habe ich doch nicht gewollt.«

Phil verschloss mit den Fingern Coleens Augen, dabei summte er ein Lied, dessen Worte John nicht verstand. Es hörte sich wie ein Klagelied an. John schaute zurück.

Isabelle und Violett standen jetzt oben am Geländer und blickten zu den Männern hinunter.

»Wer ist das?«, fragte Violett aufgelöst.

»Coleen«, antwortete Isabelle ohne einen Hauch von Mitgefühl. »Wie kann man nur so dumm sein?« John sah sie fassungslos an.

Wie konnte ein Mensch so gefühlskalt sein? Was hatte das arme Mädchen seiner Frau denn getan, dass sie so etwas sagte? Ihm wurde bange.

***

Erst Josephine, jetzt Coleen. Für wie viele Tragödien musste sich Isabelle noch verantwortlich fühlen? Auch wenn sie deren Tode nicht heraufbeschworen hatte, geschweige denn diese durch ihre Hand verursacht worden waren, fühlte sie sich dennoch schuldbeladen. Niemals hätte sie es für möglich gehalten, dass Coleen so starke Gefühle für John empfunden hatte, die sie nach ihrer Entlassung in den Suizid treiben würden. Vielleicht hatte sie auch nicht gewusst, wohin sie gehen sollte, da sie als sechzehnjährige Waise nach Morgan's Hall gekommen war, um für die Familie zu arbeiten. Allerdings hatte diese Frau versucht, sie zu vergiften, daran hegte Isabelle keinen Zweifel. Zu welchen Dummheiten sich Frauen doch aus Liebe hinreißen ließen! Doch unterschied sich Isabelle so sehr von dem toten Hausmädchen? Hatte nicht auch sie selbst oft mit genau diesem Gedanken gespielt, vom Dach in die Rosendornen zu springen oder sich im See zu ertränken?

Ja, das hatte sie. Aber in ihr schlummerte etwas, was nicht auszulöschen war. Der Wunsch und das Streben nach einem glücklichen Leben in Wien. Zurück in die Heimat. Irgendwann. Ob mit oder ohne Kind.

Bis zur Geburt hütete Isabelle fortan das Bett, denn die Gefahr, dass das Baby zu früh kam, war zu groß und allgegenwärtig.

Isabelle war weiterhin kränklich und kam nach Coleens Vergiftungsanschlag nicht mehr wirklich zu Kräften. Da sie bereits vor der Schwangerschaft die meiste Zeit in ihrem Schlafzimmer verbracht hatte, kam ihr die verordnete Bettruhe gelegen. So musste sie sich nicht mit Violett herumplagen, die mit ihrem Sohn Tristan wieder im Haus lebte. Ihre Anwesenheit nervte Isabelle. Ständig betrat Johns Schwester ungebeten ihr Zimmer, langweilte sie mit ihren banalen Ratschlägen und einer unerträglichen Vorfreude auf das ungeborene Kind. Sicherlich, um von dem tiefen Schmerz über Andrews Verlust Ablenkung zu finden.

»Tristan wird sich so sehr über einen Spielgefährten freuen. Endlich gibt es wieder Hoffnung und Freude auf Morgan's Hall.«

Dieses ewige Gerede zehrte an Isabelles Nerven. Sie kommentierte nichts von dem, was Violett von sich gab, und strafte diese stattdessen mit üblicher Missachtung.

Früher oder später musste Violett ihrer doch einmal überdrüssig werden, hoffte sie. Wie sollte sie sonst signalisieren, dass sie an einer freundschaftlichen Beziehung kein Interesse hatte?

Ebenso ging ihr das andauernde Geplärre und Gepolter von Tristan auf den Geist. Der Junge rannte durch das ganze Haus und sein lärmendes Gekreische raubte ihr jeden Nerv.

Zudem platzte John mehrmals am Tag in ihr Zimmer und zeigte ihr voller Stolz irgendwelchen Klimbim, den er für das Baby errungen hatte.

Der Stumme Will hatte eine Wiege aus Eichenholz gebaut, die bereits am Fußende ihres Bettes stand.

Eigentlich fand Isabelle Johns Vorfreude recht niedlich, aber wirklich teilen konnte sie diese nicht. Sie fühlte sich kraftlos und ohne Elan. Die einstige zarte Freude über das ungeborene Kind war in den Tiefen ihrer Schwermut untergegangen.

Violett sprach in einer Tour davon, wie sie instinktiv stets ihren Bauch hatte streicheln müssen, als sie schwanger war. Für sie hatte es wohl kein schöneres Gefühl gegeben, als ihren Jungen in sich zu spüren, wenn er strampelte oder einen Hicks hatte.

Isabelles Baby hatte ständig Schluckauf. Das rhythmische Glucksen trat alle zwei Stunden auf. Es schien, als würde das Kind versuchen, auf sich aufmerksam zu machen.

Sturmkind

Morgan's Hall, 15. September 1942

Ein Unwetter richtete enorme Schäden am Haus an, denn ein orkanartiger Windstoß ließ die alte Eiche auf das Dach des Haupthauses stürzen. Phil und John waren den ganzen Tag damit beschäftigt, das entstandene Loch zu reparieren, denn das Regenwasser strömte wie ein Wasserfall durch das zerstörte Dach. Mit Eimern versuchten sie, das Wasser aufzufangen.

Am Nachmittag setzten bei Isabelle die Wehen ein, und John war gezwungen, die Sisyphusarbeit zu unterbrechen, damit er bei ihr sein konnte. Rastlos wartete er auf das Eintreffen von Doktor Horne.

Doch durch den Sturm war die Serpentinenstraße, die zu ihnen führte, unpassierbar geworden. Mächtige Windböen hatten mehrere Bäume entwurzelt und umstürzen lassen. Phil hatte es gesehen, als er seinen Kopf durch das offene Dach gesteckt hatte, und der Familie davon berichtet.

Suzie und Violett kümmerten sich um Isabelle, die seit vier Stunden in den Wehen lag und vor Erschöpfung und Schmerz nur noch wimmerte.

Erst am späten Abend traf Doktor Horne ein.

Glücklicherweise setzten gerade in diesem Augenblick die Presswehen ein. John fiel ein Stein vom Herzen. Er wusste, dass Isabelle seine Anwesenheit bei der Geburt ablehnte. Deswegen wartete er im Flur vor ihrem Zimmer fieberhaft, während ihm ihre qualvollen Schreie durch Mark und Bein gingen.

Dann wurde es plötzlich still. Nicht einmal der Wind war zu vernehmen, der seit Stunden ums Haus gepeitscht war. Auch der prasselnde Regen gönnte sich offenbar eine Pause.

John stand augenblicklich von seinem Stuhl auf und marschierte angespannt vor der Tür auf und ab. Die Standuhr im Foyer schlug elf Uhr und mit ihr setzte das Babygeschrei ein. Er horchte aufgeregt auf.

Violett trat in den Flur. Freudestrahlend umarmte sie ihren Bruder, der unentwegt versuchte, einen Blick in Isabelles Zimmer zu erhaschen.

»John, dem Baby geht es gut. Die Kleine ist bezaubernd«, schwärmte sie.

John lächelte über das ganze Gesicht. Hatte Violett eben die Kleine gesagt?

»Ein Mädchen?« Violett nickte und verpasste ihm einen Klaps auf den Po, da ihr offenbar seine nur für einen kurzen Moment sichtbare Enttäuschung nicht entgangen war.

»Schau nicht so grantig. Beim nächsten Mal wird es ein Junge. Ganz bestimmt.«

Beim nächsten Mal?

Hatte er wirklich eine Tochter bekommen?

Verdammt, schoss es ihm durch den Kopf.

Dann aber dachte er darüber nach, wie froh er doch sein konnte, überhaupt Vater geworden zu sein. Diese Erkenntnis zauberte ein kleines Lächeln auf seine Lippen.

»Ein Mädchen ist wunderbar, Violett«, erwiderte er, und endlich erlaubte sie ihm, Isabelle zu besuchen. Seine Frau lag entkräftet in ihrem Bett.

Suzie säuberte das Neugeborene und weinte dabei Rotz und Wasser.

»Oh, Mr Morgan, dass ich das noch erleben darf. Ich hatte ja schon fast die Hoffnung aufgegeben.«

Er selbst auch.

»John, meine allerherzlichsten Glückwünsche. Das wohl schönste Mädchen, das ich je auf die Welt geholt habe.« Doktor Horne reichte ihm die Hand und wirkte dabei sehr müde, da er einen beschwerlichen Weg zu den Morgans auf sich genommen hatte. Seine Kleidung war immer noch völlig durchnässt.

John strahlte über das ganze Gesicht und rief Ruth herbei, die er im vergangenen März als Coleens Nachfolgerin einge- stellt hatte.

»Bring dem Doktor ein paar trockene Sachen von mir und serviere ihm eine Suppe.«

Ruth, ein Mädchen aus dem kanadischen Aberdeen, war noch ziemlich jung, aber hässlich wie die Nacht. Ihre Nase war so riesig, dass Augen und Mund kaum wahrzunehmen waren. Ruths Ungestalt war ausschlaggebend für ihre Einstellung als Dienstmädchen gewesen, damit John nicht in Versuchung ge- riet. Diese Eule würde er nie und nimmer anfassen.

»Sehr wohl, Mr Morgan«, antwortete sie freundlich und trat aus dem Zimmer. John wandte sich wieder dem Doktor zu, der ihm dankbar für die trockene Kleidung und die Mahlzeit zunickte. Anschließend schlenderte er zu Suzie, die das Kind in einen Strampler kleidete und es fest in eine Decke wickelte.

»Die Kleine hat so viele Haare. Wie damals unsere Violett«, bemerkte sie entzückt, als sie John das Baby in die Arme legte.

Freudentränen füllten seine müden Augen. Er betrachte seine Tochter und verliebte sich sofort in ihr zartes Gesicht. Puppige Kulleraugen, die von umwerfend geschwungenen Wimpern umrahmt waren, sahen ihn an. Ihr Blick war bereits jetzt wach und neugierig.

Sie war zum Dahinschmelzen hübsch.

»Endlich bist du da«, sagte er mit weicher Stimme und wiegte das Baby sanft in seinen Armen, das zufrieden an zwei Fingerchen nuckelte. »Weißt du, meine kleine Prinzessin, ich habe lange auf dich gewartet.« Er beugte seinen Kopf zu dem Mädchen und küsste ihm sanft die Stirn.

»Und mein Tristan hat eine kleine Weggefährtin!«, quietschte Violett glücklich und streichelte das Köpfchen des Neugeborenen. Selig und berührt schaute John zu seiner Frau. Isabelle wirkte abwesend. Ihr Gesicht blass und aus ihren Augen sprach eine bedrückende Leere.

Behutsam setzte er sich mit dem Kind neben sie auf das Bett. Er bat Suzie und Violett, den Raum zu verlassen, um ihnen einen Moment als Familie zu gönnen. Die beiden folgten seiner Anweisung sofort und schlossen die Tür hinter sich. Ein kaum auszuhaltendes Schweigen breitete sich im Schlafzimmer aus. Nur das hauchzarte Seufzen des Babys durchbrach diese Stille. Resigniert hatte Isabelle ihren Blick zum Fenster gerichtet.

»Sieh nur, Liebling! Sie ist entzückend«, flüsterte er und hielt ihr das Baby hin.

Ohne das Mädchen auch nur anzuschauen, drehte sie sich noch weiter von ihm weg. Ohnmächtig starrte er sie an. Wie konnte eine Mutter nur ihr eigenes Kind zurückweisen?

Das reichte.

Eine unbändige Wut kochte in ihm hoch. Harsch zog er Isabelle wieder zu sich heran und packte sie mit seiner freien Hand so fest am Oberarm, dass sie kurz aufschrie. Er konnte seinen Zorn nicht zurückhalten und drückte ihr das Baby in die Arme.

»Das ist deine Tochter!«, brüllte er. »Und du wirst gut zu ihr sein. Unser Kind behandelst du nicht so furchtbar wie den Rest dieser Familie!« Sein Tonfall war cholerisch und brachte das Mädchen prompt zum Weinen. »Siehst du, weil du es zurückweist und mich so auf die Palme bringst, weint es jetzt. Sie verdient es, von dir geliebt zu werden. Du kannst mich hassen, du kannst Morgan's Hall hassen, aber du wirst nicht das einzig Gute, was wir in unserem Leben zustande gebracht haben, mit deiner Missachtung strafen. Hast du mich verstanden? Ich schwöre bei Gott, solltest du dich ihr gegenüber schäbig verhalten, bringe ich dich um. Ich bringe dich mit meinen eigenen Händen um.« Außer sich vor Wut erhob sich John, schritt zur Schlafzimmertür und schaute sich noch einmal um. Er erkannte die Furcht in den Augen seiner Frau. Er hatte jedes einzelne Wort ernst gemeint. Das Mädchen schrie in Isabelles kraftlosen Armen. Resigniert wandte sie ihren Blick wieder dem Fenster zu und blickte stumm hinaus. »Was für ein Monster habe ich nur geheiratet?«

Er hielt ihren Anblick nicht länger aus und verließ mit lautem Türknallen das Zimmer. Mit einer ordentlichen Portion

Wut stieg er wieder zum Dachboden hinauf, um Phil bei den Reparaturen des Dachs weiter unter die Arme zu greifen.

»Ich gratuliere Ihnen, Sir«, empfing ihn Phil, der für einen Augenblick einen vollen Eimer Regenwasser absetzte und ihm die Hand reichte. »Ist etwas nicht in Ordnung?«

»Diese Frau macht mich wahnsinnig. Sie wollte sich unser Kind nicht einmal anschauen. Die spinnt doch.«

»Sie müssen Geduld haben. Ihre Frau ist geschwächt. Ein Kind zur Welt zu bringen, das ist nicht leicht. Für einen kranken Körper erst recht nicht.«

»Wie lange denn noch? Verdammte Scheiße!«, fluchte John und trat den vollen Wassereimer um. »Ich bin es leid. Ewig diese Stimmungsschwankungen. Mal gibt es Hoffnung und dann ... dann wieder alles auf Anfang. Und als würde mir das Schicksal nicht schon übel genug mitspielen, ist es auch noch ein Mädchen. Was zur Hölle soll ich mit einer Tochter? Klar, sie ist mein Kind und ich liebe sie, aber ... Clark wird sich totlachen, wenn er es erfährt.«

Brüderlich legte Phil seine riesige Hand auf Johns Schulter.

»Das Schicksal weiß schon, was es tut.«

»Ach, Blödsinn. Dieses verdammte Schicksal kann mich mal am Arsch lecken.« John stockte, unterdrückte daraufhin seinen Zorn. »Vielleicht hast du recht, Phil. Das hast du ja immer. Die Kleine ist wunderschön. Ja, das ist sie. Und wer weiß, vielleicht wird sie eines Tages einen vernünftigen Ehemann anschleppen, der die Geschäfte übernimmt. Zumindest hoffe ich das.« Phil lachte.

»John.« Das erste Mal sprach er den Hausherren nicht mit Sir an, »glaube mir, du wirst ziemlich überrascht sein. Aber es wird ein langer, steiniger Weg für deinen Goldschatz.« John musterte ihn skeptisch, konnte nun aber schon wieder lächeln. Das *Du* fühlte sich richtig, irgendwie heilend an.

»Leihst du mir mal deine Glaskugel?«, grinste er. »Bleiben wir doch bitte beim Du.«

***

In der Nacht wachte Isabelle vom Schreien des Kindes auf. Sie wusste nicht, was sie tun sollte. Sie kletterte aus ihrem Bett und knickte ein, denn ihr Unterleib schmerzte noch von der Entbindung. Langsam stakste sie auf die Wiege zu und schaute zu ihrer Tochter hinunter. Ihr Gesichtchen war mittlerweile blaurot angelaufen, da sie so sehr kreischte. Sie wiegte das Kinderbettchen in der stummen Hoffnung, das Baby würde so in den Schlaf zurückfinden, doch das Gebrüll wurde noch sirenenhafter und keuchender. Sie wollte das Mädchen in ihre Arme legen, es wiegen und beruhigen, aber sie war wie versteinert.

Die Tür sprang auf und Violett trat im Nachthemd ein.

»Isabelle, du kannst sie doch nicht so brüllen lassen. John braucht seinen Schlaf.« Anscheinend erkannte sie die Hilflosigkeit ihrer Schwägerin, während Isabelle sie ohnmächtig anstarrte, denn versöhnlich setzte sie hinzu: »Sie hat bestimmt Hunger. Du musst ihr die Brust geben. Setz dich in dein Bett, ich erkläre es dir.« Isabelle reagierte nicht. »Nun mach schon!«, befahl Violett.

Mechanisch gehorchte Isabelle. Sie krabbelte auf allen vieren in ihr Bett und wartete auf weitere Anweisungen. Violett legte ihr das weinende Baby in die Arme und setzte sich zu ihr.

Daraufhin befreite sie Isabelle vom Träger ihres Nachthemds und legte ihre rechte Brust frei.

»Du musst dich nicht genieren«, flüsterte sie, nachdem sie Isabelles eindeutigen Blick gesehen hatte. »Das ist ganz natürlich. Du bist doch sonst nicht so prüde.« Violett brachte das Kind in die richtige Position und der kleine Mund suchte hastig nach der Brustwarze der Mutter. Endlich hörte das Baby auf zu schreien und sog ausgehungert an Isabelles Busen, die jetzt gebannt an sich hinunterschaute. »Siehst du! Das ist gar nicht schwer.«

Isabelle spürte den winzigen, warmen Körper und den schnellen Herzschlag des Kindes. In ihren Armen lag dieses hilflose Wesen, das auf ihre Fürsorge angewiesen war. Ihre ganze Welt stand kopf, sie konnte nicht fassen, dass sie dieses Baby in sich getragen hatte. Dieses warme Bündel brauchte sie. Isabelle sah zu Violett, die ihr ein mildes Lächeln schenkte.

»Danke«, wisperte sie.

»Schon gut«, antwortete Violett etwas überrascht. »Wie soll die Kleine überhaupt heißen? John wollte sie Josephine nennen. Aber vielleicht möchtest du ihr den Namen deiner Mutter geben?« Isabelle schüttelte den Kopf.

»Meine Mutter hieß Albertina. Kein besonders schöner Vorname für ein Mädchen.«

Beide lachten. Ein Lachen, das postwendend wieder verstummte, denn die Frauen wunderten sich über ihre gegenseitige Aufheiterung.

Josephine war ausgeschlossen. Sie konnte ihrer Tochter nicht den Namen der Person geben, für deren Tod sie sich verantwortlich fühlte. Schlimm genug, dass die Schwiegermutter ihr schlechtes Gewissen noch immer beherrschte. Nach wie vor.

Jetzt half ihr auch noch die Frau, die sie abgrundtief gehasst und mit deren Ehemann sie ein Verhältnis gehabt hatte. Sie sah Violett an und fragte sich, ob ihre Schwägerin jemals einen Verdacht geschöpft hatte. Allerdings war sie so sehr in Andrew verliebt gewesen, dass sie mit Sicherheit keinesfalls solch einen Betrug vermutet hätte.

»Vermisst du Andrew?« Violett zuckte bei der Frage zusammen. Das Mondlicht schimmerte in ihren hellen Augen und niedergeschlagen neigte sie das Gesicht.

»Manchmal bleibt mir die Luft zum Atmen weg, wenn ich an ihn denke.«

Sie schluckte.

Dieses Gefühl kannte Isabelle nur zu gut.

»Ich glaube, er hat dich sehr geliebt«, tröstete Isabelle sie, obwohl es eine Lüge war. In diesem Moment verspürte sie aber das Bedürfnis, Violett diesen Glauben zu schenken. Wenn auch nur, um ihr eigenes Gewissen zu erleichtern. Violett wischte sich eine Träne aus dem Gesicht und nickte.

»Wie soll deine Tochter denn nun heißen?«, lenkte sie vom Thema ab, da es ihr sichtlich Schmerzen bereitete, über ihren verstorbenen Gatten zu sprechen.

Isabelle kam augenblicklich ein Name in den Sinn – und nur dieser sollte es sein, es war wie eine Offenbarung.

»Elizabeth. Wie die Kaiserin von Österreich.«

»Das ist ein ausgesprochen passender Vorname für eine Morgan. Herrschaftlich und anmutig zugleich.« Beide sahen das Mädchen an, das an der Brust seiner Mutter friedlich eingeschlafen war.

»Ich lasse euch jetzt alleine.«

Violett erhob sich vom Bettrand und verließ das Zimmer. Isabelle sah ihr nach und als sich die Tür hinter der jungen Witwe schloss, weinte sie bitterlich.

Für das Kind, das friedlich in ihren Armen schlief, empfand sie nichts.

Sie fühlte überhaupt nichts mehr.

»Es tut mir so leid. Ich kann einfach nicht mehr. Es tut mir leid«, flüsterte sie. Immer und immer wieder.

Einige Tage später betrat John Isabelles Zimmer und schritt mit energischer Haltung auf die Babywiege zu.

»Was machst du da, John?«, fragte Isabelle, als John die Wiege zur Tür schob.

Stille.

»Violett wird sich ab jetzt um Elizabeth kümmern. Dazu bist du ja nicht in der Lage«, sagte er nur, wirkte dabei tief erschüttert und verfrachtete die Wiege samt dem Baby aus Isabelles Schlafzimmer.

Zuerst wollte Isabelle sich aufbäumen, um Einspruch gegen diese harte Maßnahme zu erheben, aber ihre Stimmbänder waren wie eingefroren, ihr Herz erstarrt. Und als John die Tür hinter sich schloss, fühlte sie sich leer, als sei etwas in ihr gestorben. Ihre Gedanken verdunkelten sich in ein tiefes Grau und es war finsterer als jemals zuvor. Ihr Herz wurde nur noch von Stille und Schwärze beherrscht. Was ihr Glück hätte sein sollen, wurde ihre Verdammnis.

Das Flüstern der Wälder

Morgan's Hall, Sommer 1944

Die vergangenen anderthalb Jahre waren für alle im Haus eine Tortur gewesen. Isabelles Gemütszustand verschlechterte sich weiter. Auch wenn sich Violett dem Wohle Elizabeths angenommen hatte, schrie das Kind pausenlos und war von einer inneren Unruhe befallen. Selbst wenn die Kleine eingeschlafen war, zuckte sie rastlos zusammen und riss immer wieder orientierungslos die Äuglein auf. Als habe sie eine instinktive Furcht, die ihr keine Ruhe ließ. Und dabei war sie so ein hübsches und zartes Mädchen. Doch ihr fehlte die Liebe der Mutter.

Isabelle hatte ihr Zimmer kaum verlassen und ihre Tochter nur selten gesehen. Sie verriegelte sogar ihre Zimmertür und isolierte sich vollkommen. Nichts und niemand konnte sie dazu bewegen, aus dem Bett zu steigen. Nach einiger Zeit besuchte nicht einmal mehr John sie, um sich nach ihr zu erkundigen. Nur Suzie bekam sie hin und wieder zu Gesicht, da sie ihr das Essen brachte. Sie stellte die Mahlzeiten auf dem Frisiertisch ab und verließ schweigend das Zimmer.

»John, du musst was unternehmen«, nervte Violett ihren Bruder fast täglich. Ständig stand sie in seinem Arbeitszimmer und machte ihm Vorwürfe, weil er nicht in der Lage war, die Situation für alle erträglicher zu gestalten. Aber was sollte er tun? Er konnte seine Frau nicht zwingen, ihn oder Elizabeth zu lieben. »Sie muss in eine Nervenklinik. Vielleicht hätten wir ihr das Kind nicht wegnehmen dürfen.«

»Isabelle wird nicht in eine Klinik eingeliefert!«, brüllte er seine Schwester an. Violett ließ die Schultern hängen.

»Ich kann dich nicht verstehen. Wovor hast du so unglaubliche Angst, John? Es wäre für alle das Beste. Warum siehst du das nicht ein? Isabelle leidet. Ich mag sie zwar nicht, aber ich sehe, wie schlecht es ihr geht. Der Kleinen ebenso.«

»Es reicht, Violett! Wenn dir das alles hier nicht passt, dann nimm deinen Jungen und verschwinde.« Er hatte das ewige Gemecker satt. »Verzieh dich jetzt aus meinem Arbeitszimmer. Ich habe viel zu tun.« Wütend knallte Violett die Tür hinter sich zu.

John seufzte und ließ den Stift in seiner Hand auf das Holz des Sekretärs fallen.

Sie hat recht, dachte er abrupt. Trotzdem wollte er seine Ehefrau nicht diesen furchtbaren Behandlungsmethoden aussetzen. Isabelle hatte in den vergangenen Jahren genug gelitten. Trotzdem wusste er nicht, was er tun sollte.

Stattdessen schenkte er seine ganze Liebe dem kleinen Mädchen mit den goldenen Löckchen und dem bildschönen Gesicht. Die Ähnlichkeit zu ihrer Mutter war nicht zu übersehen.

Stolz präsentierte John seine wohlgeratene Tochter, wenn er mit ihr durch Woodwall spazierte. Die Bürger waren entzückt von Elizabeth und reagierten zuvorkommend und voller Überschwang. Allerdings wusste er genau, dass sie hinter seinem Rücken tuschelten. Sie fragten ständig, wo die Mutter abgeblieben sei. Insgeheim bedauerten sie wahrscheinlich das kleine Ding, doch im Gegensatz zu früher war es ihm egal, was die Leute in der Stadt vermuteten. Nur Elizabeth war wichtig für ihn.

Die hübsche Elizabeth, die sich im Lauf der Zeit zu einem fröhlichen und wissbegierigen Kind entwickelte. Etwas, womit niemand gerechnet hatte – nach all den fürchterlichen Monaten ohne Mutterliebe. Sie spielte ausgelassen, war liebenswürdig und zutraulich.

Die Frauen im Haus kümmerten sich hingebungsvoll um sie, um es ihr an nichts fehlen zu lassen und den Abstand Isabelles auszugleichen. Trotzdem wusste die Kleine immer, wer ihre tatsächliche Mutter war, auch wenn sich Violett ihrer aufopferungsvoll angenommen hatte.

John brach es regelmäßig das Herz, wenn er mit seiner Tochter an Isabelles Zimmer vorbeiging und sie mit ihren winzigen Fingerchen auf die verschlossene Tür deutete.

»Mommy?«, fragte sie ständig und schaute ihren Vater mit großen Kulleraugen an, die sich mehr und mehr mit Tränen füllten. Jedes Mal blieben ihm die Worte im Hals stecken, und er musste sich überwinden, überhaupt etwas über seine Frau zu sagen.

»Ja, meine Prinzessin. Mommy geht es nicht gut, sie braucht Ruhe«, antwortete er seiner Tochter. »Aber sie liebt dich sehr.«

Ob Elizabeth die Ablehnung ihrer Mutter jemals verstehen wird, überlegte er? Vermutlich nicht.

An einem Sommertag verbrachten John und Violett den Nachmittag auf der Veranda. Es war warm, sehr warm. Tristan spielte mit seinen Bauklötzen auf den Holzdielen und Elizabeth hielt ihren Mittagsschlaf. Violett hatte sie hingelegt, da sie vom Herumtollen erschöpft gewesen war. Seit Kurzem besaß die Kleine ihr eigenes Kinderzimmer, das John und Phil voller Hingabe eingerichtet hatten. Alles für die kleine Prinzessin. John verwöhnte sie, wo es nur ging. Sogar die Wände wurden mit rosa Wandfarbe angestrichen und Phil hatte sie mit kleinen Schmetterlingen bemalt. Wenn seine Tochter schon nicht die Zuwendung der Mutter erhielt, so wollte wenigstens John ein guter Vater für Elizabeth sein.

Gerade war er mit seinen Gedanken in einem Buch versunken und genoss den freien Nachmittag und die friedliche Ruhe. Selbst Violett hielt sich mit ihren nervigen Äußerungen zurück und wedelte sich mit einem Fächer Luft zu. Sie hatte die Augen geschlossen. Vermutlich war sie eingenickt. John sah zu ihr hinüber und lächelte sanft. Auch wenn sie ihm gehörig auf den Geist ging, war er ihr trotzdem dankbar. Es war keine Selbstverständlichkeit, dass sie für Elizabeth die Rolle der Ersatzmutter übernahm.

Plötzlich riss Violett die Augen auf.

Ein grauenhaftes Gekreische schreckte mit einem Mal das Anwesen auf. War das Elizabeth, die da wie am Spieß brüllte? John schaute seine Schwester verdutzt an. Er suchte nach Orientierung. Das Geschrei schien nicht aus dem Haus zu kommen. Besorgt stand Violett von ihrem Stuhl auf und schaute sich nervös um.

»Sie ist doch nicht wieder aus ihrem Bettchen geklettert und gefallen, oder?«

Das unheilvolle Schreien kam immer näher, und nur einen Augenblick später stand –für alle überraschend –, Isabelle vor ihnen. Halbherzig hielt sie ihre brüllende Tochter im Arm. Offenbar hatte sie die Veranda vom hinteren Garten aus betreten. Elizabeth und sie waren völlig durchnässt. Isabelles Augen hatten einen Ausdruck, als wäre sie dem Teufel persönlich begegnet.

Violett rannte zu ihr und riss ihr das Kind aus den Armen.

»Isabelle, was ist geschehen?«

John sprang schlagartig auf. Bisher hatte er nur wie erstarrt dagesessen, nun stiefelte er auf sie zu und fixierte ihre grünen Augen – in der Hoffnung, etwas in ihnen zu sehen, das die Situation erklärte. Isabelles Gesicht veränderte sich mit einem Schlag, als erwachte sie gerade aus einem bösen Traum. Ihr ganzer Körper zitterte und sie wandte sich ängstlich zum See um. Schließlich blickte sie zu Elizabeth, die in Violetts Armen weiterhin wie am Spieß schrie. Weinend brach Isabelle vor Johns Füßen zusammen. Sie weinte so laut, dass sie das Gebrüll ihrer Tochter übertönte.

»Elizabeth geht es gut«, stellte Violett fest, nachdem sie das Mädchen am ganzen Körper abgetastet hatte. »Sie ist nur nass und hat einen Schrecken. Komm zu mir, Tristan«, sagte sie zu ihrem Jungen, der sich verängstigt unter dem Tisch versteckt hatte. Schnell rannte er zu seiner Mutter, die nun beide Kinder auf dem Schoß hatte.

John versuchte, die verstörende Situation zu begreifen, und inspizierte seine Frau, die sich auf dem Holzboden leidvoll krümmte.

»Ich wollte das nicht. Ich wollte das nicht.«

Beklommenheit machte sich in ihm breit. Jetzt hatte er ein klares Bild vor Augen. Eines, das so grausam war, dass es ihm durch Mark und Bein ging. Hatte seine verrückte Frau etwa versucht, sich und das Kind im See zu ertränken? Irgendwie sprach alles dafür.

»Was hast du meinem Kind angetan?«, brüllte er sie an. »Was, Isabelle?«

Sie war zu keiner Antwort fähig und ächzte nach Luft. John packte sie grob am Oberarm und zerrte sie quer über den rauen Holzboden der Veranda. Ihr dünnes Sommerkleid zerfetzte, da es sich in den spitzen Holzspänen verfing, die sich zugleich in ihre Haut bohrten.

»Ich habe dir gesagt, wenn du meiner Tochter irgendetwas antust, bringe ich dich um!«, schrie er wie von Sinnen, trat die Haustür auf und schleifte sie ins Foyer.

Er wollte Isabelle töten. Niemals im Leben hatte er das Verlangen verspürt, einem anderen Menschen körperliches Leid anzutun. Dunkle Schatten umkreisten John. Dämonen seines jahrelangen Unglücks übertraten jetzt eine Schwelle und verdrängten die Vernunft. Isabelle hatte sein Kind im See ertränken wollen. Vielleicht auch sich selbst. Er war sich ganz sicher. Von draußen hörte er Elizabeth, die wie am Spieß nach ihrer Mommy schrie, was ihn irritierte, aber nicht aufhalten konnte.

»Mrs Larson, Sie müssen etwas unternehmen«, kam es kreischend von Suzie, die panisch an ihm vorbeigerannt und auf die Veranda gestürmt war. »Ihr Bruder ist völlig von Sinnen.«

»Nehmen Sie die Kinder!«, befahl Violett und rannte auf John zu. »John, John! Lass sie verdammt noch mal los.«

Isabelle lag immer noch auf dem Boden und schützte mit den Händen ihr Gesicht vor Johns Schlägen und Tritten. Dann kniete er sich vor sie und griff brutal in ihren Nacken, riss ihren Kopf an den Haaren nach hinten, damit sie ihn ansah.

»Du undankbares Scheusal. Ich hätte dich dieser verdammten Gestapo überlassen sollen, als ich noch die Zeit dazu hatte.«

Der Schock, das Entsetzen in Isabelles Augen machten ihn nur noch wütender, doch er konnte dieses innere Monster nicht mehr unterdrücken, konnte den Anblick seiner Frau nicht länger ertragen.

In diesem Moment schritt seine Schwester ein und verhinderte, dass er abermals kopflos zuschlug.

»Bei allen guten Geistern, John! Beruhige dich! Das bringt doch nichts. Nun lass sie los!«

»Sie hat versucht, mein Kind im See zu ertränken.« Fauchend drehte er sich zu Violett um und benötigte einen Augenblick, um sich wieder zu zügeln. Violett packte ihn am Arm, um ihn zurückzuhalten, abermals auf seine Frau loszugehen.

Andauernd riss er sich los. Er wollte Isabelle wehtun. So wie sie ihm immerzu wehtat. Endlich wurden seine Gedanken klarer. Schließlich ließ er von Isabelle ab. Halb bewusstlos knallte sie auf den harten Boden zurück und wimmerte, Blut lief ihr die Schläfe hinab.

»Sieh endlich ein, dass sie krank ist. John, sie braucht Hilfe«, flehte Violett. Er sackte in sich zusammen und starrte auf seine pochenden Hände, mit denen er gerade seine Ehefrau, die sein Herz doch so sehr liebte, verprügelt hatte. Wie hatte er nur dermaßen ausrasten können? »John, was meinst du damit, du hättest sie besser der Gestapo überlassen sollen?«, kam es leise von ihr.

Entgeistert schaute er zu Isabelle hinunter, die sich nicht mehr bewegte. Violett kniete sich über sie und streichelte ihr das feuchte und blutverkrustete Haar aus dem Gesicht.

»Was um alles in der Welt ist hier los?«, fragte sie fassungslos und blickte ihren Bruder voller Entsetzen an.

Wortlos stand John auf und rannte aus dem Haus.

Einfach nur weg von hier.

Erst in der Nacht kehrte er zurück. Stundenlang war er durch die Wälder marschiert. Violett hatte besorgt in der Küche auf ihn gewartet.

Mit gesenktem Kopf trat John in die Küche. Stumm nahm er ein Bier aus dem Kühlschrank und setzte sich zu seiner Schwester an den Küchentisch. Hier hatten sie viele Abende zusammen verbracht. Vor allem, um der nächtlichen Einsamkeit zu entfliehen.

»Wie geht es ihr?«, fragte er heiser.

Violett riss die Augen auf und schnaubte verächtlich.

»Wie es ihr geht? Wie es ihr geht, John? Du hast sie fast totgeprügelt.« Er vergrub das Gesicht in den Händen und weinte, konnte sich nicht mehr beherrschen. »Ich will jetzt wissen, was hier los ist. Alles, John!«

Nie hatte er die Wahrheit über Isabelle erzählt. Violett hatte von Anfang an vermutet, dass an dieser Beziehung etwas faul war.

In dieser Nacht berichtete er seiner Schwester, wie er Isabelle tatsächlich kennengelernt hatte. Ruhig hörte sie ihrem Bruder zu, der mehrmals in seiner Schilderung stockte und sein Weinen unterdrückte.

»Wie konntest du all das nur vor uns verheimlichen, John? Vor mir und unserer Mutter! Was war nur in dich gefahren? Diese Flucht hätte euch das Leben kosten können. Und dann zwingst du Isabelle auch noch, deine Frau zu werden? Ein junges Mädchen, das Todesangst durchlitten haben muss und alles verloren hat? Wie grausam bist du nur! Das ist nicht der John Morgan, den ich kenne.« Er trank von seinem Bier, zitterte unkontrolliert.

»Ich weiß, Vio. Ich kann nicht erklären, was ich mir bei all dem gedacht habe. Ich habe in dem Chaos versucht, einen klaren Kopf zu bewahren. Aber ich habe mich nun einmal in sie verliebt und musste sie für mich haben.« Er räusperte sich. »Ich war so verliebt, ich wollte, dass sie ebenso fühlt. Ich wollte ihr Retter und Held in der Not sein, damit sie mir verfiel. Mein Blick war getrübt. Ich dachte, irgendwann würde Isabelle über den Verlust des Vaters und der Heimat hinwegkommen. Würden ihre Gefühle zu Dickie verwinden. Ich habe wirklich gehofft, dass sie mir eines Tages danken würde und mich dann so liebt wie ich sie.« Violett nahm seine Hand.

»Ich verstehe ja deine Sehnsucht nach Liebe, aber John, so kann es nicht weitergehen. Sie braucht dringend ärztliche Hilfe. Du musst diesen Nervenarzt in Seattle anrufen. Die körperlichen Wunden habe ich bestmöglich versorgt.«

Erbost riss er sich von ihr los.

»Das kommt gar nicht infrage. Ich lasse sie nicht in eine Nervenklinik einweisen. Hast du eine Ahnung, was mit den Patienten in einer solchen Anstalt passiert? Was ist, wenn Isabelle erzählt, was ich ihr angetan habe? Ich habe mich an ihr vergangen in meinem Wahn fälschlicher Liebe. Ich habe sie geschlagen, du hast es eben selbst gesehen. Ich habe sie illegal in dieses

Land verschleppt. Violett, ich komme in den Knast. Oder Schlimmeres noch!«

Zornig ließ sie sich auf ihren Stuhl fallen.

»Mit diesen Konsequenzen wirst du wohl leben müssen, John Morgan, denn all das hast du selbst zu verantworten. Sei nicht so blind, sie braucht dringend Hilfe. Wenn du es nicht tust, mache ich es. Sie braucht einen Arzt, das kannst du doch nicht mehr ignorieren, verdammt! Bei allem, was war, und so kalt sie auch ist, sie hat es nicht verdient, so sehr zu leiden. Niemand hat das«, antwortete sie herrisch.

Am nächsten Morgen brachte John Isabelle schließlich doch zu Dr. Torrance nach Seattle. Seine Schwester hatte recht. Natürlich hatte sie das. Wann war sie nur so reif und erwachsen geworden? Vermutlich seit Andrews Tod, der sie schon so jung zur Witwe gemacht hatte. Eigentlich hatte sie ein viel schwereres Päckchen zu tragen als er.

Violett musste die beiden begleiten, da Isabelle sich aus Angst fest an sie geklammert hatte. Phlegmatisch saß sie nun auf der Krankenliege in Dr. Torrances Behandlungszimmer.

John betrachtete seine Frau, die wie ein Häufchen Elend die Untersuchungen des Arztes über sich ergehen ließ. Ihr Blick war gesenkt und sämtliche Kraft war aus ihrem abgemagerten Körper gewichen. Mit einer Diagnostikleuchte kontrollierte der Arzt ihre Augen, die einen entmutigten Ausdruck angenommen hatten.

»Seit wann ist Ihre Frau in diesem Zustand?« John atmete tief durch.

»Ich weiß es nicht genau. Ich schätze, dass es seit der Geburt unserer Tochter so ist. Im September vor zwei Jahren.«

Dr. Torrance nickte, als habe er ihm gerade des Rätsels Lösung offenbart. Um Isabelles Blutdruck zu messen, krempelte er den Ärmel ihrer Strickjacke auf und entdeckte blaue Flecke auf ihren dünnen Armen. Betreten sah er zu John, der beschämt den Blick abwandte, als er selbst sah, was er ihr angetan hatte. Der Doktor seufzte.

»Mr Morgan, bitte warten Sie im Vorzimmer. Ich werde mich jetzt mit Ihrer Frau alleine unterhalten.« John schnürte es die Kehle zu.

»In Ordnung«, brachte er gebrochen hervor. Er ging aus dem Behandlungszimmer und gesellte sich zu Violett. Er erwartete, dass jeden Moment die Polizei auftauchte.

Eine halbe Stunde später bat Dr. Torrance ihn um ein Gespräch unter vier Augen und sie setzten sich in sein Büro. Der Arzt schnaufte, faltete die Hände zusammen und schaute John mit bitterernster Miene an.

»Ich halte es für sinnvoll, Isabelle hier in meinem Sanatorium zu behandeln. Ich gehe davon aus, dass Ihre Frau an einer starken Depression leidet. Möglicherweise eine Folge der Hormonumstellung nach der Schwangerschaft. Das kommt häufig vor.«

»Das habe ich mir schon gedacht, Doktor«, nickte John.

»Sie haben genau richtig entschieden, sie zu mir zu bringen. Bei mir ist Ihre Frau in guten Händen. Ein paar Monate und sie ist wieder genesen. Machen Sie sich also keine Sorgen.« Er kritzelte etwas in ihre Krankenakte, die vor ihm auf dem Schreibtisch lag. »Sie und Ihre Schwester können jetzt beruhigt wieder nach Hause fahren.«

Eigentlich wollte John wissen, welchen Behandlungsmethoden sich seine Frau unterziehen musste, doch Doktor Torrance erhob sich bereits aus dem Schreibtischstuhl und komplimentierte ihn hinaus. Niedergeschlagen senkte John den Blick und torkelte zur Tür.

»Ach, Mr Morgan!«, rief ihn der Arzt kurz zurück. John drehte sich wieder zu ihm um. »Häusliche Gewalt unterliegt nicht meiner Schweigepflicht, das werde ich melden müssen, was auch immer Ihr Anlass dazu war.« Das Herz klopfte John bis zum Hals, obwohl er damit gerechnet und sich mittlerweile damit abgefunden hatte, dafür bezahlen zu müssen. Torrance verschränkte die Arme vor der Brust. »Der Name Morgan kommt mir bekannt vor. Sind Sie nicht der Inhaber der Morgan's Company, mit dem Apple Wine? Ihr Großvater war doch der Gründer von Morgan's Trade, richtig? Hier in Seattle?«

John wunderte sich über die Ausfragerei. Was hatte das mit Isabelle zu tun?

»Das ist richtig, Doktor. Warum fragen Sie?« Torrance rieb sich das Kinn und wanderte mit langsamen Schritten an seinem Schreibtisch hin und her.

»Meine Klinik könnte eine Finanzspritze gut gebrauchen, für neue Gerätschaften und die Forschung, Sie verstehen schon.« John zog die linke Augenbraue skeptisch etwas nach oben. Doktor Torrance lächelte blasiert. »Sie, Mr Morgan, überweisen mir eine nette, kleine Spende … sagen wir mal … zehntausend Dollar, das sollte fürs Erste genügen, und ich behalte Ihre kleinen, schmutzigen Ehegeheimnisse für mich.«

John schoss das Blut ins Gesicht. Seine Wangen wurden heiß. Er kochte. Das konnte dieser Dilettant doch nicht ernst meinen? Am liebsten hätte er Isabelle postwendend in den

Wagen verfrachtet, um mit ihr zurückzufahren. Schließlich wurde ihm allerdings klar, dass dieses Angebot seine Rettung war. Zögernd stimmte er zu. Er zückte sein Scheckbuch aus seiner Innentasche, das er ständig bei sich führte, denn man wusste ja nie, und bat den Arzt um einen Stift, der ihm sofort gereicht wurde.

Er überlegte einen Moment.

»Ich stelle Ihnen einen Scheck über zwanzigtausend Dollar aus.« Dr. Torrance runzelte die Stirn. »Dafür versprechen Sie mir, dass Sie keine Elektroschocks anwenden.«

Torrance lehnte sich skeptisch in seinem Stuhl zurück.

»Gut, dann wird die Behandlung aber weitaus länger dauern. Sie müssen wissen, diese Schocks sind sehr effektiv, wenn …«

John unterbrach ihn. »Hauptsache, meine Frau trägt keine bleibenden Schäden davon, Sie korrupter Bastard!«, fauchte er, schmiss Dr. Torrance den Scheck zu und eilte samt Violett aus der Klinik. Von Isabelle verabschiedete er sich nicht.

***

»Wie geht es Ihnen heute, Isabelle?«, fragte Dr. Torrance.

Sie antwortete dem Arzt nicht. Wie hilflos fuhr er sich mit den Händen durch das schüttere Haar. Seit Wochen hüllte sie sich in Schweigen, verharrte still unter Torrances Blick. Sie sah auf ihre Hände hinab, wollte, nein konnte dem Arzt nicht antworten. Wie ging es ihr schon? Was hatte sie nicht schon alles erlebt, wie viel gegen ihren Willen erduldet? Tiefe Schwärze legte sich über ihre Gedanken, als sei sie in einem Reich von Schatten gefangen. Überall in ihrem Kopf waren diese furchtbaren Stimmen, die ihr zuflüsterten. Tag und Nacht. Manchmal versuchte Isabelle, genau hinzuhören, um die Wortfetzen zu verstehen. Es schien, als würde jemand rückwärts sprechen, klang kryptisch. Unheimlich.

»Isabelle?«, rügte Dr. Torrance wiederholt. »Ich versuche doch nur, Ihnen zu helfen. Die Schwestern berichten, dass Sie kaum etwas essen. Wenn das so weitergeht, müssen wir Sie zwangsernähren. Das wollen Sie nicht, glauben Sie mir. Sie müssen schon mithelfen.« Resigniert ließ er ihre Krankenakte in den Schoß fallen, als sei er mit seinem Latein am Ende. »Wissen Sie, Ihre Behandlung würde deutlich schneller vorangehen, wenn wir die Elektroschockmethode anwenden könnten. Das ist zwar sehr schmerzhaft, aber effektiv.« Er räusperte sich und setzte sich in seinem Sessel auf. »Aber Ihr Ehemann hat uns diese Therapie untersagt. Eigentlich darf ich mit Ihnen überhaupt nicht darüber sprechen, aber ich finde, Sie sollten das wissen.«

Isabelle schluckte, blickte zu Doktor Torrance auf. Das erste Mal sah sie ihn mit klaren Augen an.

Wirklich? Sie war überrascht, glaubte sie doch inzwischen, John völlig egal zu sein. Immerhin hatte er sie hierher abgeschoben.

Der stumme Zweikampf zwischen Dr. Torrance und ihr dauerte an. Dann bedachte er sie mit einem sanften Lächeln. Er sah sie lange an, als wollte er ihre Seele ausloten. »Isabelle, ich weiß nicht, durch welch furchtbare Hölle Sie gegangen sind oder was Ihnen John angetan hat. Allerdings habe ich den Eindruck, dass Ihr Ehemann Sie sehr liebt.« Dr. Torrance verzog den Mund, weil seine Patientin wieder in ihre übliche Lethargie verfiel und weiter auf ihre dünnen Finger starrte. Isabelle bemerkte, wie er sich zu ihr vorbeugte, um einen wiederholten Versuch zu starten, um die ihm gegenübersitzende Patientin zu ergründen. »Warum haben Sie versucht, Ihre Tochter im See zu ertränken? Was hat Sie dazu gebracht?«

Isabelle zuckte zusammen und das Blut gefror ihr in den Adern. Für eine Sekunde sah sie ihn erschrocken an.

Wieder keine Antwort.

Dr. Torrance seufzte laut, erhob sich von seinem Sessel, wanderte zum Schreibtisch und warf die Krankenakte auf einen Stapel anderer Akten. Flüchtig sah sie zu ihm hinüber, erkannte seine kapitulierende Körperhaltung.

»Sie können jetzt gehen, Isabelle.«

Aus der Brusttasche seines Jacketts zog er einen Kugelschreiber und schrieb eine Notiz in die Akte.

Isabelle wollte ihm antworten, suchte nach Worten, die ihre verletzte Seele beschrieben. Sie hatte aber Angst, dass Torrance sie endgültig für verrückt erklärte. Vielleicht war sie über ihre Traurigkeit tatsächlich krank geworden?

Es half nichts. Sie musste mit ihm darüber sprechen. Auch wenn dies bedeuten würde, niemals wieder aus diesem Sanatorium herauszukommen. Ob sie nun eine Gefangene auf Morgan's Hall war oder hier, machte keinen Unterschied.

»Da sind immer diese Stimmen«, flüsterte Isabelle. Ihre Worte schmerzten in den Stimmbändern, da sie so lange keinen Ton herausgebracht hatte. Doktor Torrance ließ überrascht den Stift fallen. Langsam trat er wieder auf Isabelle zu und setzte sich in den Sessel zurück.

»Was für Stimmen?«

»Ich weiß es nicht. Es hört einfach nicht auf. Manchmal glaube ich, die Wälder sind es. Wenn der Wind weht.«

Der Doktor zögerte kurz, bevor er fragte: »Die Wälder? Seit wann hören Sie diese Stimmen, Isabelle?«

»Ich denke, seitdem ich aus Wien geflohen bin. Zuerst nur hin und wieder. Nachts. Ich habe das Gefühl, sie lassen mich Dinge tun, die ... furchtbare Dinge. Ich kann sie nicht abstellen.«

»Haben Sie diese Stimmen gehört, als Sie mit Ihrer Tochter in den See gegangen sind?« Kurz sah Isabelle zu ihm auf und schüttelte dann den Kopf. Ihr Herz krampfte sich zusammen.

»Elizabeth war nicht bei mir.«

Dr. Torrance runzelte die Stirn und beugte sich zu ihr vor.

»Isabelle? Was genau ist an diesem Nachmittag geschehen?«

»Ich hatte einen furchtbaren Traum.«

»Was für einen Traum?« Isabelle verzog das Gesicht, versuchte krampfhaft, sich zu erinnern.

»Ich weiß es nicht mehr. Als ich erwachte, war ich schweißgebadet. Ich hatte so große Angst, meine Hände zitterten. Ich konnte es nicht kontrollieren. Ich fühlte mich so allein, als wäre ich der einzige Mensch auf der Welt. Dann ging ich zum Fenster und sah nach draußen. Alles war farblos. Die Wälder, der See. Grau in Grau. Alles war irgendwie mit Asche überzogen. Irgendetwas zog mich hinaus. Der Wind wehte durch die Bäume. Ein Flüstern, das immer lauter wurde. Ich lief zum Ufer des Sees hinunter. Ich hatte das Gefühl, dass meine Füße den Boden überhaupt nicht berührten, als würde ich schweben. Dann wollte ich umkehren, aber ich konnte nicht. Ich war wie fremdgesteuert, konnte mir selbst dabei zusehen, wie ich in den See hineinging. Schritt für Schritt. Ich spürte die Kälte des Wassers, in das ich immer tiefer schwankte. Plötzlich war alles still. Kein

Vogel, der zwitscherte, kein Wind, der um mich rauscht. Als sei ich in einem Vakuum. Die Stimmen waren fort und das Wasser stand mir schon bis zur Nase. Mein ganzer Körper war wie gelähmt. Dann ...« Sie unterbrach sich, schluchzte laut auf und hielt sich erschrocken die Hand vor den Mund. »Dann sah ich Elizabeth, sie stand alleine am Ufer. Sie rief nach mir, brüllte, ging plötzlich ebenfalls ins Wasser. Ich wollte zu ihr, aber irgendetwas zog mich nur noch tiefer in den See.«

Isabelle weinte laut auf. Dr. Torrance starrte sie mit offenem Mund an. Ihr Blick war leer auf ihn gerichtet.

»Sie wollten das Mädchen überhaupt nicht umbringen? Die Kleine war Ihnen hinterhergerannt?«

»Ja. Ich fühlte plötzlich ihre winzige Hand, die an meiner zog. Erst da habe ich gesehen, dass sie mit dem Kopf bereits unter Wasser war. Ich erwachte wie aus einem Traum und zog Elizabeth aus dem See. Sie hustete so schlimm, spuckte Wasser aus und übergab sich in meinen Armen. Ich würde ihr niemals etwas antun, Doktor. Nie, sie ist doch mein Kind.« Isabelle vergrub ihr Gesicht in den Händen, weinte noch klagender. »Ich will, dass es aufhört.«

»Warum haben Sie John nicht erzählt, was tatsächlich geschehen war?«

»Er hätte mir nicht geglaubt.« Der Doktor nickte und schenkte ihr ein bekümmertes Lächeln.

»Ich glaube Ihnen«, sagte Torrance zu Isabelles Verwunderung. Sie wünschte sich, John hätte dieses Gespräch mit angehört. Vielleicht würde der Arzt ihm davon berichten. Sie wollte nicht, dass die Familie dachte, sie hätte Elizabeth schaden wollen. Und trotzdem waren da diese Stimmen, die sie loswerden wollte, um nie wieder in solch eine Situation zu geraten.

»Doktor?«

»Ja, Isabelle.«

»Bitte helfen Sie mir. Machen Sie, dass es aufhört. Diese Angst, diese Trauer. Das unerträgliche Heimweh. Dieses Flüstern. Ich will für mein Kind eine Mutter sein und nicht mehr in dieser schwarzen Welt gefangen sein. Ich will diese Elektrokrampftherapie, oder was auch immer Sie gesagt haben.«

Dr. Torrance schüttelte vehement den Kopf.

»Auf keinen Fall. Ihr Mann will nicht, dass ich Sie auf diese Art behandle, und er trägt für Sie die Verantwortung. Ich kann nicht über seinen Kopf hinweg entscheiden.«

»Er wird es nicht erfahren. Ich will es so sehr. Ich bitte Sie«, flehte Isabelle mit tieftraurigem Blick.

Misae und Lancelot

Morgan's Hall, August 1945

John war in die Seiten der Seattle-Post vertieft. Es war spät am Abend, doch er hatte den ganzen Tag kaum Zeit gefunden, die Zeitung zu lesen. Der Regen prasselte fast ohrenbetäubend gegen die Fensterscheiben des Salons.

Isabelle spielte Chopin auf dem Klavier. Das dritte Mal hintereinander. Dabei beherrschte sie unzählige Klavierstücke. Während ihrer Abwesenheit hatte er einen Klavierstimmer kommen lassen und sich überaus geschämt, weil er ihr schon so lange versprochen hatte, jemanden zu beauftragen. Das trübsinnige Stück, das sie gerade wieder spielte, setzte ihm zu.

Doktor Torrance hatte ihm vor einiger Zeit berichtet, dass Isabelle in der Klinik andauernd spielte und es generell eine Art Therapie für sie sei. Wenn es ihr half, wollte er es ihr hier zu Hause nicht verbieten.

Ab und zu schaute John verstohlen zu ihr hinüber, und er dankte Gott, dass ein Hauch von Besserung eingetreten war. Doch noch immer verweigerte sie sich ihm, aber die Zeit im Sanatorium hatte dennoch Wirkung gezeigt. Endlich versuchte sie, mit ihrem Leben in Einklang zu kommen. Überhaupt zu leben und sich nicht nur in ihrem Zimmer zu verschanzen. Als sie vor wenigen Wochen entlassen wurde, hatte sie ihr erster Gang in Elizabeths Kinderzimmer geführt, um nach ihr zu sehen. John erkannte das an. Allerdings ließ das Kind ihre Nähe nicht zu, brüllte, als Isabelle es in den Arm nehmen wollte.

John musste weiterhin Geduld aufbringen, aber er erkannte die kleinen Fortschritte. Zumindest hellten die verschriebenen Medikamente, die sie täglich schluckte, tatsächlich ihr Gemüt auf. Sie hatte in der Klinik sicherlich viel seelischen Ballast abgeworfen und ein wenig an Gewicht zugenommen, sodass sie jetzt ausgeglichener und schöner wirkte, als es in den letzten Jahren der Fall gewesen war. John betrachtete ihre Schönheit, die sie trotz allem nie verloren hatte, die sogar gewachsen war. Als ihr Blick über die Klaviertasten wanderte, wurde ihm wieder bewusst, wie sehr er sie liebte. Noch immer. Sie berührte etwas in ihm, was er selbst nach all der Zeit und den gegenseitigen Grausamkeiten nicht greifen konnte, doch es war da. Das spürte er.

Daraufhin widmete er sich wieder seiner Tageszeitung und las einen Artikel über den Tag der Befreiung am 29. April 1945 in Dachau. Colonel Felix Sparks hatte den Marschbefehl zur Gefangenenbefreiung Dachaus und des Konzentrationslagers erhalten. Augenzeugen berichteten vom erbärmlichen Zustand der Inhaftierten. Die meisten von ihnen jüdischer Abstammung. Schätzungsweise 32.000 Menschen hatten dort ihr Leben verloren, eine Zahl, die John zutiefst erschütterte, auch wenn der Krieg inzwischen vorüber war. Welches Grauen Hitler doch über die Welt gebracht hatte.

Als die Häftlinge nach ihrer Tortur im Lager befreit wurden, kletterten einige euphorisch auf die Lagermauern und kamen mit den noch unter Starkstrom stehenden Drähten in Kontakt. Sie starben auf dem Weg in die Freiheit, entnahm er dem Bericht weiter.

Was für ein furchtbarer Streich des Schicksals. John fröstelte es bei diesen Zeilen. Die Zeitungen berichteten, dass mehrere Millionen Menschen dem Zweiten Weltkrieg zum Opfer gefallen waren, der nun seit einigen Monaten vorbei war. Die Folgen würden noch lange anhalten. Ein Schrecken, von dem sich die Welt nicht so schnell erholte.

Manchmal träumte er nachts von seinen Erlebnissen in Wien. Dann wachte er schweißgebadet auf und vergewisserte sich mehrfach, dass er im sicheren Woodwall war. Er hatte viel über den Krieg gelesen. Natürlich vermehrt, nachdem Pearl Harbor angegriffen worden war und sich auch die Vereinigten Staaten am Krieg gegen Japan und Deutschland beteiligt hatten. Doch diese schreckliche Geschichte über die toten Häftlinge, die am Tag ihrer Befreiung starben, traf ihn hart. Fast härter als alles andere.

Er sah seine Frau an. Auch sie war am Tag ihrer Flucht ein wenig gestorben. Er hatte die glänzende Rüstung des Retters inzwischen abgelegt, denn ihm war endgültig bewusst geworden, dass er das nicht war. Es nie gewesen war! Stattdessen hatte er sich zu einem furchtbaren Menschen entwickelt, der seine Frau quälte, die doch schon genug durchlitten, hatte. Sie hatte ihren Vater an ein solches Lager verloren und sich in dem Moment, da die Freiheit zum Greifen nah gewesen war, in Johns Fänge begeben. Er schwor sich, nie wieder die Kontrolle über sich zu verlieren. Eher würde er sich eine Kugel in den Kopf jagen. Was er seiner Frau angetan hatte, würde immer ein unbeschreibliches Grauen bleiben. Und er dankte Gott, dass sie noch da war.

Ein unüberhörbares Klopfen, ein Hämmern an der Haustür hallte durch das Haus und unterbrach seine trüben Erinnerungen und auch Isabelles Klavierspiel.

Erstaunt sah sich das Ehepaar an. Es war inzwischen kurz vor zehn Uhr am Abend. Zu spät für Besuch. Draußen regnete es in Strömen. Niemand würde bei diesem Wetter freiwillig den weiten Weg nach Morgan's Hall auf sich nehmen, wenn es nicht dringend war. John legte die Zeitung nieder, denn das Klopfen wurde lärmender, dringlicher.

»Bleib bitte hier, Liebling«, bat er und machte sich daran, den Salon zu verlassen.

Isabelle blieb aufgeregt zurück. John sah noch, wie sie sich vom Schemel erhob, zur Flügeltür des Salons huschte und ihren Blick auf ihn richtete. Er schüttelte den Kopf, seine Frau war einfach unverbesserlich. Im nächsten Moment fragte sich John, wer sich wohl an der Eingangstür befand.

»Ich bin es John, Dickie. Bitte, mach die Tür auf!« Verwirrt drehte er sich zu Isabelle um, die sich an den Türrahmen klammerte und jegliche Gesichtsfarbe verloren hatte. Er zuckte entschuldigend mit den Schultern. Sie wich einen Schritt zurück.

John riss die Eingangstür auf. Tatsächlich stand Dickie vor ihnen. Er war völlig außer Atem und vom Regen durchnässt. In seinen Armen lag ein schlafendes Kind. Es war James. Dickies Gesichtsausdruck war von einer unübersehbaren Furcht gekennzeichnet und die Lippen bebten. Ständig schaute er sich um, als würde ihn irgendjemand verfolgen.

»Was zum Henker ist geschehen? Was machst du hier?«, fragte John und bat seinen Freund herein, doch Dickie schüttelte hektisch den Kopf.

»Ich kann nicht. Jemand ist hinter mir her. Ich muss mich beeilen.«

»Wer ist denn hinter dir her?«, fragte John mit ungläubigem Lächeln. Dickie schluckte, wieder drehte er sich schreckhaft um.

»Das Seattle PD! Ich habe keine Zeit, dir alles zu erklären. Du musst James in deine Obhut nehmen. Ich flehe dich an.« Panisch drückte er seinen Sohn in Johns Arme, gab ihm einen letzten Kuss auf die Stirn und sah in diesem Moment Isabelle, die sich wie ein kleiner Kanarienvogel hinter ihrem Mann versteckte. »John, ich brauche ein Pferd. Damit komme ich besser durch den Wald.« Überrumpelt stimmte John zu.

»Aber wo willst du denn hin? Und was ist mit dem Jungen?«

Dickie streichelte sanft durch das nasse Haar seines Sohnes und es wirkte, als würde er sich von ihm verabschieden. Für eine lange Zeit.

»Zur Grenze. Nach Kanada. Bitte, kümmert euch um ihn. Du bist sein Patenonkel. Ich habe sonst niemanden. Wenn Gras über die Sache gewachsen ist, komme ich zurück und hole den Jungen. Dann erkläre ich euch alles. Es ist jetzt wirklich keine Zeit, vertrau mir.«

Laute Sirenen dröhnten durch den Regen. In der Ferne erkannte John die Scheinwerfer mehrerer Wagen, die auf Morgan's Hall zusteuerten.

»Ja, aber ...«

»Ich danke dir, John.« Dickie drehte sich um und rannte zum Pferdestall. Wenige Augenblicke später sah John, wie er auf einem der Pferde aus dem Stall preschte und in die finstere Regennacht verschwand.

»Isabelle, nimm den Jungen!« Er drückte ihr das Kind in die Arme. »Verstecke ihn oben!« Isabelle stand verstört vor ihrem Mann. »Los!«, brüllte er und die Polizeiwagen hielten schon vor dem Haus. Kopflos rannte sie mit James die Treppe hinauf und verbarrikadierte sich in ihrem Schlafzimmer.

Mit schweren Stiefeln stampften zwei Deputies auf die Veranda und blieben vor John stehen, der sie mit gedämpfter Stimme begrüßte.

»Meine Herren, was kann ich für Sie zu so später Stunde tun? Ist alles in Ordnung?«

Nachdem die Polizisten John ihre Dienstmarken gezeigt hatten, bat er sie höflich darum, einzutreten und ihm zu folgen. Die beiden Polizisten schauten sich im Foyer um.

»Entschuldigen Sie unseren späten Überfall, Sir. Wir sind auf der Suche nach einem Mann. Wir haben ihn bis zu diesem Anwesen verfolgt, aber seine Spur verloren. Wir würden uns gern einmal bei Ihnen umsehen. Vielleicht versteckt er sich hier irgendwo. Sir, der Mann ist sehr gefährlich.«

John versuchte, sich nichts anmerken zu lassen und schaute immer wieder zur Treppe hinauf.

»Natürlich dürfen Sie sich umschauen. Wenn es nötig ist.«

Die beiden Polizisten kontrollierten jeden Winkel der untersten Etage.

Suzie und Ruth waren aus ihren Zimmern gekommen und standen verwirrt im Salon des Hauses. Violett, Tristan sowie Elizabeth lagen in ihren Betten und schliefen.

»Dürfte ich fragen, was dieser Mann angestellt hat?« John vergrub seine Hände in den Hosentaschen.

»Polizistenmord, Sir.« John musste sich verhört haben. Mord? Und dann auch noch an einem Cop? Das war doch sicher ein Missverständnis. So erschrocken er auch über diese Nachricht war, das traute er Dickie nicht zu. Allerdings vermied er es, sich durch weiteres neugieriges Nachfragen verdächtig zu machen.

»Wir würden uns gern auch noch oben umschauen. Es könnte sein, dass er sich hier irgendwo versteckt, ohne dass Sie sein Eintreten bemerkt haben. Eventuell ist das Ungeheuer durch ein Kellerfenster eingedrungen. Das ist nur zu Ihrer eigenen Sicherheit. Wer befindet sich noch im Haus, Mister ...?«

Er hielt dem Deputy die Hand entgegen.

»Morgan, John Morgan. Oben ist meine Schwester mit ihrem Sohn und meine Frau mit den beiden Kindern. Elizabeth und James.«

Sein Herz raste, weil er die Männer soeben belogen hatte, und sein Blick wanderte sofort zu Suzie, die just in diesem Moment den Mund öffnete, um zu fragen, wen er mit James meinte. Gerade noch rechtzeitig sah er sie mit ermahnender Miene an. Das genügte, um sie zum Schweigen zu bringen. Sie kannte ihren Hausherrn.

Derweil klopften die Deputies an jede Tür der oberen Etage.

»Scheiße! Wie viele Zimmer hat dieser verdammte Klotz denn?«, flüsterte einer der Schergen genervt, da die Türen und Räume für ihren Geschmack scheinbar kein Ende nahmen.

John war ihnen gefolgt, als sie gerade zu Isabelles Schlafzimmer gelangten. Sie klopften an die Tür und traten ein. Isabelle lag in ihrem Bett und las in einem Buch.

Überzeugend spielte sie die Überraschte. Das erste Mal waren ihre Schauspielkünste für John von Nutzen und ein nicht gekannter Stolz machte sich in ihm breit. Neben ihr lag James unter einer Decke. Er schlief oder tat zumindest so.

Die Deputies schauten sich um und entschuldigten sich bei der Dame des Hauses für ihr Eindringen in ihre Privatsphäre. John atmete erleichtert auf und nickte Isabelle zu, um ihr zu danken, dass sie so gut mitspielte.

Kurz darauf verabschiedeten sich die Polizisten wieder, da sie niemand Verdächtigen gefunden hatten.

»Sollte Ihnen in den nächsten Tagen etwas Ungewöhnliches auffallen, Mr. Morgan, so verständigen Sie bitte das Seattle Police Departement oder die hiesigen Kollegen in North Bend. Aber wie es aussieht, ist der Gangster bereits über alle Berge. Dennoch: Seien Sie vorsichtig.«

John sicherte den Deputies noch einmal seine Mithilfe zu, anschließend wandten sie sich endlich zum Gehen.

Erleichtert schloss John die Tür hinter ihnen, ehe er sich umdrehte. Isabelle stand oben an der Empore.

»John? Was machen wir mit dem Jungen?«

Verwirrt lehnte er sich gegen die Haustür.

»Ich kann es gar nicht glauben. Dickie soll einen Polizisten umgebracht haben. Nie und nimmer!«

»Unser Dickie?«, fragte Suzie schockiert.

Isabelle stieg die Treppe hinunter und blieb in der Mitte des Raumes stehen. John fand, dass sie diese Nachricht nicht sonderlich bestürzte.

»Was machen wir jetzt mit dem Kind?«, fragte sie erneut. Lange dachte er nach und seufzte schließlich.

»Ich bin sein Patenonkel. Vorerst wird er bei uns bleiben, denke ich.«

Isabelle bäumte sich auf.

»John! Das geht nicht. Das schaffe ich nicht.«

Ernst sah er sie an.

»Da müssen wir jetzt durch. Wir haben keine andere Wahl. Isabelle, ich habe Dickie versprochen, ihm zu helfen, wenn er einmal in Schwierigkeiten geraten sollte. Keine Sorge, Liebes, ich lasse dich damit nicht allein.«

***

James erwachte in einem fremden Zimmer. Er hatte kaum Erinnerungen an die vergangene Nacht. Sein Vater hatte ihn hektisch aus seinem Kinderzimmer gerissen und in den Wagen verfrachtet.

»Es ist alles in Ordnung«, hatte er wieder und wieder gesagt, während er mit ihm in ziemlich hoher Geschwindigkeit aus der Stadt raste. Anschließend steuerten sie über eine endlose Landschaft, bis die vielen Bäume, die die Straßen säumten, verschwammen und James einschlief. Später weckte ihn sein Vater und rannte mit ihm huckepack durch den Regen. Das Nächste, an das er sich erinnerte, war diese Frau, die ihm befahl, so zu tun, als ob er schliefe. Er hatte ihr gehorcht, weil er solche Angst gehabt hatte.

Jetzt lag er in diesem riesigen Bett und die Sonne schien durch das hohe Sprossenfenster. Direkt auf seine Stirn. Ein süßlicher Duft stieg ihm in die Nase. Verschlafen kletterte der Junge aus dem Bett und rieb sich die Augen. Dabei stellte er fest, dass er nicht mehr die Kleidung trug, die er noch am Tag zuvor am Leib gehabt hatte. Eine kurze braune Hose und ein dünner hellblauer Pullover, der ihm an den Ärmeln zu lang war, kleideten ihn nun. Niemand sonst war in dem Schlafzimmer. Vorsichtig schlich er zum Fenster und kraxelte auf die Fensterbank, um nach draußen zu schauen. Er suchte nach seinem Vater, doch die Helligkeit blendete ihn.

Wo war er nur? Er schirmte die Augen mit der Hand ab, um besser sehen zu können. In der Ferne sah James hohe Berge. Überall wuchsen gigantische, ausladende Bäume und tausende Tannen. Die grelle Sonne spiegelte sich auf der ruhigen Oberfläche eines türkisfarbenen Sees. Vom Ufer führte ein langer Holzsteg zum Wasser und daneben erhob sich ein kleines Bootshaus. Am Ende des Stegs erkannte er ein winziges Holzplateau mit einer Schwimmleiter, die in den See hineinführte. Unter seinem Fenster waren Rosenstämme, und er stellte fest, dass der aromatisch süßliche Geruch, den er die ganze Zeit über vernahm, daher stammte. So viele Rosen auf einmal hatte James noch nie gesehen. Gelb, rot, pink und weiß. Er blickte auf eine Veranda, die sich direkt unter den Rosensträuchern befand. Dort standen ein paar Gartenmöbel und ein Schaukelstuhl. Niemand war zugegen. Ein Steinweg führte geradewegs zum Ufer des Sees.

Sein Vater hatte ihm oft von einem Haus in den Bergen erzählt, das aussah wie ein Schloss. Dort gab es Pferde und Apfelbäume, so viele, dass man sie nicht zählen konnte.

Ja, das musste das weiße Schloss sein, von dem Dickie dauernd geschwärmt hatte. James lächelte und stürmte aus dem Zimmer, um nach ihm zu suchen, damit sie es gemeinsam erkunden konnten. Das würde ein schöner Ausflug werden.

Er eilte über den Korridor.

Lautes Kindergeschrei, das von einem dumpfen Poltern begleitet wurde, erschreckte ihn. Ein trotziges Geplärre, als trampelte jemand mit den Füßen auf knarzende Holzdielen. Eingeschüchtert schlich er an der Wand des Flurs entlang und gelangte zu einer Tür, die einen Spaltbreit geöffnet war. Behutsam sah er durch den Türspalt in den Raum. Viel konnte er nicht erkennen, nur eine rosafarbene Tapete mit Schmetterlingen sowie eine Puppe, die auf dem Fußboden herumlag.

Eine Frau in einem eleganten roten Kleid fegte erregt Scherben auf dem Boden zusammen. James erkannte sie. Das war die Frau, die ihn letzte Nacht ins Bett gelegt hatte.

Grimmig legte sie die Hände in die Taille und pustete sich eine Haarsträhne aus dem Gesicht. Er versuchte, noch weiter in das Zimmer zu spähen. Auf dem Fußboden kroch eine andere Frau auf allen vieren. Ein kummervolles Jammern folgte.

»Elizabeth, ich möchte, dass du jetzt unter dem Bett hervorkommst! Deine Mommy will dir doch nur das neue Kleid anziehen. Sie hat es extra für dich anfertigen lassen.«

»Nein, ich will das Kleid nicht anziehen. Ich will das gelbe Kleidchen«, zeterte besagte Elizabeth unter dem Bett hervor.

»Siehst du, Violett! Sie will nicht, dass ich sie anziehe. Sie will gar nichts von mir. Ich habe dieses ewige Theater, die unnützen Versuche satt.« Das Mädchen kreischte auf.

»Die da soll gehen!«

»Die da? Ich bin deine Mutter! Rede nicht so mit mir«, ermahnte die stehende Frau das Kind. Die junge Frau namens Violett stand vom Boden auf.

»Isabelle, du musst eben Geduld mit ihr haben. Schließlich warst du eine lange Zeit fort.« Danach schaute sie wieder unter das Bett. »Bitte, Liz, komm hervor. Deine Mommy hat dir so schöne Kleider gekauft.«

Wieder trat Elizabeth jähzornig mit den Füßen gegen den Lattenrost des Bettes.

»Das ist nicht meine Mommy. Du bist meine Mommy.«

James erkannte, wie die Frau von gestern Abend die Lippen zusammenpresste.

»Ich ertrag das nicht mehr. Ich kann einfach nicht mehr. Dieses Kind ist eine Katastrophe. Sie wird mich niemals akzeptieren.«

Sie stampfte zur Tür, die sie energisch aufriss. Dabei prallte sie gegen James, der auf den Dielenboden fiel. Ängstlich starrte er zu Isabelle hinauf, die sich ebenfalls erschrocken hatte. Isabelle sah ihn mit strengen Augen an.

James stand mit einem Ruck vom Boden auf und rannte in das Schlafzimmer zurück, aus dem er eben erst gekommen war. Hastig verriegelte er die Tür.

Daddy, wo bist du nur?, fragte er sich weinerlich.

Die bockigen Schreie des kleinen Mädchens waren mittlerweile verstummt. Er wartete eine ganze Stunde, bis er wieder den Mut fand, das Zimmer zu verlassen. Auf Zehenspitzen tappte er erneut über den Korridor. Die Tür zu Elizabeths Kinderzimmer stand offen, jedoch traute er sich nicht, noch einmal einen Blick hineinzuwerfen. Er hoffte, irgendwo im Haus die Stimme seines Vaters zu hören, doch alles war still. Vorsichtig stieg er die Treppe hinunter. Einige Stufen knarrten und er blieb erschrocken stehen.

Unten angekommen schaute er sich vorsichtig um. Rechts führte eine zweiflügelige Glastür in ein Speisezimmer, wie er mit einem schnellen Blick erkannte, und links gelangte man in eine Art Wohnzimmer. Dort sah er ein rosa Sofa. Zwei weitere Türen waren verschlossen, doch durch eine vernahm er das Klirren und Klappern von Porzellan. Das musste die Küche sein, mutmaßte der Junge und verspürte sogleich ein wachsendes Hungergefühl. Er rieb sich den Bauch.

Dann trippelte er durch die weiße Flügeltür in den Salon, weil er nicht einfach in eine fremde Küche eindringen und sich ungefragt bedienen wollte. Der Salon war ein Raum, in dem er sich verloren vorkam. An einer Wand stand ein vollgestopftes Bücherregal und auf der gegenüberliegenden Seite befand sich ein gemauerter Kamin. Von seinem Vater fehlte weiterhin jede Spur.

Ernüchtert wanderte James' Blick weiter durch das Zimmer. Er erkannte eine zusätzliche Glastür, die zu der Terrasse hinausführen musste. Er hatte sie sofort wiedererkannt. Des Weiteren fand sein Blick etwas, was sein Herz schneller schlagen ließ. In der Nähe eines Fensters stand ein Klavier. Es war größer als der kleine Rumpelkasten, den er aus dem Pub seines Vaters kannte. Langsam schlich er auf das Instrument zu und musterte es. Der Deckel über den Tasten war heruntergeklappt.

Schlagartig kam ihm eine Idee.

Vielleicht würde sein Dad kommen, wenn er sein Lieblingslied spielte. Die letzten zwei Jahre hatte er von seinem Kindermädchen, Mrs Harris, Unterricht erhalten. Allerdings beherrschte sie nur Grundkenntnisse und James hatte sich schnell gelangweilt. Das Spielen fiel ihm leicht. Er hörte Lieder über Vaters alten Schallplattenspieler und konnte die meisten Melodien sofort nachspielen.

»Mr Cooper, Sie müssen den Jungen auf eine Musikschule schicken. Das habe ich in meinem ganzen Leben noch nicht gesehen. Dieser Lausebengel«, drängte Mrs Harris seinen Vater immer wieder. Mit einem Lächeln auf den Lippen erinnerte sich der Junge daran.

James war aufgeregt, auf einem so tollen Klavier spielen zu können. Die einzige Schwierigkeit war, an die Pedale zu gelangen, da seine Beine noch zu kurz waren. Ihm fehlten nur noch ein paar Zentimeter, um sie mit den Zehenspitzen zu erreichen. Er wusste selbst nicht, warum er immerzu den Drang verspürte, zu spielen. Es war schlicht und ergreifend in ihm. Wenn er ein Lied aus »Peter und der Wolf« spielte, müsste sein Vater doch darauf aufmerksam werden und zu ihm geeilt kommen, oder? Bestimmt hatte er sich in dem großen Haus nur verlaufen. Als wäre die Melodie eine Art Geheimsprache zwischen ihm und Dickie, würde sie die beiden schon zusammenführen. Dass der Junge vielleicht auch andere Menschen mit seinem Spiel anlocken könnte, kam ihm dabei nicht in den Sinn.

Er setzte sich auf den Hocker, öffnete den Klavierdeckel und grinste, als er die Tasten vor sich sah. Er benötigte keine Noten, denn er wusste ganz genau, was er tat.

Plötzlich durchflutete Prokofjew die Räume von Morgan's Hall.

Er spielte. Und wie er spielte – immer weiter und weiter, kraftvoller. In der Hoffnung, sein Vater würde ihn endlich finden.

»Das ist doch nicht möglich«, flüsterte plötzlich eine Stimme. Es war diese Isabelle, die im Türrahmen stand. Neben ihr tauchte sein Patenonkel John auf. Er hatte James und seinen Vater mehrmals zu Hause besucht und jedes Jahr zum Geburtstag hatte der Junge ein Paket mit Geschenken von ihm erhalten.

Augenblicklich unterbrach James sein Klavierspiel, rutschte verunsichert von der Bank und stand mit peinlich berührtem Blick vor ihnen.

»Nicht zu fassen. Der Bursche ist doch gerade erst einmal sechs Jahre alt und spielt schon wie ein großer Konzertpianist«, stellte er mit offenem Mund fest.

»Es ist wunderschön«, wisperte Isabelle verzückt.

»Hallo, kleiner Mann. Dein Vater hatte mir geschrieben, dass du ein Naturtalent bist. Er hat nicht zu viel versprochen.« John drängte Isabelle, sich mit ihm auf das Sofa zu setzen. Dann forderte er James auf, sich zwischen sie zu gesellen. »Du bist sicherlich ein bisschen durcheinander nach gestern Abend.« Er klopfte dem Jungen auf den Oberschenkel. »Aber ich bin mir sicher, dass es dir hier bei uns in Morgan's Hall gefallen wird. Wir haben Pferde, Rinder und Unmengen von leckerem Apfelsaft. Und einen großen See, in welchem du im Sommer schwimmen kannst. Du kannst doch schwimmen, oder?« Verlegen schüttelte James den Kopf. John lachte. »Ach, das ist nicht so schlimm. Das bringe ich dir bei. Mein Neffe Tristan und du, ihr werdet euch gut verstehen. Ach ja, und meine kleine Elizabeth freut sich bestimmt auch, dich kennenzulernen.«

Isabelle gab ihrem Mann einen Stoß mit dem Ellbogen.

»Nun rede doch nicht auf den Jungen ein. Siehst du denn nicht, dass er verunsichert ist?«

John schnaubte spöttisch. »Die Therapie scheint Wirkung zu zeigen. So ein großes Einfühlungsvermögen. Und das von dir, wer hätte das gedacht! Das ist ja eine ganze neue Seite an dir, liebe Isabelle.«

Sie verzog das Gesicht.

»Halt den Mund, nicht vor dem Jungen«, flüsterte sie.

»Wo ist mein Dad?«, fragte James und seine Augen wirkten mit einem Mal ganz traurig. John schluckte und streichelte ihm über das lockige Haar.

»Dein Vater wird für längere Zeit weg sein. Er konnte dich leider nicht mitnehmen, deshalb hat er dich zu uns gebracht. Ich bin dein Patenonkel, du kennst mich doch noch, oder? Ich bin mir sicher, dass er dich sehr vermissen und bald wieder zu Hause sein wird. Bis es so weit ist, wirst du hier bei uns in Woodwall bleiben, und ehe du dich versiehst, wird dich dein Dad wieder abholen. In der Zwischenzeit werden wir viel Spaß zusammen haben.«

Trübsinnig ließ James die Schultern hängen.

»Wann kommt er denn?« Sein trauriges Stimmchen brach.

»Das weiß ich nicht, kleiner Mann«, antwortete John trostlos und nahm ihn bei er Hand.

Wenig später am Tag sollte James auch Tristan kennenlernen, entschied Johns Schwester. Er war soeben aus der Schule gekommen und warf seinen Schulranzen in die Ecke des Foyers. Er steuerte geradewegs auf die Küche zu, da hielt Violett ihn am Kragen zurück, um ihn mit James bekannt zu machen.

»Das ist James. Er ist in deinem Alter.«

Tristan war fast einen Kopf größer als er. Er hatte ein freches Gesicht, weißblondes Haar und aufgeschürfte Knie, die sich unterhalb seiner marineblauen Shorts zeigten.

»Was will der denn hier?«, fragte er in vorlautem Ton, während seine Mutter ihn mühsam festhielt. Als wolle sie ihn so daran hindern, jeden Moment auszubüxen.

»Sei nicht so unhöflich, Tristan! Er ist der Sohn eines guten Freundes von deinem Onkel. Sei nett zu ihm! Er wird vorläufig hier wohnen. James, ich bin Violett, Johns Schwester, und das ist mein Sohn Tristan. Er ist nur ein paar Monate jünger als du.«

Skeptisch betrachtete Tristan den neuen Bewohner von Morgan's Hall. »Aber er wird nicht in meinem Zimmer wohnen!«, diktierte er.

»Nein, natürlich nicht. Er wird sein eigenes Zimmer haben.«

Tristan rümpfte die Nase und taxierte den Neuen weiter.

James starrte eingeschüchtert auf die Steinfliesen, eher er einen kurzen Blick in Tristans freches Gesicht riskierte, der prompt zu grinsen anfing. Vermutlich war er der frechste Bengel, den James jemals kennengelernt hatte.

»Dann ist ja gut«, erwiderte Tristan und machte einen Schritt auf James zu, der wiederum vor Scheu etwas zurückwich. »Komm, James, ich zeig dir meine versteckte Höhle. Unten am See. Sie wird unser Geheimplatz.«

Ohne dass James widersprechen konnte, packte Tristan ihn am Handgelenk und zerrte ihn aus dem Haus.

James und Tristan rannten die Steinstufen der Terrasse hinab, die zum Seeufer führten. Die Luft war mild und die Sonne schien hoch über ihnen. James konnte sich nicht entsinnen, jemals solch eine Frische eingeatmet zu haben. Er kannte nur den tranigen Fischgeruch der Kutter im Hafenbecken. Die Jungen rannten am Ufer entlang, bis James schlagartig stehen blieb. Auf dem Holzplateau, direkt am Steg, stand ein kleines Mädchen, das zu ihnen herschaute.

»Wer ist das?«, fragte er.

»Ach, das ist nur Liz«, antwortete Tristan gleichgültig. »Komm, ich zeig dir jetzt meine Höhle.«

Wieder sausten die Jungs los. James schaute sich noch einmal zu dem Mädchen um, es musste das schreiende Kind vom Morgen sein. Verhalten winkte sie ihm zu. Er wollte gerade zurückwinken, aber Tristan hielt ihn davon ab und zog ihn hinter sich her.

Durch ein kleines Waldstück gelangten sie an ein sandiges Ufer. Einige umgestürzte Bäume lagen herum und Tristan nutzte die Holzstämme, um zu einer Felswand dahinter zu gelangen, die sich entlang des Ufers erstreckte. Von dort aus hüpfte er gekonnt über mehrere große Gesteinsbrocken, die aus dem See ragten. James bewunderte ihn für sein Geschick, folgte ihm vorsichtig und balancierte ebenfalls auf den Steinen, aber lange nicht so sicher wie Tristan. Er musste diesen Weg bereits oft gelaufen sein.

»Nun mach schon, James! Wir sind fast da!«, rief Tristan ihm zu.

Von einem spitzen Stein hüpfte er auf einen winzigen Felsvorsprung und verschwand in einem pechschwarzen Loch. James kniff die Augen zusammen, während er das letzte Stück auf den Felsen sprang. Dabei stürzte er auf den erbarmungslos harten Stein. Er hörte Tristans Rufe, die ihn zur Eile antrieben, und kümmerte sich nicht weiter um die aufgeschlagenen Knie, die ziemlich brannten. Er war ein großer Junge und das ein Abenteuer, wie er es sich schon lange gewünscht hatte. Daheim hatte James nicht viele Freunde: Keine traf es wohl eher. Er würde vor dem anderen Jungen nicht herumwinseln.

Endlich erreichten sie die Höhle. Sie war finster und feucht. Ein widerwärtiger, modriger Geruch stieg James in die Nase, die er prompt rümpfen musste. Nur ein paar Finger breit über seinem Kopf war die felsige Decke. Er ließ den Blick schweifen, in der Hoffnung, seine Augen würden sich rasch an das Dunkel gewöhnen. Kurz darauf sah er das Aufflackern einer Kerze. Tristan saß munter im Schneidersitz auf dem Boden, die Kerze in seiner Hand. Die Luft wirkte nun noch stickiger als vor wenigen Sekunden. Um ihn herum lag allerhand Plunder. James erkannte eine Schleuder, Pfeil und Bogen sowie mehrere Puppen, deren Körper von Pfeilen durchbohrt waren. Tristan stellte die Kerze auf den Felsboden.

»Ist das nicht großartig?«, hallten seine Worte durch die kleine Felsengrotte. James nickte und wurde von ihm argwöhnisch betrachtet. »Du redest nicht viel, was? Egal. Setz dich zu mir. Wir können mit den Murmeln spielen, die ich mitgebracht habe.« Tristan kramte sie aus seiner Hosentasche.

Der Vorschlag gefiel James. Sein Vater hatte mit ihm oft Murmel-Boule gespielt.

Tristan kannte dieses Spiel nicht und James erklärte ihm die Regeln: »Du musst eine größere Murmel zwei oder drei Yards auswerfen, und dann versucht jeder Spieler abwechselnd, mit einer kleineren Kugel so nah wie möglich an die große Murmel heranzuwerfen.«

»Warte! Wir brauchen mehr Licht«, stellte Tristan fest.

Aus einem Stoffbeutel kramte er noch zwei weitere Kerzen hervor, die er anzündete und an verschiedenen Stellen in der Höhle platzierte.

Sie spielten eine ganze Weile und lachten, wann immer sie sich gegenseitig die Kugeln aus dem Spiel warfen. Für ein paar Stunden vergaß James, dass er ohne seinen Vater hier war, so sehr genoss er die Zeit mit seinem neuen Freund in dessen Höhle.

»Was sind das für Puppen?«

Tristan grinste spitzbübisch.

»Die gehören Liz. Ich brauche sie als Zielscheibe für meinen Bogen.« James runzelte die Stirn.

»Vermisst sie die Puppen denn nicht?« Tristan hatte wieder eine von seinen Murmeln weggeschossen und sprang euphorisch in die Höhe.

»Ach, die hat Unmengen dieser hässlichen Dinger. Sie hat gar nicht gemerkt, dass ich ihr welche geklaut habe. Aber das geschieht ihr ganz recht, dieser Ziege. Sie nervt mich. Liz will andauernd mit in meine Höhle und mit mir spielen. Aber Mädchen dürfen hier nicht rein. Außerdem bekommt sie von ihrem Dad eh schon jeden Wunsch erfüllt und wird verwöhnt, wo es nur geht. Da habe ich keine Lust drauf, auch noch mein Versteck mit ihr zu teilen.«

James nahm diese Tatsache ungerührt zur Kenntnis. Er konnte mit Mädchen auch nichts anfangen. In der Schule waren sie immer eingebildet gewesen und flüsterten die ganze Zeit, was ihn abgelenkt hatte. Deshalb war es ihm recht, dass Liz nicht in die Höhle durfte.

»Wo ist dein Dad?«, fragte James.

»Bei den guten Geistern.«

»Was meinst du damit?«

»Na, er ist gestorben. Ich war noch ein Baby.«

»Das tut mir leid.«

»Ich kannte ihn ja nicht.« James legte verdutzt den Kopf zur Seite.

»Aber was soll das heißen: bei den guten Geistern?«

»Phil, unser Arbeiter, hat es gesagt. Er ist ein Indianer und weiß alles von der Welt. Du wirst ihn mögen. Wir müssen jetzt abhauen, sonst kriegen wir Ärger von meiner Mom. Gleich wird es draußen stockfinster sein. Das geht in den Bergen ganz schnell, sagt Onkel John immer.«

Sie kramten die Sachen zusammen und düsten aus der Höhle. Noch war es hell. Auf dem Felsvorsprung vor dem Höhleneingang saß Elizabeth. Ihre Füße baumelten im See. Erschrocken sprang James einen Schritt zurück. Rasch zog sie die kleinen Füßchen aus dem Wasser und stellte sich aufrecht vor ihn hin. In ihrer Hand pendelte eine Puppe. Es war dieselbe, die er heute Morgen auf dem Boden ihres Kinderzimmers gesehen hatte. Die goldblonden Zöpfe waren zerzaust und das gelbe Kleid voller Schmutz und bis zur Hälfte des Rocks durchnässt. Sein Herz pochte, als er ihr in das niedliche Gesichtchen schaute, das ihn mit grünen Augen musterte. Sie hatte irgendetwas Sonderbares an sich.

Hatte er sie gerade wirklich als niedlich bezeichnet? Was war nur los mit ihm, er mochte Mädchen doch nicht.

»Wer bist du?«, fragte sie mit liebreizendem Stimmchen, das nichts mit dem Gequengel von heute Morgen gemein hatte.

»J-J-James«, stammelte er. Sie lächelte vorwitzig.

»Was machst du denn hier, J-J-James?«

Ihm war es peinlich, dass sie sein Stottern nachahmte.

Ja, was machte er bloß hier? Er wusste es ja selbst nicht.

»Ich wohne jetzt hier«, erwiderte er kleinlaut und schaute zu Morgan's Hall hinüber, das er in einiger Entfernung ausmachen konnte. Verwundert folgte sie seinem Blick.

»Bei uns zu Hause? Aber nicht in meinem Zimmer, oder?«, fragte sie.

James musste unwillkürlich lachen, da Tristan zu Beginn dasselbe gefragt hatte. Warum hatten sie denn alle Angst um ihre Zimmer?

»Nein, du dumme Gans. Er hat sein eigenes und jetzt verschwinde von hier!«, befahl Tristan mürrisch, der mittlerweile auch aus der Höhle geklettert war und mit Argwohn seine kleine Cousine entdeckt hatte. James entging das Blickduell zwischen den beiden nicht.

»Aber ich will mit euch spielen«, bettelte sie und klang in James' Ohren dabei untröstlich.

»Nein, das geht nicht. Hier dürfen keine Mädchen rein.« Elizabeth verzog den Mund zu einer schmollenden Schnute. »Such dir deine eigene Höhle!«, brüllte Tristan sie nun an und stieß sie grob zu Boden. James sah ihn erschrocken an, danach blickte er bestürzt zu ihr. Sie lag auf dem felsigen Boden und wimmerte.

»Komm, James. Ich hab einen Bärenhunger. Suzie soll uns Sandwichs machen.«

Schnurstracks sprang er über den Felsvorsprung zum ersten Stein und hüpfte sicher zum Ufer.

James blieb einen Augenblick zurück und grübelte, ob er Tristan folgen sollte, doch er hatte Mitleid mit dem kleinen Mädchen und beugte sich zu ihr hinunter.

»Hast du dir wehgetan?«, fragte er sanft. Sie verneinte es und setzte sich auf. Dicke Tränen flossen über ihre rosigen Wangen, was darauf schließen ließ, dass sie sich sehr wohl etwas getan hatte, dies aber nicht zugab. »Komm, ich helfe dir auf.« Er reichte ihr die Hand und sie legte ihre in seine. Ihre Finger fühlten sich ganz zart in seinen an.

»Danke«, wisperte sie. »Du bist nett. Ich mag dich.«

Er lächelte tröstend und sie erwiderte es. Nachdem er sich von ihr gelöst hatte, griff Elizabeth wieder ohne Scheu nach seiner Hand. Die Geste erstaunte ihn. Er hatte keine Ahnung, wie er mit dieser Zutraulichkeit umgehen sollte. Er kannte sie nicht einmal zwei Minuten und bemerkte sofort ihren Wunsch nach seinem Schutz.

»Ich helfe dir über die Steine zurück zum Ufer, Liz.«

Dankbar lächelte sie, strahlte regelrecht über seine Unterstützung, dabei war James' Hilfestellung überhaupt nicht vonnöten, denn das Mädchen kannte die Umgebung sicher ebenso gut wie Tristan. Zusammen sprangen sie umsichtig über die Felsen. Tristan hatte am Seeufer auf sie gewartet und verdrehte die Augen, als er sah, wie James seiner Cousine dabei half, zum Ufer zu gelangen.

»Sie soll endlich verschwinden. Die nervt. Los, Liz, geh endlich heim und spiel mit deinen hässlichen Puppen. Lass uns Jungs machen, was große Jungs eben gern tun.«

Er schubste sie erneut, aber dieses Mal fing James sie auf und stieß nur einen Moment später den anderen Jungen weg.

»Hör auf damit! Sie tut doch niemandem was«, sagte er fuchsteufelswild. »Entweder sie darf bei uns bleiben oder ich bin nicht mehr dein Freund«, fuhr er erhobenen Hauptes fort.

Elizabeth stand neben ihm und grinste Tristan hämisch an. Dieser blickte abwechselnd zu James und zu ihr.

»Na gut, du Weichei«, schimpfte er. »Die Nervensäge darf in Zukunft bleiben, ausnahmsweise und nur, weil du noch neu hier bist. Aber sie muss vor der Höhle warten, wenn wir dort spielen. Rein darf sie nicht. Los, jetzt kommt! Es ist spät.«

Wieder rannten sie über den Kiesstrand des Ufers und James entdeckte auf der anderen Seite des Sees ein imposantes

Anwesen, das auf dem Vorsprung eines Felsens stand. Die Sonne ging inzwischen über der Bergkette unter und er musterte die vielen Fenster, in denen nacheinander das Licht eingeschaltet wurde.

»Was ist das da oben?« Sie blieben stehen. Auch jetzt noch hatte Elizabeth James' Hand fest im Griff und dachte wohl nicht im Traum daran, sie loszulassen. Ihn störte es nicht.

»Ach, das ist das Great Mountain Hotel. John hat mir verboten, in der Nähe zu spielen, sonst würde ich es dir zeigen. Aber das gibt dann einen Mordsärger, daher habe ich gar keine Lust, dorthin zu gehen. Meistens hängt dort der Dummkopf Cole rum.«

»Wer ist das?«

»Der Sohn des Inhabers. Er ist auf einer Schule, wo man diese lächerliche Schuluniform tragen muss. Ist sich zu fein für das normale Volk! Onkel John meint, dass er ein verzogener Bengel ist. Und dass ich mich von ihm fernhalten soll, weil man ihm und seiner Familie nicht trauen könne. Einmal habe ich mich dort drüben in dem großen Baum versteckt und ihn mit matschigen Äpfeln beworfen. Auf der anderen Seite des Sees, meine ich. Da hat er wie ein kleines Baby geflennt und ist zu seinem Vater ins Hotel gelaufen. Das war lustig. Er hat natürlich alles seinem Vater gepetzt. Das gab eine Backpfeife von Mom. Ich kann den Jungen nicht leiden.«

Elizabeth zog an James' Arm.

»Ich auch nicht!«, rief sie und sah vergnügt zu ihm auf.

»Tzz! Sie lügt. Beim Apfelfest hat sie die ganze Zeit an Coles Rockzipfel gehangen. So wie jetzt bei dir.«

Wieder setzte sie einen Schmollmund auf.

»Das ist gar nicht wahr.«

»Ey, da ist Phil!«, rief Tristan urplötzlich.

Aus der Ferne stapfte besagter Phil auf die Kinder zu. Tristan legte einen Zahn zu, blieb vor dem Riesen stehen und klopfte zum Gruß dreimal mit zwei Fingern auf seine Brust.

Phil erwiderte den Gruß auf dieselbe Weise. James runzelte die Stirn.

»Ich bin der Erste in der Küche«, grinste Tristan und rannte wie der Wind zum Haus.

James blieb ehrfürchtig vor dem Mann mit der dunkleren Haut stehen und sah in seine tiefbraunen Augen. Es verschlug ihm den Atem.

Elizabeth hingegen sauste freudestrahlend auf Phil zu. Er hob sie hoch in die Luft.

»Hallo, kleine Misae«, sagte er mit tiefer Stimme und sie legte ihr Gesichtchen auf seine Brust.

»Aber sie heißt doch Liz?«, staunte James und war sofort über sich selbst verblüfft, dass er diese Frage an den Unbekannten gestellt hatte. Das war unhöflich. Phil lächelte ihm zu.

»Phil nennt mich immer so. Das heißt weiße Sonne. Stimmt doch, oder?«

»Ja, kleine Misae«, antwortete Phil.

Sie zog an seiner Halskette. James sah sofort den Knochen-Anhänger und ihn fröstelte es prompt.

»Du musst James auch einen indianischen Namen geben«, forderte sie.

Dem Jungen klopfte das Herz bis zum Hals, als Phil ihn von oben bis unten inspizierte. Auf seiner Stirn bildeten sich tiefe Falten, als grübelte er über Elizabeths Bitte nach. Beide Kinder warteten gespannt auf die Antwort.

»Du siehst aus wie ein Freund. Ein Gefährte. Vielleicht auch ein Beschützer, jemand, bei dem man sich sicher und zu Hause fühlen kann. Ich nenne dich ... Lancelot.«

Enttäuscht verzog James den Mund.

»Das hört sich aber nicht indianisch an.«

»Das ist richtig, Junge. Aber glaube mir, Lancelot ist der richtige Name für dich.«

In diesem Moment trat John aus dem Pferdestall, James blickte direkt an Phil vorbei und zu ihm hin. Mit einem breiten Grinsen stiefelte John auf Phil und die Kinder zu.

»Ihr habt euch also schon angefreundet«, sagte er und streichelte James über die braunen Locken. Phil setzte Elizabeth wieder auf dem Boden ab und sie wurde sofort auf den Arm ihres Vaters gehoben. Er küsste ihre Wange.

»Ich darf jetzt auch mitspielen«, sagte sie stolz.

»Solange die Burschen dich nicht ärgern«, antwortete John vergnügt. »Na los, Kinder, ab ins Haus mit euch. Gleich ist es dunkel.« Er ließ Elizabeth wieder auf den Boden herunter und sie legte sofort ihre Hand in James' und zog ihn hinter sich her.

***

Die Männer sahen den beiden vergnügt hinterher, bis sie im Haus verschwanden.

»Wie findest du den Jungen?«, fragte John.

»Das Land hat auf ihn gewartet«, antwortete Phil.

John lachte. Diese Antwort war mal wieder typisch für den alten Freund.

»Phil, ich glaube, dieses Mal irrst du dich. James hat Musik im Blut. Ich denke, er hat eher das Zeug, ein großer Pianist zu werden als Landwirt bei uns.«

»Ein Talent ist nicht immer eine Bestimmung, John.«

Grübelnd sah John ihn an.

»Willst du mir etwa weismachen, James könnte eines Tages mein Nachfolger sein? Dickies Sohn? Das ist doch absurd.« Er stockte. »Oder doch?« Ungeahnte Hoffnung keimte in ihm auf. James war nicht von seinem Blut, und doch fühlte er sich dem Jungen so verbunden, als wäre er sein Sohn.

Phil zuckte mit den Achseln und schlug ihm auf die Schulter.

»Du denkst vielleicht, ich könnte hellsehen«, feixte er. »Das ist nicht so. In mir lodern Ahnungen. Und mein Gefühl sagt mir, dass der Junge zu Morgan's Hall gehört wie der Mond zur Nacht, wie die Sonne zum Tag.« Nachdenklich sah Phil zu den Bergen, John tat es ihm nach. »Doch ich glaube, es werden viele Mondjahre vergehen, bis der Bursche das versteht.«

Das Ende meiner Geschichte

Morgan's Hall, 24. Oktober 1945

Guten Tag, Mrs Hardy«, begrüßte John die Dame von der Poststelle.

Ein Waschweib. Der durfte man nichts erzählen. Schlimm genug, dass sie die Briefe entgegennahm, die alle zwei Tage aus North Bend von einem Kurier gebracht wurden. Er wäre nicht verwundert, wenn die Alte heimlich die Post lesen würde, die sie verwaltete. So konnte sie sich mit neuem Getratsche in der Stadt wichtigmachen.

»Mr Morgan, wie schön, Sie zu sehen. Was macht die Familie? Hat sich der Junge mittlerweile auf Morgan's Hall eingelebt? Wie furchtbar, dass sein Vater sich nicht mehr um den Kleinen kümmern kann. Und die Mutter ist auch schon verstorben? Welch ein Jammer.«

»Ja, Mrs Hardy. James geht es trotzdem sehr gut«, murmelte er und wartete am Tresen darauf, dass sie sich auf die Suche nach seiner Post machte. Aber Mrs Hardy machte keinerlei Anstalten und starrte ihn mit neugierigen Augen an.

»Der Vater ist an die Ostküste gezogen, wie ich hörte?«

Die Morgans hatten beschlossen, Dickies Verschwinden mit einem lukrativen Jobangebot an der Wall Street zu begründen.

»Richtig.«

»Ich finde ja, dass so etwas nicht in Ordnung ist. Wer ein Kind in die Welt setzt, der muss auch die Verantwortung dafür übernehmen und es nicht zu anderen Leuten abschieben. Schon gar nicht der Karriere wegen. Mein Cousin, der Sohn meines Onkels Walther – Gott hab ihn selig –, der hat ...«

»Haben Sie heute Post für mich?«, unterbrach John sie mit brummigen Unterton. Mrs Hardys Augen funkelten, denn sie bemerkte sehr wohl seine Abneigung, sich mit ihr zu unterhalten.

»Gewiss, Mr Morgan.« Sie erhob sich von ihrem Stuhl und drehte sich zu einem Holzregal um, das mehrere Fächer hatte. Über jeder Ablage standen die Namen aller ansässigen Familien auf einem Schildchen. Aus dem Fach der Morgans entnahm Mrs Hardy einen Brief und überreichte ihn John.

»Absender ist das Staatsgefängnis in Walla Walla«, sagte sie bissig.

Johns Knie zitterten. Er sah auf das Schreiben, das er jetzt in seiner bebenden Hand hielt. Nach dem ersten Schock drehte er das Kuvert um, wollte sehen, ob Spuren eines Öffnens zu sehen waren, aber es hatte den Anschein, als habe Mrs Hardy den Brief nicht gelesen. Das beruhigte John. In Gedanken versunken wanderte er zum Ausgang der Poststelle.

»Grüßen Sie Violett von mir.«

Er schaute nicht zu ihr auf.

»Mach ich«, murmelte er und verließ das Gebäude.

Er setzte sich in seinen Rolls-Royce, den er vor der Poststelle geparkt hatte, und sah wieder auf den Brief in seiner Hand. Am liebsten hätte er ihn sofort geöffnet und gelesen, aber Mrs Hardy stand mit vor der Brust verschränkten Armen am Fenster und beobachtete Johns Gestik. Er setzte ein falsches Lächeln auf und betätigte den Motor.

Schließlich fuhr er in Richtung der Kelterei, bog aber einige Meter vorher in ein kleines Waldstück ein. Vor einer Gruppe dicht bewachsener Douglastannen brachte er den Wagen zum Stehen.

Er atmete tief durch und sprach sich selbst Mut zu. Der Wind peitschte um den Pick-up.

Dass er mit keinen guten Nachrichten zu rechnen hatte, versprach bereits der Absender.

Walla Walla, 17. Oktober 1945

Mein guter Freund,

dir diese Zeilen zu schreiben, fällt mir nicht leicht. Aber ich wollte dich und meinen Sohn nicht im Ungewissen lassen.

Nichts ist zu beschönigen. Alles stimmt. Ich habe einen Menschen umgebracht.

Meine Gedanken drehen sich nur noch um den Moment, als ich nach meiner Pistole griff und ohne zu überlegen, abdrückte. Wie furchtbar einfach es ist, ein Leben auszulöschen. Im Bruchteil einer Sekunde. Länger braucht es nicht.

Du und mein Sohn, ihr seid die einzigen Menschen, denen ich eine Art Geständnis ablege, die ich um Vergebung bitten muss. Ich lasse davon ab, mich für meine Tat zu entschuldigen – dafür gibt es kein Verzeihen. Aber ich bitte um Verzeihung, meinen Sohn und dich im Stich gelassen zu haben.

Ich hatte dir doch vor Monaten geschrieben, dass ich eine Frau namens Janet Solano kennengelernt habe. Ihre Tochter ist in derselben Klasse wie James, na ja, zumindest war sie das, als James noch bei mir zur Schule ging. Janet ist nicht berauschend schön, eher unscheinbar, aber wir liebten uns leidenschaftlich. Wann immer es meine Zeit zuließ, trafen wir uns mit den Kindern im Park. Ich genoss die gemeinsamen Momente mit ihr – und noch viel mehr, dass ich mich nach langen Jahren wieder in einen anderen Menschen verliebt hatte. Mehrmals in der Woche trafen wir uns in einem Motel in Allentown, nachdem wir die Kinder in der Schule abgeliefert hatten. Janet sprach davon, dass sie ihren Mann verlassen wolle. Wie ich dir inzwischen schon geschrieben habe, war das ein Cop des Seattle PDs – dieses Mal pochte ich auf mein Glück, wollte mit ihr zusammenleben. Wir beschlossen, mit den Kindern zu verschwinden.

Doch er hatte von unserer Affäre Wind bekommen.

Irgendjemand muss uns wohl beobachtet und ihm von seiner Frau und mir erzählt haben.

Wer? Das weiß ich bis heute nicht.

In der Nacht, bevor ich James zu euch nach Morgan's Hall gebracht habe, verließ gegen drei Uhr morgens der letzte Gast meinen Pub. Als ich gerade die Tür verriegelte und zur Theke zurückging, bemerkte ich, dass mich jemand von draußen durch das schmale Türfenster anstarrte. Instinktiv griff ich nach meiner Pistole, die ich immer zum Schutz in einer Schublade verstaut hatte. Ich schlich zur Tür hinüber und erkannte, dass der Mann eine Polizeiuniform trug.

Ich vergrub die Knarre hinten im Hosenbund, zog mein Hemd darüber und schloss die Tür auf. Natürlich gewährte ich dem Cop Einlass. Es war nicht allzu ungewöhnlich, dass die Polizei mir um solch eine Uhrzeit einen Besuch abstattete, um nach dem Rechten zu sehen. Viele Lokale wurden und werden regelmäßig auf Glücksspiel und illegale Machenschaften kontrolliert.

Ich fragte ihn, was ich für ihn tun könne. Er setzte sich an die Theke und bestellte ein Bier, was mich doch ein wenig stutzig machte. Immerhin hatte ich schon geschlossen. Aber ich redete mir ein, dass er eventuell gerade seine Schicht beendet hatte und einen Absacker trinken wollte, auf den er bei mir hoffte. Ich wollte nicht so sein, stellte ihm das Bier vor die Nase und bemerkte höflich, dass ich eigentlich bereits Feierabend hatte und mein Sohn in ein paar Stunden aufwachen würde.

»Das ist mir ziemlich egal, du Dreckschwein«, antwortete er und setzte zornig sein Bier ab.

Bevor ich über seine Worte nachdenken konnte, packte er mich am Kragen, zog mich mit aller Kraft über die Theke und ließ mich dann brutal zu Boden krachen.

Der Typ warf sich auf mich und würgte mich am Hals.

Plötzlich schrie er, dass er von mir und seiner Frau wüsste.

»Ich bringe dich um!«, brüllte er dauernd und ich konnte mich nicht aus seinem Griff befreien. Sein Würgen schnürte mir immer mehr die Luft ab und ich bekam regelrecht Panik. Ich dachte nur an meinen Sohn, der nur eine Etage über uns in seinem Bett lag und schlief. Ich dachte an meinen Tod und was wohl mit James passieren würde, wenn ich nicht mehr da wäre. Ich griff nach der Knarre in meinem Hosenbund, *presste sie gegen seinen Rumpf und drückte ab, ohne einen weiteren Gedanken zu verschwenden.*

John, ich werde nie diese entsetzlich weit aufgerissenen Augen des Mannes vergessen, die mich anstarrten, als das Leben aus ihm wich. Ein Albtraum. Dann brach er über mir zusammen und ich verfiel in eine Art Schockstarre. Konnte mich nicht bewegen. Schließlich bemerkte ich das warme Blut, das meine Kleidung durchnässte. Ich stieß ihn von mir, dann wurde mir bewusst, was ich getan hatte. Ich verlor die Nerven, lief verzweifelt auf und ab. Eine Stunde, zwei Stunden? Keine Ahnung. Sollte ich mich stellen? Einen Polizistenmord gestehen? Niemand auf der Welt hätte mir geglaubt, dass es Notwehr gewesen war. Meine Beziehung zu Janet war ein Motiv.

Ich verriegelte den Pub erneut. Daraufhin zog ich die Gardinen zu und ließ den Toten auf dem Boden zurück, bevor ich in meine Wohnung hinaufrannte.

James hatte noch geschlafen und ich setzte mich auf das Sofa und überlegte, wie ich vorgehen sollte. Am nächsten Morgen schickte ich James nicht in die Schule und verbarrikadierte mich mit ihm in der Wohnung. Auch Mrs Harris hatte ich wieder nach Hause geschickt. Ich bemerkte sofort ihre Skepsis. Sie schien zu ahnen, dass irgendetwas nicht stimmte. In all den Jahren, die sie für mich arbeitete, hatte ich nur ein einziges Mal den Pub nicht geöffnet – und das war der Tag, an dem du mich besucht hast.

Ich befürchtete, was in den nächsten Minuten passieren würde, dafür kannte ich Mrs Harris' Neugier zu genau.

Ich hatte die Tür, die vom Treppenhaus in den Pub führte, nicht bedacht. Durch ein Fenster in der Tür konnte

417

man in den Gastraum schauen. Ich Idiot hatte die Leiche nicht abgedeckt. Ich eilte zu meinem Küchenfenster und sah Mrs Harris bestürzt davonlaufen. Sie hatte dabei mehrmals geschrien, und mir wurde bewusst, dass ich verschwinden musste. Aber ich blieb zunächst wie angewurzelt stehen – kostbare Zeit, die ich vergeudete. Andauernd fragte James, was denn los sei, doch ich war wie in Trance und konnte ihm nichts erklären. Jede meiner Bewegungen verlief wie in Zeitlupe. Ich wollte wegrennen, doch ich konnte es nicht. Irgendwann hörte ich aus der Ferne eine Polizeisirene, die mich aus meiner Erstarrung erwachen ließ. Ich fasste schlagartig einen klaren Gedanken: Lauf weg!

Ich schnappte James und rannte aus dem Haus zu meinem Wagen im Hinterhof. Dann raste ich davon.

Wir hatten Coalfield bereits verlassen, als ich an einem Polizeiwagen vorbeiraste, der sich postwendend in Bewegung setzte und mir mit einigem Abstand bis nach Woodwall folgte.

John, ich fuhr so schnell, dass ich fürchtete, das Auto würde aus den Kurven fliegen. Währenddessen regnete es wie aus Kübeln und schlagartig brach die Dunkelheit über uns herein. Ich dachte, der Freeway würde niemals enden, bis ich endlich auf Morgan's Hall ankam. Ich versteckte meinen Wagen hinter einem Gebüsch in der Nähe der Kelterei – kaum zu entdecken. James war während der Fahrt so erschöpft gewesen, dass er noch vor Rockdale eingeschlafen war.

Den Rest der Geschichte kennst du ja.

Nachdem ich mit dem Pferd durch die Wälder geflohen und tagelang unterwegs gewesen war, völlig ausgehungert und am Ende meiner Kräfte, erreichte ich Arlington. Ich ging in einen *Diner*, um etwas zu essen. Noch während ich dort saß, wurde mir plötzlich bewusst, dass ich kein Leben in ständiger Flucht wollte.

Ich stellte mich den *Cops*. Seitdem bin ich im Staatsgefängnis in Walla Walla. Auf einen Anwalt habe ich verzichtet. Ich wusste, ich würde wegen Mordes die Höchststrafe erhalten.

Und so ist es auch gekommen.

Ich werde diese Zelle nie wieder in meinem Leben verlassen. Hätte ich mich nicht gestellt, so wäre mein Dasein noch furchtbarer verlaufen. Ein Leben in dauernder Furcht, gefasst zu werden. Nein. Das hätte ich nicht durchgestanden.

Oft frage ich mich, warum alles so gekommen ist. Nach der Universität hatte ich mir ein anderes Leben vorgestellt.

So endet nun meine Geschichte.

Aber dennoch bin ich nicht undankbar. Ich hatte den besten Freund, den man sich vorstellen kann.

Ich hatte das Glück, eine wunderbare Frau zu heiraten, die mir einen außergewöhnlichen Sohn geschenkt hat, der mir auch nach ihrem Tod Kraft und Hoffnung gab. Dieses kluge Bürschchen. John, der Junge hat so viele gute und bemerkenswerte Eigenschaften. Er ist mitfühlend und spielt Klavier, als wäre er die Reinkarnation Mozarts. Ich weiß, dass James auf Morgan's Hall gut aufgehoben ist. Ich selbst hätte mir keine bessere Kindheit für ihn vorstellen können als bei dir. Ich weiß, dass ich dir und Isabelle eine große Bürde auferlegt habe, als ich ihn in eure Obhut gab, aber ich war verzweifelt.

Dennoch hoffe ich, James bereitet euch mehr Freude als Kummer. Bitte, mein Freund, sei ihm ein guter Vater, auch wenn er nicht dein eigen Fleisch und Blut ist. Das Einzige, was mir wirklich Schmerz bereitet, ist, dass ich nicht miterleben werde, wie James zu einem anständigen Mann heranwächst. Ich weiß, er wird viel Gutes von dir lernen. Du wirst ihm sicherlich ein besserer Vater sein, als ich es jemals hätte sein können.

Ich bitte dich nur noch um eines: Besuche mich nicht in der Haft. Hast du verstanden, John? Niemals! Auch James nicht. Ich könnte es nicht ertragen, wenn ihr mich hier in dieser schrecklichen Umgebung und in Gefängniskluft sehen würdet. Lieber sterbe ich. Das musst du mir versprechen. Wenn James nach mir fragt, so sag ihm, dass es mir gut geht. Belüge ihn nicht. Mache dem Jungen nichts vor. Er soll wissen, dass wir uns nie wiedersehen werden. Ich möchte nicht, dass er täglich mit meiner Rückkehr rechnet.

John, ich danke dir für alles, was du für mich und auch mein Kind getan hast. Noch tust.

Und ich danke Gott, dich in diesem unbeschwerten Sommer 1934 kennengelernt zu haben. Das war die beste Zeit meines Lebens.

In ewiger Dankbarkeit. Dickie

Zuerst saß John schlaff hinter dem Lenkrad. Dann wurde ihm schlecht. Er riss die Fahrertür seines Wagens auf, würgte und übergab sich im grünen Gras.

In den vergangenen Wochen hatte er gehofft und gebangt, dass seinem Freund die Flucht gelungen war.

Jetzt war alles klar.

Wie sollte er das nur dem Jungen erklären? Wie zum Teufel sollte er einem Sechsjährigen verständlich machen, dass sein Vater nie wieder zurückkommen würde?

Es half nichts. James musste es erfahren, damit er nicht mehr auf Dickies Rückkehr wartete. Wie paradox. Erst hatte er seiner Frau vor einigen Jahren mitteilen müssen, dass ihr geliebter Dickie nie auftauchen würde, um sie zu holen, und nun trug er die Bürde, die gleiche Wahrheit dessen Sohn klarzumachen.

Dickie, du verdammter Idiot, dachte er traurig. Was verlangst du nur von mir?

***

Isabelle hatte John darum gebeten, dass James Klavierunterricht erhielt, was er ihr nicht ausschlug, auch um dem Jungen einen Gefallen zu tun.

Heute kam Paul Gilmore wieder nach Morgan's Hall, um mit ihm zu üben, worüber sich Isabelle vermutlich noch mehr freute als James. Gilmore stammte aus New York und spielte seit ein paar Jahren in der Hotelbar des Great Mountain Hotel.

John war über seinen Schatten gesprungen und hatte Clark um Erlaubnis gebeten, sich Gilmore an den Nachmittagen auszuleihen. Isabelle rechnete ihm das hoch an.

Der Pianist hatte gestaunt, als sein Schüler ohne jegliche Noten Mozarts Sonate Nr. 16 auf die Tasten schmetterte, und das geradezu fehlerfrei. Vergnügt hatte Isabelle dem alten Gilmore zugelächelt, als habe sie ihm nicht zu viel versprochen. Sie bestaunte ihre Entdeckung, wann immer sich ihr die Gelegenheit dazu bot.

»Mrs Morgan, der Junge hat das Zeug, einmal ein großer Musiker zu werden«, jubelte der Lehrer auch heute wieder, und sie nickte mit herausgestreckter Brust, als sei es ein Kompliment an sie persönlich. »Sie sollten ihn auf eine Musikschule schicken, sobald er alt genug ist. Vielleicht mit zwölf oder dreizehn. In Seattle gibt es eine sehr gute Schule. Wobei New York natürlich die bessere Alternative wäre. Sollte mich nicht wundern, wenn der Knabe eines Tages an der Juilliard angenommen würde.«

»Ich glaube nicht, dass mein Gatte davon begeistert wäre. Er würde es lieber sehen, dass der arme Junge in seine Fußstapfen tritt«, sagte sie genervt.

»Das kann ich durchaus verstehen. Aber es wäre doch jammerschade, ein solches Talent nicht zu fördern.« Er wandte sich James zu, der neben ihm am Klavier saß. »Weißt du, James, als Musiker – und ich rede hier von solch talentierten Menschen, wie du es bist – spielst du auf der ganzen Welt. In glanzvollen Städten wie New York, London oder Paris. Du stehst auf einer großen Bühne und alle Leute im Publikum hören nur dir und deinem Klavierspiel zu. Jeder bewundert dich und jeder will dein Freund sein. Na, wäre das nicht was für dich?«

James drehte sich bei dieser Frage zu Isabelle um und sie erkannte das Strahlen in seinen Augen. Ermutigend zwinkerte sie ihm zu. Er lag ihr am Herzen. Sie konnte es selbst kaum glauben.

Ja, dachte sie, *ein Musikerleben wäre fantastisch für James.* Sie malte es sich selbst sogleich in schillernden Farben aus. Er würde eines Tages ein angesehener Musiker sein und die ganze Welt bereisen. Da war sie sich ganz sicher.

Und endlich hatte sie eine Aufgabe in diesem Haus: alles Erdenkliche zu unternehmen, um James' Talent zu fördern.

Seine Musik rührte etwas in ihr an, was sie nicht erwartet hatte: eine ungekannte Sehnsucht.

Je länger sie den Jungen betrachtete und ihm lauschte, desto mehr erkannte sie Dickie in ihm. Die Ähnlichkeit erschreckte sie. Dieselben Augen, derselbe Mund, ging es ihr durch den Sinn. Andererseits kam ein seltsames Glücksgefühl in ihr auf und ihre Augen füllten sich mit Tränen, die sie sofort wegwischte.

Gilmore brachte James bei, Noten zu entschlüsseln, denn trotz seines vollkommenen Gehörs musste James die Partitur lesen und beherrschen können, um eine Chance auf den ganz großen Bühnen zu haben.

Ihn verwirrten die Abbildungen und die Begriffe wie C-Dur-Pentatonik oder dissonante Intervalle, hatte er ihr einmal erklärt. Scheinbar improvisierte er lieber. Und sie bewunderte ihn dafür, dennoch konnte er noch besser werden. Mit seligem Blick betrachtete sie ihn beim Üben.

Verlor sich wieder in der Erinnerung an seinen Vater.

***

Während Gilmore in seinen Notenblättern kramte, sah James kurz auf und entdeckte Elizabeth, die sich hinter dem Türrahmen versteckte und vorsichtig durch den Türspalt blinzelte.

Er lächelte ihr zu. Scheinbar war er der Einzige im Haus, der wirkliche Notiz von dem Mädchen nahm. Sie war einfach da und huschte durch die Zimmer von Morgan's Hall, ohne große Beachtung durch die anderen Bewohner zu finden. Nur Violett und Phil beschäftigten sich ab und an mit ihr. Es war schade, dass Liz so allein und verlassen schien. Dabei war sie ein äußerst liebes und aufgewecktes Mädchen. Sie konnte mit ihren drei Jahren bereits einige Sätze aus ihren Märchenbüchern vorlesen und beherrschte das Ablesen der Uhrzeit, da Phil es ihr beigebracht hatte. James hatte nicht schlecht gestaunt. Das konnte nicht einmal Tristan. Woher auch? Die Tadel trudelten wöchentlich bei den Morgans ein, weil sein Freund unentwegt die Schule schwänzte und den ganzen Tag in den Wäldern herumtollte.

James hatte schnell erkannt, dass sich die zarte Elizabeth alleingelassen fühlte und es aufgegeben hatte, auf sich aufmerksam zu machen oder um die Liebe der Mutter zu betteln.

Irgendwie fühlte er sich für die Kleine verantwortlich, die unentwegt seine Zuwendung einforderte, es hasste, wenn er am Klavier saß, da er ihr in dieser Zeit keine wirkliche Beachtung schenken konnte. Sie hatte es ihm mehrmals gesagt.

Isabelle entdeckte Elizabeth am Türrahmen und stand vom Sofa auf.

»Später kannst du mit James spielen.« Sie widmete dem Mädchen kaum einen Blick, wie James bemerkte, anschließend verschloss sie die Flügeltür und sperrte damit die Kleine aus.

Ungerührt setzte sie sich wieder hin.

Wie gemein das ist, dachte James. Ihn verwirrte die Beziehung zwischen Isabelle und ihrer Tochter. Er hatte sie selten zusammen gesehen. So hatte er sich eine Mom nicht vorgestellt. Er dachte, dass eine Mutter ständig ihr Kind in den Arm nahm, es bedingungslos lieb hatte, ihm etwas zum Essen zubereitete und Gutenachtgeschichten vorlas. Isabelle tat nichts davon.

Irgendwie war ihm Isabelle nicht geheuer, obwohl sie nett zu ihm war. Oft hatte sie in seiner Gegenwart aus heiterem Himmel angefangen zu weinen. Hilflos saß er in solchen Momenten neben der erwachsenen Frau und wusste nicht, wie er sich verhalten sollte. Für gewöhnlich blieb er stumm, auch wenn er sie gern getröstet hätte. Er fragte sich, was sie so bedrückte. Die meiste Zeit verbrachte sie in ihrem Schlafzimmer, doch sobald er am Klavier saß, schlich sie sich die Treppe hinunter und setzte sich aufs Sofa, um ihm zuzuhören, lobte ihn für sein Talent.

Wieder ging die Tür auf, James fuhr herum und John trat in den Salon. Höflich nickte er Paul Gilmore zu und sah jetzt James mit besorgter Miene an. So hatte er den freundlichen John noch nie gesehen, als wäre irgendetwas Schlimmes geschehen.

»Isabelle, ich muss dich einen Moment unter vier Augen sprechen«, sagte er ernst und wedelte mit einem Brief vor ihrem Gesicht.

Sie sah ihn mit riesigen Augen an und dann zu James. Daraufhin seufzte sie, folgte ihrem Mann schließlich aus dem Salon. James zuckte die Schultern und wandte sich wieder seinem Lehrer zu.

Am frühen Morgen des nächsten Tages saß James auf dem Holzplateau am See. Seine Schuhe baumelten knapp über der Wasseroberfläche.

Gerade hatte Ruth mit ihm geschimpft, da sein Zimmer angeblich wie ein »Kriegsschauplatz« aussah, was auch immer das bedeuten sollte. Um ihrer Schelte zu entkommen, war er zum See gerannt. Hierher kam er gern, um an seinen Vater zu denken, an die Zeit, die er mit ihm in der kleinen Wohnung über dem Pub verbracht hatte. Hier in Woodwall war alles so anders. Nach und nach fügte er sich aber in das Leben auf Morgan's Hall ein. Letztendlich hatte er keine andere Wahl.

»Hier bist du, mein Junge«, ertönte eine Stimme. James schrak auf und drehte sich um. Es war John. Sofort sprang er auf. »Hast du vielleicht Lust, mich heute in die Kelterei zu begleiten?«

»Aber ich muss doch in die Schule.«

»Heute hast du einen Tag Ferien. Na, was sagst du?«

James grinste. Alles war besser als Schule.

Mit den Pferden ritten die beiden über die Apfelbaumplantage.

»Du reitest verdammt gut, James. Phil ist tatsächlich der begabteste Reitlehrer weit und breit.«

Verlegen lächelte James. Er freute sich über das Kompliment.

Die Kelterei lag nur ein paar Minuten von Morgan's Hall entfernt.

Das Produktionsgebäude war eine übergroße Scheune, die aus Holz und Stein erbaut war. Neben dieser Scheune gab es einen weiteren Bau, in dem sich Johns Arbeitszimmer und diverse Aufenthaltsräume für die Mitarbeiter befanden.

Stolz zeigte John dem Jungen, wie der Wein im laufenden Betrieb hergestellt wurde. »Zuerst wird die Ernte mit einem Lastwagen von der Plantage hierhergefahren und abgeladen. Dann läuft die Auslese über dieses Laufband, damit wir das faule oder schimmelige Obst aussortieren können. Morgan's

Company verarbeitet ausschließlich beste Qualität. Wir haben acht verschiedene Apfelsorten.«

James beobachtete John, der mit glänzenden Augen vor dem Laufband stand, das er erst vor Kurzem als Erweiterung angeschafft hatte, wie er ihm erzählte. Zwei Frauen, die beide einen hellblauen Kittel und Handschuhe trugen, sortierten dort mit hoher Geschwindigkeit die Äpfel aus, die nicht dem Qualitätsanspruch der Firma entsprachen. Vom Band gelangte die Frucht zu einer riesigen Maschine, aus der Unmengen Wasser floss.

»Hier wird das Obst gründlich gereinigt«, erklärte John. »Danach kommen die Äpfel in diesen Trichter. Siehst du die Mühle? Hier werden sie zerkleinert und landen schließlich in dem Holzbottich dort vorne.« Ein Mitarbeiter zwinkerte ihnen zu und fuhr die Druckwalze auf die zerhackten Apfelstücke herab. Vor und zurück, immerfort, so betätigte er die Walze, die sich auf das Obst presste. John bückte sich und winkte James herbei, damit der Junge sehen konnte, was durch das schwere Walzen entstand. Unter der Presse stand ein riesiges Sammelbecken. »Das ist die Maische. Einen Teil des Saftes füllen wir in Flaschen ab und den anderen in Holzfässer. Dort reift der Wein heran.«

James war fasziniert von der Herstellung, versuchte, sich jeden einzelnen Arbeitsschritt zu merken.

Anschließend wanderten sie in eine kühle Halle, deren Wände aus Stein waren. Links und rechts stapelten sich die Weinfässer bis unter die hohe Decke. Ein anderer Mitarbeiter gab John ein kleines Glas, daraufhin zapfte der einen kleinen Schluck aus einem der Fässer und reichte das Glas James, damit er probieren konnte.

»Das bleibt aber unter uns«, sagte John augenzwinkernd und der Junge trank aus dem Becher. Sofort verzog er das Gesicht und John lachte. »Keine Sorge, wenn du erwachsen bist, schmeckt er dir besser.«

Am Nachmittag ritten sie zu den Hochlandrindern, die oben über dem Tal auf einer ausgedehnten Weide grasten. Die Rinder, mit ihrem dümmlichen Ausdruck, dem robusten Körperbau und den symmetrischen Hörnern, amüsierten den Jungen. Er versuchte, das Vieh zu zählen, doch waren es so viele, dass James rasch den Überblick verlor.

»Hochlandrinder sind überaus gutmütig und enorm nützlich, was die Bewirtschaftung der Felder anbelangt. Das Fleisch ist kostbar und wir verkaufen es im ganzen Staat. Es ist ein Nebenerwerb, den wir zusätzlich zu den Apfelprodukten erzielen.« John stockte und blinzelte zum Great Mountain Hotel hinüber. James folgte seinem Blick. »Außerdem müssen wir das viele Land vor der Bevölkerung legitimieren, damit es uns nicht für größeren Allgemeinnutzen enteignet wird.«

James verstand nicht, was er damit meinte, aber er fragte auch nicht nach, weil er nicht unklug wirken wollte. John sah zu ihm und seufzte schwer. Anschließend stieg er von seinem Pferd ab und half dem Jungen von seiner Stute hinunter.

»Komm, James. Wir setzen uns da vorn auf die Wiese. Ich muss dir etwas Wichtiges sagen.«

Sie ließen sich im hohen Gras nieder. John winkelte die Knie an und legte seine Arme darauf ab. Kurz schloss er die Augen, und James wunderte sich, was nun folgen würde. »Genieße die womöglich letzten Sonnenstrahlen, mein Junge. Phil glaubt, dass der Winter hart wird.«

»Woher weiß Phil das?«

John lachte laut und es hallte durch das Tal. »Ich habe keine Ahnung. Er weiß es eben. Viele Jahre versuche ich schon, diesen Mann zu ergründen. Das schafft wohl niemand. Er ist und bleibt voller Geheimnisse.« John strahlte den Jungen an. Dann sah es so aus, als würde er James durchleuchten. »Gefällt es dir hier?«

Der Junge zuckte mit den Achseln. »Ich denke schon.«

John holte tief Luft. »Ich frage dich das, weil du noch eine sehr lange Zeit bei uns bleiben wirst.« Er hielt inne, legte währenddessen seine Hand auf James' Schulter, der ihn fragend betrachtete. »Dein Dad ist mein allerbester Freund. Ich kenne ihn schon seit vielen Jahren, musst du wissen. Du schlägst sehr nach ihm und Dickie war stets klüger als alle anderen. Isabelle und ich denken, dass du, James, reifer bist, als es Jungs in deinem Alter sind. Deshalb wollen wir dir nicht verschweigen, was mit deinem Vater tatsächlich geschehen ist.«

»Wo ist er denn? Und wann kommt er endlich?«

John presste die Lippen aufeinander. »James, dein Vater hat etwas getan, was gegen das Gesetz verstößt.«

»Und was?«

»Er hat Geld, das eigentlich dem Staat gehört, für sich behalten. Bestimmt hatte er nur vergessen, es zurückzuzahlen. Aber jetzt muss er dafür in ein Gefängnis. Verstehst du, was das ist? Ein Gefängnis?«

James wusste, was das bedeutete. Dorthin kamen böse Menschen. Banditen.

»Mein Dad ist nicht so einer. Bestimmt hat sich der Staat vertan und er kommt bald wieder aus dem Gefängnis frei. Und dann holt er mich ab. Richtig?«

»Nein, mein Junge. Dein Dad wird nicht wieder aus dem Gefängnis kommen. Ich bin dein Patenonkel und deshalb wirst du hier auf Morgan's Hall bleiben. Bei uns bist du nicht allein, bist sicher. Und wir lieben dich. Ich wollte nur, dass du das weißt.«

James konnte nicht glauben, was John ihm da erzählte. Hierbleiben? Auf keinen Fall.

»Nein«, antwortete James mit weinerlicher Stimme. »Ich will nach Hause. Zu meinem Dad.«

»Das geht nicht. Begreife doch. Dein Dad kann sich nicht mehr um dich kümmern. Isabelle und ich haben überlegt, dich zu adoptieren.« John lächelte. »Dann bist du ein richtiger Morgan, mein Junge. Na, wie wäre das?«

Zornig stellte James sich auf seine Füße.

»Ich will aber kein Morgan sein!«, schrie er mit dicken Tränen in den Augen und wollte gerade davonrennen, da stand John schon auf und hielt ihn zurück.

»Um Himmels willen, nun beruhige dich. Du hast keine andere Wahl. Es tut mir wirklich sehr leid.«

James weinte bitterlich. John kniete sich vor ihn hin und streichelte ihm die Wange, wischte ihm die Tränen aus dem Gesicht. »Das alles ist jetzt bestimmt ganz furchtbar für dich. Aber glaube mir, es wird besser. Wir wollen für dich eine Familie sein. Du kannst hier aufwachsen und musst nie wieder in der winzigen Wohnung im stinkenden Hafen wohnen. Und Elizabeth ist so froh, dass du da bist. Du magst sie doch auch sehr gern, nicht wahr?«

James nickte mit einem Schluchzen.

»Wie traurig wäre sie, wenn du nicht mehr bei uns wärst. Wir alle wären traurig.« John schloss den Jungen in die Arme und drückte ihn fest an sich.

James weinte, er konnte in Johns Umarmung nicht mehr an sich halten. Er verstand, dass es keine andere Wahl für ihn gab. Morgan's Hall war jetzt sein Zuhause. Für immer. Bitterlich weinte er in Johns Armen um seinen Vater.

Der Preis für die Liebe

Vergib mir, vergib mir«, flüsterte Isabelle. Wahrscheinlich hatte sie diese Worte schon hunderte Male gewispert. Manchmal flüchtete sie sich hierher auf den Hügel, auf dem die Verstorbenen ihre letzte Ruhe fanden. Hier war Charles begraben, den sie nie kennengelernt hatte. Neben ihm ruhte seine Josephine, für die Isabelle seit Jahren heimlich Blumen von den Wiesen pflückte, um sie vor dem Grabstein niederzulegen. »Vergib mir, vergib mir.«

Sie wusste, was sie immerzu hier hochtrieb. Der Schmerz, dieser ewige Schmerz, den sie in sich trug, führte sie hierher, um noch peinvoller zu werden. Vielleicht wartete sie tatsächlich auf ein Zeichen der Vergebung. Warum hatte sie Josephine nicht geholfen, als sie ihr schmerzerfülltes Gesicht sah, kurz bevor ihr Herz aufhörte zu schlagen? Isabelle hätte ihr helfen können. »Vergib mir, vergib mir.«

Sie kniete vor Josephines Grab und legte einen Strauß Feldblumen nieder. Ein milder Sommerwind wehte durch ihr Haar. Noch stand das Land in voller Blüte. Da gab es ein sonniges

Gelb neben einem kräftigen Purpur; das zarte Rosa von Zuckerwatte lugte zwischen leuchtendem Polarweiß hervor. Isabelle erkannte kleine Morgentauperlen auf den Blütenblättern. Daraufhin wanderte ihr Blick zu einem Kreuz, das etwas abseits von den anderen Grabstätten stand.

Es war Coleens Grab. Die Inschrift war bereits so verblichen, dass sie kaum noch zu erkennen war. Die Stelle war wohl stark der Witterung ausgesetzt. Man kannte nicht einmal ihren Nachnamen, da sie ihn der Familie nie mitgeteilt hatte. Ebenso wenig wie das Geburtsdatum. Nur ihr Todestag war gewiss und dieser jährte sich im kommenden Jahr zum zehnten Mal. Lange hielt es Isabelle nicht aus, Gedanken über das tote Dienstmädchen zu hegen. Für ihren Selbstmord wollte, konnte sie sich nicht verantworten.

Nur Josephines Ableben nagte weiterhin – nach so vielen Jahren noch – an ihrem Gewissen. Wirklich verstörend war, dass Isabelle ständig an Johns Mutter denken musste. Josephine war wie ein Phantom, von dem sie sich beobachtet und belagert fühlte. Das jeden ihrer Schritte begleitete.

»Vergib mir, vergib mir.«

Keine Antwort auf ihr Flehen.

Wenig später wanderte Isabelle den Hügel wieder hinunter, durchquerte die ersten Baumreihen der Plantage, als ihr ein tiefroter Apfel auf den Kopf plumpste und vor ihr ins Gras kullerte. Sie rieb sich die schmerzende Stelle oberhalb ihres Haaransatzes. Das würde eine dicke Beule geben, ärgerte sie sich. Die Apfelbäume trugen zahlreiche reife Früchte. In den nächsten Tagen begann die alljährliche Ernte, die den gesamten September über andauerte. Seit einem Jahrzehnt hatte es keine einzige Missernte gegeben. Die Morgan's Company stand besser da denn je, was Isabelle nicht wunderte, denn John verbrachte mittlerweile seine ganze Zeit in der Kelterei. Wenn sie auf die tiefen Schatten unter seinen Augen schaute, wurde ihr deutlich, wie überarbeitet er war. Manchmal tat er ihr sogar leid, weil er wirklich alles opferte, damit es der Familie an nichts fehlte. Vor allem aber, da er sich Isabelles Liebe wünschte, die sie ihm nach wie vor verwehrte. Sie konnte nicht. So sehr sie es auch versuchte – und das hatte sie wirklich getan –, jede Zelle ihres Körpers sträubte sich dagegen. Sie konnte ihn nicht lieben.

Nach wie vor träumte sie von Dickie. Es ließ sich nicht abschalten, obwohl dieser Schuft seit sechs Jahren im Gefängnis hockte. Ein bisschen schämte sie sich über den Gedanken, dass er dort keine andere Frau lieben konnte, was sie durchatmen ließ. Sie hoffte, dass er in der Einsamkeit des Knastes ins Grübeln geriet. Hätte er damals sein Versprechen gehalten und Isabelle von John befreit, wäre alles anders gekommen. Ganz bestimmt. Oft stellte sie sich das Leben vor, das sie jetzt gemeinsam führen würden. Isabelle hätte ihn gebeten, mit ihr nach Wien zurückzukehren. Beide würden in dem Haus ihres Vaters in der Plankengasse leben, wären längst verheiratet und hätten sich jede Nacht geliebt. Sicherlich wäre er ein erfolgreicher Mann geworden, der ihr die perfektesten Kinder geschenkt hätte.

Würde sie jemals aufhören zu bedauern, dass Elizabeth nicht seine Tochter war, sondern Johns?

Selbst nach so vielen Jahren hatte sie noch Dickies Duft in der Nase, erinnerte sich an die Sanftheit seiner Küsse auf ihrer Haut. Doch allmählich verblasste die Erinnerung an diesen Geruch, an seine Küsse. Jeden Tag ein bisschen mehr.

Sie hatte schon häufiger darüber nachgedacht, ihn im Gefängnis von Walla Walla zu besuchen, um ihn zur Rede zu stellen. Weshalb er sein Versprechen gebrochen hatte und ob er sie tatsächlich nie geliebt hatte. Doch was würde es ihr bringen? Für ihr Leben würde sich nichts ändern, nur würde die Erkenntnis eintreten, all die Jahre an Dickie verschleudert zu haben.

Ein Kinderlachen, wobei es eher einem Quietschen glich, riss sie aus ihren trüben Gedanken. Sie schaute sich um. Zunächst konnte sie niemanden ausmachen, glaubte, es sei eine Einbildung gewesen, aber danach sah sie zwischen den Baumkronen einen kleinen Körper baumeln. Es war Elizabeth, die am Ast eines hohen Apfelbaumes hing und sich mit nur einer Hand daran festhielt und wie ein Äffchen herumschwang. Isabelle stockte der Atem. Aufgebracht rannte sie zu dem Baum und stellte sich unter ihre Tochter.

»Bist du lebensmüde? Komm da sofort runter!«, herrschte sie Elizabeth an. Das Mädchen grinste nur, zog den kleinen Körper näher an den Ast heran und schlug die Beine um das Gehölz. Daraufhin ließ sie ihre Hände los und baumelte jetzt kopfüber am Ast hinunter. Die langen goldenen Locken wehten im rhythmischen Schaukeln.

Isabelle wurde von panischem Schrecken gepackt und malte sich bereits das schlimmste Szenario aus. In ihren Gedanken sah sie das Mädchen auf den Boden krachen und sich das Genick brechen. Unruhig, fast panisch streckte sie unter Elizabeth die Arme aus, um sie im Notfall aufzufangen. Doch die Kleine ließ sich nicht beeindrucken.

In ihrer Furcht sprang Isabelle in die Höhe, um nach der Hand ihrer Tochter zu greifen. Beim zweiten Versuch gelang es ihr und sie riss Elizabeth vom Ast, dabei versuchte sie, das Kind aufzufangen, packte es aber nicht im richtigen Moment. Hart schlug Elizabeth auf dem Gras auf und bewegte sich nicht mehr. Isabelle schrie vor Entsetzen und beugte sich über den reglosen Körper. Sie rüttelte die kleine Gestalt, bis sie ein leises Wimmern hörte.

»Liz, bitte sag doch was. Hast du dir weggetan?«

Elizabeth schüttelte benommen den Kopf. Ihre kleinen Lippen bebten, wollten wahrscheinlich losbrüllen, was sie aber offenbar unterdrückte. Isabelles ganzer Körper zitterte. Noch nie im Leben hatte sie einen solchen Schrecken, eine solche Angst verspürt. Sie legte ihre Hände auf die glühenden Wangen ihrer Tochter und küsste weinend ihre Stirn.

»Es tut mir leid. Ich wollte dir nicht wehtun, aber du hast mir eine solche Panik eingejagt.«

Plötzlich spürte Isabelle die Hände des Mädchens, die sich gegen ihren Brustkorb pressten und sie mit einer unfassbaren Kraft wegschubsten. Mit einem Satz flog sie zurück und fing sich mit den Unterarmen auf dem Gras auf. Elizabeth stand auf und starrte sie wie einen Feind an. In ihrem Blick lag eine eigentümliche Verstörtheit.

»Ich hasse dich!«, brüllte Elizabeth, während die Tränen an ihren Wangen hinunterflossen. Isabelle konnte ihre Worte nicht fassen, setzte sich wieder auf und hielt sie an den Händen.

»Ich bin deine Mom. Wie kannst du nur so etwas Grausames sagen?« Elizabeth riss sich unbarmherzig von ihr los.

»Nein, du bist nicht meine Mom. Du hast mich gar nicht lieb. Du magst nur James.«

Das Mädchen ließ den Kopf hängen und weitere dicke Tränen fielen auf das Gras. Isabelle wollte noch einen Versuch starten, ihr sagen, dass sie sich irrte, aber Elizabeth drehte sich um und rannte davon.

Ernüchtert blieb Isabelle zurück. Sie wollte weinen, ihr Herz von dem Kummer entlasten, aber in ihrem Brustkorb staute sich die Luft, sodass sie fürchtete, daran zu zerplatzen. Sie presste sich die Hand gegen den Mund und unterdrückte damit ihren verzweifelten Aufschrei.

Als sie damals aus dem Sanatorium zurückgekehrt war, wollte sie für dieses kleine Mädchen die Mutter werden, die es verdient hatte. Stattdessen war alles anders gekommen. Elizabeth duldete Isabelle nicht in ihrer Nähe und bis heute hatte sich nichts daran geändert. Mittlerweile beruhte diese Abneigung auf Gegenseitigkeit, auch wenn Isabelle dagegen ankämpfte. Leider hatte ihre Tochter nicht unrecht, was ihre Liebe zu James anbelangte. Er war Isabelles Anker, an dem sie sich seit seiner Ankunft festgehalten hatte, weil dieser Junge nun einmal dem Mann beängstigend ähnlich war, den sie einst so sehr geliebt hatte. Es immer noch tat. Für sie war James wie ein Geschenk des Himmels, weil damit wenigstens ein Teil von Dickie bei ihr war. Deshalb bevorzugte sie den Jungen, schenkte ihm ihre Aufmerksamkeit, förderte ihn in seinem Talent und erfreute sich an jeder Unterhaltung, die er mit ihr führte. Darüber vergaß sie ihr Vorhaben, ihrer eigenen Tochter eine gute Mutter zu sein.

Aber auch Elizabeth buhlte um James' Zuneigung, die dieser ihr keinesfalls verweigerte. Das enge Vertrauensverhältnis zwischen den beiden Kindern gefiel Isabelle überhaupt nicht. Sie wusste nicht einmal genau, weshalb das so war. Irgendetwas tief in ihrem Inneren beunruhigte sie, wann immer sie die zwei beobachtete. Elizabeth war James gegenüber äußerst redselig, erzählte ihm alles, was ihr gerade durch den Kopf schoss. Wenn er ihr zuhörte, erkannte Isabelle eine Zärtlichkeit in seinem Blick, die bestimmt brüderlicher Natur war, aber dennoch seltsam wirkte. Im letzten Monat war er zwölf geworden, stand kurz vor der Pubertät. Manchmal überlegte Isabelle, wohin diese Geschwisterliebe eines Tages führen sollte. James hatte die guten Eigenschaften, also die Klugheit und das Charisma seines attraktiven Vaters geerbt, doch was, wenn er auch die schlechten in sich trug. Den Egoismus und den ewigen Drang nach Erfolg – ohne Rücksicht auf Verluste? Der Junge war in seinem Klavierspiel bereits jetzt so ehrgeizig, dass John es ihm am liebsten verboten hätte, damit James sich mehr auf Morgan's Hall konzentrierte.

Isabelle war sich sicher, dass sich ihr Ehemann an James die Zähne ausbeißen würde. Sie glaubte nicht daran, dass er der langersehnte Erbe sein würde, wie John sich das in seinen Träumen erhofft hatte.

Aus der Ferne hörte sie das Hupen von Johns Rolls-Royce. Ein leichter Wind kam auf, frisch und kühl. Isabelle beschloss, zum Haus zurückzukehren. Sie wanderte an den Apfelbäumen entlang, trat dann über den niedrigen Zaun rund um den Vorgarten und wartete auf seinen Wagen, der soeben über den Kiesweg zur Garage steuerte.

Gut gelaunt stieg er aus, umarmte und küsste sie innig zur Begrüßung. Als hätte es niemals eine Vergangenheit zwischen ihnen gegeben. Sie hatte diesen Kuss unüberlegt erwidert, da sie von Elizabeths Hass-Attacke noch ziemlich erschüttert war. Auf einen weiteren Disput mit John hatte sie nun wirklich keine Lust.

»Wo warst du den ganzen Morgen über?«, fragte sie. John atmete erleichtert aus.

»In North Bend bei Paul Mitchell, unserem Anwalt.« Isabelle runzelte die Stirn.

»Anwalt? Warum?« John lief um den Wagen herum, tänzelte dabei vor Freude und öffnete die Beifahrertür. Aus dem Handschuhfach kramte er einen Brief heraus und wedelte damit freudestrahlend in der Luft. Gespannt wartete sie auf seine Erläuterung.

»Wir haben es endlich geschafft, Liebling. Nach so vielen Jahren.«

Er trat auf sie zu, stand ganz dicht vor ihr und sah sie mit liebevollem Blick an. Er hatte seine Hände samt dem Brief um ihren Nacken geschlungen, um sie zu küssen. Kurz erwiderte sie den Kuss, riss ihm daraufhin aber neugierig das Schreiben aus der Hand. Sie öffnete den Umschlag sofort.

Es war die Zusage zu James' Adoptionsantrag.

Was war das ein Auf und Ab.

Zuerst musste Dickie einwilligen, dabei ließ er sich Zeit, es fiel ihm sichtlich schwer, dem zuzustimmen, obwohl er wusste, dass es das Beste für James war. John hatte ihn schließlich in einem ausführlichen Schreiben – Besuche lehnte Dickie noch immer ab – überreden können, dass es für James schlicht und ergreifend die beste Chance auf ein gutes Leben war. Ohnehin fühlte sich der Junge wie in einer Schwebe zwischen dem verlorenen Vater und seiner neuen Familie. Das hatte er zumindest oft gesagt.

Zwei Mal hatte die Adoptionsbehörde Dickies schriftliche Einwilligung verschlampt. Darauf folgten beharrliche Besuche einer stockkonservativen Dame mit strengem Dutt, die sich von

James' Wohlergehen selbst überzeugen wollte. Nachdem das Weibsbild John in Verdacht hatte, den Jungen nur als persönlichen Landarbeiter und Dienstsklaven zu halten, war John ausgerastet und hatte sie fuchsteufelswild vom Gut gejagt. Diese unüberlegt hitzige Reaktion hatte zur Folge gehabt, dass sich die Bewilligung weiter hinauszog.

So waren fünf Jahre ins Land gegangen, die von Kummer, Bangen und Sorge gezeichnet waren. Endlich war dieser Spuk vorüber.

Isabelles Augen glänzten, als sie die Zeilen las. Aber etwas, worüber sie vorher nicht nachgedacht hatte, störte sie jetzt. James musste fortan den Nachnamen Cooper gegen Morgan eintauschen, was sie äußerst bedrückte. Es war, als hätte der Junge seine wahre Identität aufgeben müssen. Sie selbst kannte dieses Einbüßen nur zu gut. Irgendwie ging nun auch ein Stück von Dickie verloren.

»Das ist großartig, John«, sagte sie nett, wenn auch mit etwas Wehmut in der Stimme.

»Ich kann es kaum erwarten, es James zu sagen. Wo ist der Junge?«

»Er und Tristan sind nach dem Frühstück zu dieser Höhle, du weißt schon, die unten am Strand, von der sie immer noch glauben, wir wüssten nichts davon. Vielleicht warten wir bis zum Abendessen.«

»Mr Morgan!«, schallte es aufgeregt von Suzie zu ihnen herüber, die auf die Veranda gestürmt war und sich entsetzt das Ende ihrer langen Schürze vor den Mund hielt. »Kommen Sie schnell.«

»Aber was ist denn los, Suzie?«

»Sie ist völlig verrückt geworden.« Beunruhigt eilten John und Isabelle die Stufen hinauf.

»Wer?«

»Ihre Tochter, Sir. Ich hörte plötzlich lauten Krach. Dann sah ich sie im Salon. Die ganze Zeit schlägt sie mit einem Stück Holz auf das Klavier ein. Sie ist wie von Sinnen.«

»Was?«, stieß John entgeistert aus und stürmte ins Haus.

Isabelle konnte ebenfalls kaum glauben, was Suzie da erzählte. Elizabeth war nie aggressiv oder zerstörerisch gewesen, auch wenn sie sich oft verletzt fühlte. Aber nun stand das zierliche Mädchen tatsächlich vor der Tastatur und schlug heulend mit einem Holzscheit darauf ein.

John eilte auf sie zu und riss sie von dem Klavier weg. Dabei stolperte das Kind und stürzte zu Boden. Dort blieb sie liegen und schluchzte, war außer sich vor Atem. Einige der Tasten waren bereits zerstört, von den harten Schlägen eingedrückt, und an manchen fehlte schon eine Ecke.

»Sag mal, was fällt dir ein?«, brüllte er. »Hast du eine Ahnung, wie teuer so ein Klavier ist? Warum hast das getan?«

Isabelle glitt behutsam mit den Fingern über die zerstörte Klaviatur.

»Ich will nicht, dass James immer darauf spielt und übt. Er hat gar keine Zeit mehr für mich!«, jammerte Elizabeth.

Große Wut stieg in Isabelle auf und sie hätte ihr am liebsten eine Tracht Prügel verabreicht. Diese undankbare Aufgabe übernahm jetzt John. Unbarmherzig zog er seine Tochter am Arm hoch, beugte sie übers Knie und schlug ihr mehrmals auf den Hintern. Vor Schmerzen schrie das kleine Mädchen auf und weinte bitterlich.

»John, das reicht!«, ermahnte ihn seine Frau und er ließ von ihr ab.

»Los, verschwinde in dein Zimmer. Du hast Hausarrest, bis du volljährig bist.«

Mit hängenden Schultern stand Elizabeth vor ihrem Vater, hatte eine Rotznase und einzelne Haarsträhnen klebten an ihren verheulten Wangen.

»Entschuldigung«, flüsterte sie. Isabelle tat das Mädchen plötzlich leid.

Aber es musste etwas mit dem Kind geschehen. So konnte es nicht weitergehen.

**

Die Stimmung beim Abendessen war gedrückt. James hatte sich vor Wut in seinem Zimmer eingeschlossen, als er von dem zerstörten Klavier erfuhr. So hatte John sich die Verkündung seiner guten Nachrichten nicht vorgestellt. Gott sei Dank hatte sich der Junge schnell wieder beruhigt, als John ihm versprach, ein neues Klavier zu kaufen, da das alte nicht mehr zu reparieren war.

Jetzt saßen alle an der langen Tafel im Speisezimmer und dennoch lag eine nicht zu greifende Spannung in der Luft. Nicht nur er, Isabelle, Violett und die drei Kinder, kamen zum Essen zusammen, sondern auch die Bediensteten Phil, Suzie und Ruth.

Trotz der getrübten Stimmung sah John in die Gesichter der am Tisch Versammelten und lächelte, obwohl der Tag so furchtbar verlaufen war.

Aber davon abgesehen war nicht zu übersehen, dass James und Tristan einen enormen Schuss gemacht hatten. Beide Jungs standen kurz vor der Pubertät und waren schon jetzt fast so groß wie er selbst. John war heilfroh, dass sich die Knaben gut verstanden, obwohl sie unterschiedlicher nicht hätten sein können.

Tristan war, wie eh und je, ein Rotzlöffel, gleich seinem Vater. John verdrehte oft die Augen, wenn sein Neffe mit permanenter Bauernschläue glänzte. Nichtsdestotrotz war er ein herzensguter Bursche, auch wenn er Andrew, vor allem äußerlich, immer ähnlicher wurde. Hellblond schimmerndes Haar, breites Kreuz sowie dieselben goldbraunen Augen. Er würde sicherlich keine schlechte Partie abgeben für die Frauenwelt, sobald er älter war, selbst wenn er ruhig mit mehr Gehirnzellen hätte bestückt sein können.

James hingegen war umgänglich, zurückhaltend und vom lieben Gott mit einer ordentlichen Portion Klugheit gesegnet. Er hatte Dickies Charisma geerbt, ohne Zweifel. Ständig lungerten die Mädchen aus seiner Schulklasse am Zaun zum Anwesen, um auch nach Schulschluss einen Blick auf ihn zu erhaschen. Bereits jetzt zeichnete sich ab, dass er einmal ein attraktiver Mann werden würde. Welliges braunes Haar, ozeanblaue Augen, die einen so intensiv anblicken konnten, dass es einem fast den Atem verschlug. James hatte etwas Erhabenes, irgendwie aber auch Unantastbares an und in sich. Genau wie sein Vater. Woher diese Noblesse stammte? John konnte sich es bis heute nicht erklären. Das hatte er sich damals schon oft bei Dickie gefragt.

Elizabeth saß stumm auf ihrem Platz, hatte bislang keinen Mucks von sich gegeben. John hasste sich dafür, dass er sie heute mit Prügel hatte bestrafen müssen. Aber was war nur in sie gefahren? Sonst war sie liebreizend, eben seine kleine Prinzessin. Wobei sie sich mittlerweile eher zu einem Wirbelwind entwickelt hatte. Heute gar zu einer Furie. Ständig waren ihre goldblonden Haare zerzaust, die Fingernägel hatten Trauerränder, da sie in jedem Matschloch buddelte und keine Pfütze ausließ, um hineinzuspringen. Wie ein Junge, was ganz und gar nicht zu ihrem hübschen, zarten Puppengesicht passen wollte. Im kommenden Monat wurde sie schon neun und die Jahre der geflochtenen Zöpfe waren bald vorbei. Spätestens dann musste sie lernen, sich wie eine Dame zu benehmen.

John graute es vor ihrem Erwachsenwerden. Der Gedanke, dass sein kleiner Schatz eines Tages mit einem Verlobten vor der Tür stehen würde, bereitete ihm schon jetzt Unbehagen. Er liebte sie einfach zu sehr und wollte sie niemals loslassen, geschweige denn teilen. Auch wenn er heute andere Saiten hatte aufziehen müssen.

»Elizabeth, wie siehst du denn schon wieder aus?«, fragte Violett und schüttelte den Kopf. »Dein Haar ist ja ganz verfilzt, deine Zöpfe lose und verdreckt. Du siehst aus wie eine Vagabundin.«

Tristan, der Elizabeth gegenübersaß, konnte sich ein Grinsen nicht verkneifen.

»Da hast du dir ja heute was geleistet, Liz. Hab gehört, du hast Hausarrest. Geschieht dir ganz recht.« Verstohlen, wie John bemerkte, lugte das Mädchen zu James, der auf dem Stuhl neben ihr saß und sie ignorierte, was er bisher noch nie getan hatte.

»Es reicht jetzt, Tristan«, tadelte John seinen Neffen. »Du solltest dich bedeckt halten. Kommst jetzt zum zweiten Mal in die sechste Klasse. Ein paar Wochen hier im Haus würden auch dir nicht schaden, um mal einen Blick in deine Schulbücher zu werfen.«

»Ja, Onkel John«, knickte Tristan zerknirscht ein. John erhob sich von seinem Stuhl, verwundert sahen alle zu ihm auf, und wieder blickte er jeden nacheinander an.

»Ich weiß, ich hatte in den letzten Monaten wenig Zeit für euch. Das bedaure ich sehr. Aber heute ist ein ganz besonderer Abend. Diesen möchte ich mit euch feiern. Phil hat uns den besten Wein aus dem Keller geholt. Für die Kinder gibt es gleich Suzies leckeren Blaubeerkuchen. James' Adoptionsantrag wurde endlich bewilligt. Ich freue mich, bekannt geben zu dürfen, dass du, lieber James, nun offiziell ein Teil dieser Familie bist.«

Ausgelassen klatschte Violett in die Hände.

»Das ist ja wunderbar, John.«

John zog am Ärmel von James' Pullover, der bislang offenbar noch nicht so recht begriffen hatte, was geschehen war.

»Na los, mein Junge, steh mal kurz auf.« Irritiert leistete der Bub der Aufforderung Folge und sah zu seinem Ziehvater auf. »Darf ich vorstellen? James Morgan. Das zukünftige Oberhaupt von Morgan's Hall.« John klang enthusiastisch wie nie zuvor. Violett, die jederzeit für diese Adoption einstand, ließ verwundert die Hände in den Schoß fallen. Isabelle nippte betreten an ihrem Weinglas. Nur Elizabeth zeigte endlich wieder ihr Strahlen, wie auch Suzie, Ruth und Phil.

»Was ist denn mit Tristan?«, fragte Violett mit einer tiefen Erschütterung.

»Ja, was ist mit mir?«, stieß ihr Sohn aus, wusste sicherlich nicht einmal, was seine Mutter mit ihrer Frage meinte. John schluckte, sah sich den Knaben noch einmal genauer an, sah Andrew, den er so furchtbar gehasst hatte.

»Vio, Tristan ist ein netter Junge, aber ich denke nicht, dass er in der Lage ist, unser Unternehmen zu führen.« Violett erhob sich von ihrem Stuhl und sah ihren Bruder mit finsteren, bitterenttäuschten Augen an.

»Das ist eine Frechheit, John. Tristan ist ein Morgan – so, wie du und ich.«

»Nein«, erwiderte er jähzornig. »Er ist ein Larson. Auch wenn du es nicht wahrhaben willst, ist es meine Entscheidung, wen ich als meinen Nachfolger einsetze.«

»James will Musiker werden!«, schrie sie. »Er hat doch überhaupt kein Interesse daran, dein Land zu übernehmen.« John setzte sich wieder auf seinen Stuhl, er hatte keine Lust, sich weiter erklären zu müssen, sah jetzt ernst zu ihr. Einen Moment wirkte es, als würde Violett über irgendetwas nachgrübeln, daraufhin lächelte sie jedoch verkrampft.

»Es ist wegen Dickie nicht wahr, John?«

»Ich habe keine Ahnung, was du meinst.«

»Du willst dein schlechtes Gewissen reinwaschen, weil du deinem besten Freund damals die Möglichkeit genommen hast, in unser Unternehmen einzusteigen.« Ihre Wangen glühten und sie blickte wütend zu Isabelle. »Weil du dich für sie entschieden hast, was dir in deinem Leben nichts gebracht hat, denn du hast dafür deine Seele verkauft. Und jetzt machst du es schon wieder. Verrätst dein eigen Fleisch und Blut! Glaubst du, nur weil du Dickies Sohn jetzt dieses Leben ermöglichst, ist deine Weste wieder weiß? Oh, John, du bist ein richtiger ...«

John schoss wieder in die Höhe, ließ sie nicht ausreden.

»Es reicht, Violett! Nichts steht dir zu. Wenn du meine Entscheidung nicht akzeptierst, dann pack deinen nichtsnutzigen Sohn und verschwinde!«

»Ich habe dasselbe Recht, hier zu leben, wie auch du«, wimmerte sie, setzte sich jetzt aber wieder auf ihren Stuhl.

John zügelte sich. Auch wenn er es gesagt hatte, hatte er es nicht so gemeint. Nie würde er zulassen, dass Violett Morgan's Hall verließ. Wohin sollte sie auch gehen?

»Darf ich jetzt meinen Toast zu Ende bringen?«, fragte John in die Runde und niemand widersprach. Dabei fiel ihm auf, wie still seine Frau war, als wäre sie gar nicht anwesend. Aber seine Isabelle hatte schließlich immerfort irgendetwas, was sie mehr beschäftigte als das gemeinsame Leben hier. Er wandte sich wieder James zu und presste ein wohlwollendes Lächeln heraus. »James, ich weiß, dass es nicht einfach für dich war, nachdem dein Vater dich zu uns gebracht hatte. Aber wir wissen, wie wohl du dich mittlerweile bei uns fühlst. Ich bin stolz, dass du nun auch wirklich zu dieser Familie gehörst. Ich werde nicht jünger, aber mich beruhigt, dass die Zukunft von Morgan's Hall mit dir gesichert ist.« Versöhnlich blickte er zu seiner Schwester. »Ich bin voller Zuversicht, dass James und auch Tristan unser Land im Sinne meines Vaters weiterführen werden. Also, ihr Lieben, erhebt mit mir euer Glas. Stoßen wir auf das sichere Fortbestehen unseres geliebten Zuhauses an.«

Alle erhoben das Glas. »Micante!«

Nach dem Abendessen fand John seinen Ziehsohn im Salon, der deprimiert auf sein zerstörtes Klavier starrte.

»Phil fährt morgen nach Seattle. Dann wird er ein neues Piano für dich bestellen.« James nickte, aber er wirkte auf John trotzdem untröstlich. »Ist sonst alles in Ordnung, Junge?«

»Ja, John«, nickte er wieder, noch immer traurig. John legte die Hand auf seine Schulter.

»Du denkst an deinen Vater, nicht wahr?« James sah ihn niedergeschlagen an und atmete schwer durch. »Wir hatten doch darüber gesprochen, James. Dickie wird immer dein Vater bleiben. Niemand will ihn ersetzen. Freust du dich denn gar nicht, dass du jetzt richtige Eltern und sogar eine Schwester hast? Wir haben dich fraglos wie unser eigenes Kind behandelt. Ja, selbst Isabelle ist dir weitaus mehr eine Mutter als für Elizabeth. Das heißt schon was. Wir haben dich wirklich sehr lieb.«

James' Gesicht erhellte sich.

»Ich weiß. Manchmal muss ich aber an Vater denken.«

John gab dem Jungen einen sanften Stupser.

»Das sollst du ja auch.«

James legte seine Hand auf den Klavierschutz.

»Kann ich denn immer noch Pianist werden, wenn ich hier auf Morgan's Hall bleibe und das Unternehmen führen muss?«, fragte er unbedarft.

»Das werden wir dann sehen, Junge. Unseren Familienbesitz zu führen, ist kein Muss, sondern ein Privileg.«

Natürlich kann der Junge kein Pianist werden und durch die Weltgeschichte tingeln, dachte John. Wie sollte das gehen? Aber er war sich sicher, dass der Junge eines Tages die Musik als Hobby betrachten würde. Pianist? So ein Unsinn.

Das waren die Wunschträume eines Zwölfjährigen, der von seinem Klavierlehrer die märchenhaftesten Flausen in den Kopf gesetzt bekam. John wollte ihm das Spielen sicherlich nicht verwehren, aber auch in naher Zukunft nicht länger lancieren.

Phil hatte es gesagt: Das Land hat auf James gewartet.

***

Am späten Abend saß Isabelle an ihrem Frisiertisch, warf nacheinander zwei Tabletten ein und spülte sie mit einem Glas Wasser hinunter. Eine gegen ihre Angstzustände, die Doktor Torrance weiterhin empfahl, die andere war eine Schlaftablette. Ohne Letztere würde sie die ganze Nacht mit weit aufgerissenen Augen die Decke anstarren. Sie schüttelte den rechten Arm, der wie so oft kribbelte, als würde er einschlafen. Zum Glück die einzige Nebenwirkung der damaligen Elektroschocks. Wenn die eigenartige Lähmungserscheinung eintrat, spürte Isabelle sofort das Mundstück, das man ihr vor den Schocks eingesetzt hatte, damit sie sich nicht die Zunge abbiss.

Hat die Therapie wirklich geholfen?, fragte sie sich, als sie ihr zunehmend älter werdendes Gesicht im Spiegel betrachtete.

Das Flüstern war verstummt, aber glücklicher war sie nicht geworden. Eher hatte sich eine Akzeptanz eingeschlichen, ihr Dasein nicht ändern zu können.

Der heutige Tag war anstrengend gewesen. Sehr sogar. Die beiden Vorkommnisse mit ihrer Tochter bereiteten ihr Sorge. Wieder ertappte sie sich bei dem furchtbaren Gedanken, dass es vielleicht besser gewesen wäre, wenn Coleens Vergiftung erfolgreich gewesen wäre. Sofort schlug sich Isabelle diesen Gedanken aus dem Kopf. Nein, dieses Mädchen wollte leben, war eine Kämpferin. Dennoch offenbarten sich mehr und mehr

Anzeichen dafür, dass Elizabeth tiefe Wunden in sich trug. Isabelle wusste, dass sie an diesen die Schuld trug.

John klopfte an ihre Zimmertür. Das tat er jeden Abend, bevor er selbst zu Bett ging, da er es sich nicht nehmen ließ, ihr eine gute Nacht zu wünschen. Ab und an entstand auch ein Gespräch zwischen den beiden, allerdings war dies von ihren Launen abhängig.

»Darf ich?«, fragte er zögerlich und zeigte auf die niedrige Sitzbank vor ihrem Bett.

Sie nickte.

»Ich habe ohnehin mit dir zu reden«, erklärte sie und cremte jetzt ihr Gesicht ein. Durch den Spiegel hielt sie Blickkontakt zu John. »Wir müssen uns über Elizabeth unterhalten«, sagte sie.

»Ja, das habe ich mir gedacht. Ich verstehe auch nicht, was heute in sie gefahren ist.«

Sie drehte sich auf dem Hocker zu ihm um.

»Das geht so nicht weiter. Egal, was ich tue, ich komme nicht an sie heran. Sie und ich sind wie Feuer und Wasser. Wie falsch gepolte Magnete, die sich gegenseitig abstoßen. Darüber hinaus verwildert sie immer mehr. Heute hing sie in einem der Apfelbäume und hätte sich fast das Genick gebrochen. Mit aller Macht versucht sie, James von seiner Musik abzulenken. Ja, ich weiß, dass Elizabeth sehr an ihm hängt, aber so etwas können wir doch nicht weiter dulden. Dieses Mädchen ist völlig unerzogen, hat nur Unfug im Kopf. Erst letztens hat sie hier an meinem Frisiertisch gesessen und mit der Schminke ihre Puppen bemalt. Ständig gibt sie Widerworte und hört nicht auf das, was ich ihr sage. Das muss sich ändern, John! Dieses Kind braucht eine strengere Hand, sonst verlottert sie mehr und mehr. Ganz davon abgesehen, dass sie James nicht guttut.«

Er zog den rechten Mundwinkel zur Seite.

»Sie ist eben noch ein Kind, Isabelle.« Er stützte seine Ellbogen auf den Knien ab. »Dass Liz so ist, kann man ihr wohl kaum verübeln. Und ich finde es sehr interessant, dass du die Bedürfnisse von James über die deiner eigenen Tochter stellst.«

Sie stand auf und legte ihre Hände in die Taille.

»So ist es nicht. Du weißt ganz genau, dass Elizabeth und ich nie eine Bindung zueinander aufgebaut haben. Ich …«

»Ja, und wer ist daran schuld?«, grätschte er dazwischen. »Isabelle, worauf willst du hinaus? Was sollen wir deiner Meinung nach tun? Liz wegschicken?«, fragte er mit ironischem Unterton.

»Ja, John. Sie muss fort.« Er lachte spöttisch auf und Isabelle fühlte sich nicht ernst genommen. »In der vergangenen Woche war ich in der Stadt. Doktor Horne hat mir meine Medikamente verschrieben.«

»Und?«

»Er hat mir erzählt, dass seine Tochter Meghan auf einem katholischen Mädcheninternat ist. In Westhaven oder so ähnlich. Das ist irgendwo unten an der Küste. Er war sehr angetan von dem Internat. Angeblich war Meghan genau wie Elizabeth. Seitdem das Mädchen dieses Internat besucht, ist sie viel erträglicher geworden. Es würde unserer Tochter sicher auch guttun, John. Du willst ihr doch nicht aufgrund ihres mangelnden Benehmens ihre Zukunftschancen verbauen.«

Er baute sich erbost auf, als er endlich ihre Ernsthaftigkeit begriff.

»Das kommt gar nicht infrage. Sag mal, bist du nicht mehr ganz dicht, Isabelle? Doktor Horne sollte lieber deine Medikamentendosis überdenken. Wir schicken doch nicht unser einziges Kind ans Ende der Welt. Und schon gar nicht gebe ich sie in die Obhut von tiefgläubigen, verbohrten Nonnen. Wie kannst du nur glauben, dass ich dem zustimme?«

Sie hatte sich darauf eingestellt, dass der Vorschlag ihrem Mann nicht zusagen würde. Dennoch hatte sie den Entschluss bereits gefasst, Elizabeth wegzuschicken. Es musste sein, denn in ihr wohnte eine seltsame Furcht. Nicht nur, dass sie mit der Angst kämpfte, die Zerstörungswut ihrer Tochter würde weiter das Leben in Morgan's Hall belasten, sondern Isabelle befürchtete auch, miterleben zu müssen, wie sich das Mädchen in ihr eigenes Elend stürzte. Sie war sich sicher, dass aus Elizabeth eine ebenso unglückliche Frau werden würde, wie sie es war.

Und James war der Grund dafür.

Bereits jetzt machte sich die Kleine von ihm abhängig, versuchte alles, um seine Aufmerksamkeit zu erzwingen. Mit dem Klavier hatte es sich heute deutlich gezeigt. James würde sich eines Tages von ihr abwenden, wie es sein Vater mit Isabelle getan hatte. Das alles war wie eine Vorahnung, eine Vision. Noch konnte sie als Mutter dafür sorgen, die Kinder voneinander fernzuhalten, um einer Wiederholung ihres eigenen Schicksals einen Strich durch die Rechnung zu machen. Doch mit diesem Grund konnte sie John nicht umstimmen. Er hätte sie ausgelacht und ihre Befürchtungen als Hirngespinste abgestempelt. Also musste eine Drohung her, um ihn zu überzeugen.

»Entweder geht sie oder ich werde dich verlassen«, sagte sie mit fester Stimme.

Johns Gesicht wurde blass, wirkte plötzlich wie eingeschrumpft und ein tiefer Seufzer entrang sich seiner Kehle.

»Was verlangst du da von mir?« Eine Weile saß er stumm vor ihr, hielt die Augen gesenkt und schüttelte mehrmals leicht den Kopf.

»Ich wünschte, eine solche Erpressung wäre nicht nötig, wenn du nur ein einziges Mal auf eine meiner Bitten und Wünsche eingehen würdest.«

Er faltete die Hände im Schoß zusammen und presste verbittert die Lippen zusammen, um sich schließlich zu erheben und ihr in die Augen zu schauen.

»Ich habe in all den Jahren immer das getan, was du wolltest. Ich habe akzeptiert, dass du nicht das Bett mit mir teilst, Fehler eingeräumt und ständig versucht, diese wieder gutzumachen. Ich habe dir eine teure Therapie ermöglicht, in der Hoffnung, dass es dir eines Tages besser geht. Du hattest die Wahl, zu Dickie zurückzukehren, als er alleinstehend war, aber du bist geblieben, Isabelle. Du bist bei mir geblieben, obwohl ich nicht weiß, warum.« Er legte seine Hände um ihre Schultern. »Wenn ich zustimme, dass wir unser einziges Kind wegschicken, dann bekomme ich etwas dafür.«

Isabelle hob entgeistert den Kopf. John hatte mit Erpressung zurückgespielt. In seinen Augen stand ein harter Glanz. Er forderte jetzt und endgültig die Liebe seiner Ehefrau ein, die er vermeintlich verdiente.

»Für das Wohl unserer Tochter soll ich mich also an dich verkaufen?«

»Nein«, sagte er gefasst. »Ich will, dass du endlich alles versuchst, um mich zu lieben. Ich will eine Frau, die mit mir das Schlafzimmer teilt. Und zwar jede verdammte Nacht.«

***

Als John am nächsten Morgen erwachte, fuhr er erschrocken auf.

Sofort war ihm klar, dass er verschlafen hatte. Um diese Uhrzeit saß er üblicherweise längst an seinem Schreibtisch in der Kelterei. Die Sonne stand bereits hoch am Himmel, es musste mittlerweile später Vormittag sein. Isabelle lag nicht neben ihm und er ließ sich erschöpft in die Kissen zurückfallen. Die Bettlaken dufteten nach ihrem Parfum und er vergrub sein Gesicht in ihrem Kopfkissen.

Was für eine Nacht. Zum ersten Mal seit zehn Jahren hatten sie miteinander geschlafen. John konnte es nicht fassen, dass die Zeit der Enthaltsamkeit endlich vorbei war. Er stand auf und tänzelte verjüngt die Treppe hinunter. Violett kam soeben aus Suzies Küche und wischte sich die Hände an ihrer Schürze ab. Erstaunt sah sie zu ihrem Bruder auf, der ihr vergnügt zuzwinkerte.

»Warum bist du nicht in der Kelterei?«

»Ach, ich habe mir heute einen freien Tag gegönnt«, sagte er gut aufgelegt.

»Spar dir dein Grinsen, John. Ich habe gehört, dass sie dich in ihr Bett gelassen hat. Das ganze Haus konnte euch hören. Bist du verrückt geworden?«

Peinlich berührt schaute er sich um und seine Wangen färbten sich rot.

»Wo ist Isabelle?«

»Mit Phil in Seattle. Unser Geld aus dem Fenster werfen. Was sonst?«, antwortete Violett bitter und rümpfte die Nase. Sie schlenderte an ihm vorbei und marschierte nach oben. John beabsichtigte nicht, sich diesen Tag versauen zu lassen, und ließ ihren abfälligen Kommentar an sich abprallen. Sie sollte sich freuen, dass er endlich einmal glücklich war. Er wanderte auf die Veranda und atmete die frische Luft ein. Dabei klopfte er sich siegreich mit den Händen auf die Brust. Nichts sollte seine Laune heute trüben.

In der Ferne entdeckte er Elizabeth, die den Weg von Morgan's Hall hinuntertrödelte.

Auf ihrem Rücken trug sie ihren Schulranzen, der beinahe größer war als sie selbst. Sie würde Ewigkeiten für den Weg brauchen, da sie an jedem Strauch und an jeder Blume stehen lieb. John lehnte sich über das weiße Holzgeländer und beobachtete das Mädchen. Seine gute Laune hielt nicht stand und wurde von tristen Gedanken überschattet. Elizabeth musste den Preis für die Liebe seiner Frau bezahlen. Eine Liebe, die stärker war als die Vernunft – und plötzlich schämte er sich, dass er so schwach war. Wie zum Teufel sollte John seiner Tochter erklären, dass er sie wegschickte? Sie hatte Woodwall noch nie verlassen.

Isabelle und er hatten in der Nacht beschlossen, dem Mädchen vorerst nichts von ihrem Vorhaben zu erzählen. Auch nicht Violett, denn die hätte sich dagegen ausgesprochen, davon war John überzeugt. Sie würde nicht begreifen, weshalb er diese Entscheidung getroffen hatte, und ihm ständig in den Ohren liegen, um ihn umzustimmen. Das konnte er nicht zulassen. Sosehr er sein Kind auch liebte, er brauchte die Liebe seiner Frau, um sich wie ein echter Mann zu fühlen. Und das Internat würde seiner Tochter sicher nicht schaden, war nicht aus der Welt. Er würde sie in allen Ferien nach Hause holen. Vielleicht würde das Mädchen endlich Freundinnen finden.

Bislang waren immer nur die beiden Jungs, James und Tristan, an ihrer Seite.

***

An einem Nachmittag, eine Woche später, war Isabelle speiübel. Sie stand vor Elizabeths Kleiderschrank und entnahm daraus ein Jäckchen, das sie in einen Koffer legte, der vor ihren Füßen lag. Flüchtig sah sie zu ihrer Tochter, die auf ihrem Bett kniete und sie beim Packen beobachtete.

»Fahren wir weg?«, fragte das Mädchen mit großen Augen.

Isabelle hielt den Atem an und blieb ihrer Tochter eine Antwort schuldig. Bis heute hatte sie immerfort darüber nachgedacht, wie sie Elizabeth beibringen sollte, dass man sie wegschickte. Jetzt war der Moment gekommen. Isabelles Herz raste und der Gedanke an das furchtbare Theater, das gleich losbrechen würde, schnürte ihr die Kehle zu.

Gleich sage ich es dir. Gleich. Nur noch einen kurzen Moment.

Anschließend holte sie aus dem Kleiderschrank ein schwarzes Samtkleid mit weißem Kragen und legte es ihrer Tochter in den Schoß. »Bitte zieh das an! Ich möchte, dass du ordentlich aussiehst.«

Das Mädchen zog ihren üblichen Schmollmund – den legte sie ständig auf, wenn sie etwas ablehnte.

»Aber das kratzt am Hals.« Isabelle seufzte.

»Bitte, zieh es an.«

»Aber wohin fahren wir denn?«, fragte Elizabeth erneut und ihr Ton wurde ungeduldiger. »Kommt James auch mit? Und Tristan?«

Jetzt wird es unschön werden, dachte Isabelle. Das Mädchen wusste nicht, was auf es zukommen würde, konnte es nicht wissen. Ein wenig zitterten Isabelles Hände, als sie den Koffer verschloss. Sie setzte sich auf die Bettkante und sah Elizabeth an.

»Ich weiß, das wirst du jetzt nicht verstehen, Lizzy, aber du musst wissen, dass es das Beste für dich sein wird. Für uns alle.«

»Was denn?«, fragte die Kleine ungeduldig und Isabelle erkannte Sorge in Elizabeths Augen. Ein heftiger Schmerz des Bedauerns schoss wie ein Feuerblitz durch Isabelles Körper.

»Dein Vater wird dich gleich zu einem Internat fahren. Dort wirst du zur Schule gehen und mit vielen kleinen Mädchen in deinem Alter zusammen sein. Ich bin mir sicher, es wird dir dort gefallen.«

Endlich ist es raus.

Aber das machte es nicht besser und Isabelle wusste das. Als sie in Elizabeths Gesicht sah, trug das Kind einen seltsamen, klaren Blick, als hätte sie mit einer solchen Maßnahme schon immer gerechnet. Dann – von jetzt auf gleich – verdunkelten sich Elizabeths Augen.

»Nein«, schrie sie auf und ihre schrille Stimme war durch die Wände im ganzen Haus zu hören. Dicke Tränen liefen ihr über die zarten Wangen. »Ich will nicht weg. Bitte nicht.«

»Ich bin mir sicher, dir wird das Leben im Internat gefallen. Glaube mir, ich will dir damit nicht …«

Isabelle kam nicht mehr dazu, ihren Satz zu vollenden. Elizabeth sprang vom Bett und hetzte in Windeseile aus dem Zimmer. Die Mutter, griff nach dem Koffer und folgte ihr schnell.

Hastig stampfte Elizabeth die Treppe hinunter.

»Nun warte doch«, rief Isabelle ihr hinterher. Aufgebracht hastete das Mädchen in Johns Arbeitszimmer. Heulend schoss sie in seine Arme.

»Daddy, du schickst mich doch nicht fort, oder?«

Das tränenreiche Klagen durchbohrte Isabelles Herz. John drückte Lizzy fest an sich und bedachte seine Frau mit einem vorwurfsvollen Blick. Daraufhin schaute er auf das Köpfchen seiner Tochter hinab. Isabelle sah, wie ihre Tränen sein Hemd durchnässten. Ihr Gesicht glühte feuerrot und John streichelte über ihr Haar.

»Aber meine Kleine, das ist doch nicht für ewig. In den Ferien kommst du doch nach Hause.«

Energisch schüttelte sie den Kopf.

»Ich will nicht weg. Ich werde nie von hier weggehen.«

John trug das Kind in seinen Armen aus dem Arbeitszimmer und zwang sich an Isabelle vorbei, die wie versteinert im Türrahmen stand.

»Doch, mein Schatz.«

Er hatte es kaum ausgesprochen, da weinte sie wieder bitterlich los. Im selben Moment fegte James die Treppe hinunter.

»Was hast du, Liz?«, fragte er verwundert.

Als er am Fuß der Treppe stehen blieb, riss sich Elizabeth von ihrem Vater los und rannte zu James. Dabei klammerte sie sich wie ein Äffchen an ihm fest. Mit irritiertem Blick sah er zu ihr hinunter.

»Isabelle und Daddy schicken mich fort«, heulte sie und drückte sich noch energischer an ihn, als ob er die Macht besäße, dies zu verhindern.

Isabelle verzog den Mund, als sie sah, wie das Mädchen bei James Schutz suchte. Bitte, James, mach es ihr jetzt nicht noch schwerer. Auch Violett eilte aus der Küche, nachdem sie das gellende Kreischen ihrer Nichte vernommen hatte.

»Was zur Hölle ist hier los?«, fragte sie bestürzt.

»Elizabeth wird weggeschickt, Tante Vio. Unternimm doch was«, flehte der Junge, der jetzt offensichtlich begriff, dass es ernst war, als er den Koffer in Isabelles Hand entdeckte. In diesem Moment stiefelte auch Phil ins Foyer.

Er hatte den Wagen vorgefahren und überreichte nun John die Wagenschlüssel. Sorgenvoll blickte er in die aufgewühlten Gesichter. John hielt offenbar die Konfrontation mit seinem Kind nicht länger aus und verließ mit hängenden Schultern das Haus.

»Aber John, wo bringst du sie denn hin?«, rief Violett ihm nach. Ihre Stimme bebte. Er antwortete nicht und schlug die Haustür hinter sich zu.

»Nach Westhaven. Dort wird sie ein Mädcheninternat besuchen und endlich lernen, sich anständig und wie eine Dame zu benehmen. Das ist ja wohl im Sinne aller, nicht wahr, Violett? Sie soll doch einmal einen guten Ehemann finden«, sagte Isabelle mit erhobenem Haupt.

Einen Moment lang sahen sich die Frauen herausfordernd in die Augen.

»Du Miststück!«, fauchte Violett. Unvermittelt schlug sie Isabelle mit der flachen Hand ins Gesicht. Deren Kopf flog heftig zur Seite und sie taumelte.

Isabelle war so schockiert über Violetts Ohrfeige, dass es ihr für einen Moment den Atem verschlug. Das hatte sie nicht kommen sehen.

Daraufhin eilte Violett zu Elizabeth und schloss sie in die Arme.

Nachdem Isabelle registriert hatte, was soeben geschehen war, packte sie die blanke Wut. Das ließ sie sich nicht bieten. Nicht von Violett. Wie an einem Tau zerrte sie Elizabeth am Arm, aber das Mädchen krallte sich nur noch fester an ihre Tante.

James stand wie versteinert auf der Treppe.

»Sie darf nicht gehen!«, brüllte er mit Tränen der Wut in seinen Augen. Mit einem Satz sprang er die letzte Treppenstufe hinunter, steuerte auf Isabelle zu und schubste sie grantig zu Boden.

Hatte James das gerade wirklich getan? Seine brachiale Reaktion war ein weiterer Beweis für Isabelle, wie dringend es war, ihn und Elizabeth voneinander zu trennen. Rasch erhob sie sich, verlor mit einem Mal die Beherrschung und packte das Mädchen an den langen Zöpfen und zerrte es daran bis zur Haustür.

»Nimm sie, Phil. Bring sie in den Wagen!«, schrie sie und drückte ihm das Kind sowie den kleinen Koffer in die Arme. Er reagierte nicht. In seinem Gesicht erkannte sie Verachtung.

»Mrs Morgan«, mahnte er leise, »das sollten Sie nicht tun.«

Elizabeths Kreischen war herzerweichend, als hätte sie Todesangst.

»Nun mach schon, Phil«, forderte Isabelle und sah kurz in die traurigen Augen des Kindes, die leeren Glaskugeln glichen. Isabelle ertrug diesen Anblick nicht länger.

Elizabeth wehrte sich weiterhin mit Händen und Füßen, und Phil, der Koloss, hatte sichtlich Mühe, sie unter Kontrolle zu halten. Schließlich gelang es ihm, sie hinauszuschaffen und auf die Rücksitzbank von Johns Wagen zu setzen. Hastig verschloss er die Wagentür. Anschließend klopfte er an die Fensterscheibe der Fahrerseite. John kurbelte das Fenster hinunter. Elizabeths hemmungsloses Brüllen und Flehen schallte über das ganze Gut. Isabelle trat auf die Veranda und verharrte dort.

»John, bei allen guten Geistern, was machst du denn da?«, fragte Phil bestürzt.

John sah ihn nicht an, starrte nur über das Lenkrad hinweg ins Nirgendwo.

»Misch dich bitte nicht ein«, antwortete er und betätigte den Motor.

»Sie gehört hierher, John!«, rief Phil ihm nach, als der Wagen mit quietschenden Reifen davonbrauste. James rempelte an Isabelle vorbei und sprang über alle vier Stufen der Veranda. Prompt wurde er von Phil zurückgehalten.

»Junge, es hat keinen Sinn, dem Wagen hinterherzujagen.«

»Aber ich muss Liz helfen. Sie darf nicht gehen.« James versuchte, sich aus Phils festem Griff zu befreien, erkannte aber wohl, dass es tatsächlich aussichtslos war, denn Johns Wagen hatte Morgan's Hall bereits verlassen. »Phil«, sagte er untröstlich, »ich muss doch bei ihr sein.«

Phil drückte den Jungen an sich, sah in die Ferne.

»Ich weiß, kleiner Lancelot. Aber das Mädchen hat ein starkes Herz.«

Isabelles Schwindel verstärkte sich. Hätte sie sich nicht am weißen Geländer der Veranda festgekrallt, wäre sie auf dem Holzboden zusammengesunken. Sie spürte die aufsteigenden Tränen und drängte sie wieder zurück, weil Violett aus der Haustür trat. Isabelle wollte sich keine Schwäche, keine Trauer anmerken lassen. Sie raffte sich auf und blickte Violett direkt in die unversöhnlichen Augen.

»Du bist eine furchtbare Rabenmutter, weißt du das, Isabelle? Du hast nicht verdient, eine Mutter zu sein.«

Isabelle sah mit starrem Blick zu Phil und James hinüber. »Lass mich in Ruhe, Violett.«

***

Während der gesamten Fahrt nach Westhaven sprach Elizabeth kein Wort. Die erste halbe Stunde hatte sie gebrüllt und ständig gegen den Beifahrersitz getreten. Danach war sie so erschöpft, dass John nur noch ein leises Wimmern von der Rückbank vernahm. Etliche Male beobachtete er sie durch den Rückspiegel, und was er sah, brach ihm schier das Herz. Das Haar war durch den Kampf mit Isabelle zerzaust und ihre feuchten Wangen glühten fieberhaft. Die Augen blickten leer und müde. Er wollte sie trösten, doch seine Stimmbänder waren wie gelähmt.

Als sie geboren wurde, hatte er sich geschworen, dass dieses Mädchen das glücklichste der Welt werden sollte, niemals traurig oder enttäuscht. Was hatte er seinem einzigen Kind nur angetan?

Westhaven war eine unbedeutende Küstenstadt am Pazifischen Ozean. Sie hatten Städte wie Tacoma, Olympia und Aberdeen durchquert. Das Kloster St. Benedict's Abbey lag recht abgelegen am äußersten Zipfel einer Küstenzunge. Die Gegend war karg und kahl, das Wetter zudem regnerisch und kühl.

St. Benedict's Abbey war eine Einrichtung der Benediktinerinnen, wovon es nur wenige ihrer Art in den Staaten gab. Die

Ordensschwestern galten als autoritär und lebten für die Stille des Gebets.

Nachdem sie den Küstenort hinter sich gelassen hatten, fuhr John auf das Klostergelände. Das Haupthaus war aus massivem rotem Backstein errichtet. Den hohen Kirchturm mit der hellgrünen Kegelspitze hatte er längst aus der Ferne gesehen. Neben dem Kirchenhaus lagen noch zwei weitere, nachträglich erbaute Nebenhäuser, die deutlich neuzeitlicher wirkten als der Rest. Das finstere Erscheinungsbild des Klosters fügte sich nahtlos in die schroffe Küstengegend ein. Hinter dem gigantischen Bauwerk tobte die unruhige See und einige Meilen entfernt ragte ein weißer, in die Jahre gekommener Leuchtturm zwischen den Felsen empor.

Allmählich brach die Dämmerung herein. John parkte den Wagen vor der imposanten Treppe, die zum Haupthaus führte. Er stieg aus und öffnete die hintere Wagentür. In der vergangenen Stunde war Elizabeth vor Erschöpfung eingeschlafen. Sanft weckte er sie und verwirrt riss sie die Augen auf. Sie sah sich um. Allmählich kehrte offenbar die Erinnerung an die heutigen Geschehnisse zurück. Beharrlich weigerte sie sich, den Wagen zu verlassen, doch schließlich hatte sie nicht mehr die Kraft, sich gegen den festen Handgriff ihres Vaters zu wehren, der sie aus dem Auto zog.

Um das Klostergebäude war alles still. John vernahm nur die Wellen der wütenden See, die sich an den Felsen brachen. Ängstlich krallte sich Elizabeth an seiner Hand fest. Das Mädchen hatte noch nie das Meer gesehen, geschweige denn das Tosen der Brandung gehört.

»Es ist alles in Ordnung, Liz, das ist nur die unruhige See.«

Aus einem der Nebenhäuser traten zwei Frauen auf sie zu. Sie trugen die schwarze Ordenstracht der Benediktinerinnen. Die Nonnen traten auf die Ankömmlinge zu.

»Sie müssen Mr Morgan sein. Ich bin Schwester Catherine, die Priorin. Das ist Schwester Luise. Sie ist die Direktorin der Mädchenschule.«

Schwester Luise war deutlich jünger als die Priorin und ihr Gesicht wirkte auf John freundlich und frisch. Die Priorin, schätzungsweise über sechzig, begutachtete das eingeschüchterte Mädchen und hieß sie mit würdevoller Geste in St. Benedict's Abbey willkommen. Ängstlich versteckte sich Elizabeth hinter ihrem Vater.

»Verzeihen Sie, Schwester Catherine. Meine Tochter hatte einen anstrengenden Tag.«

Mit einer saloppen Handbewegung tat die Priorin die Entschuldigung ab.

»Jede neue Schülerin ist zunächst eingeschüchtert. Das legt sich mit der Zeit. Sie wird hier gut aufgehoben sein und lernen, sich wie eine anständige und gottesfürchtige Dame zu benehmen.«

Verdammte Scheiße, dachte John. Gottesfürchtig?

Gütig beugte sich daraufhin Schwester Luise zu Elizabeth hinunter und lächelte sie an.

»Du bist aber ein ausgesprochen hübsches Mädchen. Ich bin sicher, dass es dir hier gefallen wird. Die anderen Kinder erwarten dich bereits.«

»Kommen Sie, Mr Morgan«, bat Schwester Catherine und sie folgten ihr in eines der Nebenhäuser. Elizabeth blieb auf der Stelle stehen und machte sich schwer wie ein Stein, damit sie nicht mitgehen musste.

»Liz, ich bitte dich«, bat John und bewegte sie nach einigem Hin und Her dazu, an seiner Hand mitzugehen.

Sie betraten die Eingangshalle des Nebenhauses.

»Hier befinden sich die Lehr- und Schlafräume.«

John nickte. Das nüchterne Erscheinungsbild gefiel ihm keineswegs. Seufzend blickte er zu seiner Tochter. War das ein Ort für Kinder? Das Entree war finster, roch modrig und nicht ein Bild zierte die kahlen Wände. Er war kurz davor, Elizabeth auf den Arm zu nehmen und sie wieder ins Auto zu schaffen.

»Zurzeit beherbergen wir zweiundzwanzig Schülerinnen jeglichen Alters. Dort vorne sind die Lehrräume und hier drüben gelangt man in die Schlafräume. Ach, dabei fällt mir ein, Mr Morgan, ich benötige noch eine Unterschrift«, ergänzte Schwester Catherine.

»Warte hier, Liz«, befahl John und befreite sich von ihrer kalten und schwitzigen Hand. Er folgte der Ordensschwester, die ihn in ihr Arbeitszimmer führte.

Elizabeth blieb mit Schwester Luise alleine zurück.

Wenige Minuten später kehrte John zurück und jeder seiner Schritte war schwer und hallte dumpf von den Mauern wider, denn er musste sich nun auf lange Zeit von seinem Kind verabschieden. Die Schwestern traten in den Hintergrund und er kniete sich vor das Mädchen, dabei hielt er ihre winzige Hand.

»Lass mich nicht hier.« Eine dicke Träne rollte ihr die Wange hinunter. Er wischte sie weg.

»Bitte entschuldige, mein liebes Kind. Ich weiß, du verstehst das alles nicht.« Seine Stimme zitterte. »Ich verstehe es ja selbst nicht. Ich verspreche dir, in den Ferien kommst du wieder heim. Ich werde dir oft schreiben. Deine Mutter und ich glauben, dass es das Beste für dich ist. Das verstehst du doch, oder?« Sie nickte ergeben. Vermutlich verstand sie nichts. »Ich habe dich sehr lieb, meine Prinzessin. Vergiss das nicht.«

Er küsste ihre Stirn und drückte sie fest in seine Arme. Daraufhin eilte er hinaus zu seinem Wagen. Hastig stieg er ein und fuhr los. Durch den Rückspiegel wurden die Lichter des Klosters immer kleiner. Er musste anhalten, denn ihn überkam ein tiefer Schmerz, der nicht auszuhalten war. Er weinte, wie er es noch nie zuvor getan hatte, und legte die Stirn auf das Lenkrad.

»Es tut mir so schrecklich leid.« Immer wieder flüsterte er diese Worte vor sich hin, doch sie machten ihm das Herz nicht leichter. Es fühlte sich an, als habe er einen großen Fehler begangen.

***

»Du musst sehr traurig sein«, flüsterte Luise versöhnlich, aber Elizabeth zeigte keine Regung, als sie mit ihr in Richtung der Schlafräume wanderte. Sie war völlig durcheinander, konnte sich vor Erschöpfung kaum mehr auf den Beinen halten. »Alle Mädchen, die zu uns kommen, sind ein bisschen traurig. Viele haben Heimweh und sehnen sich nach ihren Eltern.« Elizabeth schluchzte leise auf. »Doch glaube mir, das vergeht rasch. Das Kloster ist im ersten Moment etwas furchteinflößend. Aber es kann auch sehr nett sein. Wenn du hier Freundinnen gefunden hast, wird es dir bestimmt gefallen.«

Schwester Luises Worte waren warmherzig, doch änderte das nichts daran, dass Elizabeth zurück nach Hause wollte. Heim nach Morgan's Hall. Zu James, Tristan, Violett und Phil.

Luise öffnete eine schwere Holztür, die zum besagten Schlafraum der anderen Schülerinnen führte. Die Mädchen sprangen wild in ihren weißen Nachtkleidern über die Betten. Laut klatschte die Schwester in die Hände und sorgte schlagartig für Ruhe. Die Mädchen blieben abrupt auf der Stelle stehen und starrten überrascht zu dem Neuankömmling.

»Mädchen, das ist Elizabeth Morgan. Sie ist erst heute hier angekommen. Ich wünsche, dass ihr nett zu eurer neuen Mitschülerin seid.«

Sie sah zu Elizabeth hinunter, die eingeschüchtert auf die Fliesen am Boden blickte, als würde sie sich am liebsten auf der Stelle in Luft auflösen.

Zuvor hatte sie ein bescheidenes Abendessen erhalten. Bohneneintopf und eine Scheibe Brot. Sie hatte nur ein paar Löffel hinunterbekommen, doch jetzt rebellierte ihr angespannter Magen und sie übergab sich prompt vor den anderen. Die Mädchen kreischten vor Ekel ergriffen auf. Anschließend kicherten sie wie wild, lachten Elizabeth aus, die wiederum beschämt auf die kleine Pfütze Erbrochenes vor ihren Füßen blickte.

»Ruhe!«, brüllte Schwester Luise und die plötzliche Stille war für Elizabeth noch unerträglicher. Sie stand unter der Beobachtung unzähliger Kinderaugen und am liebsten wäre sie augenblicklich davongelaufen. Schwester Luise kniete sich neben sie, dabei ertastete sie ihre Stirn, die feucht glühte. »Das ist nicht so schlimm, Mädchen. Du solltest dich ins Bett legen. Mach dir darum keine Gedanken. Ich werde das wegwischen.«

Anschließend nahm sie Elizabeth an die Hand und führte sie zu ihrem Bett.

»Hier übernachten die jüngeren Schülerinnen.«

Auf der rechten Seite des Raumes standen sieben und auf der linken sechs Betten. Elizabeth erhielt die letzte Schlafstätte zur rechten Seite. Auf dem Laken befand sich ein weißes

Nachtkleid, das sie anschließend im Waschraum überziehen sollte. Schwester Luise begleitete sie und hatte zuvor eine Zahnbürste aus ihrem Koffer entnommen, die sie ihr jetzt in die Hand drückte.

Der Waschraum war ein karg ausgestatteter Bereich mit insgesamt zwölf Waschbecken. Auf der Ablage standen kleine Becher – mit Zahnbürsten, Kämmen und ordentlich gefalteten Waschlappen daneben. Luise half der Kleinen aus ihrem Kleid und wusch ihr fiebriges Gesicht mit einem feuchten Lappen. Während sie sich die Zähne putzte, schritt die Schwester zurück in den Schlafraum.

Als Elizabeth den Raum wieder betreten hatte, saßen alle anderen Mädchen in ihren Betten und gafften sie mit großen Augen an. Eine kicherte und schlug die Hände vor den Mund, um ihr Lachen zu verbergen.

»Schluss jetzt!«, ermahnte Schwester Luise. Elizabeth legte sich gehorsam in das ihr zugeteilte Bett. Jede ihrer Bewegungen war zaghaft und zurückhaltend, da sie unter keinen Umständen weiter auffallen wollte. »Das Licht wird jetzt ausgeschaltet und dann herrscht hier Ruhe. Keinen Mucks will ich mehr hören. Ihr seid ohnehin schon über der Zeit. Aufstehen morgen um sechs. Trödelt nicht wieder und erscheint pünktlich zum Frühstück. Denkt an euer stummes Abendgebet.«

Nachdem Schwester Luise das Licht ausgeknipst hatte, konnte von Dunkelheit nicht die Rede sein, denn der helle Schein des Vollmonds drang in den Raum. Ebenso fuhr im Sekundentakt der gleißende Lichtkegel des Leuchtturms über die kahlen Wände des Schlafraumes.

Obwohl Elizabeth hundemüde war, fand sie keinen Schlaf. Die erste Stunde vernahm sie noch das undeutliche Flüstern und Glucksen einiger Mädchen, doch dann wurde es still im Raum und man hörte nur noch die regelmäßigen Atemzüge und Seufzer der anderen. Immer wieder erhellte der Leuchtturm die gegenüberliegende Wand und Elizabeth konnte große Buchstaben darauf ausmachen. »Suchet den Herrn, so werdet ihr leben«, flüsterte sie. Leise setzte sie sich auf und sah auf das Gemäuer hinter sich. Dieses war ebenfalls mit einem Schriftzug versehen. »Die mit Tränen säen, werden mit Freuden ernten.«

Elizabeth atmete tief durch und ließ sich mutlos in ihr Kissen sinken.

Am nächsten Morgen weckte sie das unsanfte Einschalten der Deckenlampe. Sie schlug die Augen auf und wurde prompt geblendet. Langsam setzte sie sich auf. Es war bitterkalt. In der Nacht war sie mehrmals aufgewacht, da sie vor Kälte zitterte. Eine hochgewachsene und korpulente Ordensschwester stand im Raum und Elizabeth starrte auf die tiefschwarzen Barthaare über ihren Lippen. So etwas hatte sie noch nie bei einer Frau gesehen und nur mit Mühe konnte sie ein Lachen unterdrücken.

»Aufstehen!«, brüllte die Schwester. »Waschen und anziehen. In fünfzehn Minuten seid ihr im Speisesaal.«

Elizabeth rieb sich den Schlaf aus den Augen. Draußen brach der Tag an. Etwas mürrisch stiegen die anderen Mädchen aus ihren Federn und sausten zum Waschraum. Elizabeth blieb allein zurück.

»Brauchen wir eine Extraeinladung, junge Dame?«, wetterte die Schwester schroff. Ruckartig krabbelte Elizabeth aus ihrem Bett und ein Schauer jagte ihr über den Rücken, als sie mit nackten Füßen den eisigen Boden berührte. Rasch spurtete sie zu den anderen in den Waschraum und stand darauf wie angewurzelt in der Mitte des Raumes. Alle Mädchen hatten sich zu ihr umgedreht. Niemand sprach ein Wort, und nachdem man sie von oben bis unten gemustert hatte, gingen alle wieder ihrer üblichen Waschroutine nach. Elizabeth musste warten, bis eines der Mädchen fertig war, um an ein freies Waschbecken zu gelangen. Sie trat gehemmt zum Waschtisch und putzte sich ebenfalls die Zähne. Eines der Mädchen, das älter als sie war, zumindest war es einen Kopf größer, stand mit einem Mal neben ihr und tippte ihr auf die Schulter.

»Bei Schwester Tamara musst du gehorchen. Sie ist die Strengste von allen. Sonst gibt es was mit dem Lineal. Wie sehen denn deine Zöpfe aus? Die sind ja ganz verfilzt«, bemerkte das Mädchen mit den kastanienroten Haaren und den unzähligen Sommersprossen auf der Nase. Mit den Fingern strich sie ihr über das Haar. »Du musst sie kämmen und zwei neue Zöpfe flechten.«

Elizabeth spuckte die Zahnpasta im Waschbecken aus.

»Das kann ich nicht«, antwortete sie beschämt. Violett hatte sie bisher frisiert, es ihr aber nicht beigebracht. Das Mädchen seufzte.

»Ich helfe dir.«

Sie öffnete die zerzausten Zöpfe und kämmte das Haar. Die anderen Schülerinnen waren bereits wieder im Schlafraum verschwunden, zogen dort ihre schwarz-weiß karierten Schuluniformen an.

»Ich kenne dich, kleine Morgan.«

Elizabeth sah sie im Spiegel mit krausgezogenen Augenbrauen an.

»Wirklich?«

»Ja«, antwortete die andere mit einem Kichern. »Deinem Vater gehören doch die Plantage und das große Haus am See. Ich komme auch aus Woodwall. Mein Dad ist Doktor Horne.« Das Mädchen hörte auf, mit der Bürste durch Elizabeths Haar zu kämmen, und sah sie mit einem netten Lächeln an. »Ich bin Meggie«, sagte sie. »Mensch, bin ich froh, dass du jetzt hier bist. Die anderen Mädchen sind allesamt versnobte Puten aus der Großstadt. Wir zwei kommen aus derselben Kleinstadt, dann sind wir bestimmt aus ähnlichem Holz geschnitzt. Wir beide sollten zusammenhalten. Was meinst du?«

Elizabeths Herz hüpfte vor Freude und sie nickte fröhlich. »Das wäre so schön.«

Meggie beugte sich zu ihrem Gesicht hinunter und es schien, als würde sie irgendetwas darin suchen.

»Du siehst gar nicht aus wie eine Indianerin«, stellte sie fest.

»Was meinst du damit, Meggie?«

»Na, meine Mom hat immer gesagt: Die kleine Morgan ist ein verwahrlostes Indianermädchen.« Elizabeth kicherte.

»Ich bin doch keine Indianerin. Aber Phil ist einer. Er ist der kräftigste und klügste Mann der Welt.«

Sie seufzte, als sie an ihn dachte. Meggie erkannte wohl ihre Traurigkeit und stupste sie an.

»Wer auch immer Phil ist, mach nicht so ein Gesicht, kleines Indianermädchen. Meine Eltern haben mich vor zwei Jahren hierhergeschickt. Zuerst wollte ich nicht, aber jetzt bin ich gern hier.« Elizabeth runzelte die Stirn. Wie konnte ihr dieser furchtbare Ort nur gefallen? Sie selbst würde sich hier nie wohl- fühlen. »Nein, wirklich! Im Winter ist es hier nicht so schön. Aber der Sommer ist toll. Die Schwestern sind auch nicht so

streng, wie immer alle denken. Aber vor Schwester Tamara solltest du dich wirklich in Acht nehmen. Ich habe von ihr mal was
mit dem Stock auf die Finger bekommen. Das hat richtig wehgetan.«

»Ich glaube nicht, dass ich hierbleiben möchte. Ich will wieder nach Hause«, sagte Elizabeth mit zitternder Stimme.

»Jetzt hör auf zu jammern, das bringt doch nichts. Wir werden eine großartige Zeit haben, du wirst schon sehen.«

Elizabeth bewunderte Meggie, der es scheinbar nichts aus-
machte, so weit weg von zu Hause zu sein. Sie wünschte, sie
wäre wie ihre neue Freundin, mutiger und stärker.

Sie wusste sofort, dass die Chemie zwischen ihr und Meggie
stimmte. Waren sie doch beide wie zwei am Straßenrand ausge-
setzte Kinder.

Wiener Blut

Morgan's Hall, Februar 1952

Nein, das kommt nicht infrage. James bleibt hier. Violett? Isabelle? Habt ihr den Verstand verloren?«

John tobte, als er vor den Frauen saß, die beide mit vor der Brust verschränkten Armen vor seinem Schreibtisch standen. Violett schüttelte unverstanden den Kopf.

»Du bist so ein sturer Bock. Was spricht denn dagegen, James auf die Musikschule zu schicken?«

»In New York? Seid ihr nicht ganz bei Trost? Er gehört hierher.«

»Paul Gilmore sagt, es wäre die Gelegenheit für James. Sein Cousin ist Professor an der Schule und würde ihn bei sich aufnehmen. Möglicherweise kann unser James später auf die Juilliard School. John, das ist die namhafteste Musikhochschule der Welt.«

John hatte einen hochroten Kopf.

»Jaja, Violett, dir würde das ganz gut in den Kram passen, nicht wahr? Damit dein Holzkopf von Sohn an James' Stelle treten kann. Und dieser Schwätzer Gilmore ist gefeuert. Ich

473

lasse mir nicht von einem mittellosen Barmusiker aus dem Great Mountain Hotel aufschwatzen, was gut für meinen Sohn ist. Der Narr geht mir ohnehin mit seinen Spinnereien auf die Nerven.«

Isabelle stützte sich mit beiden Handflächen auf Johns Schreibtisch ab und sah ihn aus giftgrünen Augen an. Ihr reichte seine Verbohrtheit und tiefe Bitterkeit stieg in ihr auf.

»Warum willst du einfach jeden in diesem Haus zu einem Sklaven deiner Version von Glück machen?«, fragte sie unnatürlich ruhig.

Sofort erkannte sie an seiner verrückten Mimik, dass dieser Spruch gesessen hatte. Und zwar so richtig. Violett blinzelte kurz und nickte ihrer Schwägerin zu. Manchmal war Violett eben doch zu gebrauchen. Gerade agierten die Frauen Hand in Hand. Isabelle war sicher, dass Violett sich nicht für James einsetzte, damit Tristan vorrückte, wie John es ihr soeben vorgeworfen hatte, nein, sie wusste um James' Talent. So nervig diese Frau auch war, das Wohlergehen aller Kinder des Hauses lag ihr am Herzen.

John blieb stumm vor ihnen sitzen, konnte nicht aufhören, in das Gesicht seiner Frau zu starren. Danach wandelte sich sein zunächst halsstarriger Ausdruck in tiefe Resignation. Johns Stirn legte sich in Falten, offenbar dachte er nach. Dabei stand er auf und sah aus dem Fenster über die Plantage.

»Also gut. Meinetwegen kann James diese Privatschule besuchen.« Überrascht sahen sich die Frauen an. Isabelle verwunderte Johns Einsicht bestimmt mehr als seine Schwester. Sie ahnte allerdings, dass diese Erlaubnis an eine Bedingung geknüpft war. Er drehte sich wieder zu ihr um. »Die Juilliard wird er sich dennoch aus dem Kopf schlagen müssen. Wenn er sich in New York ausgetobt hat, wird er hier in Seattle studieren, und zwar Betriebswirtschaft. Ist das klar?«

»Aber ...«, wollte Violett gerade einwenden.

»Nichts aber«, waren Johns letzte Worte. Isabelle und Violett verstummten. Nun war es besser, den Mund zu halten.

Einige Wochen später verließ also auch James Morgan's Hall. Ein Abschied, der Isabelle ziemlich schwerfiel, doch der Junge sollte nicht ein weiterer Gefangener im Haus und auf diesem Landgut sein.

In der Osterwoche, es war Gründonnerstag, machte sich Isabelle schon nach dem Frühstück auf, um mit Phils Pick-up in die Stadt zu fahren. Sie setzte sich hinter das Steuer, lächelte zufrieden und streifte mit der Hand über das Leder des Lenkrads. Sie betätigte den ersten Gang, und der alte Wagen sprang einen halben Meter vorwärts, bis der Motor plötzlich verstummte. Das Anfahren klappte nicht immer, aber wenn Isabelle einmal losgefahren war, fuhr sie ausgezeichnet. Sie war John sehr dankbar, dass er Phil endlich erlaubt hatte, ihr das Autofahren beizubringen.

In den ersten Ehejahren hatte er es ihr stets verwehrt. Ganz bestimmt aus Angst, Isabelle könnte mit dem Wagen über alle Berge verschwinden. Sie gestand sich selbst ein, dass dieser Verdacht nicht unbegründet war. So oft, wie sie hatte fliehen wollen.

Noch heute, wenn sie die Hauptstraße von Woodwall entlangfuhr und das Ortsende-Schild direkt vor sich hatte, überlegte sie, einfach Vollgas zu geben. Doch je näher sie dem Schild kam, desto schwerer wurden ihre Füße, als seien sie mit Blei gefüllt. Warum sie nie den Schritt in die Freiheit wagte – und jetzt wäre die Flucht so verdammt einfach gewesen –, blieb ihr selbst schleierhaft. Sie fand einfach nicht den Mut. Wollte es vielleicht auch überhaupt nicht mehr.

Trotzdem liebte sie das Fahren, es gab ihr ein Gefühl von Unabhängigkeit und die Gewissheit, flüchten zu können, wenn sie es denn wirklich beabsichtigte. Manchmal fuhr sie sogar mehrmals am Tag in die Stadt. Nicht immer hatte sie einen bestimmten Grund. Hauptsache, sie konnte dem Haus entfliehen, wenn die Langeweile sie erdrückte.

Heute gab es aber einen guten Beweggrund, denn seit Kurzem wurde im Gemeindehaus eine kleine Bibliothek eingerichtet. Dort traf sie sich jeden Mittwochabend mit vier Frauen aus der Gemeinde.

Allesamt einfache Bürgerinnen der Stadt. Anne, Mildred, Phoebie und Sarah, deren Ehemänner alle Arbeiter in der Kelterei der Morgan's Company waren und Isabelle deshalb zunächst etwas verhalten gegenübertraten. Schließlich war sie die Frau des Bosses. Aber sie wollte unbedingt dazugehören und sich mit Gleichgesinnten austauschen, denn jede von ihnen teilte dieselbe Leidenschaft für Bücher.

Mit den Wochen gewöhnten sich die anderen Frauen an sie und warfen ihre anfängliche Distanziertheit über Bord. Man konnte sogar sagen, dass sie Freundinnen wurden, denn längst ging es nicht mehr nur um Romangeschichten, sondern oftmals lästerten sie auch nur zu gern über ihre Ehemänner daheim und tranken dazu ein Gläschen Likör.

An diesem frühlingshaften Donnerstag machte sich Isabelle zunächst in die Stadt auf, um zur Poststelle zu fahren. Dort sollte ein Paket für sie angekommen sein. Telefonisch hatte sie bei einem Buchhändler in Seattle »Lady Chatterly« bestellt. Gleich fünfmal. Für sich und die Damen ihres Buchklubs. Selbstverständlich heimlich. Mit einem Kichern hatten die Frauen beschlossen, diese Geschichte zu lesen, die für ihre äußerst schlüpfrigen sexuellen Beschreibungen bekannt und verrucht war. Die anderen wollten den Roman mit einem harmlosen Umschlag eines anderen Buches verkleiden, damit ihre Ehemänner ihnen das Lesen nicht untersagten.

Isabelle hatte das nicht geplant. John hätte sicherlich keinen Einwand gegen diese Erotiklektüre. Im Gegenteil, vermutlich hoffte er, dass sie sich für ihn weiterbildete. Er brauchte sich aber keine Hoffnungen mehr zu machen. Ihr sexueller Appetit war wie ausgelöscht, das würden auch die frivolen Seiten von »Lady Chatterly« nicht ändern können. Neulich – das war ein Ausrutscher, ein Besänftigen Johns gewesen. Bei dieser Lektüre wollte sie aber nicht an ihren Mann denken. Allenfalls würde sie an Dickie denken.

Als sie in der Poststelle ankam, überreichte ihr eine übertrieben gut gelaunte Mrs Hardy das schwere Paket und drückte es Isabelle in die Hände.

»Sicherlich ein Ostergeschenk für ihre Tochter, oder?«, fragte sie neugierig. »Wann kommt Elizabeth aus dem Internat? Heute?«

Isabelle hatte versucht, diese Tatsache zu verdrängen.

»Ja, Mrs Hardy.«

Sie presste das Päckchen gegen ihren Brustkorb und wanderte damit aus der Tür.

»Frohe Ostern, Mrs Morgan!«, rief Mrs Hardy Isabelle hinterher, doch sie hatte schon nachdenklich die Poststelle verlassen.

Stumm warf sie das Paket auf die Ladefläche des Pick-ups und setzte sich wieder hinters Steuer.

Sie hatte Angst vor diesem Tag, fürchtete sich vor der Begegnung mit dem Mädchen, das sie wie ein Waisenkind in ein katholisches Kloster abgeschoben hatte. Weihnachten war schon schwer genug gewesen, da Elizabeth ihre Mutter bei jeder Gelegenheit mit einem verachtenden Blick gestraft hatte.

Viele Tage und Nächte hatte Isabelle in Elizabeths Abwesenheit mit sich gehadert. Was hätte wohl ihr geliebter Vater davon gehalten? Sie selbst hatte als junges Mädchen auch das ein oder andere Internat besucht, doch das war damals etwas anderes gewesen. Ihre Eltern wollten nur, dass sie die beste Schulbildung erhielt. In ihren damaligen Kreisen war das gang und gäbe gewesen.

Und was machte sie mit ihrem eigenen Kind?

Sie wusste genau, dass die Kleine keine Schuld an ihrem eigenen Unglück traf, und in letzter Zeit plagte sie des Öfteren das schlechte Gewissen. Sie hatte alles darangesetzt, Elizabeth loszuwerden, und hatte sogar John eheliche Besserung versprochen, sobald das Mädchen fort war. Dieses Versprechen hatte sie eingehalten, auch wenn sie ihm ihre Lust nur vorspielte, sobald sie wieder ihrer Pflicht nachkommen musste.

Doch heute kam ihre Tochter zurück, ihr lebendiges schlechtes Gewissen. Nicht einmal ein Ostergeschenk hatte sie für das Mädchen.

Sie fuhr in den Lebensmittelladen und kaufte dort ein paar Süßigkeiten. Wenigstens etwas.

Am frühen Nachmittag war Johns Wagen schon aus der Ferne zu sehen. Isabelle saß auf der Veranda und genoss die ersten Sonnenstrahlen auf ihrem Gesicht. Sie zog daraus Energie und beobachtete daraufhin Violett, die soeben auf die Veranda trat und dort eine Vase mit frischen Narzissen auf den Tisch stellte.

Von Freundschaft zwischen den beiden Frauen war nie die Rede gewesen, aber nach Elizabeths Geburt hatten sie einander zumindest akzeptiert und toleriert. Bis Isabelle ihre Tochter in das Kloster verstoßen hatte, dann hatte auch die einigermaßen funktionierende Beziehung zwischen ihr und Violett ein jähes Ende genommen.

»Wie kann man nur so herzlos sein? Sie ist doch deine Tochter!«, hatte Violett ihr damals ins Gesicht geschrien. Isabelle konnte die Abneigung in Violetts Worten immer noch hören. Diesen Vorwurf musste sie sich nun ständig anhören. Und er setzte ihr sehr zu.

Der Wagen fuhr vor und hielt vor den Treppen der Veranda. Suzie und Ruth kamen vergnügt aus dem Haus geeilt.

John stieg aus dem Fahrzeug und öffnete seiner Tochter die Tür, die bummelnd ausstieg. Das Mädchen hatte ganz offensichtlich keine Eile, der Mutter zu begegnen. Isabelle beobachtete sie. Elizabeth wirkte nach wie vor zart und zierlich. Die Haare waren zu strengen Zöpfen geflochten und sie trug ihre karierte Schuluniform. Isabelle versetzte es einen Schrecken, ihre Tochter nach so langer Zeit wiederzusehen. Das Mädchen war ihr Ebenbild. Genau so hatte sie in dem Alter ausgesehen. Auch Isabelle war ebenfalls nie sonderlich groß gewachsen und sie hatte dieselbe puppenhafte Erscheinung gehabt wie Elizabeth heute.

»Unsere Lizzy ist wieder daheim!«, rief Violett und schloss Elizabeth innig in die Arme.

Suzie tänzelte aufgeregt um sie herum.

John lächelte glückselig, als er die warme Begrüßung sah. Danach wanderte sein Blick zu seiner Frau, die sich mittlerweile von ihrem Schaukelstuhl erhoben hatte und Elizabeth erschrocken ansah, als habe sie ein Phantom gesehen. Mürrisch schloss er die Tür des Wagens und stampfte zu ihr hinauf.

»Versuch wenigstens, so zu tun, als würdest du dich freuen«, befahl er barsch. Isabelle beachtete ihn nicht.

Violett und Elizabeth stiegen die Treppe zur Veranda hinauf und das Mädchen bemerkte seine Mutter erst, als die steif vor ihm stand. Elizabeth schien kurz auf eine Begrüßung zu warten, begriff aber vermutlich sofort, dass nichts kommen würde, obwohl Isabelle ein »Hallo, mein Kind« in der Kehle trug.

Violett verzog verärgert das Gesicht und nahm das Mädchen an die Hand.

»Na komm, meine Kleine. Tristan ist im Garten. Er freut sich schon, dich wiederzusehen.«

Isabelle blieb allein auf der Veranda zurück. Sie verspürte in sich den Stachel der Eifersucht. Manchmal hasste sie Violett für ihr ungetrübtes Verhältnis zu Elizabeth. Trübsinnig setzte sie sich wieder in den Schaukelstuhl und wenig später kam Suzie mit einer Tasse Tee hinaus.

»Sie haben wieder den ganzen Tag nichts gegessen.« Sie stellte ein Tablett mit dem Tee auf einem niedrigen Tisch ab und stützte eine Hand in die Taille ab. »Also, Mrs. Morgan, so kann das doch nicht weitergehen! Sie bereiten mir schon wieder Sorgen.«

»Sie müssen sich keine Sorgen machen«, antwortete Isabelle, ohne sie dabei anzuschauen.

»Gibt es denn nichts, womit ich Ihnen eine Freude machen kann? Ich könnte diese Buchteln backen, die sie so gern mögen.«

Typisch Suzie. Glaubte, dass man alle Sorgen mit einem guten Essen vertreiben konnte.

Isabelle schaute sie mit mürrischem Blick an.

»Lassen Sie mich einfach in Ruhe!« Die Haushälterin ließ die Schultern hängen und Isabelle bedauerte die harsche Aufforderung sofort. »Danke, Suzie!«, rief sie ihr hinterher, als diese wieder das Haus betrat und sich überrascht umdrehte.

»Nicht der Rede wert.«

***

Es dauerte nicht lange, bis sich Elizabeth in Morgan's Hall wieder pudelwohl fühlte. Raus aus der unbequemen Uniform, rein in ihre eigenen Kleider. In Sekundenschnelle befreite sie ihr langes Haar von den Zöpfen. Ihr schmerzte schon die Kopfhaut davon. Endlich durfte sie wieder der Wildfang sein, der sie im Innern immer gewesen war.

Die meiste Zeit verbrachte sie mit Tristan am See. Er erlaubte ihr sogar, seine Höhle zu betreten. Seine Antipathie gegenüber Mädchen hatte er inzwischen offensichtlich abgelegt. Er kam langsam in das Alter, wo das weibliche Geschlecht interessant wurde. Das entging Elizabeth nicht. Und es wurde überdeutlich, als Meggie täglich Morgan's Hall besuchte. Sie war nur ein Jahr jünger als der inzwischen dreizehnjährige Tristan, dennoch verstanden sich die beiden auf Anhieb prächtig.

Elizabeth hatte das Gefühl, dass er sich ein wenig in das freche und selbstbewusste Mädchen verknallt hatte. Meggie war eben ein echter Kumpel und scheute sich nicht davor, auf hohe Bäume zu klettern, sich schmutzig zu machen oder durch den Dreck zu tollen. Dabei trug sie die verrückteste Kleidung. Irgendwie passte nichts so richtig zusammen. Die Schuhe waren gelb, die Strumpfhose rot und das Kleid blau – Meggie schien die Zeit fernab vom Kloster in vollen Zügen nutzen zu wollen, auch optisch. Für Elizabeth war es ein ungewohntes Bild, immerhin kannte sie die Freundin nur in strenger Schuluniform. Doch Meggie war kreativ und bastelte aus den verschiedensten Materialien, wie Ästen und kleinen Kieselsteinen, schöne Halsketten und Ringe. Trotz ihres verwilderten Wesens trug sie jederzeit eine Blume im Haar. Sie war ein Freigeist, der sich aus den autoritären Fesseln des Internats für ein paar Tage gelöst hatte – was Tristan sehr imponierte, sodass er ihr Komplimente machte, wo er nur konnte. Ein bisschen war Elizabeth neidisch.

Leider erwiderte Meggie seine Begeisterung für ihre Person nicht. Sie mochte ihn, aber nicht auf diese Weise, wie sie Lizzy oftmals zu beruhigen versuchte. Heute hatte er für sie sogar Feldblumen gepflückt und diese mühevoll mit einer Haarschleife, die ihm Elizabeth zuvor geschenkt hatte, zusammengebunden. Während er Meggie den Blumenstrauß mit verlegener Miene in die Hand drückte, sah sie ihn spöttisch an.

»Danke, Kumpel«, sagte sie in einem ironischen Tonfall und einem Stoß an seine Schulter.

Elizabeth, die amüsiert neben ihrem Cousin stand, erkannte die Enttäuschung in seinem Gesicht, daraufhin lief er schnurstracks davon.

Sie war wütend auf Meggie, diesen Korb hatte Tristan nicht verdient.

»Das war aber nicht nett, Meggie.«

»Er ist eben nicht mein Typ«, stöhnte sie. »Und außerdem werde ich nie heiraten. Nie! Und schon gar nicht einen Jungen aus diesem öden Kaff. Wenn ich erwachsen bin, gehe ich nach Paris, um dort eine berühmte Modeschöpferin zu werden. Dafür brauche ich keinen Ehemann.«

Ständig erzählte Meggie von ihrem Plan, sie hatte kein anderes Thema, als schleunigst nach Frankreich abzudüsen. So ein Gerede kannte Elizabeth schon von James, auf den sie eine Wut hatte, weil er zurzeit in New York war und ihr nicht einmal schrieb.

»Trotzdem warst du gemein. Er hat sich doch so viel Mühe gegeben.«

Elizabeth fragte sich missgestimmt, weshalb es alle um sie herum so eilig hatten, Woodwall zu verlassen. Das wollte ihr nicht in den Kopf gehen. Hier war es doch so hübsch und friedlich. Sie konnte es sich nicht vorstellen, jemals woanders leben zu wollen. Schlimm genug, dass sie die meiste Zeit in St. Benedict's verbringen musste.

Nachdem Elizabeth sich von Meggie verabschiedet hatte, rannte sie den Weg zum Haus hinauf. Tristan saß am Wegesrand auf einem Stein und hatte das Gesicht in den Händen vergraben. Sie setzte sich zu ihm ins Gras. Ihr tat es leid, dass Meggie ihn so schroff abgewiesen hatte. Sie konnte sich vorstellen, dass er allen Mut aufgebracht haben musste, um ihr die Blumen zu überreichen.

»Ich fand die Blumen so schön, Tristan.«

»Lass mich in Ruhe, du Baby. Du weißt doch gar nichts!«, schrie er sie an. Tristan flitzte davon, doch sie folgte ihm ins Haus.

Während er um die Ecke brauste, stieß er versehentlich die kostbare alte Vase um, die im Foyer stand und noch aus der Aussteuer ihrer Großmutter Josephine stammte. Die Porzellanvase prallte auf den Steinboden und zersprang in tausend Scherben. Erschrocken blieb Elizabeth hinter ihrem Cousin stehen und im selben Moment kam Isabelle die Treppe hinunter.

»O nein, Tristan«, flüsterte Elizabeth ihm zu.

»Sei still«, befahl er umgehend. Isabelles stolzierte mit finsterem Blick auf die Kinder zu. Bange starrten sie beide auf die zerbrochene Vase, beide wussten, dass nun ein Donnerwetter über Tristan hereinbrechen würde.

»Was hast du getan?« Er zuckte zusammen. »Sieh mich an, wenn ich mit dir rede!«, fauchte Isabelle.

Zögerlich schaute er zu ihr hinauf, bemerkte aber sofort, dass die Aufforderung nicht ihm galt, sondern Elizabeth. Verblüfft drehte er sich zu seiner Cousine um, die ihn kurz ebenso überrascht anstarrte. Sie wollte Protest einlegen, aber erwartete jetzt, dass Tristan die Schuld auf sich nahm. Er selbst schien allerdings zu hasenfüßig, um zuzugeben, dass er der Schuldige war. Er schwieg.

»Kaum bist du wieder hier, verbreitest du nur Chaos!«, schrie Isabelle rasend vor Wut.

Elizabeth versuchte zu atmen und ihre Tränen zurückzuhalten, doch gelang ihr das dieses Mal nicht. Diese Ungerechtigkeit war zu viel für ihr zartes Gemüt. Weinend hastete sie an Tristan und Isabelle vorbei und rannte die Treppe hinauf.

Verdammt, fluchte Isabelle innerlich. Dieses Kind! Mit der Spitze ihres Schuhs fegte sie eine Scherbe zum Rest der zerbrochenen Vase. Ihr ging es nicht darum, dass das olle Ding zu Bruch gegangen war, sondern dass Elizabeth – dieser kleine, zerstörerische Tornado – dafür verantwortlich war.

Und wieder ärgerte sich Isabelle, dass sie mit ihrer Tochter hatte schimpfen müssen. Die Kleine ließ ihr keine andere Wahl, als für sie die böse Mutter zu sein. Das ärgerte sie maßlos.

Forschend betrachtete Isabelle ihren Neffen Tristan, der beklommen auf seine Schuhe starrte. Etwas wunderte sie seine Zurückhaltung, war er doch sonst nie um ein vorlautes Wort verlegen. Dann blickte er zu ihr auf und etwas in seinem Gesicht sagte ihr, dass er etwas loswerden wollte, sich aber nicht traute.

»Willst du mir irgendetwas sagen?«, half sie ihm auf die Sprünge. Der Junge druckste herum und fixierte sie eine lange Sekunde. »Was ist los, Tristan?«

Er gab sich einen sichtbaren Ruck. »Das war nicht Liz. Ich habe die Vase umgeschmissen. Es war ein Versehen und es tut mir wirklich leid.« Isabelle glaubte, sich verhört zu haben. Tristan trat einen Schritt zurück und bereitete sich offenbar auf eine Schelte vor, die sich gewaschen hatte. Seine Lippen bebten.

Isabelle stand wie in Trance vor ihm. Sie bewegte sich nicht.

»Tante Isabelle?«

Danach schaute sie ihn glasklar an.

»Beseitige die Scherben, bevor dein Onkel davon erfährt«, erwiderte sie ruhig und unterdrückte dabei die Wut, die sie jetzt für Tristan empfand. Hätte der kleine Idiot das nicht früher beichten können?

»Ja, Tante Isabelle«, sagte er kleinlaut.

Sie holte tief Luft, drehte sich auf ihren Pumps um und schlich langsam die Treppe hinauf.

Oben angekommen taumelte Isabelle über den Korridor. Die Tür zu Elizabeths Zimmer war einen Spaltbreit geöffnet, sodass sie hineinlinsen konnte.

Das Mädchen saß auf der Bettkante und weinte markerschütternd. Dicke Tränen fielen auf den Rock. Der Anblick schnürte Isabelle die Kehle zu. Ihr Herz wurde schwer und hart wie Granit. Was hatte sie diesem Kind schon alles angetan? Und nun hatte sie es wieder zum Weinen gebracht, sie hatte nicht mal in Erwägung gezogen, dass der Junge die Vase zerbrochen haben könnte. Jetzt saß das arme Ding dort allein im Zimmer. Wie musste sie sich nur fühlen? Wie Isabelle selbst, als sie von allen verlassen worden war. Das erkannte sie nun.

Ihr Brustkorb bebte und sie machte ihrem Herzen Luft. Vorsichtig öffnete sie die Tür. In dem Moment hielt Elizabeth den Atem an und wischte sich die Tränen aus dem Gesicht, den Blick weiter auf ihre kleinen Hände gerichtet. Isabelle hatte einen klebrigen Kloß im Hals, der sich nicht hinunterschlucken ließ. Schließlich konnte sie sich nicht mehr beherrschen und weinte, als sie sich vor ihre Tochter kniete. Erstaunt sah das Mädchen seine Mutter an, die fest die zarten Händchen drückte. Einen Augenblick später streichelte sie sie sogar.

»Bitte entschuldige, mein Kind«, schluchzte Isabelle.

Elizabeth sah sie mit fragenden Augen an. Dann legte sie ihre zarte Hand auf die Wange der Mutter, um ihr die Tränen wegzuwischen, obwohl ihre eigenen noch nicht getrocknet waren.

»Bitte weine nicht, Isabelle. Sonst muss ich auch wieder weinen.«

Isabelle war überrascht von der Zärtlichkeit ihrer Tochter und wünschte sich zum ersten Mal, Mom von ihr genannt zu werden.

Sie zog Elizabeth vom Bett hinunter und hielt sie fest im Arm. Wiegte sie sachte hin und her und weinte noch mehr, streichelte über das schöne Haar ihrer Tochter, an dem sie vor einigen Monaten so brutal gezogen hatte, um sie in Johns Wagen zu verfrachten. Es brach ihr das Herz, was sie dem Kind alles angetan hatte.

»Es tut mir so leid, meine Kleine.«

»Du kannst ja nichts dafür«, flüsterte Elizabeth, was ihrer Mutter einen weiteren Stich ins Herz versetzte.

Sie wusste nicht, was ihre Tochter damit meinte, denn sie konnte sehr wohl etwas dafür. Seit ihrer Geburt verwehrte sie diesem Geschöpf ihre Zuneigung, ihre Liebe. Dabei war Elizabeth ein so wundervolles, so reines Wesen, das in ihre eigene dunkle Welt hineingeboren worden war, um diese zu erhellen. Nur hatte Isabelle das bisher nicht zugelassen. Ihre Tochter jetzt in den Armen zu halten, ihren Herzschlag zu fühlen, war wie eine Erlösung aus der Dunkelheit. Ihr bisheriges Leben war so erfüllt gewesen von Zorn und Trauer, dass sie ihre wahre Aufgabe womöglich erst in diesem Moment erkannte: Eine Mutter für diesen kleinen, besonderen Menschen zu sein.

Eine ganze Weile saßen die beiden auf dem Fußboden in Elizabeths Kinderzimmer, genossen die Stille um sich herum, dachten vielleicht über dieselben Dinge nach.

»Komm, Liz«, sagte sie leise. »Ich möchte dir etwas schenken.«

Die Augen des Mädchens glänzten auf und es folgte seiner Mutter an der Hand in deren Schlafzimmer. Die Kleine setzte sich auf das große Bett und beobachtete ihre Mutter, wie sie etwas aus der Schublade ihres Nachttischchens nahm und in ihrer Hand verborgen hielt. Isabelle bemerkte den neugierigen Blick der Tochter. Jetzt setzte sie sich neben ihr Mädchen und streichelte Liz übers Haar, war fasziniert von dessen warmen Farbton, als sei es tatsächlich aus purem Gold gesponnen. Früher war Isabelle das nicht aufgefallen.

»Liz, du weißt ja, dass ich nicht von hier stamme. Ich wurde in Österreich geboren. Ein Land, tausende Meilen von hier entfernt.« Elizabeth nickte aufgeweckt.

»Da, wo der böse Mann war.«

»Der böse Mann?«

»Ja, der mit dem kurzen Schnurrbart. Du hast mal zu Daddy gesagt, er sei der furchtbarste Mensch auf der ganzen Welt.«

Unglaublich, dass sie sich daran erinnerte.

»Du meinst Adolf Hitler. Der ist aber schon ganz lange tot.«

»Dann ist er bestimmt bei den bösen Geistern, nicht wahr?«

»Davon gehe ich aus.« Isabelle lächelte ihr sanft zu. »Als ich ungefähr in deinem Alter war, hat mir meine Mutter dieses Amulett geschenkt, bevor sie starb.« Sie öffnete ihre Hand und zum Vorschein kam eine zarte Goldkette mit einem Anhänger. Darauf waren feine Ornamente eingraviert. Mit ihren kleinen Fingerspitzen streichelte Elizabeth über das Gold des Amuletts.

»Die Kette stammt noch von meiner Großmutter. Sie hatte sie von einer ungarischen Gräfin geschenkt bekommen. Der Anhänger lässt sich öffnen. Siehst du?« Isabelle öffnete ihn und darin befand sich ein kleines Bündel Haarsträhnen. »Das Haar von meiner Großmutter und von meiner Mutter.« Sie stand auf und wanderte zu ihrem Frisiertisch. Mit einer Schere schnitt Isabelle sich eine winzige Strähne ab und platzierte diese im Amulett. Anschließend setzte sie sich wieder neben Elizabeth, die sie aus großen grünen Augen ansah, und legte ihr die Kette um den Hals. »Ich möchte, dass du sie trägst, Liz. Und wenn du selbst einmal eine Tochter hast, kannst du ihr das Amulett weitervererben. So ist deine Familie immer bei dir.«

Mit Staunen sah Elizabeth an sich hinunter und lächelte.

»Das ist schönste Geschenk, das ich jemals bekommen habe. Danke.«

Wenig später spazierten Isabelle und Elizabeth am Seeufer entlang. Immer wieder beobachtete die Mutter jede Bewegung ihrer Tochter. Wie sie an ihren Haaren spielte, Steine in den See warf und in den Himmel starrte, wenn ein Vogel über sie hinwegflog. Die Frühlingsluft und der Duft der Rosen stiegen ihnen in die Nase. Elizabeth sah sich um. Alles um sie herum erwachte wie aus tiefem Winterschlaf, blühte und wuchs. Genau wie sie. Die Apfelbäume waren von zarten weißen Blüten geschmückt und weit oben auf der Weide grasten die Rinder. Ein Schmetterling flog an den beiden vorbei und Elizabeth sah ihm nach. Isabelle hatte indes nur Augen für das Mädchen an ihrer Hand. Das Leben – Isabelle konnte es endlich wieder spüren, tief in sich, und nicht nur sehen.

»Warum finden wir Schmetterlinge schön und Motten nicht?«, fragte Lizzy mit ihrer kindlichen Neugierde.

Isabelle wusste keine Antwort darauf, aber die Frage erstaunte sie.

»Vielleicht weil Schmetterlinge schön bunt sind und Motten dunkle Flügel haben. Und sie zerfressen unsere schönen Kleider.«

Elizabeth stimmte ihrer Mutter zu.

»Dann ist James der Schmetterling und ich eine Motte«, antwortete das Mädchen und klang dabei ganz nüchtern, als hätte es sich vor langer Zeit mit diesem Schicksal abgefunden. Anschließend jedoch lachte es so unbefangen, dass die Antwort Isabelle das Blut in den Armen gefrieren ließ.

»Liz, du bist keine Motte. Du bist das hübscheste Mädchen auf der Welt. Der allerschönste Schmetterling.«

Elizabeth nickte verlegen, empfand dies offenbar nicht so. Woher sollte sie auch ein gesundes Selbstvertrauen haben?

Schäm dich, tadelte sich Isabelle im Stillen selbst. Du hast es dem Mädchen doch immer verwehrt.

»Ich mag den Frühling. Du auch?«

Isabelle nickte ihr zu. Wie wenig sie Elizabeth kannte. Sie wusste nichts von ihr. Was ihr gefiel, was sie hasste.

»Ich auch, Liz. Früher als Kind habe ich meine Ferien auch in den Bergen verbracht. Und zu Ostern haben wir die schönsten Tage erlebt.« Elizabeth schaute zu ihrer Mutter auf.

»Wie denn? Und wo?« Sie setzten sich ins frische Gras.

»In meiner Heimat gibt es vor Ostern die sogenannte Fastenzeit. Aber das weißt du ja bestimmt. Du bist ja eine Klosterschülerin«, meinte Isabelle mit einem Augenzwinkern. »Vierzig Tage lang. In dieser Zeit darf man weder Fleisch noch Eier oder Süßigkeiten essen oder gar Wein trinken. Kurz vor dem Osterfest trafen sich alle Familienmitglieder in unserem

Haus in der Steiermark. Meine Tanten, Onkel, Cousinen und Cousins. Das Bauernhaus gehörte meinen Großeltern. Sie sind aber schon lange verstorben. Meine Mutter war Katholikin, weißt du, aber mein Vater war jüdischen Glaubens. Dennoch feierten wir Weihnachten und Ostern. In der Küche bemalten wir Kinder Ostereier in den verschiedensten Farben und mit den lustigsten Motiven. Meine Tanten buken Hefezöpfe und Apfelstrudel. Das war eine ganz besondere Zeit. Und am Ostersonntag standen wir Kinder schon in der Früh auf und suchten Ostereier im Garten.«

Elizabeth streckte vergnügt ihre Arme und Beine aus und genoss die wärmende Frühlingssonne auf ihren Gliedern. Isabelle erkannte es an dem seligen Lächeln, das die Lippen der Tochter zierte.

»Das hört sich toll an, Isabelle.«

Schon wieder versetzte es Isabelle einen Stich, dass das Mädchen sie beim Namen nannte und nicht mit Mom ansprach. Würde sich das je ändern oder hatte sie bei ihrer Tochter zu viel zerstört? Sie machte ihr keinen Vorwurf, denn ihr war inzwischen klar, dass es zu spät war, Elizabeth darum zu bitten, sie Mom zu nennen. Die prägenden Kinderjahre hatte sie vertan.

»Möchtest du wissen, wie man einen echten österreichischen Apfelstrudel zubereitet?«, fragte sie, um sich selbst von ihren traurigen Gefühlen abzulenken.

Elizabeth machte große Augen und bejahte fröhlich den Vorschlag. Sie sprang auf und zog Isabelle lachend an den Händen hoch. Isabelle erkannte mit einem Lächeln ihrerseits, dass die Kleine keine Zeit verlieren wollte und sich aufrichtig zu freuen schien, dass sie miteinander den Nachmittag verbrachten. Es erfüllte sie mit ungekannter Wärme.

Als die beiden die Küche der resoluten Suzie betraten, staunte diese nicht schlecht.

»Ja, mein Gott. Haben Sie etwa Hunger, Mrs Morgan?«

Aufgeregt tapste die Köchin hin und her. Selten hatte die Hausherrin ihr heiliges Reich betreten. Und noch dazu mit Elizabeth an der Hand. Das verwirrte Suzie offensichtlich sehr.

Isabelle erkannte es, doch es war ihr egal. Sie setzte ihre Tochter auf die Küchenzeile.

»Nein, Suzie. Liz und ich backen einen Apfelstrudel.«

Die rüstige Haushälterin konnte ihre Verdutztheit nicht verbergen.

»Ähm ...«

»Ja, Sie haben richtig gehört. Jetzt machen Sie kein Drama draus und sagen mir lieber, wo ich Mehl, Eier, Rosinen und Äpfel finde? Ach ja, und Rum?«, fragte Isabelle, bevor sie sich weiter der Verwunderung der Angestellten stellen musste.

»Ja, also ... ähm, das finden Sie in der Vorratskammer. Wo sonst?«, kam es verdattert von Suzie. Dabei wies diese auf eine Tür im hinteren Bereich der Küche, die zu besagtem Kämmerchen führte, und öffnete sie einen Augenblick später.

Isabelle verschwand sofort darin. Einen Moment später kam sie wieder aus der Kammer, bepackt mit allen Zutaten, die sie für das Rezept benötigte. Sie legte alles neben Elizabeth auf der Küchenzeile ab und erklärte dem Mädchen die ersten Schritte.

»Zuerst müssen wir den Teig herstellen. Der wird später dann ganz dünn ausgerollt. So dünn, dass man durch ihn hindurchsehen kann, würde man ihn hochheben.«

Auf Isabelles Anweisung hin, schüttete ihre Tochter alle Zutaten auf die bemehlte Arbeitsfläche.

Violett betrat die Küche und machte genauso große Augen wie Suzie zuvor.

»Was geht denn hier vor sich?«, fragte sie verblüfft.

Elizabeth knetete den Teig, und ihre Mutter kam ihr zu Hilfe, als sie bemerkte, wie sehr sich die kleinen Ärmchen anstrengten, die klebrige Masse zu bändigen.

»Wir backen einen Apfelstrudel«, verkündete Elizabeth heiter.

Skeptisch blinzelte Violett zu Isabelle hinüber.

»Ist da Arsen im Teig?«, fragte sie sarkastisch und schnupperte provokant an dem Strudelteig. Isabelle verzog das Gesicht.

»Wirklich witzig, Vio!«, knurrte sie. Eine Frechheit, so etwas zu behaupten.

Schließlich hatte Coleen damals versucht ..., aber das konnte Violett ja nicht wissen. Isabelle hatte nie irgendjemandem im Haus davon erzählt.

Suzie und Violett beobachteten das absonderliche Szenario vor ihren Augen mit Überraschung und Unglauben. Isabelle schielte mehr als einmal zu ihnen, fühlte sich beobachtet und wie auf dem Prüfstand.

»Wir sollten sie vielleicht allein lassen«, schlug die Haushälterin schließlich vor, war sich aber offenbar nicht sicher, ob es eine gute Idee war, die zwei unbeaufsichtigt zu lassen. Zumindest verriet das ihre zaghafte, leicht stotternde Stimme. Violett stimmte ihr aber zu und die beiden verließen die Küche. »Wenn das der Herr sehen würde, Mrs Larson«, flüsterte Suzie beim Hinausgehen, aber laut genug, dass Isabelle es hören konnte.

Isabelle und Elizabeth saßen später auf dem Fußboden vor dem Backofen. Einige Male öffneten sie die Ofentür, um den zunehmenden Bräunungsgrad ihres zusammen erarbeiteten Werkes zu bewundern. Die Küche duftete nach Zimt und warmen Äpfeln. Während Isabelle den Apfelstrudel aus dem Ofen zog und ihn auf die Küchenarbeitsplatte stellte, erkannte sie, wie Elizabeth diesen voller Stolz betrachtete und vergnügt, mit ihrem feinen Näschen daran schnupperte. Isabelle zuckte innerlich zusammen.

»Ein richtiges österreichisches Osterfest«, schwärmte sie. »Und morgen früh gehen wir in den Garten hinaus und suchen Ostereier. Nicht wahr, Isabelle?«

Sie schaute zu ihrer Mutter auf, die nun auf den fertigen Apfelstrudel starrte und keine Regung zeigte. Elizabeth wiederholte erneut ihre Frage.

Isabelle torkelte rückwärts zur Tür. Dabei behielt sie den Apfelstrudel mit verwirrter Miene fest im Blick.

Ein violetter Blitz blendete ihre Augen. Ein Flüstern sorgte dafür, dass sich die feinen Härchen in ihrem Nacken aufrichteten.

Es war zurück.

Plötzlich brach Isabelle an der Türschwelle zusammen und fiel hart zu Boden. Sie hörte noch Elizabeths panischen Schrei nach Violett und spürte, wie das Mädchen mit aller Kraft an ihr rüttelte. Das furchtbar grelle Aufblitzen in ihrem Kopf verschwand und alles um sie herum wurde rabenschwarz.

Isabelle erinnerte sich nur schemenhaft an den Moment, bevor sie in Ohnmacht fiel. Doktor Horne hatte nach ihr gesehen. Er konnte Violett nicht erklären, weshalb sie das Bewusstsein verloren hatte. Wahrscheinlich ein Schwächeanfall. Noch immer hatte Isabelle den Duft des Apfelstrudels in der Nase. Einen Geruch, der so viele Erinnerungen in ihr weckte. An ihre Familie und an ihre Heimat. Dieser Blick in die Vergangenheit überwältigte sie wie ein abstürzender Felsbrocken, von dem sie überrollt wurde. Sie fühlte sich hilflos und gefangen in einem Leben, das sie nie hatte führen wollen. Mit einem Mann, den sie nicht liebte, und einer Tochter, die sie nicht lieben konnte, obwohl diese es verdiente.

Sie musste Morgan's Hall verlassen. Und zwar sofort. Es war für alle besser so. Bevor das Flüstern in ihrem Kopf stärker wurde und sie wieder zu furchtbaren Dingen antrieb.

Sie wollte zurück in ihre Heimat. Zurück in ihr geliebtes Wien. Dort würde sie niemandem schaden, auch nicht sich selbst.

Der Krieg war jetzt seit sieben Jahren vorüber, und es gab keinen Grund, länger zu bleiben.

John blieb John. James war in New York, irgendwann könnte er sie besuchen, wenn seine Musik ihn um die Welt führte. Dickie saß weiterhin im Gefängnis.

Isabelle traf ihre Entscheidung, schmiedete einen Plan, während sie sich ausruhte. Der Tag hatte seine Spuren hinterlassen und sie fühlte sich noch etwas schwach. Doch es würde gehen müssen.

Gegen Mitternacht wollte sie sich vergewissern, dass alle im Haus zu Bett gegangen waren und fest schliefen.

Während des Abendessens, an dem sie nicht teilgenommen hatte, hatte sie heimlich ihren Koffer gepackt – wie schon so oft in der Vergangenheit. Ein paar Kleider, Mäntel und etwas Schmuck sowie ein Bild von Elizabeth und James.

Jetzt lag John neben ihr und schnarchte seelenruhig vor sich hin. Vorsichtig stieg sie aus dem gemeinsamen Ehebett und schlich auf Zehenspitzen zu ihrem Kleiderschrank, in dem sie ihren gepackten Koffer versteckt hatte. Die alte Holztür knarrte, als sie sie öffnete. Vor Schreck fuhr sie zusammen. John knurrte kurz und drehte sich zur Seite. Sie verharrte einen Moment, bis sie sicher sein konnte, dass er weiterschlief und das übliche Schnarchen wieder einsetzte.

Behutsam zog sie den Koffer hervor und verließ ohne ein weiteres Geräusch das Schlafzimmer.

Im Korridor vernahm sie ausschließlich das Ticken der großen Wanduhr im Foyer, die gerade zwölf Uhr schlug. Dabei fuhr ihr für einen Moment ein Schrecken durch die Glieder. Doch danach war da nichts als Stille. Sie tappte zu Elizabeths Zimmer und öffnete die Tür. Durch einen kleinen Spalt sah sie das Kind friedlich in seinem Bett schlafen.

»Ohne mich bist du besser dran, Kleines«, flüsterte sie und atmete schwer.

Nachdem sie die Tür wieder verschlossen hatte, huschte sie leise die Treppe hinunter. Aus der Tasche ihres Rocks zog sie einen Brief hervor, den sie auf den niedrigen Tisch neben der Eingangstür legte. Sie öffnete diese, setzte sich in Johns Pick-up und verschwand in die Nacht, ohne sich noch einmal umzublicken.

***

Suzie war diejenige, die am nächsten Tag den Brief auf dem Tischchen entdeckte.

Als John aufwachte, hatte er sich bereits gewundert, dass Isabelle nicht neben ihm lag. Er hatte zwar selbst länger als sonst geschlafen, denn es war Ostersonntag, aber sie verließ an den Wochenenden nie vor elf Uhr das Bett.

Dass sie in der Nacht Morgan's Hall und die Familie verlassen hatte, kam ihm nicht in den Sinn. Erst nachdem Suzie ihm den Brief überreicht hatte, war ihm sofort klar, dass sie fort war.

Schwermütig trat er auf die Veranda.

Der Himmel strahlte tiefblau und die Sonne erhellte das umliegende Land. Die Apfelbäume trugen bereits die ersten Blüten und verströmten einen köstlichen Duft nach neuem Leben.

Es versprach ein wundervoller Frühjahrstag zu werden, und doch wusste John, dass der Brief, den er in Händen hielt, diesen in einen Albtraum verwandeln würde.

Er setzte sich auf den Schaukelstuhl und ließ sich Zeit. Er musste erst den Mut finden, die Zeilen, die ihm seine Frau hinterlassen hatte, zu lesen.

John,

wenn du diesen Brief in Händen hältst, wirst du schon bemerkt haben, dass ich euch verlassen habe.

Wir wussten beide, dass dieser Tag einmal kommen würde. Ich kann und will nicht mehr so leben wie in den letzten vierzehn Jahren mit dir. Ich musste aus diesem Käfig ausbrechen. Wenn ich leben will, muss ich in erster Linie an mich denken. Das ist egoistisch, ich weiß, aber es muss sein!

Ich habe meine Heimat niemals vergessen und ich plage mich seit meiner Ankunft in Woodwall mit diesem

furchtbaren Heimweh, das du sicherlich verstehen würdest,
wärst du an meiner Stelle.

Ich weiß, wie sehr du Morgan's Hall liebst.

Genau so liebe ich mein Österreich.

Ich bin nicht mehr bereit, mein Schicksal einfach so zu
akzeptieren. Du hattest mich aus Wien verschleppt. Gegen
meinen Willen. Erst mit den Jahren habe ich begriffen, dass
du mich vor dem sicheren Tod oder auch vor einer Zeit des
Versteckens bewahrt hast. Dafür müsste ich dir mein ganzes
Leben dankbar sein. Aber ich kann es nicht.

Ich weiß, du liebst mich. Ich kann mir nicht erklären, wes-
halb du das tust, aber du hast die Hoffnung um uns nie auf-
gegeben, während ich nie eine Zukunft für uns sah. Ich
wusste, dass ich dich nicht lieben kann. Schon immer. Ich
habe dich mit meiner Abweisung gestraft. Ebenso wie unser
Kind, und denke bitte nicht, dass mir dies nicht bewusst ist.
Natürlich plagt auch mich das schlechte Gewissen. Ich habe
Fehler gemacht, nicht nur in Bezug auf uns. Ich habe vor ei-
nigen Jahren etwas getan, das ich bis heute bereue, doch frage
mich nicht, was ich getan habe. Eine Kurzschlussreaktion.
Ich hadere mit dieser Tat, wie ich mich auch dafür schäme,
so lieblos mit dir und Elizabeth umgegangen zu sein.

Ich bin nie darüber hinweggekommen, dass ich Wien so
plötzlich verlassen musste. Ich weiß bis heute nicht, was mei-
nem Vater zugestoßen ist. Nicht sicher. Ich muss zurück, um
die Vergangenheit aufzuarbeiten. Verstehen, weshalb mir al-
les genommen wurde, das mir im Leben lieb und teuer war.
Warum all das mit uns Juden passierte. Ich will Erklärungen
und Antworten auf meine Fragen. Ich möchte sehen, was
dieser Krieg aus meiner Heimat gemacht hat. Gibt es noch

das Haus in der Plankengasse? Wie haben sich die Wiener ver-
ändert?

Ich weiß, noch wirst du mich für meine Entscheidung
hassen. Ich habe keine andere Wahl. Hättest du Woodwall
verlassen müssen, bin ich mir sicher, du würdest ähnlich han-
deln.

Ich weiß nicht, ob ich jemals wieder zu euch zurückkeh-
ren werde. Auch weiß ich nicht, ob ich es überhaupt will
oder kann. Momentan kann ich mir das nicht vorstellen. Ich
brauche Zeit für mich. Du wirst feststellen, dass euch meine
Abwesenheit guttun wird.

Elizabeth wird es vielleicht eines Tages verstehen. Bitte
kümmere dich weiterhin gut um sie. Ich weiß, sie ist ein liebes
Kind. Was ich ihr angetan habe, tut mir von allem am meis-
ten leid.

Ich bitte dich inständig, mir nicht nachzureisen.

Bitte entschuldige, denn ich habe aus dem Geldtresor
dreitausend Dollar entwendet, um das Flugticket zu bezahlen
und um mir ein kleines Apartment in Wien anzumieten, bis
ich eigenes Geld verdiene. Deinen Pick-up findest du auf ei-
nem Parkplatz am Flugplatz in Seattle.

Isabelle

PS: Bitte höre nicht auf, James in seinem Talent zu fördern.
Ich weiß, dass du ihn lieber auf Morgan's Hall hättest, aber er
liebt die Musik so sehr. Er wird einmal ein ganz Großer.
Außerdem gehört er genauso wenig hierher wie ich.

John musste den Brief mehrere Male lesen, bis ihre Worte in aller Klarheit zu ihm durchdrangen.

Ja, er hatte immer gewusst, dass dieser Tag irgendwann einmal kommen würde.

Und jetzt war es geschehen.

Sie war fort, hatte ihn verlassen, einfach so, still und heimlich.

Er fiel in sich zusammen. Dunkle Schatten umkreisten ihn, als habe seine Frau den Lichtschalter ausgeknipst. Verzweiflung kroch in Richtung Herz. Begleitet von der Schwere des Versagens. Er hatte es nach all den Jahren nicht geschafft, dass sie ihn liebte. Sein größter Wunsch war es, sofort einen Flug nach Wien zu buchen, doch er entschied, ihrer Bitte zu folgen und ihr nicht nachzureisen. Ihm war bewusst, dass Isabelle nie wieder zu ihm zurückkommen würde. Nie wieder.

John würde dennoch nie wieder eine andere Frau lieben. Dies schwor er sich. Bis zu seinem Tod.

TEIL IV

Die Geister der Vergangenheit

Das Haus in der Plankengasse

Isabelle saß in der Straßenbahn. In einer Stunde musste sie ihren Dienst an der Abendkasse der Wiener Staatsoper beginnen.

Während sie aus dem Fenster sah, erinnerte sie sich an den Tag vor über drei Jahren, als sie in der Stadt angekommen war.

Genau wie i diesem Moment bog sie mit der Straßenbahn in die Ringstraße ein, die seit Kaiser Franz Joseph I. ein Symbol für das historische Zentrum Wiens war. Damals hatte sie ihren Augen nicht getraut, als sie die vielen Kräne und Gerüste an den Gebäuden sah. Der Baulärm war ohrenbetäubend gewesen.

Der Weg über die Ringstraße ließ sie sofort an den Abend zurückdenken, als sie mit John und Dickie am Straßenrand stand und die Nationalsozialisten im Fackelzug vorbeizogen.

Seither war so viel geschehen.

Nichtsdestotrotz war das muntere Treiben der Wiener nicht zum Erliegen gebracht worden. Jetzt, an diesem kalten Novembertag, balancierten dick eingepackte Kinderscharen unbekümmert über die Mauern des Volksgartens, der Kälte zum Trotz. Damen mit netten Hüten und schicken Handtaschen spazierten betulich in Richtung Mariahilfer Straße.

Im nördlichen Stadtteil Margareten hatte Isabelle nach ihrer Ankunft ein mickriges Apartment unter dem Dach angemietet, in dem sie bis heute lebte. Eine Absteige mit lediglich einem Zimmer. Die Toilette lag im Flur. Diese teilte sie sich seit einigen Wochen mit einem jungen Studenten aus München. Mehr als das konnte sie sich nicht leisten. Die Reise von Seattle über New York und Paris bis nach Wien hatte sie damals viel Geld gekostet.

Tagsüber arbeitete sie seither als Serviererin in einem kleinen Café in der Nähe des Naschmarktes und seit heute verkaufte sie am Abend Eintrittskarten in der Staatsoper.

Isabelle versuchte, bestmöglich zu sparen, um sich in naher Zukunft ein komfortableres Dasein in Wien aufzubauen. Ihr war bewusst, dass sie nie wieder in verschwenderischem Luxus leben würde. Das Geld war stets knapp und manchmal, wenn sie sich kaum etwas zu essen leisten konnte, ertappte sie sich bei dem Gedanken, John um Unterhalt zu bitten.

Natürlich tat sie es nie, aber wenn der Magen knurrte und auch ihr geliebtes Wien an tristen Herbsttagen keinerlei Schönheit offenbarte, erinnerte sie sich an die Mühelosigkeit des Lebens in Morgan's Hall.

An diesem Abend war die Wiener Staatsoper ausverkauft. Mit der Aufführung von Beethovens »Fidelio« unter der Leitung von Karl Böhm feierte das ehrenvolle Haus nach langjährigen Aufbauarbeiten seine Wiedereröffnung.

Noch in den letzten Kriegstagen wurde das Gebäude an der Ringstraße Opfer eines Bombeneinschlages und war weitestgehend verwüstet worden. Nachdem die Alliierten abgezogen waren, entspannte sich die Lage in Wien und die Bürger sehnten sich nach dem Leben, das sie vor dem Krieg geführt hatten.

Die Anstellung bei der Staatsoper freute Isabelle, denn so konnte sie wenigstens ein klitzekleiner Teil dieser zauberhaften, kunstschaffenden Welt sein. Auch wenn sie nur an der Kasse saß und Karten an die gehobene Wiener Gesellschaft verkaufte, zu der sie vor langer Zeit einmal selbst gehört hatte.

Sie erinnerte sich noch gut an die allererste Aufführung, die sie besucht hatte. Der »Fliegende Holländer« unter der Leitung des berühmten Felix Weingartner. Das war 1935 gewesen und Isabelle war an diesem Tag achtzehn geworden.

Vater hatte ihr den Opernbesuch zum Geburtstag geschenkt. Sie trug ein kostbares Abendkleid ihrer verstorbenen Mutter. Standesgemäß wurde das Vater-Tochter-Gespann mit einem Fiaker in der Plankengasse abgeholt und zur Staatsoper kutschiert. Für Isabelle eine unbeschwerte Zeit, bis sich nur drei Jahre später alles für sie änderte.

Wien war zu jener Zeit avantgardistisch und überaus multikulturell eingestellt gewesen. Ein Schmelztiegel verschiedener Nationalitäten – aus der Tschechoslowakei, Kroatien und Italien. Hier lebten die geistreichsten Menschen. Von Arnold Schönberg und Sigmund Freud bis zu Wolf Albach-Retty. Menschen, die jene Epoche und vor allem die Stadt geprägt hatten.

Selbstredend gab es damals auch Not und Elend. Obdachlose, die in der Kanalisation der Weltstadt hausten, dem sogenannten Wiener Untergrund. Isabelle kam mit dieser Parallelwelt nie in Berührung. Sie stammte aus einer anderen, besser situierten Gesellschaft, die lange Zeit von der k. u. k. Monarchie geprägt worden war.

Die Familie ihrer Mutter hatte einst zum Hofstaat der kaiserlichen Habsburger gehört. Isabelle war die Urenkelin eines hochrangigen Generals, Egon Freiherr von Hofbauer. Ihr Großvater war im hohen Dienst der Silberkämmerer gewesen und hatte ihr als Kind von den kostbaren Schätzen der Hofburg vorgeschwärmt.

Erst 1919, ein Jahr nach dem Ende der Doppelmonarchie Österreich-Ungarn, verloren sie durch das Adelsaufhebungsgesetz ihren Titel und die damit verbundenen Privilegien. Aus diesem Grund hatte Isabelles Vater 1921 die gewinnbringende Privatbank gegründet, die der Familie Waldburg ein Fortbestehen in der distinguierten Wiener Oberklasse ermöglichte.

Welch bedeutende Historie dieses Land doch hat, dachte Isabelle immer wieder. Viele Kaiser hatten Österreich beherrscht und die Kultur des Landes geformt.

Das Leben hier war so anders als in der furchtbaren Einöde von Woodwall.

In Johns Heimat gab es keinerlei Historie, außer dass ein paar Indianer ihre Zelte dort aufgeschlagen hatten, um auf Lachsfischfang zu gehen. Und dann dieses ewige Gequatsche über übersinnliche Mächte, womöglich um dem Land etwas an Tiefgründigkeit zu verleihen.

Nachdem sie Morgan's Hall verlassen hatte und mit dem Flugzeug in Wien gelandet war, empfand sie endlich wieder Leichtigkeit und Lebensfreude.

Doch rasch hatte sie feststellen müssen, dass sich die einst prunkvolle Metropole verändert hatte. Die Alliierten besetzten die Stadt, die diese bei Kriegsende in vier Besatzungszonen aufgeteilt hatten.

Wien war erst spät von den USA und Großbritannien bombardiert worden, doch war die Zerstörung – vor allem in der Inneren Stadt und der Leopoldstadt –, verheerend gewesen und hatte viele historische Bauten und Wohnhäuser in Schutt und Asche gelegt.

Noch immer konnte man die Spuren der Bombenangriffe sehen, denn es dauerte lange, bis die Instandsetzungsarbeiten anliefen. Es fehlte an Rohstoffen, Transportmitteln und vor allem an fähigen Arbeitskräften.

Isabelle dachte an den letzten Tag zurück, den sie mit ihrer Tochter verbracht hatte.

An jenen milden Nachmittag, als sie mit ihr am Ufer des Golden Lake spazierte und wie ungewohnt zufrieden sie gewesen war. Vielleicht hatte ihr genau diese Zufriedenheit Angst eingejagt, denn ihre Seele schien sich mit dem Schicksal als Mrs Morgan anzufreunden. Als hätte sie sich aufgegeben.

Dagegen hatte sie jahrelang mit allen erdenklichen Mitteln angekämpft.

Sie war zurückgekommen, um ihren Seelenfrieden zu finden, dem Flüstern zu entkommen, und nun war sie sich nicht mehr sicher, ob das überhaupt möglich war.

Das Flüstern war zwar in dem Moment verstummt, als sie Woodwall verlassen hatte, aber ihr Herz hatte dennoch nicht den erhofften Frieden gefunden.

Isabelle hatte sich mit einigen Wienern ausgetauscht und alte Freundinnen wiedergetroffen, die ihr erzählten, wie es ihnen in den letzten Jahren ergangen und wie schrecklich die Zeit des Krieges gewesen war.

Juden waren seit 1938 aus der Stadt geflohen oder hielten sich vor den Nazis versteckt. Erst seit einigen Monaten bildete sich wieder eine jüdische Gemeinde.

Durch ihre alte Schulkameradin, Mina von Stetten, erfuhr sie, dass ihr Vater nur wenige Wochen nach seiner Deportation den Hungertod gestorben war. Der Gedanke an diesen qualvollen Tod raubte ihr nachts den Schlaf. Vor ihrem geistigen Auge sah sie ihren Vater, der wie ein Skelett durch die Baracken des Lagers wanderte. Ein furchtbares Bild, das Isabelle nur schwer aus ihren Gedanken verbannen konnte.

Greta Wagner war wegen »hetzerischer Gesinnung« in das Konzentrationslager Mauthausen deportiert und im April 1941 erschossen worden.

In solchen Momenten kam Isabelle immer wieder John in den Sinn, der sie vor all den Gräueltaten der Nazis bewahrt hatte.

War in Woodwall wirklich alles so furchtbar für sie gewesen, oder hatte sie sich das selbst so massiv eingeredet, dass sie die Realität aus den Augen verloren hatte?

Sie wusste es nicht, aber allmählich keimten Zweifel in ihr auf.

»Ich hätte gern eine Karte, Fräulein«, riss jemand Isabelle aus ihren Gedanken. Vor der Glasscheibe ihres Ticketverkaufs stand ein junger Mann, der sie mit einem freundlichen Lächeln begrüßte.

Es war Albert, der Student, mit dem sie in ihrem Mietshaus das Bad teilte. Außer den üblichen Begrüßungsfloskeln hatte Isabelle noch keine längere Unterhaltung mit ihm geführt. Nur am Anfang, als er in das Zimmer neben sie zog, hatte sie mit ihm kurz über die Zeiten der Badbenutzung gesprochen. Das war wichtig, denn schließlich wollte sie Albert nicht nackt in der Badewanne überraschen. Der ausgearbeitete Zeitplan funktionierte hervorragend und so liefen sie sich kaum über den Weg.

»Oh, Herr Peters, ich bitte um Entschuldigung, aber wir sind für heute Abend schon ausverkauft.« Enttäuschung machte sich in seinem jungenhaften Gesicht breit. »Ich kann Ihnen aber gern Karten für die Vorstellung am kommenden Donnerstag anbieten.«

»Sehr gern, Frau Morgan.«

Sie erhob sich von ihrem Platz, begab sich zu dem Schrank hinter ihr und entnahm aus einer Schublade ein Ticket für die Donnerstagsvorstellung. Dabei spürte sie seinen Blick im Rücken. Schnell drehte sie sich um und überreichte ihm lächelnd die Eintrittskarte durch eine Öffnung der verglasten Kabine.

»Vielen Dank«, sagte er und bezahlte. »Ich wünsche Ihnen noch einen schönen Abend.«

»Ich Ihnen auch.«

Er drehte sich um und wollte gerade die Abendkasse verlassen, da blieb er wieder stehen und kam zurück.

»Bitte verzeihen Sie«, begann er verlegen. Isabelle sah ihn fragend an. »Haben Sie noch lange Dienst?«

Isabelle schluckte, denn sie ahnte, was folgen würde.

»Bis Mitternacht. Nach der Vorstellung bin ich für die Garderobe eingeteilt. Warum fragen Sie?«

»Schade, ich dachte, wir könnten zusammmen essen gehen.«

Eine Art Stromschlag durchfuhr sie. Wollte dieser junge Bursche sie etwa ausführen?

Einerseits war sie geschmeichelt, was ein kleines Lächeln bei ihr hervorrief, andererseits kam aber auch Unbehagen in ihr auf.

»Herr Peters«, sagte sie mit schüchterner Stimme, »das ist sehr nett von Ihnen, wirklich, aber ich halte das für keine gute Idee.« Er presste die Lippen aufeinander, nickte stumm über diese Abfuhr.

»Pardon, ich wollte Ihnen nicht zu nahe treten.«

»Das sind Sie nicht«, wandte sie umgehend ein. »Ich fühle mich geschmeichelt, sehr sogar, aber dennoch muss ich passen.«

Warum eigentlich? Sie war doch frei? Trotzdem sträubte sich etwas in ihr.

»In Ordnung. Kommen Sie gut heim, Frau Morgan.«

»Danke. Nennen Sie mich doch bitte Isabelle, Albert. Frau Morgan hört sich irgendwie furchtbar an.« Er lächelte dankbar, drehte sich wieder um und verließ nun endgültig die Staatsoper.

Isabelle hörte das Einsetzen des Orchesters im Vorstellungssaal und blieb grübelnd zurück.

Einen Tag nach der feierlichen Wiedereröffnung der Staatsoper bog sie zu Fuß von der Dorotheenstraße in die Plankengasse ein.

Heute war ihr einziger freier Tag seit Monaten und erst jetzt fand Isabelle den Mut, ihr Elternhaus aufzusuchen.

Bislang hatte sie diese Ecke in Wien gemieden, und sie nahm jeden Umweg in Kauf, um nicht an dem Haus vorbeigehen zu müssen. Nichts hatte sich seit damals verändert und das Eckhaus war von Bombenabwürfen verschont geblieben.

Lange Zeit betrachtete Isabelle von der anderen Straßenseite aus die Haustür. Sie musste einfach wissen, wer dort lebte. Der

Himmel war grau und es nieselte. Ihre Finger waren klamm, denn es war Anfang November und bitterkalt. Es fehlte nicht viel und der Regen würde in Schnee umschlagen.

Nach etwa vierzig Minuten verließ eine ältere Frau in altmodischer Kleidung das Haus. Sie passierte eilig die Straße und wurde von Isabelle angehalten, die sie höflich begrüßte.

»Entschuldigen Sie bitte. Ich habe Sie eben aus der Plankengasse 19 kommen sehen. Wohnen Sie dort?«

Misstrauische Augen musterten sie.

»Gnä' Frau, doart lebt niemand. I bin voar zwo Joaren von der Arbeitsvermittlung geschickt woarden und reinige die Wohnung enmol im Monat«, erwiderte sie in einem starken Dialekt, der aus der ländlichen Gegend von Linz stammte. Isabelles frühere Kinderfrau redete genauso.

Sie runzelte die Stirn.

»Die Wohnung ist leer?«

Die Frau, deren Haut so dünn war, dass man jedes Äderchen sah, nickte.

»I woas, doas bis zum End des Krieges da en hoher Offizier mit sein Foamilie glebt hoad. So wie i ghört hab, wurd dos Gebäud von enem Geschäftsmoann gekoft, aber net weitor vermietet.«

Isabelle sah die Frau entmutigt an und ihr ganzer Leib zitterte. Ihr Mantel war für diese Jahreszeit viel zu dünn und an einigen Stellen abgetragen.

»Ich habe einst dort mit meinem Vater gelebt«, sagte sie trübsinnig.

Die Fremde schaute sich zu dem Haus um und grübelte. »Wie ist der Nome, gnä' Frau?«

»Isabelle Morgan ... äh, bitte verzeihen Sie. Waldburg. Isabelle Waldburg.«

Erstaunt legte die Frau die Hand auf den Brustkorb.

»Oida, des gloab i net«, äußerte sie perplex. »Seid's Ihr das Fräulein Tochter voam gnädgen Herrn Boankdirektor Waldburg?«

Isabelles Augen leuchteten.

»Ja, meinem Vater gehörte die Bank in der Ferdinandgasse. Bis sie nach dem Anschluss 1938 aufgeben musste.«

Freudig lachte die Frau.

»Joa, i kenn die Boank. Mein Buab hoat in der Poststelle geoabeitet.« Daraufhin verfinsterte sich ihre Miene schlagartig. »Der Buab stoarb 1942 an der Ostfront.«

Mitleidig legte Isabelle ihre Hand auf die Schulter der Frau.

»Das tut mir sehr leid. Ich bin seit April 1952 zurück in der Stadt. 1938 konnte ich Wien rechtzeitig verlassen. Danach lebte ich in Amerika. Doch ich musste wieder zurückkommen. Ich kann mir vorstellen, wie viel Leid die Wiener ertragen mussten.«

Bissig lachte die Frau auf.

»Selbst schuld sind ma. G'feiert ham's da Teifl, ols der noach Wien kämet.«

Das stimmte. Isabelle erinnerte sich an den euphorischen Jubel der Bevölkerung, nachdem Hitler mit seinen Truppen die Stadt besetzt hatte.

»Sie sind die Erste, die mir über den Weg läuft, die das ausspricht, was viele nicht über die Lippen bringen. Trotz alledem konnte ich nicht mehr dortbleiben, wo ich war. Ich musste wissen, was aus meiner Heimat geworden ist. Ich hatte Angst vor der Plankengasse, da ich nicht wusste, was ich vorfinden würde.«

Die Frau öffnete ihre Handtasche und entnahm ihr einen Schlüssel.

»Koam's mit, Fräulein Waldburg.«

Sie packte Isabelle an der Hand und führte sie über die Straße zurück zum Haus. Daraufhin schloss sie die massive Eingangstür auf und die beiden betraten den Hausflur.

Der gewohnte Geruch der alten Holztreppe stieg Isabelle sofort in die Nase. Unzählige Erinnerungen zogen durch ihre Gedanken. Sie war wieder zu Hause und konnte es kaum fassen.

Sie stiegen die Treppe in die erste Etage hinauf, und die Frau, die sich ihr als Adele Mayr vorgestellt hatte, öffnete die weiße Wohnungstür.

Bedächtig und von Rührung ergriffen, betrat Isabelle die Wohnung. In ihrem alten Zuhause, mit den hohen Wänden und den aufragenden Sprossenfenstern, standen einige Möbelstücke, die noch aus dem Besitz ihrer Familie stammten und mit weißen Laken abgedeckt waren. Jeder ihrer Schritte hallte durch die Zimmer.

Sie betraten den großflächigen Wohnraum. Der alte Lüster, den ihre Mutter einst bei Lobmeyr erstanden hatte, hing bis heute an der Decke. Auf dem Kaminsims stand noch die Tischuhr, die einst ihrem Großvater gehört hatte.

Ansonsten war alles verschwunden. Kostbare Gemälde, das Meißner Porzellan, das Silberbesteck. Alles von den Nazis entwendet.

Isabelle blieb mitten im Raum stehen und konnte ihre Ergriffenheit nicht mehr zurückhalten.

Tränen flossen ihr unkontrolliert übers Gesicht. So lange hatte sie auf diesen Tag gewartet. Alles war vertraut und doch irgendwie fremd. Mitfühlend reichte Adele ihr ein Stofftaschentuch.

Nachdem sie sich wieder beruhigt hatte, wanderte Isabelle in das ehemalige Arbeitszimmer ihres Vaters. Dort stand sein uralter Sekretär aus Eichenholz. Unendlich viel Zeit hatte er hier verbracht. Als Kind hatte sie sich oft zu ihm gesellt und auf dem Boden mit ihren Puppen gespielt. Vor allem nach dem Tod der geliebten Mutter, die sehr jung an Meningitis verstarb. Da war Isabelle gerade erst acht Jahre alt gewesen.

Sie erinnerte sich an ein Versteck, einen Hohlraum unter einer Holzdiele. Vielleicht hatte ihr Vater dort etwas vor den Nationalsozialisten versteckt gehalten. Sie kniete sich auf den Holzboden und entfernte die Diele.

Adele stand mit weit aufgerissenen Augen neben ihr und versuchte, in dem schwarzen Loch etwas zu entdecken.

Tatsächlich lag darin ein Stoffbeutel, den Isabelle mit Herzklopfen herauszog.

Vielleicht befand sich darin ein Testament oder Ähnliches, was bezeugen konnte, dass dieses Haus ihr gehörte. Der Beutel war schwer.

Sie öffnete ihn und sah hinein.

Darin befanden sich Fotografien, die einst auf dem Kaminsims ihren Platz gehabt hatten. Bilder ihrer Familie, der Großeltern, der schönen Mutter und ihres geliebten Vaters.

Mit einem Schluchzen streichelte sie über jedes Gesicht ihrer Lieben, von denen niemand mehr lebte.

»Sie wissen nicht, wem diese Wohnung jetzt gehört, Adele?«, fragte sie leise.

Rechtmäßig müsste ihr das Haus gehören, aber ihr war bewusst, dass die Chance gering war, dass ihr der Staat Österreich den Besitz zusprechen würde. Hätte es ein Testament gegeben, so wäre es mit größter Wahrscheinlichkeit von den Nazis vernichtet worden – wie vermutlich sämtliche Dokumente und Papiere der Familie Waldburg.

»Na! Nur doas es a Omerikaner ist.« Aus heiterem Himmel kam Adele offenbar etwas in den Sinn. »Wartn's!«, rief sie aufgeregt, »vor eingn' Zeit koam a Briefl.« Sie düste in den Speiseraum. »I hoab vergessen, das Briefl an die Arbeitsvermittlung weiterzuleiten.«

Isabelle folgte ihr mit neugieriger Miene.

»Ein Brief?«

»Hoffentlich woar's nix Wicht'ges.«

Adele öffnete eine Schublade des alten Buffetschrankes, wo sie scheinbar das Schreiben verstaut hatte.

Sie las den Namen des Empfängers laut vor und schaute daraufhin ziemlich verdutzt drein.

»Doas is oba koamisch. Das Briefl ist oan Isabelle Morgan odressiert.«

Verblüfft riss Isabelle ihr den Brief aus der Hand.

»Wie ist das möglich?«

Hastig öffnete sie den Umschlag. Als sie die Handschrift erkannte, blieb ihr das Herz stehen.

Es war Johns.

Das Datum verriet, dass er das Schreiben kurz nach ihrem Verschwinden vor über drei Jahren aufgesetzt hatte.

Ihre Hände zitterten, als sie es las.

Woodwall, 17. Mai 1952

Meine geliebte Isabelle,

ich hoffe, dass dich dieser Brief irgendwann erreicht. Ich habe allerdings die Zuversicht, dass du zur Plankengasse zurückkehrst und ihn findest.

Dein schlagartiges Verschwinden hat mich tief getroffen, wie du dir sicherlich denken kannst. Und auch Elizabeth fragt immerzu, warum du uns verlassen hast. Ich habe ihr erklärt, dass du eine längere Zeit Urlaub machst. Den wahren Grund werde ich unserer Tochter erklären, wenn ich der Meinung bin, dass sie es versteht.

Oder, besser gesagt, wenn ich selbst so weit bin, deine Flucht zurück nach Wien zu begreifen und zu verarbeiten.

Ich werde dir nicht folgen. Das habe ich mir vorgenommen. Sicher ist, dass ich dich nie wieder dazu zwingen werde, bei mir zu bleiben. Natürlich plagt auch mich das schlechte Gewissen, dass ich dir damals keine Wahl gelassen habe. Ich wollte nicht wahrhaben, dass du in Wirklichkeit Dickie geliebt hast. Und er dich. Ich war arrogant, da ich dachte, ich könne dir ein besseres Leben bieten als er oder sonst irgendjemand.

Ja, ich wusste, dass der Tag kommen würde, an dem du mich verlässt. Kurz nach Kriegsende kaufte ich das Haus in der Plankengasse. Da ich nicht weiß, wo du dich gerade in Wien aufhältst, schreibe ich diesen Brief und sende ihn an dein Elternhaus, das du ja nie vergessen konntest und immer über die Schönheit unseres Woodwall' gestellt hast. Das ist kein Vorwurf! Wien war deine Heimat, das verstehe ich jetzt. Woodwall ist meine.

Ebenfalls habe ich dir ein Konto im Bankhaus in der Singerstraße einrichten lassen, auf das ich dir monatlich einen Betrag überweise. Natürlich steht es dir frei, das Geld anzunehmen oder abzulehnen. Sieh es als eine Art Unterhalt und Wiedergutmachung an. Mit den dreitausend Dollar, die du genommen hast, wirst du nicht weit gekommen sein.

Auch wenn sich die Wirtschaftslage in Europa entspannt hat, wird es nicht leicht sein, das Leben zu führen, das du gewohnt warst. Lass mich wenigstens einen Teil dazu beitragen, dir deinen Frieden zu schenken.

Ich habe dir Schreckliches angetan.

Kurz nach deiner Abreise besuchte uns James für einige Tage. Du wärst sicher sehr stolz auf ihn. Seine Noten sind ausgezeichnet, er ist fast ein richtiger junger Mann. Hochgewachsen und gut aussehend wie einst sein Vater. Den unermesslichen Ehrgeiz dieses Jungen muss ich nicht erwähnen. Und ja, Isabelle, ich werde ihm weiterhin die Musik ermöglichen. Ich würde lügen, wenn ich schriebe, ich hätte mir nichts anderes für ihn gewünscht. Oder, besser gesagt, für Morgan's Hall und unser Gut.

Elizabeth ist wieder ins St. Benedict zurückgekehrt. Ich hatte ihr angeboten, in Woodwall zu bleiben, doch zu meinem Erstaunen wollte sie wieder zurück. Sie wollte diese kleine Meggie Horne nicht im Stich lassen. Ein wunderbares Kind, unsere Lizzy. Vielleicht ist ihr weiterer Besuch im Internat auch besser so, da mich die Kelterei vollends einnimmt. Ich bin froh, dass das so ist. Die Arbeit lenkt mich von meinem Schmerz ab, dich endgültig verloren zu haben. Und von der furchtbaren Erkenntnis, gescheitert zu sein. Als

Ehemann und auch als Vater. Vor allem aber als guter Mensch. Liebe kann man nicht erzwingen.

Wie recht du hattest.

Isabelle, wir haben beide Fehler begangen, aber dich zu lieben, werde ich bis ans Ende meiner Tage nicht bereuen.

Ich hoffe, dass du in Wien das wiederfindest, was du einst verloren hast, und dass du jetzt glücklicher bist, als du es an meiner Seite warst.

Ich war dein Unglück, das habe ich nun begriffen und es tut mir aufrichtig leid.

In ewiger Liebe, John!

Isabelle war aufgelöst und rannte mit dem Brief auf und ab.

Sie übersetzte Adele das Schreiben, obwohl diese eine Fremde für sie war. Irgendjemand musste ihr aber bestätigen, dass sie nicht träumte.

»Joa mei! A großzüger Herr.«

»Ist er völlig übergeschnappt?« Kopfschüttelnd setzte sie sich auf einen Stuhl und legte das Gesicht in die Hände. Adele ließ sich auf einen anderen Stuhl nieder und rückte näher. »Wie kommt er nur dazu? Dieses Haus zu kaufen, wird ihn ein Vermögen gekostet haben.«

»Möchtn's allein sein, gnä' Fräulein?«

»Bitte, nennen Sie mich nicht andauernd Fräulein.«

Adele nickte und wollte sich gerade erheben und die Wohnung verlassen, da bat Isabelle sie, noch ein bisschen zu bleiben. Sie wusste nicht, warum sie es tat. Doch sie konnte jetzt nicht allein sein.

In der folgenden Stunde tat sie das, was sie noch nie getan hatte: sich den Kummer von der Seele reden.

Sie erzählte Adele von ihrer Zeit mit John und Dickie, wie beide ihr zur Flucht verholfen hatten. Davon, dass John sie ohne ihre Zustimmung zur Ehefrau genommen und sie sich bitter an ihm gerächt hatte, indem sie sich ihm verweigerte. Adele hörte der verzweifelt weinenden Frau aufmerksam zu, schluckte mehrmals, da sie manches furchtbare Detail erst verdauen musste.

»Ich hatte eine Affäre mit dem Ehemann meiner Schwägerin. Dabei wollte ich ihn gar nicht. Und ich habe meiner Schwiegermutter Josephine bewusst wehgetan, als ich ihr von meiner Herkunft erzählt habe und davon, dass John mich zur Heirat gezwungen hat. Kurz darauf hatte sie einen Schlaganfall oder Herzinfarkt. Wegen mir«, schluchzte Isabelle. »Ich habe mein Kind vernachlässigt, weil ich es nie wollte. Die arme Elizabeth.« Sie brach über ihren Tränen zusammen. Eine Weile später beruhigte sie sich. »Und jetzt hat John mich wieder von ihm abhängig gemacht.«

Adele verurteilte sie nicht, Isabelle sah es in ihren ehrlichen Augen. Stattdessen nahm sie die Hand der jüngeren Frau, wollte Isabelle anscheinend beistehen. Sie selbst kam aus einfachsten Verhältnissen und der Krieg hatte ihr den Mann und den Sohn genommen. Seither arbeitete sie hart als Putzfrau bei mehreren gut situierten Familien in der Inneren Stadt, wie sie Isabelle erzählt hatte.

Isabelle kam sich plötzlich wie eine Gestrandete vor, wusste nicht mehr, woher sie tatsächlich kam und wo sie letztendlich hingehörte.

»Adele, Sie sind die Erste und Einzige, der ich jemals davon erzählt habe. Nicht einmal im Sanatorium habe ich meinem behandelnden Arzt davon berichtet. Sie können sich nicht vorstellen, wie gut es tut, sich das alles von der Seele zu sprechen.«

»Woas machen's denn jetzt, Frau Waldburg?«

Isabelle wusste es nicht. Sie wusste nur, dass ihr bitterkalt war und sie seit Tagen nichts Vernünftiges mehr zu sich genommen hatte. Dabei hatte sie solch einen großen Hunger, doch der Geldbeutel war leer. Die Fremde sah es ihr mit mitleidigen Augen an.

»Nennen Sie mich doch bitte Frau Morgan. Nein, lieber Isabelle.«

»Gehen's doch zur Boank, Isabelle. Der gnädige Herr hoat doch Geld gschickt.«

Isabelle nickte als Antwort. Sieh es als Wiedergutmachung, hatte John geschrieben.

Aber sollte sie wirklich seine Unterstützung annehmen? Sich wieder von ihm abhängig machen?

Papperlapapp, dachte sie. Der Hunger siegte.

Adele begleitete sie zu besagter Bank in der Singerstraße. Die ältere Dame war wohl neugierig, ob der Herr aus dem fernen Amerika wirklich regelmäßig Geld sandte oder sich nur leerer Worte bedient hatte. Am Bankschalter legte Isabelle ihren amerikanischen Pass vor.

»Unter meinem Namen müsste bei Ihnen ein Konto laufen?«, erkundigte sie sich.

Der Mitarbeiter am Schalter las ihre Personalien und schlenderte in einen Nebenraum. Wenig später kam er zurück.

»Das ist korrekt, Frau Morgan.«

»Wie viel Geld befindet sich auf dem Konto?«, fragte Isabelle kleinlaut.

Der junge Banker mit der Billy-Wilder-Hornbrille studierte die Kartei und runzelte die dichten Augenbrauen, als er den Betrag nannte.

»Genau 42.000 Dollar, Frau Morgan.« Adele kreischte baff. »Jeden Monat gehen 1.000 Dollar ein. Pünktlich.«

Adele riss die Augen weit auf. »Jessas!«

Isabelle atmete tief ein, denn ihre weitere Existenz in Wien war gesichert. Sie konnte aus der kleinen Dachwohnung ausziehen und fortan in ihrem Elternhaus leben. Sie zögerte, bevor sie den Bankangestellten um die Auszahlung einer kleinen Summe bat.

Von dem Geld würde sie einen dicken Wintermantel, Handschuhe sowie einen Hut kaufen. Daraufhin lud sie Adele zum Abendessen ins Café Prückel ein.

Gegen halb zwölf in der Nacht betrat Isabelle das Wohnhaus, in dem sie derzeit lebte. In ein paar Tagen wollte sie dort ausziehen, das hatte sie sich fest vorgenommen.

Müde stieg sie die unzähligen Treppen hinauf, die zu ihrem Zimmer unterm Dach führten. Das Ehepaar in der vierten Etage stritt laut. Auf dem Weg nach oben konnte Isabelle jedes Wort verstehen und seufzte, da sich dieses Paar unentwegt in den Haaren lag. Dauernd ging es um Geld. Entweder endete jeder Clinch mit Prügel oder lautstarkem Sex. Beides hörte Isabelle bis in ihr Zimmer hinauf. Bald nicht mehr, wofür sie dankbar war. Endlich raus aus diesem Kummerdasein, in dem sie seit ihrer Ankunft lebte.

Nachdem sie oben angelangt war, öffnete sich die Tür zu Alberts Zimmer und er trat in den kleinen Flur. Das Oberlicht flackerte und Isabelle trat vor Schreck einen Schritt zurück.

»Entschuldige Isabelle. Das wollte ich nicht. Eigentlich wollte ich gegen die Tür unserer Streithähne hämmern. Die kloppen sich schon seit Stunden.«

Sie nickte mit einem Lächeln auf den Lippen.

»Seltsame Leidenschaft, nicht wahr?«

»Allerdings«, antwortete er. Ein lauter Ruck ließ beide zusammenzucken. Das markerschütternde Weinen der Frau durchdrang das Treppenhaus. Bestürzt schüttelte Albert mit dem Kopf. »Warum verlässt sie ihn nicht, wo er sie doch andauernd schlägt?«

Die Frage, die er so unschuldig, so verzweifelt an sie richtete, ließ Isabelle erstarren.

»Sie liebt ihn«, antwortete sie und senkte dabei den Blick.

»Aber das ist doch verrückt, oder?«, fragte er mit einem ungläubigen Lachen.

»Das ist es wohl.« Sie vergrub eine Hand in der Manteltasche und zog ihren Haustürschlüssel hervor. »Gute Nacht, Albert.«

Als sie den Schlüssel in das Schlüsselloch steckte, bemerkte sie seine Hand auf ihrer Schulter. Ein Schauer lief ihr über den Rücken. Sie drehte sich zu ihm um.

»Geht es dir gut, Isabelle? Wenn ich das äußern darf, du wirkst noch trauriger als sonst.« In seinen braunen Augen erkannte Isabelle ehrliche Besorgnis. »Ich weiß, dir geht es nicht gut. Manchmal hilft es, darüber zu sprechen.«

Sie atmete schneller.

»Ich hatte einen harten Tag. Das ist alles.«

»Gib mir doch wenigstens die Chance, dir zu helfen.«

»Niemand kann mir helfen.«

Sie sah auf seine Hand hinunter, die immer noch auf ihrer Schulter lag. Sie wusste nicht, ob sie ihn bitten sollte, in sein Zimmer zurückzukehren.

Seine Nähe, die er ihr gerade schenkte, machte sie wehmütig. So lange war sie einsam, hatte mit niemandem mehr das Bett geteilt.

Albert wollte sie, das stand ihm ins Gesicht geschrieben. Auch wenn er anständig war, die Leidenschaft in seinen Augen konnte er nicht verbergen.

Isabelle schloss die Tür auf und trat in ihr Zimmer. Die Wohnungstür hatte sie hinter sich nicht zugezogen, was Albert als Einladung verstehen sollte. Sie knipste die Lampe auf ihrem Nachttisch an. Er trat ein und schloss die Tür hinter sich. Aufgeregt sah sich Isabelle um, sammelte zügig die verschmutzte Wäsche ein, die auf dem knarrenden Holzfußboden verteilt lag.

»Verzeih«, sagte sie und packte die Kleidung in einen Wäschekorb, der neben ihrem Bett stand. »Ich kann dir leider nichts anbieten. Mit Besuch habe ich nicht gerechnet.«

Verzagt ließ sie sich auf ihr Bett fallen und ärgerte sich, dass dies die einzige Sitzgelegenheit war.

»Schon gut. Danke. Ich brauche nichts«, antwortete Albert und lehnte sich gegen die Arbeitsfläche der winzigen Küchenzeile, ihrem Bett gegenüber.

Isabelle betrachtete ihn und hatte den Eindruck, dass er zu höflich war, um ihr direkt die Kleider vom Leib zu reißen. Sein volles dunkelbraunes Haar war zerzaust. Vielleicht hatte er bereits im Bett gelegen. Ob er auf ihr Heimkommen gewartet hatte?

Langsam zog sie ihren Mantel aus.

»Bist du in Wien geboren?«, fragte er.

»Ja.« Was sollte sie ihm erzählen? Ihre ganze Leidensgeschichte? Nein, heute hatte sie genug darüber gesprochen. »Wie alt bist du, Albert?«

»Zweiundzwanzig.«

»Um Himmels willen«, murmelte sie. Was wollte dieser gutaussehende Bursche von ihr? Sie war Ende dreißig.

Er hätte jedes Mädchen haben können und doch stand er jetzt vor ihr.

Isabelle suchte nach irgendetwas, was die Stille, dieses Knistern zwischen ihnen vertreiben sollte, und ihr Blick fiel schließlich auf das Radio auf der Fensterbank ihres Gaubenfensters. Der einzige Luxus, den sie sich in den letzten Jahren gegönnt hatte. »Magst du Musik?«

Er grinste und verschränkte die Arme vor der Brust.

»Natürlich? Wer nicht?«

Sie stand von ihrem Bett auf, trat zur Fensterbank und schaltete das Radio ein.

»Cheek to Cheek« dröhnte aus dem kleinen Lautsprecher.

Warum gerade dieses Lied? Johns Lied? Sie schloss die Augen und hörte auf einmal Alberts Atem in ihrem Nacken. Spürte seine Nähe. Sanft umschloss er mit seinen Armen ihre Taille und legte seine Wange auf ihr Haar. Die Klänge des Songs ließen sie aber nicht los, denn nicht John küsste gerade ihre Schläfe, sondern ein Fremder. Hastig befreite sie sich aus seiner Umarmung und schaltete das Radio wieder aus.

»Was ist denn los, Isabelle? Habe ich etwas falsch gemacht? Du zitterst am ganzen Leib.«

Tränen kullerten aus ihren Augen.

»Du hast nichts falsch gemacht. Nur ... lange hat mich niemand mehr so berührt wie du mich gerade.«

Albert trat wieder auf sie zu und wischte ihr die Tränen aus dem Gesicht. Mit sehnsüchtigen Augen sah er sie an.

»Du bist die schönste Frau, die ich jemals gesehen habe. Du solltest immer so berührt werden.«

Seine Hände verweilten auf ihren Wangen, dann küsste er sie mit zarten Lippen. Sie ließ es zu.

Doch als sie ihre Augen schloss, um Alberts Kuss zu erwidern, sah sie John. Sie sah ihn, wie er Elizabeth als Baby in seinen Armen wiegte und ihr, seiner geliebten Ehefrau, dabei glücklich zulächelte. Dann erinnerte sie sich an ihren gemeinsamen Tanz am Silvesterabend im Great Mountain Hotel und wie er darunter litt, dass er sie liebte und sie ihn nicht. Und jetzt? Liebte Isabelle diesen Mann vielleicht doch mehr, als sie sich eingestehen wollte? Hatte die unerfüllte Liebe zu Dickie ihre wahren Gefühle verschleiert?

»Ich kann nicht. Ich kann es einfach nicht.« Albert ließ sofort von ihr ab.

»Wir müssen nichts überstürzen.« Isabelle weinte plötzlich bitterlich.

»Es geht einfach nicht, Albert. Ich bin verheiratet. Ich habe eine kleine Tochter.«

Schockiert zog er die Augenbrauen zusammen. Er sah zur Zimmertür, als wartete er darauf, dass Isabelles Familie jeden Moment eintreten würde.

»Oh, ich dachte, du seist alleinstehend. Wo sind sie? Sie leben hier in Wien?«

»In Amerika. Ich habe sie verlassen. Einfach so.« Isabelles Stimme brach, weil sie von einem tiefen Schluchzen übermannt wurde. »Ich habe so viel Abscheuliches in meinem Leben getan. Ich habe mein Kind im Stich gelassen. Meine Tochter ist so perfekt und ich war so furchtbar zu ihr. Das hat sie nicht verdient. Mein Mann liebt mich mehr als alles andere auf der Welt, und ich habe ihn verachtet, niedergemacht. Ich habe es nicht ausgehalten, so zu sein, wie ich es war. Da bin ich abgehauen. Und wofür? Ich dachte, wenn ich zurück nach Wien käme, würde alles besser. Jetzt bin ich unglücklicher denn je.«

»Aber wenn du hier so unglücklich bist, warum gehst du dann nicht zurück?«

»Sie werden mir das niemals verzeihen.« Kurz überlegte sie. »John vielleicht. Irgendwann. Aber Elizabeth nicht.«

Albert ließ die Schultern hängen, ging jetzt auf Abstand.

»Woher willst du das wissen, wenn du es nicht versuchst? Jeder hat eine zweite Chance verdient. Auch du. Egal, was du getan hast.«

»Wie sehr ich mir wünschte, sie wäre jetzt bei mir«, sagte sie leise. Dann sah sie Albert an, der enttäuscht wirkte, weil er sich etwas anderes von ihrer Einladung erhofft hatte. »Bitte entschuldige. Du bist wirklich ein liebenswürdiger Bursche, aber ich kann nicht mit dir …«

»Schon in Ordnung«, unterbrach er sie und legte wieder seine Hand auf ihre Wange. »Ich verachte Männer, die mit verheirateten Frauen schlafen. Meine Mutter wurde nach Kriegsende von einem amerikanischen GI vergewaltigt. Er wusste, dass sie sehnsüchtig auf die Rückkehr meines Vaters wartete, der in Kriegsgefangenschaft geraten war. Meine Mutter ließ es irgendwann zu und heiratete den Ami. Mein Vater kam zurück und verschwand wieder ohne ein Wort, als er seine Frau mit einem anderen angetroffen hat.«

»Der Krieg hat uns alle innerlich zerrissen, hat uns zu Menschen werden lassen, die wir nicht sein wollen.« Albert nickte.

»Geh zurück, Isabelle. Auch wenn die Nazis der Vergangenheit angehören, haben sie dich deiner Heimat beraubt. Für immer. In Amerika hast du eine Familie, eine Zukunft. Das ist mehr, als den meisten Menschen, die ein ähnliches Schicksal wie du erlitten haben, vergönnt ist. Hier in Wien trauerst du einem Geist hinterher. Etwas, das nicht mehr da ist.« Er hatte recht. Albert hatte so recht, das erkannte sie jetzt.

»Ich wäre jetzt gern allein.«

»Natürlich«, flüsterte er. Er beugte sich zu ihr hinunter und küsste zart ihre Wange. »Ich hoffe, du findest deinen Frieden.«

Daraufhin verließ er Isabelles Zimmer.

Mit einem tiefen Schluchzen sah sie aus dem Fenster in die Nacht. Keine schneebedeckten Berge, die das Tal wie beschützende Wächter umzingelten. Kein goldglitzernder See, wenn die Sonne unterging. Keine Apfelbäume, die im Frühling zauberhaft erblühten und einen betörenden Duft aussandten. Ihr Herz wurde noch schwerer.

Wien war nicht mehr ihre Heimat.

Greystoke Grove

Morgan's Hall, 15. September 1956

John eilte durch das Esszimmer und klopfte leicht an die Tür, die zur Küche führte. Ein Zeichen für Suzie. Es war früh am Morgen und noch umhüllte die Morgendämmerung das Land. Phil, Violett und Tristan saßen mit erwartungsvollen Gesichtern am Tisch.

»Pst! Sie kommt«, flüsterte John und lugte mehrmals zum Foyer hinüber.

Eine verschlafene Elizabeth schlappte die Treppe herunter und trug noch ihren Pyjama. Das lange Haar war von der Nacht zerzaust. Sie rieb sich den Schlaf aus den Augen und betrat das Esszimmer.

In diesem Moment kam Suzie aus der Küche, in ihren Händen hielt sie eine Geburtstagstorte mit vierzehn hell erleuchteten Kerzen. Wie ein Dirigent schwang John die Arme und stimmte ein Geburtstagsständchen an. Das Mädchen riss die Augen auf und lächelte verlegen. Elizabeths Blick glitt von einem zum anderen. John trat indes auf seine Tochter zu und schloss sie in die Arme.

»Na komm, meine Kleine. Heute darfst du am Kopf des Tisches sitzen«, sagte er und führte sie zu seinem Platz.

Elizabeth setzte sich und Suzie stellte die Torte vor sie hin. Gerade wollte sie die Kerzen auspusten, da legte John seine Hand auf ihre Schulter, um sie davon abzuhalten.

»Warte. Wir haben noch eine Überraschung für dich.«

John nickte Phil zu, der die Tür zur Küche öffnete, und plötzlich stand James im Esszimmer. Er hatte den Jungen extra für den Geburtstag seiner Tochter aus New York einfliegen lassen und gestern, am späten Abend, in Seattle abgeholt. Er wusste, dass er Elizabeth kein schöneres Geschenk machen konnte, was ihm ihr glückliches Gesicht bewies. Das Glänzen in ihren Augen war irgendwie Ausdruck für etwas, das – ja, man konnte es wohl Liebe nennen. Es war schon sonderbar, aber John interpretierte nicht allzu viel in diese Verbundenheit hinein. Er und Violett waren damals nicht anders gewesen, hatten sich ebenfalls über ein Wiedersehen gefreut, wenn sie sich lange nicht gesehen hatten. Geschwisterliche Liebe eben.

Elizabeth sprang von ihrem Stuhl auf und rannte James entgegen, der sie mit einem breiten Grinsen in seine Arme schloss.

Siebzehn war der Junge inzwischen. Ein Bild von einem Mann mit der Haltung eines Tänzers, dessen ruhige Augen weiterhin eigenartig unnahbar wirkten. Außer wenn er Elizabeth sah, die seine Distanziertheit schon immer hatte durchbrechen können. Ob er es wollte oder nicht. Nächstes Jahr würde er sich an der Universität im nahen Washington bewerben. Betriebswirtschaft – auch wenn James' Lehrer John in den letzten Monaten bekniet und angebettelt hatten, dieses Talent nicht verkümmern zu lassen. Seiner Meinung war der Junge zu schade dafür, ein Gutsherr zu werden. Aber John ließ sich davon noch immer nicht beeindrucken.

»Du bist extra aus New York gekommen? Wegen mir?«, fragte Elizabeth mit einer herzerwärmenden Entzückung in der Stimme, die John fast zu Tränen rührte. »Wirklich nur für mich?«

»Natürlich, Lizzy«, antwortete James sanft und führte sie wieder zu ihrem Platz. »Du darfst dir etwas wünschen.«

Elizabeth schloss die Augen und blies mit einem kräftigen Atem die Kerzen aus.

Was sich mein Mädchen wohl wünscht?, fragte sich John. Wehmut stieg in ihm auf, als er seine bildhübsche Tochter ansah, die von Tag zu Tag ihrer Mutter ähnlicher wurde. Zumindest äußerlich. Aber da war noch etwas anderes, das ihn noch mehr erfreute: Elizabeth besaß denselben gutmütigen Blick wie einst seine Mutter Josephine. Unweigerlich musste er an solch einem Tag noch intensiver an Isabelle denken, die ihn vor vier Jahren verlassen hatte.

Im letzten Jahr hatte er eine Nachricht erhalten, dass sie Geld von dem für sie eingerichteten Konto abgehoben hatte. Seither konnte er in der Nacht besser schlafen, weil er wusste, dass es ihr gut ging. Zumindest hatte er sich das eingeredet. Aber der Geburtstag der gemeinsamen Tochter war schwer für ihn. Für Elizabeth wohl ungleich schwerer. Ob Isabelle vielleicht an diesem Tag an Elizabeth und ihn dachte?

Nach der Tortenschlacht begleitete Elizabeth ihren Vater zum Pferdestall hinaus. James und Tristan folgten den beiden. Phil kam aus dem Stall heraus und führte eine hübsche Appaloosa-Stute am Zügel. Das goldfarbene Fell war im Lendenbereich mit weißen Flecken geschmückt, ein charakteristisches

Merkmal dieser Rasse. Die Nez-Percé-Indianer hatten einst die Zucht dieser Pferde betrieben, die Wahl der Stute war also kein Zufall.

»Sie gehört dir«, sagte John.

»Wirklich?« Elizabeth strahlte über das ganze Gesicht und streichelte die Stirn der Stute, sah ihr in die treuen Augen. »O Dad, sie ist wunderschön.«

»Phil hat sie in den letzten Wochen für dich eingeritten.«

Phil klopfte der Stute auf die Schulter.

»Sie ist sehr leidenschaftlich, kleine Misae. Du musst ihr gut zuflüstern.«

Elizabeth nickte und legte ihre Wange gegen den Nasenrücken des Pferds.

»Darf ich ihr einen Namen geben?«

»Natürlich! Sie gehört dir«, erwiderte John.

»Wie würdest du sie nennen, Phil?«, fragte sie schließlich.

Der Indianer sah sich die Stute noch einmal genauer an und dachte einen kurzen Moment nach.

»Ich habe sie immer Bonita genannt, wenn ich mit ihr ausgeritten bin.«

»Die Schöne«, antworte Elizabeth mit weicher Stimme. »Ja, das ist der richtige Name.«

James trat ebenfalls auf Bonita zu, um sie zu streicheln.

»Na los, Lizzy. Steig auf«, sagte er beschwingt und half ihr in den Sattel.

»Ey, Onkel!«, rief Tristan auf einmal und zog an Johns Hemdärmel. »Erwartest du Besuch?«

John runzelte die Stirn und folgte dem Blick seines Neffen zur Straße, die zum Grundstück führte. Er kniff die Augen zusammen, um den Wagen zu erkennen. Vielleicht waren es die

Cornishs, die seiner Tochter gratulieren wollten. So etwas ließ sich der Bürgermeister von Woodwall nicht nehmen, schon gar nicht bei den Morgans.

Dann aber erkannte John, dass es ein Taxi war, das in diesem Augenblick den Kiesweg hinauffuhr und vor dem Haus hielt. Alle blickten mit gespannter Miene zu dem Wagen.

John schlenderte den Weg hinauf und wartete.

Jemand saß auf der Rücksitzbank.

Der Fahrer stieg aus und nickte John zu, während er um den Wagen lief, damit er die Tür öffnen konnte.

Eine kleine Gestalt trat hinaus, und Johns Herz blieb unverzüglich stehen, als er die rotblonden Haare und das zarte Gesicht erkannte.

Es war Isabelle.

So oft hatte er sich diesen Moment herbeigesehnt und jetzt stand sie tatsächlich vor ihm. Seine Knie zitterten, er glaubte zu träumen.

»Hallo John«, flüsterte sie.

Sie begann zu schluchzen, beherrschte sich jedoch. John stand wie angewurzelt vor ihr, wusste nicht, was er sagen oder fühlen sollte. Stille herrschte, als sie sich ansahen. Er erkannte, dass ihre Lippen sich bewegten, um etwas zu sagen, aber sie brachte keinen Ton heraus, und er blickte nur in das geliebte Gesicht, das er so schmerzhaft vermisst hatte. Feine Linien hatten sich um ihre Augen gebildet, die früher noch nicht da gewesen waren.

Nachdem er ihre schüchterne Begrüßung nicht erwiderte, blickte sie an ihm vorbei in Richtung des Reitstalls. Ihre Augen wurden so groß, dass John beinahe glaubte, sie würden ihr aus dem Gesicht fallen. Isabelle hatte ihre Tochter gesehen, die wie erstarrt auf ihrer Stute saß und zu ihnen hinüberschaute.

»Deine Tochter hat heute Geburtstag«, sagte er mit mahnendem Unterton.

»Ich weiß«, antwortete sie, offenbar völlig fasziniert von Elizabeths Anblick.

Langsam wanderte sie mit leicht hängenden Schultern zum Stall und John folgte ihr. Noch immer glaubte er zu träumen.

Mit zerknirschtem Gesichtsausdruck blieb Isabelle vor ihrer Tochter stehen und betrachtete sie. Dann bemerkte sie James, der sie mit einer Reserviertheit ansah, die sie von ihm sicher nicht kannte. Er musterte sie misstrauisch, wie John bemerkte.

Ein leichtes Lächeln glitt über ihre Lippen, das jedoch von niemandem erwidert wurde. Nur Phil hatte kurz seinen Hut abgesetzt und sie stumm mit einem Augenzwinkern empfangen.

»Liz, bitte begrüße deine Mutter«, diktierte John schließlich, um diesen unangenehmen Moment der Verwunderung zu durchbrechen.

Elizabeths Gesicht blieb ausdruckslos. Nach einer Weile sagte sie schroff: »Ich will nicht mit ihr sprechen. Ich habe keine Mutter.«

Isabelle zuckte zusammen. Hart trat Elizabeth in den Steigbügel und die Stute machte einen erschrockenen Satz in die Höhe.

»Liz!«, brüllte John. »Bleib gefälligst hier. Du bist das Pferd noch nie geritten.« Isabelle grub sichtlich verängstigt ihre Finger in seinen Oberarm, als Elizabeth mit der aufgescheuchten Stute davongaloppierte. Wirr blickte John sich um. »James! Reite ihr hinterher!«

Der Junge gehorchte ihm sofort und rannte in den Stall. Kurz darauf preschte er Elizabeth in Windeseile hinterher, rief nach ihr, aber sie drehte sich nicht um und verschwand wenig später in den Wäldern.

John blieb mit besorgter Miene zurück und sah den beiden nach.

»Onkel, soll ich ihr auch folgen?«, fragte Tristan.

»Nein, Junge. Bitte hilf Phil, die Boxen auszumisten.« Der Junge verdrehte die Augen.

»Na großartig.«

John wandte sich seiner Frau zu, die eingeschüchtert neben ihm stand.

»Ich denke, du hast mir einiges zu erklären.« Er drehte sich um und marschierte zum Haus. Sie folgte ihm mit gesenktem Kopf, wie er mit einem kurzen Blick über die Schulter feststellte. Violett kam aus der Haustür und blieb erschrocken stehen, als sie die Frau hinter ihrem finster dreinschauenden Bruder erkannte, der an ihr vorbei ins Foyer trat.

Mit schwerfälligen Schritten blieb Isabelle vor ihrer Schwägerin stehen, die ihr einen bitterbösen Blick zuwarf.

»Dass du dich erdreistest, hier noch einmal aufzutauchen«, sagte Violett im finsteren Ton.

»Halt den Mund!«, brummte John aus dem Foyer. Er hatte sich zu den beiden Frauen umgedreht und wartete auf Isabelle. Wortlos folgte sie ihm in sein Arbeitszimmer und blieb in der Mitte des Raumes stehen. Er knallte die Tür zu und baute sich mit vor der Brust verschränkten Armen vor ihr auf.

»Also, Isabelle, was willst du hier?«

Er war selbst über seine gefasste Stimmlage überrascht. Aber er musste so reagieren, wollte sich nicht anmerken lassen, wie sehr er sich nach ihr gesehnt hatte.

Nein, das hatte sie nicht verdient, urteilte John.

Sie hob den Kopf und blickte ihn eingeschüchtert an. Jetzt zitterte er vor Zorn, wartete auf eine Antwort.

»Ich ... ich weiß es nicht.«

John schnaubte verächtlich.

»Du weißt es nicht? Isabelle, du warst an die vier Jahre verschwunden, ohne ein einziges Lebenszeichen von dir zu geben, und auf einmal bist du wieder hier, ohne zu wissen, warum? Das kaufe ich dir nicht ab.«

Sie fuhr sich mit der Zunge über die Lippen, suchte offenbar nach den richtigen Worten, um sich zu erklären.

»Ich kann mir vorstellen, wie verwirrt du sein musst. Ich kann mir denken, wie schwer es für dich gewesen sein muss.«

Sein Groll steigerte sich ins Unermessliche.

»Schwer? Isabelle, du hast mir das Herz gebrochen«, sagte er mit Tränen der Wut in den Augen. »Und nicht nur meins, auch das deiner Tochter.«

»Ich weiß«, wimmerte sie. »Glaube mir, es tut mir schrecklich leid. Ich musste zurück. Ich musste wissen, was ich einst verloren habe, um zu begreifen, was mir das Leben stattdessen geschenkt hat. John, viele Jahre habe ich dich für mein Seelenleid verantwortlich gemacht und dich wie einen Scheißkerl behandelt. Ich wollte nicht einsehen, dass du mich immer mehr geliebt hast, als es Dickie jemals getan hat. Ich habe unserer Tochter die Schuld gegeben, mich noch mehr an dich gefesselt zu haben. Andauernd hörte ich diese furchtbaren Stimmen, die mir befahlen, hier nie glücklich zu sein.«

Er hörte ihr genau zu, versuchte, ihre Worte zu verstehen. Zaghaft trat sie auf ihn zu und nahm seine Hand.

»Ich weiß, du wirst mir all das nicht verzeihen und ich werde wieder gehen, wenn du es willst. Möglicherweise hast du dich ja in eine andere Frau verliebt. Ich würde es verstehen.«

Was hatte sie da jetzt gesagt?

»Eine andere Frau?« Er schluckte hart. »Wie kannst du so etwas nur denken. Ich habe nie eine andere geliebt, Isabelle. Nie!« Sie sah ihn an und legte ihre Hände auf seine Wangen. Traurig verzog sie den Mund, als hätte sie in den Tiefen seiner Augen seine Verletzlichkeit erkannt. Sie stellte sich auf die Zehenspitzen, um ihn zu küssen.

Ein sonderbarer Ruck durchfuhr sein Innerstes und sofort entzog er sich ihrer Nähe. Vielleicht war es Selbstschutz oder die Angst, aus diesem Traum zu erwachen, um wieder der einsame Mann zu sein, der er in den letzten Jahren gewesen war. Eben der Mann, der nachts in Isabelles Kopfkissen bittere Tränen vergossen, wochenlang nichts gegessen und seither über zwanzig Pfund verloren hatte, weil er sie so furchtbar vermisste.

Mit Beinen, so weich wie Gummi, flüchtete er vor ihr und trat zum Fenster.

»Ich werde Ruth Bescheid geben, dass sie dein altes Zimmer herrichten soll«, sagte er, ohne sie dabei anzuschauen.

»Natürlich, John. Wenn du das willst«, antwortete sie und klang dabei ernüchtert.

»Ich brauche Zeit, Isabelle.« Sie nickte ergeben.

***

Kopflos preschte Elizabeth auf ihrer Stute über den unebenen Waldweg. Fast blind, weil ihre Augen voller Tränen waren. Nie wieder wollte sie zurück. Jedenfalls nicht, solange Isabelle da war. Ihr ganzes Leben lang hatte diese Frau ihre zarte Seele enttäuscht. Sie verstand nicht, weshalb ihr Vater Isabelle nicht von Morgan's Hall gejagt hatte, als sie angekommen war. Elizabeth hatte ihn so oft heimlich beobachtet, wie er wegen ihrer Mutter geweint hatte, weil diese ihm so wehgetan hatte. Und jetzt war sie wieder da. Einfach so? Das konnte und wollte Elizabeth nicht akzeptieren. Was hätte sie ihrer Mutter sagen sollen? Sie fragen, warum sie verschwunden war. Einfach so? Sie hatte schon immer das Gefühl gehabt, dass es zwischen ihnen eine Kluft gab, die sie sich nicht erklären konnte, die nicht überwindbar schien. Da war nur dieser eine Tag der Hoffnung und am nächsten Tag war Isabelle aus ihrem Leben verschwunden gewesen. Als sie noch ein kleines Mädchen war, hatte sie diese seltsame Lieblosigkeit hingenommen. Doch allmählich wurde sie erwachsen und hatte inzwischen begriffen, dass ihr immer etwas fehlte.

Sie hörte James, der in weiter Ferne ihren Namen rief, was sie dazu anspornte, noch schneller und tiefer durch den Wald zu reiten.

Der Weg endete vor den dicht beieinanderstehenden Douglastannen, und Elizabeth beschloss, den Hügel weiter hinaufzureiten, auch wenn sie wusste, dass sie nicht dorthin durfte. Doch es war ihr egal, schließlich hatte sie nie verstanden, was oben auf dieser Lichtung namens Greystoke Grove so gefährlich war.

»Liz!«, rief James immer wieder, er war offenbar ihrer Spur gefolgt.

Bonita kam ins Stocken, als Elizabeth den Wald verlassen hatte und jetzt vor der Lichtung stand. Die Stute wieherte laut und wollte ständig umkehren. Elizabeth riss an den Zügeln.

»Nun mach schon! Hier ist doch nichts.« Sie gab dem Pferd die Sporen und Bonita setzte sich endlich wieder in Gang.

In der Mitte der Lichtung angekommen, hörte Liz das Galoppieren von James' Pferd, das dicht hinter ihr war. Sie drehte sich zu ihm um und wollte gerade weiterreiten.

Plötzlich vibrierte die Erde unter ihr und mit einem Mal roch es seltsam. Irgendwie nach Schwefel. Ein helles Aufblitzen, wie aus dem Nichts, blendete ihre Augen. Das Pferd unter ihr bäumte sich panisch auf. Dann sah Elizabeth nur noch schwarz.

***

James' Pferd war nicht zu bewegen weiterzugehen, blieb stur am Rand der Lichtung stehen. Er konnte immer noch nicht atmen, so sehr hatte ihn dieser grelle Blitz erschreckt.

Der Himmel, der gerade noch tiefblau gewesen war, hatte sich binnen Sekunden verdunkelt und über James schwebte eine dunkelgraue Wolkenwand. Eine heftige Windböe folgte der nächsten und es wurde bitterkalt. Ein seltsamer Geruch lag in der Luft. Wie faule Eier. James wurde sofort schwindelig, während Bonita an ihm vorbeisauste, als sei ein Jäger hinter ihr her. Furcht stieg in ihm auf. Er wusste, dass er nicht hier sein durfte. Genauso wenig wie Elizabeth, die regungslos im Gras lag.

Was war mit ihr geschehen? Hatte sie sich verletzt? Angst schnürte ihm die Kehle zu.

James sprang von seiner Stute, rannte wie von Sinnen zu Liz und schüttelte sie.

Allmählich kam sie zur Besinnung. Dicker Platzregen durchnässte beide sofort. Schmerzerfüllt verzog sie das Gesicht und weinte, dabei fasste sie mit den Händen an ihr linkes Bein.

»Liz, beruhige dich. Ich bin ja da. Dein Bein scheint gebrochen zu sein, warte, ich helfe dir«, rief James durch den Regen, der nun sintflutartige Ausmaße annahm. Verzweifelt sah er sich um. Die wehenden Tannen pfiffen ein unheimliches Lied und es hörte sich fast wie ein grauenhaftes Flüstern an. Was hatte der Wind da gerade geflüstert? Hatte da gerade tatsächlich jemand »Verschwindet!« in seinen Nacken gehaucht? Ihm standen die Haare zu Berge. Hastig drehte er sich um. Niemand war in der Nähe.

»Wir müssen von hier verschwinden!«, erklärte er. Ihm gefiel nicht, was hier geschah. Alles wirkte mit einem Mal so unheimlich.

Er legte Elizabeths Arme um seine Schultern und nahm sie huckepack.

James kämpfte sich durch den Sturm und wenige Minuten später gelang es ihm, mit Elizabeth die Lichtung zu verlassen. Sie hatte keinen Ton von sich gegeben. Vielleicht war sie noch immer bewusstlos. Aber er konnte jetzt nicht anhalten und nachsehen. Erst musste er sie nach Hause bringen. Angst kroch erneut in ihm hoch.

Kurz drehte er sich noch einmal um, er konnte nicht begreifen, was für eine Furcht dieser Ort in ihm auslöste. Phil hatte ihnen, als sie Kinder waren, immer und immer wieder eingetrichtert, niemals hierherzukommen. Vielleicht hatte der alte Indianer recht gehabt. Was passierte hier oben nur? James'

Augen schmerzten, weil er direkt in das grelle Licht dieses Blitzes hineingeschaut hatte.

James' Pferd war ebenfalls geflohen und er sah sich mit einem langen Weg den Hügel hinunter konfrontiert. Er hatte mit Elizabeth auf dem Rücken bereits einige Meter zurückgelegt, da hörte der Regen ganz plötzlich auf und die Sonne blitzte durch die hohen Tannen. Als sei nie etwas geschehen.

»Liz, wach auf!«, rief er. Er bemerkte, wie sie den Kopf hob.
»Wo sind wir?«

»Auf dem Weg nach Hause.« James geriet ins Stocken und drehte sich noch einmal um.

»Was war das, James?«, fragte sie benommen und klammerte sich fester an ihn.

Von seinen Haarspitzen aus liefen die letzten Regentropfen über seine Stirn.

»Ich weiß es nicht. Du und Bonita, ihr wurdet von einem Blitz getroffen, glaube ich.«

Doch das war nicht alles, das wusste er. Dieser Ort verbarg irgendetwas Merkwürdiges. Etwas, was hier nicht hingehörte. Noch immer hatte er den widerlichen Schwefelgeruch in der Nase. So hatte er sich immer den Geruch der Hölle vorgestellt.

Er stieg weiter den Hügel hinab und packte Elizabeths Hände, die sich um seinen Hals geschlungen hatten. Sein Herz polterte. Er war dankbar, dass ihr nichts Schlimmeres geschehen war, fragte sich jedoch andauernd, was passiert wäre, wenn er ihr nicht gefolgt wäre.

James versuchte, sich einen Reim auf das zu machen, was geschehen war. Alles war so unwirklich. Was war dort oben nur?

Was zur Hölle war dieser Greystoke Grove? Und warum hatte er sie ... abgewehrt? Ja, das war das richtige Wort. Der Ort hatte nicht von ihnen besucht werden wollen.

Nach einer Ewigkeit erreichten die beiden Morgan's Hall. James hörte schon von Weitem Phils Stimme, die nach ihm rief. Die Männer und auch Isabelle rannten ihnen entgegen.

»Um Gottes willen!«, rief Isabelle, als sie ihre verletzte Tochter und James sah, der sie verwirrt anblickte.

John übernahm Elizabeth und runzelte die Stirn, als er die noch feuchte Kleidung seiner Tochter bemerkte. Er tastete das Mädchen ab, während James mit starrem Blick vor ihm stand.

»James, wo zum Teufel seid ihr gewesen? Ihr seid ja pitschnass.« James druckste herum. »Wo, James?«, fragte er in barschem Ton.

»Ich bin ihr nachgeritten. Bis zur Lichtung hinauf.«

»Etwa zum Greystoke Grove?«, erkundigte sich jetzt Phil, der seine Hand auf James' Schultern legte und leicht zupackte.

»Ja. Dann zog ein Sturm auf, ganz plötzlich, und ein Blitz traf Liz. Glaube ich zumindest. Es ging alles so verdammt schnell. Sie fiel vom Pferd und es roch so komisch.«

John blickte verwirrt zum Himmel hinauf.

»Was redest du da? Es ist nicht eine Wolke am Himmel zu sehen. Elizabeth«, ermahnte er jetzt seine Tochter, »wie oft haben wir euch gepredigt, nicht dort hochzugehen?« Sie senkte die Augenlider und verzerrte das Gesicht.

»Bonita hat sie abgeworfen. Ich glaube, ihr Bein ist gebrochen«, sagte James und streichelte über das Knie des Mädchens.

»Isabelle, geh ins Haus und verständige umgehend Doktor Horne!«

540

Isabelle sah ihre Tochter bekümmert an, nickte daraufhin und eilte ins Haus. James sah ihr kurz nach, dann blickte er zu John, der ihr mit Elizabeth in seinen Armen folgte.

James blieb mit Phil zurück. Er sah zu dem alten Indianer, der ihn von oben bis unten taxierte.

»Phil? Was ist dort oben? Ich kam mir vor wie in einer anderen Welt. Einer, in der ich unerwünscht bin.«

Just in diesem Moment ertönte das Wiehern eines Pferdes. Bonita sauste aus dem Wald und galoppierte auf sie zu. Phil stellte sich der Stute in den Weg, hob beide Hände in die Höhe und brachte Bonita mit einer leichten Bewegung zum Stehen. Sie schnaubte nach Luft, wirkte völlig verschreckt.

James beobachtete, wie der Indianer ihr direkt in die Augen sah und ihr dabei etwas für ihn nicht Verständliches zuflüsterte – wahrscheinlich, um das Tier zu beruhigen, denn einen Augenblick später senkte Bonita den Kopf in James' Richtung. Sie blickte ihn an. Es schien, als würde Phil alle Vorkommnisse durch die milchig trüben Augen Bonitas erkennen.

Daraufhin trabte auch die andere Stute aus dem Wald, die bei Weitem nicht so angespannt wirkte und sich ohne Mühe von James einfangen ließ. Er packte die Zügel und sah wieder zu Phil, der ihn mit besorgter Miene musterte.

Warum antwortete er nicht auf seine Frage?

»Wie gut, dass du Elizabeth gefolgt bist, Lancelot.«

Mehr sagte er nicht, führte stattdessen Bonita in den Stall zurück. James blieb ratlos an Ort und Stelle stehen.

***

Am frühen Abend schlich Isabelle über den Flur und blieb vor Elizabeths Tür stehen, die einen Spaltbreit geöffnet war. Sie sah ihre Tochter, die mit einem riesigen Gipsbein im Bett lag und wieder lachen konnte, denn James und Tristan saßen ebenfalls auf dem Bett und bemalten den Verband.

»O Tristan«, meckerte das Mädchen, als sie las, was er geschrieben hatte.

James verdrehte die Augen, nachdem er ebenfalls einen Blick darauf geworfen hatte. Isabelle beobachtete all das stumm. Sie wusste, sie sollte nicht lauschen, doch sie konnte nicht anders.

»Tristan, Dummkopf schreibt man mit Doppel-m!«, sagte James genervt.

»Wen juckt das schon? Der Sinn bleibt gleich.« Tristan tätschelte Elizabeths Kopf. »Reitet einfach ohne mich zur Lichtung. Und dann fliegt ihr beide auch noch auf. Ihr zwei Pfeifen. Na ja, Hauptsache, dir ist nicht mehr passiert, Cousinchen«, sagte er schließlich milde und gab ihr einen dicken Schmatzer auf die Wange.

Daraufhin robbte er von ihrem Bett und verließ das Zimmer. Isabelle versteckte sich rasch in einer Nische, als die Tür aufschlug. Tristan hatte ihre Anwesenheit nicht bemerkt und schlenderte ahnungslos die Treppe hinunter.

Durch den Türspalt beobachtete sie James und Elizabeth weiter, da sie wissen wollte, wie die beiden nach all den Jahren zueinanderstanden.

»Liz«, sagte James ernst, »ich möchte nicht, dass du noch einmal dort hinaufreitest. Der Ort ist mir nicht geheuer. Irgendetwas stimmt da oben nicht. Du hast es selbst gesehen.

Versprochen?« Sie nickte zermürbt und sah dann wieder an ihrem Gips hinunter.

»Was hast du geschrieben?«, fragte sie schließlich und beugte sich weiter nach vorne. »Das sind ja Noten.«

»Ja, das sind die ersten Töne meines Stückes, mit dem ich mich bei der Juilliard bewerbe. Ich habe es selbst komponiert. Aber das mit der Bewerbung musst du noch für die dich behalten. John darf es erst einmal nicht erfahren.« Isabelle riss verwundert die Augen auf. John wird ausrasten, wenn er davon erfährt.

»Wie wird das Stück heißen?«, fragte Elizabeth.

Isabelle sah, wie James mit den Achseln zuckte und dann lächelte. »Ich weiß es noch nicht. Vielleicht ... vielleicht *Die Ballade von Misae und Lancelot.*« Elizabeth kicherte.

»Ein Lied über uns?«

»Warum nicht?«

Isabelle schielte genauer hin und bemerkte, wie sich Elizabeths Lächeln in eine traurige Miene verwandelte.

»Schade, dass du morgen schon wieder abreist. Ich wünschte, du würdest bei mir bleiben.«

»Lizzy, du weißt, das geht nicht«, antwortete er und klang dabei merkwürdig sanft.

»Aber du wirst zurückkommen, nicht wahr? In zwei Jahren werde ich mit der Schule in St. Benedict's Abbey fertig sein und auch wieder hier auf Morgan's Hall leben. Wir könnten wieder zusammen sein«, sagte sie mit freudiger Stimme. »Wir könnten heiraten und für immer hier leben. Als Mann und Frau.« Isabelle schnürte es die Kehle zu, als sie das hörte. Elizabeths Stimme klang so selbstverständlich, als gäbe es für ihr Leben niemals eine andere Alternative. Was aus ihr sprach, war schon eine eigentümliche Naivität, und Isabelle drehte sich unverzüglich der Magen um. Sie hatte vom ersten Tag an gewusst, dass ihre Tochter genau das von James erwartet hatte. Dieses arme, ahnungslose Ding.

James neigte sich etwas zur Seite. Isabelle konnte ihn jetzt noch besser sehen.

Er sah Elizabeth an wie einen Geist, zuckte für eine Sekunde zurück und sein Gesicht wurde augenblicklich blutleer. Plötzlich verfiel er in lautstarkes Lachen. Elizabeth runzelte die Stirn, schien etwas sagen zu wollen, doch schließlich senkte sie die Lider.

»Warum lachst du, James?«, fragte sie ihn schließlich und klang mehr als enttäuscht, in ihren Augen schimmerten Tränen.

»Aber Lizzy! Wir beide werden doch nicht heiraten«, lachte er weiter. »Wie kommst du bloß auf so einen irren Gedanken?«

Jetzt war es raus, dachte Isabelle. Jetzt hatte James seine Grenze klar und deutlich gezogen, hatte gezeigt, auf welcher Seite er stand, und ließ Elizabeths Kartenhaus damit zusammenbrechen.

»Aber ich dachte ...«, sagte sie kleinlaut und mit hängenden Schultern.

»Sieh mal, Liz«, fuhr er fort, »ich werde nie heiraten. Nie. Ich bin mit meiner Musik verheiratet und das wird sich nicht ändern. Ich werde in meinem Leben keine Zeit für eine Ehefrau und Kinder haben. Schon gar nicht werde ich hier auf Morgan's Hall leben. Wenn ich mit dem Studium fertig bin, werde ich durch die Welt reisen. Von einer Bühne zur anderen. Verstehst du das?«

»Nein«, antwortete sie trotzig. Er seufzte laut.

»Wir sind wie Bruder und Schwester, das weißt du doch. Ich glaube, das ist viel mehr wert, als einander Mann und Frau zu sein. Schau doch mal deinen Vater und Isabelle an ... willst du, dass wir genau so enden wie die beiden? Unglücklich. Also ich nicht.« Er geriet offenbar ins Grübeln, beugte sich zu Lizzy vor, legte seine Hand unter ihr Kinn und blickte sie ernsthaft an. »Bitte, schlag dir diese Idee aus dem Kopf. Ich will nicht, dass du so für mich schwärmst. Das jagt mir Angst ein. Vielleicht ist es ganz gut, dass ich wieder fortgehe. Meinst du nicht auch? Wenn du eine Frau geworden bist, wirst du bestimmt einem netten Mann begegnen, den du lieben und heiraten wirst. Ich bin mir ganz sicher.« Sie stöhnte. Doch sie hob den Kopf und sah ihm direkt in die Augen. »Liz, ich hab dich lieb. Von ganzem Herzen sogar, und glaube mir, ich werde versuchen, dich bis an mein Lebensende zu beschützen. Aber wenn ich sage, ich liebe dich, dann als Bruder oder eben als Freund. Mehr kann ich dir nicht geben. Was du auch immer in irgendeiner romantischen Weise von mir träumst, musst du aus deinem Kopf verbannen. Glaube mir aber, wenn ich dir sage, dass du neben meiner Musik das Allerwichtigste für mich bist«, versuchte er, sie schließlich aufzumuntern. »Wir beide – wie Pech und Schwefel.«

Elizabeth lächelte etwas beschwichtigt.

»Trotzdem weiß ich nicht, wie ich ohne dich auskommen soll. Ausgerechnet jetzt, da Isabelle wieder hier ist.« Er griff nach ihrer Nase, stupste sie leicht an.

»Das schaffst du schon. Außerdem musst auch du wieder ins Internat zurück. Dort wirst du ihr nicht über den Weg laufen. Und wer weiß, vielleicht hat sich Isabelle geändert. Sie ist nun einmal deine Mutter. Wie ich es nicht ändern kann, dass mein Vater im Gefängnis sitzt und sich noch nie bei mir gemeldet hat, so kannst du diesen Umstand nicht ändern.«

Für Isabelle war dies nun ein Zeichen, an Elizabeths Tür zu klopfen. Beide sahen Isabelle mit verwunderten Augen an, als sie im Türrahmen stand.

»James, würdest du Liz und mich bitte für einen Moment alleine lassen.« Er betrachtete sie prüfend. Jedenfalls wirkte es so auf Isabelle. Vielleicht fragte er sich, wie lange sie schon an der Tür gestanden hatte. Einen Augenblick später verließ er Lizzys Zimmer.

Isabelle zog einen Stuhl herbei, der an Elizabeths Frisiertisch stand, und setzte sich zu ihr.

»Schmerzt es sehr?«, fragte sie behutsam. Elizabeth schüttelte den Kopf. »Doktor Horne meinte, dass du die nächsten zwei Wochen im Bett bleiben musst.«

»Und die Schule?«

»Erst einmal bleibst du zu Hause, um dich von dem Sturz zu erholen.« Sie sah sich ihre Tochter genau an. Was sollte nur einmal aus diesem bildhübschen Mädchen werden, wenn schon jetzt wie in Stein gemeißelt feststand, dass sie niemals mit dem Mann zusammensein würde, den sie liebte? Hatte Isabelle gerade sich selbst vor Augen? In jüngerer Version? Es kam ihr so vor. »Möglicherweise ist es eine gute Gelegenheit, damit wir uns wieder aneinander gewöhnen.«

»Damit du dann wieder verschwindest?«

»Ich werde nicht mehr verschwinden, mein Kind. Das verspreche ich dir.«

»Trotzdem werde ich dir nicht verzeihen.« Durch Isabelles Körper ging ein deutlicher Ruck. Sie brauchte einen kurzen Augenblick, um sich zu fassen.

»Ich weiß und das verlange ich auch nicht. Liebes, ich muss dir sehr wehgetan haben, und du kannst dir nicht vorstellen, wie ich mich selbst für all das verachte, was ich dir angetan habe. Nicht nur, dass ich dich verlassen habe. Ich schäme mich, dass ich dir nie das Gefühl gegeben habe, dich zu lieben. Denn das tue ich, Liz. Es war mir nur lange Zeit nicht klar. Und darunter hast du gelitten.« Das Mädchen starrte auf seine Hände, schien Isabelle offenbar kein Wort abzunehmen. Wie sollte Lizzy ihr auch glauben? Zu viel war zwischen ihnen geschehen. »Ich bin vor allem deinetwegen zurückgekommen. Ich brauchte diese Zeit, um zu begreifen, was du mir bedeutest. Irgendwann, wenn du selbst erwachsen bist, werde ich dir alles erklären. Vielleicht verstehst du mich dann.«

»Ich würde mein Kind nie vernachlässigen oder es verlassen. Dad hat so furchtbar geweint, als du fort warst. James würde ich so etwas nie im Leben antun.«

Was hatte Elizabeth gerade gesagt? James? Noch vor wenigen Minuten hatte er ihr erklärt, dass sie sich diesen Traum aus dem Kopf schlagen sollte. Offenbar hatte ihre Tochter nichts von dem beherzigt, was er ihr gesagt hatte, hielt an dieser Wunschvorstellung fest. Auf einmal wurde Isabelle bewusst, wie sehr Lizzy doch ihrem Vater ähnelte, der genau so starrköpfig an seinen Traum vom Glück festhielt.

»James? Aber du weißt doch, dass er nicht hierbleiben wird.«

»Irgendwann wird er einsehen, dass er mich mehr liebt als diese blöde Musik. Musik kann einen nicht lieben.«

»Liebe kann man aber auch nicht erzwingen, Liz. Glaube mir.«

»Du wirst schon sehen.« Isabelle schluckte über die Entschlossenheit ihrer Tochter.

Jetzt wusste sie, weshalb sie zurückgekehrt war: Es galt nun, ihr Kind zu schützen. Elizabeth vor einem niederschmetternden Dasein zu bewahren. Dem der unerfüllten Liebe.

Egal, wie.

Sie nahm allen Mut zusammen und streichelte über Elizabeths Wange, die vor Aufgeregtheit glühte. Es war eine schüchterne und vorsichtige Annäherung. Doch wollte sie diese Distanz brechen. Eine Distanz, die es zwischen Mutter und Tochter niemals geben durfte.

Isabelle sah das goldene Amulett, das sie ihrer Tochter vor dem Fortgehen geschenkt hatte, an ihrem Hals funkeln.

»Du trägst noch meine Kette«, flüsterte sie, während ihr eine heiße Träne über das Gesicht lief. Elizabeth legte verschüchtert die Hand auf das Amulett und nickte leicht. Wie benommen schüttelte Isabelle den Kopf. Hilflos und verwirrt sah sie Elizabeth an. »Du ahnst nicht, was mir das bedeutet.«

»Sie hat mich an dich erinnert. Mir gezeigt, dass du wirklich da warst«, wisperte Elizabeth mit zarter Unsicherheit in der Stimme.

Isabelle wollte ein Seufzen unterdrücken, schaffte es aber nicht. Sie beugte sich zu ihrer Tochter und küsste ihr die Stirn. Ihre innere Unruhe klang allmählich ab, weil Elizabeth die Nähe zuließ.

»Danke, mein Kind. Oh, ich danke dir von Herzen.«

Elizabeth war nicht wie sie, würde es nie sein. Das erkannte Isabelle jetzt.

Dieses Mädchen umgab etwas Besonderes, etwas Barmherziges. Hatten John und Isabelle nur einen Funken Gutes in sich, so wohnte es nun in ihr.

Das Licht in der Dunkelheit

Morgan's Hall, nachts am selben Tag

Isabelle fand nicht in den Schlaf. Es war halb elf in der Nacht. Die Ruhe, die sie wieder umgab, jene, nach der sie sich in Wien so sehr gesehnt hatte, ließ sie nicht einschlafen. Wie gern wäre sie in Johns Schlafzimmer geschlichen, um sich neben ihn zu legen. Seine Wärme an ihrem Körper zu spüren, aber sie verstand, dass er Zeit brauchte. Wie jeder in diesem Haus. Der Wunsch nach Nähe und Geborgenheit zu ihrem Ehemann war auch ihr neu. Es beruhigte sie aber die Tatsache, dass er sie noch immer liebte. Wäre dem nicht so, hätte er sie wieder weggeschickt.

Wenig später gab sie den Kampf auf, sich in den Schlaf zu zwingen, kletterte aus dem Bett und trat zum Fenster.

Der Nachthimmel war mit tausenden Sternen behangen, die wie Edelsteine wirkten. Sie waren so nah, als müsste man nur die Hand ausstrecken, um nach ihnen zu greifen. Ein Lächeln glitt über ihre Lippen. Sie hörte kein Flüstern. Selbst wenn, würde sie mit aller Macht versuchen, es zu ignorieren, damit dieses Gewisper nie wieder Besitz von ihr ergriff.

Das warme Gefühl, das sie nun durchflutete, trieb sie hinaus in die Nacht. In Wien hatte sie oft geträumt, unter diesem Sternenhimmel zu tanzen. Warum hatte sie diese Schönheit in den ganzen Jahren nie erkannt?

Vielleicht war Morgan's Hall niemals ein Fluch gewesen, sondern ein Geschenk?

Isabelle schlich aus ihrem Zimmer und verließ das Haus. Auf der Veranda atmete sie die den Duft der Rosen ein, die selbst in der Nacht voller Farbenpracht ihre Augen erfreuten. Während sie die Treppen der Veranda nach unten schritt, streichelte sie mit den Fingerspitzen über die roten Rosenblüten, die sich an ihrer Haut wie Seide anfühlten.

Nur das leichte Rauschen der Bäume war zu hören, vollkommen stimmlos. Sanft und beruhigend, wie ein melodisches Wiegenlied.

Sie spazierte zum Ufer des Golden Lake und zuckte auf einmal zusammen, denn auf dem Holzplateau saß eine Gestalt, die in der lauen Nachtluft hin- und herwiegte, umgeben von einem bläulichen Dunst. Ein rauchiges, aber auch süßliches Kräuteraroma stieg ihr in die Nase, als sie den Steg erreichte, der zu dem Plateau führte.

Es war Phil.

Je näher sie ihm kam, desto deutlicher wurde sein Gesang. Seine dunkle Stimme offenbarte Wörter, die Isabelle noch nie zuvor gehört hatte. Indianisch?

Sie bekam eine Gänsehaut, weil die ruhigen Klänge sie tief berührten.

Phil verstummte, drehte sich um und sah zu ihr hinauf.

»Entschuldige, Phil, ich wollte dich nicht erschrecken.«

»Das haben Sie nicht, Isabelle. Ich konnte Ihre Anwesenheit bereits spüren, als Sie aus dem Haus traten.«

Sie lächelte.

»Darf ich?«, fragte sie und zeigte auf die Stelle neben ihm.

»Selbstverständlich.« Sie zog ihre Hausschuhe aus, gesellte sich zu Phil und tauchte die Füße in das kalte Wasser des Sees, wie auch er es tat. Er sah in die Ferne und zog an seiner Pfeife, die sie erst jetzt wirklich wahrnahm. Sie beobachtete den Rauch, der in die Luft stieg, um sich dort langsam aufzulösen.

»Möchten Sie?« Phil hielt ihr die lange, dünne Pfeife hin. Isabelle hatte das Stück schon oft in seinen Händen gesehen.

Kurz überlegte sie, nahm das Angebot an und zog daran. Der Qualm drang in ihre Lungen, reizte, sodass sie husten musste.

»Was ist das für ein Kraut?«, fragte sie mit einem Kichern.

»Es öffnet das Tor zur Seele.«

»Dann sollte ich noch einen Zug nehmen«, lachte sie, inhalierte erneut das sonderbare Zeug und schloss für einen Moment die Augen. Dann räusperte sie sich.

Isabelle reichte Phil die Pfeife und inspizierte ihn dabei. Sein fester Blick war auf die Wälder in der Ferne gerichtet. Es machte beinahe den Eindruck auf sie, als würde er auf irgendetwas warten.

»Das war ein indianisches Lied, nicht wahr?« Er nickte stumm. »Wovon handelt es?«

»Freundschaft. Freundschaft mit der Natur, mit den Menschen und den Tieren.«

»Es klang sehr schön, Phil. In Wien habe ich ein Buch über die Stämme deiner Vorfahren gelesen. Über die Nec Percé. Das hat mich sehr beeindruckt.«

Er zog die Stirn kraus.

»Ihr Interesse an meinem Volk freut mich, Isabelle. Was aber in Büchern steht, wurde von Weißen geschrieben. Sie versuchten, uns zu ergründen, zu studieren. Doch das ist nicht möglich. Unsere Gefühle und unser Wissen bleiben vor einem getrübten Auge verborgen. Die meisten sehen nur das, was sie sehen wollen. Verstehen Sie das?«

»Und ob. Vielleicht sind wir zwei uns doch ähnlicher, als wir bisher dachten. Beide Vertriebene. Gestrandet hier am Ende der Welt.« Sie atmete tief ein. Spürte, wie sich ihr Körper entspannte. Eine Weile sprachen sie kein Wort, genossen die Stille der Nacht.

»Willst du wissen, weshalb ich zurückgekehrt bin?«, fragte sie schließlich. Phil sah sie mit forschenden bernsteinfarbenen Augen an.

»Ich weiß es, Isabelle. Heimat ist da, wo das Herz ist.«

Ihr Körper vibrierte, als er das sagte.

»Das stimmt«, lächelte sie. »Lange habe ich das nicht begriffen.«

Er schien zu überlegen, dann nahm er einen weiteren Zug aus seiner Pfeife.

»Ich habe Charles Morgan in einer Bibliothek in Seattle kennengelernt. Ich war dort als Hausmeister beschäftigt. Er war an jedem Nachmittag dort. Oft bis zum späten Abend. Charles fiel mir auf, weil er nicht wie die anderen Studenten in Wirtschaftsbüchern las, sondern in Werken über meine Kultur. Irgendetwas schien er zu suchen, fast verzweifelt, weil er die Antwort auf seine Frage nicht fand. Eines Tages fand ich den Mut, ihm meine Hilfe anzubieten. Er erzählte mir von diesem Ort und dass er hier als junger Pfadfinder einem Indianer begegnet sei. Charles sagte mir, er sei auf der Suche nach der Bedeutung eines Wortes.«

»Micante«, warf Isabelle ein und war ein wenig stolz, als Phil daraufhin nickte.

»In der Überlieferung des weißen Volkes bedeutet Micante nichts anderes als mein Herz. Das stimmt auch. Aber Charles wusste, dass es mehr bedeutete als das.« Eine Weile schwieg Phil. »Er hatte recht. Der Indianer, der ihm hier am Ufer begegnet war, hatte in den Himmel gezeigt, während er Micante sagte. Seither ließ Charles diese Gegend nicht mehr los. Wo immer er auch war, er wollte stets hierher zurück, weil hier sein Herz wohnte. Seine Heimat. Wissen Sie, Isabelle, Woodwall ist etwas ganz Besonderes. Ich kannte diesen Ort aus Erzählungen meiner Ahnen. Die Wälder beherbergen das Gute«, er unterbrach sich kurz und hielt für einen Moment inne, »aber auch das Böse.«

Sie lächelte. »Schwer zu glauben.«

»Aber es stimmt«, flüsterte er. »Sehen Sie selbst.« Sein Blick glitt wieder zu den Wäldern und Isabelle folgte ihm. Ihr Atem stockte und ihr Herz blieb für einen Moment stehen. Zwischen den meterhohen Tannenspitzen funkelten hunderte, ja tausende Glitzerlichter in die Nacht empor. Ein Leuchten in Gold und Weiß, wie ein geräuschloses Feuerwerk. Das Plateau vibrierte und warmes Rauschen durchfuhr ihren Körper.

Isabelle zog die Füße aus dem See, stellte sich mit wackeligen Beinen auf und sah mit fassungslosem Staunen in den Tanz des Glitzerregens.

»Das ist doch nicht möglich«, flüsterte sie voller Ehrfurcht. Sie wollte nicht einmal blinzeln, weil sie Angst hatte, dieses Mysterium könnte vorbei sein, sobald sie die Augen schloss. Sie lächelte, weil die goldenen Lichter ihre Seele durchdrangen und sie von innen strahlen ließen. »Noch nie habe ich etwas so Wunderschönes gesehen.«

Schließlich erkannte sie, woher diese Lichter stammten: Greystoke Grove.

Phil zog wieder an seiner Pfeife. Das Aufleuchten verblasste allmählich, bis es ganz verschwand, als sei es nie da gewesen.

»Lange habe ich es nicht mehr gesehen. Das letzte Mal vor genau vierzehn Jahren.«

Isabelle sah zu Phil, Tränen füllten ihre Augen.

»Am Tag von Elizabeths Geburt?«

»Ja, Isabelle. Das Leuchten war noch stärker als das von eben. Ich sah es vom Loch des Daches aus, das durch den Sturm zerstört worden war. Der Wind hielt inne. Der Regen setzte aus. Nur für einen Moment, dann hörte ich das Schreien des Babys, während der Himmel taghell erleuchtet war.«

Isabelle schluchzte auf. Gerührt von dem, was sie soeben gesehen hatte und tief bewegt von dem Wissen, dass ihre Tochter im Moment des Guten geboren worden war. Ein Kind der guten Geister. Ihr Kind.

»Wussten Sie, dass Warren Harrington und Charles Morgan einst die besten Freunde waren?«, fragte Phil. Sie musste sich verhört haben.

»Was?«, fragte sie benommen. »Wirklich?«

»Ja, von Kindesbeinen an. Wie sonst sollte Warren an diesen verborgenen Ort gekommen sein? Charles zeigte ihm voller Stolz dieses Paradies, sein Himmelreich. Beide schmiedeten gemeinsame Pläne. Anfänglich befürwortete Charles sogar den Bau des Great Mountain Hotel. Charles war niemals egoistisch oder missgünstig gewesen. Er wollte, dass auch andere

Menschen dieses Land bewundern.« Phil atmete schwer. »Doch eines Nachts sahen Charles und ich die Lichter. Ihm wurde bewusst, was diese Wälder tatsächlich beherbergten. Für uns war es wie eine Offenbarung, ein Wissen über unsere Existenz. Er erzählte Warren davon und dass das Waldgebiet unter keinen Umständen abgeholzt werden durfte. Warren tobte vor Wut, hielt ihn für einen Spinner, warf Charles vor, ihm den eigenen Erfolg nicht zu gönnen.« Phil seufzte. »Aus Freunden wurden Feinde. Erst viele Mondjahre später sah auch Warren die Lichter und begriff. Wenig später starb er. Am selben Tag wie einst Charles, nur ein Jahr später.«

Isabelle starrte auf den Holzboden des Plateaus und konnte nicht fassen, was Phil ihr gerade erzählt hatte. Alles ergab jetzt einen Sinn. Dabei schämte sie sich, weil auch sie die Familie fortlaufend dafür verurteilt hatte, sich gegen die Pläne der Harringtons aufzulehnen. Nun da sie selbst dieses Licht gesehen hatte, war mit einem Mal alles so klar.

Phil zog ebenfalls die Füße aus dem Wasser, versuchte, sich aufzustellen, was ihm sichtlich schwerfiel, und sein Gesicht war von Schmerzen verzerrt. Isabelle half ihm rasch und fragte sich, wie alt er inzwischen sein mochte, wenn er doch schon den jungen Charles gekannt hatte. Achtzig? Neunzig? Hundert? So alt sah er gar nicht aus.

Jetzt stand er vor ihr und sie sah in seine vertrauensvollen Augen, in denen derselbe Glanz des guten Lichts wohnte, den sie soeben über den Wäldern erblickt hatte. Plötzlich spürte sie einen Stich in der Magengrube. Sie legte ihre Hände in Phils, presste diese zusammen.

»Wie sieht das andere Licht aus? Das des Bösen?«

Er starrte auf seine Füße.

»Ein furchtbares Aufblitzen. Blau. Violett. Das Leuchten ist so grell, dass es einen fast erblinden lässt, wenn man zu lange hineinschaut. Das Böse ist aber nicht der Teufel oder der Antichrist, wie Sie vielleicht vermuten. Eher ist es ein Vorbote für schwere Zeiten. Kummer, Verzweiflung, Trauer. Etwas, was nicht aufzuhalten ist. James und Elizabeth haben es heute gesehen. Ich habe dieses Leuchten nur ein einziges Mal wahrgenommen. Es strömte wie ein ausbrechender Vulkan in die dunkle Nacht.«

Isabelles Herz krampfte sich zusammen. War es dasselbe Licht, das sie so oft vor Augen gehabt hatte, das stets von diesem entsetzlichen Flüstern begleitet worden war?

»Wann?« Noch fester gruben sich ihre Finger in die Haut seiner Hände. Er schien ihr nicht antworten zu wollen. »Wann hast du es gesehen, Phil?«, fragte sie energischer.

Er presste die dicken Lippen zusammen.

»In der Nacht, als John Sie nach Morgan's Hall gebracht hat.« Sie riss die Augen auf. Seine Antwort hallte wie ein nicht endendes Echo durch ihren Kopf. Sie erinnerte sich an ihre allererste Begegnung mit Phil am Flughafen in Seattle und wie seltsam er sie angesehen hatte. Fast so, als wäre sie damals von der Pest befallen gewesen. Und daran, wie er Josephine darum bat, nach Greystoke Grove reiten zu dürfen. Schon damals hatte sie das Gefühl gehabt, er wolle wegen ihr dorthin.

Jetzt machte es Sinn. War sie das Böse gewesen?

»Nein, nein!«, rief sie mit panischer Stimme, hielt sich verzweifelt die Ohren zu.

Phil packte sie am Arm, rüttelte sie.

»Hören Sie mir zu, Isabelle«. Sie schüttelte den Kopf und kniff die Augen zu. »Jetzt hören Sie«, befahl er eisern, bis sie ihm endlich gehorchte. »Sie sind ein guter Mensch«, beruhigte er, »aber etwas vergiftet Ihr Herz, Isabelle. Sie sind ein guter Mensch, dem Schreckliches widerfahren ist.«

»Ich ... ich ... Was kann ich tun, um es aufzuhalten?«

»Nichts, meine Liebe. Das ist Schicksal. Alles. Es war Schicksal, dass Sie damals John begegneten und er Sie zu uns brachte. An diesen Ort. Am Ende der Welt. Nichts ist Zufall.« Er seufzte laut auf. »Isabelle, es wird Dunkles auf uns zukommen. Das Böse. Etwas, was in uns allen wohnt, unser aller Herzen verpestet. Und es hat gerade erst begonnen. Wir können es nicht aufhalten, denn ...«

»... denn alles kommt, wie es kommen muss.«

Er nickte.

»Und dennoch ist das Gute nicht erloschen.« Phil lächelte sanft. »Auch das kommt von Ihnen, meine Liebe.«

Tränen fluteten ihre Augen.

»Trotzdem kann ich das Böse nicht aufhalten.«

»Isabelle, was hatte Ihnen Ihr Vater gesagt, als Sie damals das Haus in Wien verließen, um sich mit John und Dickie zu treffen?« Sie riss die Augen auf und starrte ihn erschüttert an.

»Wie bitte?«

»Was hatte Ihnen der Vater zum Abschied gesagt?« Fassungslos legte sie ihre Hände auf die Lippen. Seine Frage riss ihr den Boden unter den Füßen weg.

»Das kann ich jetzt nicht glauben. Das ist nicht möglich. Woher ...?«

»Was, Isabelle?« Und in diesem Moment hörte sie die behutsame Stimme ihres Vaters, sah ihn an der Haustür stehen, um sie für immer zu verabschieden. Sie spürte seinen Kuss auf ihrer Stirn. Ihr ganzer Körper bebte. Sie fühlte sich wie in einer Luftblase zwischen dem Jetzt und der Vergangenheit gefangen.

»Das Gute besiegt immer das Böse«, wiederholte sie die letzten Worte des Vaters mit gebrochener, ja verstörter Stimme.

Phil nickte, legte mitfühlend seine Arme um sie.

Jetzt brach alles aus ihr heraus. Wie ein hilfloses Kind klammerte sie sich an ihm fest und weinte. Weinte so bitterlich, so ehrlich. Um alles, was geschehen war.

Innerlich befreite sie sich von ihren Fesseln, machte sich endgültig Luft.

Ihre Tränen waren mit allem Üblen gefüllt, was sie bisher erdrückt hatte, doch nun endlich ihre dunkle Seele verließ. Damit diese wieder strahlen konnte.

Es machte Platz für den Kampf, der noch auf siezukommen würde.

Danksagung

Liebe Leserinnen und Leser,

ich hoffe, ihr habt bis zu diesem Punkt gelesen und gestattet mir ein paar Worte zu meinem Roman. An dieser Stelle möchte ich gern darauf hinweisen, dass ich mich der dichterischen Freiheit bedient habe. Natürlich habe ich mich an historische Fakten gehalten, aber auch manches aus dramaturgischen Gründen angepasst. Die Story rund um die Familie Morgan ist fiktiv.

Mein erster Dank gilt natürlich meinem Ehemann, besten Freund und Seelenverwandten für all seine Engelsgeduld und dass er mir in meiner Schreibphase immer den Rücken freigehalten hat.

Mein Schatz, ohne dich hätte dieses Buch niemals entstehen können. Du gibst mir das wahre Gefühl von Liebe und Heimat. Micante!

Auch meiner lieben Freundin Aylin danke ich, die mir mehrmals die Freundschaft kündigte, nachdem sie sich von Kapitel zu Kapitel als Testleserin angeboten hatte und mir am liebsten in die Tastatur gegriffen hätte. Manchmal war deine

Kopfwäsche genau richtig und ich danke dir für dein geduldiges Zuhören und deinen Rat.

Unbedingt erwähnen muss ich auch Jil Aimée Beyer, die mir gerade in der Anfangsphase meines Schreibens eine unglaubliche Stütze war. Durch dich, liebe Jil, lernte ich laufen. Danke.

Danke an meine wunderbaren Autorenkolleginnen Astrid Töpfner, Sandy Mercïer, Laura Newman, Claudia Meimberg, Andrea Wilk sowie Johanna Kramer für den großartigen Austausch, unseren neidlosen Support, um gemeinsam in dieser übergroßen Buchwelt zu bestehen und überleben zu können. Die Motivation, die wir uns schenken, bedeutet mir viel.

Morgan's Hall ist eine Herzensangelegenheit und ein Lebenstraum, der bereits in jungen Jahren in meinem Kopf entstand, mich sehr viele Jahre begleitete, bis ich irgendwann den Mut fand, diese Familiengeschichte niederzuschreiben.

Mut, weil ich Angst hatte, an diesem Projekt zu scheitern und letztendlich die wunderschöne Vorstellung aufgeben zu müssen, diese Geschichte mit anderen Menschen teilen zu können.

Mit Isabelle Morgan erschuf ich eine polarisierende Protagonistin, die euch Leserinnen und Leser sicherlich über viele Seiten hinweg in den Wahnsinn getrieben hat. Isabelle ist schwierig, unbequem und bestimmt agiert sie in ihrem Leben oft herzlos. Ich, als Autorin, fragte mich während der Entwicklung ihres Charakters oft: Hätte ich auch so gehandelt? Wäre auch mein Geist in den Tiefen der Dunkelheit versunken, wenn ich alles verloren hätte und mit einem Mann mein weiteres Leben teilen müsste, den ich nicht liebe?

Und all das zu einer Zeit, als noch niemand das Wort Emanzipation auszusprechen wagte?

Ich weiß es ehrlich gesagt nicht.

Morgan's Hall ist ein Buch über die Liebe. Wahre Liebe, Begehren, Freundschaft und die Liebe zur Heimat und zur Natur. Es ist aber auch eine Geschichte über Hass, Depression, Enttäuschung, Eifersucht, Manipulation, Rache.

Und Hoffnung.

Ich hoffe, euch hat der Auftakt dieser Familiensaga eine ebenso emotionale Achterbahnfahrt der Gefühle beschert, wie ich sie beim Schreiben erleben durfte. Ein ewiges Spiel aus Licht und Schatten.

Dieser letzte Dank geht an euch, liebe Leserinnen und Leser. Was nützt das geschriebene Wort, wenn es niemanden gibt, der darin eintaucht, um darin zu versinken?

Bitte schreibt mir sehr gern an info@elleflynn.de, was euch an diesem Buch begeistert oder nicht gefallen hat. Ich bin für jede Kritik, Unterstützung oder Anregung dankbar. Natürlich freue ich mich auch über eure Rezensionen, ganz gleich über welches Medium.

Ohne euch Leserinnen und Leser sind wir Autoren nichts, denn wir schreiben nur für euch.

Eure Emilia F., im August 2020

Sehnsuchtsland
Die Morgan-Saga Band 2

ISBN 978-3966984775

Mehr unter: www.kampenwand-verlag.de

Hat dir das Buch gefallen?

Ich freue mich sehr, dass du mein Buch bis zu dieser Stelle gelesen hast. Wenn es dir gefallen hat, würde ich mich sehr freuen, wenn du ihm bei dem Online-Shop eine Bewertung gibst, bei dem du bestellt hast. Oder du schreibst bei einem deiner Lieblings-Buchportale eine Rezension.

Ich freue mich nicht nur sehr darüber, Meinungen zu meinem Buch zu lesen, es hilft mir auch dabei, weitere Geschichten zu schreiben und neue Leser für meine Bücher zu finden.

Vielen Dank für deine Unterstützung!

KAMPENWAND
VERLAG